CW01481383

# Le train de 16 h 50

# La plume empoisonnée

# Agatha Christie

# Le train de 16 h 50

*Nouvelle traduction de Pierre Girard*

# La plume empoisonnée

*Nouvelle traduction d'Elise Champon*

ÉDITIONS FRANCE LOISIRS

Titre de l'édition originale : *4.50 From Paddington*

© 1957, Agatha Christie Limited
© 1958, Librairie des Champs-Élysées.
© 2002, Agatha Christie Ltd, a Chorion company. All rights reserved.
© 1997, Éditions du Masque-Hachette Livre pour la nouvelle traduction.


Titre de l'édition originale : *The Moving Finger*

© 1942, Agatha Christie Mallowan.
© 1949, Librairie des Champs-Élysées.
© 2002, Agatha Christie Ltd, a Chorion company. All rights reserved.
© 1994, Librairie des Champs-Élysées pour la nouvelle traduction.

Édition du Club France Loisirs,
avec l'autorisation de la Librairie des Champs-Élysées
et des Éditions du Masque.

France Loisirs,
123, boulevard de Grenelle, Paris
www.franceloisirs.com

Le Code de la propriété intellectuelle n'autorisant, aux termes des paragraphes 2 et 3 de l'article L. 122-5, d'une part, que les « copies ou reproductions strictement réservées à l'usage privé du copiste et non destinées à une utilisation collective » et, d'autre part, sous réserve du nom de l'auteur et de la source, que les « analyses et les courtes citations justifiées par le caractère critique, polémique, pédagogique, scientifique ou d'information », toute représentation ou reproduction intégrale ou partielle, faite sans le consentement de l'auteur ou de ses ayants droit ou ayants cause, est illicite (article L. 122-4). Cette représentation ou reproduction, par quelque procédé que ce soit, constituerait donc une contrefaçon sanctionnée par les articles L. 335-2 et suivants du Code de la propriété intellectuelle.

ISBN : 978-2-298-00886-9

# Le train de 16 h 50

# 1

Le souffle court, Mrs McGillicuddy trottinait le long du quai à la poursuite de son porteur. Mrs McGillicuddy était courtaude et replète, le porteur était grand et avançait à longues enjambées. S'il s'était chargé de la valise, Mrs McGillicuddy, qui venait de faire ses achats de Noël, croulait sous le poids d'une multitude de paquets. La lutte était donc inégale et Mrs McGillicuddy amorçait tout juste la ligne droite que déjà l'homme disparaissait, avalé par une courbe, à l'autre extrémité du quai.

Le quai n° 1 était presque désert car un train venait de partir, mais la salle des pas perdus grouillait d'une foule agglutinée qui se hâtait dans toutes les directions à la fois, émergeait des entrailles du métro ou s'y engouffrait, prenait d'assaut les guichets de la consigne, assiégeait les buvettes, les comptoirs des renseignements et les panneaux indicateurs avant de refluer vers les deux grandes portes ouvertes sur le monde, celle des Arrivées et celle des Départs.

Ballottés un temps au cœur de cette bousculade, Mrs McGillicuddy et ses paquets parvinrent néanmoins à l'entrée du quai n° 3. Là, l'aimable personne posa l'un des paquets à ses pieds pour fouiller son sac à la recherche du billet qui lui permettrait de franchir la grille devant laquelle un préposé en uniforme montait une garde sourcilleuse.

A ce moment précis, une Voix, rauque mais à la diction étudiée et d'émanation probablement céleste, se mit à tonitruer quelque part au-dessus de sa tête :

« Quai n° 3, départ à 16 h 50 à destination de Brackhampton, Milchester, Warverton, Carvil Junction, Roxeter et correspondance pour Chadmouth. Les voyageurs à destination de Brackhampton et Milchester sont priés de monter dans les voitures de queue. Les voyageurs pour Vanequay changent de train à Roxeter. »

La Voix céleste s'interrompit un court instant puis, après un déclic, reprit sa litanie pour annoncer au quai n° 9 l'arrivée, à 16 h 53, du rapide en provenance de Birmingham et Wolverhampton.

Enfin parvenue à dénicher son billet, Mrs McGillicuddy le présenta. L'homme le composta et marmonna entre ses dents :

— Voie droite… arrière du train.

En remontant le quai, elle vit son porteur – regard dans le vide et air de s'ennuyer à cent sous de l'heure – au pied d'un wagon de troisième classe.

— Vous y v'là, ma p'tite dame.

— Mais je voyage en première ! protesta Mrs McGillicuddy.

— Fallait l'dire, grommela le porteur en fixant d'un œil méprisant le manteau de gros tweed chiné et de coupe quasi masculine qui engonçait la voyageuse.

Mrs McGillicuddy, qui l'avait dit, s'abstint de répliquer. Elle avait déjà assez de mal comme ça à recouvrer son souffle.

L'homme réempoigna la valise et la porta jusqu'au wagon suivant, où Mrs McGillicuddy put enfin s'installer dans un luxe solitaire : le 16 h 50 n'était guère fréquenté, la clientèle de première classe lui préférant l'express du matin ou le 18 h 40 avec wagon-restaurant. Mrs McGillicuddy tendit son pourboire au porteur, qui le reçut avec une déception non dissimulée – c'était pour lui, à l'évidence, un pourboire de troisième classe. Bien que décidée à s'offrir un voyage confortable. après avoir passé la nuit dans le train pour venir du Nord et la journée à courir, les magasins, Mrs McGillicuddy n'était cependant pas femme à dilapider son argent en pourboires extravagants.

Elle se laissa choir en soupirant d'aise sur la banquette moelleuse et ouvrit son magazine. Cinq minutes plus tard, dans un concert de coups de sifflet, le train s'ébranlait. Le magazine tomba des mains de Mrs McGillicuddy, sa tête s'inclina de côté, et elle s'assoupit. Quand elle se réveilla, reposée, une demi-heure était passée. Elle remit en place son chapeau de guingois, se redressa sur son siège et s'efforça de distinguer des lambeaux du paysage qui défilait derrière la vitre. Il faisait déjà assez sombre, c'était un de ces temps brumeux et sinistres de décembre – on n'était plus guère, après tout, qu'à cinq jours de Noël. Londres elle-même lui avait paru noyée de brouillard et sinistre, et la campagne, en dépit des îlots de lumières qui l'égayaient çà et là tandis que le train semait derrière lui gares et agglomérations, ne valait guère mieux.

— Thé, dernier service ! annonça un employé dont la tête apparut soudain à la porte du compartiment tel un diable qui sort de sa boîte.

Mais Mrs McGillicuddy avait déjà pris le thé dans un grand magasin. Elle se sentait, pour l'heure, parfaitement rassasiée. L'employé s'éloigna le long du couloir en répétant son cri monotone. Mrs McGillicuddy jeta un coup d'œil satisfait en direction du filet où s'entassait sa collection de paquets. Ces serviettes de toilette valaient trois fois ce qu'elle les avait payées et feraient un plaisir fou à Margaret... le fusil de cosmonaute pour Robby et le lapin pour Joan étaient de véritables trouvailles... le trois-quarts du soir qu'elle avait choisi pour elle-même était exactement ce dont elle avait besoin – confortable, mais habillé... le pull-over pour Hector aussi... Il n'y a pas à dire, elle avait eu la main heureuse !

Satisfaite, elle revint à la contemplation du paysage. Un rapide qui fonçait vers Londres surgit soudain et croisa le sien dans un rugissement de tôles frôlées qui fit trembler les vitres de son compartiment tandis qu'elle se rejetait en arrière. Et, comme ils traversaient de nouveau une gare sans s'y arrêter, elle sentit sous les roues le choc répété des aiguillages.

Puis le convoi se mit soudain à ralentir, sans doute pour obéir à un signal quelconque. Il continua à rouler quelques minutes à petite vitesse, s'immobilisa, repartit avec lenteur. Un autre rapide les croisa, mais il lui parut moins pressé, moins véhément que le précédent. Son train à elle reprit de la vitesse. Et c'est alors qu'un nouveau train, comme le sien en direction de la province, obliqua pour se rapprocher d'eux au point de lui faire craindre, un instant, une collision. Puis les deux convois roulèrent en parallèle, et ce fut tantôt l'un, tantôt l'autre qui gagnait du terrain avant de se laisser distancer à son tour. A travers la vitre de son compartiment, Mrs McGillicuddy s'amusa à regarder à l'intérieur de ce train jumeau. La plupart des compartiments avaient leurs stores baissés, mais on apercevait ici et là quelques voyageurs. Loin d'être bondée, la rame comptait nombre de wagons qui semblaient déserts.

A un moment, alors que les deux trains donnaient l'impression d'être immobiles, un store se releva brusquement. Et Mrs McGillicuddy bénéficia d'une vue plongeante dans le compartiment de première classe brillamment éclairé qui se trouvait quasiment à portée de sa main.

Elle ravala soudain un cri d'effarement.

Un homme tournant le dos à la fenêtre s'y dressait de toute sa hauteur. Les mains autour du cou d'une femme qui lui faisait face, il l'étranglait lentement, méthodiquement, inexorablement. Les yeux de la malheureuse semblaient sur le point de jaillir de leurs orbites et son visage congestionné virait au violet. Bientôt, sous le regard fasciné de Mrs McGillicuddy, ce fut le dénouement : le corps de la femme se détendit et s'affaissa d'un seul coup devant l'homme qui n'avait pas relâché son étreinte.

Au même instant, le train de Mrs McGillicuddy ralentit à nouveau tandis que l'autre prenait de la vitesse. Elle en vit défiler un à un les wagons, et, quelques secondes plus tard, il avait disparu dans la nuit.

D'un geste machinal, Mrs McGillicuddy tendit la main vers la sonnette d'alarme avant de s'immobiliser, en proie aux affres du doute. Tout bien pesé, à quoi bon actionner la sonnette du train dans lequel *elle* se trouvait ? L'incongruité de la scène qui venait de se dérouler sous ses yeux, son horreur même paralysaient la totalité de ses facultés mentales. Il était impératif de faire *quelque chose*, et de le faire *tout de suite* – mais il fallait faire *quoi* ?

La porte du compartiment s'ouvrit sur ces entrefaites et un contrôleur apparut :

— Billet, s'il vous plaît.

Mrs McGillicuddy s'arracha un râle :

— On vient d'étrangler une femme ! Dans le train qui nous a dépassés. J'ai tout vu.

L'homme lui jeta un regard circonspect :

— Je vous demande pardon, ma petite dame ?

— Un homme a étranglé une femme ! Dans un train ! Je l'ai vu…

14

Elle pointa son doigt vers la vitre du compartiment :

–... par là !

Le contrôleur afficha un air pour le moins dubitatif.

— Etranglé ? fit-il avec incrédulité.

— Oui, *étranglé* ! Je l'ai vu, je vous dis ! Il *faut*
que vous fassiez quelque chose, *vite* !

Le contrôleur émit une petite toux polie :

— Vous ne pensez pas, madame, que vous avez
pu faire un somme et que...

Il s'interrompit avec tact.

— J'ai fait un somme, c'est exact, mais si vous
croyez que j'ai rêvé ça, vous vous trompez du tout
au tout. Je vous dis que je l'ai vu, de mes yeux *vu* !

Le regard du contrôleur tomba sur le magazine
resté ouvert sur la banquette. On y voyait une fille
se faire étrangler par un sombre individu tandis
qu'un troisième personnage, campé dans l'embrasure d'une porte, braquait son revolver sur le
couple.

— Allons, allons, ma petite dame, fit-il de son
ton le plus persuasif, vous ne croyez pas que vous
avez lu une histoire palpitante avant de vous endor-
mir et qu'en vous réveillant, vous n'avez plus très
bien su...

Mrs McGillicuddy ne le laissa pas poursuivre :

— J'ai tout vu, vous dis-je. J'étais aussi réveillée
que vous l'êtes en ce moment. Je regardais par cette
vitre-ci et à travers celle du train qui se trouvait à
hauteur du nôtre. Un homme étranglait une femme.

Alors ce que je veux savoir, c'est ce que vous avez l'intention de faire ?

— Ma foi, ma petite dame...

— Vous allez quand même bien prendre des *mesures*, j'imagine ?

Le contrôleur poussa un soupir de contrariété et consulta sa montre :

— Nous arrivons à Brackhampton dans sept minutes. Je signalerai ce que vous venez de me dire. Dans quelle direction se dirigeait le train en question ?

— La même que la nôtre, bien sûr ! Vous ne supposez tout de même pas que j'aurais pu voir quelque chose dans un train fonçant en sens inverse ?

Le contrôleur, de toute évidence, estimait Mrs McGillicuddy capable de voir n'importe quoi n'importe où pour peu qu'il lui en prenne la fantaisie. Mais il resta courtois

— Comptez sur moi, madame. Je vais transmettre votre déclaration. Permettez-moi de vous demander vos nom et adresse, pour le cas où...

Mrs McGillicuddy lui donna l'adresse où l'on pourrait la joindre au cours des prochains jours ainsi que celle de son domicile permanent en Ecosse. Il en prit note, puis se retira avec la mine du type conscient d'avoir accompli son devoir tout en gardant son calme face à une follingue doublée d'une enquiquineuse patentée.

Vaguement insatisfaite, Mrs McGillicuddy continua de froncer les sourcils. Ce contrôleur allait-il transmettre sa déclaration ? Ou bien n'avait-il dit cela que pour la calmer et se débarrasser d'elle ? Il se trouvait sans doute parmi la clientèle des compagnies de chemins de fer anglais, songeait-elle, un nombre impressionnant de créatures sur le retour persuadées d'avoir éventé des complots communistes, d'être menacées d'assassinat d'avoir vu des soucoupes volantes ou des vaisseaux d'extra-terrestres, et prêtes à témoigner de meurtres qui n'avaient jamais eu lieu. Si cet individu l'avait prise pour une de ces toquées…

Le train s'était mis à ralentir. Il tangua en franchissant un nombre impressionnant d'aiguillages et se faufila entre les lumières d'une ville importante.

Mrs McGillicuddy ouvrit son sac à main à la recherche d'une feuille de papier et, faute de mieux, opta pour une vieille facture au dos de laquelle elle griffonna hâtivement quelques mots avec son stylo à bille. Puis ayant, par chance, trouvé une enveloppe, elle y glissa ladite facture, la cacheta et y porta mention du destinataire.

Le train vint s'immobiliser le long d'un quai noir de monde. Et la Voix omniprésente annonça :

« Quai n° 1, arrivée du 17 h 38 à destination de Milchester, Warverton, Roxeter et Chadmouth. Les voyageurs à destination de Market Basing montent dans le train en partance au quai n° 3. »

Mrs McGillicuddy scrutait le quai d'un œil anxieux. Les porteurs étaient rares dans cette foule de voyageurs. Ah ! il y en avait un, là-bas ! Elle le héla avec autorité :

— Porteur !

Elle lui tendit l'enveloppe, accompagnée d'un shilling :

— Veuillez remettre immédiatement ceci au bureau du chef de gare.

Puis elle se rassit en soupirant. Voilà. Elle avait fait tout ce qu'elle pouvait. Saisie d'un bref regret, elle se reprocha le shilling. Six pence auraient amplement suffi...

Ses pensées la ramenèrent à la scène dont elle venait d'être témoin. Atroce, absolument atroce... Elle avait beau ne pas être une petite nature, elle en frissonnait encore. Dire qu'il avait fallu qu'une chose aussi invraisemblable, aussi fantasmagorique lui, arrive à elle, Elspeth McGillicuddy ! Si le store de ce compartiment ne s'était pas brusquement levé... Mais cela, bien sûr, c'était le Destin.

Le Destin avait voulu qu'elle, Elspeth McGillicuddy, soit le témoin d'un assassinat. Lèvres pincées, elle adopta une mine de circonstance.

Des clameurs s'élevèrent, des sifflets stridulèrent, des portières claquèrent. Le 17 h 38 quitta la gare de Brackhampton en ahanant. Une heure et cinq minutes plus tard, il s'arrêtait à Milchester.

Mrs McGillicuddy rassembla ses paquets, empoigna sa valise et descendit. Elle inspecta le quai de bout en bout. Et son cerveau réitéra son précédent jugement : pas assez de porteurs. Ceux qu'on entrevoyait étaient déjà occupés à décharger des sacs postaux et à pousser des chariots. Les voyageurs, de nos jours, semblaient censés se débrouiller tout seuls avec leurs bagages. Il était cependant hors de question qu'elle parvienne à se dépétrer toute seule de sa valise, son parapluie et tous ses paquets.

Force lui serait donc d'attendre. Elle finit, au bout d'un moment, par repérer un porteur.

— Taxi ?

— Un véhicule quelconque m'attend, j'espère.

Devant la gare, un chauffeur de taxi qui lorgnait en direction de la sortie vint à sa rencontre. Il s'exprimait d'une voix douce, avec. l'accent du cru :

— Vous êtes Mrs McGillicuddy ? Pour St Mary Mead ?

Mrs McGillicuddy admit qu'il s'agissait en effet bien d'elle. Le porteur reçut sa gratification, suffisante sinon somptuaire. Et la voiture s'enfonça dans la nuit avec Mrs McGilliccuddy, sa valise, son parapluie et ses paquets. Il y avait une quinzaine de kilomètres à parcourir. Assise bien droite sur sa banquette, Mrs McGillicuddy ne parvint pas à se détendre. Trop d'émotions se bousculaient en elle qui demandaient à s'exprimer. Le taxi atteignit le village, fila le long des rues familières et arriva enfin à destination. Mrs McGillicuddy en descendit, franchit en toute hâte la petite allée pavée de briques. Une servante d'âge canonique ouvrit la porte et le chauffeur déposa les bagages à l'intérieur. Déjà, Mrs McGillicuddy filait vers la porte du salon sur le seuil duquel l'attendait son hôtesse, une vieille demoiselle à la frêle silhouette

— Elspeth

— Jane !

Elles s'embrassèrent et, faisant fi des préambules, Mrs McGillicuddy laissa libre cours à son émoi.

— Oh, Jane ! couina-t-elle. Je viens d'assister à un *meurtre* !

## 2

Fidèle aux sages préceptes hérités de sa mère et de sa grand-mère, à savoir qu'une personne comme il faut ne doit jamais se montrer choquée ni surprise, miss Marple se borna à hausser les sourcils et à dodeliner de la tête :

— Voilà qui est *réellement* peu banal, Elspeth, et qui a dû vous être *infiniment* pénible. Mieux vaudrait que vous me racontiez cela sans plus tarder.

C'était tout ce que souhaitait Mrs McGillicuddy. Après s'être laissé entraîner près de la cheminée, elle s'assit, retira ses gants et se lança dans le récit imagé de son aventure.

Miss Marple l'écouta de bout en bout avec beaucoup d'attention. Et quand Mrs McGillicuddy s'arrêta pour enfin reprendre haleine, elle parla à son tour, avec autorité :

— Je crois que le plus sage, ma chère, serait que vous montiez maintenant dans votre chambre pour ôter votre chapeau et vous rafraîchir un peu. Ensuite nous dînerons et, pendant le repas, nous nous garderons bien de la moindre allusion à tout cela. Après quoi, nous reprendrons cette discussion et nous examinerons l'affaire dans tous ses détails.

Mrs McGillicuddy souscrivit à cette proposition. Les deux dames dînèrent donc tout en devisant de la vie au village de St Mary Mead. Miss Marple parla de la méfiance qui entourait le nouvel organiste, du scandale provoqué par l'épouse du pharmacien, et évoqua l'hostilité patente entre la directrice d'école et l'instituteur. Puis elles en vinrent à leurs jardins respectifs.

— Ah, les pivoines ! s'exclama miss Marple en se levant de table. Je ne connais rien de plus capricieux. Ou bien elles se plaisent chez vous, ou bien elles ne s'y plaisent pas. Mais si elles *décident* de s'installer, c'est pratiquement pour la vie. Et on trouve vraiment de nos jours des variétés somptueuses.

Elles retournèrent s'asseoir près du feu. Miss Marple sortit deux verres de cristal d'un placard et exhuma d'un autre une bouteille :

— Pas de café pour vous, ce soir, Elspeth. Vous êtes déjà sur les nerfs – et pour cause ! – et vous risqueriez de ne pas fermer l'œil de la nuit. Je prescris donc un verre de mon vin d'églantine et plus tard – qui sait ? – une tasse de camomille.

Mrs McGillicuddy approuva en bloc la proposition. Miss Marple emplit leurs verres.

— Jane, s'épancha Mrs McGillicuddy en savourant sa première gorgée de vin d'églantine, vous, au moins, vous ne croyez pas, n'est-ce pas, que j'ai rêvé tout cela, ou qu'il s'agit d'un produit de mon imagination ?

— Absolument pas, répondit miss Marple avec chaleur.

Mrs McGillicuddy s'autorisa un soupir de soulagement :

— Ce contrôleur des chemins de fer, c'est quand même bien ce qu'il pensait, lui. Il était on ne peut plus poli. N'empêche que…

— Mettez-vous à sa place, Elspeth. Cette histoire

21

avait tout l'air extravagante. Elle l'est d'ailleurs. Et puis il ne vous connaissait ni d'Eve ni d'Adam. Mais en ce qui me concerne, non, je n'ai pas le moindre doute. Je mettrais ma main à couper que vous avez bel et bien vu ce que vous m'avez raconté. C'est tout à fait extraordinaire – mais pas le moins du monde invraisemblable. Il m'est souvent arrivé d'observer un train qui roulait parallèlement au mien, et j'ai toujours été frappée par la netteté avec laquelle on pouvait distinguer ce qui se passait à l'intérieur des wagons. Je me souviens d'une petite fille, un jour, qui jouait avec son ours en peluche. Brusquement, elle l'a lancé à la tête d'un gros bonhomme assoupi en face d'elle. Le poussah a fait un bond. J'ai encore en mémoire sa mine indignée et l'air amusé des autres passagers. Je les avais vus comme je vous vois. J'aurais pu les décrire un par un sans la moindre difficulté et préciser ce qu'ils portaient.

Mrs McGillicuddy opina du chef avec gratitude :

— Exactement comme moi.

— L'homme vous tournait le dos, dites-vous. Vous n'avez donc pas vu son visage ?

— Non.

— Et la femme, pouvez-vous me la décrire ? Jeune, vieille ?

— Plutôt jeune. La petite trentaine, peut-être. Je ne peux rien dire de plus précis.

— Jolie ?

— Là encore, comment savoir ? Son visage était tout déformé, voyez-vous, et…

Miss Marple s'empressa de couper court :

— Oui, oui, je comprends. Comment était-elle habillée ?

— Elle portait un manteau de fourrure… je ne sais pas laquelle… de couleur claire, caramel ou havane. Pas de chapeau. Elle était blonde.

— Et lui ? Il n'y a pas un détail qui vous aurait frappée ?

Mrs McGillicuddy prit le temps de réfléchir avant de répondre :

— Il était assez grand… et brun, je crois. Mais comme il portait un pardessus épais, je ne saurais dire s'il était bien bâti ou pas.

Elle se tut un instant avant d'ajouter d'un air découragé :

— Voilà qui ne nous avance guère.

— C'est mieux que rien, tempéra miss Marple.

Puis elle ajouta :

— Vous êtes intimement convaincue que cette femme est… morte ?

— Elle est morte, j'en suis sûre et certaine. Sa langue pendait et… je n'ai pas très envie d'entrer dans les détails…

— Bien sûr. Bien sûr, s'empressa miss Marple. Nous en saurons plus, j'espère, dans la matinée.

— Dans la matinée ?

— J'imagine que cela fera la une des journaux. Après l'avoir tuée, l'homme se sera retrouvé avec le cadavre sur les bras. Qu'en aura-t-il fait ? Il sera sans doute descendu au premier arrêt… A propos, vous souvenez-vous s'il s'agissait d'un wagon avec couloir ?

— Non, c'était une de ces vieilles voitures où

chaque compartiment donne directement sur la voie.

— Ce qui semble indiquer que ce train-là ne devait pas couvrir une très grande distance. Il y a de fortes chances pour qu'il se soit arrêté à Brackhampton. Supposons que l'homme soit descendu à Brackhampton après avoir installé le cadavre à l'angle d'une banquette, le col de four-rure dissimulant le visage, pour en retarder la découverte. Oui… à mon avis, c'est ce qu'il a dû faire. Mais on aura tout de même fini par le trouver et la découverte d'un cadavre de femme assassinée dans un train devrait figurer dans les journaux du matin. Nous verrons bien.

Mais il n'y avait rien dans les journaux du matin.

Après s'en être assurées, miss Marple et Mrs Mc Gillicuddy achevèrent leur petit déjeuner en silence. Chacune réfléchissait de son côté.

Puis elles firent le tour du jardin. Mais ç'avait beau être l'un de leurs passe-temps favoris, le cœur, ce jour-là, n'y était pas. Miss Marple s'efforça bien d'attirer l'attention de son amie sur quelques spécimens nouveaux et d'une grande rareté dont elle avait fait l'emplette pour sa rocaille, mais elle avait l'esprit ailleurs. Et Mrs McGillicuddy s'abs-tint, contrairement à son habitude, de contre-attaquer en détaillant la liste de ses dernières acquisitions.

— Ce jardin n'est pas ce qu'il devrait être, il s'en faut de beaucoup, soupira miss Marple, plus absente que jamais. Le Dr Haydock m'a strictement interdit de me pencher ou de m'agenouiller. Et, franchement, comment diantre voulez-vous jardiner si vous ne pouvez *ni* vous pencher *ni* vous agenouiller ? Il y a bien le vieil Edwards – mais il n'en fait qu'à sa tête. Ces ouvriers à la journée finissent par prendre des mauvaises habitudes... c'est tout juste s'ils consentent encore à bricoler entre deux tasses de thé... et, pendant ce temps-là, le vrai travail attend.

— Oh ! je ne le sais que trop, renchérit Mrs McGillicuddy. En ce qui me concerne, bien sûr, personne ne m'*interdit* de me pencher, mais pour tout dire, surtout après les repas, et depuis que j'ai repris un peu de poids...

Elle baissa les yeux vers ses formes imposantes

— ... cela me donne des douleurs *cardialgiques.*

Un ange passa, puis Mrs McGillicuddy s'immobilisa et, solidement campée sur ses deux jambes, se tourna vers son amie :

— *Alors* ?

Le mot était anodin, mais le ton employé par Mrs McGillicuddy ne l'était pas, et miss Marple en saisit parfaitement la signification.

— Je sais, dit-elle.

Les deux dames échangèrent un regard.

— Je crois, reprit miss Marple, que nous devrions faire un petit tour au poste de police et en parler au sergent Cornish. C'est un homme intelligent et pondéré, je le connais bien, et il me connaît aussi. Je suis certaine qu'il nous écoutera... et qu'il fera passer l'information à qui de droit.

Trois quarts d'heure plus tard, miss Marple et Mrs McGillicuddy se trouvaient en présence d'un homme à la trentaine avenante et au visage sérieux, qui écoutait avec beaucoup d'attention ce qu'elles avaient à lui confier.

Frank Cornish avait accueilli miss Marple avec une cordialité qui n'excluait pas le respect. Il avait d'emblée invité les deux dames à s'asseoir avant de s'enquérir :

— Que puis je faire pour vous, miss Marple ?

A quoi miss Marple avait répondu :

— Soyez assez aimable pour écouter mon amie, Mrs McGillicuddy, vous raconter ce qui lui est arrivé.

Or donc, le sergent Cornish écoutait. Le récit achevé, il resta un long moment silencieux.

Enfin il décréta :

— Pour une histoire extraordinaire, c'est *vraiment* une histoire extraordinaire.

Tout en parlant, il jaugeait discrètement du regard son interlocutrice.

Et il était favorablement impressionné. Une personne de bon sens, qui s'exprimait avec clarté pour raconter son histoire. Il n'avait pas en face de lui, pour autant qu'il pût en juger, une de ces hystériques victimes de leur imagination débridée. Qui plus est, miss Marple semblait accorder du crédit au dire de son amie. Or, il connaissait on ne peut mieux miss Marple. Tout le monde, à St Mary Mead, connaissait miss Marple : frêle et tremblotante créature qui cachait, sous cette apparente fragilité, un de ces esprits lucides et perspicaces comme on n'en fait plus guère.

Il s'éclaircit la gorge avant de reprendre :

— Evidemment, vous avez pu vous tromper... Entendez-moi bien : je ne prétends pas que vous vous *soyez* trompée, mais que vous auriez *pu* le faire. Les gens ont souvent des comportements bizarres – il s'agissait peut-être d'un jeu, sans rien de grave ni de fatal.

— Je sais ce que j'ai vu, rétorqua sombrement Mrs McGillicuddy.

« Et vous n'en démordrez pas, songea Frank Cornish, et quelque chose me dit que, si bizarre que soit cette histoire, vous pourriez bien avoir raison. »

Puis, à haute voix :

— Vous avez alerté le bureau du chef de gare, et vous êtes venue m'en parler. C'était la bonne marche à suivre, et vous pouvez compter sur moi pour lancer des investigations.

Il se tut. Miss Marple hocha lentement la tête, l'air satisfaite. Mrs McGillicuddy, elle, n'était pas tout à fait satisfaite, mais elle n'en laissa rien paraître. Le sergent Cornish reprit, en s'adressant à miss Marple dont il était curieux d'entendre la réaction :

— En admettant que les faits soient conformes à ce qui nous a été dit, qu'a-t-il pu advenir du cadavre, d'après vous ?

— Il semble n'y avoir que deux possibilités, répondit miss Marple sans l'ombre d'une hésitation. La plus *probable*, bien sûr, est qu'on l'ait abandonné dans le train. Mais cela semble désormais douteux, car il aurait été découvert depuis hier soir, soit par un voyageur, soit par les employés du chemin de fer.

Frank Cornish hocha la tête.

— La seule autre possibilité, c'est qu'il ait été jeté du train par l'assassin. Il devrait donc, je présume, se trouver quelque pain le long de la voie où on ne l'a pas encore découvert – encore que ceci paraisse quelque peu invraisemblable. Mais je ne vois pas comment on pourrait raisonner autrement.

— On lit quelquefois des histoires de cadavres cachés dans des malles, intervint Mrs McGillicuddy. Mais plus personne, de nos jours, ne voyage avec une malle, et on ne peut pas mettre un cadavre dans une valise.

— En effet, convint Cornish. Je suis d'accord avec ce que vous dites l'une et l'autre. Le cadavre, si cadavre il y a, aurait déjà dû être découvert, ou ne tardera pas à l'être. Je ne manquerai pas de vous tenir au courant si un nouvel élément apparaît – mais je suis certain que les journaux vous l'apprendront aussi. Il reste, bien entendu, la possibilité que cette femme, malgré la sauvage agression dont elle a été l'objet, ne soit pas morte. Et qu'elle ait pu quitter le train par ses propres moyens.

— Pas sans aide, objecta miss Marple. Or, un homme soutenant une femme dont il aurait dit qu'elle était malade, cela ne serait pas passé inaperçu.

— Oui, ça se serait remarqué, acquiesça Cornish.

Idem si on avait trouvé une femme malade ou inconsciente dans l'un des wagons et si on l'avait conduite à l'hôpital. A mon avis, vous ne tarderez pas à réentendre parler de cette histoire.

Mais il n'en fut rien, ni ce jour-là ni le suivant. Dans la soirée du surlendemain, miss Marple reçut un mot du sergent Cornish :

*En ce qui concerne l'affaire pour laquelle vous êtes venue me voir, des recherches minutieuses ont été entreprises mais n'ont donné aucun résultat. Aucun cadavre de femme n'a été découvert. Aucun hôpital n'a eu à soigner une femme correspondant au signalement fourni, et il n'existe aucun témoignage faisant état d'une femme, malade ou en état de choc, qui aurait été vue quittant la gare en compagnie d'un homme. Je puis vous assurer que toutes les pistes ont été explorées. Je suis tenté de croire que votre amie a bien été le témoin de la scène qu'elle nous a décrite, mais qu'elle s'en est exagéré la gravité.*

# 3

— « Exagéré la gravité » ? Il en a de bonnes, votre sergent ! fulmina Mrs McGillicuddy. C'était un assassinat !

Elle se tourna vers sa vieille amie avec un air de défi :

— Allez-y, Jane, ne vous gênez pas ! Dites-le

donc, que je me suis trompée sur toute la ligne ! Que cette histoire n'est que pure imagination de ma part ! C'est ce que vous pensez vous aussi maintenant, n'est-ce pas ?

— N'importe qui peut se tromper, répondit miss Marple avec douceur. N'importe qui, Elspeth... même vous. Je crois que nous ne devons jamais l'oublier. Cependant je persiste à penser, voyez-vous, que vous ne vous êtes probablement *pas* trompée... Vous avez besoin de lunettes pour lire mais, de loin, votre vue est excellente – et ce que vous avez vu vous a terriblement impressionnée. Vous étiez en état de choc manifeste à votre arrivée ici.

— C'est un épisode de ma vie que je ne pourrai jamais oublier, frissonna Mrs McGillicuddy. Le problème, c'est que je ne sais plus que faire.

— A mon avis, murmura miss Marple d'un ton méditatif, il n'y a plus rien que *vous* puissiez faire. (Si. Mrs McGillicuddy avait été plus sensible aux nuances de voix, sans doute aurait-elle remarqué une légère emphase sur ce *vous*.) Vous avez rendu compte aux employés du chemin de fer et à la police de ce que vous aviez vu. Non, il n'y a rien de plus à faire en ce qui vous concerne.

— C'est préférable, en un sens, convint Mrs Mc-Gillicuddy, car, comme vous le savez, je pars pour Ceylan immédiatement après Noël. Je vais là-bas pour voir Roderick, et je ne voudrais pour rien au monde renoncer à ce voyage – il y a si longtemps que j'en rêve ! Mais je m'y *résignerais*, bien sûr, si je pensais que tel est mon devoir, ajouta-t-elle d'un air contrit.

— Je n'en doute pas, Elspeth, mais comme je vous le disais, j'estime que vous avez fait tout ce que vous pouviez.

— C'est maintenant aux policiers d'agir, trancha Mrs McGillicuddy, et s'il leur plaît de se montrer stupides...

Miss Marple secoua vivement la tête :

— Oh ! non, les policiers ne sont pas stupides. Et c'est ce qui fait tout l'intérêt de la chose, n'est-ce pas ?

Mrs McGillicuddy la regarda sans comprendre, et miss Marple en fut confortée dans l'idée que son amie était gouvernée par d'excellents principes mais totalement dénuée d'imagination.

— Ce qu'on aimerait savoir, rêva miss Marple, c'est ce qui s'est réellement passé.

— Elle a été tuée.

— Oui, mais *qui* l'a tuée, et *pourquoi*, et qu'est devenu son cadavre ? Où peut-il bien se trouver à l'heure qu'il est ?

— C'est à la police de le découvrir.

— En effet. Or, ils n'ont rien découvert. Ce qui signifie, n'est-ce pas, que cet homme est malin – très malin. Je ne parviens pas à imaginer, voyez-vous, poursuivit miss Marple en fronçant les sourcils, *comment* il a pu s'en débarrasser. Vous tuez une femme dans un accès de passion – cela n'a pu être prémédité, on ne décide pas de tuer une femme cinq minutes avant l'arrivée à une gare importante. Non, il y a forcément eu dispute – crise de jalousie ou quelque chose d'approchant. Vous l'étranglez, donc, et vous vous retrouvez avec un cadavre sur les bras alors que le train va entrer en gare. Que faire, sinon, comme je l'ai déjà dit, installer le corps sur la banquette, à l'angle du compartiment, en dissimulant le visage pour faire croire à une personne endormie, et descendre du train vous-même le plus vite possible ? Je ne vois pas d'autre possibilité – et pourtant, il doit y en avoir une...

Miss Marple se tut, perdue dans ses réflexions.

Mrs McGillicuddy dut s'y reprendre à deux fois pour attirer son attention :

— Vous devenez sourde, Jane.

— Légèrement, peut-être. J'ai l'impression que les gens articulent de moins en moins. Je vous ai entendue, mais... j'étais distraite.

— Je voulais simplement connaître les horaires de train pour demain. Pensez-vous que j'en aurai un dans l'après-midi ? Je vais chez Margaret, et elle ne m'attend pas avant l'heure du thé.

— Je me demandais, Elspeth... verriez-vous un inconvénient à prendre celui de 12 h 15 ? Nous pourrions déjeuner tôt.

— Bien sûr et...

— Je me demandais aussi, la coupa miss Marple, si cela ne vous contrarierait pas trop de n'arriver là-bas qu'après le thé – de n'y arriver, en fait, que vers 19 heures ?

Mrs McGillicuddy ne cacha pas son étonnement :

— Quelle idée avez-vous en tête, Jane ?

— Je propose, Elspeth, de vous accompagner à

Londres, puis que nous refassions ensemble le trajet inverse jusqu'à Brackhampton par le train que vous aviez pris l'autre jour. Vous repartiriez ensuite pour Londres et je reviendrais ici comme vous l'avez fait. C'est *moi*, bien entendu, qui *assumerais les frais*.

Miss Marple avait mis l'emphase sur ces derniers mots.

Mrs McGillicuddy préféra ne point s'attarder sur cette question triviale.

— Que diable espérez-vous donc ? demanda-t-elle. Un autre meurtre ?

— Certainement pas, répliqua miss Marple, choquée. Mettons que j'aimerais voir par moi-même, sous votre conduite, le... le... – ce n'est pas facile, vraiment, de trouver un terme qui convienne –... le *terrain* du crime.

Et c'est ainsi que, le lendemain, après s'être préalablement rendues à Londres, miss Marple et Mrs McGillicuddy s'installèrent face à face dans un compartiment de première classe et, à bord du 16 h 50 au départ de Paddington, quittèrent aussitôt la capitale. Il y avait eu encore plus de monde à la gare en cette avant-veille de Noël, mais le 16 h 50 n'était pas bondé – en tout cas, dans les derniers wagons.

Cette fois, aucun train ne vint rouler à côté du leur. De temps en temps, des convois qui fonçaient vers Londres les croisaient dans un bruit de tonnerre. Deux autres trains lancés à toute vitesse les dépassèrent sur une voie parallèle. Mrs McGillicuddy consultait sa montre à intervalles réguliers :

— Difficile de dire exactement quand... Nous venions de passer une gare...

Mais, des gares, elles n'arrêtaient pas d'en passer.

— Nous devrions être à Brackhampton dans cinq minutes, annonça miss Marple.

La porte du compartiment s'ouvrit et un contrôleur apparut. Miss Marple leva un sourcil interrogateur en direction de son amie, qui secoua discrètement la tête. Non, ce n'était pas le même. L'homme composta leurs billets et repartit en titubant légèrement car le train ralentissait et prenait de la gîte en amorçant une longue courbe.

— J'imagine que nous arrivons à Brackhampton, conjectura Mrs McGillicuddy.

— Nous y sommes presque, ce sont les faubourgs, précisa miss Marple.

Des lumières apparaissaient et disparaissaient aussitôt, on apercevait, pour une fraction de seconde des rues, des trams, des feux de circulation. Le train ralentit encore, franchit une série d'aiguillages.

— Nous y serons d'un moment à l'autre, s'attrista Mrs McGillicuddy, et je n'ai pas l'impression que ce voyage nous aura appris *quoi que ce soit*. Qu'en pensez-vous, Jane ?

— J'en ai bien peur, en effet, répondit miss Marple d'un ton qui manquait de conviction.

— Que de bon argent bêtement gâché ! regretta Mrs McGillicuddy – moins contrariée toutefois que si elle avait dû payer elle-même les billets. (Miss Marple s'était montrée intraitable sur ce point.)

— Peu importe, décréta miss Marple. Il est

toujours bon de voir les choses par soi-même. Ce train a pris quelques minutes de retard. Vous étiez à l'heure, vendredi ?

— Je crois. Je n'y ai pas vraiment prêté attention.

Le train entrait lentement en gare de Brackhampton, salué par la voix nasillarde d'un haut parleur. Des portières s'ouvrirent et se refermèrent, des gens descendirent pour former une foule qui s'étira tout le long du quai. L'agitation était à son comble.

Il était facile pour un assassin, songea miss Marple, de se fondre dans cette masse de gens pour quitter la gare en se laissant entraîner par le flot – ou même de choisir un autre wagon et de remonter dans le train afin de poursuivre le voyage jusqu'au terminus, quel qu'il soit. Facile d'être un voyageur parmi d'autres. Mais moins facile d'escamoter un cadavre. Il était forcément *quelque part*, ce cadavre.

Mrs McGillicuddy était descendue du train et s'adressait à son amie par la vitre baissée :

— Soyez prudente, Jane. N'allez pas prendre froid. Le temps est traître, à cette saison, et vous n'êtes plus ce que vous étiez.

— Cela, je le sais, garantit miss Marple.

— Et cessons de nous tracasser à propos de cette histoire. Nous avons fait ce que nous pouvions.

Miss Marple hocha la tête :

— Ne restez pas ainsi dans ce froid, Elspeth. C'est vous qui allez prendre mal. Allez plutôt au buffet vous offrir une bonne tasse de thé bien chaud. Vous avez le temps – votre train pour Londres ne part que dans douze minutes.

— Je vais peut-être me laisser tenter. Au revoir, Jane !

— Au revoir, Elspeth ! Et joyeux Noël ! J'espère que vous trouverez Margaret en bonne forme. Profitez bien de votre séjour à Ceylan, et faites mes amitiés à Roderick – s'il se souvient encore de moi, ce qui m'étonnerait.

— Bien sûr qu'il se souvient de vous ! Très bien, même ! Vous lui avez rendu service quand il était étudiant – une histoire d'argent qui avait disparu d'un placard de vestiaire – et il ne l'a jamais oublié.

— Oh, *ça* ! s'émut miss Marple.

Mrs McGillicuddy tourna les talons, un coup de sifflet monta vers le ciel et le train s'ébranla. Miss Marple regarda s'éloigner la bonne grosse silhouette courtaude de son amie. Elspeth pouvait partir pour Ceylan la conscience en repos – elle avait fait son devoir et plus rien ne la retenait.

Miss Marple ne s'abandonna pas au confort de la banquette dans le train qui prenait de la vitesse. Assise droite comme un i, elle se mit à réfléchir intensément. Pour floue et parfois confuse que fût sa façon de s'exprimer, miss Marple possédait un esprit lucide et pénétrant. Elle avait présentement un problème à résoudre : celui de sa conduite à venir. Et, assez curieusement, il se posait à elle comme il s'était posé à Mrs McGillicuddy, en termes de devoir.

Au dire de Mrs McGillicuddy, elles avaient fait l'une et l'autre tout ce qui leur était possible. C'était vrai de Mrs McGillicuddy, mais pour ce qui la concernait elle-même, miss Marple en doutait.

Il suffisait, parfois, de faire appel aux quelques dons que l'on a la chance de posséder... Mais il y avait peut-être là un peu de vanité... Après tout, qu'était-elle encore *capable* de faire ? Les mots lancés par son amie lui revinrent en mémoire : « Vous n'êtes plus ce que vous étiez... »

Posément, comme un général projetant une campagne, ou comme un comptable dressant un inventaire, miss Marple passa en revue les éléments qui plaidaient en faveur d'une initiative de sa part, et ceux qui s'y opposaient. Dans la colonne des « pour », on relevait :

1. *Ma longue expérience de la vie et de l'âme humaine.*

2. *Sir Henry Clithering et son filleul (aujourd'hui à Scotland Yard, si je ne m'abuse).*

3. *Le deuxième* fils *de mon neveu Raymond, David, qui travaille, j'en suis pratiquement certaine, dans les Chemins de Fer britanniques.*

4. *Leonard, le* fils *de Griselda, qui est si calé en cartes géographiques.*

Miss Marple récapitula ces différents éléments avec, pour chacun, un hochement de tête approbateur. Tout cela lui était plus que nécessaire pour compenser le poids des arguments « contre », et en particulier sa propre faiblesse physique.

« Ce n'est pas, songea-t-elle, comme si je pouvais

encore trottiner ici et là pour *investiguer*, fouinailler et découvrir des indices… »

Oui, c'était bien là la principale objection : son âge et sa faiblesse. Et si, pour son âge, elle jouissait d'une bonne santé, elle n'en était pas moins vieille. Le Dr Haydock, qui lui avait strictement interdit toute activité de jardinage, ne la verrait certainement pas d'un bon œil se lancer aux trousses d'un assassin. Car c'était bien ce qu'elle se proposait de faire – et c'était là aussi que le bât blessait. Si jusque-là ce meurtre lui avait été, pour ainsi dire imposé, c'était elle, dans le cas présent, qui irait délibérément à sa rencontre. Or, elle n'était pas certaine d'en avoir envie… Elle était vieille… vieille et fatiguée. Elle éprouvait à cet instant précis, au terme d'une journée éreintante, une immense réticence à se lancer dans une nouvelle entreprise, quelle que fût cette entreprise. Elle n'avait réellement qu'une envie : rentrer chez elle, s'asseoir au coin de sa cheminée avec une bonne collation avant de rejoindre son lit, musarder le jour suivant, donner quelques coups de sécateur dans le jardin – juste un peu de nettoyage, sans se baisser, en évitant les efforts…

« Je suis trop vieille pour de nouvelles aventures », se dit miss Marple en fixant d'un œil absent, par-delà la vitre du compartiment, la courbe du talus…

Une courbe…

Quelque chose, oh ! encore bien peu en vérité, se fit jour dans son esprit… Juste après le passage du contrôleur qui avait composté leurs billets…

Cela amenait une idée. Une simple idée. Une idée complètement différente…

Un peu de rose monta aux joues de miss Marple. Elle ne sentait plus la moindre fatigue.

« Dès demain, j'écrirai à David », se promit-elle.

Et au même instant, la possibilité de faire appel à un autre atout de poids lui vint à l'esprit

— Mais comment n'y avais-je pas pensé plus tôt ? Ma fidèle Florence !

\*

Miss Marple établit méthodiquement son plan d'action en tenant bien compte de cette période de Noël et des retards qu'elle ne manquerait pas d'occasionner.

Elle écrivit à son petit-neveu, David West, en assortissant ses vœux de fin d'année d'une demande urgente d'informations.

Par chance, elle avait été invitée au presbytère l'année précédente pour le repas de Noël et avait pu ainsi parler cartographie avec le jeune Leonard, qui passait ses vacances auprès de ses parents.

Les cartes, toutes les cartes, étaient la passion de Leonard. Les questions de sa grand-tante, qui portaient sur une zone bien particulière dont elle voulait se procurer une représentation à grande échelle, n'éveillèrent pas sa curiosité. Il était intarissable sur les cartes en général, et lui indiqua celle qui conviendrait le mieux à sa demande. il fit même plus. Il dénicha la carte en question dans sa collection personnelle et accepta de la lui confier, miss

Marple ayant promis d'en prendre le plus grand soin et, bien entendu, de la lui renvoyer ensuite.

— Des cartes ? murmura sa mère, Griselda, qu'on s'étonnait de trouver aussi fraîche et aussi épanouie dans cet antique presbytère avec un fils bientôt adulte. Pourquoi des cartes ? Que peut-elle bien vouloir en faire ?

— Je n'en sais rien, répondit le jeune Leonard. Elle ne me l'a pas dit au juste.

— Je me demande... rumina Griselda. Ça me paraît éminemment suspect... A son âge, il serait temps que la pauvre vieille choute chérie renonce à ce genre de fantaisies.

Leonard, qui souhaitait savoir de quel genre de fantaisies il pouvait bien s'agir, dut se contenter d'une réponse évasive :

— Bah ! c'est cette manie qu'elle a de fourrer son nez partout. Mais pourquoi des *cartes* ? Ça, j'aimerais bien en avoir le cœur net !

Miss Marple ne tarda pas à recevoir également une lettre de son petit-neveu David West. Les termes en étaient affectueux :

*Chère tante Jane,*

*Que nous mijotez-vous encore ? J'ai vos informations. Seuls deux trains correspondent à ce que vous demandiez : le 16 h 33 et le 17 heures. Le 16 h 33 est un tortillard qui s'arrête à Haling Broadway, Barwell Heath et Brackhampton puis dessert toutes les gares jusqu'à Market Basing. Le 17 heures est l'express pour Cardiff, Newport et Swansea. Le premier, bien qu'il s'arrête à*

*Brackhampton cinq minutes avant le 16 h 50, peut être dépassé par lui n'importe où, et le second dépasse le 16 h 50 juste avant d'arriver à Brackhampton.*

*Dois-je subodorer dans tout cela quelque croustillant scandale villageois ? Auriez-vous aperçu, en revenant de faire vos emplettes à la ville, l'épouse du maire et l'inspecteur de la Santé tendrement enlacés dans un train qui filait vers le Nord ? Mais qu'importe le train, en vérité ? Il les emmenait peut-être en week-end à Porthcawl ? Merci mille fois pour le pull-over C'est exactement ce dont je rêvais. Comment va le jardin ? Il ne s'y passe pas grand-chose en cette saison, j'imagine.*

*Votre fidèle et affectionné,*
*David*

Miss Marple sourit un peu, puis réfléchit à l'information qui lui était fournie. Mrs McGillicuddy avait été formelle sur un point : le train qui avait dépassé le sien ne comportait pas de couloir mais une suite de compartiments ouvrant directement sur le quai ou la voie. Il ne pouvait donc s'agir de l'express pour Swansea. C'était forcément le 16 h 33.

Ainsi donc, il lui fallait envisager d'autres déplacements. Miss Marple poussa un soupir, puis fit ses plans.

Elle se rendit à Londres par le 12 h 15, comme elle l'avait fait avec Mrs McGillicuddy, mais, délaissant cette fois le 16 h 50, elle revint avec le 16 h 33 jusqu'à Brackhampton. Ce fut un trajet sans histoires, mais elle enregistra toutefois un certain nombre de détails. Le train, à cette heure-là, ne transportait pas grand monde. Un seul compartiment de première classe était occupé – par un très vieux monsieur plongé dans le *New Statesman*. Miss Marple voyagea donc dans un compartiment vide et, aux deux arrêts – Haling Broadway et Barwell Heath –, se pencha au-dehors pour observer le mouvement des passagers qui descendaient du train ou y grimpaient. Quelques personnes montèrent en troisième classe à Haling Broadway, quelques autres en débarquèrent à Barwell Heath. Personne ne monta dans un compartiment de première classe ni n'en descendit, à l'exception du vieux monsieur qui s'éloigna avec son *New Statesman*.

Comme le train, peu avant d'arriver à Brackhampton, entamait la grande courbe préalablement repérée, miss Marple se mit debout, le dos à la fenêtre, après avoir baissé le store.

Effectivement, constata-t-elle, la brusque inclinaison du convoi à l'entrée de la courbe, ajoutée au ralentissement, pouvait déséquilibrer quelqu'un et lui faire heurter la glace du compartiment, provoquant ainsi la remontée du store. Elle scruta l'obscurité. Bien qu'il fasse moins sombre que le jour où Mrs McGillicuddy était arrivée, on ne distinguait pas grand-chose. Il lui faudrait refaire ce trajet de jour.

Le lendemain, elle prit le premier train du matin, acheta quatre taies d'oreiller – leur prix lui fit hausser les sourcils ! –, histoire de concilier les nécessités domestiques avec celles de son enquête, et revint par le 12 h 15 au départ de Paddington. Cette fois encore, elle voyagea seule dans son compartiment de première. « C'est à cause des tarifs, songea-t-elle. A part quelques hommes d'affaires en déplacement, plus personne n'a les moyens de voyager en première classe. Et j'imagine qu'ils doivent se le faire rembourser avec leur note de frais. »

Environ un quart d'heure avant l'arrivée à Brack-hampton, miss Marple prit la carte fournie par son neveu Leonard et se mit à observer le paysage. Elle avait déjà étudié la carte dans ses moindres détails et, après avoir relevé le nom d'une gare que le train traversait sans s'y arrêter, elle parvint à situer très exactement l'endroit où elle se trouvait à l'instant où le convoi ralentissait pour négocier la fameuse courbe. Une très longue courbe, en effet. Miss Marple, le nez contre la vitre, examina avec beaucoup d'attention le terrain situé en contrebas – le train longeait la crête d'un talus assez haut. Puis elle se reporta à sa carte, et ainsi de suite jusqu'à l'arrivée en gare de Brackhampton.

Ce soir-là, elle écrivit et alla aussitôt poster une lettre destinée à miss Florence Hill, 4 Madison Road, Brackhampton. Le lendemain matin, elle se rendit à la bibliothèque municipale où elle consulta le registre des habitants de Brackhampton, et une *Histoire du Comté*.

Rien, jusque-là, ne contredisait la vague, très vague idée qui lui était venue à l'esprit. Ce qu'elle s'était imaginé était possible. Elle n'irait pas plus loin pour le moment.

Mais l'étape suivante exigeait de l'action, beaucoup d'action – et le genre d'action que lui interdisait sa condition physique. Pour vérifier le bien-fondé de sa théorie, ou l'écarter définitivement, il lui fallait faire appel à une aide extérieure. La question était donc : à qui ? Miss Marple passa en revue divers noms et diverses possibilités, les rejetant chaque fois avec un mouvement de tête agacé. Les gens intelligents dont elle aurait pu mettre à profit l'intellect étaient tous bien trop occupés. Non seulement ils étaient titulaires de postes plus ou moins importants, mais leurs loisirs eux-mêmes étaient programmés longtemps à l'avance. Quant aux imbéciles, ils disposaient de tout leur temps. Mais, trancha miss Marple, à quoi aurait servi de s'adresser à des bons à rien ?

Elle continua à réfléchir, en proie à une irritation et à une perplexité grandissantes.

Soudain, ses traits se détendirent. Un nom jaillit, lâché à haute et intelligible voix :

— Mais où avais-je donc encore une fois la tête ? *Lucy Eyelesbarrow*, bien sûr !

## 4

Le nom de Lucy Eyelesbarrow était déjà connu dans certains milieux.

Lucy Eyelesbarrow avait 32 ans. Elle avait obtenu haut la main un diplôme de Mathématiques à Oxford, on parlait d'elle comme d'une jeune personne douée d'une intelligence supérieure, et on lui promettait une brillante carrière académique.

Mais Lucy Eyelesbarrow, outre son intelligence peu commune, se distinguait aussi par son solide bon sens. Elle avait vite compris qu'un professeur d'université, pour glorieuse que soit sa charge, était fort mal rémunéré. Elle n'avait pas la moindre envie d'enseigner et se plaisait au commerce des esprits moins brillants que le sien. Elle aimait, dirons-nous, le contact avec les gens, avec toutes sortes de gens – mais à la condition, surtout, qu'il ne s'agisse pas toujours des mêmes. Et, n'ayons pas peur de le souligner aussi, elle aimait l'argent. Or, pour en gagner, il faut savoir se vendre là où la demande est la plus forte.

Lucy Eyelesbarrow avait repéré le secteur où les spécialistes faisaient le plus cruellement défaut : celui des travaux domestiques. A la stupéfaction de ses amis et de ses condisciples, Lucy Eyelesbarrow s'était donc lancée dans une carrière d'employée de maison.

Sa réussite fut immédiate. Après quelques années d'exercice, elle était connue sur tout le territoire des îles britanniques. Plus personne ne s'étonnait d'entendre telle ou telle maîtresse de maison annoncer joyeusement à son mari : « Tout va bien, chéri. Je *peux* t'accompagner aux Etats-Unis : *j'ai Lucy Eyelesbarrow* ! » Dès l'instant où Lucy Eyelesbarrow franchissait le seuil d'une maison, on n'y connaissait plus ni soucis ni corvées. Lucy Eyelesbarrow faisait tout, avait l'œil à tout, réglait tout. Elle était incroyablement compétente dans tous les domaines possibles et imaginables. Elle s'occupait des vieux parents, acceptait de pouponner les enfants en bas âge, soignait les malades, cuisinait divinement, savait se concilier les grâces des domestiques les plus coriaces déjà installés dans la place (le plus souvent, il n'y en avait pas), se montrait diplomate et pleine de tact avec les plus mauvais coucheurs, ramenait les ivrognes sur la voie de la sobriété, se faisait adorer des chiens. Et, surtout, elle ne reculait jamais devant *aucune* tâche. Elle récurait le carrelage de la cuisine, bêchait le jardin, épongeait les saletés de Médor et charriait jusqu'aux seaux de charbon !

Elle s'était fixé pour règle, entre autres, de ne jamais accepter d'engagement pour une trop longue période : une quinzaine de jours en général, un mois en cas de circonstances exceptionnelles. Ces deux semaines vous coûtaient les yeux de la tête ! *Mais*, pendant ces deux semaines exorbitantes, vous touchiez au paradis. Vous pouviez goûter à une véritable détente, partir pour l'étranger, vous prélasser chez vous, faire ce que bon vous semblait avec la certitude que tout se passerait bien à la maison sous la férule compétente de Lucy Eyelesbarrow.

Naturellement, elle était très demandée. Elle aurait pu établir son emploi du temps trois ans à l'avance, et on lui avait plus d'une fois dressé des ponts d'or pour qu'elle accepte un poste définitif. Mais Lucy ne voulait rien de définitif et refusait de s'engager au-delà des six prochains mois. Et elle se réservait toujours des périodes de liberté qui lui permettaient de prendre des vacances, brèves mais luxueuses (c'était les seuls moments où elle

dépensait de l'argent, étant le reste du temps gras-
sement payée, somptueusement logée et divinement nourrie) ou d'accepter des propositions de
dernière minute, soit parce quelles lui semblaient
amusantes, soit parce qu'elle « aimait bien ces gens-
là ». Comme elle était désormais en mesure de
sélectionner ses employeurs, elle allait vers ceux
qui avaient l'heur de lui plaire. Il ne suffisait
pas d'être riche pour s'offrir les services de Lucy
Eyelesbarrow. Elle était libre de choisir, et ne s'en pri-
vait pas. Et elle aimait cette manière de vivre qui lui
procurait une inépuisable source de divertissement.

Lucy Eyelesbarrow lut et relut la lettre de miss
Marple. Elle avait fait la connaissance de miss
Marple deux années auparavant, lorsque Raymond
West, le romancier, lui avait demandé de veiller
sur sa vieille tante qui se remettait lentement
d'une pneumonie. Lucy avait accepté ce travail et
s'était rendue à St Mary Mead. Miss Marple lui
avait beaucoup plu. Quant à miss Marple, après
avoir aperçu, de la fenêtre de sa chambre, Lucy
Eyelesbarrow en train de semer exactement comme
il le fallait une rangée de petits pois, elle s'était laissée choir sur ses oreillers avec un soupir de soulagement, avait retrouvé tout son appétit pour se
régaler des succulents petits plats que lui apportait
Lucy Eyelesbarrow, et écouté, agréablement surprise, son irascible vieille servante lui raconter
comment elle avait appris à miss Eyelesbarrow
« un point de crochet qu'elle ne connaissait
pas », et comment celle-ci l'en avait « chaudement

remerciée ». Le médecin s'était étonné de la voir se rétablir aussi vite.

Miss Marple voulait savoir si miss Eyelesbarrow accepterait de se charger pour elle d'un certain travail – qu'elle qualifiait d'assez inhabituel. Et lui proposait de la rencontrer afin d'en discuter plus avant.

Lucy Eyelesbarrow réfléchit un instant en fronçant les sourcils. En vérité, elle ne serait pas libre avant plusieurs mois. Mais le terme « inhabituel », ajouté au bon souvenir qu'elle gardait de miss Marple, emporta sa décision, et elle appela immédiatement cette dernière pour lui dire qu'elle était présentement occupée et qu'il lui était impossible de se libérer pour venir tout de suite à St Mary Mead, mais qu'elles pouvaient se retrouver à Londres, le lendemain, entre 14 et 16 heures. Elle suggéra de fixer ce rendez-vous à son club, endroit qui ne payait pas de mine mais disposait de quelques petites salles de travail où elles pourraient discuter en toute tranquillité.

Miss Marple accepta, et la rencontre eut lieu le lendemain.

Les deux femmes échangèrent les salutations d'usage, puis Lucy Eyelesbarrow conduisit son hôte vers la plus sombre des salles de travail il en précisant :

— J'ai bien peur de ne pas être libre avant un certain temps, mais si vous voulez bien me dire ce que vous attendez de moi ?

— C'est très simple, répondit miss Marple.

Inhabituel, mais simple. Je veux que vous retrouviez un cadavre.

Lucy Eyelesbarrow, un court instant, se dit que miss Marple était un peu dérangée. Puis elle repoussa cette idée. Miss Marple avait toute sa tête. Elle savait parfaitement ce qu'elle disait.

— Quel genre de cadavre ? demanda Lucy Eyelesbarrow avec un admirable sang-froid.

— Le cadavre d'une femme, répondit miss Marple. Une femme assassinée – étranglée, pour plus de précision – dans un train.

Lucy Eyelesbarrow leva un sourcil interrogateur :

— Ma foi, voilà qui sort en effet de l'ordinaire. Expliquez-moi de quoi il retourne au juste.

Miss Marple s'exécuta. Lucy Eyelesbarrow l'écouta avec beaucoup d'attention, sans l'interrompre une seule fois. Puis elle résuma :

— Tout repose donc sur ce que votre amie a vu… ou a cru voir ?

— Elspeth McGillicuddy est totalement dépourvue d'imagination, se récria miss Marple. C'est pourquoi j'ai tendance à ajouter foi à ce qu'elle raconte. S'il s'agissait de Dorothy Cartwight, ce serait une *tout autre* paire de manches. Dorothy débite toujours les histoires les plus abracadabrantes, auxquelles elle finit d'ailleurs le plus souvent par croire elle-même dur comme fer à ceci près qu'au mieux, seul leur point de départ renferme une once de vérité. En revanche, Elspeth est le genre de femme à avoir du mal à admettre qu'une chose aussi extraordinaire ait bien pu lui arriver. Elle est tout sauf influençable – c'est un roc.

— Je vois, fit pensivement Lucy. Considérons-le donc comme acquis. Mais pourquoi moi ? Et que viens-je faire dans tout ça ?

— Je garde une excellente impression de vous, confessa miss Marple, et je n'ai plus assez d'énergie, voyez-vous, pour aller et venir et me lancer dans des aventures.

— Vous voulez que je procède à une enquête ? C'est bien cela ? Mais vous ne pensez pas que les policiers l'auront déjà effectuée ? A moins que vous ne les jugiez… négligents ?

— Oh ! non, affirma miss Marple. Ils n'ont rien négligé. Mais j'ai une théorie à propos de ce cadavre. Il se trouve forcément *quelque part*. Si on ne l'a pas découvert *dans* le train, c'est parce qu'il aura été jeté *hors* du train. Or, on ne l'a pas trouvé non plus sur la voie. J'ai donc refait le trajet depuis Londres pour voir s'il existait un endroit où ce cadavre avait pu être jeté sans être découvert par la suite – et je me suis aperçue que cet endroit existe. La voie suit une longue courbe juste avant d'arriver à Brackhampton, et le remblai est très haut, le long de cette courbe. Si on jetait un corps à cet endroit, alors que le train donne de la gîte pour négocier la courbe, je suis *persuadée* qu'il tomberait directement au pied du remblai.

— Mais on l'y retrouverait forcément ?

— Oh ! bien sûr. A moins qu'on ne l'ait fait disparaître avant… Mais nous y reviendrons. Voici l'endroit dont je vous parle.

Lucy se pencha pour examiner la carte sur laquelle miss Marple pointait l'index :

— Cette propriété se trouve aujourd'hui dans la banlieue de Brackhampton, mais à l'origine, c'était une véritable maison de campagne, avec un vaste parc et beaucoup de terrain. Rien n'a changé, à ceci près qu'elle est maintenant cernée par des immeubles d'habitation ainsi qu'une zone pavillonnaire. La maison a été construite en 1884 par un riche industriel du nom de Crackenthorpe. Son fils, qui est à présent un vieux monsieur, y vit encore avec, si je suis bien renseignée, sa fille. La voie du chemin de fer longe la propriété sur une bonne moitié de son périmètre.

— Et vous souhaitez que je fasse... quoi au juste ?

Miss Marple n'y alla pas par quatre chemins :

— Je veux que vous vous fassiez embaucher chez ces gens-là. Tout le monde se plaint de la difficulté qu'il y a à trouver du personnel qualifié. Cela ne devrait pas être bien compliqué.

— En effet.

— D'après ce que je sais, ce Mr Crackenthorpe a une solide réputation d'avarice. Si vous acceptez un salaire modeste, je le compléterai de ma poche afin d'arriver à une rémunération qui devra, j'estime, être largement supérieure aux tarifs en vigueur.

— A cause de la difficulté de l'entreprise ?

— Je dirai plutôt, en raison du *danger* qu'elle comporte. Je me dois de vous en avertir.

— Ce n'est pas l'idée du danger qui pourrait m'arrêter.

— Je m'en doutais, avoua miss Marple. Ce n'est pas votre genre.

— Iriez-vous jusqu'à prétendre qu'il pourrait m'attirer ? Je n'ai pas souvent eu l'occasion de m'y confronter, jusqu'ici. Mais vous pensez vraiment que cela peut être dangereux ?

— Quelqu'un, expliqua miss Marple, a commis un meurtre assez réussi. Sans bruit, sans fureur et, jusqu'à preuve du contraire, sans suspect. Il ne s'est trouvé que deux vieilles chouettes pour raconter aux policiers une histoire assez rocambolesque, sur laquelle ils ont enquêté sans succès aucun. Je ne pense pas que le criminel en question, quel qu'il soit, vous verra avec plaisir mettre votre nez dans cette affaire – surtout si vous obtenez des résultats.

— Que dois-je chercher, au juste ?

— Des traces le long du remblai, un lambeau de vêtement, des branches cassées – ce genre d'indices.

Lucy hocha la tête

— Et ensuite ?

— Je ne serai pas loin, continua miss Marple. L'une de mes anciennes bonnes, ma vieille et fidèle Florence, habite Brackhampton. Elle s'est occupée de ses parents pendant des années. Ils sont tous deux morts aujourd'hui, et elle prend des pensionnaires – tous gens très convenables. Elle est prête à m'accueillir chez elle. Elle sera aux petits soins pour moi, et vous pourrez, ainsi, me joindre à n'importe quel moment. Je vous suggère de dire à vos employeurs qu'une vieille tante à vous habite le voisinage et que vous voulez disposer d'un minimum de temps libre pour vous rendre réguliè-rement auprès d'elle.

Lucy acquiesça :

— Je *devais* m'embarquer pour Taormina après-demain. Les vacances attendront. Mais je ne peux vous accorder que trois semaines. Ensuite, je suis prise.

— Trois semaines devraient largement nous suffire, concéda miss Marple. Si nous ne sommes pas capables de découvrir quelque chose en trois semaines, mieux vaudra déclarer forfait.

Miss Marple repartit, et Lucy, après avoir réfléchi un instant, appela le bureau de placement de Brackhampton, dont elle connaissait très bien la directrice. Elle lui fit part de son désir de trouver une place dans la région afin d'y être près de sa « tante ». Après avoir, non sans peine et avec beaucoup d'ingéniosité, écarté plusieurs possibilités intéressantes, elle s'entendit proposer Rutherford Hall.

— Voilà qui devrait me convenir parfaitement, décréta Lucy d'un ton décidé.

Le bureau de placement appela miss Crackenthorpe. Miss Crackenthorpe appela Lucy.

Deux jours plus tard, Lucy quittait Londres pour Rutherford Hall.

Au volant de sa petite automobile, Lucy passa entre les vantaux d'une monumentale grille de fer forgé. De l'autre côté, un pavillon de gardien tombait en ruine – défaut d'entretien ou séquelle de la guerre, c'était malaisé à déterminer. Une longue allée sinueuse conduisait vers la demeure entre de sombres massifs de rhododendrons. Lucy retint son souffle en découvrant ce qui ressemblait à une version miniature du château de Windsor. Les marches du perron auraient mérité un coup de balai, et le gravier de l'allée disparaissait en partie sous les mauvaises herbes.

Elle tira la chaîne d'une antique sonnette et entendit l'écho de son tintement résonner dans les profondeurs de la maison. Une vieille servante dépenaillée vint ouvrir la porte et la dévisagea d'un œil soupçonneux en s'essuyant les mains sur son tablier :

— Z'êtes attendue, c'est ça ? Miss Je-sais-trop-quoi-barrow, qu'elle m'a dit.

— Exact, confirma Lucy.

Un froid sépulcral régnait à l'intérieur. La vieille servante lui fit traverser le hall d'entrée faiblement éclairé et ouvrit une porte sur la droite. A sa surprise, Lucy découvrit un salon agréable, avec beaucoup de livres et des fauteuils tapissés de chintz.

— J'vais la prévenir, bougonna la femme qui sortit en refermant la porte derrière elle après avoir lancé à Lucy un dernier regard nettement dépourvu d'aménité.

La porte s'ouvrit de nouveau quelques minutes plus tard. Dès cet instant, Lucy se dit qu'elle aimait bien Emma Crackenthorpe.

C'était une femme d'âge moyen, ni laide ni jolie, sobrement vêtue d'une jupe de tweed et d'un gros pull-over. Tirés en arrière, ses cheveux noirs lui dégageaient le front. Le regard de ses yeux noisette était franc et direct, et elle avait un timbre de voix agréable.

— Miss Eyelesbarrow ? s'enquit-elle en tendant la main.

Elle fronça les sourcils, hésita une seconde avant de continuer :

— Je ne suis pas certaine que cette place corresponde à vos aspirations. Je n'embauche pas, voyez-vous, une gouvernante pour superviser le train de maison. Je suis en quête d'une employée qui fasse le travail.

Lucy rétorqua que c'était là ce que recherchait le commun des mortels.

Emma Crackenthorpe ne parut pas rassurée pour autant :

— Tant de femmes s'imaginent qu'il suffit de promener par-ci par-là un chiffon à poussière et que le tour est joué… mais le chiffon à poussière, je peux le promener moi-même.

— Je comprends très bien, dit Lucy. Vous voulez, quelqu'un qui fasse le ménage, la cuisine, la lessive et qui recharge la chaudière. J'en ai l'habitude. L'ouvrage ne me fait pas peur.

— La maison est grande, et elle manque de confort. Nous – mon père et moi – n'en occupons qu'une partie, bien sûr. Mon père est pratiquement invalide. Nous menons ici une vie tranquille. J'ai plusieurs frères, mais ils viennent assez rarement. Nous employons deux femmes de ménage, Mrs Kidder, qui vient le matin, et Mrs Hart trois jours par semaine pour faire les cuivres et ce genre de corvées. Vous avez une voiture ?

— Oui. Elle peut coucher dehors, s'il n'y a pas d'endroit où la mettre à l'abri. Elle y est habituée.

— Oh ! il y a toute la place nécessaire dans les anciennes écuries. Cela ne posera aucun problème.

Emma Crackenthorpe parut réfléchir un court instant, puis :

— Eyelesbarrow ce n'est pas un nom très courant. Des amis à moi m'ont déjà parlé d'une Lucy Eyelesbarrow. Les Kennedy ?

— En effet. J'étais chez eux dans le Devon quand Mrs Kennedy a eu son bébé.

Emma Crackenthorpe sourit :

— Ils parlent encore de cette époque bénie où vous vous occupiez de tout dans la maison ! Mais je croyais que vous demandiez très cher ? Ce que j'ai proposé...

— Me convient parfaitement, coupa Lucy. Ce qui compte surtout pour moi, voyez-vous, c'est de ne pas être loin de Brackhampton. J'y ai une tante, une vieille demoiselle qui ne va pas fort depuis quelque temps, et je veux rester à proximité. Je ne peux pas m'offrir le luxe de ne rien faire, mais le salaire est néanmoins secondaire. Pourrai-je disposer d'un peu de temps, chaque jour, pour me rendre auprès d'elle ?

— Oh ! bien sûr. Les après-midi, jusqu'à 6 heures, si cela vous convient.

— Voilà qui me semble parfait.

Miss Crackenthorpe marqua une nouvelle hésitation :

— Mon père, comme je vous le disais, est assez âgé et de caractère un peu... difficile. il regarde de

56

très près aux dépenses, et il lui arrive parfois de dire des choses… désagréables. Je ne voudrais pas que…

Lucy ne la laissa pas poursuivre :

— J'ai l'habitude des personnes âgées. J'en ai connu de toutes sortes, et je parviens toujours à m'entendre avec elles.

Emma Crackenthorpe parut soulagée.

« Des problèmes avec le père ! diagnostiqua Lucy Le vieux barbon doit lui en faire voir de toutes les couleurs. »

Elle se vit octroyer une grande chambre, aussi mal éclairée et lugubre que le reste de la maison, et tout aussi glaciale en dépit des efforts déployés par un minuscule radiateur électrique. Puis elle eut droit à une visite des lieux, qui se révélèrent, comme prévu, vastes et dépourvus de tout confort. Comme elles passaient devant une porte, dans le hall d'entrée, une voix puissante s'éleva :

— C'est toi, Emma ? La nouvelle bonniche est, arrivée ? Amène-la-moi, je veux voir à quoi elle ressemble !

Emma rougit et regarda Lucy avec l'air de s'excuser.

Elles pénétrèrent toutes deux dans la pièce. Les tentures de velours sombre, le mobilier de style victorien dont les formes massives luisaient çà et là sous la faible lumière dispensée par les fenêtres étroites composaient une ambiance lugubre mais cossue.

Le vieux Mr Crackenthorpe était vautré dans un

fauteuil d'infirme, une canne à pommeau d'argent à portée de main.

Pour autant qu'on puisse en juger, l'homme devait être grand, et le squelette restait puissant sous l'affaissement des chairs. Le visage, avec son menton volontaire, faisait penser à un bull-dog. La chevelure était sombre, parsemée de gris. Les yeux, petits, étaient soupçonneux :

— Approchez, jeune personne, que je vous examine !

Lucy vint se camper devant lui, calme et souriante.

— Avant tout, vous devez apprendre une chose : ce n'est pas parce que nous vivons dans une grande maison que nous sommes riches. Nous ne sommes *pas* riches. Nous vivons simplement – vous m'entendez ? – *simplement* ! N'allez pas vous faire des idées ! Une morue est toujours aussi bonne qu'un turbot, quel que soit le jour, ayez bien ça en tête ! J'ai horreur du gaspillage. Je vis ici parce que mon père a construit cette maison, et que je l'aime. Après ma mort, ils pourront toujours la vendre si ça leur fait plaisir – et c'est ce qui arrivera, je ne le sais que trop bien. Ils n'ont aucun sens de la famille. C'est de la bonne construction, et les terres qui sont autour nous appartiennent. Ainsi, personne ne nous embête. En les vendant à des promoteurs, on pourrait en tirer gros. Mais ne comptez pas sur moi pour ça. Je ne sortirai d'ici que les pieds devant !

Il avait dit ces derniers mots en fusillant Lucy du regard.

— Votre maison est votre royaume, résuma-t-elle.

— Vous vous moquez de moi ?

— Certainement pas. Je trouve ça formidable, une maison de campagne en pleine agglomération.

— C'est bien ça. D'ici, on ne voit pas une seule habitation – vous avez remarqué ? Des prés, et des vaches dans les prés. En plein milieu de Brackhampton. Quand le vent souffle vers nous, on entend un peu le bruit de la circulation – mais à part ça, on est en pleine campagne.

Puis, sans marquer une pause ni changer de ton, il ajouta à l'intention de sa fille :

— Téléphone à ce crétin de médecin, et dis-lui que les derniers médicaments qu'il m'a prescrits ne me font rien du tout !

Et, comme Lucy et Emma sortaient de la pièce, il leur lança :

— Et que cette bonne femme qui fait semblant d'enlever la poussière ne mette plus les pieds ici. Elle a dérangé tous mes livres !

Lucy demanda :

— Mr Crackenthorpe est souffrant depuis longtemps ?

Elle n'obtint qu'une réponse évasive :

— Oh ! depuis des années… voici la cuisine.

C'était une pièce immense. On y voyait une grande cuisinière éteinte et visiblement à l'abandon, et un réchaud électrique. Lucy s'informa sur les heures des repas et inspecta le contenu du garde-manger. Puis elle dit gaiement à Emma Crackenthorpe :

— Voilà. Je sais tout, maintenant. Laissez-moi faire, et ne vous inquiétez pas.

Ce soir-là, en montant se coucher, Emma Crackenthorpe poussa un soupir de soulagement.

« Les Kennedy avaient raison, songea-t-elle. Elle est merveilleuse. »

Le lendemain, Lucy se leva à 6 heures. Elle fit le ménage, épluca les légumes, prépara et servit le petit déjeuner. Puis elle fit les lits avec l'aide de Mrs Kidder et, comme 11 heures sonnaient, elles s'assirent dans la cuisine face à une boîte de biscuits secs et à une tasse de thé bien noir. Rendue plus aimable par la constatation que Lucy « ne prenait pas de grands airs » et par le thé fort et sucré, Mrs Kidder condescendit à bavarder un peu. C'était une petite femme maigrelette au regard perçant et à la bouche pincée :

— Un vieux radin, voilà ce qu'il est. Et elle, ce qu'il lui faut pas supporter ! Mais elle est pas ce que j'appellerais une chiffe molle, si vous voyez ce que j'veux dire. Elle sait ce qu'elle veut, et elle sait se faire respecter. Quand c'est que les messieurs viennent, elle s'arrange pour qu'ils mangent correctement.

— Les messieurs ?

— Oui. C'était une sacrée famille, faut vous dire. L'aîné, Mr Edmund, il est mort à la guerre. Puis il y a Mr Cedric, qui vit à l'étranger. Il est pas marié. Il peint des tableaux. Mr Harold habite à Londres, dans la City – il a épousé une noble, la fille d'un comte. Et puis, Mr Alfred. Il est plutôt gentil,

Mr Alfred, mais c'est comme qui dirait le vilain petit canard de la couvée, il a déjà eu pas mal d'ennuis. Et il y a le mari de miss Edith, Mr Bryan, qu'est bien gentil, lui aussi. Miss Edith – miss Edie qu'on l'appelait – elle est morte, y a quelques années de ça, mais lui, il fait toujours partie de la famille, comme qui dirait. Et il y a le petit Mr Alexander, le gamin à miss Edith. Il est en pension, et il passe toujours une partie de ses vacances ici. Miss Emma est folle de lui.

Lucy emmagasinait toutes ces informations, et resservit plusieurs fois du thé à Mrs Kidder. Puis Mrs Kidder, à regret, se leva pour partir.

— Pour sûr qu'on a pas chômé, hein c'matin ? dit-elle avec un léger étonnement dans la voix. Vous voulez que j'vous donne un coup d'main pour éplucher ces pommes de terre, mon petit ?

— C'est presque fini.

— Faut reconnaître qu'avec vous, au moins, ça traîne pas ! Bon, eh bien, je vais y aller, moi aussi, vu qu'y a plus rien à faire.

Mrs Kidder partie, Lucy, qui avait du temps devant elle, entreprit un nettoyage en règle de la table de la cuisine – elle était impatiente de le faire, mais s'en était abstenue pour ne pas vexer Mrs Kidder à qui, normalement, incombait cette tâche. Puis elle s'attaqua à l'argenterie et prit plaisir à lui rendre un éclat que, de toute évidence, elle n'avait pas eu depuis longtemps. Elle prépara le déjeuner, nettoya et rangea la vaisselle et, à 2 heures et demie, elle était prête à partir en exploration.

Elle avait disposé sur un plateau tout ce qu'il fallait pour servir le thé, avec du pain, du beurre et des sandwiches, et recouvert le tout d'une serviette humide pour en préserver la fraîcheur.

Elle commença, le plus naturellement du monde, par une visite des jardins. Quelques maigres légumes poussaient dans le potager. Les serres étaient en ruine. Les mauvaises herbes envahissaient les allées. Seule, une bordure d'herbacées autour de la maison semblait à peu près entretenue, et Lucy se dit qu'Emma n'y était sans doute pas étrangère. Le jardinier, d'âge canonique, était sourd comme un pot et ne s'appliquait qu'à faire semblant de travailler. Lucy échangea avec lui quelques propos aimables. Il logeait dans un cottage attenant aux écuries.

Une allée, partant de l'arrière des écuries, traversait le parc dans toute sa longueur et passait sous un pont de chemin de fer pour rejoindre une petite route.

Toutes les cinq à six minutes, un train franchissait le pont à grand fracas. Lucy resta un long moment à observer les convois qui ralentissaient pour emprunter la courbe qui encerclait la propriété des Crackenthorpe. Puis elle passa sous le pont pour gagner la petite route, qui semblait très peu fréquentée. Elle était bordée d'un côté par le remblai de la voie de chemin de fer, et de l'autre par le grand mur d'enceinte protégeant un ensemble de bâtiments industriels. Lucy suivit la petite route jusqu'à un croisement d'où partait une rue bordée de maisonnettes. On entendait, assez proche, la rumeur d'une voie de grande circulation. Une femme sortit de l'une des maisons, et Lucy l'aborda :

— Excusez-moi, y a-t-il une cabine de téléphone près d'ici ?

— Le bureau de poste est au coin de la rue.

Lucy la remercia et marcha jusqu'au bureau de poste – qui était couplé avec un magasin d'alimentation. Elle trouva la cabine du téléphone, composa un numéro, dit qu'elle voulait parler à miss Marple. Une voix féminine lui répondit d'un ton rogue :

— Elle se repose. Et je ne vais certainement pas la déranger ! C'est une vieille personne. C'est de la part de qui ?

— Miss Eyelesbarrow. Ce n'est pas la peine de la déranger, en effet. Dites-lui simplement que je suis arrivée, que tout va bien, et que je la rappellerai dès que j'aurai du nouveau.

Elle raccrocha et reprit le chemin de Rutherford Hall.

# 5

— Vous ne voyez pas d'inconvénient à ce que je m'entraîne dans le parc avec mes clubs de golf ? demanda Lucy.

— Oh ! non, bien sûr. Vous aimez le golf ?

— Je ne suis pas une championne, mais je prend plaisir à y jouer, c'est vrai. Et puisqu'il faut bien faire un peu d'exercice, je préfère cela à la simple marche à pied.

— Marcher ? Où pourriez-vous marcher, en dehors d'ici ? grogna Mr Crackenthorpe. Il y a partout des pavés, et des bicoques sans intérêt. J'en connais qui seraient trop heureux de mettre la main sur mes terres pour en construire encore plus. Mais, moi vivant, ils n'auront rien du tout. Et je ne suis pas prêt à mourir pour leur faire plaisir. C'est moi qui vous le dis Pour faire plaisir à *qui que ce soit* !

— Allons, père, intervint Emma Crackenthorpe d'une voix calme.

— *Je* sais très bien à quoi ils pensent – et ce qu'ils attendent ! Tous, autant qu'ils sont ! Cedric, et ce petit roublard de Harold, avec ses airs suffisants ! Et Alfred ! Je me demande s'il n'a pas déjà essayé de m'expédier dans l'autre monde, celui-là ! A Noël, par exemple. J'ai bien failli y passer. Ce vieil abruti de Quimper y perdait son latin. Il m'a posé un tas de questions bizarres.

— Une indigestion, père, cela peut arriver à tout le monde.

— C'est ça, c'est ça, dis carrément que j'avais trop mangé ! C'est ce que tu penses, n'est-ce pas ? Et si j'avais trop mangé, c'est pourquoi, à ton avis ? Parce qu'il y avait trop sur la table, beaucoup trop ! Quel gaspillage ! Quelle extravagance ! A propos, jeune femme : vous nous avez donné cinq pommes de terre au déjeuner – et pas des petites. Deux par personne auraient suffi. A l'avenir, mettez-en quatre. On en a gaspillé une, aujourd'hui.

— Non, Mr Crackenthorpe. J'avais prévu de la mettre dans l'omelette, ce soir.

— Fichtre !

Comme elle quittait la pièce en emportant le plateau du café, Lucy l'entendit dire : « Maligne, cette petite, elle a réponse à tout. Elle cuisine bien, aussi. Et c'est un joli brin de fille. »

Lucy Eyelesbarrow prit l'un des clubs de golf qu'elle avait pensé à amener avec elle et s'éloigna dans le parc.

Quand elle fut proche de la clôture, elle leva son club et se mit à frapper sur la balle. Après quelques minutes, une balle, sans doute frappée de biais, alla se nicher quelque part au pied du remblai de la voie de chemin de fer. Lucy partit à sa recherche. Elle jeta un coup d'œil en direction de la maison. Elle en était assez éloignée, et personne ne s'intéressait à son manège. Elle poursuivit ses recherches. De temps en temps, elle levait son club pour frapper depuis le remblai en direction de la prairie. Elle fouilla ainsi au pied du remblai, sur un bon tiers de la longueur totale. Rien. Elle revint vers la maison sans cesser de frapper la balle.

Le lendemain, elle trouva quelque chose. Un buisson épineux avait été en partie arraché à mi-hauteur du remblai. Des branches étaient éparpillées sur le sol. Lucy examina ce qu'il en restait. Un lambeau de fourrure était accroché dans les épines. Il était havane, presque de la même couleur que l'écorce. Lucy, après l'avoir regardé attentivement, sortit de sa poche une paire de ciseaux, en coupa la moitié avec précaution et la glissa dans une enveloppe qu'elle remit aussitôt dans sa poche. Elle redescendit la pente du remblai en examinant chaque pouce de terrain pour s'assurer qu'il n'y avait rien d'autre. Puis elle s'intéressa à l'herbe haute du pré. Il lui sembla y distinguer des traces de pas déjà presque effacées. Mais elles étaient à peine visibles – beaucoup moins nettes que ses propres traces. Cela remontait déjà à un certain temps, en admettant qu'il y ait là autre chose que le produit de son imagination.

Puis elle concentra ses recherches sur l'étroite bande de terrain qui se trouvait au pied du remblai, entre celui-ci et la route. Et là, ses efforts furent récompensés. Un poudrier en métal émaillé, babiole sans grande valeur, gisait sous les hautes herbes. Elle l'enveloppa dans son mouchoir avant de le fourrer dans sa poche. Puis elle se remit à chercher, mais ne trouva plus rien.

Le lendemain, en début d'après-midi, elle prit sa voiture pour aller voir sa vieille tante.

— Prenez votre temps, lui dit gentiment Emma Crackenthorpe. Nous n'avons pas besoin de vous jusqu'à l'heure du dîner.

— Merci. Mais je serai de retour à 6 heures.

Le 4, Madison Road, était une petite maison banale dans une rue banale, avec des rideaux au crochet impeccablement amidonnés aux fenêtres, un pas de porte d'un blanc immaculé et une poignée en cuivre bien astiquée. Une grande femme toute de noir vêtue, la mine sévère sous son gros chignon de cheveux gris, vint ouvrir à Lucy.

Elle examina la jeune femme d'un œil méfiant et la conduisit jusqu'à miss Marple.

Miss Marple se tenait dans un salon meublé à l'ancienne et donnant sur un petit carré de jardin. Une propreté agressive régnait dans cet univers de carpettes et de napperons où des quantités de bibelots en porcelaine s'accumulaient sous la garde de deux énormes fougères en pots. Miss Marple, enfoncée dans un grand fauteuil devant la cheminée, s'activait sur un ouvrage au crochet.

Lucy entra, referma la porte et prit place dans un fauteuil, face à miss Marple :

— Vous ne vous étiez apparemment pas trompée.

Elle montra ses trouvailles, expliqua où et comment elle les avait faites.

Un peu de rose monta aux joues de miss Marple, un éclair de satisfaction passa dans son regard :

— Peut-être est-ce là une réaction quelque peu immodeste, mais je trouve extrêmement gratifiant d'élaborer une théorie et de se voir apporter la preuve qu'elle était exacte !

Elle tournait et retournait le lambeau de fourrure entre ses doigts :

— Elspeth a bien dit que la femme portait un manteau de fourrure havane. Je suppose que le poudrier se trouvait dans la poche du manteau, et qu'il en sera tombé quand le corps a roulé jusqu'au pied du remblai. Il n'a rien d'original, mais il pourra peut-être nous aider. Vous n'avez pas pris toute la fourrure ?

— Non, j'en ai laissé une moitié sur place.

— Très bien, approuva miss Marple avec un

hochement de tête. Vous êtes très intelligente, ma chère. La police ne manquera pas de vérifier cela.

— Vous avez l'intention d'aller voir la police… avec ces objets ?

— En réalité… pas tout de suite, réfléchit miss Marple. Il vaudrait mieux, sans doute, retrouver le cadavre d'abord. Qu'en pensez-vous ?

— Oui, mais y a-t-il vraiment une chance de le retrouver ? En supposant que vos supputations soient exactes, veux-je dire. L'assassin a jeté le cadavre du train, après quoi il est probablement descendu à Brackhampton et, à un moment quelconque – la nuit, sans doute – sera revenu sur les lieux pour le faire disparaître. Mais ensuite ? Il a pu le mettre *n'importe où*.

— Non, pas *n'importe où*, rectifia miss Marple. Je crains que vous ne péchiez par manque de logique, ma chère miss Eyelesbarrow.

— Appelez-moi Lucy. Qu'entendez-vous par là ?

— S'il en était ainsi, il pouvait, beaucoup plus facilement, assassiner cette fille dans un endroit désert et y faire disparaître son cadavre. Vous ne saisissez pas…

Lucy l'interrompit :

— Etes-vous… vous voulez dire qu'il s'agirait d'un meurtre prémédité ?

— Au départ, je ne le pensais pas, convint miss Marple. Comme n'importe qui à ma place. Je voyais une violente dispute, un homme qui se laisse emporter par la colère jusqu'à étrangler une femme et doit ensuite, en l'espace de quelques minutes, se débarrasser de son cadavre. Mais il nous faut alors supposer que l'homme, ayant tué cette femme dans un accès de folie, jette un coup d'œil au-dehors et s'aperçoit que le train, à cet instant précis, traverse à petite vitesse une zone qui constitue un endroit idéal pour y jeter le cadavre et revenir ensuite le faire disparaître. N'est-ce pas un peu trop de coïncidences ? S'il avait jeté le corps à cet endroit simplement par hasard, il s'en serait tenu là, et on l'aurait, tôt ou tard, découvert.

Elle se tut. Lucy la regardait fixement.

— Savez-vous, reprit miss Marple d'un ton pensif, que c'était une façon assez intelligente de préparer un assassinat – et je crois qu'il a été préparé, en effet, avec beaucoup de soin. Le train a quelque chose de complètement anonyme. S'il l'avait tuée chez elle, même si elle n'y était que de passage, quelqu'un aurait pu le voir arriver ou repartir. S'il l'avait emmenée quelque part dans sa voiture, même en rase campagne, quelqu'un aurait pu remarquer la voiture, se souvenir de son numéro. Mais un train abrite un va-et-vient perpétuel de gens qui ne se connaissent pas. Dans une voiture sans couloir, seul avec elle, tout était plus facile – surtout si l'on songe qu'il savait exactement ce qu'il ferait ensuite. Il connaissait – il connaissait *forcément* – l'existence de Rutherford Hall, sa position géographique, son étrange isolement – un îlot, bordé par des voies de chemin de fer.

— C'est tout à fait cela, dit Lucy. Un véritable anachronisme. La ville et son vacarme l'environnent, mais n'y pénètrent pas. On voit quelques livreurs le matin, et plus personne le reste de la journée.

— Supposons donc que l'assassin soit venu ce soir-là dans la propriété. Il faisait déjà nuit à l'heure où le corps est tombé du train, et personne ne risquait de le découvrir avant le jour suivant.

— En effet.

— Mais comment a-t-il pu venir ? En voiture ? Et par où ?

Lucy réfléchit à haute voix :

— Il y a une petite route, le long d'un mur d'usine. Il a pu arriver par là, tourner sous le pont du chemin de fer et prendre la route qui suit la voie. De là, il lui était facile de franchir la clôture pour marcher au pied du remblai, trouver le corps, et le ramener à sa voiture.

— Et de là, enchaîna miss Marple, le transporter jusqu'à un endroit qu'il avait déjà choisi. Tout cela était bel et bien organisé d'avance, voyez-vous. Et je pense même, comme je vous le disais, qu'il ne l'aura pas fait sortir de Rutherford Hall, et que s'il l'a fait, il ne sera pas allé bien loin... Le plus simple était de l'enterrer, non ? ajouta-t-elle en interrogeant Lucy du regard.

— Sans doute, dit Lucy tout en réfléchissant. Mais c'est plus facile à dire qu'à faire.

Miss Marple acquiesça :

— Il n'a pas pu l'enterrer dans le parc. C'était un travail trop pénible, et qui risquait de se remarquer. Ou alors, dans un lieu où la terre était déjà retournée ?

— Le potager, peut-être. Encore qu'il se trouve

tout près du cottage où habite le jardinier. C'est un homme très âgé, et complètement sourd, mais il y avait tout de même un risque.

— Y a-t-il un chien ?

— Non.

— Dans une remise, alors ? Dans l'une des dépendances ?

— C'était certainement plus simple et plus rapide... Il y a un tas de vieux bâtiments à l'abandon ; des porcheries en ruine, des selleries, des ateliers où plus personne ne met jamais les pieds. A moins qu'il ne l'ait enfoui quelque part sous des buissons, ou sous un massif de rhododendrons ?

Miss Marple hocha la tête :

— Oui. C'est ce qui me paraît *le plus* probable.

On frappa à la porte et l'austère Florence pénétra dans la pièce, chargée du plateau de thé.

— C'est bien que vous ayez de la visite, dit-elle à miss Marple. Je vous ai fait vos gâteaux préférés.

— Je ne connais rien de meilleur, avec le thé, que les gâteaux de Florence, avoua miss Marple.

Un sourire aussi radieux qu'inattendu illumina d'un coup les traits sévères de la logeuse.

— Je vous propose, ma chère, dit miss Marple, de ne plus parler de ce meurtre en prenant notre thé. Ces choses-là sont tellement *déplaisantes*.

Après le thé, Lucy se leva :

— Je dois rentrer. Comme je vous l'ai dit, aucun des habitants actuels de Rutherford ne pourrait être l'homme que nous cherchons. Il n'y a qu'un vieillard impotent, une femme entre deux âges et un vieux jardinier atteint de surdité.

— Je n'ai jamais dit qu'il *habitait* à Rutherford, se récria miss Marple. Je prétends simplement qu'il s'agit de quelqu'un qui connaît très bien Rutherford Hall. Mais nous aurons l'occasion d'en reparler quand vous aurez trouvé le cadavre.

— Vous semblez certaine que je vais le trouver, dit Lucy. Or, je suis loin de partager votre optimisme.

— Mais si, ma chère Lucy, je connais votre efficacité.

— Dans un certain nombre de domaines, certes. Mais je n'ai guère pratiqué la chasse au cadavre jusqu'à présent.

— Il y suffit d'un peu de bon sens, affirma miss Marple d'un ton encourageant.

Lucy se tut une seconde, puis se mit à rire. Miss Marple la regarda partir en souriant.

Le lendemain, dans l'après-midi, Lucy entreprit une recherche systématique. Elle inspecta les remises, scruta chaque mètre carré de terre sous les hautes bruyères qui avaient envahi les parcs à cochons abandonnés. Comme elle furetait dans la chaufferie de la serre, elle entendit derrière elle une petite toux et se retourna d'un bloc pour voir le vieil Hillman, le jardinier, qui la fixait d'un œil désapprobateur :

— Attention, vous pourriez vous faire mal, miss. Ces marches ne sont pas solides, et c'est pareil à l'étage, où je vous ai entendue marcher y a tout juste une minute : le plancher est pourri.

Lucy prit bien garde de dissimuler son embarras.

— Vous devez me trouver bien curieuse, dit-elle gaiement. Mais je me demandais si on ne pourrait pas tirer parti de cet endroit – y faire pousser des champignons qu'on vendrait au marché, par exemple. Tout cela semble tellement abandonné.

— C'est la faute du maître. Il veut jamais lâcher un sou. Faudrait au moins deux hommes et un gamin pour entretenir tout ça. Mais y a rien à faire, il veut pas en entendre parler. Pouvez pas savoir le mal que j'ai eu à lui faire acheter une tondeuse à moteur. Il voulait que je tonde tout à la main, ma parole !

— Mais pour peu qu'on y fasse quelques réparations, tout cela pourrait peut-être rapporter de l'argent ?

— C'est trop tard, miss, on a trop attendu. Et de toute façon, il s'en fiche. Tout ce qui l'intéresse, c'est d'économiser. Il sait bien ce qui se passera, le jour où il sera plus là. Les jeunes messieurs vendront tout, vite fait. Ils attendent que ça : que le vieux casse sa pipe. Ils toucheront un joli paquet d'argent, ce jour-là, à ce qu'on m'a dit.

— J'imagine qu'il est très riche.

— Tout ça, c'est les Folies Crackenthorpe, comme je dis toujours. Tout a commencé avec Mr Crackenthorpe père. Un sacré malin, qu'c'était ! Il a fait fortune, et il a construit sa maison ici. Un vrai dur à cuire, à c'qu'on raconte, et qu'oubliait jamais une offense ! Mais avec tout ça, *lui*, il était pas regardant. Jamais radin, jamais mesquin. Mais bien déçu par ses fils, à c'qu'on dit aussi. Il leur a fait donner de l'instruction, les a élevés comme des gentlemen

– Oxford, et tout ça. Moyennant quoi, ils ont jamais voulu se mettre au travail – c'était pas assez chic pour eux ! Le cadet a épousé une actrice et il s'est tué en voiture un jour qu'il avait trop bu. L'aîné – le nôtre, si vous me suivez – son père le portait pas vraiment dans son cœur, comme qui dirait. Il passait son temps à voyager et à acheter un tas de statues qu'il ramenait à la maison. L'était pas si près de ses sous, en son jeune temps – paraît que ça lui est venu sur le tard. Non, ils se sont jamais bien entendu, son père et lui, à c'qu'on m'en a dit.

Lucy enregistrait ces informations avec un air d'intérêt poli. Le vieil homme s'adossa au mur pour continuer son récit. Il aimait nettement mieux discourir que travailler :

— Il est mort en 1928, le vieux. Parlez d'un sale caractère ! Pas question de discuter avec lui : il supportait pas la contradiction !

— Et à sa mort, l'actuel Mr Crackenthorpe est venu s'installer ici ?

— Oui. Avec ses enfants. Quasiment adultes, qu'ils étaient déjà.

— Bon, eh bien, j'imagine que vous avez envie de vous remettre à l'ouvrage, hasarda Lucy. Il ne faut pas me laisser vous accaparer.

— Bah ! rétorqua le vieil Hillman, vu l'heure qu'il est déjà, y a plus d'ouvrage qui tienne. On n'y voit déjà quasiment plus.

Lucy retourna vers la maison, en s'arrêtant pour inspecter au passage un boqueteau de bouleaux et d'azalées.

Elle trouva Emma Crackenthorpe dans le hall

d'entrée, une lettre à la main. Le courrier de l'après-midi venait d'être distribué :

— Mon neveu sera ici demain, avec un de ses camarades de pension. La chambre d'Alexander est celle qui donne sur la véranda. Son camarade, James Stoddart-West, dormira dans la chambre voisine. Ils utiliseront la salle de bains qui se trouve de l'autre côté du corridor.

— Bien, miss Crackenthorpe. Je vais faire préparer ces chambres.

— Ils arriveront dans la matinée, avant le déjeuner.

Elle hésita une seconde avant d'ajouter :

— Et je suis certaine qu'ils auront très faim.

— Bien entendu, dit Lucy. Que diriez-vous d'un rôti de bœuf ? Et d'une tarte à la mélasse, peut-être ?

— Alexander adore la tarte à la mélasse.

Les deux garçons arrivèrent le lendemain matin. Ils avaient l'un comme l'autre les cheveux bien peignés, un air trop angélique pour être vrai, et des manières irréprochables. Alexander Eastley était un blond aux yeux bleus, James Stoddart-West était brun et portait des lunettes.

Pendant le déjeuner, ils discoururent avec gravité sur l'actualité sportive avec, de temps à autre, quelques allusions au dernier film d'aventures spatiales. On aurait dit deux vénérables professeurs discutant des instruments de l'ère paléolithique. Lucy, à les observer, se sentait étrangement jeune.

L'aloyau de bœuf disparut en un clin d'œil, et la

tarte à la mélasse fut engloutie jusqu'à la dernière miette.

— Des ogres, marmonna Mr Crackenthorpe. Des ogres affamés ! Ils ne me laisseront que les yeux pour pleurer.

Alexander lui décocha, de ses yeux bleus, un regard chargé de réprobation :

— Si vous n'avez pas les moyens d'acheter de la viande, nous nous contenterons de pain et de fromage, grand-père.

— Les moyens ? Je les *ai*, les moyens ! Mais J'ai horreur du gaspillage, c'est tout.

— Nous n'avons absolument rien gaspillé, monsieur, protesta James Stoddart-West en regardant son assiette impeccablement nettoyée.

— Vous mangez deux fois plus que moi !

— C'est que nous sommes en pleine croissance, expliqua obligeamment Alexander. L'apport en protéines est essentiel.

Le vieil homme émit un grognement plaintif.

Comme les deux garçons quittaient la table, Lucy entendit Alexander expliquer à son ami :

— Ne fais pas attention à mon grand-père. Il suit un genre de régime, et ça le rend un peu bizarre. Et en plus, il est avare comme pas deux. Il doit souffrir d'un complexe, mais je ne sais pas lequel.

Et James Stoddart-West de répondre, compréhensif :

— J'avais une tante comme ça, elle se croyait toujours au bord de la ruine. En fait, elle était pleine aux as. Pathologique, d'après le toubib. Tu as pensé à prendre ce ballon de foot, Alex ?

Après avoir desservi et lavé la vaisselle, Lucy
sortit. On entendait les cris des garçons sur la
pelouse, à quelque distance de la maison. Elle prit
la direction opposée et descendit jusqu'à la grille
d'entrée avant de s'enfoncer dans un épais fourré
de rhododendrons. Là, soulevant chaque branche
pour regarder dessous, elle se mit à chercher avec
ordre et méthode. Elle allait ainsi d'un pied de rho-
dodendron à l'autre, raclant la terre avec un club
de golf, quand la petite voix polie d'Alexander la
fit tressaillir :

— Vous avez perdu quelque chose, miss Eyelesbarrow ?

— Une balle de golf, s'empressa de répondre
Lucy. Plusieurs, même. Je m'entraîne presque
chaque après-midi, et j'ai égaré une quantité de
balles. Aujourd'hui, je me suis juré d'en retrouver
au moins quelques-unes.

— On va vous aider, s'offrit galamment
Alexander.

— C'est très gentil à vous. Je vous croyais en
train de jouer au football.

— Impossible de continuer à jouer au foot, expliqua James Stoddart-West. Ça nous met en nage.
Vous pratiquez souvent le golf ?

— C'est un sport qui me plaît. Mais j'ai rarement
l'occasion de le pratiquer.

— Je vois. C'est vous qui faites la cuisine, ici,
n'est-ce pas ?

— Oui.

— C'est donc vous qui aviez préparé le déjeuner,
aujourd'hui ?

— Oui. Vous l'avez trouvé bon ?

— Fabuleux, tout simplement, dit Alexander. La viande qu'on nous donne à la pension est épouvantable – de la semelle. J'adore quand c'est rose, avec plein de jus. Et la tarte à la mélasse était plutôt chouette, elle aussi.

— Il faut me dire quels sont vos plats favoris.

— Est-ce qu'on pourrait avoir des pommes meringuées, une fois ? C'est ce que je préfère à tout.

— Bien sûr.

Alexander poussa un soupir de bonheur anticipé.

— Il y a un jeu de golf miniature sous l'escalier, enchaîna-t-il. On pourrait faire une partie. Qu'est-ce que tu en penses, Stodders ?

— *Good-oh !* lança Stoddart-West pour toute réponse.

— Il n'est pas vraiment australien, expliqua poliment Alexander. Mais il s'entraîne à parler comme les Australiens pour le cas où ses parents l'emmèneraient voir le Test Match, l'année prochaine.

Avec les encouragements de Lucy, ils allèrent chercher le jeu de golf. Un peu plus tard, quand elle revint vers la maison, elle les trouva en train de l'installer sur la pelouse tout en se disputant sur l'emplacement des chiffres.

— On ne veut pas que ça ressemble à un cadran d'horloge, expliqua Stoddart-West. Ça, c'est bon pour les gamins. On veut un vrai terrain, avec des distances de tir variables. Dommage que ces plaques soient toutes rouillées. C'est à peine si on peut lire les chiffres.

— Elles auraient besoin d'un coup de peinture, diagnostiqua Lucy. Vous pourriez vous en procurer, demain, et les repeindre.

— Bonne idée !

Le visage d'Alexander s'illumina :

— Mais… je crois bien avoir vu des pots de peinture dans la Grange Longue, aux dernières vacances. Des peintres les y avaient laissés. On y va voir ?

— La Grange Longue ? C'est quoi, ça ? questionna Lucy.

Alexander montra du doigt un bâtiment tout en longueur, non loin de la petite route qui passait derrière la maison.

— C'est assez vieux, comme baraque, dit-il. Grand-père l'appelle la Grange Percée à cause des fuites dans la toiture, et il prétend qu'elle date de l'époque élisabéthaine, mais c'est du pipeau. A l'origine, il y avait une ferme à cet endroit-là. Mon arrière-grand-père l'a fait démolir et il a construit cette horreur à la place.

» On y a remisé une bonne partie de la collection de grand-père, ajouta-t-il. Des trucs qu'il faisait venir de l'étranger quand il était jeune. Des trucs vraiment affreux. De temps en temps, on prête la Grange Longue pour des tournois de whist, ou pour des ventes de charité. Venez donc voir.

Lucy se fit un plaisir de les accompagner.

Une lourde porte cloutée, en chêne massif, défendait l'entrée du bâtiment.

Alexander leva la main et prit une clef sous une

branche de lierre à droite de la porte. Il l'introduisit dans la serrure, la fit tourner et ils entrèrent.

Au premier regard, Lucy eut l'impression de pénétrer dans une sorte de musée des horreurs. Deux énormes têtes d'empereurs romains, sculptées dans le marbre, la fixaient de leurs yeux protubérants non loin d'un sarcophage monumental de la période décadente de l'empire. Il y avait aussi, debout sur un piédestal, une Vénus tout en minauderies, retenant d'une main craintive les plis de sa tunique tombante et, entre diverses œuvres d'art, deux tables à jeu, une quantité de chaises empilées les unes sur les autres, et quelques ustensiles hors d'usage : une tondeuse à main attaquée par la rouille, deux bassines, des sièges d'automobile mangés aux mites et un banc de jardin en fer récemment peint en vert mais auquel manquait un pied.

Un rideau en lambeaux masquait un angle de la pièce.

— C'est par là que j'ai vu des pots de peinture, il me semble, signala Alexander.

Ils trouvèrent effectivement, derrière le rideau, deux pots et des pinceaux aux poils raidis par la peinture sèche.

— Il va vous falloir de la térébenthine, observa Lucy.

Ils n'en trouvèrent pas. Les garçons proposèrent d'aller en chercher avec leurs bicyclettes, et Lucy les y encouragea vivement. La peinture des chiffres, se dit-elle, les occuperait un bon moment.

Ils sortirent, la laissant seule dans la grange.

— Tout cela aurait besoin d'un bon nettoyage, avait-elle fait remarquer comme ils s'en allaient.

— A votre place, je ne me donnerais pas cette peine, avait répondu Alexander. On nettoie la Grange Longue chaque fois qu'on doit l'utiliser pour une raison quelconque, mais à cette époque de l'année, personne n'y fourre jamais les pieds.

— La clef, je la remets là où vous l'avez trouvée ?

— Oui. Il n'y a rien à chaparder là-dedans. Personne ne voudrait de ces affreux mastodontes en marbre, et de toute façon, ce serait bien trop lourd à transbahuter.

Lucy était du même avis. Les goûts artistiques du vieux Mr Crackenthorpe ne l'enthousiasmaient guère : quelle que fût l'époque à laquelle il s'était intéressé, il semblait avoir eu un talent particulier pour en dénicher les productions les plus exécrables.

Les deux garçons partis, elle examina une nouvelle fois tout ce qui se trouvait autour d'elle. Son regard rencontra le sarcophage, et s'y fixa.

Ce sarcophage…

Une odeur de moisi flottait dans l'atmosphère. La grange n'avait pas dû être aérée depuis longtemps. Elle s'approcha du sarcophage. Le couvercle en était lourd, et parfaitement ajusté. Lucy le contempla un moment d'un œil pensif.

Puis elle sortit de la grange, alla jusqu'à la cuisine où elle trouva un solide pied-de-biche et, munie de celui-ci, retourna vers la grange.

La tâche ne fut pas facile, mais Lucy s'acharna, et le succès vint couronner ses efforts.

Lentement, sous la poussée du pied-de-biche, le couvercle se souleva.

Suffisamment pour permettre à Lucy de voir ce qui se trouvait à l'intérieur..

# 6

Quelques minutes plus tard, Lucy, passablement pâle, refermait la porte de la grange et replaçait la clef sous le lierre.

Elle se hâta vers les écuries, monta dans sa voiture et s'éloigna par l'arrière de la maison. Après s'être arrêtée devant le bureau de poste, elle entra directement dans la cabine téléphonique, mit une pièce dans l'appareil et composa le numéro :

— Je voudrais parler à miss Marple.

— Miss Marple se repose. C'est miss Eyelesbarrow, n'est-ce pas ?

— Oui.

— Il n'est pas question que je la dérange, miss. C'est une vieille personne, et elle a besoin de repos.

— Il faut la déranger. C'est urgent.

— Je ne…

— Sil vous plaît. Faites ce que je vous dis.

Quand elle le voulait, la voix de Lucy pouvait être coupante comme l'acier. Florence, de son côté, savait se soumettre à l'autorité quand elle y était confrontée.

Un court instant plus tard, Lucy entendit la voix de miss Marple :

— C'est vous, Lucy ?

Lucy prit une profonde inspiration.

— Vous aviez raison, articula-t-elle. Je l'ai trouvé.

— Un cadavre de femme ?

— Oui. Une femme avec un manteau de fourrure. Au fond d'un sarcophage en pierre, dans une espèce de grange transformée en musée des horreurs, non loin de la maison. Que dois je faire ? Le mieux serait de prévenir la police, non ?

— Oui. Il faut prévenir la police. Immédiatement.

— Mais que vais-je leur dire, à part cela ? Dois-je leur parler de vous ? La première chose qu'ils vont me demander, c'est *pourquoi* j'ai pris la peine de soulever ce couvercle qui pèse des tonnes. Voulez-vous que j'invente une raison ? C'est facile.

— Non. Je crois, voyez-vous, dit miss Marple de sa voix douce et posée, qu'il vaut mieux leur dire l'exacte vérité.

— A propos de vous ?

— A propos de tout.

Un bref sourire éclaira les traits encore blêmes de la jeune femme :

— Pour moi, ce n'est pas un problème. Mais je crains qu'ils n'aient du mal à me croire !

Elle raccrocha, attendit quelques secondes, puis composa le numéro du poste de police :

— Je viens de découvrir un cadavre au fond d'un

sarcophage dans la Grange Longue, à Rutherford Hall.

— Je vous demande pardon ?

Lucy répéta et, avant qu'on ne le lui demande, donna son nom.

Elle reprit ensuite sa voiture, la gara à sa place habituelle et entra dans la maison.

Dans le hall d'entrée, elle s'immobilisa un instant pour réfléchir.

Puis elle poussa la porte de la bibliothèque, où Emma était assise près de son père qu'elle aidait à remplir la grille de mots croisés du *Times* :

— Puis-je vous parler un instant, miss Crackenthorpe ?

Emma leva vers elle un regard inquiet. Mais cette inquiétude, songea Lucy, était d'ordre purement domestique. C'est par ces mots que les employés de maison annoncent généralement leur départ.

— Eh bien, parlez, ma fille, parlez ! intervint le vieux Mr Crackenthorpe.

— Je voudrais vous voir seule à seule, insista Lucy en regardant Emma.

— En voilà des façons ! Dites tout de suite ce que vous avez sur le cœur ! aboya Mr Crackenthorpe.

— Ce ne sera pas long, père, murmura Emma en se levant pour se diriger vers la porte.

— Assez tergiversé ! Et puis occupons-nous de mes mots croisés ! Le reste peut attendre ! fulmina le vieil homme, de plus en plus exaspéré.

— J'ai bien peur que non, décréta Lucy.

— Quelle impertinence !

Lucy suivit Emma dans le hall d'entrée et referma la porte derrière elles.

— Eh bien ? interrogea Emma. Que se passe-t-il ? Vous trouvez qu'il y a trop de travail, avec ces deux garçons en plus ? Si c'est cela, je peux vous aider.

— Pas du tout, répondit Lucy. Je ne voulais pas parler devant votre père pour ne pas lui occasionner de choc, compte tenu de son état de santé. Mais je viens de découvrir le cadavre d'une femme assassinée au fond du sarcophage qui se trouve dans la Grange Longue.

Emma Crackenthorpe écarquilla les yeux :

— Dans le sarcophage ? Une femme assassinée ? Ce n'est pas possible !

— Hélas, si. J'ai appelé la police. Ils seront ici d'une minute à l'autre.

Emma rougit quelque peu :

— Vous auriez dû m'en parler avant de les prévenir.

— Désolée, s'excusa Lucy.

— Je ne vous ai pas entendue appeler, s'étonna Emma avec un coup d'œil en direction du téléphone posé sur un guéridon.

— Je l'ai fait du bureau de poste.

— Mais c'est extravagant ! Pourquoi pas d'ici ?

Lucy trouva immédiatement la réponse adéquate :

— J'avais peur que les garçons ne soient là. Et qu'ils m'entendent.

— Je vois… oui… je vois… Alors ils vont venir ? Les policiers, veux je dire.

— Ils sont déjà là, annonça Lucy.

Une voiture venait en effet de s'arrêter devant l'entrée dans un crissement de pneus. Aussitôt après, la sonnette se mit à tinter.

— Désolé de vous avoir imposé cela, s'excusa l'inspecteur Bacon.

Il avait pris le bras d'Emma Crackenthorpe pour la conduire hors de la grange. Emma était très pâle et visiblement bouleversée, mais elle se tenait bien droite et marchait d'un pas décidé.

— Je suis pratiquement certaine de n'avoir jamais vu cette femme.

— Nous vous sommes très reconnaissants, miss Crackenthorpe. C'est tout ce que je voulais savoir. Vous souhaitez peut-être vous reposer, maintenant ?

— Je dois m'occuper de mon père. J'ai appelé le Dr Quimper dès que j'ai appris la nouvelle, et il est auprès de lui.

Le Dr Quimper sortit de la bibliothèque comme ils traversaient le hall. C'était un homme de haute taille, dont la cordialité se teintait d'une pointe de cynisme que ses clients trouvaient de bon aloi et qui semblait les stimuler.

L'inspecteur et lui échangèrent un hochement de tête.

— Miss Crackenthorpe vient de s'acquitter avec courage d'un bien pénible devoir, signala Bacon.

— Bravo, Emma, la félicita le médecin en lui tapotant l'épaule. Vous avez du cran. Je n'en ai jamais douté, d'ailleurs. Votre père va bien. Allez lui dire un mot, il vous attend. Puis vous irez dans la salle à manger et vous vous servirez un verre de cognac. Je ne vous l'offre pas, je vous le prescris.

Emma lui adressa un sourire reconnaissant avant de pénétrer dans la bibliothèque.

— Quelle femme ! murmura le médecin en la suivant du regard. Et quel dommage qu'elle ne se soit jamais mariée ! Voilà ce qu'il en coûte d'être la seule fille dans une nichée de garçons. Elles étaient deux, en réalité, mais l'autre sœur a très vite pris le large – à seize ans, elle avait déjà convolé en justes noces, si je ne me trompe. Et Emma est une belle femme, vraiment. Elle aurait fait une épouse et une mère parfaites.

— Trop dévouée à son père, sans doute, hasarda l'inspecteur Bacon.

— Son dévouement a des limites. Mais elle possède cet instinct par lequel les femmes s'entendent à rendre heureux les hommes qui les entourent. Elle comprend que son père se complaît à être un invalide, et elle le laisse donc jouer les invalides. Et avec ses frères, c'est du pareil au même. Cedric se prend pour un grand peintre, l'autre – comment s'appelle-t-il, déjà ? Harold – la trouve toujours prête à écouter ses péroraisons, tout comme Alfred, qui ne craint jamais de la traumatiser avec les récits de ses coups fumants. Oh ! oui, c'est une femme intelligente, pas une tête folle… Mais dites-moi, puis-je vous être utile en quoi que ce soit ? Voulez-vous que j'examine votre cadavre, maintenant que Johnstone en a terminé avec lui (Johnstone était le médecin légiste de la police), afin de m'assurer qu'il ne s'agit pas de l'une de mes erreurs médicales ?

— J'aimerais bien que vous l'examiniez, en effet, docteur. Nous avons besoin de l'identifier. Je suppose que ce serait trop demander au vieux Mr Crackenthorpe ? Le choc…

— Le choc ? Laissez-moi rire ! Il ne nous pardonnerait jamais, ni vous ni moi, de ne pas l'avoir laissé se rincer l'œil. Il en est tout émoustillé. Voilà bien quinze ans qu'il ne lui était rien arrivé d'aussi excitant, et *sans qu'il lui en coûte un sou* !

— Il ne va pas si mal que cela, alors ?

— il a soixante-douze ans. C'est son seul problème. Oh ! il souffre effectivement de rhumatismes intermittents – qui n'en est pas atteint ? Mais il préfère appeler ça de l'arthrite. Il ressent quelques palpitations après les repas – ce qui n'a rien d'exceptionnel – et se plaint donc du « cœur ». Mais il conserve tous ses moyens ! J'ai une foule de patients comme lui. Ceux qui sont réellement malades sont ceux qui veulent absolument vous convaincre qu'ils vont très bien. Bon. Allons donc voir votre cadavre. Pas joli-joli, je présume ?

— Johnstone estime que la mort remonte à quinze jours, trois semaines au plus.

— C'est bien ce que je pensais. Pas joli-joli.

Le docteur se pencha au-dessus du sarcophage avec une curiosité non dissimulée… et une indifférence toute professionnelle au côté « pas joli-joli » de la chose :

— Jamais vu cette créature. Ce n'est pas une de mes patientes. Je ne me souviens pas de l'avoir jamais croisée à Brackhampton. Elle a dû être assez belle plante... Hum ! *quelqu'un* devait avoir une sérieuse dent contre elle.

Ils ressortirent à l'air libre. Le Dr Quimper jeta un coup d'œil en direction du bâtiment :

— Découverte macabre dans la – comment l'appelle-t-on, ? – la Grange Longue... et dans un sarcophage Incroyable, non ? Et qui est allé la dénicher là ?

— Miss Lucy Eyelesbarrow.

— Ah ! la nouvelle bonne ? Que faisait-elle à fureter dans les sarcophages ?

— Ça, marmonna l'inspecteur Bacon d'un air sombre, c'est justement ce que je m'apprête à lui demander. Quant à Mr Crackenthorpe, pourriez-vous... ?

— Je me charge de l'amener ici.

Mr Crackenthorpe, emmitouflé dans ses châles, arriva d'un pas alerte, accompagné. du médecin :

— C'est une honte ! Un scandale ! J'ai ramené ce sarcophage de Florence en... voyons, ce devait être en 1908... ou bien était-ce en 1909 ?

— Calmez-vous, lui conseilla le médecin. Ça ne va pas être une partie de plaisir, je vous préviens.

— Ce n'est pas parce que je suis malade que je ne dois pas faire mon devoir, n'est-ce pas ?

La visite à l'intérieur de la Grange Longue, toutefois, ne s'éternisa pas. Mr Crackenthorpe en ressortit à une vitesse impressionnante :

— Je ne l'avais jamais vue ! Qu'est-ce que ça signifie ? C'est un scandale ! Ce n'était pas de Florence – ça me revient, maintenant – c'était de Naples.

Une pièce remarquable. Et il a fallu que cette idiote vienne finir là-dedans !

Il porta la main à sa poitrine, du côté gauche :

— C'est trop… c'est trop pour moi… mon cœur… Où est Emma ? Docteur…

Le Dr Quimper le prit par le bras

— Ça va aller. Je vous prescris un petit remontant. Du cognac.

Ils repartirent ensemble vers la maison.

— M'sieur ! S'il vous plaît, m'sieur..

L'inspecteur Bacon fit volte-face. Deux gamins venaient d'arriver, hors d'haleine, sur leurs vélos. Ils levaient vers l'inspecteur des regards suppliants.

— M'sieur, est-ce qu'on ne pourrait pas voir le cadavre ?

— Non, pas question, gronda l'inspecteur Bacon.

— Oh ! *s'il vous plaît*, m'sieur. On ne sait jamais. On pourrait peut-être la reconnaître. S'il vous plaît, m'sieur, soyez sympa. Ce n'est pas juste. Il y a eu un meurtre, ici, dans notre grange. Une occasion pareille, ça ne se représentera peut-être plus jamais. Soyez sympa, m'sieur.

— Qui êtes-vous au juste ?

— Alexander Eastley, et ça, c'est mon ami, James Stoddart-West.

— Avez-vous déjà vu dans les parages une femme blonde vêtue d'un manteau de ragondin havane ?

— Ma foi, ce n'est pas impossible, répondit astucieusement Alexander. Si je pouvais jeter un coup d'œil…

— Faites-les entrer, Sanders, ordonna l'inspecteur Bacon au policier qui montait la garde devant la porte. On n'est jeune qu'une fois !

— Oh ! merci, m'sieur, merci ! C'est *très* gentil de votre part, m'sieur !

Bacon reprit le chemin de la maison.

« Et maintenant, se rembrunit-il, au tour de miss Lucy Eyelesbarrow »

*

Après avoir conduit les policiers à la Grange Longue et leur avoir brièvement exposé les faits, Lucy s'était retirée à l'office, mais elle se doutait bien qu'ils n'en avaient pas fini avec elle.

Elle achevait de préparer les pommes de terre frites pour le repas du soir quand on vint lui dire que l'inspecteur Bacon désirait la voir. Après avoir plongé ses pommes de terre dans un grand saladier d'eau froide, elle suivit le policier qui était venu la chercher pour la conduire jusqu'à l'inspecteur. Parvenue à destination, elle s'assit et attendit calmement qu'on l'interroge.

Elle dut d'abord décliner son identité ainsi que son adresse à Londres, et ajouta de son propre chef :

— Je vais vous indiquer quelques noms et quelques adresses au cas où vous souhaiteriez prendre des renseignements sur mon compte.

Les noms étaient des plus recommandables. Un amiral de la Flotte, le doyen d'un collège d'Oxford, et une dame de la meilleure société. Bien qu'il n'en

91

laissât rien paraître, l'inspecteur Bacon en fut impressionné :

— En gros, miss Eyelesbarrow, vous êtes allée à la Grange Longue pour y chercher de la peinture. C'est bien cela ? Puis, après avoir trouvé ladite peinture, vous avez empoigné un pied-de-biche, soulevé le couvercle du sarcophage et découvert le cadavre. Que cherchiez-vous dans ce sarcophage ?

— Un cadavre, dit Lucy.

— Vous cherchiez un cadavre… et vous en avez trouvé un ! Vous ne pensez pas qu'il s'agit là d'une. histoire assez… rocambolesque ?

— Oh ! si, C'est une histoire tout à fait rocambolesque. Permettez-moi néanmoins de vous l'expliquer.

— C'est ce que vous avez de mieux à faire, en effet.

Lucy lui fit un récit détaillé des événements qui l'avaient conduite à cette découverte sensationnelle.

L'inspecteur résuma le tout d'un ton courroucé :

— Vous avez été engagée par une vieille demoiselle pour vous présenter ici comme employée de maison et chercher un *cadavre* ? C'est bien cela ?

— Oui.

— Et qui est la vieille demoiselle en question ?

— Miss Jane Marple. Elle réside actuellement au numéro 4, Madison Road.

L'inspecteur nota l'adresse.

— Et, cette histoire, vous vous figurez que je vais la croire ?

— Bien évidemment non, répondit Lucy d'une

voix douce. Pas avant d'avoir vu miss Marple et qu'elle vous l'ait confirmée.

— Je vais l'interroger. Mais elle doit être cinglée.

Lucy s'abstint de souligner que le fait de ne pas se tromper n'était pas forcément un signe d'aliénation mentale. Au lieu de quoi elle s'enquit :

— Que me suggérez-vous de dire à miss Crackenthorpe ? A *mon* sujet ?

— Pourquoi cette question ?

— Eh bien, vis-à-vis de miss Marple, j'ai bel et bien rempli mon contrat. J'ai découvert le cadavre quelle voulait qu'on découvre. Mais je reste l'employée de miss Crackenthorpe, il y a déjà deux gamins affamés dans la maison et d'autres membres de la famille ne vont pas manquer d'arriver après ces événements. Elle a besoin d'aide. Or, si vous lui dites que j'ai pris cette place dans le seul but de me livrer à une chasse aux cadavres, elle me renverra très certainement. Tandis que si vous ne lui dites rien, je pourrai continuer à me rendre utile.

L'inspecteur, tandis qu'elle parlait, fixait sur elle un regard sans complaisance.

— Je ne vais rien dire à *qui que ce soit* pour le moment, répondit-il. Je n'ai pas encore vérifié vos déclarations. Vous pouvez aussi bien avoir tout inventé.

Lucy se leva :

— Merci. Je vais donc retourner à la cuisine, et me remettre au travail.

# 7

Nous ferions mieux de prévenir Scotland Yard, vous ne pensez pas, Bacon ?

Le chef de la police locale interrogeait l'inspecteur Bacon du regard. L'inspecteur était un grand gaillard flegmatique dont les traits exprimaient en permanence le plus profond dégoût de l'humanité.

— Cette femme n'était pas du coin, chef, répondit-il. Nous avons quelques raisons de croire – d'après ses sous-vêtements – qu'il s'agissait d'une étrangère : Bien entendu, ajouta-t-il aussitôt, je me garderai bien d'en faire état pour le moment. Nous attendrons de voir ce que donne l'enquête du coroner.

Le chef de la police opina du bonnet :

— Une enquête de routine, je suppose ?

— Oui, chef. Je lui en ai déjà parlé.

— Le rendez-vous. est pris ?

— Oui. Pour demain. Les autres membres de la famille Crackenthorpe devraient être présents. Il s'en trouvera peut-être un dans le lot pour identifier le corps – qui sait ? Ils seront tous là.

Il jeta un coup d'œil à la feuille qu'il tenait à la, main et sur laquelle figurait une liste de noms :

— Harold Crackenthorpe est un homme d'affaires de la City – et non des moindres, à ce qu'on m'a dit. Alfred, lui… je ne sais pas très bien ce qu'il fabrique. Cedric vit à l'étranger. Il peint !

L'intonation portée sur ces deux mots en disait long sur l'opinion de l'inspecteur quant à l'activité en question. Le chef de la police locale sourit sous sa moustache :

— Nous n'avons aucune raison, pour le moment, de penser que la famille Crackenthorpe puisse être pour quelque chose dans cet assassinat ?

— Aucune, hormis le fait que le cadavre ait été découvert dans les dépendances de leur propriété, répondit l'inspecteur Bacon. Cedric, l'artiste de la famille, pourra peut-être l'identifier ? Mais ce qui me laisse perplexe, c'est cette invraisemblable histoire de train.

— Ah ! oui. vous avez vu cette vieille demoiselle, cette... euh...

Il jeta un coup d'œil au rapport posé sur son bureau :

— Miss Marple ?

— Oui, chef Il se peut qu'elle soit complètement timbrée, mais elle est très précise dans ses déclarations, et elle n'en démordra pas. Elle tient pour vrai tout ce que son amie prétend avoir vu. Si vous voulez mon avis, tout ça, pour moi, c'est du roman. Je connais trop bien ce genre de vieilles toquées toujours prêtes à détecter des traces de soucoupes volantes entre leurs plates-bandes et des espions russes dans les travées de la bibliothèque municipale. Mais ce qui est exact, c'est qu'elle a bel et bien embauché cette jeune femme, l'employée de maison, en la chargeant de retrouver un cadavre...

— ... et que la fille la bel et bien trouvé, acheva le chef de la police locale. Quelle histoire ! Marple... Miss Jane Marple... j'ai l'impression d'avoir déjà entendu ce nom-là... quoi qu'il en soit, je vais alerter les gens de Scotland Yard. Vous avez raison, je pense, de dire que cette affaire dépasse le cadre local – même si nous restons discrets pour le moment. Mieux vaut, jusqu'à nouvel ordre, que la presse en sache le moins possible.

*

L'enquête du coroner se déroula, comme prévu, de la façon la plus routinière, par une journée froide et venteuse. Personne ne se manifesta pour identifier la victime. Lucy fut convoquée pour l'établissement du procès-verbal concernant les circonstances de la découverte du corps, et la cause du décès – par strangulation – fut officiellement établie et consignée.

Cinq membres de la famille Crackenthorpe étaient présents : Emma, Cedric, Harold, Alfred, et Bryan Eastley, l'époux d'Edith, la sœur décédée. Mr Wimborne, l'avoué de la famille, était venu spécialement de Londres pour la circonstance. Ils se retrouvèrent, tremblants de froid, devant le bâtiment où se déroulait l'enquête. Une petite foule les y attendait : la presse locale, tout comme les journaux de Londres, avait largement rendu compte, détails à l'appui, de l'« Affaire du Cadavre dans le Sarcophage ».

Un murmure courut parmi les badauds :

— Les voilà ! Ce sont eux…

— Allons-nous-en ! lança Emma d'un ton bref.

La grosse Daimler de location vint se ranger le long du trottoir. Emma y monta et, d'un geste, invita Lucy à la suivre. Mr Wimborne, Cedric et Harold en firent autant.

— Je prends Alfred avec moi dans ma voiture, décréta Bryan Eastley.

Le chauffeur rabattit la portière et, comme il s'installait à son volant, Emma s'écria :

— Attendez ! Voilà les garçons !

On avait, en dépit de leurs protestations, laissé Alexander et James à Rutherford Hall. Ils s'approchèrent de la voiture avec des sourires épanouis.

— On est venus sur nos bicyclettes, expliqua Stoddart-West. Le policier s'est montré très gentil avec nous, il nous a laissés entrer. J'espère que ça ne vous contrarie pas, miss Crackenthorpe, ajouta-t-il poliment.

— Ça ne la contrarie pas le moins du monde, dit Cedric sans laisser à sa sœur le temps de répondre. Il faut bien que jeunesse se passe. C'est votre premier meurtre, j'imagine ?

— On est un peu déçus, dit Alexander. C'était bien court.

— Nous n'allons pas rester ici à discuter, intervint Harold avec mauvaise humeur. Avec tout ce monde, et les photographes…

Il fit signe au chauffeur, qui démarra aussitôt. Les deux garçons les saluèrent joyeusement de la main.

— Ils ont trouvé ça court. Les innocents ! dit Cedric. S'ils savaient que ça ne fait que commencer !

— Tout cela est infiniment regrettable. *Infiniment* regrettable, grinça Harold. J'espère que…

Il regarda Mr Wimborne, qui lui rendit son regard en serrant ses lèvres minces avec un hochement de tête consterné.

— Je veux croire, enchaîna l'avoué d'un ton sentencieux, que l'affaire sera rapidement élucidée. Les policiers se sont montrés très efficaces. Quoi qu'il en soit, et comme le dit Harold, tout cela est infiniment regrettable.

En prononçant ces mots, il s'était tourné vers Lucy, et son regard exprimait une claire désapprobation. « S'il n'y avait pas eu cette jeune femme, y lisait-on, pour fourrer son nez là où elle n'avait rien à faire, nous n'en serions pas là. » Harold Crackenthorpe se chargea de délivrer à peu près le même message, sous forme interrogative :

— A propos, miss... euh... Eyelesbarrow, qu'est-ce qui a bien pu vous inciter à regarder dans ce sarcophage ?

Lucy s'était déjà demandé à quel moment les membres de la famille se poseraient cette question. Elle s'était attendue à ce que la police le fasse immédiatement. Elle s'étonnait que personne, chez les Crackenthorpe, n'y ait encore songé.

Cedric, Emma, Harold et Mr Wimborne avaient tous les yeux sur elle.

— En réalité, dit-elle comme si elle cherchait ses mots, je ne le sais pas très bien moi-même... Je trouvais que cet endroit avait grand besoin d'être nettoyé et remis en ordre. Et puis, il avait...

Elle marqua une hésitation, puis

— Il y avait une odeur bizarre et très désagréable...

Elle avait prévu, à juste titre, la réaction horrifiée que ne manquerait pas de provoquer cette évocation.

— Oui, oui, évidemment… chevrota Mr Wimborne. Le médecin légiste a parlé de trois semaines. Il me semble, voyez-vous, que nous devons tous faire en sorte de ne pas trop *penser* à cela.

Il sourit d'un air encourageant à Emma, qui avait brusquement pâli :

— N'oubliez pas que cette infortunée jeune femme ne *nous* était absolument rien.

— Bah ! Qui parirait sa chemise là-dessus ? objecta Cedric.

Lucy Eyelesbarrow le regarda avec intérêt. Elle s'était déjà étonnée de trouver les trois frères aussi différents les uns des autres. Cedric, solide gaillard aux traits burinés sous sa tignasse brune, avait des manières joviales. Il était arrivé de l'aéroport avec une barbe de plusieurs jours. Et, s'il s'était rasé pour assister à l'enquête du coroner, il avait gardé sur lui les vêtements avec lesquels il avait fait le voyage : un vieux pantalon de flanelle grise ainsi qu'une veste rapiécée dont les poches bâillaient. Il menait ostensiblement la vie de bohème et n'en semblait pas peu fier.

Son frère Harold, au contraire, offrait la parfaite image du chef d'entreprise de la City. Grand, le port altier, cheveux bruns légèrement dégarnis au-dessus des tempes, il arborait une fine moustache noire et portait un complet sombre de très bonne coupe avec une cravate gris perle. Il avait l'air de ce qu'il était : un homme d'affaires avisé au faîte de la réussite.

— Vraiment, Cedric, s'offusqua-t-il, j'estime cette réflexion *tout à fait* déplacée.

— Je ne vois pas pourquoi. Elle se trouvait dans *notre* grange, après tout. Qu'est-ce qu'elle était venue y faire ?

Mr Wimborne toussota :

— Peut-être y avait-elle… un rendez-vous. Si j'ai bien compris, beaucoup de gens connaissaient l'existence de cette clef près de la porte.

Le ton exprimait sa réprobation devant un tel laxisme. Au point qu'Emma se sentit obligée d'expliquer :

— Cela remonte à la guerre. La grange servait d'abri aux hommes de la Défense passive. Ils y disposaient d'un petit réchaud à alcool sur lequel ils se préparaient du chocolat chaud. Par la suite, comme il n'y avait aucun risque que quelqu'un veuille y chaparder quoi que ce soit, nous avons laissé cette clef accrochée là en permanence. C'était commode pour les femmes de l'ouvroir et du comité des Fêtes. Nous aurions pu la garder à la maison, mais au risque de créer une gêne, car il n'y aurait pas toujours eu quelqu'un pour la leur remettre en cas de besoin. Surtout que nous n'avions plus de domestiques à résidence, mais seulement des femmes de charge à la journée…

L'explication traînait en longueur, et Emma, l'esprit ailleurs, semblait indifférente à ses propres paroles.

Cedric la regarda, surpris :

— Tu es inquiète, sœurette. Qu'est-ce qui t'arrive ?

— Franchement, Cedric, tu le demandes ? intervint Harold d'un ton exaspéré.

— Oui, je le demande ! Sachant qu'une donzelle

a été trouvée assassinée dans la Grange Longue de Rutherford Hall – on se croirait dans un mélodrame victorien ! – et qu'Emma en a reçu un choc dans un premier temps, mais sachant aussi qu'Emma a toujours eu les pieds sur terre, je me demande pourquoi elle s'inquiète *maintenant*. Bon sang ! chacun sait bien que l'être humain s'habitue à tout !

— Admettons que le meurtre soit un genre de sport auquel certains s'habituent moins facilement que d'autres, rétorqua aigrement Harold. Je sais bien que la vie humaine ne vaut pas très cher à Majorque, et que…

— Ibiza, pas Majorque.

— C'est bonnet blanc et blanc bonnet.

— Absolument pas ! Ce sont deux îles bien différentes.

Harold poursuivit :

— Je voulais dire que si pour toi, habitué à vivre parmi des peuples latins au sang chaud, le meurtre fait partie du quotidien, il reste pour nous, en Angleterre, un événement grave.

Et d'ajouter, de plus en plus furieux :

— Et vraiment, te présenter à l'enquête du coroner dans une tenue pareille…

— Qu'est-ce que tu reproches à ma tenue ? Je m'y sens très bien !

— Elle n'est pas convenable.

— De toute façon, je n'en ai pas d'autre. Je n'ai pas pris le temps de remplir une valise avant de sauter dans un avion pour être auprès des miens dans ces pénibles circonstances. Je suis un artiste,

et les artistes aiment être à l'aise dans leurs vêtements.

— Tu essayes toujours de peindre ?

— Ecoute, Harold, cette façon de parler de ma
peinture...

Mr Wimborne s'éclaircit la gorge.

— Cette discussion est inutile, trancha-t-il d'un
ton de reproche. Je compte sur vous, ma chère Emma,
pour me dire si je puis vous être utile de quelque
façon que ce soit avant de retourner en ville ?

La réprimande produisit son effet. Quant à Emma
Crackenthorpe, elle s'empressa de répondre :

— C'est déjà très gentil à vous d'être venu.

— Mais pas du tout . Il était naturel que quelqu'un assiste la famille dans ces circonstances. J'ai
donné rendez-vous à l'inspecteur – chez vous. Je
suis certain que cette affaire, qui vous a déjà causé
bien du tracas, sera rapidement élucidée. En ce qui
me concerne, je n'ai guère de doutes sur ce qui a pu
se passer. Comme vous nous l'avez dit, beaucoup
de gens connaissaient l'existence de cette clef, et il
y a fort à parier que la grange, pendant l'hiver, était
devenue un lieu de rendez-vous pour les gens du
cru. Un couple se sera violemment disputé, et
le jeune homme aura perdu la tête au point de
commettre l'irréparable. Après quoi, horrifié de ce
qu'il venait de faire, il n'aura pas trouvé d'autre solution que de dissimuler le corps dans ce sarcophage.

« Effectivement, songea Lucy, cela semble plausible. C'est ce qui vous vient tout de suite à
l'idée. »

— Vous parlez d'un couple de gens du cru,

observa Cedric. Mais personne n'a encore identifié cette créature.

— Pour le moment. Mais cela ne saurait tarder. Et il se pourrait aussi, bien entendu, que l'*homme* ait été quelqu'un d'ici, mais que la femme soit venue d'ailleurs, par exemple d'un autre quartier de Brackhampton. Brackhampton est très étendu – l'agglomération s'est beaucoup développée depuis une vingtaine d'années.

— Si j'étais une fille et que mon petit ami me donnait rendez-vous, je ne me laisserais pas embarquer dans une grange glaciale à des kilomètres de tout, dit encore Cedric. Je préférerais une bonne petite séance de pelotage dans un fauteuil de cinéma – qu'en pensez-vous, miss Eyelesbarrow ?

— Allons-nous supporter cela encore longtemps ? gémit Harold.

La voiture venait de franchir les grilles de Rutherford Hall. Elle s'immobilisa devant le perron, et ils en descendirent tous.

## 8

En entrant dans la bibliothèque, Mr Wimborne aperçut un grand blond, assez beau garçon, derrière l'inspecteur Bacon, et sa paupière plissée par la ruse en tressaillit imperceptiblement.

L'inspecteur Bacon fit les présentations :

— L'inspecteur Craddock, de Scotland Yard.

— Scotland Yard… hum ! fit Mr Wimborne en levant un sourcil interrogateur.

Dermot Craddock, qui savait se montrer affable, prit aussitôt la parole :

— On nous a demandé de nous occuper de cette affaire, Mr Wimborne. Dans la mesure où vous représentez la famille Crackenthorpe, je trouve normal de vous communiquer certaines informations confidentielles.

L'inspecteur Craddock n'avait pas son pareil pour en dire le minimum en laissant croire qu'il révélait tout.

— L'inspecteur Bacon sera d'accord avec moi, j'en suis certain, ajouta-t-il avec un coup d'œil en coin à son collègue.

L'inspecteur Bacon acquiesça avec la solennité requise. Tout cela semblait parfaitement spontané.

— Voilà, commença l'inspecteur Craddock. Nous avons de bonnes raisons de penser, d'après les éléments dont nous disposons, que la victime de ce crime n'était pas de la région, qu'elle est venue ici depuis Londres, et qu'elle était récemment arrivée de l'étranger. Probablement – mais nous n'en avons pas la certitude – de France.

Mr Wimborne haussa une nouvelle fois le sourcil

— Ah, bon ! Ah, bon ?

— C'est pourquoi, expliqua l'inspecteur Bacon, mon supérieur hiérarchique a estimé que Scotland Yard était mieux habilité à mener l'enquête sur cette affaire.

— Je me borne à souhaiter, déclara Mr Wimborne, que cette enquête aboutisse le plus vite possible. Comme vous vous en êtes forcément rendu compte, la famille a été profondément affectée par ces événements. Bien que les Crackenthorpe soient *personnellement* étrangers à ce qui s'est passé, ils sont...

Il marqua une courte pause, que l'inspecteur Craddock mit aussitôt à profit pour intervenir :

— Qui pourrait se réjouir de trouver le cadavre d'une femme assassinée sur sa propriété ? Je comprends tout à fait ce que vous voulez dire. Je voudrais maintenant rencontrer les divers membres de la famille pour leur poser quelques questions.

— Je ne vois vraiment pas...

— Ce qu'ils pourraient me dire ? Rien de très intéressant, sans doute. Mais sait-on jamais ? C'est surtout de vous, monsieur, si vous le permettez, que j'attends des informations. Sur cette maison et sur la famille.

— Et en quoi ceci pourrait-il avoir un rapport avec une jeune femme venue de l'étranger pour se faire assassiner ici ?

— C'est tout le problème, répondit Craddock. *Pourquoi* est-elle venue ici ? Avait-elle, à un moment quelconque, été en contact avec l'un des habitants de Rutherford Hall ? N'y aurait-elle pas été, par exemple, employée comme bonne ? Ou comme femme de chambre ? Ou bien ne serait-elle pas venue ici pour y rencontrer l'un des anciens résidents de la propriété ?

Mr Wimborne répondit sèchement que Rutherford Hall était occupé par les Crackenthorpe depuis 1884, date de sa construction par Josiah Crackenthorpe.

— Voilà qui est, en soi, intéressant, déclara Craddock. Pouvez-vous me résumer brièvement l'histoire de la famille ?

Mr Wimborne haussa les épaules :

— Il n'y a pas grand-chose à en dire. Josiah Crackenthorpe était un industriel, fabricant de confiserie, biscuits, condiments, etc. Il a accumulé une fortune considérable. Puis il a fait bâtir cette demeure. Luther Crackenthorpe, son fils aîné, y vit encore.

— Et les autres fils ?

— Il n'y en a eu qu'un, Henry, mort en 1911 dans un accident d'automobile.

— Et l'actuel Mr Crackenthorpe n'a jamais songé à vendre sa propriété ?

— Il n'en a pas la possibilité, grinça l'avoué. Le testament de feu son père le lui interdit.

— Vous pouvez m'en dire plus sur ce testament ?

— Pourquoi le ferais-je ?

L'inspecteur Craddock s'épanouit :

— Parce que cela m'épargnera la peine d'aller le consulter moi-même ainsi que la loi m'y autorise.

Mr Wimborne ne put réprimer un petit sourire crispé :

— En effet, inspecteur. Mais je ne voyais pas l'intérêt de cette question. Le testament laissé par Josiah Crackenthorpe n'a rien de secret. Il a légué son importante fortune en fidéicommis en stipulant que les intérêts en seraient versés à son fils Luther et que, à la mort de celui-ci, le capital serait divisé en parts égales entre ses enfants, Edmund, Cedric, Harold, Alfred, Emma et Edith. Edmund ayant été tué à la guerre et Edith étant décédée voici quatre ans, l'argent sera réparti, à la mort de Luther Crackenthorpe, entre Cedric, Harold, Alfred, Emma et Alexander Eastley, le fils d'Edith.

— Et la propriété ?

— Elle ira à l'aîné des fils de Luther Crackenthorpe.

— Edmund Crackenthorpe était marié ?

— Non.

— La propriété ira donc… ?

— A Cedric.

— Mr Luther Crackenthorpe ne peut pas en disposer lui-même ?

— Non.

— Et il n'a aucun contrôle sur le capital ?

— Aucun.

— N'y a-t-il pas là quelque chose d'assez inhabituel ? J'incline à penser, ajouta non sans perspicacité l'inspecteur Craddock, que son père ne l'aimait guère.

— Votre supposition est exacte, convint Mr Wimborne. Le vieux Josiah était très déçu par le manque d'intérêt de son fils pour les affaires de la famille – et pour les affaires d'une manière générale. Luther, dans sa jeunesse, passait son temps à voyager et à collectionner des objets d'art. Le vieux Josiah voyait cela d'un très mauvais œil. C'est pourquoi il a fait en sorte de léguer sa fortune, hormis les intérêts, à la génération suivante.

— Mais en attendant, les représentants de ladite génération n'ont pour vivre que ce qu'ils gagnent ou ce que veut bien leur donner leur père, lequel jouit de revenus confortables mais ne peut en aucun cas disposer du capital ?

— ExactemenL Et je ne vois décidément pas quel rapport il pourrait y avoir entre ceci et le meurtre d'une jeune femme inconnue d'origine étrangère !

— Il n'y a pas nécessairement un rapport, se hâta d'acquiescer l'inspecteur Craddock. Je voulais simplement vérifier les faits.

Mr Wimborne le fixa quelques secondes d'un regard perçant puis, apparemment satisfait de son examen, se leva pour prendre congé :

— Je compte rentrer maintenant à Londres. A moins que vous n'ayez d'autres questions à me poser ?

Il regarda tour à tour les deux hommes.

— Non. Merci, monsieur.

Un gong résonna puissamment dans le hall d'entrée.

— Seigneur ! gémit Mr Wimborne, ce doit être l'un des gamins qui s'amuse.

Pour se faire entendre par-dessus le vacarme, l'inspecteur Craddock cria presque :

— Nous ne voulons pas déranger les membres de la famille à l'heure du déjeuner, mais l'inspecteur Bacon aimerait revenir un peu plus tard – mettons, vers 5 heures de l'après-midi – afin de les interroger séparément les uns et les autres.

— Cela vous paraît indispensable ?

— Ma foi…

Craddock haussa les épaules :

— Qui n'essaie rien n'a rien. *Quelqu'un* peut se

remémorer un détail quelconque et nous aider à identifier cette femme.

— J'en doute, inspecteur. J'en doute sincèrement. Mais je vous souhaite bonne chance. Comme je le disais à l'instant, plus vite cette enquête aboutira, mieux cela vaudra pour tout le monde.

Et il sortit lentement de la pièce en hochant la tête.

*

En revenant de Brackhampton où elle avait assisté à l'enquête du coroner, Lucy avait directement rejoint la cuisine et s'affairait à la préparation du déjeuner quand Bryan Eastley apparut sur le seuil.

— Vous ne voulez pas que je vous donne un coup de main ? proposa-t-il. J'ai quelques vertus d'homme d'intérieur.

Lucy lui lança un coup d'œil vaguement inquiet. Bryan était arrivé le dernier dans sa petite M.G., et elle n'avait guère eu le temps de se faire une opinion à son sujet.

Ce qu'elle vit ne lui déplut pas. Avec ses cheveux châtain clair, ses yeux bleus au regard un peu enfantin et la grosse moustache blonde qui lui barrait le visage, Eastley était un homme d'une trentaine d'années au physique agréable.

— Les garçons ne sont pas encore revenus, dit-il en s'asseyant à l'extrémité de la grande table. Ils en ont encore pour une bonne vingtaine de minutes, avec leurs bicyclettes.

Lucy sourit :

— Ils avaient l'intention bien arrêtée de ne rien manquer des réjouissances.

— Comment leur en vouloir ? Ils sont jeunes, et c'est la première fois qu'ils assistent à un événement pareil : un crime, et pour ainsi dire sur le pas de leur porte.

— Vous voulez bien reculer un peu, Mr Eastley ? Il faut que je pose mon plat à four là, à votre place.

Bryan s'exécuta :

— Dites donc, cette graisse m'a l'air brûlante ! Qu'allez-vous y faire cuire ?

— Un Yorkshire pudding.

— Ce bon vieux Yorkshire pudding. Rôti de bœuf à l'anglaise, c'est ce que nous avons au menu pour déjeuner ?

— Oui.

— Le traditionnel repas d'enterrement, en quelque sorte. Ça sent rudement bon. Vous voulez que j'arrête de vous casser les pieds et que je m'en aille ?

— Puisque vous êtes venu pour m'aider, j'aimerais autant que vous restiez et que vous me donniez le coup de main promis.

Elle sortit un deuxième plat du four :

— Allez-y… retournez ces pommes de terre pour qu'elles dorent aussi de l'autre côté.

Bryan s'empressa de s'atteler à la tâche :

— Vous avez laissé tout ça dans le four pendant que nous étions là-bas ? Notre déjeuner aurait pu brûler !

— Il n'y avait pas grand risque. Le four est muni d'un rhéostat.

— C'est un genre de cerveau électrique, non ?

Lucy lui jeta un rapide coup d'œil :

— Si on veut. Maintenant, remettez le plat dans le four. Tenez, prenez-le avec ce gant. Non, sur la grille du bas... je veux garder celle du haut pour le pudding.

Bryan obéit, et laissa échapper une exclamation de douleur.

— Vous vous êtes brûlé ?

— Un peu. Ce n'est rien. Quel sport dangereux que la cuisine !

— J'imagine que vous ne le pratiquez pas souvent ?

— Si, plus souvent qu'à mon tour, au contraire. Mais pas ce genre de cuisine. Je réussis très bien les œufs à la coque – quand je n'oublie pas de surveiller la pendule. Et aussi les œufs au bacon. Et je suis capable de faire griller un steak, ou d'ouvrir une boîte de potage. J'ai chez moi un petit réchaud électrique.

— Vous vivez à Londres ?

— Oui, si on peut appeler ça vivre.

Le ton exprimait le découragement. Il observa Lucy tandis que celle-ci versait dans le plat la pâte du Yorkshire pudding.

— Quelle merveille ! soupira-t-il.

Débarrassée de ses soucis immédiats, Lucy reporta son attention sur lui :

— Quoi ? Cette cuisine ?

111

— Oui. Elle me rappelle la nôtre… quand j'étais petit garçon.

Lucy fut frappée par ce qu'elle percevait de vulnérable, d'un peu perdu chez Bryan Eastley. A le regarder de près, elle le vit plus âgé quelle ne l'avait jugé de prime abord. Il devait friser la quarantaine. On avait du mal à penser à lui comme au père d'Alexander. Il lui rappelait une foule de jeunes pilotes quelle avait connus, adolescente, pendant la guerre. Elle avait grandi dans le monde de l'après-guerre et elle y avait fait son chemin, mais Bryan lui donnait l'impression de n'avoir ni bougé ni grandi, d'être resté le même malgré le passage des années. Quand il se remit à parler, il ne fit que confirmer cette impression. Il était revenu s'asseoir à la table de la cuisine.

— C'est un monde difficile, n'est-ce pas ? marmonna-t-il. On a du mal à y trouver ses marques… On n'y est pas vraiment préparé.

Lucy se souvint de ce que lui avait dit Emma :

— Vous étiez pilote de chasse, n'est-ce pas ? Vous avez reçu la Distinguished Flying Cross.

— C'est le genre de distinctions qui n'arrangent rien. Sous prétexte qu'on vous a donné une médaille, les gens essayent de vous faciliter l'existence. On vous procure du travail, et tout ça. C'est très gentil de leur part. Mais ce sont toujours des postes dans des bureaux, et on n'est pas forcément fait pour rester assis du matin au soir à s'escrimer sur des colonnes de chiffres… J'avais quelques idées, vous savez, j'ai essayé une ou deux fois de monter des trucs. Mais on ne réussit pas tout seul, il faut trouver des gens qui acceptent d'investir. Si j'avais un minimum d'argent…

Il se tut un instant, perdu dans ses pensées.

— Vous n'avez pas connu Edith, ma femme ? reprit-il. Non, bien sûr. Elle n'avait pas grand-chose de commun avec cette bande. Elle était plus jeune, d'abord. Elle s'était engagée dans les Auxiliaires féminines. Elle disait toujours que son vieux était cinglé. Et il l'est vraiment, vous savez. Il est obsédé par l'argent, et ça le rend hargneux. Et il ne peut même pas se dire qu'il l'emportera avec lui dans la tombe. A sa mort, tout sera partagé. La part d'Edith reviendra à Alexander, bien entendu. Mais il ne pourra pas y toucher jusqu'à sa majorité.

— Je vous demande pardon, mais je vais encore vous demander de me libérer la table. J'ai besoin de…

A cet instant, Alexander et Stoddart-West firent irruption dans la cuisine, le souffle court et les joues cramoisies.

— Salut, Bryan ! dit gentiment Alexander en apercevant son père. C'est donc ici que tu étais fourré. Mince alors ! pour un rôti de bœuf, il se pose un peu là ! Il y a aussi du Yorkshire pudding ?

— Mais oui.

— Le Yorkshire pudding qu'on nous sert à la Pension est infect – tout mou, et tout dégoulinant.

— Poussez-vous un peu, dit Lucy. Je n'ai pas terminé.

— Faites beaucoup de sauce. Est-ce qu'on pourra en avoir *deux* saucières pleines ?

— Oui.

— *Good-oh !* s'exclama Stoddart-West en soignant sa prononciation australienne.

Je n'aime pas quand elle ressemble à de la lavasse, dit Alexander avec une pointe d'anxiété.

— Elle n'y ressemblera pas.

— C'est un vrai cordon bleu, confia Alexander à son père.

Lucy eut, un bref instant, l'impression que les rôles étaient inversés. Alexander parlait comme un père attentionné s'adressant à son fils.

— On peut vous aider, miss Eyelesbarrow ? demanda poliment Stoddart-West.

— Oui, vous pouvez m'aider. Alexander, allez sonner le gong. James, vous voulez bien porter ce plateau à la salle à manger ? Et vous, Mr Eastley, pouvez-vous vous charger du rôti ? J'apporterai les pommes de terre et le Yorkshire pudding.

— Il y a un type de Scotland Yard à la maison, dit Alexander. Vous croyez qu'il va déjeuner avec nous ?

— Je ne sais pas ce que votre tante a prévu.

— Oh ! je ne pense pas que tante Emma y verrait une objection… elle est très hospitalière. Mais je n'en dirai pas autant d'oncle Harold. Il est vraiment à cran depuis que cette histoire a éclaté.

Alexander, à l'instant de franchir le seuil avec son plateau, se retourna pour ajouter une dernière information :

— Mr Wimborne est dans la bibliothèque avec le type de Scotland Yard. Mais il ne restera pas à déjeuner, il a dit qu'il repartait pour Londres. Viens, Stodders – ah, il est déjà au gong !

Le gong éclata dans le hall d'entrée. Stoddart-West était artiste en la matière. Il se donna à fond, et toute conversation devint impossible.

Bryan emporta le rôti, Lucy le suivit avec les légumes, puis revint dans la cuisine pour y prendre les deux saucières bien remplies à l'intention des garçons.

Mr Wimborne enfilait ses gants dans l'entrée quand Emma dévala les marches pour le rejoindre :

— Vous êtes sûr que vous ne voulez pas déjeuner avec nous, Mr Wimborne ? Tout est déjà prêt !

— Non, j'ai un rendez-vous important à Londres. Et ce train comporte un wagon-restaurant.

— Merci encore d'être venu, dit Emma avec reconnaissance.

Mr Wimborne lui prit la main et la garda dans la sienne :

— Vous n'avez aucune raison de vous inquiéter, ma chère petite. Je vous présente l'inspecteur Craddock, qui est chargé de l'enquête. – Il reviendra en début d'après-midi pour discuter de certains points susceptibles de l'aider dans son enquête. Mais, je vous le répète, vous n'avez aucune raison de vous inquiéter.

Il se tourna vers Craddock :

— M'autorisez-vous à répéter à miss Crackenthorpe ce que vous venez de me confier ?

— Bien sûr, cher monsieur.

— L'inspecteur Craddock me disait il y a un instant que, selon toute vraisemblance, il ne s'agit pas d'une affaire purement locale. On pense que la victime venait de Londres, et qu'elle était sans doute étrangère.

La voix d'Emma Crackenthorpe se durcit :

— Une étrangère... Elle n'était pas française, non ?

Mr Wimborne, de toute évidence, s'était voulu rassurant. Il parut légèrement décontenancé. Le regard de l'inspecteur Craddock allait et venait de son visage à celui d'Emma.

Pourquoi miss Crackenthorpe avait-elle aussi vite sauté à la conclusion que la victime pouvait être française ? Et pourquoi cette idée semblait-elle à ce point la perturber ?

# 9

Les seuls à faire honneur à l'excellent déjeuner préparé par Lucy furent les deux garçons et Cedric Crackenthorpe, lequel ne paraissait pas le moins du monde affecté par le drame qui l'avait conduit à rentrer en Angleterre. Il semblait, en réalité, considérer tout cela comme une plaisanterie, macabre, certes, mais éminemment divertissante.

Cette attitude, nota Lucy, n'avait pas l'heur de plaire à son frère Harold. Harold prenait cette affaire de meurtre comme une insulte personnelle infligée à la famille Crackenthorpe et se montrait outré au point d'en avoir l'appétit coupé. Emma paraissait inquiète et abattue, et elle mangea elle aussi très peu. Alfred, perdu dans ses pensées, parlait à peine. Avec son visage aux traits fins et à la peau mate, c'était – en dépit de ses yeux un peu trop rapprochés – un fort beau garçon.

Les deux officiers de police revinrent après le déjeuner et demandèrent courtoisement à s'entretenir avec Mr Cedric Crackenthorpe.

L'inspecteur Craddock se montra sous son jour le plus amical :

— Asseyez-vous, Mr Crackenthorpe. Si j'ai bien compris, vous venez d'arriver des Baléares ? Vous vivez là-bas ?

— Depuis six ans. A Ibiza. Je m'y trouve mieux que dans ce pays sinistre.

— Vous devez profiter du soleil plus souvent que nous, je n'en doute pas, reconnut bien volontiers l'inspecteur Craddock, affable. Mais vous étiez déjà ici il n'y a pas si longtemps, d'après ce que j'ai cru comprendre. Pour Noël, afin d'être exact. Qu'est-ce qui a bien pu vous inciter à revenir aussi vite ?

Cedric lui décocha un sourire en biais :

— J'ai reçu un télégramme d'Emma… ma sœur. Nous n'avions jamais eu de meurtre sur la propriété. Je ne voulais pas manquer ça.

— Vous vous intéressez à la criminologie ?

— Oh, qu'en termes choisis ces choses-là sont dites ! Plus simplement, j'aime bien les crimes, les romans à énigme et tout le fourbi. Ce qui fait qu'un roman à énigme qui vous est servi sur le pas de la porte, vous parlez d'une aubaine ! Et puis j'ai pensé aussi qu'avec le vieux sur le dos, la police et j'en passe, cette pauvre Emma aurait bien besoin d'un coup de main…

— Je vois. Vos instincts chevaleresques se sont conjugués avec votre sens de la famille. Nul doute que votre sœur vous en sera reconnaissante – encore qu'elle ne soit pas seule, puisque ses deux autres frères l'ont rejointe également.

— Oui, mais pas pour la soutenir et la réconforter. Harold est complètement retourné par cette histoire. Pour un magnat de la City, ça la fiche horriblement mal de se voir mêlé à l'assassinat d'une fille de mœurs légères…

Craddock haussa quelque peu les sourcils

— C'était une… fille de mœurs légères ?

— Ma foi, c'est vous l'autorité en la matière. Mais à ne s'en tenir qu'aux faits, ça me paraît probable.

— Je me disais que vous auriez peut-être une idée de son identité ?

— Voyons, inspecteur, vous savez déjà – ou sinon vos collègues vous le confirmeront – que je n'ai pas été fichu d'identifier le corps.

— J'ai seulement parlé d'une « idée », Mr Crackenthorpe. Vous pourriez n'avoir jamais *vu* cette femme, mais posséder néanmoins des lueurs sur son identité réelle ou supposée.

Cedric secoua la tête :

— Vous vous fourrez le doigt dans l'œil. Je n'ai pas la moindre lueur. Vous sous-entendez, je suppose, qu'elle a pu venir à la Grange Longue pour s'y donner du bon temps en compagnie de l'un d'entre nous ? Mais aucun de nous n'habite ici.

Cette maison n'a pour occupants qu'une femme et un vieillard. Vous ne pensez pas sérieusement qu'elle ait pu avoir un rendez-vous galant avec mon géniteur révéré ?

— Notre point de vue – à l'inspecteur Bacon et à moi –, c'est qu'il doit y avoir eu un lien quelconque entre cette femme et cette maison. Cela pourrait remonter assez loin dans le temps. Fouillez dans vos souvenirs, Mr Crackenthorpe.

Cedric se concentra un instant, puis secoua la tête :

— Il nous est arrivé comme tout le monde d'avoir parfois des filles au pair étrangères, mais je ne vois rien, franchement… Vous feriez mieux d'interroger les autres. Ils en sauront sans doute plus que moi.

— Telle est bien notre intention.

Craddock se laissa aller contre le dossier de son fauteuil avant de poursuivre :

— Comme vous l'avez appris au cours de l'enquête préliminaire, il n'a pas été possible de déterminer avec exactitude la date de la mort : plus de quinze jours, moins d'un mois… ce qui la situe néanmoins autour des fêtes de fin d'année. Vous m'avez dit que vous étiez ici pour Noël. Quand êtes-vous arrivé en Angleterre, et à quelle date en êtes-vous reparti ?

Cedric réfléchit :

— Voyons… j'ai voyagé par avion. J'ai déboulé ici le samedi précédant Noël – ce devait être le 21 décembre.

— Vous aviez pris un vol direct depuis Majorque ?

— Oui. Départ à 5 heures du matin et arrivée vers midi.

— Et vous êtes reparti... ?

— J'ai repris un avion le vendredi suivant, le 27.

— Je vous remercie.

Cedric ébaucha un sourire :

— Manque de chance, me voici, en plein dans le créneau. Mais croyez-moi, inspecteur, étrangler des jeunes personnes n'est pas ma façon habituelle de célébrer Noël.

— Je l'espère bien, Mr Crackenthorpe ! s'offusqua l'inspecteur Bacon, réprobateur.

— Commettre un tel geste serait pécher gravement contre l'esprit de paix et de charité qui doit prévaloir à cette époque de l'année, n'est-il pas vrai ? railla Cedric en retour.

L'inspecteur Bacon se contenta d'un vague grognement.

— Eh bien, merci encore, Mr Crackenthorpe, dit poliment l'inspecteur Craddock. Ce sera tout.

Quand la porte se fut refermée sur Cedric, Craddock s'enquit :

— Qu'est-ce que vous pensez de ce lascar ?

— Avec, ces gens qui ont tous les culots, on peut s'attendre à n'importe quoi, grogna de plus belle l'austère inspecteur Bacon. Je ne peux pas encaisser ce genre-là. De prétendus artistes qui mènent une vie de patachon et qu'on imagine très bien avec des filles de mœurs... vous voyez ce que je veux dire.

Craddock sourit.

— Je n'aime pas non plus sa façon de s'habiller, ronchonna encore Bacon. Se rendre à une enquête préliminaire dans une tenue pareille… si ce n'est pas un manque de respect ! Le pantalon le plus crasseux que j'avais vu depuis longtemps. Et vous avez jeté un œil à sa cravate ? Un bout de ficelle barbouillé de couleur ! Si vous voulez mon avis, ce type est du genre à vous étrangler une bonne femme sans que ça fasse un pli.

— Ce qu'il y a de sûr, c'est qu'il n'a pas étranglé celle-ci – si tant est qu'il n'ait pas quitté Majorque avant le 21… Et ça, ce ne sera pas sorcier à vérifier.

Bacon lui lança un regard entendu :

— J'ai remarqué que vous évitiez de lâcher le morceau quant à la véritable date du crime.

— Et comment ! Mieux vaut rester dans le vague pour le moment. J'aime toujours garder quelques cartes dans ma manche les premiers temps.

Bacon approuva d'un hochement de tête :

— Pour les en sortir le moment venu. C'est le bon système.

— Et maintenant, coupa Craddock, voyons un peu ce que notre impeccable gentleman de la City aura à nous dire de tout cela.

De tout cela, Harold Crackenthorpe, plus pincé que jamais, avait très peu à leur dire. C'était infiniment regrettable… un incident des plus malencontreux. Et la presse, il en avait bien peur… Des journalistes, lui avait-on confié, réclamaient déjà des interviews… Tous les problèmes engendrés… Regrettable, infiniment regrettable…

Puis, sa litanie achevée, il se tut, appuyé au

dossier de sa chaise, avec la tête d'un homme incommodé par une odeur désagréable.

Les tentatives de l'inspecteur pour lui tirer quelques renseignements demeurèrent vaines. Non, il n'avait pas la moindre idée de qui cette femme pouvait bien être. Oui, il était venu à Rutherford Hall pour les fêtes de fin d'année. Non, il ne lui avait pas été possible d'y arriver avant la veille de Noël – mais il y était resté jusqu'au week-end suivant.

— Eh bien, nous avons fait le tour de la question, résuma l'inspecteur Craddock sans interroger plus avant l'homme d'affaires.

Il avait très vite compris que Harold Crackenthorpe ne lui serait d'aucune aide.

Il fit entrer Alfred, dont la nonchalance lui parut un peu trop étudiée.

Ce visage ne lui était pas complètement inconnu, songea aussitôt l'inspecteur Craddock. Se pouvait-il qu'il ait déjà croisé cet individu ? A moins qu'il n'ait vu sa photographie dans un journal ? Tout en sachant que ce souvenir était lié à une activité interlope, il ne parvenait pas à en avoir le cœur net. Il interrogea Alfred sur sa profession et n'en obtint qu'une réponse vague :

— Ces temps-ci, je suis, dans les assurances. Et je me suis occupé précédemment de la commercialisation d'un électrophone de conception révolutionnaire. Une excellente affaire, au demeurant.

L'inspecteur Craddock affecta de s'intéresser aux électrophones – et personne n'aurait jamais pu se douter que ce qui le fascinait en fait, c'était le complet-veston faussement élégant de son interlocuteur dont il supputait mentalement le prix. Si la tenue de Cedric était négligée et ses vêtements usés Jusqu'à la trame, l'excellence de leur coupe et le fait qu'ils aient été taillés dans une étoffe de qualité sautaient aux yeux. Alfred, lui, était vêtu avec une élégance de pacotille qui parlait d'elle-même.

Sans se départir de son amabilité, Craddock posa quelques questions de routine. Alfred se montra intéressé – voire, de temps à autre, un tantinet amusé :

— Pas bête, l'idée que cette femme ait pu un jour travailler ici. Mais à coup sûr pas comme femme de chambre : je ne pense pas que ma sœur en ait jamais eu. Qui en a encore, par les temps qui courent ? Mais nous avons vu passer, comme tout le monde, des kyrielles de main-d'œuvre étrangère. Des Polonaises – et une ou deux Allemandes au caractère de cochon. Seulement, dans la mesure où Emma n'a pas reconnu la victime, j'ai bien peur que votre idée ne tienne plus, inspecteur. Emma est très physionomiste. Non, si cette femme venait de Londres… Mais au fait, qu'est-ce qui vous le fait penser ?

La fixité de son regard démentait le ton détaché de la question.

L'inspecteur Craddock secoua la tête en souriant.

Alfred prit un air entendu :

— Vous ne voulez pas le dire, pas vrai ? Un billet de retour dans sa poche, peut-être ?

— Peut-être, Mr Crackenthorpe.

— Si elle venait de Londres, le gars avec qui elle avait rendez-vous savait peut-être que la Grange

Longue était un endroit idéal pour assassiner quelqu'un en toute tranquillité. Il connaît le coin, ça
tombe sous le sens. Si j'étais vous, c'est *lui* que je
chercherais, inspecteur.

— Nous le cherchons, répondit l'inspecteur
Craddock – et c'était dit avec un calme et une
confiance impressionnants.

Il remercia Alfred avant de le libérer.

— Vous savez, confia-t-il ensuite à Bacon, j'ai
déjà vu ce type quelque part...

L'inspecteur Bacon laissa tomber son verdict :

— Ficelle, le gaillard. Tellement ficelle qu'il lui
arrive parfois de se prendre les pieds dedans.

*

— Je ne pense pas que vous souhaitiez me voir,
s'excusa Bryan Eastley en hésitant à franchir le
seuil. Je ne fais pas réellement partie de la famille.

— Voyons ça, vous êtes bien Mr Bryan Eastley,
l'époux de miss Edith Crackenthorpe, décédée il y
a cinq ans ?

— C'est cela.

— Eh bien, c'est très aimable à vous de venir
nous trouver, Mr Eastley, surtout si vous possédez
des renseignements susceptibles de nous aider
dans notre enquête.

— Alors, là, pas du tout. Je le voudrais bien,
pourtant. Tout ça paraît tellement bizarre, non ?
Venir jusqu'ici en plein hiver pour retrouver un
homme dans cette vieille grange balayée par les
courants d'air... Ce n'est pas vraiment comme ça
que j'envisage la volupté !

— Il y a en effet de quoi demeurer perplexe, convint l'inspecteur Craddock.

— Est-ce que c'est vrai qu'il s'agissait d'une étrangère ? Il semble que ce soit le bruit qui court.

— Pourquoi ? Cela vous suggérerait une idée ?

L'inspecteur accompagna sa question d'un regard appuyé, que Bryan accueillit avec un aimable détachement :

— A vrai dire, non, pas la moindre.

— C'était peut-être une Française, précisa l'inspecteur Bacon comme si cela sous-entendait les pires débordements.

Bryan parut s'animer un peu. Une lueur d'intérêt passa dans ses yeux bleus et il leva la main pour lisser sa grosse moustache :

— Vraiment ? *Le Gay Parîîîs* ?

Il secoua la tête :

— Ça n'en paraît que plus invraisemblable, vous ne trouvez pas ? Je veux dire, cette histoire de galipettes dans la grange… C'est votre première affaire de sarcophage, j'imagine ? Un de ces cinglés qui ont un coup de sang… ou qui cèdent brusquement à leurs fantasmes. Il se sera soudain pris pour Caligula, ou quelque chose d'approchant.

L'inspecteur Craddock ne se donna même pas la peine de rejeter cette suggestion. Il préféra demander, mine de rien :

— A votre connaissance, aucun membre de la famille n'aurait eu de contact ou de… de… liaison avec une Française ?

Bryan lui fit observer que les Crackenthorpe n'étaient pas, à proprement parler, de joyeux lurons :

— Harold a fait un mariage respectable. Sa femme a des yeux de merlan frit, mais elle est la fille d'un pair du royaume tombé dans la dèche. Quant à Alfred, je ne pense pas qu'il s'intéresse beaucoup aux femmes – il passe son temps à monter des combines foireuses qui, le plus souvent, se terminent mal. Pour ce qui est de Cedric, je parierais volontiers qu'il traîne quelques señoritas à ses basques, là-bas, à Ibiza. Il a beau oublier de se raser plus souvent qu'à son tour et avoir perpétuellement l'air de sortir d'une poubelle, les femmes résistent peu à son charme. Je ne sais pas ce qu'elles lui trouvent, mais le fait est là… Vous voyez que je ne vous suis pas d'un grand secours.

Il leur sourit :

— Plutôt que de vous occuper de moi, vous devriez faire monter mon fils Alexander au créneau. James Stoddart-West et lui se sont lancés dans une recherche d'indices à grande échelle. Je vous fiche mon billet qu'ils vous dénicheront bien quelque chose un de ces quatre.

L'inspecteur Craddock affirma qu'il en serait enchanté. Puis il remercia Bryan Eastley et annonça qu'il voulait s'entretenir avec miss Emma Crackenthorpe.

*

L'inspecteur Craddock examina Emma Crackenthorpe plus attentivement qu'il ne l'avait fait jusque-là. Il restait intrigué par l'expression qu'il avait surprise sur son visage avant le déjeuner.

Une personne calme. Pas stupide. Mais pas non plus d'une intelligence fracassante. Une de ces femmes agréables et reposantes, que les hommes acceptent sans se poser de questions, et qui possèdent l'art de faire d'une maison un foyer, d'y créer une atmosphère de détente et d'harmonie sereine. Ainsi devait être, songea-t-il, Emma Crackenthorpe.

On sous-estime souvent ce genre de créatures. Sous des dehors placides, il leur arrive d'abriter une vraie force de caractère. Et peut-être, se dit Craddock, la clef du mystère de la femme dans le sarcophage se trouvait-elle enfouie au plus profond des pensées secrètes d'Emma Crackenthorpe.

Tout en se faisant ces réflexions, il posait une série de questions anodines.

— Je suppose qu'il n'y a pas grand-chose que vous n'ayez déjà déclaré à l'inspecteur Bacon, avait-il prélude, aussi ne vous ennuierai-je pas longtemps avec mes interrogations.

— Je vous en prie. Demandez-moi ce que vous voudrez.

— Comme Mr Wimborne vous l'a signalé, nous sommes parvenus à la conclusion que la victime n'était pas originaire de la région. Cela peut représenter un soulagement pour vous – c'est du moins ce que Mr Wimborne laissait entendre. Pour nous, en revanche, cela complique beaucoup la situation. Il sera moins facile de l'identifier.

— Mais elle n'avait donc rien ? Pas de sac à main ? Pas de papiers ?

Craddock secoua la tête :

— Pas de sac à main. Et rien dans les poches.

— Vous n'avez aucune idée de son nom ? Ni de l'endroit d'où elle venait ? Vraiment rien ?

Elle veut savoir qui était cette femme, songea Craddock. Elle serait prête à tout pour en avoir le cœur net. A-t-elle manifesté ce souci depuis le début ? D'après ce que m'a dit Bacon, je n'en ai pas l'impression. Et pourtant, il est malin comme un singe...

— Nous ne savons rien d'elle, reprit-il. C'est pourquoi nous espérions que l'un ou l'autre d'entre vous pourrait nous aider. Etes-vous certaine que vous n'êtes pas en mesure de le faire ? Même si vous ne l'avez pas reconnue, n'auriez-vous pas au moins une idée sur la personne qu'elle pourrait être ?

Il lui sembla, mais peut-être était-ce un effet de son imagination, qu'Emma marquait une courte hésitation avant de lui répondre.

— Une idée ? Je n'en ai pas la moindre, affirma-t-elle.

Imperceptiblement, l'inspecteur Craddock changea d'attitude. Sa voix prit une intonation plus dure :

— Pourquoi, quand Mr Wimborne vous a dit que la femme était une étrangère, avez-vous tout de suite songé qu'il pouvait s'agir d'une Française ?

Emma ne fut pas décontenancée. Elle se contenta de hausser légèrement les sourcils :

— J'ai fait ça ? C'est bien possible. Je ne sais vraiment pas pourquoi... si ce n'est qu'on a toujours tendance à décréter que tous les étrangers sont des Français avant de chercher à savoir de quelle nationalité ils sont au juste. La plupart des étrangers ici sont d'ailleurs français, non ?

— Je ne dirais pas cela, miss Crackenthorpe. Pas de nos jours. Nous avons sur le sol anglais des gens de toutes nationalités : des Italiens, des Allemands, des Autrichiens, des Scandinaves…

— Oui, vous êtes sans doute dans le vrai.

— Vous n'aviez aucune raison particulière de penser qu'il y avait des chances que cette femme soit française ?

Elle ne s'empressa pas de le nier. Elle réfléchit un instant, puis secoua la tête et dit, comme à regret :

— Non. Je ne crois pas. Vraiment pas.

Et elle soutint calmement son regard. Craddock se tourna vers l'inspecteur Bacon. Celui-ci se pencha pour présenter un petit poudrier en métal émaillé :

— Reconnaissez-vous ceci, miss Crackenthorpe ?

Elle le prit pour l'examiner :

— Non. Ce n'est pas à moi, en tout cas.

— Vous ne voyez pas à qui il aurait pu appartenir ?

— Non.

— Dans ce cas, je crois que nous allons cesser de vous importuner – pour l'instant.

— Merci.

Elle leur adressa un bref sourire, se leva et quitta la pièce. Craddock – mais n'était-ce pas encore un tour que lui jouait son imagination ? – eut l'impression qu'elle y mettait une certaine hâte, comme si le soulagement lui avait donné des ailes.

— Vous croyez quelle sait quelque chose ? demanda Bacon.

— A un certain stade, répondit l'inspecteur Craddock d'un ton morose, on a tendance à croire que tous les gens en savent un peu plus que ce qu'ils veulent bien nous dire.

— Ce qui est d'ailleurs généralement le cas, confirma Bacon en se référant à sa longue expérience. Simplement, ajouta-t-il, ce qu'ils cachent n'a, le plus souvent, aucun rapport avec l'affaire en cours : des petits secrets de famille, des broutilles qu'ils redoutent de voir révélés au grand jour.

— Je le sais bien. Quoi qu'il en soit...

L'inspecteur Craddock ne devait jamais terminer sa phrase, car la porte, à cet instant précis, s'ouvrit sous une brusque poussée, et le vieux Mr Crackenthorpe entra en traînant les pieds, visiblement en proie à une violente indignation :

— C'est du propre ! Scotland Yard vient enquêter dans cette maison et n'a même pas l'élémentaire courtoisie de s'adresser en priorité au chef de famille que je suis ! Qui est le maître ici, je vous le demande ? Répondez donc ? Qui est le maître ? -

— C'est vous, bien sûr, Mr Crackenthorpe, répondit Craddock dune voix conciliante en se levant de son fauteuil. Mais vous avez déjà eu un entretien avec l'inspecteur Bacon et, connaissant votre état de santé, nous avions jugé préférable de ne pas vous déranger une nouvelle fois. Le Dr Quimper nous avait dit que...

— Je dois reconnaître... je dois reconnaître que je ne suis pas au mieux de ma forme. Quant au Dr Quimper, il se prend un peu trop pour ma vieille nourrice. C'est un excellent praticien certes, mais si je l'écoutais, je passerais ma vie sous les couvertures. Et avec ça, obsédé par la nourriture ! Vous auriez dû voir comment il m'a cuisiné, à Noël, à cause d'une petite indigestion de rien du tout. A croire que quelqu'un avait essayé de m'empoisonner. Qu'est-ce que j'avais mangé ? Quand ? Préparé par qui ? Servi par qui ? Une histoire de tous, les diables ! Enfin, même si je ne suis pas très fringant ces temps-ci, vous pouvez compter sur moi pour vous aider dans toute la mesure du possible. Pensez donc : un meurtre dans ma maison – ou à tout le moins, dans ma grange. Un bâtiment qui ne manque pas d'intérêt, d'ailleurs. Epoque élisabéthaine. L'architecte du coin ne veut pas le croire, mais il n'y entend rien du tout. 1580 au plus tard. Mais revenons à notre sujet. Que voulez-vous savoir ? Quelle est votre hypothèse ?

— Il est encore un peu tôt pour émettre des hypothèses, Mr Crackenthorpe. Nous nous efforçons toujours de savoir qui était cette femme.

— Une étrangère, à ce qu'on m'a donné à entendre.

— C'est ce que nous pensons.

— Un agent de l'ennemi, ?

— Peu probable, à mon humble avis.

— Peu probable ! Peu probable ! Mais ces gens sont partout ! Ils infiltrent tout ! Je ne comprendrai jamais pourquoi le Home Office laisse faire. Ils espionnent nos secrets industriels. Voilà ce qu'elle était venue faire !

— A Brackhampton ?

— On y a construit partout des usines. Il y en a une derrière ma propriété.

Craddock lança un coup d'œil à Bacon qui répondit, laconique :

— Emballages métalliques.

— Allez donc savoir ce qu'ils font réellement ! Je ne peux pas les souffrir, ces types-là. Bon. Ce n'était pas une espionne. Elle était quoi, alors, d'après vous ? Vous pensez qu'elle avait une aventure avec l'un de mes précieux rejetons ? Dans ce cas, ce ne peut être qu'avec Alfred. Pas avec Harold, il est bien trop prudent. Quant à Cedric, il ne condescend pas à vivre dans ce pays, qui n'est pas assez bon pour lui. Admettons : c'était une petite amie d'Alfred. Une brute quelconque l'a suivie jusqu'ici, a compris qu'elle venait le retrouver et lui a réglé son compte. Que dites-vous de ça ?

L'inspecteur Craddock convint avec diplomatie que c'était en effet une hypothèse. Cependant Mr Alfred Crackenthorpe, observa-t-il, ne l'avait pas reconnue.

— Peuh ! Il a eu la frousse, et voilà tout ! Alfred est un poltron. Mais c'est aussi un menteur, je vous le signale, il l'a toujours été ! Il ment comme un arracheur de dents. De tous mes fils, d'ailleurs, il n'y en a pas un pour racheter l'autre. Une bande de vautours qui ne font qu'attendre ma mort, voilà ce qu'ils sont, voilà leur véritable occupation dans l'existence !

Il gloussa :

— Et je vous prie de croire qu'ils attendront encore longtemps ! S'ils se figurent que je vais mourir pour leur faire plaisir ! Bon, si c'est tout ce que je peux faire pour vous… Je suis fatigué. Il est grand temps que j'aille me reposer un peu.

Et il repartit en traînant des pieds.

— Une petite amie d'Alfred ? s'interrogea tout haut l'inspecteur Bacon. A mon avis, le vieux a inventé tout ça.

Il se tut, hésita avant de reprendre :

— Personnellement, je pense qu'Alfred est blanc comme neige dans cette affaire. C'est sûrement le roi des faux jetons, mais ce n'est pas notre homme. En revanche, le beau-frère aviateur.

— Bryan Eastley ?

— Oui. J'ai déjà rencontré des types comme ça. Ce sont des individus à la dérive. Ils ont connu trop jeunes la mort, le danger et l'exaltation qui s'y rattache. Après ça, la vie quotidienne manque pour eux de piquant. Au fond, c'est un bien mauvais tour qu'on leur a joué – même si bien malin celui qui pourrait dire ce qu'on aurait dû faire à la place. Ils ont, comme qui dirait, un passé mais pas d'avenir. Et dans la mesure où ils n'ont rien à perdre, ils n'hésitent pas à prendre des risques. Les gens comme vous et moi agissent avec prudence, par instinct sinon par moralité. Tandis que ceux-là n'ont peur de rien. La prudence ne fait pas partie de leur vocabulaire. Si Eastley avait eu une aventure avec une fille et qu'il se soit mis en tête de la supprimer…

Il se tut un instant, leva la main dans un geste d'impuissance :

— Mais pourquoi se serait-il mis en tête de la

supprimer ? Et pourquoi, à supposer qu'il l'ait fait, la fourrer dans un sarcophage appartenant à son beau-père ? Non, je ne pense pas, voyez-vous, que celui qui a fait le coup soit un membre de la famille. Si tel était le cas, l'assassin n'aurait pas été assez cinglé pour laisser, somme toute, le cadavre traîner devant sa porte.

Craddock admit l'absurdité du procédé.

— Vous avez encore à faire ici ? s'enquit Bacon.

Craddock répondit que non.

Bacon proposa de retourner à Brackhampton et d'y prendre une bonne tasse de thé, mais l'inspecteur Craddock déclina l'invitation : il lui fallait rendre visite à l'une de ses vieilles connaissances.

# 10

Assise bien droite sur un fond de porcelaines chinoises et de souvenirs de vacances rapportés par la fidèle Florence, miss Marple accueillit Dermot Craddock avec le sourire :

— Je suis tellement contente qu'on vous ait confié cette affaire ! C'est ce que j'espérais.

— Dès que j'ai reçu votre lettre, dit Craddock, je me suis précipité chez le commissaire adjoint. Il venait tout juste d'avoir un appel des gens de Brackhampton : ils semblaient estimer que l'affaire dépassait le cadre local. Il a écouté avec beaucoup d'intérêt ce que j'avais à lui dire à votre sujet. Il avait déjà entendu parler de vous – par mon parrain, je crois.

— Ce cher sir Henry, s'attendrit miss Marple.

— Il a tenu à ce que je lui raconte en détail toute l'affaire de Little Paddocks. Et vous voulez savoir ce qu'il m'a dit ensuite ?

— Oh ! oui, si ce n'est pas indiscret.

— Il m'a dit : « Bon, eh bien, pour ce qui est du cas présent, j'ai l'impression, très nette que nous allons avoir à nous dépêtrer d'une histoire loufoque, de bout en bout concoctée par deux vieilles chouettes qui ont perdu la boule – encore que, contre toute attente, ladite histoire soit corroborée par les faits. Et puisque vous connaissez déjà l'une des vieillardes en question, c'est vous qui allez hériter du dossier. » Donc, me voici ! Et maintenant, ma chère miss Marple, que décidons-nous ? Ma visite, comme vous l'avez déjà deviné, n'a rien d'officiel. Je suis venu sans mes sbires. Un petit entretien préliminaire m'a paru souhaitable, afin que nous puissions chacun abattre nos atouts.

Miss Marple lui sourit :

— Je suis certaine que personne, parmi ceux qui vous côtoient dans vos fonctions officielles, n'imagine à quel point vous pouvez être humain, et, soit dit en passant, je vous trouve plus joli garçon que jamais – non, ne rougissez pas ! Que vous a-t-on raconté au juste jusqu'à présent ?

— Tout ce qu'il y avait à raconter, du moins je l'imagine. J'ai pris connaissance de la déposition de votre amie Mrs McGillicuddy auprès de la police de St Mary Mead, déposition confirmée par le témoignage du contrôleur des chemins de fer et par le mot qu'elle a adressé au chef de gare de Brackhampton. Je dois admettre que toutes les investigations nécessaires ont été effectuées par les responsables – les employés du chemin de fer et la police. Mais il me faut reconnaître que vous les avez tous éclipsés par votre incroyable sagacité.

— Il n'a pas une seconde été question de sagacité, récusa miss Marple. Je possédais sur eux un avantage considérable : je *connaissais* Elspeth McGillicuddy. Il n'y avait aucune preuve de ce qu'elle racontait, et comme aucune disparition n'avait été signalée, on pouvait logiquement en conclure que tout cela était sorti – comme c'est souvent le cas – de l'imagination d'une vieille piquée, mais pas dès lors qu'il s'agissait d'Elspeth McGillicuddy.

— Pas dès lors qu'il s'agissait d'Elspeth McGillicuddy... répéta l'inspecteur. Savez-vous que j'ai hâte de la rencontrer ? Je regrette vraiment qu'elle soit partie pour Ceylan. Nous avons fait le nécessaire, d'ailleurs, pour qu'elle soit entendue là-bas.

— En ce qui me concerne, j'ai suivi un processus de déduction qui n'a rien d'original, poursuivit miss Marple. Vous le trouverez dans Mark Twain : l'histoire du gamin qui retrouve un cheval. Il se demande simplement où il irait s'il était lui-même le cheval en question.

— Vous vous êtes donc demandé ce que vous feriez si vous étiez un assassin brutal et calculateur ? murmura Craddock avec un regard pensif sur la silhouette fragile de miss Marple, ses joues à peine teintées de rose, son auréole de cheveux blancs. Vraiment, vous faites preuve d'un esprit…

— …plus insondable qu'un évier, comme le dit toujours mon neveu Raymond, enchaîna miss Marple avec un bref hochement de tête. Mais, comme je le lui réponds invariablement, les éviers sont indispensables au fonctionnement d'une maison et en assurent l'hygiène.

— Pendant que vous êtes dans la peau de cet assassin, pourriez-vous aller un peu plus loin et me dire où il se trouve à l'heure qu'il est ?

Miss Marple poussa un soupir :

— Ah ! si je le pouvais… Je n'en ai, hélas ! pas la moindre idée. Mais il s'agit de quelqu'un qui a vécu à Rutherford Hall, ou qui, en tout cas, connaît bien la propriété.

— C'est ce que je pense aussi. Mais cela débouche sur une infinité de possibilités. Songez à toutes les domestiques qui s'y sont succédé. Sans compter les femmes du comité des Fêtes et, avant elles, les gens de la Défense passive. Tous connaissaient la Grange Longue, le sarcophage et l'emplacement de la clef. D'ailleurs, tout le monde, dans le coin, connaît cela. N'importe quelle personne du voisinage pouvait y voir un endroit idéal pour commettre le crime et faire disparaître le cadavre.

— En effet. Je comprends très bien vos difficultés.

— Nous n'aboutirons à rien aussi longtemps que nous n'aurons pas identifié ce cadavre.

— Et cela aussi vous paraît difficile ?

— Bah ! nous finirons bien par y parvenir. Nous rassemblons des informations sur toutes les disparitions de femmes dont l'âge approximatif et le signalement pourraient correspondre à ceux de la victime. Mais jusqu'à présent, ces recherches n'ont rien donné. Le médecin légiste estime qu'il s'agissait d'une femme d'environ trente-cinq ans, en bonne santé, probablement mariée, ayant eu au moins un enfant. Elle portait un manteau de fourrure de qualité très ordinaire, acheté à Londres. Des milliers de manteaux de ce modèle ont été vendus au cours des trois derniers mois. A des femmes blondes dans soixante pour cent des cas. Aucune des vendeuses n'a pu l'identifier sur sa photographie. Ses autres vêtements semblent tous de fabrication étrangère, et sans doute achetés à Paris. On n'y a trouvé aucune marque de blanchisserie anglaise. Nous avons chargé nos collègues parisiens d'effectuer une série de vérifications. Quelqu'un finira, bien sûr, par signaler la disparition d'une parente ou d'une locataire. Ce n'est qu'une question de temps.

— Le poudrier ne vous a rien appris ?

— Malheureusement, non. On trouve ces objets par milliers, à très bon marché, rue de Rivoli. A propos, vous auriez dû le remettre immédiatement à la police – miss Eyelesbarrow ou vous.

Miss Marple secoua la tête :

— Au moment où elle l'a trouvé, personne ne parlait de meurtre, fit-elle observer. Une jeune personne qui trouve un poudrier en s'entraînant au golf n'est pas censée se précipiter au poste de police le plus proche !

Miss Marple se tut quelques secondes avant d'ajouter d'un ton ferme :

— Il m'a semblé plus avisé de retrouver le corps *d'abord.*

L'inspecteur Craddock réprima un sourire

— Vous n'avez jamais douté de le retrouver ?

— Jamais. Lucy Eyelesbarrow est quelqu'un de supérieurement intelligent et efficace.

— Je vous crois ! Elle est d'une efficacité tellement irrépressible qu'il lui arrive de m'en donner froid dans le dos. Je me demande quel homme osera jamais l'épouser !

— Eh bien, là, mon garçon, je ne vous suis pas très bien... Il faudra, le cas échéant, que ce soit quelqu'un d'exceptionnel, bien évidemment... Mais...

Miss Marple demeura quelques instants rêveuse, puis :

— Comment se débrouille-t-elle, à Rutherford Hall ?

— Ils sont tous à ses pieds et ils lui mangent dans la main, si vous voyez ce que je veux dire. Mais ils ignorent tout de ses accointances avec vous. Nous n'en avons pas soufflé mot.

— Elle n'a plus *maintenant* d'accointances avec moi. Elle a rempli la mission dont je l'avais chargée.

— Elle pourrait donc rendre son tablier et s'en aller ?

— Sans l'ombre d'un doute.

— Cependant elle reste. Pourquoi ?

— Elle ne me l'a pas dit. C'est une fille qui a la tête bien faite. Je suppose qu'elle s'est prise d'intérêt…

— Pour l'affaire, ou pour la famille ?

— Il se pourrait, souffla miss Marple, qu'il y ait quelque difficulté à dissocier les deux.

Craddock la regarda fixement :

– Oh ! non – oh ! ne me dites pas que…

— Vous avez une idée ?

— Je crois plutôt que c'est *vous* qui en avez une.

Miss Marple secoua la tête.

— Eh bien, soupira Dermot Craddock, il ne me reste qu'à « poursuivre l'enquête », comme on dit. Ce n'est pas drôle tous les jours, d'être un policier !

— Je suis certaine que vous obtiendrez des résultats.

— Etes-vous certaine aussi qu'il ne vous reste pas une petite idée pour moi ? Une de vos déductions inspirées ?

— Si j'étais vous, je songerais aux compagnies théâtrales, répondit assez vaguement miss Marple. Ces gens vont de ville en ville et, souvent, n'ont guère d'attaches. Quand une jeune femme manque à l'appel, on la remplace sans trop se poser de questions.

— C'est vrai. Vous tenez peut-être une piste. Nous ne manquerons pas d'enquêter dans cette direction. Mais Pourquoi souriez-vous ?

— J'étais en train de penser, avoua miss Marple, à la tête que va faire Elspeth McGillicuddy en apprenant qu'on a retrouvé le cadavre !

\*

— Çà, par exemple ! balbutia Mrs McGillicuddy. Çà, par exemple !

Elle ne trouvait plus ses mots. Elle leva les yeux vers le jeune inspecteur qui l'avait poliment convoquée, les rabaissa sur la photo qu'il lui tendait.

— C'est elle, trancha-t-elle. C'est bien elle. La malheureuse. Ma foi, je suis contente que vous ayez retrouvé le corps, je me dois bien de l'avouer. Personne ne voulait me croire ! Ni les policiers, ni les employés du chemin de fer, personne ! Il y a quelque chose d'exaspérant, voyez-vous, à ne pas être crue. J'ai pourtant fait tout ce que j'ai pu, personne ne pourra prétendre le contraire.

L'aimable jeune homme émit quelques borborygmes approbateurs.

— Où a-t-on retrouvé le corps, disiez-vous ?

— Dans la grange d'une propriété – Rutherford Hall, tout près de Brackhampton.

— Jamais entendu parler de cet endroit. Comment a-t-il abouti là, je me le demande ?

Le jeune inspecteur ne répondit pas.

— C'est Jane Marple qui l'aura retrouvée. Je lui fais confiance.

— Le cadavre, la renseigna enfin le jeune inspecteur après avoir consulté ses notes, a été découvert par une certaine miss Lucy Eyelesbarrow.

— Ça non plus, je ne connais pas, décréta Mrs McGillicuddy. Mais je suis certaine qu'il y a du Jane Marple là-dessous.

— Quoi qu'il en soit, Mrs McGillicuddy, vous reconnaissez formellement sur cette photographie la

personne que vous avez vue depuis votre compartiment ?

— En train de se faire étrangler par un homme
– oui.

— Pouvez-vous me le décrire, cet homme ?

— il était grand, dit Mrs McGillicuddy.

— Oui ?

— Et brun.

— Oui ?

— C'est tout ce que je peux vous en dire. Il me
tournait le dos. Je n'ai pas vu son visage.

— Seriez-vous capable de le reconnaître, si vous
le rencontriez ?

— Bien sûr que non ! Il me tournait le dos, vous
dis-je. Je ne l'ai jamais vu de face.

— Vous n'avez pas idée de son âge ?

Mrs McGillicuddy réfléchit :

— Non – pas vraiment. Enfin… comment
savoir ? Il n'était – j'en suis pratiquement certaine –
plus de toute première jeunesse. Les épaules, peut-
être, la carrure… vous voyez ce que je veux dire ?

Le jeune inspecteur l'écoutait en hochant la tête.

— La trentaine bien sonnée, je ne pourrais pas
m'avancer plus. Je ne l'ai pas vraiment regardé,
voyez-vous. C'est *elle* que j'ai vue, avec ces mains
qui lui serraient la gorge et ce visage… qui devenait bleu… Vous savez qu'il y a des nuits où j'en
rêve encore ?

— Ça a dû être une expérience pénible, je le crois
bien volontiers, dit le jeune homme avec commisé-
ration.

Il referma son carnet et demanda encore :

— Vous allez rentrer en Angleterre ?

— Pas avant trois semaines. A moins que ce ne soit nécessaire ?

Il s'empressa de la rassurer :

— Oh ! non. Il n'y a rien que vous puissiez faire pour le moment. Si nous arrêtons quelqu'un, bien sûr...

Les choses en restèrent là.

Une lettre de miss Marple à son amie arriva au courrier. L'écriture en était serrée, d'une légèreté arachnéenne, avec de nombreuses phrases soulignées. Mais Mrs McGillicuddy la déchiffra sans mal car elle était depuis longtemps rompue à cet exercice. Miss Marple y relatait les faits avec un grand luxe de détails. Mrs McGillicuddy dévora le tout avec avidité et, sa lecture terminée, ressentit une immense satisfaction.

Elles leur avaient montré, Jane et elle, de quoi elles étaient capables !

# 11

— Vraiment, je ne comprends pas, maugréa Cedric Crackenthorpe.

Il se laissa glisser au pied du mur d'un parc à cochons délabré sans quitter Lucy Eyelesbarrow des yeux.

— Qu'est-ce que vous ne comprenez pas ?

— Ce que vous faites ici.

— Je gagne ma vie.

— A jouer les bonniches ?

— Vous datez, le rabroua Lucy. Le mot est périmé. Les bonniches ! Je suis une Aide ménagère, une Employée de maison, l'Ange gardien des familles !

— Ne me dites pas que vous prenez plaisir à ce que vous faites : la cuisine, le ménage, les lits, les seaux pleins d'eau sale, le balai et la serpillière…

Lucy éclata de rire :

— Il y a quelques détails plus ou moins ragoûtants, mais cuisiner satisfait mes instincts créatifs, et quelque chose en moi se complaît à mettre de l'ordre et à jouer les tornades blanches.

— Je vis dans un désordre permanent, marmonna Cedric. Et j'aime ça, ajouta-t-il d'un air de défi.

— Vous en avez tout l'air.

— Dans ma petite maison d'Ibiza, la simplicité est de règle : deux tasses, trois assiettes et un plat, un lit, une table, deux chaises. Il y a de la poussière partout, des taches de peinture et des éclats de pierre – je sculpte aussi. Et personne n'a le droit de toucher à quoi que ce soit. Pas question d'avoir une femme dans les parages.

— A aucun titre ?

— Qu'entendez-vous par là ?

— Je me disais qu'un artiste comme vous a forcément une vie amoureuse.

— Ma vie amoureuse, comme vous dites, ne regarde que moi, s'offusqua Cedric. Je ne veux pas d'une femme qui vienne se mêler de tout sous prétexte de faire le ménage.

— Comme j'aimerais avoir accès à cette maison !
Histoire d'y relever le défi !

— N'y comptez pas.

— Je plaisantais, bien sûr.

Quelques pierres se détachèrent du mur. Cedric
se retourna :

— Cette brave Madge… Je la revois comme si
c'était hier. C'était une truie attachante, et une mère
prolifique. Dix-sept porcelets à sa dernière portée,
si mes souvenirs sont bons. Nous venions ici,
l'après-midi, pour lui gratter le dos avec un bâton.
Elle adorait ça.

— Comment a-t-on pu laisser cet endroit dans
un tel état d'abandon ? La guerre ?

— Vous seriez prête à nettoyer et à ranger tout
ça, je parie ? Vous êtes vraiment le genre de bonne
femme à fourrer son nez partout. Je comprends
mieux, maintenant, pourquoi vous étiez toute désignée pour découvrir un cadavre dans un sarcophage gréco-romain !

Il resta silencieux quelques secondes avant de
poursuivre :

— Non, ce n'est pas la guerre. C'est mon père. A
propos, que pensez-vous de lui ?

— Je n'ai guère eu le temps de penser.

— N'éludez pas la question. Il est méchant
comme pas deux, et un peu cinglé, aussi, d'après
moi. Bien entendu, il nous déteste tous – à l'exception, peut-être, d'Emma. Et tout ça, à cause du testament de mon grand-père.

Lucy le regarda d'un air intéressé.

— C'est lui, mon grand-père, qui a fait tout ce

145

fric. Avec des biscuits secs et des biscuits salés ! Il a commencé par le sucré, puis, comme il voyait loin, il est passé aux canapés et aux petits pains fourrés, si bien qu'aujourd'hui, les cocktails continuent à nous enrichir ! Bref, un beau matin, mon père a décidé qu'il en avait par-dessus la tête du salé comme du sucré, et il s'est mis à sillonner l'Italie, la Grèce et les Balkans à la recherche d'œuvres d'art. Mon grand-père a pris ça très mal. Il a décrété que mon père n'était pas un homme d'affaires, qu'il ne valait pas tripette en tant qu'amateur d'art – ce qui n'était que trop vrai, dans un cas comme dans l'autre – et il à légué sa fortune à ses petits-enfants. Mon père aurait des revenus assurés, mais il ne pourrait pas toucher au capital. Vous savez ce qu'il a fait, alors ? Il n'a plus voulu dépenser un fifrelin. Il s'est installé ici et il s'est mis à économiser. Il a dû accumuler depuis, à mon avis, une fortune au moins égale à celle de son père. Et pendant ce temps, ni Harold, ni Alfred, ni Emma, ni moi-même n'avons touché un sou de l'argent de mon grand-père. Je suis un peintre fauché. Harold s'est lancé dans la finance, et il occupe aujourd'hui une position importante à la City. Il a, lui, le sens des affaires, même si j'ai entendu récemment certaines rumeurs alarmantes à son sujet. Alfred, quant à lui… pour ne rien vous cacher, dans la famille, on l'appelle Fredo-la-combine.

— Pourquoi ça.

— Vous avez envie d'en savoir, des choses ! Parce qu'Alfred est le vilain petit canard de cette génération. Il n'est pas encore allé en prison, mais il s'en est plusieurs fois fallu d'un cheveu. Il travaillait au ministère du Ravitaillement pendant la guerre, et il en est parti pour des raisons peu avouables. Il y a eu ensuite une affaire douteuse de fruits en conserve, puis quelques problèmes à propos d'œufs importés. Rien de très grave, mais toujours des opérations plus ou moins louches.

— Vous ne craignez pas qu'il soit un peu déraisonnable de parler ainsi à quelqu'un que vous ne connaissez pas ?

— Pourquoi ? Vous êtes indicateur de police ?

— Je pourrais l'être.

— Je ne crois pas. Vous étiez déjà ici, à vous escrimer, avant que la police ne s'intéresse à nous. Je dirais plutôt…

Il s'interrompit en voyant sa sœur Emma pousser la barrière du jardin.

— Salut, Emma ! Qu'est-ce qui t'arrive ? Tu me sembles bien préoccupée !

— Je le suis. Je voudrais te parler un instant, Cedric.

— Je dois retourner à la maison, déclara Lucy avec tact.

— Ne partez pas, tenta de la retenir Cedric. Ce meurtre a pratiquement fait de vous un membre de la famille.

— J'ai beaucoup à faire, se défendit Lucy. J'étais simplement venue chercher un peu de persil.

Déjà, elle battait en retraite en direction du potager.

Cedric la suivit du regard.

— Joli brin de fille, commenta-t-il. Qui est-elle en réalité ?

— Oh ! elle est assez connue, répondit Emma. C'est une spécialiste dans son domaine. Mais laissons là Lucy Eyelesbarrow, Cedric. Je suis horriblement inquiète. La police, semble-t-il, pense que la femme assassinée était une étrangère, peut-être une Française. Cedric, tu ne crois tout de même pas qu'il pourrait s'agir de… de *Martine* ?

*

Cedric la regarda un court instant sans comprendre :

— Martine ? Mais enfin, à qui… oh ! tu veux dire *Martine* ?

— Oui. Tu ne penses pas que…

— Mais pourquoi diable s'agirait-il de Martine ?

— Ma foi, cette façon de nous télégraphier avait quelque chose de bizarre, quand on y réfléchit. Et c'est à peu près au même moment que… Tu ne penses pas qu'elle aurait finalement pu venir ici, et…

— C'est idiot. Pourquoi Martine serait-elle venue ici, et qui plus est, pour s'y enfermer dans la Grange Longue ? Pour y faire quoi ? Ça me paraît totalement improbable.

— Tu ne penses pas, tout de même, que je devrais contacter l'inspecteur Bacon – ou son collègue ?

— Pour leur dire quoi ?

— Mon Dieu… pour leur parler de Martine. Et de sa lettre.

— A quoi bon compliquer encore les choses,

sœurette, en exhumant une vieille histoire qui n'a rien à voir avec tout ça ? D'ailleurs, je n'y ai jamais cru, à cette fameuse lettre.

— Moi, si.

— Tu as toujours eu un faible pour les contes à dormir debout, ma vieille. A mon avis, ce que tu aurais de mieux à faire, ce serait de te calmer, et de tenir ta langue. Laissons les policiers identifier leur cher cadavre. Je suis prêt à parier que Harold te dirait la même chose.

— Oh ! je le sais bien. Et aussi Alfred. Mais je suis inquiète, Cedric, je suis *vraiment* inquiète. Je me demande ce que je dois faire.

— Rien, s'empressa de décréter Cedric. Il faut que tu la boucles, Emma. Ne jamais aller au-devant des embêtements, telle est ma devise.

Emma Crackenthorpe, mal à l'aise, reprit en soupirant le chemin de la maison.

Comme elle atteignait l'allée carrossable, le Dr Quimper sortit par la porte principale pour s'engouffrer dans sa vieille Austin. Il s'immobilisa en l'apercevant, puis, abandonnant sa voiture, vint à sa rencontre :

— Eh bien, Emma, votre père est dans une forme éblouissante. L'assassinat lui réussit. Ça lui a redonné goût à la vie. Je devrais le prescrire à nombre de mes patients.

Emma lui répondit par un sourire machinal. Quand quelque chose n'allait pas, le Dr Quimper n'était jamais long à s'en apercevoir :

— Que se passe-t-il ?

Emma leva les yeux vers lui. Au fil du temps, la

gentillesse du Dr Quimper lui était devenue d'un grand secours. Il était désormais pour elle plus qu'un médecin : un ami sur qui s'appuyer en cas de besoin. L'apparente brusquerie de ses manières ne l'offusquait pas – elle n'y voyait qu'une façade, destinée à masquer sa bonté.

— Je suis inquiète, admit-elle.

— Vous souhaitez m'en dire la raison ? Ne le faites pas si vous n'en avez pas envie.

— Je voudrais bien me confier à vous. Vous en savez d'ailleurs déjà beaucoup. Le problème, c'est que je me demande ce que je dois faire.

— Je vous ai connue plus sûre de vous et de vos jugements. Que se passe-t-il ?

— Vous vous rappelez – à moins que ça ne vous dise plus rien – ce que je vous ai raconté un jour à propos de mon frère – celui qui est mort à la guerre ?

— Vous voulez parler de son mariage – ou de son projet de mariage… C'était avec une Française, si je me souviens bien ?

— Oui. Je venais tout juste de recevoir la lettre où il nous en faisait part quand il a été tué. Nous n'avons plus jamais entendu parler de cette fille. Nous ne connaissions d'elle, en fait, que son prénom. Nous pensions qu'elle nous écrirait, ou qu'elle viendrait nous voir, mais elle ne l'a pas fait. Nous n'avons jamais eu la moindre nouvelle d'elle – jusqu'à ces temps derniers, il y a un mois environ, au moment de Noël.

— Je m'en souviens, en effet. Vous avez reçu une lettre, n'est-ce pas ?

— Oui. Disant qu'elle était en Angleterre et qu'elle désirait nous voir. Rendez-vous a donc été pris pour la recevoir ici. Sur quoi, à la dernière minute, elle a envoyé un télégramme pour nous prévenir que des circonstances imprévues l'obligeaient à repartir pour la France.

— Et alors ?

— Les policiers pensent que la femme qui a été tuée... était une Française.

— Allons bon ! Elle avait plutôt le genre anglais, pour moi, mais allez donc savoir. Vous êtes donc inquiète à l'idée que la femme assassinée pourrait être cette fille que votre frère voulait épouser ?

— Oui.

— Cela me paraît peu probable, pronostiqua le Dr Quimper, mais je comprends ce que vous ressentez.

— Je me demande si je dois en parler à la police. Cedric affirme que ce n'est vraiment pas la peine. Qu'en pensez-vous ?

— Hum !...

Le Dr Quimper fit une petite moue et resta un moment plongé dans ses réflexions. Puis il articula, comme à contrecœur :

— Il serait plus *simple* effectivement, de ne rien dire. Je me mets à la place de votre frère. Mais par ailleurs...

— Par ailleurs ?

Il y avait une lueur affectueuse dans le regard de Quimper :

— A votre place, j'irais leur parler. Je vous connais :

si vous ne le faites pas, vous continuerez à vous tourmenter.

Emma rougit un peu :

— Je suis peut-être idiote.

— Faites ce que vous avez envie de faire, ma chère... et au diable les autres ! Je suis prêt à vous défendre contre la famille – la famille au grand complet s'il le faut.

# 12

Petite ! Hé ! vous, petite ! Venez un peu par ici !

Lucy se retourna, ahurie. Derrière la porte entre-bâillée, le vieux Mr Crackenthorpe lui faisait signe d'un doigt impérieux.

— Vous avez besoin de moi, Mr Crackenthorpe ?

— Cessez de poser des questions. Entrez !

Elle s'exécuta. Le vieillard la prit par le bras pour la tirer à l'intérieur et referma la porte derrière elle :

— J'ai quelque chose à vous montrer.

Lucy regarda autour d'elle. La pièce, de faibles dimensions, avait été à l'origine conçue pour servir de bureau. Des liasses de papiers recouverts de poussière s'empilaient sur la table, et des toiles d'araignées festonnaient les angles du plafond. L'air sentait le moisi et le renfermé.

— Vous voulez que je nettoie cette pièce ? demanda-t-elle.

Le vieux Mr Crackenthorpe secoua la tête d'un air farouche :

— Non ! Surtout pas ! Cette pièce est fermée, et j'en garde la clef sur moi. Emma voudrait bien y fourrer son nez, mais il n'en est pas question. Je suis ici *chez moi*. Vous voyez ces pierres ? Ce sont des spécimens géologiques.

Lucy regarda la collection – une douzaine de blocs rocheux, certains polis, d'autres rugueux.

— Très beau. Très intéressant.

— Et comment ! Je ne les montre pas à tout le monde, mais vous, vous êtes une fille intelligente. Je vais vous faire voir autre chose.

— C'est très gentil à vous, mais j'ai vraiment beaucoup à faire. Avec six personnes à la maison…

— Ils me ruinent ! Ils ne pensent qu'à manger ! Et ne comptez pas sur eux pour participer à la dépense. Des sangsues ! Ils sont tous là, à attendre que je meure. Eh bien, je ne mourrai pas de sitôt, je ne leur ferai pas ce plaisir ! Même Emma n'imagine pas à quel point je suis costaud !

— Je n'en doute pas.

— Et je ne suis pas si vieux, non plus. Elle parle de moi comme d'un vieillard, et elle me traite comme si j'avais cent ans. Mais vous, vous ne me trouvez pas vieux, n'est-ce pas ?

— Bien sûr que non, mentit Lucy.

— Voilà ce que j'appelle une fille intelligente ! Jetez un coup d'œil là-dessus, petite.

Il pointait le doigt vers un grand tableau accroché au mur. En s'approchant, Lucy vit qu'il s'agissait d'un arbre généalogique. Certaines parties étaient d'une écriture si fine qu'il aurait fallu s'aider d'une loupe pour en déchiffrer les noms. Mais ceux des ancêtres les plus lointains, en revanche, apparaissaient en gros caractères, et des couronnes étaient dessinées au-dessus.

— Nous descendons des Rois, s'enflamma Mr Crackenthorpe. Par ma mère. C'est l'arbre généalogique de sa famille. Mon père, lui, n'était qu'un roturier. Un homme du commun ! Il ne m'aimait pas. Je lui étais trop supérieur. Je tenais de ma mère. J'avais un don naturel pour les arts, et ce vieil imbécile n'y comprenait rien. Je ne me souviens pas de ma mère – j'avais deux ans quand elle est morte. Elle était la dernière de sa famille. Ils n'avaient plus un sou, et elle a épousé mon père. Mais regardez-les : Edouard le Confesseur, Ethelred le Deuxième, père d'Edouard... ils sont tous là. Et c'était *avant* l'arrivée des Normands ! Ce n'est pas rien, n'est-ce pas ?

— Certainement pas.

— Je vais vous montrer encore autre chose.

Il la poussa à travers la pièce vers un énorme bahut de chêne. La pression de ses doigts sur son bras mettait Lucy très mal à l'aise. Le vieux Mr Crackenthorpe, décidément, ne manquait pas d'énergie.

— Vous voyez ceci ? Ça vient aussi de la famille de ma mère. Pur style élisabéthain. Il faut quatre hommes pour le déplacer. Vous vous demandez ce qu'il peut bien y avoir là-dedans, n'est-ce pas ? Vous voulez que je vous le montre ?

— Mais oui, montrez-le-moi, acquiesça poliment Lucy.

— Curieuse, hein ? Toutes les femmes sont des curieuses.

Il tira une clef de sa poche pour ouvrir une porte dans la partie inférieure du monument. De là, il sortit un coffret dont l'aspect moderne, presque neuf, détonnait. Il lui fallut prendre une nouvelle clef pour l'ouvrir.

— Regardez donc, ma chère. Vous savez ce que c'est ?

Tout en parlant, il avait saisi un rouleau de papier d'emballage qu'il renversa pour le vider de son contenu. La paume de sa main s'emplit de pièces d'or :

— Regardez-les, jeune fille. Regardez-les, prenez-les, touchez-les ! Vous savez ce que c'est ? Je parie que non ! Ce sont des souverains ! Et ils valent beaucoup plus cher que les affreuses coupures de papier qui nous servent de monnaie aujourd'hui ! Je les ai eus il y a bien longtemps. Et j'ai d'autres choses dans ce coffret. Un tas d'autres choses que je garde ici, bien à l'abri. Pour l'avenir. Emma ne le sait pas – personne n'en sait rien. Ce sera notre secret à *nous*, n'est-ce pas, petite ? Vous savez d'ailleurs pourquoi je vous en parle, et pourquoi je vous montre tout ça ?

— Pourquoi ?

— Parce que je ne voudrais pas que vous me preniez pour un vieillard malade et bon à rien. Il se sent encore plein de vie, le vieux, croyez-moi ! Ma femme est morte depuis longtemps. Elle se plaignait tout le temps, elle n'était jamais d'accord avec rien. Elle n'aimait pas les noms que j'avais donnés à mes enfants – de vrais noms saxons -, elle ne s'intéressait même pas à notre arbre généalogique. Je me moquais bien de ce qu'elle pouvait dire, d'ailleurs, et elle finissait toujours par céder – aucune volonté, aucun caractère. Pas comme vous, petite ! Vous, vous êtes une pouliche de race ! Et une sacrée belle pouliche, de vous à moi ! Je vais vous donner un conseil : ne vous jetez pas dans les bras d'un godelureau. Les jeunes gens sont des imbéciles ! Pensez à votre avenir. *Attendez.*

L'étreinte de ses doigts se resserra sur le bras de Lucy tandis qu'il se penchait pour lui susurrer à l'oreille

— Je n'en dirai pas plus. *Attendez.* Ces idiots se figurent que je ne vais pas tarder à mourir. Mais ils se trompent ! Il se pourrait que je les enterre tous ! Et ce jour-là, on rira bien ! Oh ! oui, on rira bien ! Harold n'a pas d'enfant. Cedric et Alfred ne sont pas mariés. Emma… Emma ne se mariera plus, maintenant. Elle a un petit faible pour Quimper, mais Quimper n'épousera jamais Emma. Il y a Alexander, bien sûr. Oui, il y a Alexander. Mais je l'aime bien, Alexander, voyez-vous… Oui, c'est bizarre. J'aime bien Alexander.

Il se tut un instant et parut réfléchir, les sourcils froncés, puis :

— Eh bien, petite, qu'est-ce que vous dites de ça ? Hein ? Qu'est-ce que vous dites de ça ?

— Miss Eyelesbarrow.

C'était la voix d'Emma, de l'autre côté de la porte. Lucy bondit sur l'occasion :

— Miss Crackenthorpe m'appelle. Je dois y aller. Merci mille fois de m'avoir montré tout cela…

— N'oubliez pas… notre secret à tous les deux…

— Non, je ne l'oublierai pas, promit Lucy.

Et elle se précipita dans le hall en se demandant si elle venait bien de recevoir une demande en mariage… sous conditions.

*

Dermot Craddock se trouvait dans son bureau de Scotland Yard. Le coude posé sur la table, il tenait dans sa main droite le récepteur du téléphone et parlait en français, langue dans laquelle il ne se débrouillait pas trop mal.

— Ce n'est qu'une idée, n'est-ce pas, dit-il.

— Oui, mais c'est une bonne idée, répondit la voix à l'autre bout du fil. J'ai déjà lancé une série d'investigations dans ce milieu. Lorsqu'elles n'ont pas une vie de famille – ou un amant –, ces filles disparaissent très facilement et personne ne s'en inquiète. On se dit quelles sont parties en tournée, ou qu'il y a un nouvel homme dans leur vie – et que cela ne regarde qu'elles. Dommage que la photographie que vous m'avez envoyée soit d'aussi mauvaise qualité. La strangulation n'arrange personne. Mais nous n'y pouvons rien. Je vais maintenant étudier les derniers rapports de mes agents. Ils auront peut-être trouvé quelque chose. *Au revoir, très cher.*

A l'instant où il prenait congé de son interlocuteur, on glissa un petit papier sous les yeux de l'inspecteur Craddock :

*Miss Emma Crackenthorpe*
*désire parler à l'inspecteur Craddock.*
*Objet : affaire de Rutherford Hall.*

Il raccrocha et dit au planton :

— Faites entrer miss Crackenthorpe.

Ainsi, il ne s'était pas trompé. Emma Crackenthorpe savait quelque chose – rien de très important, peut-être, mais quelque chose. Et elle s'était décidée à le lui confier.

Il se leva à son entrée, lui serra la main, l'invita à s'asseoir et lui offrit une cigarette, qu'elle refusa. Puis il y eut un silence. Elle cherchait ses mots songea Craddock. Il se pencha vers elle :

— Vous avez quelque chose à me dire, miss Crackenthorpe ? Puis je vous aider ? Quelque chose vous tracasse, n'est-ce pas ? Une broutille, peut-être », dont vous pensez probablement quelle n'a rien à voir avec notre affaire, mais qui pourrait tout de même la concerner. Et vous êtes venue pour m'en parler, c'est bien cela ? C'est peut-être en rapport avec l'identification de la victime ? Vous pensez savoir de qui il s'agissait ?

— Non, non, pas vraiment. Cela me paraît tout à fait improbable, mais…

— Mais pas tout à fait impossible, et c'est ce qui vous inquiète. Mieux vaut donc m'en parler, car nous pourrons peut-être ainsi vous délivrer de vos soucis.

Emma prit son temps pour répondre :

— Vous avez vu trois de mes frères. J'en avais un autre, Edmund, qui a été tué à la guerre. Peu de temps auparavant, il m'avait écrit de France.

Elle ouvrit son sac pour en extraire une lettre au papier jauni et la lut à voix haute :

*J'espère que cela ne te causera pas un choc, Emma, mais je vais me marier – et avec une Française. Le tout s'est décidé très vite, mais je suis certain que Martine te plaira et que tu sauras veiller sur elle s'il devait m'arriver quelque chose. Je t'en dirai plus dans ma prochaine lettre – et je serai alors un homme marié. Annonce ça au vieux avec des ménagements – tu veux bien ? Il va probablement sauter au plafond.*

L'inspecteur Craddock tendit la main. Emma lui donna la lettre après une brève hésitation. Puis elle reprit, très vite :

— Vingt-quatre heures après avoir reçu cette lettre, il nous est arrivé un télégramme disant qu'Edmund. était *porté disparu*. Sa mort nous a été confirmée par la suite. C'était juste avant la bataille de Dunkerque, et la plus grande confusion régnait. J'ai effectué des recherches auprès de l'Armée, mais on n'a trouvé aucun papier faisant état de son mariage. Comme je vous l'ai dit, le désordre était partout. Dans le même temps, je n'ai eu aucun signe de vie de cette fille. J'ai essayé, à la fin des hostilités, de reprendre mes investigations, mais je ne connaissais que son prénom, et cette région de la France avait été occupée par les Allemands, et il s'est avéré impossible de retrouver sa trace sans connaître son nom de famille ou sans en savoir à tout le moins un peu plus sur son compte. J'ai fini par me dire que ce mariage n'avait sans doute jamais eu lieu et que la fille avait peut-être épousé quelqu'un d'autre avant la fin des hostilités, ou encore qu'elle avait été tuée elle aussi.

L'inspecteur Craddock hocha la tête. Emma poursuivit :

— Imaginez ma surprise quand j'ai reçu, il y a tout juste un, mois, une lettre écrite en français et signée *Martine Crackenthorpe*.

— Vous l'avez ?

Emma prit la lettre dans son sac et la lui tendit. Craddock la lut avec beaucoup d'attention. L'écriture, régulière et élégante, dénotait une bonne éducation :

*Chère mademoiselle,*

*J'espère que cette lettre ne vous choquera pas. Je ne sais même pas si votre frère Edmund, avant de disparaître, vous avait informée de notre mariage. Il m'avait fait part de son intention de vous écrire à ce sujet. Il a été tué quelques jours plus tard lors de l'attaque de notre village par les Allemands. La guerre finie, j'ai décidé de ne pas vous écrire et, bien qu'Edmund me l'ait demandé, de ne rien tenter pour entrer en contact avec vous : j'avais refait ma vie, et cela ne me paraissait plus nécessaire. Mais ma situation, aujourd'hui, n'est plus la même. C'est pour mon fils que je vous écris. Il est l'enfant de votre frère, et je ne suis plus en mesure de l'élever comme je l'ai fait jusqu'à présent. Je serai en Angleterre la semaine prochaine. Pourrez-vous me recevoir ? Mon adresse postale sera 126, Elvers Crescent, N. 10. Je souhaite, encore une fois, que ma démarche ne vous semble pas trop inopportune.*

*Acceptez, chère mademoiselle, l'assurance de mes sentiments les meilleurs.*

*Martine Crackenthorpe*

Craddock resta un moment silencieux. Puis il relut lentement la lettre avant de la rendre à Emma :

— Qu'avez-vous fait après avoir reçu cette lettre, miss Crackenthorpe ?

Mon beau-frère, Bryan Eastley, se trouvait chez nous à ce moment-là, et je lui en ai aussitôt parlé. Puis j'ai appelé mon frère Harold, à Londres, pour lui demander son avis. Harold s'est montré très sceptique et m'a conseillé la plus extrême prudence. Il fallait avant tout, m'a-t-il dit, vérifier soigneusement la véracité des dires de cette femme, et son identité.

Emma fit une courte pause avant de reprendre :

— Ces conseils relevaient du simple bon sens, et je ne pouvais que l'approuver. Mais j'avais aussi le sentiment que si cette fille – cette femme – était réellement Martine, notre devoir était de l'accueillir. Je lui ai donc écrit, à l'adresse indiquée, pour l'inviter à Rutherford Hall. Quelques jours plus tard, j'ai reçu un télégramme en provenance de Londres : *Regrette profondément – Obligée regagner France pour raisons imprévues – Martine.* Depuis, nous n'avons plus aucune nouvelle.

— Et ceci s'est passé quand ?

Emma plissa le front :

— Peu avant Noël. J'en suis certaine, parce que j'avais envie de l'inviter à passer cette fête avec nous. Mais mon père n'a rien voulu entendre, si bien que je lui ai proposé de venir le week-end suivant, quand la famille serait encore au complet. Je pense que le télégramme annonçant son départ impromptu pour la France est arrivé quelques jours avant Noël.

— Et vous croyez que la femme dont le corps a été retrouvé dans le sarcophage pourrait être cette Martine ?

— Non, bien sûr. Mais quand je vous ai entendu préciser qu'il s'agissait sans doute d'une étrangère... je n'ai pas pu m'empêcher de penser... que... peut-être...

Elle n'acheva pas sa phrase.

Craddock s'empressa de la rassurer :

— Vous avez bien fait de me parler de ça. Nous allons lancer des recherches dans cette direction. Mais il y a de fortes chances, à mon avis, pour que la femme qui vous a adressé cette lettre se trouve en France, et bien en vie, à l'heure qu'il est. Comme vous l'avez appris lors de l'enquête du coroner, le médecin légiste a estimé que la mort de la femme du sarcophage remontait à quinze jours ou trois semaines. Cessez donc de vous inquiéter, miss Crackenthorpe, et laissez-nous agir.

Puis il ajouta, d'un ton détaché :

— Vous en avez parlé, me disiez-vous, à Harold Crackenthorpe. Vos autres frères et votre père étaient-ils également au courant ?

— J'ai été obligée d'en parler à mon père, bien entendu. Il en a été très contrarié – elle sourit légèrement – car il a pensé aussitôt à une machination destinée à nous soutirer de l'argent. Mon père attache beaucoup d'importance aux questions d'argent. Il se croit, ou affecte de se croire, très pauvre, et économise sou après sou. C'est un type d'obsession qu'on rencontre fréquemment, je crois, chez les personnes âgées. Il a, en réalité, des revenus considérables dont il ne dépense pas le quart – c'était le cas, du moins, jusqu'aux récentes augmentations d'impôts. Il a certainement d'importantes économies.

Elle réfléchit quelques secondes avant de continuer :

— J'en ai parlé également à mes deux autres frères. Alfred a pris la chose comme une plaisanterie, tout en relevant lui aussi l'éventualité d'une imposture. Cedric ne m'a pas vraiment écoutée – il est assez égocentrique. Nous avions projeté de recevoir Martine tous ensemble, et en présence de notre avoué, Mr Wimborne.

— Et comment Mr Wimborne a-t-il réagi à cette lettre ?

— Nous n'avons pas été jusqu'à la lui montrer. Nous nous apprêtions à le faire quand le télégramme de Martine est arrivé.

— Vous n'avez pas pris d'autres mesures ?

— Si. J'ai écrit à l'adresse de Londres, avec prière de faire suivre, mais je n'ai reçu aucune réponse.

— Bizarre… hum…

Il la regarda droit dans les yeux :

— Vous-même, qu'en pensez-vous ?

— Je ne sais qu'en penser.

— Quelles ont été vos réactions sur le moment ? Est-ce que cette lettre vous a paru sincère ou bien avez-vous ressenti la même méfiance que votre père et vos frères ? Et comment votre beau-frère a-t-il pris ça, au fait ? Qu'est-ce qu'il en a pensé ?

— Oh ! Bryan a estimé que la lettre émanait bien de Martine, et qu'elle était sincère.

— Et vous ?

— Je me suis interrogée.

— Et s'il s'était avéré que cette Martine était bel et bien la veuve de votre frère, comment auriez-vous réagi ?

Le visage d'Emma s'anima :

— J'aimais beaucoup Edmund. C'était mon frère préféré. Cette lettre m'a semblé correspondre exactement à ce qu'une fille comme elle pouvait écrire en de pareilles circonstances. Ce qu'elle y racontait n'avait rien d'extraordinaire. J'ai pensé qu'elle s'était sans doute remariée, ou qu'elle avait eu pour compagnon un homme qui les avait protégés, son fils et elle. Puis que, peut-être, cet homme était mort à son tour, ou qu'il l'avait quittée, et qu'il lui avait semblé naturel d'en appeler à la famille d'Edmund – comme il le lui avait lui-même demandé. La lettre m'a paru sincère et naturelle – mais, bien entendu, Harold m'a fait remarquer que si elle était l'œuvre d'un imposteur, ce ne pouvait être qu'une femme ayant approché Martine et

164

connaissant suffisamment les faits pour être crédible. J'ai dû admettre la justesse de son raisonnement – et pourtant…

Elle se tut.

— Vous auriez aimé que ce soit vrai ? demanda l'inspecteur Craddock avec douceur.

Elle lui jeta un regard empreint de reconnaissance :

— Oui. J'aurais été heureuse de savoir que mon frère Edmund avait laissé un fils.

Craddock hocha la tête :

— Je trouve, comme vous, que la lettre paraît sincère. Ce qui est surprenant, c'est la suite : le brusque départ, de Martine Crackenthorpe pour Paris, et le fait que vous soyez, depuis, restée sans nouvelles. Vous lui aviez répondu avec gentillesse, vous étiez prête à l'accueillir. Pourquoi, même si elle a été obligée de repartir, n'a-t-elle plus donné signe de vie ? En supposant, bien entendu, qu'il se soit effectivement agi de Martine Crackenthorpe. Dans l'hypothèse d'une imposture, cette disparition et ce silence s'expliquent, bien sûr, beaucoup plus facilement. Je me disais que vous aviez peut-être consulté Mr Wimborne sur la conduite à suivre, et que celui-ci avait procédé à une enquête qui aurait pu inquiéter cette femme. Mais ce n'est pas le cas. Il se pourrait, toutefois, que l'un ou l'autre de vos frères l'ait tenté. Martine avait peut-être des choses à cacher, un passé qu'elle ne souhaitait pas faire connaître. Peut-être pensait-elle trouver en face d'elle la sœur pleine d'affection dont lui avait parlé son mari, et non des hommes d'affaires hostiles et méfiants. Elle espérait peut-être obtenir de vous de petites sommes d'argent pour elle et pour son enfant (lequel n'est d'ailleurs vraisemblablement plus un enfant, mais un grand garçon de quinze ou seize ans) sans qu'on lui pose trop de questions. Au lieu de quoi, elle se sera rendu compte qu'elle allait se trouver confrontée à une situation autrement plus complexe. Car enfin j'imagine que de sérieux problèmes légaux auraient été soulevés. Si Edmund Crackenthorpe a laissé un fils légitime, ce dernier ne figurerait-il pas au nombre des héritiers de votre grand-père ?

Emma acquiesça de la tête.

— D'après ce que j'ai compris, poursuivit l'inspecteur Craddock, c'est même à lui que reviendraient, le moment venu, Rutherford Hall et les terres environnantes – des terrains à bâtir d'une valeur considérable.

Emma tressaillit :

— En effet, je n'y avais pas pensé.

— Quoi qu'il en soit, cessez de vous inquiéter, lui conseilla Craddock. Vous avez bien fait de venir m'en parler. Je vais faire les recherches nécessaires, mais je ne pense vraiment pas qu'il y ait un rapport quelconque entre la femme qui vous a écrit cette lettre – et qui essayait probablement de vous soutirer de l'argent – et celle dont le cadavre a été retrouvé au fond du sarcophage.

Emma se leva avec un soupir de soulagement :

— Je suis contente de vous en avoir parlé, inspecteur. Merci de votre gentillesse.

Craddock la raccompagna jusqu'à la porte.

Puis il appela le sergent Wetherall :

— J'ai un boulot pour vous, Bob. Munissez-vous des photographies de la femme du sarcophage et filez au 126, Elvers Crescent. Voyez si vous pouvez y apprendre quelque chose à propos d'une femme qui se faisait appeler Mrs Crackenthorpe – Mrs Martine Crackenthorpe et qui y aurait séjourné ou s'y serait fait adresser du courrier entre, mettons, le 15 et le 31 décembre.

— Très bien, chef.

Craddock se plongea ensuite dans les papiers qui encombraient son bureau. Dans l'après-midi, il alla voir un agent artistique de ses amis, spécialisé dans les tournées théâtrales. Mais il ne recueillit aucune information utile.

Quand il revint à son bureau, un câble en provenance de Paris l'attendait :

*Le signalement que vous nous avez fourni pourrait être celui d'une certaine Anna Stravinska, de la troupe des Ballets Maritski. Je vous suggère de venir ici. Dessin, Préfecture de Police.*

Craddock poussa un soupir de soulagement et ses traits se détendirent.

Enfin ! se dit-il. Et au temps pour le lièvre soulevé par cette histoire de Martine Crackenthorpe...

Il décida de prendre, le soir même, le train-ferry pour Paris.

# 13

— C'est tellement aimable à vous de m'avoir invitée à prendre le thé ! trémola miss Marple à l'intention d'Emma Crackenthorpe.

Enveloppée dans ses châles vaporeux, symphonie de rose et de gris, miss Marple offrait plus que jamais l'image d'une adorable vieille personne. Rayonnant apparemment du plaisir d'être là, elle dardait tour à tour le regard de ses yeux d'un bleu de porcelaine sur Harold Crackenthorpe dans son complet sombre de bonne coupe, sur Alfred qui lui proposait des sandwiches avec son sourire le plus charmeur et sur Cedric, debout près de la cheminée dans sa veste de tweed rapiécée et qui boudait ostensiblement le reste de la famille.

— C'est nous, au contraire, qui sommes tous ravis que vous ayez pu venir ! protesta Emma, en veine d'amabilités.

Rien ne permettait de soupçonner la scène qui s'était déroulée le jour même, sitôt après le déjeuner, quand Emma s'était exclamée :

— Seigneur ! Pour un peu, j'oubliais ! J'ai dit à miss Eyelesbarrow qu'elle pouvait inviter sa vieille tante à prendre le thé aujourd'hui avec nous.

— Décommande-la, avait décrété sèchement Harold. Nous avons encore un tas de choses à discuter. Pas d'étrangers ici !

Alfred n'était pas demeuré en reste :

— Expédie-la donc prendre le thé à la cuisine ou Dieu sait où avec sa nièce !

— Oh ! non, non, je ne peux pas faire ça ! avait gémi Emma. Ce serait de la dernière grossièreté.

— Bah ! il n'y a qu'à la laisser venir, avait à son tour grommelé Cedric. Nous arriverons peut-être à la sonder un peu à propos de sa merveilleuse Lucy. J'avoue que je ne détesterais pas en savoir un peu plus sur cette fille. Je ne lui fais qu'à moitié confiance. Elle m'a tout l'air un peu trop futée pour être honnête.

Harold avait déjà son opinion sur la question :

— Elle a d'excellentes relations dans les meilleurs milieux, et une réputation sans tache. J'ai fait prendre des renseignements sur son compte. S'agissant d'une fille assez curieuse pour aller découvrir un cadavre dans un sarcophage, il fallait bien en avoir le cœur net.

— Si seulement nous savions qui était cette satanée bonne femme venue se faire zigouiller là ! avait fulminé Alfred.

Harold ne cherchait pas à dissimuler son mécontentement :

— C'est à se demander, Emma, si tu n'as pas perdu la tête : aller trouver la police et leur dire que la victime était peut-être la dulcinée française d'Edmund ! A partir de là, ils vont forcément penser que cette Martine est effectivement venue ici, et que c'est l'un d'entre *nous* qui l'a assassinée !

— Mais, non, Harold. Tu exagères !

— Harold a parfaitement raison, était intervenu Alfred. Je me demande ce qui t'a pris. Je ne peux plus faire un pas sans avoir l'impression qu'on me surveille.

— J'ai essayé de l'en dissuader, avait marmonné Cedric. Mais Quimper l'y a poussée.

— En voilà encore un qui se mêle un peu trop de ce qui ne le regarde pas, avait pesté Harold. Il ferait beaucoup mieux de s'occuper de ses malades !

— Oh ! je vous en prie, calmez-vous, les avait conjurés Emma. Je suis très contente que cette miss Je-ne-sais-plus-trop-quoi vienne pour le thé. Cela nous fera du bien à tous de voir une nouvelle tête. Et ça nous empêchera de ressasser cette histoire à n'en plus finir. Je vais faire un brin de toilette.

Et elle avait quitté la pièce.

— Cette Lucy Eyelesbarrow… avait aussitôt repris Harold. Cedric a raison de trouver bizarre qu'elle soit allée fureter dans la Grange Longue et ouvrir ce sarcophage – ce qui suppose d'ailleurs une force herculéenne. Nous devrions peut-être prendre des mesures. J'ai trouvé son attitude passablement hostile, au déjeuner.

— Laissez-moi m'en occuper, s'était proposé Alfred. Si elle mijote un coup fourré, je ne serai pas long à le savoir.

— Enfin, *pourquoi* avoir ouvert ce sarcophage ?

— Lucy Eyelesbarrow n'est peut-être pas Lucy Eyelesbarrow, avait hasardé Cedric.

— Mais ça rimerait à quoi ? s'était interrogé Harold, pour une fois désemparé. Elle ferait ça dans quel but ? Oh, et puis merde !

Ils avaient échangé des regards d'exaspération :

— Et cette vieille toupie à la gomme qui va venir bavocher dans son thé alors que nous aurions tous besoin de *réfléchir* !

— Nous reparlerons de tout ça ce soir, avait tranché Alfred. D'ici là, nous essayerons de tirer les vers du nez à la vieillasse au sujet de Lucy.

Suite à cet échange d'aménités, miss Marple, dûment présentée par Lucy et installée comme on l'a vu au coin du feu dans le meilleur fauteuil du salon, acceptait présentement les sandwiches que lui offrait Alfred en rendant au jeune homme le sourire appréciateur que lui arrachait toujours la vue d'un beau garçon :

— Merci mille fois… puis-je savoir… ? Ah ! œuf et sardine, oui, c'est parfait. Je suis toujours, à l'heure du thé, d'une effroyable gourmandise. Avec l'âge, voyez-vous… Mais le soir, bien sûr, je ne dîne que très légèrement… Il faut savoir se montrer prudent.

Elle se retourna vers son hôtesse :

— Quelle maison magnifique vous avez là. Et si pleine de belles choses. Ces deux bronzes… ils me rappellent ceux que mon père avait rapportés de Paris. Vous, c'est votre grand-père qui les a achetés ? Vraiment ? Pur style classique, n'est-ce pas ? Magnifique, magnifique. Vous devez être enchantée d'avoir vos frères auprès de vous ? On voit tant de familles dispersées… les Indes, encore qu'on ne s'y rende plus guère de nos jours… et l'Afrique, l'Afrique occidentale et son climat affreux…

— Deux de mes frères habitent Londres.

— Ce doit être bien agréable pour vous.

— Mais Cedric, qui est peintre, vit à Ibiza, dans les Iles Baléares.

— Les peintres adorent les îles, n'est-ce pas ? Chopin… lui c'était à Majorque, si je ne m'abuse ?

Mais c'était un musicien. C'est à Gauguin que je pensais. Quelle triste existence il a menée… une vie gâchée, de l'avis général. Bien qu'on en fasse souvent grand cas, je n'ai jamais apprécié ses portraits de femmes indigènes. Je n'aime pas ces abominables tons moutarde tellement bilieux. Personnellement, j'ai le sentiment que ses tableaux me portent au foie.

Cedric se sentit visé par son regard désapprobateur.

— Parlez-nous de Lucy quand elle était enfant, miss Marple, suggéra-t-il.

Elle lui sourit, ravie :

— Lucy s'est toujours montrée d'une si vive intelligence ! Mais si, mais si, mon petit… ne m'interrompez pas. Et, exceptionnellement douée pour les mathématiques. Je me souviens d'un jour où le boucher a voulu me faire payer trop cher un faux-filet…

Et miss Marple d'égrener ses souvenirs de Lucy petite fille avant de passer aux anecdotes sur son village.

Elle fut interrompue par l'arrivée de Bryan, puis par l'apparition des deux adolescents – tout crottés pour avoir fiévreusement cherché des indices autour de la propriété. Le Dr Quimper arriva à son tour et regarda la compagnie avec un léger froncement de sourcils après avoir été présenté à la vieille demoiselle :

— Quel temps épouvantable ! J'espère que votre père n'est pas dehors, Emma ?

— Oh ! non, mais il se sentait un peu las, après le déjeuner…

— Il préfère éviter les visiteurs, conjectura miss Marple avec un sourire espiègle. J'entends encore mon cher père dire à ma mère : « Tu attends encore une bande de vieilles chouettes pour le thé ? Fais-moi servir un plateau dans mon bureau ! » Il était terrible, pour ces choses-là !

— Ne croyez surtout pas... commença Emma.

Mais Cedric ne la laissa pas finir :

— Il préfère rester dans son bureau quand ses chers fils sont là. La psychologie nous expliquerait ça très bien, n'est-ce pas, docteur ?

Le Dr Quimper était occupé à engloutir des sandwiches avec l'enthousiasme d'un homme qui n'a pas beaucoup de temps à consacrer à ses repas.

— La psychologie, c'est très bien, du moment qu'on la laisse aux psychologues, articula-t-il entre deux bouchées. Malheureusement, de nos jours, tout le monde se prend pour un psychologue. Mes patients me disent *exactement* de quels complexes et de quelles névroses ils souffrent. Merci, Emma, j'en prendrai une autre tasse. Pas eu le temps de déjeuner, aujourd'hui.

— La vie d'un médecin est faite de sacrifices, c'est ce que j'ai toujours pensé, professa miss Marple.

— Vous ne devez pas en connaître beaucoup, rétorqua le Dr Quimper. On les traite volontiers de sangsues, et ils le méritent souvent. En tout cas, nous sommes désormais payés, l'Etat y pourvoit. Plus besoin d'envoyer comme par le passé des notes d'honoraires dont on savait pertinemment qu'elles ne seraient jamais réglées. Le problème, c'est que les patients, du coup, ne pensent plus qu'à

« tirer le maximum du gouvernement ». Moyennant quoi, si la petite Jenny a une quinte de toux ou si le petit Tom a mangé trois pommes vertes de trop, on se dépêche d'appeler l'infortuné toubib au beau milieu de la nuit ! Admirable, votre gâteau, Emma. Quel cordon bleu vous faites !

— Je n'y suis pour rien. C'est miss Eyelesbarrow qui l'a fait.

— Les vôtres n'ont rien à lui envier, n'en démordit pas Quimper.

— Vous voulez voir Père ?

Elle se leva, suivie par le médecin. Miss Marple les regarda sortir :

— Miss Crackenthorpe est une fille très dévouée, à ce que je vois.

— Je me demande toujours comment elle fait pour supporter le vieux, lança Cedric.

— Elle est fort bien installée dans cette maison, et mon père lui est très attaché, dit précipitamment Harold.

— Emma était faite pour cette vie-là, reprit Cedric. C'est une vieille fille née.

Un bref éclat parut dans l'œil de miss Marple :

— Ah ! c'est ainsi que vous la voyez ?

Harold, de nouveau, se hâta d'intervenir :

— Mon frère a employé le terme de vieille fille sans rien y mettre de péjoratif, miss Marple.

— Oh ! je n'en suis pas offusquée, protesta l'intéressée. Je me demandais seulement s'il avait raison. Je ne qualifierais pas, pour ma part, miss Crackenthorpe de vieille fille-née. Elle est plutôt

174

du genre – à mon humble avis – à se marier sur le tard et à réussir sa vie de femme.

— Si c'est le cas, elle ferait mieux de courir s'installer ailleurs, commenta Cedric. Ce n'est pas ici qu'elle rencontrera quelqu'un.

La petite lueur, dans l'œil de miss Marple, se fit plus vive :

— Il y a toujours les hommes d'Eglise… et les médecins.

Son regard chargé de malice allait de l'un à l'autre.

A l'évidence, l'idée qu'elle venait démettre ne les avait jamais effleurés, et elle ne leur plaisait pas vraiment.

Miss Marple se leva et, ce faisant, laissa tomber à ses pieds quelques écharpes de laine ainsi que son sac.

Les trois frères se précipitèrent pour les ramasser.

— Vous êtes trop gentils, les remercia miss Marple de sa petite voix flûtée. Ah ! oui, mon petit cache-nez bleu ! Merci encore de m'avoir invitée. Maintenant, je connais bien votre maison, voyez-vous, et quand je penserai à ma chère Lucy, je pourrai l'imaginer dans le cadre où elle travaille.

— Un foyer idéal, dit Cedric, avec un cadavre en prime.

— Cedric ! aboya Harold, au comble de la fureur.

Miss Marple sourit gentiment à Cedric :

— Savez-vous à qui vous me faites penser ? Au jeune Thomas Eade, le fils de mon directeur de banque. Il adore choquer son monde. Comme il n'avait pas de dispositions pour la finance, il est

175

parti pour les Antilles… et il en est revenu après la mort de son père, dont il a hérité une assez coquette fortune. C'était vraiment ce qu'il lui fallait. Il a toujours été plus doué pour dépenser l'argent que pour en gagner.

*

Lucy raccompagna miss Marple. Comme elle revenait vers Rutherford Hall, une silhouette surgit de l'obscurité pour s'encadrer dans le faisceau de ses phares à l'instant où elle franchissait les grilles de la propriété. L'homme fit un geste de la main et Lucy reconnut Alfred Crackenthorpe.

— Je me sens déjà mieux, frissonna-t-il en s'asseyant à côté de Lucy. Brrr ! Ce qu'il fait froid ! Je me proposais d'effectuer une petite balade revigorante, mais je préfère y renoncer. La vieille demoiselle est bien rentrée chez elle ?

— Oui. Elle était ravie de son après-midi.

— Ça sautait aux yeux. Incroyable, ce que ces vieilles personnes peuvent aimer la compagnie, même la moins folichonne. Et vraiment, dans le genre folichon, on fait mieux que Rutherford Hall. Je m'y supporte difficilement plus de quarante-huit heures. Comment faites-vous pour rester ici, Lucy ? Ça ne vous ennuie pas, que je vous appelle Lucy ?

— Pas du tout. Mais je ne me déplais pas, ici. Evidemment, je n'y passerai pas le restant de mes jours.

— Je vous ai observée. Vous êtes une fille intelligente, Lucy. Trop intelligente pour gâcher votre vie à faire la cuisine et le ménage.

— Merci du compliment, mais je préfère la cuisine et le ménage à un travail de bureau.

— J'en dirai autant en ce qui me concerne, Mais il y a d'autres façons de vivre. Vous pourriez devenir indépendante.

— Je le suis.

— Je pensais à une autre forme d'indépendance. Vous pourriez vous mettre à votre compte, vous libérer.

— De quoi ?

— De toutes ces conventions, de ces lois et de ces règlements qui nous empoisonnent l'existence ! Il y a toujours un moyen de les contourner, voyez-vous, pour peu qu'on soit malin – or, vous êtes maligne. Dites-moi, franchement : cette idée ne vous séduit pas ?

— Peut-être bien que oui, peut-être bien que non.

Lucy franchit l'entrée des écuries pour y garer la voiture.

— Vous ne voulez pas vous mouiller, c'est ça ?

— J'aurais besoin d'en savoir plus.

— Franchement, mon petit, vous pourriez m'être utile. Il y a quelque chose en vous qui n'a pas de prix… Vous inspirez confiance.

— Vous voudriez que je vous aide à vendre des lingots d'or ?

— Rien d'aussi risqué. Il ne s'agirait tout au plus que de flirter un tantinet avec la légalité…

Il lui posa la main sur le bras :

— Vous êtes une sacrément jolie fille, Lucy. J'aimerais vous avoir comme associée.

— J'en suis flattée.

— Ce qui signifie que vous m'envoyez sur les roses ? Réfléchissez-y à deux fois. Pensez au plaisir que vous pourriez en tirer. Comme ce serait amusant de rouler dans la farine tous les pères-la-vertu qui nous assomment. Le seul problème, c'est qu'il faudrait un capital de départ.

— Je n'ai pas le sou.

— Oh ! ce n'était pas un appel du pied ! Je ne tarderai pas à en avoir moi-même. Mon cher papa, cette vieille carne malfaisante, finira bien par lâcher la rampe ! Et dès qu'il aura passé l'arme à gauche, je toucherai un joli paquet. Qu'est-ce que vous en dites, Lucy ?

— Quelles sont vos conditions ?

— Le mariage si ça vous chante. Les femmes, si évoluées et adeptes de l'autosuffisance soient-elles, en rêvent apparemment. En outre, les épouses ne peuvent témoigner contre leur mari devant les tribunaux.

— Voilà qui est moins flatteur !

— Allons, Lucy, ne vous moquez pas de moi. Vous ne voyez pas que je suis amoureux de vous ?

A son propre étonnement, Lucy sentit qu'elle n'était pas indifférente à la séduction d'Alfred. Il émanait de lui un charme particulier, un magnétisme quasi animal. Elle se mit à rire et repoussa les bras qui voulaient l'enlacer :

— Ce n'est pas l'heure de badiner. Je dois m'occuper du dîner.

— C'est vrai, Lucy, et vous cuisinez à merveille… Qu'avons-nous ce soir ?

— Vous le verrez bien ! Vous êtes pire que les gamins !

Sitôt rentrée, Lucy se précipita dans la cuisine. Elle fut assez étonnée d'y trouver Harold Crackenthorpe :

— Miss Eyelesbarrow, puis-je vous entretenir un instant ?

— Cela ne peut-il attendre, Mr Crackenthorpe ? Je suis plutôt en retard.

Bien sûr. Disons, tout de suite après le dîner ?

— Entendu, ce sera parfait.

On servit le dîner, et chacun y fit honneur. Puis Lucy s'occupa de la vaisselle avant de rejoindre Harold Crackenthorpe qui l'attendait dans le hall d'entrée.

— Me voici, Mr Crackenthorpe.

— Mettons-nous ici, si vous le voulez bien.

Il la fit entrer dans le salon et referma la porte derrière elle :

— Je dois m'en aller dès demain matin, mais je tenais, avant, à vous dire combien j'ai apprécié votre compétence.

— Merci, répondit Lucy, passablement surprise.

— J'ai le sentiment que vous perdez ici votre temps… que vous y gaspillez vos talents.

— Vous trouvez ? Moi pas.

« Celui-là, de toute façon, ne peut pas me demander de l'épouser, songea Lucy. Il a déjà une femme. »

— J'ai grandement apprécié votre délicatesse et le soutien que vous nous avez apporté à l'occasion de ces déplorables événements, et je vous suggère de m'appeler à Londres. Je laisserai des instructions à ma secrétaire pour qu'elle vous fixe un rendez-vous. Notre société a besoin de gens comme vous. Nous pouvons vous trouver un poste en rapport avec vos capacités – qui sont exceptionnelles – et je suis en mesure de vous offrir, miss Eyelesbarrow, un très bon salaire et des perspectives d'avenir plus qu'intéressantes. Vous en serez, je crois, agréablement surprise.

Un sourire magnanime avait accompagné ces derniers mots.

Lucy prit son air le plus modeste :

— Je vous remercie, Mr Crackenthorpe. Je vais y réfléchir.

— N'attendez, pas trop. De telles occasions ne sont pas à négliger quand on est une jeune personne désireuse de réussir dans l'existence.

Un nouveau sourire laissa entrevoir l'émail de ses dents :

— Je vous souhaite le bonsoir, miss Eyelesbarrow, dormez bien.

« Alors, là, par exemple… se dit Lucy. Alors, là, par exemple, voila qui commence à devenir intéressant… »

Comme elle rejoignait sa chambre, elle croisa Cedric sur les marches de l'escalier :

— Accordez-moi un instant, Lucy, j'avais justement quelque chose à vous dire.

— Vous voulez m'épouser et m'emmener à Ibiza pour que je vous y dorlote ?

Cedric parut désarçonné, et quelque peu inquiet :

— Loin de moi une telle idée !

— Pardonnez-moi. Je me serai trompée.

— Je voulais simplement savoir s'il y avait un Indicateur des Chemins de Fer dans la maison.

— C'est tout ? Vous le trouverez sur le guéridon de l'entrée.

— Vous savez, fit Cedric d'un ton de reproche, vous ne devriez pas vous figurer que tout le monde veut vous épouser. Vous êtes plutôt jolie fille, mais pas à ce point-là. Il y a un mot pour désigner ce genre d'illusions. Si vous ne réagissez pas, ça peut s'aggraver… et même finir par mal tourner. En fait, vous êtes la dernière fille au monde que je songerais à épouser. La dernière !

— Vraiment ? se piqua Lucy. Ne vous mettez néanmoins pas martel en tête. Sans doute préférerez-vous m'avoir pour belle-mère ?

— Quoi ? fit Cedric, effaré, en écarquillant les yeux.

— Vous m'avez bien entendue, dit Lucy avant de refermer sur elle la porte de sa chambre.

## 14

Dermot Craddock s'entendait bien avec Armand Dessin, son correspondant à la Préfecture de Police de Paris. Ils n'en étaient pas à leur première collaboration. Craddock parlant couramment le français, ils communiquaient dans cette langue.

— Ce n'est qu'une idée, le prévint Dessin. J'ai ici

une photographie du corps de ballet au complet – la voici, la quatrième en partant de la gauche. Qu'en pensez-vous ?

Craddock n'en pensait rien. Une jeune femme victime de strangulation n'est pas aisément reconnaissable. Et toutes les filles, sur la photographie, avaient la tête ceinte d'extravagants diadèmes en plumes d'autruche et étaient outrageusement maquillées.

— Il se *pourrait* que ce soit elle… Mais c'est tout ce que je peux dire. Que savez-vous de cette fille ?

— Quasiment moins que rien. Ce n'était pas une vedette, voyez-vous. Et les Ballets Maritski ne sont pas une troupe importante. La compagnie se produit dans des salles de banlieue et fait des tournées en province – elle ne compte parmi ses membres aucun nom célèbre, aucune star de la danse. Mais je vais vous emmener voir Mme Joilet, la directrice.

Mme Joilet était une Française d'allure décidée, dotée d'un regard rusé, d'un soupçon de moustache et d'une surabondance de chairs adipeuses.

— Moi, la police, je ne l'aime pas ! leur lança-t-elle en guise de bienvenue et sans chercher à dissimuler le déplaisir que lui causait cette visite. Vous êtes toujours à me fourrer dans des complications sans fin !

— Mais non, madame, il ne faut pas dire ça, répliqua Dessin. Quand vous ai-je fourrée dans des complications sans fin ?

— Souvenez-vous de cette petite idiote qui avait bu de l'acide phénique, s'emporta Mme Joilet. Tout ça parce qu'elle s'était entichée du chef d'orchestre

– qui n'aime pas les femmes et que ses goûts portent ailleurs. Le tintouin que vous n'êtes pas allé me faire ! Ce qui a d'ailleurs failli causer la ruine de mon beau, mon merveilleux ballet.

— Au contraire, vous n'avez jamais enregistré autant d'entrées, protesta Dessin. Et il y a trois ans de ça, déjà. Vous avez tort de nous en vouloir. Parlez-moi plutôt de cette fille, Anna Stravinska.

— Qu'est-ce que vous voulez que je vous en dise ? demanda Mme Joilet, sur ses gardes.

— Elle est russe ? s'enquit l'inspecteur Craddock.

— Alors, là, pas du tout. C'est son nom qui vous le fait penser ? Mais toutes les filles prennent des noms comme ça. Ce n'était pas quelqu'un d'important, elle ne dansait pas très bien, elle n'était pas particulièrement jolie. Elle n'était pas mal, un point c'est tout. Elle se débrouillait pour se tenir au niveau du corps de ballet, mais elle n'aurait jamais été capable d'exécuter un solo.

— Elle était française ?

— Peut-être. Elle avait un passeport français. Mais elle m'a dit un jour qu'elle était mariée à un Anglais.

— … mariée à un Anglais ? Mort, ou vivant ?

Mme Joilet haussa les épaule :

— Mort, ou qui l'avait quittée. Comment voulez-vous que je le sache ? Ces filles-là… elles ont toujours des problèmes avec les hommes.

— Quand l'avez-vous vue pour la dernière fois ?

— J'ai emmené la compagnie à Londres pour six semaines. On a donné notre spectacle à Torquay, à

Bournemouth, à Eastbourne, dans je ne sais quel patelin dont je ne me rappelle plus le nom et à Hammersmith. Et puis nous sommes rentrées en France – sauf Anna, qui nous avait fait faux bond. Elle s'est contentée de m'envoyer ensuite un mot dans lequel elle me signifiait qu'elle quittait la compagnie pour aller vivre dans la famille de son mari – vous voyez le genre de bobard. J'en ai pas cru un mot, bien entendu. Il est beaucoup plus probable qu'elle avait rencontré un coquin, c'est toujours la même histoire.

L'inspecteur Craddock hocha la tête. Il percevait bien que, selon la philosophie de Mme Joilet, c'était toujours la même histoire, et qu'il n'y avait pas à sortir de là.

— Pour moi, ce n'est pas une grosse perte. Et je m'en bats l'œil. Des filles pas plus moches et même mieux, je peux en ramasser à la pelle. Ce qui fait que je ne vais pas me casser la tête pour ça, vous pensez bien. Pourquoi diable le ferais-je ? Elles sont toutes les mêmes, ces gamines, elles ne peuvent pas voir un pantalon sans courir après.

— Ça se passait quand, tout ça ?

— Notre retour en France ? Attendez… c'était… oui : le dimanche avant Noël. Et Anna avait levé le pied deux jours plus tôt. Ou bien était-ce trois ? Je ne me souviens plus très bien… Mais à la fin de notre semaine à Hammersmith, il a fallu donner le spectacle sans elle – ce qui nous a obligés à changer certains détails… Ce n'était pas très chic de sa part, mais ces filles-là, comme je vous le disais, dès qu'un joli cœur se pointe à l'horizon… toutes les mêmes !

J'ai dit aux autres : « Zut et flûte ! celle-là, si elle revient pleurer dans mon giron, je la reprendrai pas ! »

— Pour vous, c'était très ennuyeux.

— Oh ! moi ? Je m'en fiche ! Elle aura passé les fêtes avec un type qu'elle aura ramassé Dieu sait où. Ce n'est pas mon problème. Des gamines qui ne demandent qu'à entrer dans les ballets Maritski, et qui dansent mieux qu'Anna, j'en ai treize à la douzaine.

Mme Joilet se tut un instant, puis, avec dans l'œil une lueur d'intérêt subit :

— Vous la cherchez pour quoi ? Elle a fait un héritage ?

— Loin de là. Nous pensons qu'elle peut avoir été assassinée.

Mme Joilet retomba dans son indifférence :

— Ça n'aurait rien d'impossible ! Ce sont des choses qui arrivent. Elle était très pieuse, figurez-vous. Elle allait à la messe tous les dimanches, et je suis sûre qu'elle se confessait.

— Vous a-t-elle jamais parlé de son fils ?

— Son fils ? Vous voulez dire qu'elle avait un enfant ? Ça, entre nous, ça m'étonnerait, voyez-vous. Ces filles-là, toutes autant qu'elles sont, connaissent les bonnes adresses pour éviter ça. M. Dessin le sait aussi bien que moi.

— Elle aurait pu avoir cet enfant avant d'opter pour les planches, suggéra Craddock. Pendant la guerre, par exemple.

— Ah ! pendant la guerre... Il s'en est tellement

passé que c'est toujours possible. Moi, en tout cas, je n'étais pas au courant.

— Qui étaient ses amies les plus proches, parmi les autres filles ?

— Je peux vous donner deux ou trois noms. Mais elle n'était vraiment intime avec personne.

Ils ne purent en tirer davantage de Mme Joilet. Elle examina le poudrier et dit qu'Anna, en effet, en possédait un semblable, comme la plupart des autres filles. Anna avait-elle acheté un manteau de fourrure à Londres ? Peut-être bien – elle n'en savait rien :

— Moi, vous savez, j'ai assez à faire avec les répétitions, l'installation des éclairages et tous les problèmes que comporte le métier. Je ne m'occupe pas de ce que mes artistes peuvent bien se mettre sur le dos.

Ils interrogèrent ensuite les filles dont Mme Joilet leur avait donné les noms. Deux d'entre elles avaient assez bien connu Anna, mais elles dirent que celle-ci n'était pas du genre à faire des confidences et que, lorsqu'elle s'y risquait, souligna l'une des filles, c'était, le plus souvent, pour débiter des mensonges :

— Elle adorait nous raconter des bobards – essayer de nous faire gober qu'elle avait été la maîtresse d'un Grand Duc… ou d'un fabuleux financier anglais… ou encore nous expliquer comment elle avait œuvré dans la Résistance pendant la guerre. Figurez-vous qu'elle est même allée un jour jusqu'à prétendre quelle avait été vedette à Hollywood.

Une autre fille leur confia :

— Je crois vraiment qu'elle avait connu une vie bourgeoise et très rangée. Ce qui lui plaisait, dans l'idée de faire partie du ballet, c'est qu'elle trouvait ça romanesque. Mais ce n'était pas une bonne danseuse. C'était le genre de fille qui, plutôt que de dire comme tout le monde « Mon père vendait du tissu à Amiens », préférait inventer des histoires à dormir debout.

— Même pendant notre tournée en Angleterre, dit l'autre fille, elle faisait sans cesse des allusions à un homme très riche qui devait l'emmener en croisière autour du monde, simplement parce qu'elle lui rappelait sa fille, morte dans un accident de voiture. Vous parlez d'une blague !

— A *moi*, elle a dit qu'elle allait se mettre en ménage avec un lord écossais richissime, enchaîna sa camarade. Et qu'elle chasserait le daim sur ses terres !

Tout cela ne menait pas à grand-chose. Tout juste pouvait-on en déduire qu'Anna Stravinska mentait comme un arracheur de dents. Elle n'était certainement pas en train de chasser le daim en Ecosse ou de se prélasser sur le pont d'un paquebot de luxe. Mais il n'y avait aucune raison de croire pour autant que son cadavre avait été retrouvé dans un sarcophage à Rutherford Hall. Mme Joilet et ses filles hésitaient à la reconnaître sur la photographie. Cette femme avait quelque chose d'Anna, disaient-elles. Mais, franchement ! Ce visage tuméfié aurait pu être celui de n'importe qui !

Un seul fait semblait certain : le 19 décembre, Anna Stravinska avait décidé de ne pas rentrer en

France, et le lendemain, 20 décembre, une femme pouvant lui ressembler avait pris le train de 16 h 33 pour Brackhampton et y avait été étranglée.

Mais si la femme du sarcophage *n'était pas* Anna Stravinska, où Anna pouvait-elle bien être à l'heure actuelle ?

A cette question, Mme Joilet répondait sans l'ombre d'un doute ni d'une hésitation :

— Avec un homme !

Et c'était selon toute probabilité, se disait Craddock, la bonne réponse.

Il ne fallait pourtant pas ignorer une autre possibilité : l'une des filles avait dit, au passage, qu'Anna lui avait parlé un jour de son mari anglais.

Edmund Crackenthorpe ?

Si on considérait le personnage d'Anna tel que l'avaient décrit celles qui la connaissaient, la chose semblait peu probable. Mais on pouvait imaginer avec plus de vraisemblance qu'Anna avait, à une certaine époque, connu Martine de façon assez intime pour être au fait de tous les détails de son existence. Dans cette hypothèse, il devenait *possible* qu'Anna ait écrit la lettre à Emma Crackenthorpe. Et, si tel était bien le cas, on comprenait dès lors qu'elle ait pris peur à l'idée que la famille s'apprête à lui poser des questions et à enquêter sur son compte. Suffisamment peur pour qu'elle décide de quitter les Ballets Maritski. Ce qui ne répondait néanmoins pas à la question : où se trouvait-elle désormais ?

Mme Joilet, quant à elle, n'en démordait pas :

— Avec un homme…

*

Avant de quitter Paris, Craddock évoqua avec Dessin le cas de « Martine ». Les deux hommes étaient d'accord pour penser qu'il n'y avait probablement aucun rapport entre celle-ci et la femme retrouvée dans le sarcophage. Ils convinrent toutefois que l'enquête méritait d'être également poussée dans cette direction.

Dessin promit à son collègue que la Sécurité ferait son possible pour retrouver, si elles existaient encore, toutes traces officielles d'un mariage entre le lieutenant Edmund Crackenthorpe, du 4e Régiment du Southshire, et une Française répondant au prénom de Martine. La date était à peu près établie : quelques jours avant la Bataille de Dunkerque.

Il prévint néanmoins Craddock que ces recherches risquaient fort de ne pas aboutir : la région en question avait été occupée par les Allemands sitôt après la période concernée. Les villes avaient subi d'importantes destructions, et les archives avaient disparu dans la plupart des cas.

— Mais soyez assuré, mon cher collègue, que nous ferons de notre mieux.

Sur ces bonnes paroles, Craddock et lui s'étaient séparés.

*

A son retour à Londres, Craddock trouva le sergent Wetherall qui l'attendait :

— Le 126, Elvers Crescent, est l'adresse d'une

pension de famille, chef Dans le genre respectable et tout et tout.

— Vous leur avez montré la photographie ?

— Oui, mais personne n'y a reconnu une femme qui serait venue chercher du courrier. Il faut dire que les faits remontent à plus d'un mois et que l'endroit est très fréquenté. On y trouve surtout des étudiants.

— Elle y a peut-être séjourné sous un autre nom.

— Si tel était le cas, la photo aurait dû leur dire quelque chose.

Il ajouta :

— Nous avons fait le tour des hôtels. Aucun n'a enregistré le passage d'une Martine Crackenthorpe. Après votre coup de téléphone de Paris, nous avons cherché Anna Stravinska. Elle était descendue, avec d'autres filles de la compagnie des Ballets Maritski, dans un hôtel passablement miteux de Brook Green où passent pas mal, de gens du spectacle. Elle est repartie dans la soirée du 19, après le spectacle. Ensuite, on perd sa trace.

Craddock hocha la tête. Il demanda à Wetherall, sans grand espoir, de poursuivre ses investigations.

Puis, après avoir réfléchi un moment, il appela le cabinet Wimborne, Henderson & Carstairs et sollicita un rendez-vous avec Mr Wimborne.

En temps et en heure, on l'introduisit dans un bureau à l'atmosphère confinée où ledit Mr Wimborne trônait derrière une table d'un autre âge couverte de liasses de documents sur lesquels la poussière semblait s'être accumulée depuis des générations. Sur des étagères, d'autres dossiers s'empilaient dans des boîtes étiquetées de noms divers : *Sir John Ffouldes*, *Lady Derrin*, *George Rowbotton, Esq…* Craddock se demanda s'il s'agissait d'affaires en cours ou de reliques d'une époque révolue.

Mr Wimborne accueillit son visiteur avec l'agacement poli d'un homme de loi confronté à un policier en exercice :

— Que puis-je faire pour vous, inspecteur ?

— Cette lettre…

Craddock poussa la lettre de Martine en direction de son interlocuteur. Celui-ci regarda la missive en pinçant les lèvres, l'effleura d'un doigt dégoûté, mais ne la prit pas. Ses joues s'étaient légèrement empourprées :

— C'était donc cela ! C'était donc cela ! J'ai reçu hier matin un courrier de miss Crackenthorpe m'informant de sa visite à Scotland Yard et de – hum ! – des raisons qui l'avaient motivée. Je dois avouer que je suis stupéfait – proprement stupéfait – d'apprendre cela aujourd'hui alors que j'aurais dû être mis au courant immédiatement, dès la minute où cette lettre est arrivée ! C'est absolument stupéfiant !

L'inspecteur débita quelques platitudes pour laisser à Mr Wimborne le temps de reprendre ses esprits.

— Je n'ai jamais eu le moindre vent d'un prétendu mariage d'Edmund ! reprit celui-ci d'une voix indignée.

L'inspecteur Craddock argua que sans doute… la guerre… les circonstances dramatiques…

— Parlons-en, de la guerre ! aboya Mr Wimborne. Nous l'avons subie nous aussi ! L'immeuble voisin du nôtre a été bombardé et une grande partie des dossiers a été détruite. Pas les plus importants, bien sûr : ceux-là avaient été placés en lieu sûr, en dehors de Londres. Mais cela a tout de même causé beaucoup de désordre. A l'époque, c'était mon père qui s'occupait des intérêts des Crackenthorpe. Il est mort il y a six ans. Si un tel mariage avait effectivement eu lieu, nul doute qu'il m'en aurait parlé. J'ajoute que toute cette affaire me semble louche : cette femme qui réapparaît, après tant d'années... ce prétendu mariage... ce fils illégitime... Oui, très louche. Quelles preuves a-t-elle de ce qu'elle avance ? Voilà ce que j'aimerais savoir.

— Je vous comprends, dit Craddock. Mais si tout cela était vrai, quelles seraient sa position et celle de l'enfant ?

— Elle demanderait, je suppose, à ce que les Crackenthorpe assurent son entretien et celui de son fils.

— Oui, mais sur un plan juridique, en supposant qu'elle apporte les preuves dont vous parliez, à quels droits pourrait-elle prétendre ?

— Ah ! je vois où vous voulez en venir.

Mr Wimborne reprit ses lunettes, qu'il avait posées dans un geste d'irritation, et les chaussa pour fixer l'inspecteur d'un œil sagace :

Elle ne saurait prétendre à quoi que ce soit – pour le moment. Mais, si elle prouvait que ce garçon est bien le fils d'Edmund Crackenthorpe, né dans les liens du mariage, alors l'enfant aurait une part de l'héritage de Josiah Crackenthorpe à la mort de

Luther Crackenthorpe. Mieux, en tant que fils du fils aîné, il hériterait de Rutherford Hall.

— Pensez-vous que d'autres désirent hériter de cette propriété ?

— Pour y vivre ? Certainement pas, si vous voulez mon avis. Mais cette propriété, mon cher inspecteur, a pris une valeur considérable. Tout à fait considérable ! Terrains à bâtir, pour l'industrie aussi bien que pour le logement, et aujourd'hui situés au cœur même de Brackhampton. Oh ! oui, il s'agit là d'un très gros héritage…

— Dans l'état actuel des choses, tout cela, à la mort de Luther Crackenthorpe, doit revenir à Cedric ?

— En sa qualité d'aîné des fils vivants, il héritera, en effet, de la propriété.

Cedric Crackenthorpe, d'après ce que j'ai cru comprendre, ne s'intéresse pas énormément à l'argent ?

Mr Wimborne lança à Craddock un regard glacial :

Ah bon ? Voilà le genre d'affirmation que j'accueille toujours, si vous me permettez l'expression, en me tapotant le menton. Il existe sans nul doute, de par le monde, des créatures éthérées que l'argent n'intéresse pas. Mais pour ma part, je n'en ai jamais rencontré.

Mr Wimborne, à l'évidence, ne disait pas cela pour la première fois, mais y prenait toujours le même plaisir.

L'inspecteur Craddock s'empressa de mettre à profit cette éclaircie :

— Harold et Alfred Crackenthorpe semblent avoir

été particulièrement perturbés par l'arrivée de cette lettre.

— Eh bien, ils n'ont pas tort, convint Mr Wimborne. Ils n'ont pas tort !

Ils craignent de voir amputée leur part de l'héritage ?

— Certainement. Le fils d'Edmund Crackenthorpe – en supposant toujours qu'il s'agisse bien de son fils –, aurait droit à un cinquième de l'argent.

— Serait-ce une si grosse perte ?

Mr Wimborne lui lança un regard perçant :

— Insuffisante pour justifier un assassinat, si c'est à cela que vous pensez.

— Je crois savoir, tout de même, qu'ils connaissent l'un comme l'autre de graves difficultés financières, murmura Craddock.

Et il soutint le regard appuyé de Mr Wimborne avec une parfaite impassibilité.

— Ah ! Je vois que la police a fait son enquête ! En effet, Alfred est dans une déconfiture quasi permanente. Il lui arrive d'avoir de l'argent, mais cela ne dure jamais longtemps. Et Harold, comme vous semblez l'avoir découvert, est actuellement dans une situation assez délicate.

— Sa prospérité ne serait donc qu'apparente ?

— Une façade ! Rien d'autre qu'une façade ! La moitié de ces hommes d'affaires de la City ne savent pas eux-mêmes s'ils sont solvables. Les bilans ne signifient pas grand-chose, on peut leur faire, dire ce qu'on veut. Mais quand les avoirs enregistrés ne sont pas réalisables, et qu'ils sont menacés de faillite, quelle est votre situation ?

— Celle d'un homme qui a terriblement besoin d'argent.

— Ce qui n'est pas une raison pour qu'il ait étranglé la veuve de votre frère, dit Mr Wimborne. Et personne n'a assassiné Luther Crackenthorpe, qui est le seul dont la mort pourrait être utile aux membres de la famille. Ce qui fait qu'en vérité, inspecteur, je ne vois pas très bien où vous voulez en venir.

« Le pire, songea l'inspecteur Craddock, c'est qu'il ne le voyait pas très bien lui non plus. »

# 15

L'inspecteur Craddock avait fixé un rendez-vous à Harold Crackenthorpe dans les bureaux de ce dernier et y arriva à l'heure dite en compagnie du sergent Wetherall. La firme que dirigeait l'homme d'affaires occupait le quatrième étage d'un immeuble cossu, au cœur de la City. Le décor, ultra-moderne, était en soi un hymne à la réussite et à la prospérité.

Une réceptionniste à l'élégance discrète prit le nom de l'inspecteur, susurra quelques mots dans son interphone et se leva pour introduire les deux hommes auprès de Harold Crackenthorpe.

L'air plus sûr de lui que jamais dans son complet sombre de coupe irréprochable, Harold les attendait derrière un grand bureau recouvert de cuir.

S'il était, selon les informations recueillies par l'inspecteur, tout près de faire la culbute, il n'en laissait rien paraître.

Il les regarda s'approcher avec toutes les apparences de la plus franche cordialité :

— Bonjour, inspecteur Craddock. Cette visite signifie, j'espère, que vous avez enfin du nouveau sur notre affaire ?

— Tel n'est pas le cas et je le déplore, Mr Crackenthorpe. Non, j'aimerais tout bonnement vous poser quelques questions.

— Des questions, encore ? Moi qui croyais vous avoir fourni toutes les réponses possibles et imaginables !

— Je conçois que vous ayez cette impression, Mr Crackenthorpe. Mais pour nous, une enquête ne saurait être close tant qu'elle n'a pas été poussée à fond.

— Bon. De quoi s'agit-il, cette fois ?

L'impatience perçait dans la voix de Harold Crackenthorpe.

— Vous m'obligeriez en me détaillant, très précisément, vos faits et gestes au cours de l'après-midi et de la soirée du 20 décembre dernier – mettons… entre 15 heures et minuit.

Harold Crackenthorpe s'empourpra :

— C'est une question bien étrange que vous me posez là. Puis je vous demander ce que cela signifie ?

— Cela signifie simplement que j'aimerais savoir ce que vous faisiez, entre 15 heures et minuit, le 20 décembre dernier.

— Pourquoi ?

— Parce que cela pourrait nous permettre de serrer le problème de plus près.

— De le serrer de plus près ? Vous avez donc du nouveau ?

— Nous avons à tout le moins l'impression d'avancer, monsieur.

— Je ne sais si je dois répondre à vos questions sans la présence de mon avocat.

— Vous êtes, bien entendu, entièrement libre de refuser, dit Craddock. Rien ne vous oblige à nous répondre, et vous avez le droit de requérir, en effet, la présence d'un avocat.

— Dois-je prendre ceci – soyons clairs – comme une mise en garde ?

— Oh ! bien évidemment non, monsieur.

L'inspecteur Craddock paraissait sincèrement choqué :

— Ne vous méprenez pas. Les questions que je vous pose, je les pose aussi à d'autres. Il ne s'agit en aucun cas de vous mettre personnellement en cause. Mais il nous faut bien procéder par élimination.

— Je vois. Et, en vérité, je ne demande qu'à vous aider. Voyons donc… il ne devrait pas être très difficile de vous répondre. Il me suffit de demander à miss Ellis.

Il prononça quelques mots dans l'un des téléphones posés sur son bureau, provoquant l'apparition quasi instantanée d'une jeune femme aux formes sculpturales, sanglée dans un tailleur noir et armée de son bloc-notes.

— Miss Ellis, ma secrétaire… inspecteur Craddock.

Miss Ellis, l'inspecteur voudrait savoir ce que j'ai fait dans l'après-midi et dans la soirée du… du combien, au juste ?

— … du 20 décembre. C'était un vendredi.

— Du vendredi 20 décembre, donc. Vous pouvez voir cela ?

— Certainement, monsieur.

Miss Ellis sortit et revint aussitôt avec un gros agenda de bureau dont elle tournait les pages :

— Le 20 décembre, vous avez passé la matinée à votre bureau. Vous y aviez rendez-vous avec Mr Goldie, à propos de l'affaire Cromartie. Vous avez déjeuné au *Berkley* avec lord Forthville…

— Ah ! oui, c'était ce jour-là.

— Vous êtes revenu ici vers 15 heures et vous m'avez dicté une dizaine de lettres. Ensuite, vous vous êtes rendu chez Sotheby's où avait lieu cet après-midi-là une vente de manuscrits anciens qui vous intéressaient. Vous n'êtes pas repassé à votre bureau, mais je vois d'après mes notes que vous avez assisté ce même soir au dîner du Catering Club.

— Merci, miss Ellis.

Miss Ellis prit discrètement congé.

— Tout est clair, maintenant, déclara Harold. Je suis effectivement allé chez Sotheby's cet après-midi-là, mais les objets qui m'intéressaient ont atteint des prix beaucoup trop élevés et je n'y ai rien acheté. J'ai pris le thé dans un petit salon de Jeremy Street, *Russell's,* je crois. J'ai passé ensuite une demi-heure dans une salle d'actualités filmées avant de rentrer chez moi au 43, Cardigan Gardens.

Le dîner du Catering Club a commencé vers 7 heures et demie au Caterer's Hall, et je suis ensuite rentré chez moi pour me mettre au lit. Voilà qui devrait vous satisfaire ?

— C'est très clair, en effet, Mr Crackenthorpe. Quelle heure était-il, quand vous êtes rentré vous changer pour le dîner ?

— Je ne m'en souviens plus exactement. Un peu plus de 6 heures, je pense.

— Et à votre retour, après ce dîner ?

— Environ 11 heures et demie.

— Votre valet de chambre était là pour vous, accueillir – ou, peut-être, lady Alice Crackenthorpe ?

— Mon épouse, lady Alice, séjourne dans le sud de la France depuis le début du mois de décembre. Je suis entré en utilisant ma propre clef.

— Personne ne peut donc témoigner de l'heure à laquelle vous êtes arrivé chez vous ?

Harold lui décocha un regard glacial :

— Je suppose que les domestiques m'auront entendu. J'ai un couple à mon service. Mais vraiment, inspecteur.

— Je vous en prie, Mr Crackenthorpe – je sais ce qu'il peut y avoir de déplaisant dans ce genre de questions, mais j'en ai presque terminé. Avez-vous une voiture ?

— Oui. Une Humber Hawk.

— Vous la conduisez vous-même ?

— Oui. Je m'en sers peu, sauf pour les week-ends. La circulation dans Londres est devenue tellement épouvantable…

— Vous l'utilisez, je suppose, quand vous allez à Brackhampton voir votre père et votre sœur ?

— Non, à moins d'y projeter de longs séjours. Quand je m'y rends seulement pour la soirée – ou comme l'autre jour, par exemple, pour l'enquête du coroner –, je préfère toujours le train. Le service y est excellent, et c'est beaucoup plus rapide que la route. Ma sœur m'envoie une voiture à la gare.

— Où garez-vous votre voiture ?

— Je loue un garage non loin de chez moi, derrière Cardigan Gardens. Avez-vous d'autres questions ?

— Je crois que ce sera tout pour aujourd'hui, dit l'inspecteur Craddock.

Il se leva et sourit à Harold Crackenthorpe :

— Désolé de vous avoir importuné

Une fois dehors, le sergent Wetherall, qui était soupçonneux de nature, décréta d'un air sombre :

— Il n'a pas apprécié vos questions, c'est le moins qu'on puisse dire ! Il était hors de lui.

— Si on vous soupçonne d'assassinat alors que vous êtes blanc comme neige, il y a de quoi en vouloir à la terre entière, fit observer l'inspecteur Craddock. Surtout quand vous êtes aussi imbu de votre personne que semble l'être Harold Crackenthorpe. C'est là une réaction tout ce qu'il y a de normale. Ce qu'il nous faudrait vérifier maintenant, c'est si quelqu'un a vu Harold Crackenthorpe à la salle des ventes cet après-midi-là, puis au salon de thé. Il a pu prendre le train de 16 h 33, tuer la femme, reprendre un train pour Londres et y arriver à temps pour son dîner. Il aurait pu également prendre sa voiture dans la soirée, transporter le cadavre jusque dans le sarcophage et rentrer chez lui. Il faut vérifier tout ça.

— Entendu, chef. Vous pensez que c'est bel et bien ce qu'il a fait ?

— Comment savoir ? Il est grand et brun. Il *pouvait* se trouver dans ce train, et il connaît on ne peut mieux Rutherford Hall. C'est suffisant pour en faire un suspect. Et maintenant, au tour d'Alfred !

\*

Alfred Crackenthorpe logeait, à West Hampstead, dans un grand ensemble de construction récente et de style cage à lapins dont les divers occupants garaient leurs voitures un peu n'importe comment dans une vaste cour transformée en parking sauvage au pied du bâtiment.

Le studio, de style moderne, était visiblement loué meublé. Une longue table de contre-plaqué courait le long du mur. Un canapé-lit et quelques fauteuils dépareillés complétaient l'ensemble.

Alfred Crackenthorpe leur réserva un accueil chaleureux, mais qui dissimulait mal une certaine nervosité :

— Votre visite m'intrigue.

Il tendit la main vers une série de bouteilles :

— Puis-je vous offrir un verre, inspecteur Craddock ?

— Non, merci, Mr Crackenthorpe.

— C'est donc si grave que ça ? s'esclaffa Alfred, apparemment ravi de son propre humour.

L'inspecteur Craddock y alla de son numéro.

— Ce que j'ai fait pendant l'après-midi et la soirée du 20 décembre ? se récria Alfred. Comment voulez-vous que je le sache ? Enfin, quoi ! c'était… il y a plus de trois semaines !

— Votre frère Harold a pu nous renseigner avec exactitude sur son emploi du temps.

— Le frère Harold, peut-être. Mais pas le frère Alfred !

Et d'ajouter avec une pointe de malice – sinon d'envie :

— Harold est celui d'entre nous qui a réussi : affairé, efficace, un temps pour chaque chose et chaque chose en son temps. Même s'il devait commettre un… – un meurtre, c'est cela ? – ce serait un meurtre parfaitement planifié et organisé !

— Vous avez une raison particulière d'utiliser cet exemple ?

— Oh non ! Ça m'est sorti tout seul… comme vous échappent toujours les âneries à ne surtout pas dire !

— Parlons plutôt de vous.

Alfred écarta les bras :

— Comme je viens de vous le dire, je n'ai aucune mémoire des faits ni des lieux. Si vous me disiez « Noël », là, je pourrais vous répondre – j'aurais un repère à quoi me raccrocher. Je sais où j'étais le jour de Noël. Nous l'avons tous passé chez mon père, à Brackhampton. Je me demande d'ailleurs bien pourquoi. Il se plaint de l'argent que nous lui coûtons chaque fois que nous sommes chez lui – et il se plaindrait tout autant si nous n'y venions pas.

En fait, nous n'y allons que pour faire plaisir à notre sœur.

— C'est ce que vous avez fait, cette année encore ?

— Oui.

— Mais, malheureusement, votre père a été malade, n'est-ce pas ?

Craddock avançait un peu à l'aveuglette, uniquement guidé par son instinct de policier.

— Effectivement, il s'est senti mal, répondit Alfred. A force de se nourrir comme un oiseau, il n'a pas supporté les boissons et le repas de fête.

— Une simple indigestion, en somme ?

— Bien sûr. Que vouliez-vous que ce soit ?

— D'après ce qu'on m'a dit, son médecin semblait… inquiet.

— Bah ! ce cinglé de Quimper ! s'emporta Alfred. Vous perdriez votre temps à l'écouter, inspecteur. C'est un alarmiste de la pire espèce.

— Vraiment ? Il m'avait au contraire fait l'effet d'un homme de bon sens.

— Un imbécile, oui ! Mon père n'est ni invalide ni infirme, et il a un cœur excellent pour son âge, mais il gobe aveuglément tout ce que lui dit Quimper. Dès qu'il s'est senti mal fichu, il l'a appelé à la rescousse, et l'autre en a fait toute une histoire, a posé mille et une questions, a cherché à savoir au juste tout ce qu'il avait bien pu boire et manger. Ça été du dernier grotesque !

Alfred avait parlé avec une passion qui semblait quelque peu hors de proportion avec le sujet.

Craddock le dévisageait sans rien dire – mais pas

sans que cela produise un effet. Alfred s'agita, lui lança un bref coup d'œil et s'exclama :

— Bon, eh bien qu'est-ce que ça signifie, tout ça ? Pourquoi voulez-vous savoir ce que je faisais ce fameux vendredi, il y a trois semaines ou un mois ?

— Vous vous souvenez donc que c'était un vendredi ?

— Ce n'est pas ce que vous avez dit ?

— Peut-être l'ai-je fait, répondit Craddock. Quoi qu'il en soit, c'est bien du vendredi 20 décembre qu'il s'agit.

— Pourquoi ?

— Pour les besoins de l'enquête.

— C'est idiot. Vous avez trouvé du nouveau à propos de cette femme ? Vous savez d'où elle venait ?

— Il nous manque encore pas mal d'éléments.

Alfred lui lança un regard aigu :

— J'espère que vous n'avez pas pris au sérieux cette histoire d'Emma à propos d'une prétendue veuve de mon frère Edmund. C'est du pur délire.

— Cette… Martine n'a jamais cherché à vous contacter, vous en particulier ?

— Moi ? Grand Dieu, non ! Quelle idée !

— Vous pensez qu'elle se serait plutôt adressée à votre frère Harold ?

— Bien plus vraisemblablement. On voit souvent son nom dans les journaux. C'est un homme riche. Je n'aurais pas été surpris qu'elle tente le coup auprès de lui. Sans la moindre chance de succès, d'ailleurs. Harold est aussi radin que le vieux. Tandis qu'Emma, bien sûr, c'est l'ange de la famille, et c'était la préférée d'Edmund. Mais Emma n'est pas non plus du genre à s'en laisser conter. Elle savait qu'il pouvait s'agir d'une tentative d'extorsion de fonds. Elle s'était arrangée pour que tous les membres de la famille soient présents le jour où cette femme viendrait nous voir et elle avait également convoqué le vieux grigou qui nous tient lieu d'avoué.

— C'était très sage de sa part, dit Craddock. Savez-vous si une date avait été fixée pour ce rendez-vous ?

— Oui. Après Noël. Au week-end du 27...

Il se tut brusquement.

Craddock sourit :

— Je constate que vous n'oubliez pas *toutes* les dates.

— Je vous l'ai déjà dit : le rendez-vous n'était pas fixé définitivement.

— Mais vous en aviez discuté ensemble... quand ça ?

— Je n'en ai plus la moindre idée.

— Pouvez-vous me dire ce que vous avez fait le vendredi 20 décembre ?

— Désolé... j'ai beau chercher, je ne me souviens de rien.

— Vous n'avez pas un agenda pour vos rendez-vous ?

— Je déteste ce genre de trucs.

— Le vendredi précédant Noël... ce ne devrait pas être très difficile.

— J'ai joué une fois au golf, avec un client potentiel... Non, ça, c'était le week-end précédent...

Alfred secoua la tête :

— J'ai dû traînailler… Je traînaille beaucoup, voyez-vous. C'est fou ce que les affaires se règlent plus facilement dans les bars que n'importe où ailleurs.

— Peut-être que des gens rencontrés dans les bars en question, ou encore des amis, pourraient vous aider à préciser votre emploi du temps ?

— Peut-être bien. Je leur poserai la question. Je verrai ce que je peux faire.

Alfred sembla reprendre du poil de la bête

— Si je suis incapable de vous détailler ce que j'ai fait ce jour-là, je peux en revanche vous préciser ce que je n'ai *pas* fait. Je n'ai pas assassiné qui que ce soit dans la Grange Longue.

— Pourquoi me dites-vous cela, Mr Crackenthorpe ?

— Allons, mon cher inspecteur. Vous enquêtez sur ce meurtre, oui ou non ? Et quand vous commencez à demander « Que faisiez vous tel jour à telle heure ? » vous cherchez à coincer quelqu'un. J'aimerais bien savoir d'où vient cette précision : le vendredi 20 entre l'heure du déjeuner et minuit – c'est bien ça ? Ce n'est pas l'autopsie qui vous le permet, elle a été beaucoup trop tardive. Quelqu'un aurait-il vu la victime se glisser dans la grange cet après-midi-là ? Elle y serait entrée et n'en serait jamais ressortie ? C'est ça ?

Les yeux noirs cherchaient les siens, mais l'inspecteur Craddock avait bien trop d'expérience pour se laisser entraîner sur ce terrain.

— Je crains de ne pouvoir vous en dire davantage là-dessus, répondit-il de son ton le plus aimable.

— Les policiers sont de grands cachottiers.

— Pas seulement les policiers, Mr Crackenthorpe. Vous *pourriez* vous rappeler ce que vous avez fait ce 20 décembre, si vous faisiez l'effort nécessaire. Mais vous avez sans doute vos raisons pour ne pas le faire…

— Vous ne m'aurez pas de cette façon-là, inspecteur. Cela peut sembler bizarre, évidemment, très bizarre, que je ne m'en souvienne pas – mais c'est ainsi. Attendez… Je suis allé à Leeds, cette semaine-là. Je suis descendu dans un hôtel proche de l'Hôtel de Ville. Je ne sais plus comment il s'appelait, mais vous le trouverez sans peine. Ça *pourrait* bien être ce fameux vendredi.

— Nous le vérifierons, dit l'inspecteur Craddock sans manifester la moindre émotion.

Il se leva :

— Je regrette que vous n'ayez pas pu vous montrer plus coopératif, Mr Crackenthorpe.

— C'est *moi* qui le regrette ! Cedric dispose d'un alibi en béton – il était à Ibiza. Harold, je n'en doute pas, vous aura fourni une liste de rendez-vous et de repas d'affaires, et moi, rien ! C'est bien triste. Et tellement idiot. Je vous ai déjà dit que je n'avais pas pour habitude d'assassiner les gens. Et pourquoi, d'ailleurs, aurais-je tué une inconnue ? Pour quelle raison ? En supposant, même, que cette femme ait été la veuve d'Edmund, quel intérêt aurions-nous eu, les uns ou les autres, à la supprimer ? Evidemment, si elle avait épousé *Harold* pendant la guerre

207

pour réapparaître aujourd'hui, la chose pouvait être embarrassante pour mon très respectable frère – un cas de bigamie dans la famille ! Mais Edmund ! Nous nous serions tous *réjouis*, figurez-vous, de voir notre cher père obligé de lui verser une rente et d'envoyer son fils dans une école digne de son rang. Le vieux en aurait fait une maladie, mais il n'aurait pas décemment pu refuser de la secourir. Vous ne voulez vraiment pas boire quelque chose avant de partir, inspecteur ? Vraiment ? J'aurais aimé vous être d'un plus grand secours.

*

— Vous voulez que je vous dise, chef ?

L'inspecteur Craddock se tourna vers le sergent Wetherall :

— Oui, Wetherall. Qu'est-ce qu'il y a ?

— Je sais pourquoi la tête de ce type me disait quelque chose. Il était mouillé dans le coup fumant des aliments en conserve avec Dicky Rogers. On n'avait rien pu retenir contre lui – c'est un fichu renard. Et il a pas mal fricoté avec quelques-uns des caïds de Soho : trafic de montres et contrebande sur l'or.

Mais bien sûr ! Craddock comprenait à son tour pourquoi ce visage ne lui était pas inconnu. Les affaires en question n'avaient rien de sensationnel, et Alfred Crackenthorpe s'en était chaque fois tiré de justesse, faute de preuves contre lui. Mais du côté des policiers, on ne doutait pas de son implication et on savait qu'il émargeait régulièrement à quelques menus rackets.

— Voilà qui éclaire le personnage sous un nouveau jour, dit Craddock.

— Vous croyez que c'est lui qui a fait le coup ?

— Je ne le vois pas commettant un meurtre. Mais je comprends mieux certaines choses – ses trous de mémoire, par exemple, et son refus de fournir un alibi.

— Oui, ce qui le met dans une situation délicate…

— Pas vraiment, dit Craddock. Prétendre qu'on ne se souvient de rien et ne pas en démordre, c'est un mode de défense plutôt habile. Des tas de gens sont incapables de dire ce qu'ils ont fait ni même où, ils se trouvaient une semaine plus tôt. Et c'est une façon comme une autre de ne rien dévoiler de votre emploi du temps – de vos rendez-vous fructueux avec les acolytes de Dicky Rogers, par exemple.

— Donc, vous le croyez innocent ?

— De mon point de vue, et au stade où nous en sommes, personne ne peut être considéré comme innocent, décréta l'inspecteur Craddock. Vous avez encore du pain sur la planche, Wetherall.

De retour à son bureau, Craddock, sourcils froncés, jeta quelques notes sur un carnet :

*Assassin… Un individu grand et brun !!!*
*Victime ?… Pourrait s'agir de Martine, veuve ou petite amie d'Edmund Crackenthorpe.*
*Pourrait aussi s'agir d'Anna Stravinska. Disparue de la circulation au moment crucial. Age et signalement*

*correspondants. Aucun lien connu à ce jour avec les gens de Rutherford Hall.*

*Ça pourrait être une première femme de Harold ! Bigamie !*

*Ça pourrait être une maîtresse de Harold ! Chantage !*

*Si Alfred impliqué, possibilité chantage. Qui en savait assez sur lui pour l'expédier en prison ?*

*Si Cedric impliqué – a pu connaître la victime à l'étranger – Paris ? Baléares ?*

*ou bien :*

*Victime pourrait aussi être Anna S. s'étant faite passer pour Martine.*

*ou encore :*

*Victime est peut-être femme inconnue tuée par assassin inconnu !*

— Et cette dernière hypothèse est certainement la plus probable, marmonna Craddock.

Plus il réfléchissait, plus la situation lui paraissait bloquée. On ne peut pas aller bien loin dans une enquête tant qu'on ne tient pas le mobile. Et aucun des mobiles envisagés ne semblait plausible, ou pour le moins suffisant.

S'il s'était en revanche agi du meurtre du vieux Mr Crackenthorpe... Là, ce n'était pas les mobiles qui auraient manqué...

Quelque chose, soudain, lui revint en mémoire...

Il rajouta quelques mots sur le papier :

*Interroger Dr Q. à propos malaise du père à Noël.*
*Cedric – alibi.*
*Consulter miss Marple sur les derniers potins.*

# 16

Quand Craddock arriva au 4, Madison Road, il trouva Lucy Eyelesbarrow auprès de miss Marple.

Il hésita un instant sur la marche à suivre, puis se dit que Lucy Eyelesbarrow pourrait bien se révéler une alliée utile.

Après les salutations d'usage, il ouvrit son porte-feuille et, d'un geste solennel, en tira trois billets d'une livre auxquels il ajouta trois shillings avant de poser le tout sur la table devant miss Marple.

— De quoi s'agit-il, inspecteur ?

— Du prix de la visite. Vous êtes promue consultante... en assassinats ! Pouls, température, contusions, et causes éventuelles de la mort. Montrez-vous secourable envers le pauvre flic de base que je suis.

Les yeux de miss Marple pétillèrent de malice. Il lui sourit. Lucy Eyelesbarrow se mit à rire :

— Bonté divine, inspecteur ! Vous seriez donc humain !

— Bah ! Je ne suis pas vraiment en service, cet après-midi.

— Je vous ai dit que nous nous connaissions, confia miss Marple à Lucy. Il a pour parrain sir Henry Clithering, un très bon ami à moi.

— Vous n'avez pas envie de savoir, miss Eyelesbarrow, ce que mon parrain m'a dit de miss Marple la première fois qu'il m'a parlé d'elle ? Il me la décrit comme « le détective le plus génial que Dieu ait jamais créé – un talent inné, cultivé dans l'humus le plus adéquat ». Il m'a bien recommandé de ne jamais traiter par le mépris les…

Dermot Craddock hésita une seconde, à la recherche d'un substitut aimable pour « petites vieilles » :

— … les demoiselles âgées. « Elles sont souvent capables, me répétait-il, de dire ce qui *aurait pu* se passer, ce qui *aurait dû* se passer, ce qui *s'est effectivement* passé, et aussi, *pourquoi* cela s'est passé ! Et, ajoutait-il, de toutes ces… demoiselles âgées, miss Marple est la championne ! »

— Bigre ! s'émut Lucy. Quel hommage !

Miss Marple, rougissante et confuse, semblait plus égarée que jamais.

— Ce cher sir Henry, murmura-t-elle. Toujours si gentil… Mais vraiment, c'est me faire trop d'honneur. Admettons que j'aie, peut-être, une vague connaissance de l'être humain. A force de vivre dans un *village*, voyez-vous…

Et d'ajouter, après avoir repris ses esprits :

— Bien entendu, le fait de ne pas être réellement sur le terrain me handicape quelque peu. Cela vous est d'une telle aide, ai-je toujours estimé, que les gens vous en rappellent d'autres… car les individus sont partout semblables, voyez-vous, et cela vous guide dans tous vos raisonnements.

Lucy semblait un peu interloquée, mais Craddock écoutait en hochant la tête d'un air approbateur.

— Mais vous êtes allée prendre le thé à Rutherford Hall, n'est-ce pas ?

— En effet. J'y ai passé un moment très agréable. J'étais un peu déçue de ne pas voir le vieux Mr Crackenthorpe – mais on ne peut pas tout avoir.

— Pensez-vous que si vous aviez devant vous le meurtrier, vous le reconnaîtriez ? demanda Lucy.

— Oh ! je n'irai pas jusqu'à prétendre une chose pareille, ma chère petite. Certes, on a toujours tendance à vouloir deviner. Mais, s'agissant d'un sujet aussi grave que le meurtre, la plus grande prudence est de mise. Il faut se contenter d'observer les personnes concernées – ou susceptibles de l'être – et se demander à qui elles vous font penser, qui elles vous rappellent.

— Comme Cedric et votre directeur de banque ?

— Le fils de mon directeur de banque, ma chère, se hâta de corriger miss Marple. Mr Eade lui-même – son père – ressemblait plutôt à Mr Harold : un homme à l'esprit profondément conservateur, mais sans doute un peu trop intéressé par l'argent – un homme, aussi, qui aurait fait n'importe quoi pour éviter un scandale.

Craddock sourit :

— Et Alfred ?

— Il me fait penser à Jenkins, le garagiste, répondit promptement miss Marple. Non qu'il lui soit jamais arrivé de voler à proprement parler un outil – mais il a toujours eu la mauvaise habitude de vous remplacer votre cric par un autre, de qualité inférieure, voire hors d'usage. Je me suis également laissé dire qu'il n'était pas toujours très honnête en ce qui concerne les batteries… encore que je ne connaisse pas grand-chose à la question. Toujours est-il que mon neveu Raymond lui a retiré sa clientèle, pour aller s'adresser désormais au garage de Milchester.

» Quant à Emma, enchaîna miss Marple après un

court silence, elle me rappelle beaucoup Géraldine Webb : toujours placide, assez mal fagotée, et sans cesse houspillée par sa vieille mère. Et puis un beau matin la mère meurt, Géraldine hérite une coquette somme d'argent, se fait couper les cheveux, s'offre une permanente, part en croisière et revient mariée à un charmant avocat. Ils ont aujourd'hui deux enfants.

La comparaison parlait d'elle-même.

— Pourquoi avez-vous fait allusion à un éventuel mariage d'Emma ? demanda Lucy. Les frères, apparemment, n'ont pas du tout apprécié.

Miss Marple dodelina de la tête :

— C'est vrai. Ainsi sont les hommes – aveugles à ce qui se passe sous leurs propres yeux. Je me demande si vous aviez, vous-même, remarqué quelque chose.

— Non, reconnut Lucy. C'est une idée qui ne m'avait pas effleurée. Ils me semblaient l'un et l'autre…

— Si vieux ? intervint miss Marple avec un petit sourire. Mais, en dépit de ses tempes grisonnantes, le Dr Quimper ne doit guère avoir plus de quarante ans, et on voit bien qu'il rêve d'un foyer. Quant à Emma Crackenthorpe, elle est plus jeune de quelques années et peut encore se marier et fonder une famille. La femme du docteur, à ce qu'on m'a dit, est morte assez jeune en mettant un enfant au monde.

— Oui, dit Lucy. Emma y a un jour fait allusion devant moi.

— Il doit souffrir de sa solitude, reprit miss

Marple. Un médecin accablé de travail comme lui a besoin d'une épouse calme et compréhensive – et qui ne soit pas trop jeune.

— Dites-moi, chère miss Marple, demanda Lucy, sommes-nous en train de jouer les marieuses... ou de chercher un assassin ?

Miss Marple sourit et une petite lueur vint danser dans ses yeux :

J'ai bien peur d'être une incorrigible romantique. Sans doute est-ce mon côté vieille fille. Pour ce qui me concerne, ma chère Lucy, vous avez rempli votre contrat. Si vous souhaitez vous offrir un petit voyage à l'étranger avant de reprendre le travail, il vous en reste encore le temps.

— Quitter Rutherford Hall ? Mais j'ai le virus, désormais ! Je suis pire que les deux garçons, qui passent leur temps à fureter partout pour trouver des indices ! Je les ai surpris, hier, plongés dans les poubelles. Et ils n'ont pas la moindre idée de ce qu'ils cherchent, mais ils cherchent ! Si d'aventure, inspecteur, vous les voyez arriver, triomphants, avec un papier sur lequel on aura écrit : « Martine, si tu tiens à la vie, ne va pas à la Grange Longue », vous saurez que c'est moi qui ai eu pitié d'eux et qui ai écrit ce mot avant de le cacher dans le parc à cochons !

— Le parc à cochons ? releva miss Marple, soudain intéressée. On élève des porcs à Rutherford Hall ?

— Oh ! non, plus aujourd'hui. C'est simplement... un endroit où je vais de temps en temps.

Lucy avait rougi en prononçant ces mots. Miss Marple l'observait avec un intérêt grandissant.

— Qui est là-bas en ce moment ? demanda Craddock.

— Cedric y est toujours, et Bryan vient d'arriver pour le week-end. Harold et Alfred se sont annoncés pour demain. Tout se passe comme si vous aviez donné un coup de pied dans cette fourmilière, inspecteur Craddock.

Craddock sourit :

— Je les ai un peu secoués. Je leur ai demandé à chacun de me fournir leur emploi du temps détaillé pour la journée du 20 décembre.

— Ils vous l'ont donné ?

— Harold, oui. Alfred n'a pas pu – ou pas voulu.

— J'imagine qu'il doit être affreusement difficile de fournir des alibis, dit Lucy. Se rappeler les dates, les lieux, les heures… Et tout aussi difficile, pour vous, de les contrôler.

— C'est une affaire de temps et de patience, mais on finit toujours par y arriver.

Craddock consulta sa montre :

— Je dois me rendre à Rutherford Hall pour y voir Cedric, mais je voudrais d'abord passer chez le Dr Quimper.

— Vous en avez juste le temps. Il achève ses consultations vers 6 heures et demie. Il faut que j'y aille, moi aussi. Je dois maintenant m'occuper du dîner.

— Il y a encore un point sur lequel j'aimerais connaître votre opinion, miss Eyelesbarrow.

Comment réagit la famille à propos de Martine et de cette histoire rocambolesque ?

Ils sont tous furieux contre Emma depuis qu'elle est allée vous voir pour vous en parler – après avoir demandé conseil au Dr Quimper, lequel, d'après ce que j'ai compris, l'a encouragée à faire cette démarche. Harold et Alfred pensent que l'auteur de cette lettre avait des intentions malhonnêtes. Emma n'en est pas certaine. Cedric trouve la chose plutôt louche, lui aussi, mais ne semble pas y attacher beaucoup d'importance. Bryan, quant à lui, ne met pas sa sincérité en doute.

— Pourquoi ça ?

— Bryan est ainsi fait. Il prend les choses comme elles viennent. Il est persuadé qu'il s'agissait bien de la femme d'Edmund – ou plutôt de sa veuve – et qu'elle a été obligée de retourner précipitamment en France, mais que tôt ou tard elle donnera de ses nouvelles. Le fait qu'elle n'ait pas encore écrit ne le trouble pas dans la mesure où il n'écrit jamais lui-même. Bryan est plutôt quelqu'un de gentil. Il me fait penser à un bon chien qui attend toujours que quelqu'un l'emmène faire une petite promenade.

— Et vous l'emmenez, ma chère Lucy ? demanda miss Marple. Du côté du parc à cochons, peut-être ?

Lucy lui lança un regard aigu mais ne releva pas.

— Cette maison pleine de messieurs qui vont et qui viennent… continua miss Marple d'un ton rêveur.

Le mot de « messieurs », dans la bouche de miss Marple, avait toujours un parfum furieusement victorien et évoquait irrésistiblement de rudes gaillards au sang chaud – sans doute aromatisé au whisky –, virils, volontiers paillards, mais toujours galants.

— Une jolie fille comme vous… susurra-t-elle en contemplant Lucy. Ils n'y sont certainement pas indifférents ?

Lucy, de nouveau, se sentit rougir. Quelques images surgirent à son esprit : Cedric adossé à un mur branlant du vieux parc à cochons ; Bryan, mélancolique, assis dans la cuisine ; les doigts d'Alfred effleurant les siens tandis qu'il l'aidait à débarrasser les tasses à café.

— Les messieurs, poursuivit miss Marple comme si elle parlait d'une espèce exotique réputée dangereuse, sont finalement tous les mêmes… y compris quand ils deviennent *vieux*…

— Ma chère ! s'écria Lucy. Il y a un siècle, on vous aurait brûlée comme sorcière !

Et de raconter la demande en mariage du vieux Mr Crackenthorpe.

— En fait, conclut-elle, on peut dire qu'ils m'ont tous fait ce que vous appelleriez des avances. La proposition de Harold était des plus correctes : une situation intéressante à la City. Je ne pense pas que mon physique en soit la cause. Ils s'imaginent sans doute que je sais des choses.

Elle se mit à rire.

Mais l'inspecteur Craddock, lui, ne riait pas :

— Soyez prudente. Au lieu de continuer à vous faire des avances, ils pourraient bien vous assassiner.

— Ce serait certainement plus simple, admit Lucy.

Mais elle ne put réprimer un frisson :

— On finit par oublier le danger. Les deux gar-çons s'amusent comme des fous. Et pourtant, ce n'est pas un jeu.

— Non, dit miss Marple. L'assassinat n'est pas un jeu.

Elle se tut un instant avant d'ajouter :

— Les garçons ne vont-ils pas retourner en pension ?

— Si, la semaine prochaine. Ils nous quittent demain pour passer leurs derniers jours de vacances chez James Stoddart-West.

— J'en suis bien contente, dit miss Marple. Je ne voudrais pas qu'il se passe quelque chose pendant qu'ils sont là.

— Vous pensez au vieux Mr Crackenthorpe, n'est-ce pas ? Vous croyez que quelqu'un pourrait attenter à ses jours ?

— Oh ! non, dit miss Marple. A *lui*, il n'arrivera rien. Je pensais plutôt aux deux garçons.

— Alexander ?

— Mais enfin…

— Fureter partout à la recherche d'indices… c'est un passe-temps qui peut devenir risqué.

Craddock réfléchissait en l'écoutant :

— Vous excluez, miss Marple, l'hypothèse d'un meurtre commis par un inconnu sur la personne d'une inconnue ? Pour vous, il y a forcément un lien avec les gens de Rutherford Hall ?

— Forcément.

— De l'assassin, nous ne savons qu'une chose : c'est un homme brun et grand. C'est tout ce que votre amie a pu en dire. Il y a trois hommes bruns de haute taille à Rutherford Hall. Ces jours derniers, j'ai vu les trois frères de dos, sur le trottoir, en train d'attendre leur voiture. Tous trois, dans leurs manteaux épais, se ressemblaient étrangement. *Trois hommes bruns et grands.* Et pourtant, ils sont très différents les uns des autres.

Il se tut, poussa un soupir :

— Voilà qui ne facilite pas les choses.

— Je me demande, murmura miss Marple, je me demande depuis un certain temps si tout cela ne serait pas beaucoup plus *simple* que nous ne l'imaginons. Les affaires de meurtre sont souvent très simples, voyez-vous, et comportent généralement un mobile aussi sordide qu'évident…

— Croyez-vous à l'existence de la mystérieuse Martine, miss Marple ?

— Je serais tentée de croire, en effet, qu'Edmund Crackenthorpe a bel et bien épousé, ou qu'il avait l'intention de le faire, une dénommée Martine. Emma Crackenthorpe vous a montré sa lettre et, d'après ce que je sais d'elle et d'après ce que m'en a dit Lucy, je ne crois pas qu'on puisse la soupçonner d'avoir inventé tout cela. Pourquoi l'aurait-elle fait, d'ailleurs ?

— Si on vous suit sur cette voie, dit Craddock, on tient un mobile pour le meurtre : la réapparition de Martine entraînait automatiquement une diminution des parts d'héritage – encore que ceci paraisse un peu léger pour justifier un meurtre. Mais ils sont tous dans des situations financières difficiles…

— Même Harold ? demanda Lucy, surprise.

— Même Harold, oui. Il n'est pas l'homme d'affaires avisé et prospère dont il se donne l'apparence. Il s'est lancé dans un certain nombre d'opérations à haut risque, et elles ont mal tourné. Il lui faudrait une somme d'argent considérable pour éviter la faillite qui le menace à très court terme.

— Mais alors… balbutia Lucy.

— Eh ! oui, miss Eyelesbarrow.

— Je devine à quoi vous pensez, ma chère, intervint miss Marple. Un crime pour rien…

— Mais oui ! La mort de Martine ne pouvait rien rapporter à Harold – ni à aucun des autres. En tout cas, jusqu'à…

— Jusqu'à la mort de Luther Crackenthorpe. C'est parfaitement exact. J'y ai déjà pensé. Et le vieux Mr Crackenthorpe, à en croire son médecin, est beaucoup plus solide qu'il n'y paraît.

— Il a l'étoffe d'un centenaire, dit Lucy.

Puis elle fronça les sourcils.

— Oui ? dit Craddock pour l'encourager à poursuivre.

— Il a été assez malade, semble-t-il, au moment de Noël. Il m'a dit que le médecin en avait fait toute une histoire, « à croire qu'on avait tenté de m'empoisonner », selon ses propres termes.

Elle interrogeait Craddock du regard.

— En effet, dit Craddock. C'est d'ailleurs à ce sujet que je voulais voir le Dr Quimper.

— Bon. Il est temps pour moi de m'en aller, dit Lucy. Seigneur, je ne suis pas en avance !

Miss Marple posa son ouvrage de tricot et prit le *Times* où l'attendait une grille de mots croisés à demi remplie.

— Si seulement j'avais un dictionnaire, murmura-t-elle. *Tontine* et *Tokay* – je confonds toujours ces deux mots. L'un d'eux, je crois, désigne un vin produit en Hongrie.

— C'est le tokay, dit Lucy à l'instant de franchir le seuil. Mais vous avez là un mot de sept lettres, et un autre de cinq lettres : je ne comprends pas ?

Oh ! ce n'était pas dans les mots croisés, dit Miss Marple d'un air absent. C'était dans ma tête.

L'inspecteur Craddock la fixa une seconde d'un regard appuyé. Puis il prit congé et sortit à son tour.

# 17

Craddock dut attendre quelques minutes pendant que le Dr Quimper donnait sa dernière consultation. Quand celui-ci parut, il lui trouva un air las et déprimé.

Quimper offrit un verre à l'inspecteur et s'en servit un lui-même.

— Les pauvres diables, gémit-il en se laissant choir dans un vieux fauteuil. Ils ont tellement peur, et ils sont tellement stupides ! C'est insensé ! Je viens encore d'avoir un cas lamentable. Une femme qui aurait dû venir me trouver il y a un an. Si elle l'avait fait, on aurait pu l'opérer avec toutes les chances de succès. Maintenant, c'est trop tard. Ça me met hors de moi. Le genre humain est pétri d'un étonnant mélange d'héroïsme et de couardise. Elle a souffert le martyre, sans en souffler mot à quiconque, simplement parce qu'elle crevait de frousse à l'idée de venir consulter et de m'entendre confirmer ses craintes. A côté de ça, il y a tous ceux qui viennent me faire perdre mon temps sous prétexte qu'ils ont une grosseur qui les tenaille au petit doigt et qu'ils sont persuadés d'avoir le cancer alors qu'il s'agit dans le pire des cas d'une callosité ou d'un durillon ! Mais je vous demande pardon. J'avais besoin de décompresser un peu. Que me vaut le plaisir de cette visite ?

— Je tenais d'abord à vous remercier, puisque c'est sur votre conseil que miss Crackenthorpe est venue me faire part de la lettre qu'elle avait reçue de la veuve de son frère – ou de la personne qui prétendait l'être.

— Ah ! ça ? Vous en avez tiré quelque chose ? A vrai dire, je ne lui ai pas expressément conseillé de vous en parler. Elle était décidée à le faire. Cette lettre l'avait plongée dans l'inquiétude. Et bien entendu, ses chers frères, comme un seul homme, s'opposaient à cette démarche.

— Pourquoi, à votre avis ?

Le médecin haussa les épaules :

— Ils craignaient que la dame en question ne dise la vérité, je suppose.

— C'est ce que vous pensez vous-même ?

— Je n'en ai pas la moindre idée. Je ne l'ai d'ailleurs

pas lue, cette lettre. Mais elle émanait peut-être de quelqu'un qui avait eu connaissance des faits et cherchait à en tirer profit. En jouant sur la bonté naturelle d'Emma. C'était faire un mauvais calcul. Emma est bonne, certes, mais c'est le contraire d'une poire. Elle n'est pas femme à prendre une belle-sœur inconnue sous son aile sans lui avoir posé d'abord un certain nombre de questions.

Il fit une courte pause avant d'ajouter, soudain curieux :

— Mais pourquoi me demander *mon* opinion ? En quoi serais-je concerné ?

— Je suis venu vous interroger sur tout autre chose.

Le Dr Quimper parut intéressé.

— J'ai appris qu'il y a quelque temps – au moment de Noël, Mr Crackenthrope avait eu un problème de santé assez sérieux.

Les traits du médecin se durcirent instantanément :

— En effet.

— Il s'agissait d'une sorte de trouble gastrique ?

— Exactement.

— C'est un peu délicat... Mr Crackenthorpe s'est vanté de sa bonne santé, en disant qu'il comptait bien enterrer tous les membres de sa famille. Et il a parlé de vous comme d'un... je vous demande pardon, docteur...

— Oh ! je vous en prie. Je ne fais pas grand cas de tout ce que mes patients disent de moi !

— Il vous a traité de vieil imbécile faiseur d'histoires.

Quimper sourit.

— Il m'a dit, continua Craddock, que vous lui aviez posé un tas de questions, que vous vouliez savoir non seulement tout ce qu'il avait bu et mangé, mais encore qui lui avait préparé le tout.

Le médecin ne souriait plus. Ses traits s'étaient durcis à nouveau :

— Continuez.

— Il a dit – je le cite : « A croire que quelqu'un avait essayé de m'empoisonner ! »

Un long silence suivit ces mots.

— Vous aviez réellement… un soupçon de cette nature ?

Quimper ne répondit pas tout de suite. Il se leva et se mit à arpenter la pièce. Puis, revenant vers Craddock :

— Qu'est-ce que vous espérez que je vous dise ? Vous croyez qu'un médecin peut lâcher des accusations d'empoisonnement sans la moindre preuve ?

— Je voulais simplement savoir – tout à fait entre nous, bien sûr – si cette idée vous était jamais venue à l'esprit.

Le Dr Quimper resta évasif :

— Le vieux Crackenthorpe s'alimente de façon on ne peut plus frugale. Mais quand la famille se réunit, Emma soigne particulièrement les repas. Résultat : une crise de gastro-entérite. Tous les symptômes étaient présents.

Craddock insista :

— Je vois. Mais vous n'avez pas éprouvé le moindre doute ? Vous n'avez pas été – comment dirais-je… intrigué ?

— Si, j'ai été intrigué. *Fortement intrigué.* Vous voilà satisfait ?

— Me voilà, en tout cas, intéressé, précisa Craddock. Qu'avez-vous alors soupçonné – ou redouté ?

— Les troubles gastriques prennent, bien entendu, des formes variées. Mais certains signes, dans ce cas précis, évoquaient plutôt un empoisonnement à l'arsenic qu'une simple gastro-entérite. Encore que la différence entre ces deux... dérangements soit parfois difficile à établir. D'autres, plus compétents que moi, s'y sont trompés et ont délivré en toute bonne foi des certificats de décès par gastro-entérite à des victimes d'empoisonnement.

— Finalement, et après enquête, qu'avez-vous conclu ?

— Il m'est apparu que mes soupçons n'étaient probablement pas fondés. Mr Crackenthorpe m'a assuré qu'il avait déjà eu des crises de cette nature avant que je ne devienne son médecin traitant. Elles survenaient toujours, m'a-t-il dit, à la suite de repas trop plantureux.

— C'est-à-dire dans les périodes où la maison était pleine de monde ?

— Oui. Mais pour ne rien vous cacher, Craddock, cette affaire m'a causé un vrai souci. Je suis allé jusqu'à écrire au vieux Dr Morris, avec qui j'étais associé à mes débuts, avant qu'il ne prenne sa retraite. Il avait eu Crackenthorpe pour patient. Je l'ai interrogé à propos de ces fameuses crises.

— Et il vous a répondu quoi ?

Quimper esquissa une grimace :

— Je me suis fait tirer les oreilles. Il m'a, en substance, traité d'imbécile. Ma foi…

Il haussa les épaules :

— Il avait sans doute raison.

— C'est à voir, murmura Craddock, pensif.

Puis il se résolut à parler franchement :

— Toute discrétion mise à part, docteur, vous savez comme moi qu'un certain nombre de personnes tireraient un bénéfice immédiat et considérable de la mort de Luther Crackenthorpe.

Le médecin hocha la tête.

Craddock poursuivit :

— L'homme est âgé – mais plein de vigueur, et décidé à vivre encore longtemps. Vous lui donneriez jusqu'à quatre-vingt-dix ans ?

— Sans problème. Il se ménage beaucoup, et jouit d'une excellente constitution.

— Et ses fils – et sa fille – se débattent tous dans des difficultés financières ?

— Laissez Emma en dehors de ceci. Elle n'a rien d'une empoisonneuse. Les indispositions dont je vous ai parlé surviennent toujours quand les autres sont là – jamais quand elle est seule avec son père.

« Précaution élémentaire, songea Craddock, si c'est elle qui a fait le coup. » Mais il se garda bien de le dire.

Il réfléchit un instant avant de reprendre, en choisissant soigneusement ses mots :

— Je suis très ignorant en la matière, mais – en supposant exacte cette hypothèse d'un empoisonnement – Mr Crackenthorpe n'a-t-il pas eu beaucoup de chance d'en réchapper ?

— C'est bien là que le bât blesse, dit Quimper, et vous venez d'y mettre le doigt. Voilà justement ce qui me fait penser que le vieux Morris a probablement eu raison de me traiter d'imbécile. Car il n'y a pas eu, à l'évidence, administration régulière de petites doses selon la méthode classique, si j'ose m'exprimer ainsi, des empoisonneurs à l'arsenic. Crackenthorpe n'a jamais souffert de troubles gastriques chroniques. Et c'est ce qui donne leur caractère insolite à ces crises aussi soudaines que violentes. Si elles ne relèvent pas d'une cause naturelle, il faudrait supposer que l'empoisonneur a chaque fois raté son coup, ce qui paraît tout à fait invraisemblable.

— Vous voulez dire qu'il n'aurait pas administré une dose suffisante ?

— Exactement. Il est vrai aussi que Crackenthorpe est doté d'une robuste constitution, et qu'il a pu résister là où d'autres auraient succombé. Il faut toujours prendre en compte le tempérament de chacun. Mais dans ce cas, l'empoisonneur – à moins d'être particulièrement timoré – aurait augmenté la dose. Pourquoi ne l'a-t-il pas fait ?

» D'où ma conclusion que j'ai sans doute subodoré un empoisonnement là où il n'y en avait pas. Je me serai, tout bonnement, laissé entraîner par mon imagination.

— Curieuse affaire, opina l'inspecteur. Tout ça ne semble avoir aucun sens.

*

— Inspecteur Craddock !

La violence du chuchotement fit sursauter l'inspecteur qui s'apprêtait à sonner à la porte d'entrée.

Alexander et son camarade Stoddart-West sortirent furtivement de l'ombre :

— On a entendu votre voiture, et on voulait absolument vous coincer.

— Eh bien, entrons, dit Craddock.

Comme il s'apprêtait de nouveau à sonner, Alexander le tira par la veste.

— On a trouvé un indice, souffla-t-il.

— Oui, on a trouvé un indice, répéta Stoddart-West en écho.

« Au diable cette fille ! » songea peu aimablement Craddock.

— Formidable, dit-il négligemment. Entrons et vous allez me montrer ça.

— Non, s'entêta Alexander. Il y aurait toutes les chances qu'on soit dérangés. Allons dans la sellerie. On vous montre le chemin.

A contrecœur, Craddock se laissa donc emmener jusqu'à un bâtiment jouxtant les écuries. Stoddart-West poussa la lourde porte et se haussa sur la pointe des pieds pour atteindre le commutateur électrique. Une ampoule de faible puissance s'alluma. Naguère modèle d'astiquage et de fourbissage proprement victoriens, la sellerie n'était plus désormais que le triste dépôt des rebuts dont plus personne ne voulait : meubles de jardin cassés, vieilles bêches et vieux râteaux rouillés, une énorme tondeuse mécanique hors d'usage, des hamacs mangés par les mites, un antique matelas à ressorts et des filets de tennis en décomposition.

— On vient souvent ici, confia Alexander. On y est vraiment tranquilles.

A y regarder de plus près, l'endroit portait les traces d'une occupation humaine. Sur une table rouillée, devant le vieux matelas qu'on avait replié pour en faire un siège, on voyait une grande boîte de biscuits au chocolat, une provision de pommes, un sachet de bonbons et un puzzle en cours d'achèvement.

— C'est *vraiment* un indice, m'sieur, dit Stoddart-West, très excité, les yeux brillants derrière les verres de ses lunettes. Nous l'avons trouvé cet après-midi.

— Après des jours et des jours de recherche. Dans tous les buissons...

— Et dans les creux des arbres...

— On a même fouillé les poubelles...

— On y a d'ailleurs fait de sacrées trouvailles...

— Et puis on est allés voir dans la chaufferie...

— Hillman y jette les vieux papiers dans une grande bassine en fer-blanc...

— Et quand la chaudière s'éteint, il s'en sert pour la rallumer.

— Et c'est là qu'on l'a trouvé...

— Que vous avez trouvé QUOI ? tonna Craddock, pressé de mettre fin à ce duo.

— *L'indice.* Fais gaffe, Stodders, enfile d'abord tes gants !

Pénétré de son importance et dans la meilleure tradition du roman policier, Stoddart-West se hâta d'enfiler une paire de gants passablement crasseux, puis sortit de sa poche un porte-photos à l'intérieur duquel se trouvait une enveloppe froissée qu'il tendit cérémonieusement à l'inspecteur.

Les deux gamins retenaient leur souffle.

Craddock prit l'enveloppe avec une égale solennité. Il les aimait bien, ces deux gosses, et, pour ne pas les décevoir, entendait jouer le jeu jusqu'au bout.

La lettre avait voyagé par la poste, mais il n'en restait plus que l'enveloppe, portant l'adresse de Mrs Martine Crackenthorpe, 126 Elvers Crescent, Londres, N. 10.

— Vous voyez ? dit Alexander dans un souffle. Ça prouve quelle est bel et bien venue ici – la femme française de l'oncle Edmund, je veux dire. Celle à propos de qui on fait tout ce tintouin. Elle est venue, et elle a perdu cette enveloppe quelque part. Ce qui fait qu'on dirait bien que...

Stoddart-West le relaya :

— Qu'on dirait bien que c'est certainement elle qui a été tuée... Vous n'êtes pas d'avis vous aussi, m'sieur, que c'est elle qu'on a trouvée dans le sarcophage ?

Ils le fixaient d'un regard anxieux.

Craddock ne voulait surtout pas les décevoir.

— Ça n'est pas impossible, admit-il. Non, ce n'est pas impossible du tout.

— Ce qu'on a découvert, c'est important, pas vrai ?

— Z'allez faire relever les empreintes digitales, n'est-ce pas, m'sieur ?

— Bien sûr.

Stoddart-West laissa échapper un profond soupir :

— On est sacrément vernis, non ? Faire une trouvaille pareille la veille de notre départ !

— Vous partez ?

— Oui, dit Alexander. Je vais chez Stodders jusqu'à la fin des vacances. Ses parents, ils ont une maison vachement chouette – elle date de la reine Anne, c'est ça ?

— Non. De William et Mary, rectifia Stoddart-West.

— Il me semblait que ta mère avait dit…

— Ma mère est française. Elle ne connaît rien à l'architecture anglaise.

— Mais ton père disait qu'elle avait été construite…

Craddock, lui, était plongé dans l'examen de l'enveloppe.

Très forte, vraiment, cette Lucy Eyelesbarrow. Comment avait-elle pu imiter à ce point le cachet de la poste ? Il voulut l'étudier de plus près, mais la lumière était insuffisante. En tout cas, c'était bien gentil d'avoir trouvé ça pour amuser les garçons. Seulement, lui, ça lui compliquait l'existence. Lucy, bon sang de bonsoir, n'avait pas pensé à cet aspect de la question. A moins que…

Et si cette enveloppe était authentique ? Voilà qui ne manquerait pas de donner un nouveau départ à l'enquête !

Le débat sur l'architecture se poursuivait avec acharnement. Mais il n'en avait rien entendu.

— Allons, les garçons, dit-il. Retournons à la maison. Vous venez de me donner un sacré coup de main !

# 18

Piloté par ses deux nouveaux acolytes, Craddock gagna l'entrée située à l'arrière de la maison. C'était, apparemment, celle qu'ils avaient l'habitude d'emprunter.

Une joyeuse ambiance régnait dans la cuisine brillamment éclairée. Lucy, un grand tablier blanc autour de la taille, maniait le rouleau à pâtisserie. Adossé au vaisselier, l'air plus chien fidèle que jamais, Bryan Eastley suivait tous ses mouvements en tiraillant sa grosse moustache blonde.

— Salut, papa ! dit gentiment Alexander. Tu rôdes encore dans les parages ?

— Je m'y plais bien, répondit Bryan. Et miss Eyelesbarrow ne semble pas trop s'en formaliser.

— Oh, bien sûr que non ! dit Lucy. Bonsoir, inspecteur Craddock.

— Vous enquêtez jusque dans les cuisines ? s'enquit Bryan.

— Pas vraiment. Mr Cedric Crackenthorpe est encore là ?

— Oui, Cedric est là. Vous voulez le voir ?

— J'aimerais lui parler un instant.

— Je vais voir si je le trouve, s'offrit Bryan. A moins qu'il ne soit allé faire un tour en ville.

— Merci, lui dit Lucy comme il se dirigeait vers la porte. J'y serais allée moi-même si je n'avais pas les mains dans la farine.

— Qu'est-ce que vous nous préparez ? demanda Stoddart-West, très intéressé.

— Un flan aux pêches.

— *Good-oh* !

— C'est presque l'heure du dîner, non ? s'inquiéta Alexander.

— Non, pas encore.

— Zut ! Je meurs de faim

— Il y a un reste de cake au gingembre dans le garde-manger.

Les deux garçons, dans leur précipitation, se téléscopèrent sur le seuil.

— Ils sont comme les sauterelles qui dévorent tout sur leur passage, commenta Lucy en riant.

— Toutes mes félicitations, grommela Craddock.

— A quel sujet… au juste ?

— Ne jouez pas les innocentes !

— Je ne comprends pas.

— Chapeau pour le travail, dit Craddock en tirant de sa poche le porte-photos contenant l'enveloppe.

— Mais enfin, de *quoi* parlez-vous ?

— De ceci, très chère mademoiselle.

Il sortit à demi l'enveloppe du porte-photos.

Lucy le regardait faire, interloquée.

Il se sentit perdre pied :

— Ce n'est pas vous qui avez fabriqué cet « indice »

234

et qui l'avez déposé dans la chaufferie pour que les garçons l'y découvrent ? Vite… répondez-moi !

— Je n'ai pas la moindre idée de ce dont vous me parlez, se défendit Lucy. Vous voulez dire que… ?

Apercevant Bryan qui revenait, Craddock remit vivement l'enveloppe dans le porte-photos et le tout dans sa poche.

— Cedric est dans la bibliothèque, dit Bryan. Vous pouvez y aller.

Il reprit sa place contre le vaisselier. Et l'inspecteur Craddock s'en fut vers la bibliothèque.

*

Cedric Crackenthorpe semblait ravi de la visite de l'inspecteur.

— Alors, on est venu fureter un peu dans le secteur ? lança-t-il gaiement en l'apercevant. Ça progresse ?

— Lentement, lentement, Mr Crackenthorpe. Mais sûrement.

— Vous avez identifié la victime ?

— Pas de façon certaine, mais nous avons de fortes présomptions.

— Bravo !

— Ceci nous amène cependant à revenir sur un certain nombre d'informations recueillies auprès des membres de votre famille. Je commence par vous, puisque vous êtes sur les lieux.

— Je ne vais d'ailleurs pas tarder à vous fausser

compagnie. Je compte repartir pour Ibiza demain ou après-demain.

— Raison de plus pour ne pas perdre de temps.

— Allez-y donc.

— J'aimerais, si vous le voulez bien, que vous me disiez ce que vous avez fait, très précisément, le 20 décembre dernier.

Cedric lui lança un bref coup d'œil. Puis il se laissa retomber dans son fauteuil, bâilla, affecta la plus grande nonchalance et adopta l'air de quelqu'un qui cherche à rassembler ses souvenirs :

— Eh bien, comme je vous l'ai déjà dit, j'étais encore à Ibiza. Le problème, c'est que chaque nouveau jour y est semblable au précédent : peinture le matin, sieste l'après-midi entre 15 et 17 heures. Peut-être quelques dessins ensuite, si la lumière est bonne. Ensuite apéritif au café *Piazza* – c'est tantôt avec le maire, tantôt avec le toubib. Après ça, dîner sur le pouce avant d'aller rejoindre mes amis au *Scotty's Bar*, où je passe généralement mes soirées. C'est ce que vous vouliez savoir ?

— Ce que je veux, c'est la vérité, Mr Crackenthorpe.

Cedric se redressa sur son siège :

— C'est là une remarque bien insultante, inspecteur.

— Vous trouvez ? Vous m'avez bien dit, Mr Crackenthorpe, que vous aviez quitté Ibiza le 21 décembre pour arriver en Angleterre le même jour ?

— Et je vous le répète. Emma ? Hé, Emma !

Emma apparu dans l'embrasure de la porte

communiquant avec la salle à manger et son regard passa de Cedric à l'inspecteur.

— Dis-moi, Emma, je suis bien arrivé ici le samedi précédant Noël ?

— Oui, répondit Emma, étonnée. A peu près à l'heure du déjeuner.

— Vous voyez ! triompha Cedric.

— Nous prendriez-vous pour des demeurés, Mr Crackenthorpe ? s'enquit Craddock d'une voix aimable. Comme si vous ne saviez pas que ce genre de détail est facile à vérifier ! Si vous voulez bien me montrer votre passeport...

Il se tut, attendant le document demandé.

— Impossible de remettre la main sur ce passe-port de malheur, prétendit Cedric. Je lai cherché toute la matinée. Je voulais l'envoyer chez Cook pour qu'ils règlent mes formalités de départ.

— Je ne doute pas que vous le retrouverez le moment venu, Mr Crackenthorpe. En réalité, je n'en ai pas vraiment besoin. Votre entrée en Angleterre a été enregistrée dans la soirée du 19 décembre. Vous m'obligeriez en m'indiquant de façon précise quels ont été vos faits et gestes depuis ce moment-là jus-qu'à votre arrivée ici, le 21 décembre à l'heure du déjeuner.

Cedric semblait réellement hors de lui :

— A coups de tampons et de formulaires, on fait de notre vie un enfer ! Voilà ce qui se passe quand un pays tombe sous la coupe des bureaucrates ! Vous ne pouvez plus aller où ça vous chante et faire ce dont vous avez envie ! Il y a toujours quelqu'un pour vous poser des questions ! Pourquoi toute cette histoire à propos du 20, d'ailleurs ? Qu'est-ce qu'il a de spécial, le 20 ?

— Il se trouve que c'est le jour où nous pensons que le crime a été commis. Vous pouvez refuser de me répondre, mais...

— Qui a dit que je refusais de répondre ? Laissez-moi le temps de réfléchir. Jusqu'à présent, vous n'étiez pas aussi précis sur les dates. Il y a donc du nouveau.

Craddock ne releva pas.

Cedric jeta un coup d'œil rapide en direction d'Emma.

— Je vous laisse, déclara aussitôt celle-ci.

Mais, à l'instant de franchir le seuil, elle se retourna vers son frère :

— C'est sérieux, Cedric. Si le crime a vraiment eu lieu le 20 décembre, il faut que tu dises à l'inspecteur Craddock ce que tu as fait ce jour-là.

Et elle sortit en refermant la porte.

— Cette bonne vieille Emma, s'attendrit Cedric. Bon, j'avoue. J'ai effectivement quitté Ibiza le 19 décembre. Je projetais de faire étape à Paris et d'y passer un jour ou deux avec quelques vieux copains sur la Rive Gauche. Mais il y avait dans l'avion une femme du tonnerre... La belle plante dans toute sa splendeur, quoi ! Pour tout dire, nous sommes partis bras dessus bras dessous. Elle était en route pour les Etats-Unis et devait passer quarante-huit heures à Londres pour régler je ne sais quelles affaires. Nous y sommes arrivés le 19, et nous sommes descendus au *Kingsway Palace* – au cas où vos informateurs ne vous l'auraient pas déjà signalé ! J'ai pris la chambre sous le nom de John Brown – on n'est jamais trop prudent dans ces situations-là.

— Et le 20 ?

Cedric fit une grimace :

— La matinée s'est passée à soigner une abominable gueule de bois.

— Et l'après-midi ?

— Laissez-moi réfléchir. J'ai musardé, comme dit l'autre. J'ai fait un tour à la National Gallery – ce qui est quand même du genre avouable. Je suis également allé voir un film : *Rowenna of the Range*. J'ai toujours eu un faible pour les westerns. Et celui-là valait le déplacement… Ensuite de quoi j'ai dû prendre un verre ou deux au bar de l'hôtel, et je suis monté faire un somme. Et puis, sur le coup de 10 heures, fabuleuse virée nocturne avec ma nouvelle conquête. On a fait la tournée des grands-ducs – au point que je ne serai pas fichu de vous citer le nom des boîtes où on a bu un verre. Ah ! si, en voilà au moins une… le *Jumping Frog*, je crois bien. Elle les connaissait toutes. On était fins saouls tous les deux, et je dois avouer que je ne me rappelle pas grand-chose de ce qui s'est passé ensuite, sinon que je me suis réveillé le lendemain matin avec une gueule de bois encore plus carabinée que la veille. Ma femme fatale est allée prendre son avion, je me suis plongé la tête dans l'eau froide avant de me précipiter dans une pharmacie où on m'a fait avaler une épouvantable mixture, et j'ai filé à Rutherford Hall, où j'ai raconté que j'arrivais directement de l'aéroport. A quoi bon, je vous le demande, faire de la peine à Emma ? Vous savez comment sont les femmes ! D'autant qu'il m'a fallu lui emprunter de l'argent pour payer mon taxi. J'étais raide comme un passe-lacets. Inutile d'en demander à mon père. Ce vieux sagouin n'aurait pas craché un fifrelin ! Eh bien, inspecteur, satisfait ?

— Pourriez-vous m'apporter quelques preuves, Mr Crackenthorpe ? En ce qui concerne votre emploi du temps entre 15 heures et 19 heures ?

— Cela me paraît difficile, dit Cedric, l'air soudain réjoui. Entre la National Gallery où les gardiens vous regardent d'un œil éteint et une salle de cinéma bondée... Non, vraiment, je ne vois pas ce que je peux faire de plus pour vous dans ce domaine.

Emma revint. Elle tenait un petit agenda :

— Vous voulez savoir ce que chacun d'entre nous a fait ce 20 décembre, c'est bien cela, inspecteur ?

— Eh bien... euh... oui, miss Crackenthorpe.

— Je viens de consulter mon agenda. Le 20, je suis allée à Brackhampton pour participer à une réunion en vue de la restauration de notre église. Elle s'est achevée vers 1 heure moins le quart, et j'ai déjeuné au *Cadena Café* avec lady Adington et miss Bartlett, qui font également partie du comité. Après ça, j'ai fait quelques courses : achats de provisions et de cadeaux de Noël. Je suis allée chez Greenford's, chez Lyall & Swift's, chez Boot's et dans je ne sais combien d'autres magasins. Vers 17 heures, j'ai pris le thé au *Shamrock* avant de me rendre à la gare afin d'y cueillir Bryan au passage. Je suis rentrée ici à 18 heures, pour trouver mon père de fort méchante humeur. Je lui avais laissé un déjeuner tout prêt, mais Mrs Hart, qui devait venir dans l'après-midi lui servir son thé, ne s'était pas montrée. Il était dans une rage telle qu'il s'était enfermé dans sa chambre et qu'il a refusé de m'ouvrir ou même de me parler à travers la porte. Il a horreur que je sorte l'après-midi, mais je refuse de me plier à ce genre de caprices, et je m'absente chaque fois que c'est nécessaire.

— Vous avez parfaitement raison. Je vous remercie, miss Crackenthorpe.

Il ne se voyait pas lui dire qu'étant une femme et mesurant tout au plus 1,60 mètre, ce qu'elle avait pu faire ou ne pas faire ce jour-là n'avait guère d'importance. Il opta pour une question :

— Vos deux autres frères sont arrivés un peu plus tard, si j'ai bien compris ?

— Alfred est arrivé dans la soirée de samedi. Il m'a dit qu'il avait essayé de me joindre dans l'après-midi, mais c'était le jour où je me suis absentée et mon père, quand il est mal luné, ne décrocherait pour rien au monde le téléphone. Quant à mon frère Harold, il n'est venu que pour la soirée de Noël.

— Merci, miss Crackenthorpe.

— Serait-ce très indiscret de vous demander. quel est l'élément nouveau qui vous amène à reprendre ainsi vos interrogatoires ?

Craddock sortit de sa poche le porte-photos et en tira l'enveloppe du bout des doigts :

— Ne la touchez pas, s'il vous plaît. Vous la reconnaissez ?

— Mais…

Emma écarquilla les yeux :

— Mais c'est mon écriture ! C'est la lettre que j'avais envoyée à Martine…

— C'est bien ce que je pensais.

— Mais comment êtes-vous entré en sa possession ? Est-ce que Martine… Est-ce que vous l'avez retrouvée, elle ?

— Il ne semble pas exclu que nous l'ayons… retrouvée. Quant à cette enveloppe vide, elle a été découverte *ici*.

— Dans la maison ?

— Dans les communs.

— Mais alors… Alors Martine est donc bel et bien venue ici ! Elle… Vous voulez dire que c'était elle… dans le sarcophage ?

— Cela paraît éminemment vraisemblable, miss Crackenthorpe, déclara Craddock avec douceur.

Vraisemblable, cela lui parut encore bien davantage quand il eut regagné Londres. Un message d'Armand Dessin l'attendait en effet sur son bureau :

*Une de ses amies du corps de ballet vient de recevoir une carte postale d'Anna Stravinska. Apparemment, son histoire de croisière n'était pas un bobard ! Elle a posté sa carte de la Jamaïque où « chaque minute est un enchantement » !*

*

— Je dois reconnaître, s'extasia Alexander, assis au bord de son lit et engloutissant méthodiquement une barre de chocolat, que la journée a été du tonnerre. Un indice ! Dire qu'on a bel et bien trouvé un indice !

Il resta un instant méditatif avant d'ajouter :

— D'ailleurs, ces vacances ont été du tonnerre du début à la fin. Des trucs pareils, je ne peux pas croire que ça vous arrive plus d'une fois dans la vie.

— Ce que j'espère, commenta Lucy, agenouillée devant la valise où elle entassait les vêtements du gamin, c'est que ça ne m'arrivera plus jamais à moi. Vous avez vraiment besoin de toutes ces bandes dessinées, Alexander ?

— Pas des deux qui sont sur le dessus de la pile. Je les ai déjà lues. Le ballon, mes chaussures de foot et mes bottes de caoutchouc peuvent voyager à part.

— Dieu, que les garçons transportent donc des choses compliquées !

— Où est le problème ? Les Stoddart-West nous envoient chercher avec leur Rolls. Elle est sensationnelle, leur Rolls. Ils ont aussi une Mercedes-Benz dernier modèle.

— Ils doivent rouler sur l'or.

— Et comment ! Notez qu'en plus, ils sont très chouettes. N'empêche que j'aurais préféré qu'on reste ici. Qui sait si un nouveau cadavre ne va pas être découvert dans le coin ?

— Sincèrement, j'aimerais autant pas.

— C'est pourtant souvent comme ça, dans les bouquins. Quelqu'un a vu quelque chose qu'il n'aurait pas dû voir, et hop ! il se fait ratiboiser. Ça pourrait d'ailleurs être vous, conclut-il en dépiautant une deuxième barre de chocolat.

— Merci bien !

— Notez que je n'y tiens pas du tout, reprit Alexander. Je vous aime beaucoup, et Stodders aussi. Vous faites la cuisine comme personne. Avec vous, la boustifaille est de première. Et puis vous y voyez plus loin que le bout de votre nez.

Lucy reçut le compliment à sa juste valeur :

— Encore une fois merci. Mais je n'ai pas la moindre intention de me laisser assassiner dans le seul but de vous faire plaisir.

— Alors vous feriez bien de faire gaffe, conseilla Alexander.

Puis, après une pause consacrée à engloutir une troisième barre de chocolat, il reprit, l'air de ne pas y toucher :

— Si papa se pointe de temps à autre, vous vous occuperez bien de lui, n'est-ce pas ?

— Oui, ça va de soi, répondit Lucy, un tantinet surprise.

— Le problème, avec papa, continua Alexander, c'est que Londres ne lui vaut rien. Il n'y rencontre que le genre de bonnes femmes avec qui ça ne peut pas coller.

Il secoua la tête avec une moue inquiète avant de continuer :

— J'ai beaucoup de tendresse pour lui, vous savez, mais il a besoin de quelqu'un qui le prenne en main. Il se laisse aller. Et puis il fréquente des gens pas fréquentables. C'est moche que maman soit morte. Bryan a besoin d'un foyer, un vrai.

Il regarda Lucy non sans solennité et attrapa sa quatrième barre de chocolat.

— Arrêtez, Alexander, intervint Lucy. Vous allez vous rendre malade !

— Ça m'étonnerait. J'en ai avalé six d'affilée, un jour, et ça ne m'a rien fait.

Il se tut quelques secondes, puis :

— Bryan vous aime bien, vous savez.

— C'est gentil de sa part.

— Par bien des côtés, c'est le roi des imbéciles, poursuivit le fils dudit Bryan. Mais ça été un sacrément bon pilote de chasse pendant la guerre. Il a un courage pas croyable. Et puis, question train-train quotidien, il est plutôt facile à vivre.

Nouveau silence. Puis, les yeux au plafond :

— Je crois vraiment, vous savez, qu'il aurait intérêt à se remarier… du moment que ce soit avec quelqu'un de bien… Moi, ça ne m'ennuierait pas du tout d'avoir une belle-mère… à condition que ce soit quelqu'un de bien…

Non sans un certain saisissement, Lucy se rendit compte qu'il y avait une ligne directrice bien précise dans les propos du garçon.

— C'est complètement démodé, tout ce baratin sur l'abomination des belles-mères, poursuivit Alexander, toujours à l'intention du plafond. Stodders et moi, on a des tas de copains qui ont des belles-mères, des parents divorcés et tout et pour qui ça se passe très bien. Tout dépend de la belle-mère, évidemment. Et, bien entendu, ça pose quelques petits problèmes le jour de la distribution des prix, quand vous vous ramenez avec trois parents au lieu de deux. Mais pour l'argent de poche, ça serait plutôt plus rentable !

Il se tut une nouvelle fois, perdu dans ses réflexions sur la complexité de la vie moderne, puis :

— D'accord, c'est toujours mieux d'avoir un foyer normal, avec son père et sa mère. Mais quand votre mère est morte… enfin, vous voyez ce que je veux dire ? A condition que ce soit quelqu'un de bien, répéta-t-il pour la troisième fois.

Lucy se sentit émue :

— Je crois que, vous aussi, vous y voyez plus loin que le bout de votre nez, Alexander. Nous tâcherons de trouver une femme bien sous tous rapports pour votre père.

— Oui, acquiesça-t-il sans enthousiasme excessif.

Puis, encore une fois de l'air de ne pas y toucher :

— Je croyais pourtant vous l'avoir dit. Bryan vous aime bien. Même que c'est lui qui me l'a avoué…

« Décidément, songea Lucy, il y a pléthore d'entremetteurs dans les parages. D'abord miss Marple, et maintenant Alexander ! »

Dieu sait pourquoi, des images du vieux parc à cochons lui vinrent à l'esprit.

Elle se releva :

— Il faut vous mettre au lit, maintenant, Alexander. Vous n'aurez que votre pyjama et votre trousse de toilette à prendre, demain matin. Bonne nuit.

— Bonne nuit, répondit Alexander en écho.

Il se glissa sous ses couvertures, posa sa. tête sur l'oreiller, ferma les yeux, offrant ainsi l'image parfaite de l'ange assoupi… et s'endormit tout aussitôt.

# 19

— Ce n'est pas ce que je qualifierais de concluant, maugréa le sergent Wetherall, plus sombre que jamais.

Craddock lisait le rapport de son subordonné sur l'alibi fourni par Harold Crackenthorpe pour l'après-midi du 20 décembre.

Ce dernier avait été aperçu chez Sotheby's vers 15 h 30, mais quelqu'un croyait l'avoir vu s'éclipser assez vite. Sa photographie n'avait éveillé aucun souvenir au *Russel's*, mais le salon de thé étant toujours bondé aux heures de pointe et Mr Crackenthorpe ne comptant pas parmi ses habitués, le fait n'avait rien d'étonnant. Son valet de chambre confirmait qu'il était bien rentré chez lui vers 7 heures moins le quart pour s'y changer avant le dîner. L'homme d'affaires craignait même d'arriver en retard à ce dîner prévu pour 19 h 30 et s'était conséquemment montré d'assez mauvaise humeur. En revanche, le valet n'avait plus aucun souvenir de l'heure à laquelle son patron avait pu rentrer cette nuit-là : ça remontait à pas mal de temps déjà et, de toute façon, sa femme et lui se couchant de bonne heure chaque fois que c'était possible, il était rare qu'ils entendent « Monsieur » regagner ses pénates. Quant au garage, il était loué à l'usage exclusif de Mr Crackenthorpe, et il n'y avait pas de gardien ni qui que ce soit pour remarquer ses entrées et ses sorties.

— C'est vrai qu'il n'y a rien de positif là-dedans, conclut Craddock avec un soupir.

— Il a assisté au dîner du Caterer's Club, c'est un fait établi, mais il en est parti assez tôt, avant les discours.

— Et les chemins de fer, qu'est-ce que ça a donné ?

Mais rien n'avait pu être relevé, ni à la gare Paddington ni à celle de Brackhampton. Tout cela remontant à un bon mois déjà, il eût d'ailleurs été bien improbable que quelqu'un se remémore l'éventuel passage d'un homme chez qui rien n'attirait particulièrement l'attention.

Craddock soupira de nouveau et passa au rapport concernant Cedric. On n'y trouvait pas grand-chose non plus hormis le témoignage d'un chauffeur de taxi qui avait déposé à la gare de Paddington « un zigoto qui ressemblait à celui-là. Pantalon cradingue et tignasse en bataille. Il a râlé sur le prix de la course en disant que tout avait augmenté depuis la dernière fois qu'il était venu en Angleterre. » Le chauffeur était sûr de la date à cause d'un cheval nommé Crawler sur lequel il avait misé le paquet ce jour-là et qui avait gagné à trois contre un. Il l'avait entendu annoncer sur sa radio de bord sitôt après avoir déposé ce client rouspéteur et était rentré chez lui sur les chapeaux de roues pour arroser ça.

— Remercions le ciel de nous avoir donné les courses de chevaux ! se félicita Craddock en refermant le rapport.

— Il reste Alfred, souligna le sergent Wetherall.

Une nuance, dans son intonation, fit dresser l'oreille à Craddock. Wetherall affichait pour une fois la mine réjouie de quelqu'un qui a gardé le meilleur pour la fin.

Le rapport, pour l'essentiel, n'apportait pas grand-chose d'intéressant.

Alfred Crackenthorpe, qui vivait seul, entrait et sortait à des heures indéterminées. Ses voisins n'étaient pas du genre inquisiteur et, s'agissant pour la plupart d'employés de bureau, s'absentaient la majeure partie de la journée. Mais Wetherall pointa d'un doigt épais le dernier paragraphe :

Chargé d'enquêter sur une affaire de cargaisons volées à bord d'une série de poids-lourds, le sergent Leakies s'était rendu au *Load of Bricks*, relais routier situé sur l'axe Waddington-Brackhampton, histoire d'y surveiller les faits et gestes de quelques chauffeurs. Il avait noté, à la table voisine de la sienne, la présence de Chick Evans, un des lieutenants de la bande de Dicky Rogers. Alfred Crackenthorpe, qu'il connaissait de vue pour l'avoir repéré lorsque ce dernier était venu témoigner dans l'affaire dudit Dicky Rogers, était attablé avec le truand. Il s'était demandé quel nouveau coup fourré ces deux-là pouvaient bien manigancer ensemble et avait à tout hasard noté le jour et l'heure : vendredi 20 décembre, 21 h 30. Quelques minutes plus tard, Alfred Crackenthorpe avait pris place à bord d'un autocar. Direction : Brackhampton. De son côté, William Baker, receveur à la gare de Brackhampton, avait poinçonné le billet de chemin de fer d'un quidam en qui il avait reconnu l'un des frères de miss Crackenthorpe, et ce juste avant le départ du train de 23 h 55 à destination de Londres-Paddington. Il se souvenait de la date, car ce même jour une vieille toquée avait fait toute une histoire en prétendant avoir assisté à un meurtre dans le train.

— Alfred ? marmonna Craddock en reposant le rapport devant lui. Alfred ? Je me demande…

— Ça tendrait en tout cas à le désigner, souligna Wetherall.

Craddock acquiesça. Oui, Alfred avait pu prendre le 16 h 33 pour Brackhampton et commettre le meurtre pendant le trajet, puis se rendre en car au *Load of Bricks,* en repartir à 21 h 30 et des poussières et disposer du temps nécessaire pour gagner Rutherford Hall, transporter le corps depuis le bas du remblai jusqu'à la Grange Longue, le mettre dans le sarcophage, retourner à Brackhampton et y sauter dans le 23 h 55 pour Londres. L'un des comparses de Dicky Rogers l'avait peut-être même aidé à trimballer la morte – mais Craddock en doutait. Ces types-là étaient des fripouilles, mais pas des assassins.

— Alfred ? répéta-t-il, pensif.

*

A Rutherford Hall, la famille Crackenthorpe était rassemblée. Harold et Alfred avaient débarqué de Londres et le ton n'avait pas tardé à monter.

Lucy prit sur elle de préparer des cocktails. Elle les mixa avec de la glace dans un pichet de cristal et se dirigea vers la bibliothèque. Des éclats de voix parvenaient jusqu'au hall d'entrée, et Emma semblait être l'objet de la mauvaise humeur générale.

— C'est entièrement *ta* faute, Emma, tempêtait Harold de sa voix de basse profonde. Que tu aies pu te conduire de manière aussi stupide me dépasse ! Si tu n'étais pas allée porter cette lettre à Scotland Yard...

Et la voix haut perchée d'Alfred de renchérir :

— Tu avais perdu la boule ou quoi ?

— Fichez-lui la paix, intervint Cedric. Ce qui est fait est fait. On aurait été dans d'encore plus sales draps si la police avait identifié le cadavre comme étant celui de la Martine qui a disparu et découvert par la même occasion qu'elle avait pris contact avec nous et que nous n'en avions pas soufflé mot.

— Pour toi, tout ça est bel et bon, Cedric, rétorqua Harold toujours aussi furieux. Tu n'étais pas en Angleterre le 20, jour qui semble les intéresser. Mais c'est très embarrassant pour Alfred et pour moi. Heureusement, *moi*, j'ai pu me rappeler où j'étais et ce que j'avais fait cet après-midi-là.

— Le contraire m'aurait étonné, grinça Alfred. Si tu décidais de tuer quelqu'un, Harold, je me fie à toi pour te concocter préalablement un alibi imparable.

— Quelque chose me dit que toi, tu t'y es moins bien pris, répliqua Harold, glacial.

— C'est à voir, ricana Alfred. Tout vaut mieux que de présenter à la police un alibi en béton s'il n'est pas cent pour cent en béton. Ils sont très doués pour réduire ce genre de combines en miettes.

— Si tu sous-entends par là que c'est moi qui ai tué cette bonne femme…

— Oh, taisez-vous donc, tous autant que vous êtes ! s'écria Emma. Il va de soi qu'aucun d'entre vous n'a tué cette femme !

— Et je vous signale que *je n'étais pas* à l'étranger le 20 décembre ! intervint Cedric. Et que la police le sait pertinemment ! Ce qui fait que nous sommes tous suspects.

— Si Emma n'avait pas…

— Oh, Harold, tu ne vas pas recommencer ! gémit Emma.

Le Dr Quimper sortit du bureau où il s'était enfermé avec le vieux Mr Crackenthorpe. Son regard tomba sur le pichet que Lucy tenait à la main :

— Qu'est-ce que c'est que ça ? On fête quelque chose ?

— Disons plutôt qu'il s'agit d'un baume destiné à calmer les esprits. Ils ne sont pas loin d'en venir aux mains, là-dedans.

— Ils se renvoient la balle ?

— Ils s'en prennent tous à Emma.

Les sourcils du Dr Quimper se haussèrent d'un cran :

— Vraiment ?

Il prit le pichet des mains de Lucy et poussa la porte de la bibliothèque :

— Bonsoir tout le monde !

— Ah ! Dr Quimper, j'avais justement un mot à vous dire !

C'était la voix de Harold, vibrante de fureur contenue :

— J'aimerais savoir au nom de *quoi* vous vous êtes mêlé d'une affaire privée qui ne regarde que ma famille en disant à ma sœur d'aller trouver la police ?

— Miss Crackenthorpe m'a demandé mon avis. Je le lui ai donné, répondit le Dr Quimper avec le plus grand calme. Et j'estime quelle a eu parfaitement raison de faire ce qu'elle a fait.

— Vous osez dire…

— Petite !

C'était le vieux Mr Crackenthorpe dans une attitude familière : il s'encadrait dans l'entrebâillement de la porte, juste derrière Lucy.

Elle se retourna de mauvaise grâce :

— Oui, Mr Crackenthorpe ?

— Qu'est-ce que vous nous donnez ce soir au dîner ? Je veux un curry. Vous faites un excellent curry. Il y a des éternités que vous ne nous avez pas donné un curry.

— C'est que les garçons ne l'aiment pas beaucoup.

— Les garçons, les garçons Qui se soucie des garçons ? C'est moi qui compte Et d'ailleurs, ils sont partis, les garçons – bon débarras ! Je veux un bon curry bien corsé, vous m'entendez ?

— Très bien, Mr Crackenthorpe. Vous l'aurez.

— Voilà qui est parfait, petite. Vous êtes une bonne fille, Lucy. Prenez soin de moi, et je prendrai soin de vous.

Lucy retourna dans sa cuisine. Renonçant à la fricassée de poulet qu'elle avait préparée, elle se mit à rassembler les ingrédients d'un curry. La porte d'entrée claqua et, par la fenêtre, elle vit le Dr Quimper qui s'éloignait vers sa voiture à grandes enjambées.

Lucy poussa un soupir. Les garçons lui manquaient. Et, d'une certaine façon, Bryan lui manquait aussi.

Bah ! c'était comme ça. Elle s'assit et commença à éplucher ses champignons.

Au moins, elle servirait à la famille un dîner à s'en pourlécher les babines.

Un vrai repas de fauves !

*

Il était 3 heures du matin quand le Dr Quimper mit sa voiture au garage avant d'entrer chez lui et de fermer la porte avec lassitude. Ouf ! Mrs Josh Simpkins venait d'accoucher d'une jolie paire de jumeaux qui s'ajouteraient aux huit enfants qu'elle avait déjà mis au monde. Mr Simpkins, lui, avait accueilli cette double naissance avec un enthousiasme très relatif : « Des jumeaux, avait-il grommelé. Ça nous avance a quoi, des jumeaux ? Des quadruplés, C'est ça qu'il faut avoir. On vous file toutes sortes de trucs, et la presse débarque et vous avez votre photo dans les journaux, et puis on vous annonce que Sa Majesté vous envoie un télégramme. Mais des jumeaux… c'est quoi sinon deux bouches à nourrir au lieu d'une ? Personne il avait jamais eu de jumeaux dans ma famille, ni dans celle à ma femme non plus. C'est pas pour dire mais, d'un sens, c'est comme qui dirait pas juste ! »

Le Dr Quimper monta dans sa chambre et commença à se déshabiller. Il jeta un coup d'œil à sa montre. 3 h 5. Contre toute attente, ça n'avait pas été de tout repos que de faire naître ces deux petits êtres à la vie. Mais il s'en était finalement bien tiré. Il bâilla. Il était fatigué, très fatigué. Il regarda son lit, savourant à l'avance le plaisir de s'y vautrer.

C'est alors que le téléphone se mit à sonner.

Le Dr Quimper lâcha un juron et décrocha.

— Dr Quimper ?

— Lui-même.

— Ici, Lucy Eyelesbarrow, à Rutherford Hall. Je crois que vous feriez bien de venir. Tout le monde semble au plus mal.

— Au plus mal ? Comment ça ? Quels symptômes ? Lucy lui détailla la situation.

— J'arrive tout de suite. En attendant…

Il lui donna brièvement quelques instructions.

Puis il se rhabilla en toute hâte, rajouta un certain nombre de produits dans sa trousse de secours et courut à sa voiture.

\*

Trois bonnes heures d'horloge s'étaient écoulées quand Lucy et le médecin, aussi exténués l'un que l'autre, se retrouvèrent dans la cuisine devant deux grands bols de café noir.

— Ah ! fit le Dr Quimper en vidant le sien d'un trait. J'en avais besoin ! Et maintenant, miss Eyelesbarrow, venons-en aux faits.

Lucy le regarda. Ses traits accusaient la fatigue, le faisaient paraître plus vieux que ses 44 ans. Il avait les tempes grisonnantes et des rides sous les yeux.

— Pour autant que je puisse en juger, dit-il, ils semblent tous aller mieux. Mais que s'est-il passé ? Voilà ce que je veux savoir. Qui a préparé le dîner ?

— Moi, dit Lucy.

— Et ça se composait de quoi ? En détail.

— Consommé aux champignons. Poulet au curry accompagné de riz. Un sabayon pour le dessert. En entremets, foies de volaille au bacon.

— Des *canapés Diane*, dit le Dr Quimper.

Lucy sourit à cette remarque inattendue :

— Oui, des *canapés Diane*.

— D'accord. Approfondissons les choses. Le consommé aux champignons... en boîte, je présume ?

— Certainement pas. Je l'ai préparé moi-même.

— Préparé vous-même ? A partir de quoi ?

— Une demi-livre de champignons frais, du bouillon de poule, du lait, un roux de beurre et de farine, plus le jus d'un citron.

256

— Je vois. Et on est censé s'écrier : « Ç'a dû être les champignons ! »

— Les champignons n'y sont pour rien. J'ai pris de ce consommé moi-même, et je vais très bien.

— Exact. *Vous*, vous allez très bien. C'est que je me disais aussi.

Lucy rougit :

— Si vous croyez que…

— Je ne crois rien du tout. Vous n'êtes pas née de la dernière pluie. Si je soupçonnais ce que vous pensez, vous seriez vous aussi dans votre chambre en train de vous tordre de douleur. D'ailleurs, je sais très bien qui vous êtes. J'ai pris la peine de me renseigner sur votre compte.

— Mais pourquoi, au nom du ciel ?

— Parce que je considère de mon devoir de vérifier les antécédents de tous ceux qui viennent habiter dans cette maison. Vous êtes quelqu'un de tout à fait recommandable, qui fait ce métier pour vivre, et vous semblez n'avoir jamais eu le moindre contact avec la famille Crackenthorpe avant de venir ici. Il n'y a donc aucune raison de penser que vous êtes la petite amie d'Alfred, de Harold ou de Cedric et que vous avez aidé votre joli cœur à faire une sale besogne.

— Vous pensez vraiment que… ?

— Je pense à un tas de choses, dit Quimper. Mais je me dois d'être prudent. Le métier de médecin n'est pas une sinécure. Mais continuons plutôt. Le poulet au curry. Vous en avez mangé aussi ?

— Non. Quand on a préparé un curry, rien que l'odeur suffit à vous rassasier. Je l'ai goûté, bien entendu. J'ai pris seulement du consommé et du sabayon.

— Comment avez-vous servi ce sabayon ?

— Dans des coupes individuelles.

— Et qu'est-ce qui, de tout ça, a été nettoyé ?

— Vous voulez parler de la vaisselle, faite ou pas ? Tout a été lavé et remis en place.

Le Dr Quimper émit un grognement :

— Voilà ce qui s'appelle être trop zélé.

— Oui, je m'aperçois qu'étant donné la façon dont les choses ont tourné, j'aurais été mieux avisée de m'abstenir. Mais ce qui est fait est fait.

— Qu'est-ce qui vous reste encore ?

— Un peu de curry – dans un bol, dans le placard. J'avais l'intention de m'en servir, demain soir, pour préparer un potage. Il y a aussi un petit reste de consommé aux champignons.

— Je vais emporter le curry, et le consommé. Et pour ce qui est du chutney ? Vous en aviez mis sur la table ?

— Oui. Dans un de ces pots en grès.

— Je le prendrai également.

Il se leva :

— Je monte les revoir tous. Après ça, puis-je vous confier les lieux jusqu'à demain matin – ou jusqu'à tout à l'heure, devrais-je plutôt dire ? Ayez l'œil sur tout le monde. Je peux vous envoyer une infirmière munie des consignes nécessaires à partir de 8 heures.

— J'aimerais que vous m'indiquiez le fond de votre pensée. Pensez-vous qu'il s'agisse d'un empoisonnement alimentaire ou bien… ou bien… d'un empoisonnement tout court ?

— Je vous l'ai déjà dit. Un médecin ne peut pas se livrer à des élucubrations – il doit se forger une certitude. Tout dépendra des résultats de l'analyse de ces restes. Si cela ne donne rien…

— Si cela ne donne rien ? répéta Lucy.

Le Dr Quimper lui posa la main sur l'épaule :

— Il y a deux personnes que je vous recommande plus particulièrement. Veillez bien sur Emma. S'il devait lui arriver quelque chose…

Il y avait, dans sa voix, une émotion qu'il ne parvenait à dissimuler :

— Elle n'a pas encore commencé à vivre. Et, voyez-vous, des êtres comme Emma Crackenthorpe sont le sel de la terre… Emma… bref, Emma compte beaucoup pour moi. Je ne le lui ai jamais avoué, mais je le ferai un jour. Veillez sur Emma.

— Comptez sur moi, promit Lucy.

— Et n'oubliez pas le vieux. Ce n'est certainement pas, de tous mes patients, celui que je préfère, mais ce n'en est pas moins *mon* patient, et je m'en voudrais de laisser l'un ou l'autre de ses voyous de fils – ou les trois – expédier *ad patres* histoire de mettre la main sur son magot.

Une petite lueur dansa soudain au fond de ses prunelles :

— Et voilà ! J'ai encore trop parlé. Quoi qu'il en soit, ouvrez l'œil, miss Eyelesbarrow, soyez chic fille. Et, incidemment, demeurez bouche cousue.

\*

L'inspecteur Bacon n'en revenait pas :

— De l'arsenic ? Vous avez bien dit de l'arsenic ?

— Oui. Dans le poulet au curry. Voici ce qu'il en reste. Je n'ai procédé qu'à une analyse sommaire sur un petit échantillon, mais le résultat est là.

— Nous avons donc affaire à un empoisonneur ?

— Ça m'en a tout l'air, fit le Dr Quimper, mi-figue mi-raisin.

— Et ils sont tous atteints, dites-vous – à l'exception de miss Eyelesbarrow ?

— Oui. Tous, sauf elle.

— Ce qui la met dans un sacré pétrin…

— Quel motif aurait-elle bien pu avoir ?

— Elle a peut-être un grain, suggéra Bacon. Il arrive que ces gens-là aient l'air tout à fait normaux alors qu'ils ont, comme dit l'autre, définitivement perdu les pédales.

— Miss Eyelesbarrow n'a pas perdu les pédales. C'est le médecin qui parle. Miss Eyelesbarrow est aussi saine d'esprit que vous ou moi. Si miss Eyelesbarrow avait saupoudré d'arsenic la nourriture dont elle a gavé toute la famille, elle ne l'aurait pas fait sans raison. En outre, s'agissant d'une fille aussi intelligente, elle aurait pris soin de ne *pas* être la seule à ne souffrir d'aucun malaise. Ce qu'elle aurait fait ? Ce que tout empoisonneur avisé aurait fait : elle aurait absorbé une quantité minime du curry à l'arsenic et en aurait ensuite exagéré les symptômes.

— Et vous n'auriez pas été capable de vous en apercevoir ?

— Qu'elle en avait ingurgité une dose plus faible

que n'avaient fait les membres de la famille ? Probablement pas. Les, gens ne réagissent pas tous de la même façon aux poisons : à dose égale, certains seront plus incommodés que d'autres.

» Bien entendu, ajouta le Dr Quimper en se frottant joyeusement les mains, une fois que le patient est mort, on peut déterminer avec plus de précision la quantité absorbée.

— Ce qui revient à dire qu'il se pourrait que...

L'inspecteur Bacon s'interrompit pour mieux préciser son idée, puis :

— Ce qui revient à dire qu'il se pourrait que l'un des membres de la famille soit en train de faire plus de foin que nature... que quelqu'un soit occupé à vagir à l'unisson pour éviter que les soupçons ne se portent sur lui. Quest-ce que vous en pensez ?

— L'idée m'en est déjà venue. C'est pourquoi je suis venu vous trouver. A vous de jouer, maintenant. J'ai fait venir une infirmière en qui j'ai toute confiance, mais elle ne peut pas être partout en même temps. A mon avis, personne n'a absorbé une dose suffisante pour entraîner la mort.

— L'empoisonneur aurait donc commis une erreur ?

— Non. Je crois plutôt qu'il en a mis suffisamment dans le curry pour provoquer des symptômes d'intoxication alimentaire tout en tablant sur le fait qu'on en rendrait automatiquement les champignons responsables. Les gens sont obsédés par l'idée d'empoisonnement aux champignons. Ensuite de quoi l'état d'un des malades empirerait et la victime désignée passerait bel et bien l'arme à gauche.

— Parce que l'empoisonneur lui aurait administré une nouvelle dose ?

Le médecin acquiesça de la tête :

— C'est pour ça que j'ai accouru chez vous ventre à terre, et que j'ai introduit une infirmière spécialisée dans la place.

— Elle sait qu'il s'agit d'un empoisonnement à l'arsenic ?

— Bien sûr. Elle le sait. Et miss Eyelesbarrow aussi. Vous connaissez bien évidemment votre métier mieux que personne mais, si j'étais à votre place, je filerais leur expliquer à tous qu'ils ont été victimes d'une tentative d'empoisonnement à l'arsenic. Cette révélation, alors que l'assassin mise sur la théorie de l'empoisonnement accidentel pour lui faciliter la tâche, lui flanquerait probablement une frousse telle qu'il n'oserait pas mettre la suite de son projet à exécution.

Le téléphone se mit à sonner sur le bureau de l'inspecteur. Il décrocha :

— Allô ! Oui ? D'accord. Passez-la-moi.

Et, se tournant vers Quimper :

— C'est votre infirmière. Oui… allô… Quoi ?… Une rechute ? Grave ?… Oui, le Dr Quimper est près de moi… Si vous voulez lui parler.

Il passa le récepteur au médecin.

— Quimper à l'appareil… Je vois… Oui… Très bien… Oui, continuez comme ça. On arrive tout de suite.

Il raccrocha, se tourna vers Bacon.

— De qui s'agit-il ? interrogea l'inspecteur.

— D'Alfred, répondit le Dr Quimper. Et il est mort.

# 20

A l'autre bout du fil, l'inspecteur Craddock, vociférant, ne semblait pas en croire ses oreilles :

— Alfred ? *Alfred ?*

L'inspecteur Bacon prit la précaution d'écarter quelque peu son écouteur :

— Vous ne vous attendiez pas à ça ?

— Non, alors, là, non, pas du tout ! En réalité, je m'apprêtais à l'épingler pour le meurtre !

— J'ai en effet appris qu'il avait été repéré par le poinçonneur de la gare de Brackhampton. Oui, on aurait vraiment dit qu'on tenait notre homme.

— Eh bien, maugréa Craddock, on se trompait.

Il y eut un silence. Puis Craddock s'enquit :

— Il y avait une infirmière sur les lieux. Comment est-ce que ça a pu se passer sous son nez ?

— On ne peut rien lui reprocher. Miss Eyelesbarrow, qui était au bout du rouleau, était allée dormir un peu. L'infirmière s'est retrouvée seule avec cinq malades sur les bras : le vieux Crackenthorpe, Emma, Cedric, Harold et Alfred. Elle ne pouvait pas être partout à la fois. Le vieux s'est soudain mis à faire un raffut de tous les diables. A glapir qu'il était en train d'y passer. Elle est allée dans sa chambre, elle a réussi à le calmer, et puis elle est retournée auprès d'Alfred pour lui donner une tasse de thé additionnée de glucose. il l'a bue et ça lui a réglé son compte.

— De l'arsenic, encore une fois ?

— Ça en a tout l'air. Bien sûr, il aurait pu s'agir d'une rechute. Mais Quimper n'est pas de cet avis et Johnstone est d'accord avec lui.

— Je me demande, hasarda Craddock, pensif, si c'est vraiment Alfred qui était visé ?

Cela parut ouvrir des horizons à l'inspecteur Bacon :

— Vous voulez dire que tandis que la mort d'Alfred ne rapporterait pas un fifrelin à personne, celle du vieux équivaudrait au gros lot pour toute la bande ? J'imagine qu'il a *éventuellement* pu s'agir d'une erreur. quelqu'un pourrait s'être imaginé que le thé était destiné au vieux.

— Est-ce qu'on sait de manière certaine que c'est comme ça que le poison a été administré ?

— Non, bien sûr que non. L'infirmière, en bonne infirmière qu'elle est, a lavé tout le fourbi : tasses, cuillères, théière – le grand ménage, quoi ! Mais ça paraît quand même la méthode la plus vraisemblable.

— Ce qui signifie, murmura pensivement Craddock, que l'un des patients n'était pas aussi malade que les autres ? Et qu'il aura sauté sur l'occasion en mettant le poison dans la tasse ?

— En tout état de cause, ce genre de plaisanterie ne se reproduira pas, décréta sombrement l'inspecteur Bacon. Nous avons maintenant deux infirmières au lieu d'une, sans compter miss Eyelesbarrow. Et j'ai également collé deux de mes hommes sur les lieux. Vous allez venir ?

— Aussi vite que J'en serai capable !

*

Lucy Eyelesbarrow accueillit l'inspecteur Craddock dans le hall d'entrée. Elle était pâle et avait les traits tirés.

— Vous venez de vivre de bien sales moments, lui dit-il.

— Ça été un cauchemar, un interminable cauchemar. J'ai vraiment cru la nuit dernière qu'ils allaient *tous* y passer.

— A propos de ce curry…

— C'était le curry ?

— Oui. Délicatement relevé à l'arsenic – la touche des Borgia.

— Si c'est vrai, dit Lucy, il faut que ç'ait été… c'est impossible autrement… il faut que ç'ait été quelqu'un de la famille.

— Pas d'autre possibilité ?

— Non. Voyez-vous, ce maudit curry, j'ai commencé à le préparer assez tard – après 6 heures – et uniquement parce que Mr Crackenthorpe avait insisté pour que je lui en fasse un. Et il a fallu que j'ouvre une nouvelle boîte de curry en poudre – ce qui revient à dire que ce n'est pas elle qui avait pu être trafiquée. J'imagine que le goût et le parfum du curry doivent masquer ceux de l'arsenic ?

— L'arsenic n'a aucun parfum, répondit Craddock, l'esprit ailleurs. Revenons à l'occasion : lequel d'entre eux a pu s'approcher du curry pendant qu'il mijotait sur le feu ?

Lucy réfléchit :

— En fait, n'importe qui aurait pu se glisser dans la cuisine pendant que je mettais le couvert dans la salle à manger.

— Je vois. Qui se trouvait dans la maison à ce moment-là ? Le vieux Mr Crackenthorpe, Emma, Cedric…

— Harold et Alfred. Ils étaient arrivés de Londres dans l'après-midi. Oh ! et puis Bryan… Bryan Eastley. Mais il est reparti juste avant le dîner. Il avait rendez-vous avec je ne sais qui à Brackhampton.

— Ceci est à rapprocher du malaise dont a souffert papa Crackenthorpe après le repas de Noël. Quimper avait déjà pensé à l'arsenic. Est-ce qu'il n'y en a pas eu un, cette nuit, qui avait l'air plus mal en point que les autres ?

J'ai bien l'impression que c'est le vieux Mr Crackenthorpe qui était dans le plus sale état. Le Dr Quimper a dû se donner un mal de chien pour le tirer de là. C'est un rudement bon médecin, si vous voulez mon avis. Celui qui a fait le plus d'histoires, c'est encore Cedric. Mais c'est toujours comme ça, avec ces grands costauds.

— Et Emma ?

— Elle n'était pas bien du tout.

— Mais pourquoi Alfred ? C'est ça, ce que je me demande, marmonna Craddock.

— Je me le demande moi aussi. Je me demande si c'est vraiment Alfred qui était visé.

— C'est drôle… j'ai posé la même question !

— Le tuer dans quel but ? Ça aurait rimé à quoi ?

— Si seulement je pouvais trouver le mobile qui donnerait un sens à tout ça ! soupira Craddock. Mais rien ne colle avec rien. La femme étranglée dans le sarcophage était Martine, la veuve d'Edmund Crackenthorpe. Tenons au moins ça pour acquis. C'est d'ailleurs quasiment prouvé désormais. Il doit bien y avoir un rapport entre ce cadavre et le meurtre dûment prémédité d'Alfred. Tout ça s'est passé et se passe ici, quelque part au sein de la famille. Seulement ce n'est pas en nous disant qu'il y a un cinglé dans le lot que nous serons plus près de la solution.

— Non, pas vraiment, reconnut bien volontiers Lucy.

— En tout cas, soyez prudente, lui conseilla Craddock. Il y a un empoisonneur dans la maison, ne perdez pas ça de vue, et l'un de vos patients, là-haut, n'est sans doute pas aussi malade qu'il affecte de l'être.

Lucy remonta lentement l'escalier après le départ de Craddock. Une voix autoritaire – encore qu'un tantinet affaiblie par la maladie – s'éleva comme elle passait devant la porte du vieux Mr Crackenthorpe :

— Petite ! petite !… Venez un peu ici !

Lucy pénétra dans la chambre. Soutenu par une pile d'oreillers, le vieillard était assis dans son lit. Pour un malade, songea Lucy, il paraissait bien joyeux.

— La maison grouille de ces fichues souris d'hôpital ! se plaignit-il. Elles fouinent partout, elles se donnent des airs importants, elles n'arrêtent pas de me prendre ma température et elles ne m'apportent pas ce que j'ai envie de manger... sans compter les sommes faramineuses que tout ce cirque va coûter ! Dites à Emma de les flanquer dehors. Vous pouvez très bien vous occuper de moi toute seule.

— Tout le monde est malade, Mr Crackenthorpe, protesta Lucy. Je ne peux pas être partout et m'occuper de tout le monde à la fois, vous savez.

— Des champignons ! fulmina le vieil homme. C'est dangereux comme ça n'est pas permis, les champignons ! C'est ce consommé que vous nous avez servi hier soir ! Et c'est vous qui l'aviez préparé ! ajouta-t-il, accusateur.

— Les champignons étaient bons, Mr Crackenthorpe.

— Je ne vous reproche rien, petite, je ne vous reproche rien. Ce n'est pas la première fois que ça arrive. Une de ces saloperies de vénéneux se glisse dans le lot des bons et le tour est joué. Personne n'y voit que du feu. Je sais que vous êtes une bonne petite. Vous n'iriez pas faire ça exprès. Comment va Emma ?

— Plutôt mieux, cet après-midi.

— Ah ! Et Harold ?

— Il va mieux lui aussi.

— Qu'est-ce que c'est que cette histoire d'Alfred qui aurait avalé son extrait de naissance ?

— Personne n'était censé vous annoncer ça, Mr Crackenthorpe.

Le vieillard éclata de rire – d'un rire qui exprimait la joie mais s'apparentait à une sorte de hennissement suraigu :

— Je ne suis pas sourd ! Le vieux a des oreilles et ce n'est pas à lui qu'on peut faire des cachotteries ! Ces souris de malheur ne se sont pourtant pas fait faute d'essayer ! Alors, comme ça, Alfred est mort, pas vrai ? En voilà au moins un qui aura cessé de se goberger à mes crochets et qui ne lorgnera plus sur mon argent. Tous autant qu'ils sont, figurez-vous qu'ils n'ont jamais fait que trépigner en attendant que, *moi*, je me décide à mourir – Alfred le premier. Et maintenant, c'est *lui* qui est mort. Voilà une plaisanterie du destin comme je les aime !

— Ce n'est pas très gentil de votre part, Mr Crackenthorpe, le réprimanda Lucy.

Mr Crackenthorpe ne fit que rire de plus belle.

— Je les enterrerai tous ! croassa-t-il. Vous verrez que j'y arriverai, petite ! Vous verrez que j'y arriverai !

Lucy gagna sa chambre, prit son dictionnaire et y chercha le mot « tontine ». Puis elle referma le livre et demeura un temps pensive, le regard perdu dans le vague.

\*

— Je ne comprendrai jamais pourquoi vous teniez tant à me voir, grommela le Dr Morris avec irritation.

— Vous connaissez la famille Crackenthorpe depuis des années, expliqua l'inspecteur Craddock.

— Oui, oui, j'ai connu tous les Crackenthorpe. Je me souviens encore de l'ancêtre et fondateur, Josiah Crackenthorpe. Une vraie tête de lard, celui-là – mais malin comme un singe. Il a fait de l'argent en pagaille.

Il déplaça sa vieille carcasse dans son fauteuil et ses petits yeux perçants fixèrent l'inspecteur Craddock sous des sourcils broussailleux :

— Alors, comme ça, vous vous en êtes laissé conter par ce jeune crétin de Quimper. Ces jeunes toubibs emportés par leur zèle ! Quand ils ont une idée dans la tête ils ne l'ont pas ailleurs ! Lui, il a fallu qu'il se fourre dans la sienne que quelqu'un essayait d'empoisonner Luther Crackenthorpe. Foutaise ! Mélodrame ! Il a tout bonnement des problèmes gastriques. Je l'ai déjà soigné pour ça. Oh ! pas très souvent – il n'y a jamais eu de quoi en faire un plat.

— Le Dr Quimper, insista Craddock, a l'air de penser que si.

— Un médecin qui se met à penser est bien mal parti. Et je suis tout de même capable de reconnaître un empoisonnement à l'arsenic quand j'en vois un !

— Des tas de médecins – et non des moindres s'y sont trompés, observa Craddock. Souvenez-vous de l'affaire Greenbarrow, de Mrs Teney, de Charles Leeds, de ces trois membres de la famille Westbury portés en terre sans que les médecins aient émis le moindre soupçon sur les causes de

leur décès. Il s'agissait pourtant de praticiens hon-
nêtes et réputés.

— D'accord, d'accord, acquiesça le Dr Morris.
Vous voulez dire que j'aurais pu me tromper, moi
aussi. Eh bien, *moi*, je ne le pense pas.

Il se tut un instant avant d'ajouter :

— Qui Quimper soupçonne-t-il d'avoir servi le
bouillon d'onze heures… si tant est que bouillon
d'onze heures il y ait eu ?

— Il ne soupçonne personne. Mais il est inquiet.
Après tout, il y a, comme vous ne l'ignorez pas,
beaucoup d'argent en jeu dans cette affaire.

— Oui, oui, je sais. De l'argent qui leur reviendra
à la mort de Luther Crackenthorpe. Et ils en crèvent
d'impatience, c'est indéniable. Mais il ne s'ensuit
pas qu'ils iraient jusqu'à tuer le vieux pour l'obtenir
plus vite.

— Pas forcément, non, voulut bien admettre
l'inspecteur Craddock.

— Quoi qu'il en soit, reprit le Dr Morris, j'ai
pour principe de ne jamais céder au soupçon sans
raison sérieuse. Sans raison sérieuse, martela-t-il.
Mais, je l'avoue, ce que vous venez de me dire m'a
quelque peu ébranlé. De l'arsenic, et de l'arsenic
en grandes quantités, apparemment… mais je ne
comprends toujours pas pourquoi c'est moi que
vous êtes venu voir. Tout ce que je peux vous dire,
c'est que je n'avais personnellement rien soupçonné. Peut-être aurais-je dû le faire. Peut-être
aurais-je dû prendre plus au sérieux les troubles
gastriques de Luther Crackenthorpe. Mais c'est là

une situation largement dépassée au jour d'aujourd'hui.

— Ce qui m'intéresserait en fait, déclara Craddock, c'est en savoir davantage sur la famille Crackenthorpe. Y a-t-il jamais eu chez eux, de génération en génération, quelque chose qui puisse s'apparenter à un désordre mental ?

Sous les sourcils broussailleux, le regard se fit plus perçant encore :

— Oui, je vois où vous voulez en venir. Josiah, l'ancêtre, avait ma foi toute sa raison. Il était, comme on dit, un peu là. C'était quelqu'un à qui on ne la faisait pas. Sa femme présentait en revanche une forte tendance à la mélancolie – une forme de neurasthénie chronique. Elle était issue d'une très vieille famille où l'on avait trop longtemps abusé de la consanguinité. Elle est morte peu après la naissance de son second fils. Je dirais volontiers, voyez-vous, que Luther a hérité d'elle une certaine... comment dire ?... une certaine instabilité. Aucun trait marquant en revanche chez Luther jeune homme – à ceci près qu'il n'a jamais cessé d'être à couteaux tirés avec son père. Josiah s'est toujours montré déçu par ce rejeton et je crois que Luther lui en a beaucoup voulu, qu'il n'a cessé de remâcher ça et que c'est devenu pour lui une véritable obsession. Le fait de se marier et de devenir à son tour père de famille n'y a rien changé. Vous constaterez d'ailleurs, si vous discutez un peu avec lui, à quel point il déteste ses propres fils. Il a par contre toujours eu de l'affection pour ses filles.

Aussi bien pour Emma que pour Edie – ou Edith, si vous préférez –, celle qui est morte.

— Pourquoi déteste-t-il tant ses fils ?

— Vous irez trouver un de ces psychanalystes à la nouvelle mode et il vous expliquera ça dans les grandes largeurs. Moi, je me bornerai à dire que Luther ne s'est jamais senti très bien dans sa peau et qu'il ne digère pas sa situation financière. Il dispose d'un revenu mais ne peut pas toucher au capital. S'il avait la possibilité de déshériter ses fils, il les détesterait beaucoup moins. Le fait d'être bridé dans ce domaine est pour lui le comble de l'humiliation.

— C'est pour ça qu'il se réjouit tant à l'idée de les enterrer tous ?

— Probablement. Comme c'est de là aussi, j'en suis persuadé, que vient son incroyable avarice. Je suis certain qu'il a amassé des sommes considérables en rognant sur ses dépenses et en faisant fructifier ses revenus – surtout, bien sûr, avant que les impôts n'augmentent comme ils l'ont fait récemment.

Une idée subite vint à l'esprit de l'inspecteur Craddock :

— J'imagine qu'il léguera par testament ses économies à quelqu'un. Ça, au moins, il en a la faculté.

— Oh ! oui, mais Dieu seul sait à qui. A Emma, peut-être… encore que j'en doute un peu. Elle aura sa part des biens du vieux Josiah. Peut-être à Alexander, le petit-fils.

— Lui, il l'aime bien, n'est-ce pas ?

— Oui. Il est vrai que c'est le rejeton de sa fille,

et pas celui d'un de ses fils. C'est peut-être le détail qui fait toute la différence. Et il a beaucoup d'affection pour Bryan Eastley, le mari d'Edie. Personnellement, je ne connais pas bien Bryan, cela fait des années que je n'ai pas vu les Crackenthorpe. Mais je m'étais dit, à l'époque, qu'il risquait de se retrouver complètement désarçonné une fois la guerre finie. Il possédait ces qualités si précieuses en période de conflit : courage, témérité et propension naturelle à croire aux lendemains qui chantent. Mais je crains qu'il ne manque cruellement de *stabilité*. Et j'ai bien peur que, faute d'être pris en main, il ne se mue tôt ou tard en épave.

— Pour autant que vous le sachiez, aucun des membres de la nouvelle génération ne travaille du chapeau ?

— Cedric relève de la catégorie des excentriques, et c'est un révolté de naissance. Je ne dirais pas qu'il est normal à cent pour cent – mais, de vous à moi, qui l'est, jamais tout à fait ? Chez Harold, on retrouve plus d'orthodoxie, mais c'est un arriviste au cœur sec, et son personnage n'inspire pas la sympathie. Alfred, lui, a toujours flirté avec la délinquance. C'est un escroc à la petite semaine. Je l'ai vu piller le tronc destiné aux œuvres de la paroisse qui se trouvait jadis dans le hall d'entrée. Vous voyez le genre. Ah ! mais c'est vrai qu'il est mort, le malheureux. Je ne devrais peut-être pas salir sa mémoire.

— Et… Emma Crackenthorpe ?

— C'est une gentille fille, une eau dormante, on ne sait pas toujours ce qu'elle pense. Elle sait ce qu'elle veut, elle a sans doute ses idées bien à elle, mais elle n'en fait pas étalage. Elle a une plus forte personnalité qu'on ne pourrait l'imaginer de prime abord.

— Vous avez dû connaître Edmund, celui qui a été tué en France ?

— Oui. C'était, à mon avis, le meilleur du lot. Un gentil garçon, sensible, aimant la vie, toujours de bonne humeur.

— Aviez-vous entendu parler de son mariage – ou de son projet de mariage – avec une Française, juste avant qu'il ne se fasse tuer ?

Le Dr Moiris plissa le front :

— Il me semble me souvenir… mais c'était il y a si longtemps !

— Au tout début de la guerre, n'est-ce pas ?

— Oui. Bah ! que voulez-vous… Je vous fiche mon billet que s'il avait épousé une étrangère, il s'en serait mordu les doigts jusqu'à la fin de ses jours.

— Nous avons cependant de bonnes raisons de croire qu'il est bel et bien passé à l'acte, précisa Craddock.

En quelques phrases, il résuma l'affaire à l'intention de son interlocuteur.

— J'ai en effet lu quelque part cette histoire de femme retrouvée dans un sarcophage, acquiesça le médecin. Ainsi, c'est à Rutherford Hall que ça s'est donc passé…

— Et nous avons tout lieu de croire que la femme en question était la veuve d'Edmund Crackenthorpe.

— Par exemple ! Par exemple ! Décidément, la

réalité dépasse la fiction ! Mais qui aurait pu vouloir tuer cette malheureuse ? Je veux dire… quel rapport entre cette découverte et un empoisonnement à l'arsenic de toute la famille Crackenthorpe ?

— il existe un certain nombre de liens entre les deux affaires, dit Craddock. Mais ils sont très ténus. Peut-être quelqu'un est-il décidé à mettre la main sur la totalité de la fortune de Josiah Crackenthorpe.

— Auquel cas, c'est le dernier des imbéciles, trancha le Dr Morris. Il ne se rend pas compte de ce à quoi va ressembler sa feuille d'impôts !

# 21

— Une vraie cochonnerie, les champignons ! décréta Mrs Kidder.

C'était bien la dixième fois, depuis quelques jours, que Mrs Kidder réitérait cette déclaration de principe. Lucy ne releva pas.

— C'est pas à moi qu'on en ferait manger, poursuivit Mrs Kidder. Pas folle ! Je tiens à ma peau. Et encore, on peut remercier la Providence qu'y ait eu qu'un mort. Tous autant qu'ils sont, ils auraient pu y passer, et vous avec, miss. Bon voyage, la compagnie !

— Ce n'était pas les champignons, dit Lucy. Ils étaient parfaitement comestibles.

— Mon œil, oui ! clama Mrs Kidder. C'est dangereux, ces sales bêtes : suffit d'un mauvais au milieu des bons, et, hop !

» C'est drôle, poursuivit-elle dans le vacarme des plats et des assiettes qu'elle malmenait au fond de l'évier. C'est drôle, mais c'est bien vrai c'qu'on dit qu'un malheur, il arrive comme qui dirait jamais seul. L'aînée à ma sœur, elle a eu la rougeole, et mon Ernie, il est tombé et il s'est cassé le bras, et pis mon époux, lui, il lui a poussé des furoncles partout ! Tout ça la même semaine ! C'est à pas croire, non ? Eh bien, ici, c'est du pareil au même ! D'abord cet assassinat que c'en est une honte, et pis maintenant Mr Alfred qui trépasse pour avoir mangé des champignons. A qui le tour, après ça ? Je voudrais bien le savoir !

Lucy, assez mal à l'aise, fut quand même bien forcée de s'avouer qu'elle aussi, elle aimerait bien le savoir.

— Mon mari, ça lui plaît qu'à moitié que je vienne ici, enchaîna Mrs Kidder, à cause qu'y aurait un sort qu'aurait été jeté sur la maison, d'après lui. Mais moi, c'que j'dis, c'est que ça fait trop longtemps qu'on s'connaît, nous deux miss Crackenthorpe, et que c'est une femme comme y en a pas deux, et pis qu'elle a toujours pu compter sur moi. Et pis j'peux pas laisser tomber c'te pauvre miss Eyelesbarrow, que j'lui ai dit, qu'elle est là à tout faire toute seule dans la maison ! Avec ces plateaux que vous charriez à longueur de journée !

Lucy convint, intérieurement, que sa vie, depuis quelque temps, ne semblait faite que de plateaux à apporter et à remporter. Elle était justement en train d'en préparer quelques-uns à l'intention des divers alités de la maison.

— Quant à ces infirmières, elles sont pas du genre à donner un coup de main, reprit soudain Mrs Kidder. Elles font rien qu'à réclamer du thé quasiment à jet continu – même qu'il est jamais assez fort ! Et pis faut leur faire à manger, en plus ! Claquée, que je suis, moi, c'est bien simple !

Mrs Kidder, en réalité, n'avait guère fait plus que son travail habituel.

— Vous ne vous ménagez pas assez, Mrs Kidder, affecta de compatir Lucy avec le plus grand sérieux.

Mrs Kidder en fut flattée. Lucy empoigna d'une main ferme le premier de ses plateaux et partit à l'assaut du premier étage.

— Qu'est-ce que c'est que *ça* ? aboya Mr Crac-kenthorpe.

— Du bouillon de viande et une crème renversée.

— Remportez-moi ça ! Je n'y toucherai pas. J'ai bien précisé à cette infirmière que je voulais une entrecôte !

— Le Dr Quimper estime qu'il est encore trop tôt pour que vous mangiez de la viande, rétorqua Lucy.

— Je suis pratiquement rétabli, renâcla le vieillard. Demain, je me lève ! Comment sont les autres ?

— Mr Harold va beaucoup mieux. Il regagne Londres demain.

— Bon débarras. Et Cedric ? Aucun espoir de le voir, lui aussi, repartir demain pour son île ?

— Il reste ici jusqu'à nouvel ordre.

— Dommage ! Qu'est-ce que fabrique Emma ? Pourquoi est-ce qu'elle ne vient pas me voir ?

— Elle est toujours au fond de son lit, Mr Crackenthorpe.

— Les femmes ont toujours tendance à se complaire dans la douilletterie, ronchonna Mr Crackenthorpe. Pas vous, qui êtes une belle plante solide ! ajouta-t-il d'un ton changé. Vous êtes sur la brèche du matin au soir et du soir au matin, pas vrai ?

— Ce n'est en effet pas l'exercice qui manque.

Le vieux Mr Crackenthorpe la couva d'un œil approbateur :

— Vous êtes une belle plante. Solide. Une bonne petite. Et ne croyez pas que j'aie oublié notre petite conversation de l'autre jour. Un de ces quatre, vous verrez ce que vous verrez ! Ce ne sera pas éternellement Emma qui fera la loi ici. Et n'écoutez pas les autres, quand ils vous disent que je suis une vieille teigne et un vieux grigou. Je fais attention à mon argent, c'est vrai. J'ai mis de côté un joli petit magot, et je sais déjà avec qui je le dépenserai, le moment venu.

Il lui coula un regard où la tendresse le disputait à la paillardise.

Lucy se hâta de quitter la pièce en évitant la main qui se tendait vers elle.

Le plateau suivant était pour Emma.

— Oh ! merci, Lucy. Je recommence à me sentir renaître. Et je meurs de faim : c'est bon signe, non ?

» Ma pauvre, continua-t-elle tandis que Lucy lui installait le plateau sur les genoux, je suis vraiment très ennuyée pour votre tante. Vous n'avez plus eu le temps d'aller la voir, n'est-ce pas ?

— Non, c'est vrai.

— Vous devez lui manquer.

— Oh ! ne vous inquiétez pas, miss Crackenthorpe. Elle a sûrement compris que nous traversions une passe difficile.

— Vous lui avez téléphoné, au moins ?

— Non. Pas depuis un certain temps.

— Faites-le. Appelez-la tous les jours. C'est si important, quand on a son âge, de ne pas se sentir oubliée.

— Vous êtes très gentille, s'émut Lucy.

En redescendant à la cuisine chercher un autre plateau, elle se sentit mauvaise conscience. Les événements des jours précédents et son travail auprès des malades lui avaient fait oublier le reste du monde. Elle se promit d'appeler miss Marple après avoir monté son repas à Cedric.

Il n'y avait plus qu'une infirmière de garde. Elles se croisèrent sur le palier et échangèrent un bref salut.

Assis sur son lit, étonnamment propre et net Cedric griffonnait fiévreusement sur une feuille de papier.

— Bonjour, Lucy, dit-il. Il n'est pas un peu tôt, pour le bouillon d'onze heures ? Au fait, je donnerais n'importe quoi pour que vous me débarrassiez de cette infirmière. Elle me tape sur le système. Elle s'obstine, Dieu sait pourquoi, à m'appeler « nous » à tout bout de champ : « Comment allons-nous ce matin ? Nous avons bien dormi ? Oh ! nous sommes un vilain garçon, aujourd'hui, nous avons encore fait tomber notre dessus de lit ! »

280

Son imitation de la voix haut perchée de l'infirmière était parfaite.

— Vous semblez bien gai, se réjouit Lucy. Qu'est-ce que vous êtes en train de dessiner ?

— Je trace des plans, répondit Cedric. Les plans de ce que je ferai de cet endroit quand le vieux aura cassé sa pipe. C'est un joli terrain que nous avons là, vous savez. Idéal pour des développements industriels. Je n'arrive pas à décider si je le garderai pour l'exploiter moi-même ou si je le lotirai pour m'en aller planter mes choux ailleurs. Quant à la maison, on peut en faire au choix une clinique, ou une école. Je me tâte aussi pour savoir si je ne devrais pas vendre la moitié de la propriété et claquer la galette dans la réalisation d'un projet scandaleusement dément avec l'autre moitié. Qu'est-ce que vous en pensez ?

— Ce que vous faites s'appelle vendre la peau de l'ours, ironisa Lucy. Rien de tout cela n'est encore à vous.

— Mais ça *sera* à moi ! En totalité ! Pas question de découper la propriété en tranches, comme les actions, et le reste. J'aurai le *tout* ! Et si je le vends, ce tout, le produit de la vente sera comptabilisé en capital, et non en revenu, autrement dit, non imposable. De l'argent à flanquer par les fenêtres ! Vous vous rendez compte !

— L'argent, j'avais pourtant cru comprendre que vous le méprisiez plutôt ? s'étonna Lucy.

— Tant que je n'ai pas un fifrelin, bien sûr que je méprise l'argent, riposta Cedric. On a sa dignité ! Quelle jolie fille vous faites, Lucy. Ou bien est-ce le sevrage de jolies filles auquel je suis soumis depuis un bon bout de temps qui me fait divaguer ?

— Je pencherais pour cette version-là, dit Lucy.

— Toujours aussi occupée à soigner les mou-rants et à récurer les parquets ?

— En ce qui vous concerne, je ne sais pas si vous avez été soigné, rétorqua Lucy en le regardant sous toutes les coutures, mais j'ai l'impression que quel-qu'un vous a bel et bien récuré.

— C'est cette infirmière de malheur ! maugréa Cedric, mortifié. L'enquête du coroner sur la mort d'Alfred a déjà eu lieu ? Qu'est-ce que ça a donné ?

— Elle a été ajournée.

— La police joue avec nous au chat et à la souris. Cette tentative d'empoisonnement à grande échelle a retourné tripes et boyaux à tout le monde, pas vrai ? Ça nous a sapé le moral, veux-je dire. Loin de moi l'idée d'avoir voulu faire allusion à ses consé-quences plus immédiates et plus terre-à-terre. N'empêche que, si j'étais vous, je prendrais bien garde où je mets les pieds, ma fille.

— J'y prends garde !

— Et le jeune Alexander ? Il a regagné sa pension ?

— Je pense qu'il est encore chez les Stoddart-West. Je crois que les classes ne reprennent qu'après-demain.

Avant d'aller s'attabler devant son propre déjeuner, Lucy s'en fut appeler miss Marple :

— Je ne me pardonnerai jamais de ne pas avoir trouvé le temps de venir vous voir, mais je n'avais réellement pas une minute à moi.

— Cela va de soi, ma chère petite, cela va de soi. De toute façon, il n'est rien que nous puissions faire pour le moment. Rongeons notre frein et attendons.

— Oui, mais attendons quoi ?

— Elspeth McGillicuddy ne devrait plus tarder à rentrer, susurra miss Marple. Je lui ai télégraphié de revenir par le premier vol. J'ai précisé que c'était son devoir. Ne soyez donc pas trop inquiète, ma chère petite.

Sa voix était douce et rassurante.

— Vous ne craignez pas… commença Lucy.

Mais elle s'interrompit.

— Qu'il y ait d'autres victimes ? Oh ! j'espère que non, mon enfant. Mais après tout, sait-on jamais ? Quand personne ne semble blanc comme neige… Car autant dire que quelqu'un a du vice à revendre, dans cette triste affaire.

— Ou de la folie, dit Lucy.

— Je n'ignore pas que c'est la façon moderne de considérer le crime. Mais je ne partage pas ce point de vue.

Lucy raccrocha, retourna dans la cuisine et saisit à deux mains le plateau de son déjeuner. Mrs Kidder venait d'ôter son tablier et s'apprêtait à partir.

— J'espère que ça ira, miss ? s'enquit-elle avec sollicitude.

— Mais oui, ça ira, Mrs Kidder.

Peu désireuse de se trouver seule dans l'immense et sinistre salle à manger, Lucy emporta son plateau dans le petit bureau. Elle finissait son repas quand la porte s'ouvrit, livrant passage à Bryan Eastley.

— Bonjour, dit Lucy. Je ne m'attendais pas à vous voir.

— Je m'en doute, sourit Bryan. Comment vont-ils tous ?

— Beaucoup mieux. Harold retourne à Londres demain matin.

— Qu'est-ce que vous pensez de cette histoire ? C'était vraiment de l'arsenic ?

— C'en était vraiment.

— Les journaux n'en ont pas encore parlé.

— Non. Je crois que la police garde pour le moment ça sous le coude.

— Quelqu'un doit avoir une sacrée dent contre la famille, commenta Bryan. Qui a bien pu se faufiler ici pour coller du poison dans la nourriture ?

— J'ai bien l'impression de faire le coupable le plus vraisemblable, confia Lucy.

Bryan la regarda d'un air inquiet

— Mais ce n'est pas vous, n'est-ce pas ?

— Non. Ce n'est pas moi, affirma Lucy.

Nul n'avait pu mettre de poison dans le curry au cours de sa préparation. Il n'y avait qu'elle dans la cuisine quand elle l'avait fait cuire. Et elle l'avait apporté elle-même sur la table de la salle à manger. La seule personne susceptible d'avoir fait le coup ne pouvait donc être que l'un des cinq convives réunis autour de leur repas.

— Et d'ailleurs pourquoi l'auriez-vous fait ? réfléchit Bryan. Ces gens-là ne vous sont rien, n'est-ce pas ?

Il resta silencieux quelques secondes avant
d'ajouter :

— J'espère que mon retour ici – comme ça, à
l'improviste – ne vous contrarie pas ?

— Non, non, bien sûr que non. Vous avez l'intention de… rester ?

— J'aimerais bien… si cela ne devait pas trop
vous compliquer la vie.

— Non. Non, on trouvera toujours moyen de se
débrouiller.

— Je viens de perdre mon dernier job et je… je
crois bien que j'en ai ma claque. Vous êtes certaine
que vous n'y voyez pas d'inconvénient ?

— Ce n'est pas à moi d'y voir ou non un inconvénient quelconque. C'est à Emma.

— Oh ! avec Emma, pas de problème, dit Bryan.
Elle s'est toujours montrée très chouette en ce qui
me concerne. A sa façon. Elle n'est pas du genre
démonstratif – en fait, c'est une énigme, cette brave
Emma. Passer ici le plus clair de son temps à pouponner ce vieillard saperait le moral de n'importe
qui. Dommage quelle ne se soit jamais mariée. C'est
maintenant trop tard, j'imagine.

— Je ne crois pas du tout qu'il soit trop tard,
décréta Lucy.

— Ma foi…

Bryan réfléchit un instant :

— … un pasteur peut-être ? Elle saurait se
montrer utile, dans une paroisse. Elle caresserait
les dames patronnesses dans le sens du poil. Je ne
porte pas les dames patronnesses dans mon cœur,
pas vrai ? Je ne sais d'ailleurs pas pourquoi : je n'en

ai jamais croisé dans la vie courante, mais je me suis heurté à certaines d'entre elles dans des bouquins. Et elle porterait un chapeau, le dimanche, pour le service.

— J'ai déjà entendu parler de perspectives plus enthousiasmantes, dit Lucy en se levant avec son plateau...

— Laissez-moi au moins faire ça, dit Bryan en lui prenant le plateau des mains.

Ils gagnèrent la cuisine ensemble.

— Vous voulez que je vous aide pour la vaisselle ? enchaîna-t-il. Je l'aime beaucoup, cette cuisine. Ça a beau être le contraire de ce que les gens apprécient de nos jours, j'adore cette maison du haut en bas. J'ai sans doute le goût perverti, mais c'est comme ça. Vous savez qu'on pourrait y poser un avion, dans ce parc ? ajouta-t-il avec enthousiasme.

Il saisit un torchon et se mit à essuyer cuillères et fourchettes.

— C'est un peu du gaspillage, que tout ça doive aller à Cedric, poursuivit-il. Il vendra l'ensemble en moins de deux avant de repartir Dieu sait où. Je ne comprends pas pourquoi l'Angleterre n'est pas assez bien pour tous ces gens. Harold non plus ne voudrait pas de cette maison, et elle est bien trop grande pour Emma. Si seulement Alexander pouvait l'hériter, on y vivrait tous les deux heureux comme larrons en foire ! Bien sûr, ce serait mieux d'avoir en plus une présence féminine sous le même toit...

Il regarda Lucy, pensif :

— Bah ! à quoi bon parler de ça ? Pour qu'Alexander en hérite il faudrait d'abord que tous les autres passent l'arme à gauche, ce qui n'est pas une hypothèse très réaliste, n'est-ce pas ? Sans compter que le vieux pourrait bien décider de devenir centenaire, rien que pour les embêter. J'imagine qu'il n'a pas trop mal pris la mort d'Alfred ?

— Non, c'est le moins qu'on puisse dire.

— L'abominable vieille teigne ! s'attendrit Bryan, soudain hilare.

## 22

— Ce que les gens vont pas raconter ! hennit Mrs Kidder. C'est affreux ! C'est à pas croire ! C'est pas qu'j'écoute, notez ! Mais comment qu'c'est-y qu'on peut faire pour pas entendre ?

Elle se tut, pleine d'espoir.

— Oui, j'imagine, se contenta de hasarder Lucy.

— A c'qu'il paraîtrait que cette femme, celle qu'on a trouvé son cadavre dans la Grange Longue, enchaîna Mrs Kidder en se déplaçant en crabe sur les genoux et sur les mains pour mieux passer la serpillière, à c'qu'il paraîtrait qu'elle aurait fricoté avec Mr Edmund pendant la guerre et pis qu'elle aurait rappliqué ici mais qu'elle avait un mari jaloux qui la suivait à la trace et qui lui a fait le coup du lapin ! Pour sûr que, d'la part d'un de ces étrangers du continent, on peut s'attendre à tout.

Mais tout de même… après tout ce temps ? Il lui aurait fallu de la constance, à c't'homme !

— Ça paraît bien invraisemblable, acquiesça machinalement Lucy.

— Et encore ça c'est rien ! Mais y a pire ! reprit Mrs Kidder, l'œil gourmand. Les gens racontent de ces choses ! On vous les dirait à vous qu'vous en reviendriez pas. Y a ceux qui disent comme ça que Mr Harold aurait dans l'temps marié une traînée quéqu'part à l'étranger et qu'elle serait venue l'accuser de la faire bigame avec lady Alice et que c'est lui qui l'aurait tuée et qui l'aurait mise dans ce sarcapage avec le couvercle par-dessus ! Vous vous rendez compte !

— C'est délirant, commenta Lucy, la tête ailleurs.

— J'ai rien voulu écouter de tout ça, c'est moi qui vous l'dis. J'suis pas du genre à endurer des abominations pareilles. Même que c'est à s'demander où c'est qu'y vont les chercher. Tout c'que j'en viens à souhaiter, c'est qu'ça arrive pas aux oreilles à miss Emma ! Pour sûr qu'ça aurait de quoi la chambouler, et que ça me ferait bien de la peine. C'est une personne si comme y faut et tout, miss Emma ! Même que j'ai pas entendu un mot contre elle – pas un ! Et Mr Alfred, bien sûr, vu qu'il est mort, personne déparle de lui non plus. Y s'en trouve pas même un pour dire que, si ça lui est arrivé, c'est p't-être bien la vengeance à la morte. Parce que vous m'direz c'que vous voudrez, mais y a pas de fumier sans feu. Vous voyez comment c'est qu'ils sont, les gens ?

Une intense jubilation perçait sous les propos indignés de Mrs Kidder.

— Je me mets à votre place, grinça Lucy. Ce doit être pénible, d'entendre toutes ces horreurs.

— Oh ! ça oui ! soupira Mrs Kidder. C'est rien d'le dire ! Comme j'dis toujours à mon mari : « Comment c'est-y qu'y peuvent ? »

La sonnette de la porte d'entrée retentit soudain.

— Ça sera le docteur, miss. Vous le faites entrer, ou vous voulez-t'y que j'y aille ?

— J'y vais, dit Lucy.

Mais ce n'était pas le médecin. Sur le seuil se dressait une grande femme élégante en manteau de vison. Une Rolls au moteur encore ronronnant stationnait devant le perron, chauffeur au volant.

— Pourrais je voir miss Emma Crackenthorpe, je vous prie ?

La voix, séduisante, accrochait imperceptiblement sur les « r ». La femme aussi était séduisante. Dans les trente-cinq ans, admirablement maquillée, elle avait de somptueux cheveux bruns, visiblement confiés aux mains d'un grand coiffeur.

— Je suis navrée, dit Lucy. Miss Crackenthorpe est alitée et ne peut recevoir personne.

— Je sais qu'elle a été souffrante, oui. Mais il est d'une importance capitale que je la rencontre.

— Je crains... commença Lucy.

Mais la visiteuse l'interrompit :

— Vous êtes miss Eyelesbarrow, n'est-ce pas ?

Elle eut un sourire étincelant :

— Mon fils ne parle que de vous, aussi ai-je l'impression de bien vous connaître. Je suis lady

Stoddart-West, et Alexander séjourne actuellement chez moi.

— Oh ! je comprends, dit Lucy.

— Et il est indispensable que je puisse avoir un entretien avec miss Crackenthorpe, reprit la visiteuse. Je sais tout sur son état et je peux vous assurer que ma visite n'a aucun caractère frivole ou mondain. Je veux lui parler d'une chose que les garçons m'ont dite – que mon fils m'a dite. C'est d'une extrême importance. S'il vous plaît, voulez-vous lui demander de me recevoir ?

— Entrez.

Lucy introduisit la visiteuse. dans le grand salon :

— Je monte poser la question à miss Crackenthorpe.

Elle gagna le premier étage, frappa à la porte d'Emma et entra dans la chambre de la jeune femme :

— Lady Stoddart-West est ici. Elle insiste énormément pour vous voir.

— Lady Stoddart-West ?

Emma parut d'abord ahurie. Puis son visage se défit :

— Il n'est rien arrivé aux garçons, n'est-ce pas ? Il n'est rien arrivé à Alexander ?

— Non, non, la rassura Lucy. Je suis persuadée que les garçons vont très bien. Il s'agirait plutôt, semble-t-il, d'une anecdote quelconque qu'ils lui auraient racontée ou d'une confidence qui leur aurait échappé.

— Bah ! ma foi…

Emma hésita :

— Peut-être que je devrais la recevoir. Est-ce que je suis présentable, Lucy ?

— Vous êtes en beauté.

Emma était assise dans son lit, et le châle rose tendre qu'elle venait de jeter sur ses épaules faisait ressortir le ton nacré de ses joues. L'infirmière avait brossé la masse de ses cheveux sombres en la rejetant en arrière. Lucy avait disposé la veille sur la coiffeuse un bouquet de feuillages aux couleurs automnales. L'endroit n'avait rien d'une chambre de malade.

— Je me sens parfaitement capable de me lever, sourit Emma. Le Dr Quimper a dit que je pourrais le faire dès demain.

— Vous êtes redevenue vous-même, dit Lucy. Dois-je vous amener lady Stoddart-West ?

— Oui, s'il vous plaît.

Lucy redescendit :

— Vous voulez bien me suivre ? Miss Crackenthorpe va vous recevoir dans sa chambre.

Elle escorta la visiteuse jusqu'au premier, lui ouvrit la porte de la chambre d'Emma et la referma derrière elle. Lady Stoddart-West s'approcha du lit, la main tendue :

— Miss Crackenthorpe ? Je suis confuse d'avoir ainsi forcé votre porte. Nous nous sommes déjà vues, je crois, lors d'un tournoi sportif à la pension de mon fils et de votre neveu.

— Mais oui, dit Emma. Je me souviens très bien de vous. Asseyez-vous.

Lady Stoddart-West prit place dans un fauteuil

tiré près du lit. Puis elle déclara, d'une voix basse mais bien timbrée :

— Ma visite peut vous paraître insolite, mais vous allez sûrement en comprendre les raisons, que je crois importantes. Les garçons, que ce soit par écrit ou de vive voix, m'ont raconté toutes sortes de choses. Le meurtre commis ici, comme vous le savez sans doute aussi bien que moi, les a plongés dans un état de grande excitation. J'avoue que j'ai, de prime abord, trouvé cela déplaisant. J'étais inquiète. J'aurais souhaité que James rentre immédiatement. Mais mon mari s'est moqué de moi. Il m'a dit qu'il ne pouvait, de toute évidence, y avoir le moindre lien entre ce meurtre et la famille Crackenthorpe, et puis qu'il lui suffisait de se remémorer sa propre enfance et de lire les lettres de James pour voir qu'Alexander et notre fils s'amusaient tellement de toute cette affaire que ç'aurait été de la dernière des cruautés que de les rapatrier. J'ai donc capitulé et accepté qu'ils restent chez vous jusqu'à la date où il était convenu que James nous ramènerait Alexander avec lui.

— Vous trouvez que nous aurions dû vous envoyer votre fils plus tôt ? demanda Emma.

— Non, non, ce n'est pas du tout ce que j'entendais par là. Oh ! tout ça m'est bien difficile... Mais Ce que j'ai à dire doit être dit. C'est qu'ils en ont glané, des renseignements, les garçons ! Ils m'ont raconté que cette femme... cette femme qui a été assassinée... que la police avait dans l'idée qu'il pourrait s'agir d'une Française que votre frère aîné

– celui qui a été tué à la guerre – aurait connue en France. C'est bien exact ?

— C'est une possibilité que nous ne pouvons écarter, répondit Emma d'une voix que l'émotion faisait trembler. Il se peut que ce soit bien exact.

— Existerait-il quelques raisons d'affirmer que ce cadavre pourrait être celui de cette Martine ?

— Je vous l'ai dit : c'est une possibilité.

— Mais, comment… comment ont-ils bien pu en venir à estimer qu'il s'agissait de Martine ? Est-ce qu'elle avait sur elle des lettres… des papiers quelconques ?

— Non. Rien qui ressemble à ça. Seulement, voyez-vous, j'avais moi-même reçu une lettre de Martine.

— Vous aviez reçu une lettre… de *Martine* ?

— Oui. Elle m'y disait qu'elle venait en Angleterre et souhaitait me rencontrer. Je lai invitée ici, puis j'ai reçu un télégramme m'informant qu'elle devait repartir pour la France. Peut-être n'y est-elle jamais retournée. Nous n'en savons rien. Mais on a, depuis, retrouvé ici l'enveloppe de la lettre que je lui avais adressée. Ce qui semble indiquer quelle serait effectivement venue ici. Mais je ne vois franchement pas…

Elle se tut.

Lady Stoddart-West se hâta d'intervenir :

— Vous ne voyez franchement pas en quoi tout cela me concerne ? Je ne saurais vous donner tort. Mais quand j'ai entendu cette histoire – ou plutôt un méli-mélo des lambeaux de cette histoire –, j'ai immédiatement tenu à venir m'assurer que les garçons n'avaient rien inventé, parce que si tout ceci est exact…

— Oui ? murmura Emma.

— … eh bien il me faut en ce cas vous dire quelque chose que je m'étais juré de ne jamais vous révéler. Voyez-vous, *je suis Martine Dubois*.

Emma dévisagea sa visiteuse comme si elle ne pouvait en croire ses oreilles :

— Vous ! Vous êtes Martine ?

L'autre hocha vigoureusement la tête

— Hé, oui ! Cela vous surprend, bien sûr, mais c'est la vérité. J'ai connu votre frère Edmund au tout début de la guerre. L'armée lui avait donné un billet de logement chez l'habitant… qui l'a amené sous le toit de mes parents. Vous connaissez la suite. Nous sommes tombés amoureux l'un de l'autre. Nous devions nous marier, puis il y a eu Dunkerque, Edmund porté disparu… Plus tard, il a été déclaré mort. Je ne tiens pas à m'étendre sur cette période. C'est du passé – un passé révolu. Qu'il me soit néanmoins permis de vous dire que j'ai infiniment aimé votre frère…

» Ensuite il y a eu l'Occupation et son cortège d'horreurs. Je suis entrée dans la Résistance. J'ai fait partie de ceux auxquels incombait la tâche de convoyer les Anglais au travers des lignes enne-mies pour qu'ils puissent regagner l'Angleterre. C'est comme ça que j'ai rencontré celui qui est aujourd'hui mon mari. C'était alors un officier de l'Aviation britannique, parachuté en France pour une mission spéciale. Après l'Armistice, nous nous. sommes mariés. J'ai pensé une ou deux fois vous écrire ou venir vous voir, puis j'y ai renoncé. A quoi bon réveiller des souvenirs enfouis ? J'avais refait ma vie je ne voulais pas revenir sur ce qui n'est plus.

Elle se tut quelques secondes, puis reprit :

— Mais j'ai éprouvé une véritable joie, croyez-le, en découvrant que le meilleur ami de mon fils James était votre neveu – et celui d'Edmund. Alexander ressemble beaucoup à Edmund – je suis certaine que vous l'avez déjà remarqué.

Elle se pencha pour poser sa main sur le bras d'Emma :

— Vous comprenez maintenant, chère Emma, n'est-ce pas ? pourquoi, en entendant parler de ce meurtre, en apprenant que cette femme assassinée passait pour être Martine, la Martine qu'avait connue Edmund, je me suis sentie obligée de venir vous dire la vérité. Peu importe que ce soit vous ou moi qui le fasse, mais il faut que l'une de nous informe la police. Cette femme n'a jamais été Martine.

— J'ai du mal à concevoir, balbutia Emma, que *vous*, vous soyez la Martine dont me parlait Edmund dans ses lettres.

Elle secoua la tête en soupirant, puis fronça les sourcils :

— Mais quelque chose m'échappe… Ce serait donc vous qui m'auriez écrit cette lettre ?

Lady Stoddart-West secoua vivement la tête :

— Non, non, bien sûr que non ! Je ne vous ai jamais écrit.

— Mais alors… s'étrangla Emma.

— Alors il s'agissait de quelqu'un qui se faisait

passer pour Martine dans le but de vous soutirer éventuellement de l'argent. Cela semble évident. Mais qui cela pourrait-il bien être ?

— Un certain nombre de gens connaissaient les faits, n'est-ce pas ? articula lentement Emma.

Lady Stoddart-West haussa les épaules :

— Sans doute, oui. Mais je n'avais pas d'intimes, à cette époque. Et je n'en ai jamais parlé à quiconque depuis que je vis en Angleterre. D'ailleurs, pourquoi avoir attendu tout ce temps ? C'est très étrange, vraiment très étrange.

— Je ne comprends pas, murmura encore Emma. Nous verrons ce qu'en pensera l'inspecteur Craddock.

Son regard s'adoucit soudain :

— Je suis si contente de vous connaître enfin.

— Moi aussi... Edmund parlait souvent de vous. Il vous aimait beaucoup. La vie que j'ai aujourd'hui me rend heureuse, mais je n'oublie pas.

Emma se laissa retomber sur ses oreillers avec un soupir :

— Quel soulagement ! s'exclama-t-elle. Aussi longtemps que nous avons craint que cette femme assassinée ne soit Martine, ce crime... ce crime nous a semblé impliquer un ou plusieurs membres de la famille. Tandis que maintenant... oh ! c'est un poids énorme que vous venez de m'ôter. Je ne sais pas qui était cette malheureuse, mais il est clair qu'elle n'avait rien à voir avec *nous* !

# 23

Comme chaque après-midi à la même heure, la sculpturale secrétaire posa une tasse de thé devant Harold Crackenthorpe.

— Merci, miss Ellis. Aujourd'hui, je vais rentrer chez moi de bonne heure.

— Vous auriez à mon avis mieux fait de ne pas venir du tout, Mr Crackenthorpe, roucoula miss Ellis. Vous avez encore l'air un peu patraque.

— Je me porte comme un charme ! riposta Harold Crackenthorpe.

Mais c'était vrai qu'il se sentait encore patraque. Pas de doute, il l'avait échappé belle. Bah ! après tout, il s'en était tiré.

Ce qu'il y avait d'extravagant, rumina-t-il, c'était qu'Alfred ait passé l'arme à gauche tandis que le vieux avait survécu. Après tout, il avait quel âge ? 73 ans – 74 ? Egrotant depuis des années ! Si quelqu'un aurait dû lâcher la rampe le premier, c'était lui ! Mais non. Il avait fallu que ça tombe sur Alfred – Alfred qui, pour autant qu'il le sache, avait une santé de fer et chez qui rien ne clochait.

Il se laissa aller contre le dossier de son fauteuil en soupirant. Cette fille avait raison. Il ne se sentait pas vraiment d'attaque. Mais c'était plus fort que lui, il avait fallu qu'il vienne au bureau. Qu'il sache, comment marchaient les affaires. Et qu'il se montre. Tout ça – il regarda autour de lui –, le bureau loué à grands frais, les meubles de bois clair, les fauteuils modernes dont chacun valait une petite fortune, tout, ici, respirait la réussite – et il fallait qu'il en soit ainsi ! C'était un truc qu'Alfred n'avait jamais compris. Si vous avez l'air prospère, les gens vous croiront prospère. Rien n'avait encore transpiré de sa situation financière. Mais la banqueroute était proche, et désormais inévitable. Ah ! si seulement c'était son père qui y était passé au lieu d'Alfred, comme il serait allé de soi que cela se produise ! Tu parles ! l'arsenic semblait lui profiter, à ce vieux débris ! Oui, si seulement c'était son père qui y était passé... alors, là, il n'aurait plus eu de soucis à se faire.

Quoi qu'il en soit, l'important, c'était de ne pas laisser voir son inquiétude. De sauvegarder l'apparence de la prospérité. Pas comme ce pauvre crétin d'Alfred, qui avait toujours eu l'air miteux et sans le sou. L'air de ce qu'il était, en fait. Un de ces gagne-petit de carambouille qui n'auront jamais le culot de jouer dans la cour des grands. En cheville avec des individus douteux par-ci, jusqu'au cou plongé dans des combines minables par-là, ne dépassant jamais les limites de la légalité mais toujours à deux doigts d'y basculer quand même. Et ça l'avait mené à quoi ? A de brèves périodes d'opulence à l'issue desquelles il redégringolait une fois de plus dans la misère et la médiocrité. Aucune largeur de vues chez Alfred. Somme toute, ça n'était pas une grosse perte. Il n'avait jamais beaucoup aimé Alfred et, ce crétin maintenant hors du coup, la part d'héritage qui allait lui revenir de ce vieux grigou de Josiah allait sensiblement augmenter : le montant global ne serait plus divisé en cinq parts, mais en quatre. Toujours autant de gagné !

Les traits de Harold s'animèrent quelque peu. Il se leva, prit son chapeau et son pardessus, et quitta son bureau. Mieux valait se reposer encore un jour ou deux. Il ne se sentait pas vraiment d'aplomb. Sa voiture l'attendait au bas de l'immeuble et il ne tarda pas à s'immerger dans le trafic londonien.

Darwin, son valet de chambre, lui ouvrit la porte de son hôtel particulier.

— Madame vient d'arriver, monsieur, annonça-t-il.

Harold le fixa une seconde d'un œil incrédule. Alice ! Seigneur Dieu, c'était aujourd'hui qu'elle rentrait ? Ça lui était complètement sorti de la tête ! Heureusement que Darwin l'avait prévenu. Ça n'aurait pas fait bien dans le tableau qu'il ait l'air surpris en la croisant dans le salon. Même si, au fond, ça n'aurait guère eu d'importance. Ni Alice ni lui ne se faisaient d'illusions sur leurs sentiments respectifs. Peut-être Alice l'aimait-elle encore un peu ? Il n'en savait rien.

Alice, en fait, l'avait déçu. Il n'avait jamais été amoureux d'elle, bien sûr, encore que, sans être une beauté, elle ne soit pas si vilaine que ça à regarder. Et sa famille et ses nombreuses relations lui avaient été indubitablement utiles. Peut-être pas aussi utiles qu'elles auraient pu l'être, car en épousant Alice c'était surtout à l'avenir d'enfants hypothétiques qu'il avait songé. Aux belles relations qui seraient pour leurs fils un atout indispensable. Mais ils n'avaient pas eu de fils – et pas davantage de filles. Les années étaient passées, et ils avaient vieilli comme ça : sans avoir grand-chose à se dire et n'éprouvant aucun plaisir particulier à être ensemble.

Sa femme s'absentait d'ailleurs beaucoup et passait généralement l'hiver sur la Côte d'Azur. Cette vie semblait lui convenir, et il ne s'en inquiétait pas.

Il monta au salon du premier étage, où il la salua non sans cérémonie :

— Vous voici donc de retour, très chère. Désolé de ne pas être allé vous chercher, mais j'étais retenu au bureau. Je me suis libéré dès que j'ai pu. Comment était Saint-Raphaël ?

Elle lui dit comment était Saint-Raphaël. C'était une femme mince, avec des cheveux blond cendré, un nez assez joliment busqué et des yeux noisette à peu près dépourvus d'expression. Elle s'exprimait dans une langue très châtiée, d'un ton égal et monocorde résolument déprimant. Le voyage du retour s'était bien passé, la traversée de la Manche avait été, comme souvent, un peu agitée. Et la douane, à Douvres, tracassière comme à l'accoutumée.

— Vous feriez mieux de voyager par avion, dit Harold ainsi qu'il le faisait immanquablement. C'est tellement plus simple.

— Je veux bien le croire, mais j'ai peu de goût pour les voyages aériens. Je n'ai jamais pu m'y faire. Ça me rend nerveuse.

— Ça fait gagner beaucoup de temps.

Lady Alice Crackenthorpe ne répondit pas. Son problème, dans la vie, était peut-être moins de gagner du temps que d'occuper son temps. Elle s'enquit aimablement de l'état de santé de son époux :

— Le télégramme d'Emma m'a inquiétée. Vous avez tous été malades, si j'ai bien compris ?

— Oui, oui, reconnut Harold.

— J'ai lu l'autre jour dans un journal, dit Alice, qu'une quarantaine de personnes avaient été intoxiquées en même temps dans un hôtel. Cette nouvelle manie de la réfrigération est dangereuse. Les gens gardent trop longtemps la nourriture.

— C'est possible, acquiesça Harold.

Fallait-il, ou ne fallait-il pas, mentionner l'arsenic ? Un coup d'œil à Alice suffit à lui faire comprendre qu'il n'en serait jamais capable. Dans l'univers où évoluait sa femme, l'empoisonnement à l'arsenic n'avait pas sa place. On lisait ça dans les journaux – mais ça n'arrivait pas chez soi. C'était pourtant bel et bien arrivé chez les Crackenthorpe…

Il passa dans sa chambre pour se reposer avant l'heure du dîner, qu'ils prirent en tête à tête en échangeant des propos aimables et décousus, toujours sur les mêmes sujets : la Côte d'Azur, leurs relations à Saint-Raphaël.

— Il y a un petit paquet pour vous sur la table de l'entrée, dit Alice. Un tout petit paquet.

— Ah bon ? Je ne l'avais pas vu.

— C'est une histoire extravagante, mais une de mes amies m'a parlé du cadavre d'une femme assassinée qui avait été retrouvé dans une grange, ou quelque chose d'approchant. Et elle m'a soutenu qu'il s'agissait de Rutherford Hall. Ce doit être un autre Rutherford Hall, j'imagine.

— Non, dit Harold. Pas du tout. Il s'agit bel et bien de notre grange.

— Vraiment, Harold ! Le cadavre d'une femme retrouvé à Rutherford Hall... et vous ne m'en avez jamais rien dit !

— Mon Dieu, je n'ai guère eu le temps de le faire, et puis tout cela a été tellement déplaisant, s'excusa piteusement Harold. Aucun rapport avec nous, cela va de soi. Mais les journaux ont fait un battage énorme. Et il nous a tout de même fallu nous débattre avec la police, les curieux et j'en passe.

— Très déplaisant, en effet, admit bien volontiers Alice. A-t-on trouvé le coupable ? ajouta-t-elle pour la forme.

— Pas encore, murmura Harold.

— De quel genre de femme s'agissait-il ?

— Personne ne le sait. Une Française, apparemment.

– Oh ! une *Française*, articula lady Alice sur un ton qui – compte tenu de la différence de classe – n'était pas sans rappeler celui de l'inspecteur Bacon. Très désagréable pour vous tous, convint-elle.

De la salle à manger, ils se dirigèrent vers le petit salon où ils se tenaient en général lorsqu'ils étaient seuls. Harold, maintenant, se sentait vraiment exténué.

« Je ne vais pas tarder à aller me coucher », se dit-il.

Il prit au passage, sur la table de l'entrée, le petit paquet dont lui avait parlé sa femme. Un petit paquet méticuleusement emballé et cacheté. Il en déchira l'emballage en allant s'asseoir dans son fauteuil préféré, face à la cheminée.

Le paquet contenait une boîte de comprimés sur laquelle une étiquette indiquait : « Deux cachets tous les soirs au coucher. » Une feuille de papier à l'en-tête du pharmacien de Brackhampton l'accompagnait, avec la mention : « Expédié selon la prescription du Dr Quimper. »

Harold Crackenthorpe fronça les sourcils. Il ouvrit la boîte pour examiner les comprimés. Oui, ç'avait l'air d'être les mêmes que ceux qu'il avait déjà pris. Mais enfin quoi ? Quimper lui avait bien dit qu'il n'en avait plus besoin, non ? « Inutile désormais de continuer à en prendre. » Voilà ce que Quimper lui avait textuellement expliqué.

— De quoi s'agit-il, très cher ? s'enquit Alice. Vous semblez perplexe.

— Oh ! ce ne sont que… que quelques comprimés. J'en ai pris tous les soirs, après cette intoxication. Mais j'étais persuadé que le médecin m'avait dit de cesser le traitement.

— Il vous a sans doute dit de ne pas *oublier* le traitement, répondit sa femme, placide.

— C'est bien possible, après tout, marmonna Harold.

Mais il continuait à en douter.

Il leva les yeux vers sa femme. Elle l'observait. Il se demanda, un bref instant, à quoi pouvait bien penser au juste Alice. Il était bien rare qu'il se pose la question. Mais le regard de ces yeux pâles ne lui apprit rien. Ils étaient comme des fenêtres ouvertes sur une maison vide. Comment savoir ce qu'Alice pensait de lui, ce qu'elle ressentait pour lui ? L'avait-elle jamais aimé ? Peut-être, oui. Ou bien l'avait-elle épousé seulement parce qu'il réussissait en affaires et qu'elle était lasse de la pauvreté ? En tout cas, bien lui en avait pris. Elle possédait désormais sa voiture et son hôtel particulier à Londres, elle pouvait voyager autant qu'elle le voulait et s'habiller chez les meilleurs couturiers – même si les plus belles toilettes, portées par Alice, ne ressemblaient aussitôt plus a rien. Oui, vraiment, bien lui en avait pris. Il se demanda si elle pensait la même chose. Elle n'avait pas beaucoup d'affection pour lui, bien sûr, mais il n'en avait pas beaucoup pour elle non plus. Ils n'avaient rien en commun, pas d'enfants, pas de souvenirs à partager. S'il y avait eu des enfants... mais il n'y avait pas eu d'enfants. D'ailleurs, il n'y en avait pas chez les Crackenthorpe, à l'exception du petit Alexander, le fils d'Edie. Cette pauvre Edie. Quelle sottise elle avait faite, avec ce mariage précipité, en pleine guerre ! Il l'avait pourtant prévenue.

« C'est bien joli, lui avait-il dit, ces jeunes pilotes beaux gosses, bourrés de charme, qui ont un courage fou et tout et tout, mais qu'est-ce qu'il lui restera de tout ça une fois la guerre finie ? Il ne sera probablement même pas capable de t'assurer une vie décente. »

Et Edie avait répondu : « Qu'est-ce que ça peut faire ? » Elle aimait Bryan et Bryan l'aimait, et il se ferait sans doute tuer bientôt. Pourquoi n'auraient-ils pas droit à un peu de bonheur ? A quoi bon parler de l'avenir quand ils risquaient à chaque instant de mourir sous un bombardement ? Et d'ailleurs, avait ajouté Edie, il n'y avait pas à s'inquiéter de l'avenir puisqu'ils finiraient bien un jour par hériter le magot du grand-père.

Harold, mal à l'aise, se tortilla dans son fauteuil. Il n'y avait pas à dire, ce testament du grand-père était inique ! C'était ce chiffon de papier qui les obligeait tous à vivre sur la corde raide ! Personne n'y avait trouvé son compte : ni les petits-enfants, qui avaient dû se démener sans le sou, ni leur père, qui avait sombré dans l'aigreur et la pingrerie. Le vieux était farouchement décidé à ne pas mourir. C'est pour ça qu'il prenait tellement soin de lui-même. Mais il faudrait quand même bien qu'il meure. Oui, ça allait de soi, c'était dans l'ordre des choses, il faudrait bien qu'il meure bientôt. Sans quoi...

Tous les soucis de Harold revinrent à la charge et une sorte d'étourdissement le saisit tandis qu'un goût de bile lui remontait dans la gorge. Et puis cette sensation de fatigue, d'immense fatigue...

Alice continuait à l'observer et il s'en aperçut. Le regard vide de ces yeux pâles... Sans qu'il sache bien pourquoi, son malaise en fut décuplé.

— Je crois que je vais aller me coucher, dit-il. C'était ma première sortie, aujourd'hui...

— Oui, acquiesça distraitement Alice. Je crois que c'est une bonne idée. Je suis sûre que le médecin vous a conseillé de vous ménager les premiers temps.

— Les médecins vous conseillent toujours de vous ménager, dit Harold.

305

— Et n'oubliez pas vos comprimés, cher, dit Alice.

Elle lui tendit la petite boite.

Il lui souhaita bonne nuit et monta dans sa chambre. Oui, il en avait besoin, de ces comprimés. Cesser le traitement aurait été une erreur. il en prit deux et les avala avec un verre d'eau.

## 24

Personne n'aurait pu cafouiller sur cette affaire moitié autant que je l'ai fait, se morigéna Dermot Craddock, lugubre.

Vautré qu'il était dans un fauteuil, ses grandes jambes allongées devant lui, il offrait une image passablement incongrue dans le petit salon surencombré de la fidèle Florence. Il était recru de fatigue, découragé, anéanti.

Miss Marple, le bout de sa langue rose claquant sur son palais, émit quelques signaux d'affectueuse dénégation :

— Mais non, mais non, vous avez fait du très bon travail, mon garçon. De l'excellent travail.

— Du très bon travail, moi ? J'ai laissé empoisonner toute la famille. Alfred Crackenthorpe a tiré sa révérence, et maintenant c'est au tour de Harold. Mais qu'est-ce qui se passe, bon sang de bonsoir ? Voilà ce que je paierais cher pour savoir !

— Des comprimés toxiques… murmura miss Marple, songeuse.

— Oui. Et, il n'y a pas, c'est d'une habileté diabolique. Ils ressemblaient comme deux gouttes d'eau à ceux qu'il avait déjà pris. Avec un mot dactylographié signalant : « Expédié selon la prescription du Dr Quimper. » Seulement Quimper n'avait rien prescrit du tout. Avec en outre une étiquette du pharmacien et une feuille de papier à en-tête du susdit. Oui, mais le pharmacien en question n'a jamais eu connaissance de cette prescription ni de cette expédition. Non. Cette boîte de comprimés est partie de Rutherford Hall.

— Vous en avez la certitude ?

— Oui. Nous l'avons fait examiner. Il s'agissait, en réalité, de la boîte contenant les calmants prescrits à Emma.

— Oh ! je vois. A Emma…

— Oui. On y a relevé ses empreintes, et les empreintes des deux infirmières, plus celles du pharmacien qui les avait préparés à son intention. Mais aucune autre, comme de bien entendu. La personne qui a manipulé cette boîte pour l'expédier a pris ses précautions.

— On a donc retiré les comprimés de calmants pour leur en substituer d'autres ?

— Oui. C'est ça le chiendent, avec les comprimés. Ils se ressemblent tous à s'y méprendre !

— C'est bien vrai, ça, approuva miss Marple. Je revois encore la potion *noire* et la potion *marron* (ça, c'était celle contre la toux) de mon enfance, et aussi la potion blanche, et la potion rose du

Dr Machin-chouette. Les gens ne risquaient pas de les confondre. En fait, voyez-vous, dans mon village de St Mary Mead, on aime toujours ce genre de médecine. C'est un flacon que les patients réclament, et pas des comprimés. Au fait, qu'y avait-il, dans ces comprimés ?

— De l'aconit. C'est le genre de comprimés qu'on garde dans un bocal à poison et dont on fait une dilution à un pour cent réservée à l'usage externe.

— Ainsi, Harold les a avalés, et il est mort, réfléchit à voix haute miss Marple.

Dermot Craddock poussa une sorte de grommellement :

— Ne m'en veuillez pas trop si j'étale ma rogne devant vous. « Raconte tes malheurs à Tatie Jane » – ça résume assez bien ce que je ressens actuellement.

— Il y avait longtemps qu'on ne m'avait rien dit d'aussi gentil, s'émut miss Marple. Et jamais je ne vous avouerai à quel point j'en suis touchée. J'éprouve pour vous, qui êtes le filleul de sir Henry, des sentiments que m'inspire rarement le tout-venant des inspecteurs de police.

Dermot Craddock accueillit ces mots avec un bref sourire :

— Il n'en reste pas moins que je suis responsable d'un monstrueux gâchis. Le chef de la police locale appelle Scotland Yard à la rescousse, mon patron m'expédie sur les lieux et qu'est-ce que j'y fabrique ? Je me conduis comme le dernier des imbéciles !

— Mais non, mais non, minimisa miss Marple.

— Mais si, mais si ! Je ne sais pas qui a empoisonné Alfred, je ne sais pas qui a empoisonné Harold et, pour couronner le tout, je n'ai toujours pas la moindre idée sur l'identité de la femme qui a été assassinée ! Cette histoire de Martine paraissait du tout cuit. Elle collait à tous points de vue. Et puis qu'est-ce qui se passe ? La vraie Martine réapparaît, à la stupeur générale, sous les traits de l'épouse bien sous tous rapports – et aussi vivante que vous et moi – de sir Robert Stoddart-West ! Alors, bon sang de bonsoir, qui était la femme du sarcophage ? Dieu seul le sait ! Je commence par foncer en clamant qu'il s'agit d'Anna Stravinska, sur quoi on découvre qu'*elle non plus* n'est pas dans la course !

Miss Marple l'arrêta avec cette petite toux dans laquelle elle pouvait mettre tant de choses :

— En êtes-vous bien certain ?

Il écarquilla les yeux :

— Mais... cette carte postale de la Jamaïque...

— Je sais, dit miss Marple. Mais cette carte constitue-t-elle une preuve ? N'importe qui peut poster une carte à peu près n'importe où. Cela me rappelle cette bonne Mrs Brisley quand elle a fait sa dépression nerveuse. Elle allait si mal qu'on avait décidé de la mettre en observation à l'hôpital psychiatrique. Mais comme elle ne voulait pas que ses enfants l'apprennent, elle avait écrit une douzaine de cartes postales, s'était organisée pour qu'elles soient postées d'une douzaine d'endroits différents un peu partout dans le monde et leur avait dit que « maman » partait en croisière. Vous voyez ce que je veux dire ?

— Bien sûr, dit Craddock sans la quitter des yeux. Nous aurions tout naturellement vérifié l'authenticité de cette carte si la piste de Martine n'avait paru aussi évidente…

— Et providentielle, murmura miss Marple.

— Tout semblait se tenir, se justifia Craddock. Après tout, il y avait aussi la lettre reçue par Emma et signée Martine Crackenthorpe. Lady Stoddart-West ne l'a pas envoyée, mais *quelqu'un* l'a fait. Quelqu'un qui voulait se faire passer pour Martine et espérait en retirer un bénéfice. Ça, à tout le moins, vous ne pouvez pas le nier.

— Non, non.

— Et ensuite, l'enveloppe de la lettre écrite par Emma à Martine, et adressée à Londres. On l'a trouvée à Rutherford Hall, ce qui montre bien que Martine y est venue !

— Mais la victime *n'est pas venue* à Rutherford Hall, fit observer miss Marple. Pas comme vous l'entendez, en tout cas. *Elle y est arrivée morte.* Jetée d'un train sur un remblai de chemin de fer.

— C'est vrai.

— Ce que l'enveloppe prouve en réalité, c'est que l'assassin, lui, y est venu. Il a probablement pris cette enveloppe en même temps que les papiers et autres objets personnels de la morte. Et il l'aura ensuite laissée tomber par mégarde… A moins que… – c'est la question que je me pose maintenant – … à moins que la mégarde n'ait rien à voir à l'affaire ? L'inspecteur Bacon, et vos hommes ensuite, avaient très méthodiquement fouillé les lieux, n'est-ce pas ? Et ils ne l'avaient pas vue. Et on l'a finalement découverte plus tard dans la chaufferie.

— C'est normal, dit Craddock. Dès que le vieux jardinier repère un truc quelconque qui bouge ou qui risque d'être balayé par le vent, il se jette dessus comme la pauvreté sur le monde pour le ramasser et le fourrer là-dedans.

— … Là-dedans où les garçons avaient toutes les chances de le trouver, articula miss Marple, pensive.

— Vous croyez qu'il était prévu – qu'il était calculé qu'on la trouve ?

— Ma foi, je m'interroge. Après tout, il n'était pas sorcier de deviner où les deux garçons allaient chercher, voire de le leur suggérer. Oui, je m'interroge. Suite à cette découverte, vous avez aussitôt cessé de vous intéresser à Anna Stravinska, n'est-ce pas ?

— Vous croyez réellement qu'il pourrait s'agir d'elle depuis le début ?

— Je crois surtout que *quelqu'un* a pris peur quand vous avez commencé à enquêter sur le compte de cette danseuse, c'est tout… Et je crois que ce quelqu'un ne tenait pas du tout à ce que vous poursuiviez dans cette voie.

— Admettons, si vous y tenez, qu'une créature quelconque ait voulu se faire passer pour Martine, dit Craddock. Et que, pour une raison également quelconque, elle y ait… renoncé. Que pourrait-elle bien être, cette raison ?

— C'est une très intéressante question, reconnut miss Marple.

311

— Quelqu'un a envoyé un télégramme disant que Martine repartait pour la France, puis s'est arrangé pour prendre le même train que la fille et la tuer en route. Vous êtes jusque-là d'accord avec moi ?

— Pas tout à fait, dit miss Marple. Je n'ai pas l'impression voyez-vous, que vous envisagiez les faits de manière assez simple.

— Pas de manière assez simple ! s'exclama Craddock. Mais c'est vous, qui m'embrouillez ! se lamenta-t-il, ulcéré.

Miss Marple, au comble de la confusion, s'empressa de le rassurer : jamais, au grand jamais, elle ne pourrait songer, fût-ce un instant, à lui faire une chose pareille !

— Allons, avouez-moi tout, reprit Craddock. Vous êtes persuadée – oui ou non ? – de savoir qui était cette femme qui s'est fait assassiner ?

Miss Marple soupira :

— C'est si difficile à formuler clairement, voyez-vous. Je veux dire que… que je ne sais pas *qui* elle pouvait bien être, mais que j'ai en même temps la quasi-certitude de savoir *ce qu'*elle était, si vous voyez ce que j'entends par là.

L'inspecteur Craddock rejeta la tête en arrière dans un mouvement d'exaspération :

— Si je vois ce que vous entendez par là ? Non, non et non ! Je n'y comprends rien ! Rigoureusement rien ! Je n'en ai pas le moindre début de commencement d'une idée !

Il jeta un coup d'œil par la fenêtre :

— Et puis voilà maintenant Lucy Eyelesbarrow

qui s'amène pour vous voir ! fulmina-t-il. Eh bien, puisque c'est comme ça, moi, je me sauve. Mon amour-propre est déjà assez bas pour aujourd'hui. Le spectacle d'une jeune personne aussi sûre d'elle, de son importance et de sa réussite dans tous les domaines est plus que je n'en saurais supporter.

# 25

— J'ai cherché « tontine » dans le dictionnaire, lança Lucy tout à trac.

Les salutations d'usage une fois expédiées, elle ne se décidait pas à s'asseoir et errait sans but dans la pièce, caressant ici un chien de porcelaine, là un accoudoir recouvert de peluche, plus loin la boîte à ouvrage en plastique posée sur l'appui de la fenêtre.

— Je pensais bien que vous le chercheriez, répondit miss Marple d'un ton égal.

Lucy énonça lentement, en détachant les mots

— « Tontine. De Lorenzo Tonti, banquier italien, inventeur, en 1653, d'une forme de mutuelle au sein de laquelle des personnes mettent en commun leur capital pour jouir d'une rente viagère, laquelle est reportée à leur décès sur l'ensemble des survivants. »

Elle se tut, regarda miss Marple :

— C'est ça, n'est-ce pas ? Ça ne s'applique pas mal au cas qui nous occupe, et vous y aviez songé avant même les deux derniers décès.

Elle se remit à aller et venir dans la pièce. Miss

Marple l'observait. C'était une nouvelle Lucy Eyelesbarrow, presque une inconnue, qui s'agitait sous ses yeux.

— Avec un testament comme celui-ci, reprit Lucy, fait de telle sorte que le dernier survivant hérite l'ensemble de la fortune, ça ne pouvait qu'arriver. Et pourtant… ça représente une somme énorme. Il y aurait largement eu de quoi partager, non ?

— Le problème, murmura miss Marple, c'est la cupidité des gens. De certaines gens. C'est souvent ainsi, voyez-vous, que tout commence. On ne part pas avec en tête l'idée de meurtre, avec l'envie d'en commettre un. Nul n'oserait même y songer. Tout commence avec le désir de possession, avec l'avidité croissante, le désir d'avoir plus, toujours plus…

Elle avait posé son tricot sur ses genoux et fixait devant elle un point invisible :

— C'est dans des circonstances similaires que j'ai fait la connaissance de l'inspecteur Craddock. Une affaire à la campagne. Près de Medenham Spa. Tout avait débuté de la même façon, avec une personne offrant toutes les apparences de la plus parfaite bonté, mais en réalité dépourvue de sens moral et tout entière tendue vers un seul but : mettre la main sur une énorme somme d'argent – somme d'argent sur laquelle elle n'avait aucun droit mais qu'elle croyait pouvoir s'approprier sans difficulté. Pas question, de meurtre, à ce stade. La manœuvre paraissait si simple et si facile qu'on osait à peine y trouver à redire. Tout avait commencé ainsi… pour se terminer par trois assassinats.

— Exactement comme ici, dit Lucy. Nous en sommes aussi à trois assassinats. L'inconnue qui se faisait passer pour Martine et qui aurait ainsi pu réclamer la part d'héritage de son fils, et puis Alfred, et maintenant Harold… Ce qui ne nous laisse plus que deux survivants – et donc deux coupables possibles, n'est-ce pas ?

— Vous voulez dire, releva miss Marple, qu'il n'y a plus que Cedric et Emma sur qui porter nos soupçons ?

— Pas Emma. Emma n'a rien de masculin. Je ne la vois pas en grand brun. Non. Je pensais à Cedric et à Bryan Eastley. Je n'avais jamais songé auparavant à Bryan, parce qu'il est plutôt blond. Il a une moustache blonde, des yeux bleus. Seulement, voyez-vous… l'autre jour…

Elle se tut.

— Continuez, murmura miss Marple. Dites-moi ce que vous avez en tête. Un détail vous a profondément troublée, c'est cela ?

— Ça s'est passé quand lady Stoddart-West s'apprêtait à partir. Elle m'avait dit au revoir et soudain, au moment de monter dans sa voiture, elle s'est retournée vers moi et m'a demandé : « Qui donc était ce grand brun, sur la terrasse, quand je suis arrivée ? »

» Etant donné que Cedric était toujours au fond de son lit, j'ai commencé par ne pas voir à qui elle pouvait bien faire allusion. J'ai tout de même hasardé, : « Vous ne voulez pas parler de Bryan Eastley ? » A quoi elle m'a répondu : « Mais bien sûr, ça ne pouvait être que lui ! Le chef d'escadrille

315

Eastley ! Nous l'avons caché dans notre grenier, en France, pendant la Résistance. J'avais bien cru le reconnaître à sa façon de se tenir et à son port de tête. » Et elle a ajouté : « J'aimerais beaucoup le revoir. » Mais je n'ai pas réussi à découvrir où il était passé.

Miss Marple ne souffla mot et attendit la suite.

— Plus tard dans la journée, reprit Lucy, je l'ai bien regardé. Il me tournait le dos, et j'ai remarqué ce dont j'aurais dû m'apercevoir plus tôt. A savoir que même si un homme est blond ou châtain clair, ses cheveux – pour peu qu'il les plaque avec un produit quelconque comme c'est actuellement la mode – peuvent bel et bien paraître bruns. D'où il ressort, comprenez-vous, que ce pourrait aussi être Bryan que votre amie a vu dans le train. Que ce pourrait être lui qui a…

— Oui, acquiesça miss Marple. J'y ai pensé aussi.

— Evidemment ! Vous pensez à tout ! s'assombrit Lucy.

— Il le faut bien, ma chère petite.

— Mais j'ai beau chercher, je ne vois pas où serait en l'occurrence l'intérêt de Bryan. Je veux dire par là que c'est Alexander qui hériterait, et, pas lui. Cela lui procurerait bien entendu une vie plus facile, il jouirait d'un luxe qu'il ne connaît pas actuellement, mais ce n'est pas pour autant qu'il aurait la haute main sur le capital et pourrait jongler avec lui à sa guise.

— Mais s'il arrivait malheur à Alexander avant qu'il n'atteigne sa vingt et unième année, alors

Bryan deviendrait l'héritier unique de la fortune des Crackenthorpe.

Lucy lui jeta un regard horrifié :

— Il ne ferait jamais *ça* ! Aucun père ne ferait jamais ça simplement pour... pour de l'argent.

— C'est affreux à dire, ma chère petite, soupira miss Marple, mais il s'en trouvera toujours hélas ! pour aller jusqu'à ces extrémités.

» Les gens, voyez-vous, sont capables du pire. J'ai connu une femme qui avait empoisonné ses trois enfants pour toucher de leur compagnie d'assurances une somme dérisoire ! Et une autre, une petite vieille à cheveux blancs que tout le monde s'accordait apparemment à trouver adorable et qui avait profité d'une permission de détente de son grand fils pour lui faire passer le goût du pain. Et puis voyez le cas de Mrs Stanwich. Vous avez bien dû lire quelque chose là-dessus ? Tous les journaux en ont parlé. Sa fille était morte, ainsi que le fils de celle-ci, et elle-même se prétendait empoisonnée. Il y avait bel et bien du poison dans les céréales du petit déjeuner... seulement on n'a pas tardé à découvrir que c'était elle qui l'y avait mis ! Et qu'elle s'apprêtait à empoisonner sa dernière fille ! Ce n'était d'ailleurs pas précisément pour de l'argent. Elle leur en voulait surtout d'être jeunes et ne supportait pas l'idée – c'est horrible, mais c'est ainsi – qu'ils continueraient à se donner du bon temps alors qu'elle serait morte et enterrée. Elle leur avait toujours tenu la dragée haute et – oh ! oui, bien sûr – son entourage l'estimait un peu excentrique. Comme si l'excentricité excusait tout !

Il y a tant de façons de n'être pas dans la norme. Certaines personnes donnent tout ce qu'elles possèdent et s'en vont distribuer des chèques sans provision dans le seul but de faire plaisir à qui bon leur semble. Celles-là montrent ainsi que l'excentricité dont elles font étalage dissimule un bon fond. Mais d'autres, tout aussi bizarres, ont au contraire mauvais fond et c'est là que le bât blesse... et que commencent les problèmes ! Ceci vous aide-t-il un tant soit peu, ma chère Lucy ?

— Qu'est-ce qui est censé m'aider ? demanda Lucy, interloquée.

— Ce que je viens de vous dire, insista miss Marple. Mais il ne faut pas vous inquiéter, ajouta-t-elle avec une infinie douceur. Il ne faut surtout pas vous inquiéter. Elspeth McGillicuddy sera désormais ici d'un jour à l'autre.

— Je ne vois pas en quoi cela peut régler les problèmes.

— Evidemment non, ma chère petite. Mais soyez persuadée que je mesure personnellement l'importance de sa présence.

— Comment voudriez-vous que je ne m'inquiète pas ? lui reprocha Lucy après un silence. A vivre avec ces gens, j'en suis venue à me sentir proche d'eux.

— Je conçois, ma chère petite, que l'attirance que vous éprouvez pour deux d'entre eux ne vous facilite pas les choses.

— Qu'entendez-vous par là ? demanda Lucy, sur la défensive.

— Je pensais aux deux fils de la maison, dit miss

318

Marple – ou plutôt, au fils et au gendre. Il se trouve que les deux membres de la famille qui sont morts étaient les plus antipathiques, et que les deux qui, restent sont les plus… séduisants. Je mesure à quel point Cedric Crackenthorpe est la séduction même. Il tend à se faire passer pour pire qu'il n'est, cela fait partie de son côté provocateur.

— Il me met hors de moi plus souvent qu'à son tour, avoua Lucy.

— Oui, sourit miss Marple. Et ce n'est pas pour vous déplaire, n'est-ce pas ? Vous avez de l'esprit, de la repartie, et vous aimez la confrontation. Oui, je vois bien ce qui chez lui peut vous séduire. Quant à Mr Eastley, il serait plutôt du genre à se faire plaindre et cajoler – il donne volontiers dans le genre petit garçon inconsolable. Ce qui ne manque pas non plus d'attraits !

— Seulement l'un d'eux est un assassin, se lamenta Lucy. Et cela peut être l'un aussi bien que l'autre. Je ne vois vraiment rien qui permette de les départager. D'un côté il y a Cedric, complètement indifférent à la mort de Harold comme il l'était à celle d'Alfred. Il passe son temps à se délecter de ce qu'il fera de Rutherford Hall et à répéter qu'il aura besoin de beaucoup d'argent pour mener à bien ses projets grandioses. Bien sûr, je sais qu'il adore jouer les cyniques et en rajouter. Mais ça pourrait être chez lui une façon de tromper son monde. Il se montrerait ostensiblement tel qu'il est pour qu'on le croie différent. On dit toujours que les gens sont plus cupides et intéressés qu'ils ne veulent bien le laisser paraître. Il leur arrive parfois de l'être beaucoup moins. Comme il se peut aussi qu'ils le soient cent fois plus !

— Ma chère, chère Lucy. Votre désarroi me désole plus que je ne saurais dire.

— Et puis il y a Bryan, continua Lucy. C'est extraordinaire, mais Bryan rêve apparemment de vivre à Rutherford Hall. Il s'y voit déjà avec Alexander, et il tire mille et un plans sur la comète.

— Bryan a toujours tiré et tirera toujours mille et un plans sur la comète, vous ne croyez pas ?

— Si. Vous avez, raison. Ses projets ont tous l'air mirifique… mais j'ai du, mal à croire qu'ils puissent être viables. Ils ne reposent sur aucun fondement sérieux. Ses *idées* semblent bonnes… mais il fait invariablement table rase des difficultés qu'il pourrait y avoir à les mettre en œuvre.

— Des idées en l'air, en quelque sorte ?

— Oui. Et peut-être plus encore que vous ne le croyez. C'est à se demander si ces anciens as du combat aérien redescendent jamais sur terre…

Elle réfléchit quelques secondes avant d'ajouter :

— Et s'il adore Rutherford Hall, c'est surtout parce que ce palais des courants d'air lui rappelle la vieille baraque victorienne pleine de coins et de recoins dans laquelle il a passé son enfance.

— Je vois, dit miss Marple d'un ton pensif. Je vois…

Puis, après un coup d'œil rapide en direction de Lucy, elle ajouta en martelant ses mots :

— Mais ce n'est pas tout ce qui vous préoccupe, n'est-ce pas, ma chère petite. Il y a autre chose ?

— Oh ! oui, il y a autre chose. Quelque chose à

quoi je n'avais pas prêté attention jusqu'à ces tout derniers jours. Ce qui me trouble plus que je ne saurais dire c'est que Bryan aurait fort bien pu se trouver dans ce train.

— Le 16 h 33 au départ de Paddington ?

— Oui. Voyez-vous, Emma a cru devoir fournir un compte rendu de ses faits et gestes pour la journée du 20 décembre et elle l'a délivré avec beaucoup de précision : réunion de son comité le matin, courses en tous genres l'après-midi, thé au *Shamrock*, ensuite de quoi elle s'est, selon ses propres termes, *rendue à la gare afin d'y cueillir Bryan au passage*. Le train à la descente duquel elle était censée l'attendre était le 16 h 50 en provenance de Paddington, mais il a, en fait, très bien pu arriver par le 16 h 33 sans qu'elle en sache rien. Il m'a dit, mine de rien, que sa voiture avait reçu un gnon, qu'il l'avait laissée chez le carrossier et qu'il lui avait fallu prendre le train alors qu'il a horreur de ça et qu'il hait les chemins de fer. Il avait l'air on ne peut plus naturel en me disant ça… Peut-être qu'il était sincère et que c'est moi qui vois le mal partout… N'empêche que je préférerais franchement qu'il n'ait pas pris le train ce jour-là.

— Ainsi il était bel et bien dans le train… médita miss Marple, rêveuse.

— Au fond, ça ne prouve rien. Mais ce qui est terrible, ce sont tous ces soupçons. C'est le fait de ne pas *savoir*. Et de se dire que, peut-être, nous ne saurons jamais !

— Bien sûr que si ! se récria miss Marple. Bien sûr que si, nous finirons par connaître la vérité. Ne croyez pas que le *statu quo* puisse s'éterniser. Si ma fréquentation des assassins m'a appris une bonne chose, c'est dans tous les cas qu'une fois lancés, ils ne, peuvent plus s'arrêter en chemin. Surtout après avoir commis un deuxième meurtre. Cependant ne vous mettez pas trop martel entête, Lucy. La police fait le maximum, elle a tout le monde à l'œil – et, comme je vous l'ai dit tout à l'heure, Elspeth McGilli-cudy ne va maintenant plus tarder à arriver !

## 26

— Résumons-nous, Elspeth, vous avez bien en tête ce que je veux que vous fassiez ?

— Je ne suis pas idiote, geignit Mrs McGilli-cuddy. Mais je vous répète, Jane, que tout cela ne m'en paraît pas moins très *bizarre.*

— Ce n'est pas bizarre pour deux sous, décréta miss Marple.

— Eh bien, moi, je trouve que si. Arriver chez des gens et demander presque aussitôt si je peux… euh… me rendre au… au premier étage. Je ne sais pas, mais…

— Il fait très froid, souligna miss Marple, et après tout, vous pourriez parfaitement avoir mangé quelque chose qui ne passe pas, et… euh… éprou-ver un besoin urgent de… d'aller au premier. Ce sont des choses qui arrivent. Cela me rappelle cette pauvre Louisa Felby : un jour qu'elle était venue me voir, elle a dû filer cinq fois de suite au premier en moins d'une petite demi-heure. Il s'agissait, en l'occurrence, ajouta miss Marple, d'un cake avarié.

— Si au moins vous me disiez où vous voulez en venir, Jane !

— C'est très précisément ce à quoi je me refuse, Elspeth !

— Ce que vous pouvez parfois être exaspérante, Jane ! Primo, vous me ramenez de l'autre bout du monde plus tôt que prévu…

— J'en suis navrée et vous le savez fort bien, se défendit miss Marple, mais je n'avais pas le choix. D'une seconde à l'autre, voyez-vous, quelqu'un peut se faire assassiner. Bien sûr, tout le monde est sur ses gardes, et la police a multiplié les précautions, mais qui sait si l'assassin ne se montrera pas le plus malin ? C'est pour éviter ce risque qu'il était de votre devoir de revenir. Après tout, nous sommes, vous et moi, d'une génération à laquelle on a inculqué le sens du devoir, non ?

— Oh ! que si, se rengorgea Mrs McGillicuddy, Le laxisme, en ce temps-là, n'était pas à la mode.

— Nous sommes donc bien d'accord, conclut miss Marple. Et voilà notre taxi qui arrive, ajouta-t-elle comme un discret appel de klaxon se faisait entendre au-dehors.

Mrs McGillicuddy endossa son lourd manteau de gros tweed chiné tandis que miss Marple se drapait dans sa collection de châles et d'écharpes. Puis les deux dignes personnes s'engouffrèrent dans le taxi qui s'ébranla en direction de Rutherford Hall.

*

— Qui est-ce qui peut bien venir nous voir ? demanda tout haut Emma en regardant par la fenêtre le taxi qui remontait l'allée. Ah ! j'ai comme l'impression qu'il s'agit de la vieille tante de Lucy.

— Quelle barbe ! grommela Cedric.

Avachi sur une chaise longue, les pieds posés sur le pare-feu, il feuilletait un numéro de *Country Life* :

— Dis-lui que tu n'es pas là.

— Quand tu me suggères cette solution, quel processus envisages-tu ? Que j'aille le lui signaler moi-même, ou bien que je charge Lucy de le faire à ma place ?

— Je n'avais pas réfléchi à la question, avoua Cedric. J'avais la tête ailleurs. J'essayais de me rappeler le bon vieux temps où nous avions majordome et valet de pied... si tant est que nous en ayons jamais eu. Il me semble que je revois le valet de pied. Il avait eu une aventure avec la fille de cuisine, ce qui avait fait un foin de tous les diables. Est-ce qu'il n'y aurait pas encore dans un coin une vieille haridelle décrépite en train de passer la serpillière ?

A cet instant précis, la porte fut ouverte par Mrs Hart, pour qui c'était le jour de faire les cuivres, et miss Marple entra, papillonnante, dans une envolée d'écharpes et de châles, suivie comme son ombre d'un personnage qui n'était pas sans rappeler la statue du commandeur.

— Ce que j'espère avant tout, minauda la vieille demoiselle en prenant la main d'Emma, c'est que nous ne vous dérangeons pas. Mais figurez-vous que je rentre après-demain chez moi et que je n'aurais jamais pu me résoudre à le faire sans venir préalablement vous saluer et vous remercier de toutes vos bontés pour ma chère Lucy. Ah ! mais où ai-je la tête ? Permettez-moi de vous présenter mon excellente amie, Mrs McGillicuddy, qui passe quelques jours avec moi.

— Euh... enchantée, balbutia à tout hasard Mrs McGillicuddy en regardant Emma avec une attention appuyée avant de tourner un regard tout aussi inquisiteur vers Cedric qui venait de condescendre à se mettre sur ses pieds.

Lucy, au même instant, pénétra dans la pièce

— Tante Jane ! Si je m'étais doutée...

— Il fallait que je vienne prendre congé de miss Crackenthorpe, expliqua miss Marple en se tournant vers elle. Elle s'est montrée tellement, tellement gentille avec vous, ma petite Lucy !

— C'est plutôt Lucy qui s'est mise en quatre pour nous, rectifia Emma.

— C'est le cas de le dire ! intervint Cedric. Nous l'avons fait trimer comme un galérien. Veiller dans les chambres des malades, monter et descendre les escaliers, concocter des petits plats pour les convalescents...

Miss Marple le coupa :

— J'ai été tellement, tellement navrée d'apprendre que vous étiez tous malades ! J'espère de tout mon cœur que vous êtes maintenant complètement rétablie, miss Crackenthorpe ?

— Oui, nous sommes de nouveau tous sur pied, dit Emma.

— Lucy m'a raconté à quel point vous aviez tous souffert. C'est tellement redoutable, ces intoxications alimentaires, n'est-ce pas ? Des champignons, si j'ai bien compris.

— La cause en demeure assez mystérieuse, éluda Emma.

— Ne croyez surtout pas ça ! s'écria Cedric. Je parie d'ailleurs que vous avez entendu les rumeurs qui courent partout, miss... euh...

— Marple, le renseigna miss Marple.

— Oui, comme je vous le disais, je parie que vous avez entendu les rumeurs qui courent partout. Rien de tel que l'arsenic pour alimenter les commérages !

— Cedric, je t'en prie, plaida Emma. Tu sais bien que l'inspecteur Craddock nous a recommandé de ne pas...

— Bah ! dit Cedric. Tout le monde est au parfum. Même vous, vous en avez entendu parler, non ?

La question s'adressait autant à Mrs McGillicuddy qu'à miss Marple.

— Pour ma part, s'empêtra Mrs McGillicuddy, je... je reviens de l'étranger... je n'en suis revenue qu'avant-hier et...

— Ah ! mais alors vous n'êtes pas encore au fait du dernier scandale local ! s'épanouit Cedric en se frottant les mains. De l'arsenic dans le curry, voilà de quoi il retournait ! Mais la tante de Lucy, elle, elle est au courant, je parie ?

— Eh bien... avoua miss Marple, j'en ai vaguement entendu parler, oh ! uniquement des bribes, à vrai dire, et il va de soi que pour rien au monde je n'aurais voulu me montrer indiscrète, miss Crackenthorpe, ce qui fait que...

— Ne faites pas attention à mon frère, conseilla Emma tout en le regardant avec un sourire affectueux. Il adore mettre les gens dans l'embarras.

La porte s'ouvrit soudain, livrant passage au vieux Mr Crackenthorpe qui entra en frappant le sol de sa canne.

— Où est le thé ? lança-t-il, furieux. Pourquoi est-ce que le thé n'est pas prêt ? Hé ! Vous ! Petite ! poursuivit-il en s'adressant à Lucy. Pourquoi est-ce que vous n'avez pas encore servi le thé ?

— Il est prêt depuis deux secondes, Mr Crackenthorpe. Je l'apporte tout de suite. J'étais venue préparer la table.

Lucy quitta la pièce et Mr Crackenthorpe fut solennellement présenté à Mrs McGillicuddy et à, miss Marple.

— J'aime mes repas à l'heure, gronda le vieillard. Economie et ponctualité. Tels sont mes mots d'ordre.

— Comme je vous comprends ! renchérit miss Marple. Surtout par les temps que nous vivons, et avec tous les impôts et toutes les taxes dont on nous accable...

— Les impôts ! rugit le vieux Luther Crackenthorpe. Ne me parlez pas de ce gouvernement de voleurs de grand chemin ! Un loqueteux sur la paille... voilà ce qu'ils ont fait de moi. Et ça ne va qu'empirer. Tiens-toi bien, mon garçon, fit-il en pivotant vers Cedric. Dix contre un que le jour où tu hériteras cette maison, les socialistes te la souffleront pour en faire un Centre d'Aide Sociale ou pire encore. Et qu'ils te ponctionneront par-dessus le marché de tous tes revenus pour le faire fonctionner !

Lucy reparut bientôt avec le plateau du thé. Bryan Eastley l'escortait, portant, sur un deuxième plateau, le pain, le beurre, les sandwiches et un gâteau.

— Qu'est-ce que c'est que tout ça ? Mais qu'est-ce que c'est que tout ça ? s'étrangla Mr Cracken-thorpe en inspectant le plateau. Un fondant au chocolat ? Nous donnons une réception ou quoi ? Personne ne m'a prévenu !

Emma rougit quelque peu :

— Le Dr Quimper vient prendre le thé, Père. C'est son anniversaire, et…

— Son anniversaire ? fulmina le vieillard. Qu'est-ce qu'il a à fêter ses anniversaires ? C'est réservé aux enfants en bas âge, les anniversaires. Il y a des siècles que je ne compte plus les miens et je n'ai pas la moindre intention de laisser qui que ce soit s'adonner à ce genre d'âneries !

— Etant donné le nombre de bougies qu'il fau-drait sur le vôtre, père, c'est toujours ça d'écono-misé, observa Cedric.

— Toi, tu en as assez dit pour aujourd'hui ! tonna Mr Crackenthorpe en le fusillant du regard.

Miss Marple et Bryan Eastley échangèrent une poignée de mains.

— Lucy m'a beaucoup parlé de vous, pépia-t-elle. Seigneur ! vous me rappelez *tellement* quel-qu'un que j'ai autrefois connu à St Mary Mead ! C'est le village où je vis depuis de très longues années, voyez-vous. Ronnie Wells, le fils du notaire. Dieu sait pourquoi il n'a jamais pu s'intéresser aux affaires de son père. Il avait trop la bougeotte, peut-être. Il est parti pour l'Afrique orientale où il s'est lancé dans le transport maritime sur je ne sais plus quel lac. Etait-ce Victoria ? Ou bien était-ce Albert ? Oh ! peu importe. En tout état de cause, cela n'a, hélas, pas été une réussite, et il y a englouti la *totalité* de son capital. Un désastre ! Vous ne seriez pas parents, par hasard ? La ressemblance est tellement frappante !

— Non, grinça Bryan. Je ne crois pas compter de Wells dans ma famille, même éloignée.

— Il était fiancé à une jeune fille absolument charmante, poursuivit miss Marple sur sa lancée. Et qui avait les pieds sur terre. Elle a essayé de le dissuader de se lancer dans l'aventure, mais il n'a rien voulu entendre. Il a eu tort, évidemment. Les femmes ne manquent pas de jugeote, voyez-vous, dès lors qu'il s'agit d'argent. Je ne parle pas de la haute finance, bien sûr. « A *cela*, aucune femme ne comprendra jamais rien », aimait à répéter mon regretté père. Mais pour ce qui est du train-train quotidien... Quelle vue ravissante vous avez, de cette fenêtre ! enchaîna-t-elle en traversant la pièce pour jeter un coup d'œil au-dehors.

Emma la suivit.

— Quel parc immense ! Et ces vaches qu'on aperçoit entre les arbres, comme c'est pittoresque ! On ne se croirait jamais en pleine ville.

— Nous sommes un véritable anachronisme,

reconnut Emma. Mais si les fenêtres étaient ouvertes, vous entendriez le bruit de la circulation, au loin.

— Oh ! le bruit est désormais partout, se lamenta miss Marple. Même à St Mary Mead. Nous sommes maintenant tout proches voisins d'un terrain d'aviation, voyez-vous, et la façon dont ces avions à réaction nous survolent ! C'est terrifiant ! Deux vitres de ma serre ont volé en éclat l'autre jour. Le mur du son, me suis-je laissé dire… encore que je n'aie jamais réussi à comprendre de quoi il pouvait bien s'agir.

— C'est pourtant au fond très simple, s'empressa Bryan. Voyez-vous…

Miss Marple laissa choir son sac et Bryan plongea pour le ramasser. Au même instant, Mrs McGillicuddy vint glisser quelques mots à l'oreille d'Emma d'une voix tremblante d'anxiété – anxiété non feinte, car Mrs McGillicuddy se faisait violence pour jouer le rôle qui lui était assigné :

— Je suis confuse, mais… pourrais-je monter un instant… au premier étage ?

— Bien sûr, dit Emma.

— Je vous accompagne, proposa Lucy.

Lucy et Mrs McGillicuddy désertèrent ensemble le salon.

— Le froid vous saisit aujourd'hui dès qu'on met le pied dehors, souffla miss Marple comme pour expliquer la situation.

— A propos du mur du son, reprit Bryan, il faut prendre en compte… Tiens ! voilà le Dr Quimper !

Le médecin gara sa voiture et entra en se frottant les mains, l'air frigorifié :

— Il va neiger. C'est comme si c'était fait. Bonjour, Emma, comment allez-vous ? Seigneur, quelle débauche de pâtisseries !

— Nous vous avons préparé un gâteau d'anniversaire, dit Emma. Vous vous souvenez ? Vous m'aviez dit que c'était aujourd'hui !

— Oui, mais je ne m'attendais pas à tout ça ! Vous savez que ça fait des années... oui, ça doit bien faire quinze ou seize ans que personne n'avait pensé à me souhaiter mon anniversaire.

Il en semblait presque gêné.

— Vous ne connaissez pas miss Marple ? s'enquit Emma pour faire les présentations.

— Mais si, nous nous connaissons, se récria miss Marple. J'ai déjà rencontré le Dr Quimper ici même, et il a eu la gentillesse de venir me voir et de fort bien s'occuper de moi récemment, quand j'ai attrapé un épouvantable rhume.

— Complètement remise, maintenant ? s'enquit le médecin.

Miss Marple l'assura qu'elle était tout à fait rétablie.

— *Moi*, en tout cas, ça fait des éternités que vous n'êtes pas venu à mon chevet, toubib ! lança Mr Crackenthorpe. Compte tenu de l'intérêt que vous me portez, j'aurais pu mourir cent fois !

— Je ne vous vois pas mourir de sitôt, garantit le Dr Quimper.

— Je n'en ai d'ailleurs pas la moindre intention ! prévint le vieillard. Allons, ce thé ! Qu'est-ce qu'on attend pour le servir ?

— Je vous en prie, susurra miss Marple,

commençons sans mon amie. Elle serait affreusement gênée qu'il en aille autrement.

Ils s'assirent. Miss Marple accepta un morceau
de pain beurré, puis un sandwich.

— C'est du… ? hésita-t-elle.

— Du poisson, dit Bryan. J'ai aidé à les préparer.

Mr Crackenthorpe partit d'un petit rire saccadé :

— Du beurre de sardine empoisonné ! A vos
risques et périls ! Ha ! ha !

— Père, je vous en prie !

— Il faut faire très attention à ce qu'on mange,
dans cette maison, confia Mr Crackenthorpe à miss
Marple. Deux de mes fils y sont déjà passés. Tués
comme des mouches ! Quant à savoir qui a fait le
coup, c'est la bouteille à l'encre.

— Ne le laissez pas vous couper l'appétit, sourit
Cedric en repassant le plat à miss Marple. Une
pincée d'arsenic de temps en temps est, paraît-il,
excellente pour le teint – le tout est de ne pas forcer
la dose.

— Prends-en un toi-même, mon garçon ! grinça
le vieux Mr Crackenthorpe.

— Vous voulez de moi comme goûteur accré-
dité ? demanda Cedric. Et hop !

Il se saisit d'un sandwich et l'engloutit en une
seule bouchée. Avec un petit rire de parfaite femme
du monde, miss Marple en prit un à son tour, y
planta délicatement les dents et s'extasia :

— Je vous trouve tous tellement courageux, de
plaisanter comme vous le faites ! Oui, vraiment,
tellement courageux ! Le courage est ce que j'ad-
mire le plus au…

Elle eut un hoquet et commença à suffoquer.

— Une arête ! s'étrangla-t-elle. Dans ma gorge…

Quimper se leva d'un bond, la poussa vers la fenêtre et lui intima l'ordre d'ouvrir la bouche. Il tira de sa poche une trousse et y choisit la pince adéquate. Puis, avec des gestes de professionnel, il se pencha pour sonder la gorge de la vieille demoiselle. A ce moment précis, la porte s'ouvrit et Mrs McGillicuddy entra, suivie de Lucy. Mrs McGillicuddy s'immobilisa, pétrifiée, devant la vision qui s'offrait à elle : miss Marple à demi effondrée tandis que le médecin, de dos, lui renversait la tête en arrière.

— Mais c'est *lui* ! glapit Mrs McGillicuddy. C'est l'homme du train…

Avec une rapidité stupéfiante, miss Marple s'arracha à l'étreinte du médecin pour venir rejoindre son amie :

— Je *savais* que vous le reconnaîtriez, Elspeth ! Non ! Ne dites pas un mot de plus !

Elle se tourna triomphalement vers le Dr Quimper :

— Vous ne vous doutiez pas, n'est-ce pas, docteur, quand vous avez étranglé cette femme dans le train, que quelqu'un *vous regardait faire* ? C'était mon amie ici présente. Mrs McGillicuddy. Elle vous a *vu*. Vous comprenez ce que cela signifie ? *Elle vous a vu de ses yeux vu !* Elle se trouvait dans le train qui roulait parallèlement au vôtre.

— Bon Dieu ! qu'est-ce que vous… ?

Le Dr Quimper se précipita vers Mrs McGillicuddy mais encore une fois miss Marple, plus rapide que lui, fit à son amie rempart de son corps.

— Oui, reprit-elle. Elle vous a vu, et elle vous *reconnaît*, et elle en témoignera devant la justice. Ce n'est pas si souvent, je crois bien, poursuivit miss Marple de sa plus petite voix, que quelqu'un, assiste effectivement à un meurtre tout au long de son déroulement. Les preuves sont d'ordinaire indirectes. Mais, dans cette affaire, nous donnons dans l'inhabituel. Nous avons un véritable *témoin oculaire du meurtre* !

— Espèce de satanée vieille sorcière ! rugit le Dr Quimper.

Il se jeta à corps perdu sur miss Marple, mais cette fois ce fut Cedric qui l'empoigna par l'épaule.

— C'était donc *vous*, ce salopard d'assassin ? dit Cedric en le faisant tournoyer sur lui-même. Je n'ai jamais pu vous encaisser, je vous ai toujours pris pour un fumier, mais il ne me serait jamais venu à l'idée de vous soupçonner !

Bryan Eastley s'empressa de venir prêter main-forte à Cedric. L'inspecteur Craddock et l'inspecteur Bacon s'engouffrèrent dans le salon par la porte du fond.

— Dr Quimper, dit Bacon, je dois vous mettre en garde...

— Vous pouvez vous la fourrer quelque part, votre mise en garde ! vitupéra le Dr Quimper. Vous vous imaginez que quelqu'un va gober les élucubrations de ces deux vieilles piquées ? Qui a jamais entendu quelque chose de plus cinglé que cette histoire de train à dormir debout !

— Elspeth McGillicuddy a pris soin d'immédiatement signaler le meurtre à la police, le 20 décembre, et a fourni par la même occasion le signalement du meurtrier, souligna miss Marple.

Le Dr Quimper eut un soudain haussement d'épaules :

— Quand un pauvre type a la guigne, il ne l'a pas qu'à moitié !

— Mais… commença Mrs McGillicuddy.

— Taisez-vous, Elspeth, s'interposa miss Marple.

— Pourquoi serais-je allé tuer une femme que je ne connaissais ni d'Eve ni d'Adam ? grommela encore le Dr Quimper dans un suprême effort pour se disculper.

— Cette femme, vous la connaissiez au contraire fort bien, rectifia l'inspecteur Craddock. Pour l'excellente raison que *c'était votre épouse légitime.*

## 27

— Vous voyez, estima miss Marple, que tout cela s'est en fin de compte révélé, comme je m'en doutais, très banal et très simple. Le crime le plus simple depuis que le monde est monde. Tant d'hommes assassinent leur femme !

Mrs McGillicuddy regarda tour à tour miss Marple et l'inspecteur Craddock.

— Je vous serais fort obligée, fit-elle d'un ton pincé, de vouloir bien éclairer un peu ma lanterne.

— Il a entrevu la possibilité, expliqua miss Marple, de faire un riche mariage en épousant

Emma Crackenthorpe. A ceci près qu'il était déjà marié. Sa femme et lui vivaient séparés depuis des années, mais elle refusait le divorce. Cela correspondait très bien à ce que m'avait dit l'inspecteur Craddock de cette danseuse qui se faisait appeler Anna Stravinska : elle avait un mari anglais, ainsi qu'elle l'avait confié à une de ses amies, et elle affichait un strict catholicisme. Comme le Dr Quimper ne voulait pas risquer d'être accusé un jour de bigamie s'il épousait Emma, il a décidé – les scrupules ne l'étouffant pas outre mesure – de se débarrasser de cette empêcheuse de tourner en rond. L'idée de la tuer dans le train pour déposer ensuite son cadavre dans le sarcophage de la Grange Longue était en soi d'une grande ingéniosité. Cela lui permettait d'égarer la police et d'impliquer la famille Crackenthorpe. Avant de passer à l'acte, il avait écrit à Emma une lettre censée émaner d'une certaine Martine, qu'Edmund Crackenthorpe avait, autrefois parlé d'épouser. Emma, voyez-vous, lui avait tout raconté de la vie de son frère. Ensuite de quoi, le moment venu, il l'a encouragée à aller se confier à la police : il tenait à ce que la victime soit identifiée comme étant la Martine en question. La carte postale envoyée de la Jamaïque, je crois qu'il s'est débrouillé pour y avoir recours dès qu'il a entendu dire que les policiers enquêtaient aussi à Paris sur Anna Stravinska.

» Organiser un rendez-vous à Londres avec sa femme, lui dire qu'il voulait se réconcilier avec elle et lui suggérer de l'accompagner à Brackhampton afin d'y être « présentée à la famille » n'avait pas dû soulever de difficultés majeures. Nous n'évoquerons pas la suite des « opérations », car rien que d'y songer me donne la chair de poule. Mais l'homme, bien sûr, était cupide. Lorsqu'il a réfléchi aux impôts à venir et mesuré à quel point le fisc pourrait grever ses revenus futurs il a cherché le meilleur moyen d'accroître le capital visé. Peut-être y avait-il d'ailleurs déjà pensé avant de tuer sa femme. Quoi qu'il en soit, il a dès lors semé la rumeur d'une première tentative d'empoisonnement sur la personne du vieux Mr Crackenthorpe – histoire de préparer le terrain –, puis il a administré de l'arsenic à toute la famille. En quantité mesurée, bien sûr, car il ne voulait surtout pas que le vieux Mr Crackenthorpe meure le premier.

— Mais ce que je ne comprends toujours pas, c'est comment il s'y est pris, coupa Craddock. Il n'était pas dans la maison quand le curry a été préparé.

— Ah ! mais c'est qu'il n'y a jamais eu d'arsenic dans le curry *à ce moment-là* ! triompha miss Marple. Quimper l'y a tranquillement mis après coup, dans le reste qu'il a emporté aux fins d'analyse. Le poison savamment dosé, il l'avait vraisemblablement versé dans le pichet des cocktails servis avant le repas. Plus tard, il ne lui a pas été difficile, étant donné son rôle de médecin traitant, de liquider Alfred Crackenthorpe par le poison et d'envoyer des comprimés mortels à Harold, non sans s'être préalablement couvert en disant à ce dernier qu'il n'avait plus besoin d'en prendre ! Tout cela révèle une telle audace, une telle cupidité et une cruauté si grande… conclut miss Marple de l'air le plus vindicatif qu'il soit permis à une vieille demoiselle sur son quant-à-soi de le faire… Une cruauté si grande, disais-je, que je regrette, vraiment, qu'on ait aboli la peine capitale, car si quelqu'un mérita jamais la potence, c'est bien le Dr Quimper !

— A qui le dites-vous ! opina l'inspecteur Craddock.

— Je m'étais voyez-vous avisée, enchaîna miss Marple, que lorsqu'on regarde une personne de dos cette vue arrière – si je puis m'exprimer ainsi – est parfaitement caractéristique. J'en ai conclu que si Elspeth McGillicuddy pouvait voir le Dr Quimper exactement comme elle l'avait vu dans le train, c'est-à-dire de dos, penché sur une femme dont il enserrerait la gorge, elle le reconnaîtrait à coup sûr ou se laisserait à tout le moindre aller à pousser une exclamation d'horreur. C'est pourquoi je me suis, avec l'aide de Lucy, livrée à cette petite mise en scène.

— Je dois avouer, convint Mrs McGillicuddy, que j'en ai été toute retournée. Je n'ai pas pu me retenir de hurler : « C'est lui ! » Dieu sait pourtant, voyez-vous, que je ne l'avais jamais regardé en face.

— J'ai eu un instant très peur que vous ne l'avouiez, Elspeth, frémit rétrospectivement miss Marple.

— C'est que je m'apprêtais à faire, confirma Mrs McGillicuddy. Je m'apprêtais à dire que je ne connaissais pas son visage.

— Et cela, commenta miss Marple, ç'aurait été catastrophique. Car voyez-vous, ma chère, il a *cru* que vous l'aviez vraiment reconnu. Il ne pouvait pas se douter, lui, que vous ne saviez pas à quoi il ressemblait.

— J'ai donc bien fait de tenir ma langue.

— Je ne vous aurais jamais laissé placer un mot de plus, ma chère Elspeth, trancha miss Marple.

Craddock éclata de rire :

— Vous deux ! Quel tandem ! Et maintenant, miss Marple ? Quel sera l'heureux dénouement ? Que va-t-il par exemple advenir de cette pauvre Emma Crackenthorpe ?

— Elle s'en remettra et oubliera son docteur, bien entendu, décréta miss Marple. Et je présume que si son père venait à mourir – je ne le crois pas aussi solide qu'il se l'imagine – elle s'en irait faire une grande croisière, ou s'installer quelque part à l'étranger comme Geraldine Webb, et qu'elle y rencontrerait sans doute un homme selon son cœur. Un individu *mieux sous tous rapports* que ce Dr Quimper, j'ose l'espérer.

— Et Lucy Eyelesbarrow ? Y a-t-il également marche nuptiale à l'horizon ?

— Cela se pourrait bien, sourit miss Marple. Oui, je n'en serais pas surprise.

— Et quel sera l'heureux élu ? s'enquit Dermot Craddock.

— Vous n'avez pas votre petite idée sur la question ? riposta miss Marple.

— Non, mentit Craddock. Vous si ?

— Ma foi, je crois bien que oui, lui avoua miss Marple avec un grand clin d'œil.

# La plume empoisonnée

*A mes amis*
*Sydney et Mary Smith*

# 1

Quand enfin on m'extirpa de ma gangue de plâtre, quand les médecins m'eurent tiraillé tout leur soûl, quand à force de cajoleries les infirmières m'eurent amené à remuer prudemment les membres et quand je fus écœuré jusqu'à la nausée de les entendre me parler en bêtifiant comme si j'étais un nouveau-né dans ses langes, Marcus Kent me déclara qu'il fallait que j'aille m'installer à la campagne.

— Grand air, calme, farniente, voilà mon ordonnance. Votre foldingue de sœur s'occupera de vous. Mangez, dormez, vivez au maximum comme un légume.

Je ne lui demandai pas si je pourrais revoler un jour. Il est des questions qu'on ne pose pas tellement on en redoute la réponse. C'est ainsi que, au cours de ces cinq mois, je n'avais jamais cherché à savoir si j'étais condamné à passer le restant de mon existence allongé sur le dos. Je craignais d'entendre l'infirmière me déclarer avec une hypocrisie guillerette :

« Voyons, c'est une question, ça ? Nous ne laissons pas nos malades dire des bêtises pareilles ! »

Je n'avais donc rien demandé… et ça s'était bien terminé. Je n'allais pas rester un pauvre infirme. J'étais capable de bouger les jambes, de me tenir debout… et si j'avais l'impression d'être un nourrisson aventureux qui, les genoux flageolants et les jambes en coton, apprend à mettre un pied devant l'autre, eh bien, ça n'était que faiblesse et manque d'exercice. Ça passerait.

Marcus Kent, le type même du toubib intelligent, répondit à la question que je n'avais pas posée :

— Vous allez vous rétablir complètement. Nous n'en étions pas sûrs quand vous avez subi l'examen de contrôle mardi dernier, mais maintenant c'est officiel. Seulement… ça ne va pas être une mince affaire. Ce sera long. Long et fastidieux. Quand le système nerveux et les muscles sont en jeu, il faut que le moral soutienne le physique. La moindre impatience, la moindre contrariété vous feront régresser. Alors, quoi que vous fassiez, « n'essayez, pas d'aller plus vite que la musique ». La plus petite imprudence, et vous vous retrouverez en clinique. Il faut que vous preniez la vie au ralenti, comme elle vient, *tempo legato*. Non seulement votre corps a besoin de récupérer, mais vous avez été maintenu longtemps sous médicaments et vos nerfs sont affaiblis.

» C'est pourquoi je vous dis : partez pour la campagne, louez une maison, intéressez-vous à la politique locale, aux scandales, aux potins du village, passionnez-vous pour la vie de vos voisins. Et, si je peux me permettre une suggestion, choisissez un trou perdu où vous ne connaissez rigoureusement personne.

Je hochai la tête :

— Oui, j'avais déjà pensé à ça.

Je n'imagine rien de plus pénible que les copains qui débarquent chez vous, bourrés de compassion et tout entiers occupés de leurs propres histoires :

— Jerry, tu as une mine superbe... Il n'a pas une mine superbe ? Je t'assure ! Chéri, il faut que je te raconte... tu connais la dernière de Bruce ?

Non ! Très peu pour moi ! Les chiens sont des sages. Ils se traînent dans un coin tranquille pour lécher leurs plaies et ne regagnent le monde qu'une fois retapés.

Sur ces entrefaites, Joanna et moi effectuâmes un tri frénétique parmi les éloges enthousiastes que les agents immobiliers nous faisaient de propriétés situées aux quatre coins des Iles Britanniques. Entre autres « possibles » à visiter, nous retînmes *Little Furze*, à Lymstock, surtout parce que nous n'avions jamais mis les pieds à Lymstock et que nous ne connaissions âme qui vive dans le secteur.

Et quand Joanna vit *Little Furze*, elle décréta aussitôt que c'était exactement la maison qu'il nous fallait.

Elle se trouvait à moins d'un kilomètre de Lymstock sur la route qui montait vers la lande. C'était une coquette maison basse et d'une blancheur immaculée, agrémentée d'une véranda victorienne au toit pentu et à la peinture vert fané. Les fenêtres donnaient sur un vallon tapissé de bruyère au fond duquel, sur la gauche, pointait le clocher de Lymstock.

Elle avait appartenu à un quarteron de vieilles filles, les demoiselles Barton, dont il ne restait que la plus jeune, miss Emily.

Miss Emily Barton, charmante vieille personne toute menue, était merveilleusement assortie à sa maison. D'une voix douce, comme si elle s'excusait, elle expliqua à Joanna que c'était la première fois qu'elle louait et qu'elle n'aurait jamais pensé en arriver là, « mais vous comprenez, ma chère, les choses sont tellement différentes aujourd'hui... Les *impôts*, évidemment. Et puis, mes actions, *sans risque*, avais-je toujours cru, et dont le directeur de la banque *lui-même* m'avait conseillé certaines.... Eh bien, elles ne rapportent plus rien *du tout* maintenant... Des *étrangères*, naturellement ! Vraiment, cela rend la vie si *difficile* ! Qui pourrait – je suis sûre que vous me comprendrez, ma chère, et que vous ne prendrez pas ça en mauvaise part, vous paraissez si gentille... Qui pourrait, disais-je, avoir *envie* de louer sa maison à des inconnus ? Mais que voulez-vous... il faut bien saisir le taureau par les cornes. Et vraiment, maintenant que je vous connais, je serai très *heureuse* de vous savoir ici... La maison a besoin, voyez-vous, d'un petit vent de *jeunesse*. Et puis, je dois vous l'avouer, la pensée de voir des *Hommes* ici me faisait reculer !

Au point où en étaient les choses, il fallut bien que Joanna lui apprenne mon existence. Miss Emily fit bonne figure :

— Oh, mon Dieu, quel malheur ! Un accident

d'avion ? Quel courage ont ces jeunes gens et qu'ils sont donc intrépides ! Quoi qu'il en soit, votre frère va donc rester quasiment invalide...

Cette pensée paraissait apaiser la douce personne. Sans doute ne me livrerai-je pas à ces activités de brutes viriles qui effrayaient Emily Barton. Elle demanda avec quelque embarras si je fumais.

— Comme un pompier ! s'exclama Joanna. Et d'ailleurs, fit-elle remarquer, moi aussi.

— Bien sûr, bien sûr, suis-je sotte ! Ah, voyez-vous, je crois que je suis restée d'une autre époque. Mes sœurs étaient toutes plus âgées que moi, et ma chère maman, qui a vécu jusqu'à quatre-vingt-dix-sept ans, était très pointilleuse. Oui, oui, tout le monde fume, de nos jours. Le problème, c'est qu'il n'y a pas de cendriers dans la maison.

Joanna lui assura qu'elle apporterait des tas de cendriers.

— Et nous ne laisserons pas traîner nos mégots sur vos jolis meubles, je vous le promets, ajouta-t-elle avec un sourire. Rien ne m'agace plus moi-même que de voir les gens faire ça.

Tout était donc réglé et nous louâmes *Little Furze* pour six mois, avec une option pour trois mois supplémentaires. Emily Barton expliqua à Joanna qu'elle-même serait très bien installée, car elle allait emménager dans un appartement tenu par une ancienne domestique à elle, « ma fidèle Florence », qui s'était mariée « après quinze ans à notre service. Une fille si *gentille*. Son mari travaille dans le bâtiment. Ils ont une belle maison dans High Street, j'habiterai deux pièces magnifiques au premier, tout ce qu'il y a de confortable, et puis Florence est tellement contente de m'avoir près d'elle ».

Apparemment, tout s'arrangeait pour le mieux. L'accord fut signé puis, à la date prévue, Joanna et moi vînmes prendre possession des lieux. Partridge, la servante de miss Emily Barton, avait consenti à rester pour veiller sur nous avec l'aide, le matin, d'une « petite bonne » qui, quoique un peu simplette, paraissait bien brave.

Partridge, créature entre deux âges au maintien guindé et à la mine austère, cuisinait admirablement. Et, bien qu'elle désapprouvât les repas du soir – miss Emily avait l'habitude de dîner frugalement d'un œuf à la coque –, elle se plia néanmoins à nos habitudes et alla même jusqu'à admettre qu'elle voyait bien que j'avais besoin de reprendre des forces.

Nous vivions à *Little Furze* depuis une semaine lorsque miss Emily Barton vint en grande cérémonie déposer sa carte de visite. Ce fut ensuite le tour de Mrs Symmington, l'épouse du notaire, puis de miss Griffith, la sœur du médecin, de Mrs Dane Calthrop, la femme du pasteur, et enfin de Mr Pye, de Prior's End.

Joanna en fut très impressionnée.

— Je n'aurais jamais cru que les gens se *déplaçaient* pour venir vous *déposer* des cartes de visite à *domicile*, dit-elle d'un ton où le respect se mêlait à la crainte.

— C'est parce que tu ne connais rien à la campagne, mon chou.

— Tu parles ! J'y ai passé des dizaines de week-ends avec des amis !

— Ça n'a rien à voir, allons.

J'ai cinq ans de plus que Joanna. Je me rappelle la grande baraque délabrée de ma petite enfance, avec ses prairies qui dévalaient jusqu'à la rivière. Je me revois ramper sous les framboisiers enchevêtrés en cachette du jardinier ; je me remémore l'odeur de la poussière blanche dans la cour de l'écurie, le chat roux qui y déambulait gravement, le raclement des sabots des chevaux sur le sol de leur stalle.

Mais lorsque j'eus sept ans et Joanna deux, on nous envoya vivre chez une de nos tantes, à Londres. Et nous y passâmes désormais nos vacances de Pâques et de Noël, à courir les spectacles de pantomime, les théâtres et les cinémas, ou bien à canoter à Kensington Gardens et, plus tard, à fréquenter les patinoires. Au mois d'août, on nous emmenait à l'hôtel, au bord de la mer.

Ces réflexions me firent mesurer, non sans un certain remords, à quel point j'étais devenu un invalide égoïste, d'abord et avant tout préoccupé de lui-même.

— Ça risque d'être rudement pénible pour toi, ici, dis-je à Joanna d'un ton pensif. Il y a tout un tas de choses qui vont te manquer.

Car Joanna est ravissante, déborde de vie et n'aime rien tant que la danse, les cocktails, tomber amoureuse et foncer sur les routes dans de grosses cylindrées.

Elle rit et prétendit que ça lui était bien égal :

— Ecoute, je suis même ravie d'avoir quitté tout

ça. J'en avais jusque-là de toute cette bande. Et puis, je sais que tu t'en fiches, mais la rupture avec Paul m'a beaucoup secouée. Il va me falloir un temps fou pour m'en remettre.

Ça, j'en doutais. Les amours de Joanna se déroulent selon un schéma immuable : elle se toque d'un jeune crevard sans consistance – génie méconnu dans le meilleur des cas. Elle écoute ses lamentations interminables et remue ciel et terre pour qu'on rende justice à son talent. Puis, dès qu'il montre quelque ingratitude, elle se dit blessée à mort et clame que son cœur est brisé... jusqu'à ce que débarque un autre invertébré – ce qui se produit d'ordinaire dans les trois semaines qui suivent !

Je ne prenais donc pas trop au sérieux le cœur brisé de Joanna. En revanche, je constatais que la vie à la campagne était une sorte de jeu nouveau pour ma séduisante sœur.

— En tout cas, dit-elle, je suis divinement dans la note, non ?

Je l'examinai d'un œil critique, mais fus bien incapable d'acquiescer.

Joanna portait une tenue « sport » de chez *Mirotin*. Autrement dit une jupe moulante taillée dans un tissu à carreaux ridiculement voyant, avec un grotesque petit chandail à manches courtes d'inspiration tyrolienne, des bas de soie arachnéens et des bottillons impeccables... mais flambant neufs.

— Non, dis-je enfin, tu as tout faux. Tu devrais enfiler une vieille jupe de tweed, vert sale ou brun passé de préférence. Mettre un bon chandail assorti en cachemire, éventuellement une veste en lainage un peu avachie et puis un feutre, des gros bas et de bonnes vieilles chaussures. Là, et là seulement, tu te fondrais dans le décor de High-Street à Lymstock, tandis que comme ça, tu tranches vraiment.

» Et pour ce qui est de la tête que tu t'es dessinée, ajoutai-je, ça ne colle pas du tout non plus.

— Qu'est-ce qu'elle a encore qui ne va pas, ma tête ? J'ai mis mon fond de teint *Cambrousse n° 2*, pourtant !

— Je ne te le fais pas dire ! Si tu vivais à Lymstock, tu aurais juste un peu de poudre sur le nez pour l'empêcher de briller, à la rigueur un soupçon de rouge à lèvres – mis n'importe comment – et tu aurais presque à coup sûr tes sourcils tout entiers, pas seulement le quart !

Joanna gloussa, l'air de juger tout ça tordant :

— Tu crois qu'ils vont me trouver affreuse ?

— Mais non, un peu olé olé, c'est tout.

Elle s'était remise à étudier les cartes laissées par nos visiteurs. Seule la femme du vicaire avait eu la chance, ou peut-être la malchance, de surprendre la maîtresse de maison au logis.

— On dirait un jeu des Sept Familles, non ? murmura-t-elle. Mme Chicane, la femme de l'avoué, Mlle Potard, la fille du pharmacien, j'en passe et des meilleures…

Son enthousiasme lui revint :

— Décidément, Jerry, cet endroit me plaît ! Il est divin. Il vous a un de ces charmes vieillots que je trouve attendrissant. On a l'impression très nette qu'il ne peut rien arriver de moche ici, non ?

Et, bien que je sache que ce qu'elle disait était idiot,

j'acquiesçai tout de même. Dans un endroit comme Lymstock, rien de moche ne pouvait arriver.

Bizarre, quand on y pense, que ce soit juste une semaine plus tard que nous reçûmes la première lettre.

*

Je m'avise que je n'ai pas pris les choses par le bon bout. Je n'ai pas décrit Lymstock. Or, si on ne comprend pas à quoi ressemble Lymstock, on ne peut rien comprendre à mon histoire.

Lymstock plonge ses racines dans le passé. A l'époque de la conquête normande, c'était un lieu très important. Pour des raisons ecclésiastiques, essentiellement. Lymstock possédait en effet son prieuré, qui vit une longue succession de prieurs ambitieux et puissants. Les seigneurs et les barons du cru se mettaient en règle avec le Ciel en faisant don au prieuré d'une partie de leurs terres. Le prieuré de Lymstock s'enrichit au cours des siècles, prit de l'importance et exerça son pouvoir sur la région. Un jour, pourtant, Henry VIII le réduisit à partager le destin de ses contemporains. Dès lors, ce fut le château qui domina la ville. Mais le prieuré comptait encore. Il avait des droits, des privilèges, et il était riche.

Plus tard, dans les années 1700 et quelques, la montée du progrès balaya Lymstock. Le château tomba en ruine. Les routes ne passant pas par là – et plus tard les chemins de fer l'ignorant à leur tour –, Lymstock ne fut bientôt plus qu'une petite bourgade de province, un trou perdu adossé à la lande, ceinturé de fermes tranquilles et de champs à perte de vue que seule une foire rurale venait périodiquement animer.

La foire en question se tenait une fois la semaine, et ce jour-là on croisait du bétail sur tous les chemins alentour. De six mois en six mois avait lieu une course à laquelle ne participaient que les plus obscurs chevaux de retour.

Avec ses maisons fort dignes alignées en retrait, auxquelles les vitrines de gâteaux, de légumes et de fruits installées au rez-de-chaussée donnaient une note incongrue, High Street ne manquait pas de charme. Il y avait un magasin de nouveautés qui s'étirait en longueur, une immense quincaillerie remplie de merveilles, un bureau de poste prétentiard, quelques boutiques éparses à vocation incertaine, deux bouchers concurrents et un libre-service. Il y avait un médecin, une étude de notaire, Galbraith, Galbraith & Symmington, une belle église aux dimensions surprenantes datant de 1420 où reposaient les restes d'un quelconque Saxon, une école neuve et hideuse, et deux pubs.

Tel était Lymstock. Aiguillonnés par Emily Barton, tous ceux qui comptaient dans la bourgade passèrent nous voir et Joanna, après avoir acheté une paire de gants et s'être dégoté un béret de velours d'une hideur de bon aloi, entreprit de leur rendre la pareille.

Toutes ces nouveautés nous paraissaient d'un exotisme délicieux. Nous n'allions pas passer notre vie ici. Ce n'était pour nous qu'un intermède. Je me disposais à suivre les instructions de mon médecin et à m'intéresser à mes voisins.

Joanna et moi trouvions tout ça extrêmement divertissant.

J'avais bien retenu, je crois, les directives de Marcus Kent de me délecter des scandales locaux. Mais j'étais quand même loin de me douter de la façon dont les scandales en question allaient forcer mon attention.

Le bizarre de l'histoire c'est que, lorsque la lettre arriva, elle nous amusa plutôt.

Nous la reçûmes, je m'en souviens, au petit déjeuner. Je tournai et retournai l'enveloppe en prenant tout mon temps comme on le fait quand les heures s'égrènent lentement et que le moindre événement doit être savouré au maximum. Je constatai qu'elle avait été postée sur place et que l'adresse était tapée à la machine.

Je l'ouvris avant les deux qui portaient le tampon de Londres. Et pour cause : la première était manifestement une facture et la seconde émanait d'un cousin plutôt rasoir.

A l'intérieur, je ne trouvai qu'une feuille de papier sur laquelle on avait collé des caractères et des mots probablement découpés dans un vieux bouquin. Sidéré, je commençai par fixer le texte sans comprendre ce que je lisais. Puis je poussai une exclamation.

Joanna, qui épluchait quelques factures, leva le nez.

— Qu'est-ce qui t'arrive ? me demanda-t-elle. Tu as l'air complètement éberlué !

L'auteur de la lettre exprimait dans les termes les plus crus qu'à son avis Joanna et moi n'étions pas du tout frère et sœur.

— C'est une lettre anonyme particulièrement répugnante, répondis-je.

J'étais encore sous le choc. Qui se serait attendu à ça dans un paisible trou perdu comme Lymstock ?

Joanna montra tout de suite un vif intérêt :

— Sans blague ? Et qu'est-ce qu'elle raconte au juste ?

Dans les romans, ai-je remarqué, on évite autant que faire se peut de montrer les lettres anonymes aux représentantes du sexe faible. Il est entendu qu'il faut à tout prix les protéger du traumatisme qui en résulterait pour leurs nerfs délicats.

J'avoue que l'idée de cacher la lettre à Joanna ne me vint même pas à l'esprit. Je la lui tendis sur-le-champ.

Son absence de réaction, sinon quelques signes d'amusement, justifia ma confiance dans sa force de caractère :

— Quel ramassis de saletés ! Je savais que les lettres anonymes existaient, mais je n'en avais jamais vu. Elles sont toutes comme ça ?

— Comment le saurais-je ? Moi aussi, c'est ma première expérience dans ce domaine.

Joanna pouffa de rire :

— Tu avais sans doute raison pour mon fond de teint, Jerry. On doit me prendre pour une femme de mauvaise vie !

— Ajoute à ça que je tiens de notre père qui était

un grand brun aux joues creuses, et toi de notre mère qui était une petite blonde aux yeux bleus.

Joanna approuva d'un signe de tête :

— C'est vrai, nous ne nous ressemblons pas pour deux sous. Personne ne devinerait que nous sommes frère et sœur.

— En tout cas, il y en a au moins un qui ne le croit pas, dis-je avec force.

Joanna déclara qu'elle trouvait cette histoire hilarante. Puis, songeuse, elle agita la lettre qu'elle tenait par un coin et me demanda ce que nous allions en faire.

— Je pense que la procédure classique consiste à la jeter au feu en poussant une exclamation de dégoût.

Je passai de la parole aux actes. Et Joanna applaudit des deux mains :

— Tu as été magnifique ! Tu aurais du être acteur, tu sais ! Une chance que nous fassions encore du feu…

— Oui, la corbeille à papiers, c'était beaucoup moins théâtral. J'aurais aussi pu y mettre le feu avec une allumette et la regarder tranquillement brûler.

— Mais ce qu'on veut brûler ne prend jamais feu, ça s'éteint tout de suite. Il t'aurait sûrement fallu toute une boîte d'allumettes.

Joanna se leva et se dirigea vers la fenêtre. Elle resta immobile un moment, puis tourna soudain la tête :

— Ce que je me demande, c'est qui a bien pu l'écrire.

— Je crois que nous ne le saurons jamais.

— Non... c'est probable.

Elle resta un instant silencieuse, puis reprit :

— A la réflexion, je ne trouve pas ça tellement drôle. Tu vois, je m'étais figurée... je m'étais figurée qu'on nous *aimait bien*, ici.

— Evidemment, qu'on nous aime bien. C'est un cinglé quelconque qui fait sa crise, c'est tout.

— Oui, peut-être bien... Brrr ! en tout cas, c'est immonde.

Elle sortit au soleil et, tout en fumant ma cigarette d'après le petit déjeuner, je songeai qu'elle avait raison. C'était immonde. Quelqu'un réprouvait notre installation dans le pays... quelqu'un réprouvait la jeunesse éclatante, la beauté – un peu sophistiquée, bien sûr – de Joanna... On nous voulait du mal. Peut-être valait-il mieux en rire... mais au fond, ce n'était pas drôle du tout...

Le Dr Griffith vint ce matin-là. Je lui avais demandé de faire une révision complète de la machine une fois par semaine. J'aimais bien Owen Griffith. Brun, dégingandé, embarrassé de sa longue carcasse, il avait cependant des mains habiles et très douces. Assez timide, il parlait d'une voix saccadée.

Il constata des progrès encourageants, puis ajouta :

— Dites-moi, vous vous sentez bien ? Je ne sais pas, mais j'ai l'impression que vous n'êtes pas dans votre assiette, ce matin.

— Pas vraiment, répondis-je. Nous avons eu droit, au petit déjeuner, à une lettre anonyme particulièrement fielleuse. Ça m'est resté en travers de la gorge.

Il laissa tomber sa sacoche. Son visage brun et maigre s'était animé :

— Vous voulez dire que, vous aussi, vous en avez reçu une ?

Je dressai l'oreille :

— Il y en a d'autres qui circulent ?

— Oui. Ça dure depuis un bon bout de temps.

— Tiens donc ! Et moi qui me disais que c'était les étrangers qu'on n'aimait pas dans le secteur.

— Non, non, ça n'a rien a voir. C'est…

Il s'interrompit, puis demanda :

— Qu'est-ce qu'elle disait ? Enfin, je…

Il rougit soudain avant d'ajouter, embarrassé :

— Je… euh… je suis peut-être indiscret ?

— Oh, je ne vois aucun inconvénient à vous mettre au courant ! Elle dit simplement que la poule de luxe que j'ai amenée ici n'est pas ma sœur – loin s'en faut ! Et encore, je vous en donne là une version expurgée.

Le visage d'Owen Griffith s'empourpra violemment :

— C'est ignoble ! J'espère que votre sœur n'a pas… n'est pas trop perturbée ?

— Joanna ressemble un peu à l'ange qu'on accroche en haut du sapin de Noël, mais c'est une très moderne et une dure à cuire. Non, elle trouve ça du plus haut comique. C'est la première fois que ça lui arrive, vous comprenez.

— Encore heureux ! s'exclama Griffith avec chaleur.

— Quoi qu'il en soit, c'est la meilleure façon de

prendre ça, dis-je avec fermeté. Comme une chose éminemment grotesque.

— Bien sûr, approuva Griffith. Seulement…

— Comme vous dites ! Seulement est le mot !

— L'ennui avec ce genre d'histoire, poursuivit Griffith, c'est qu'une fois que ça a commencé, ça ne fait généralement que croître et embellir.

— Ça, je veux bien le croire.

— C'est pathologique, évidemment.

J'approuvai d'un signe de tête.

— Vous soupçonnez quelqu'un ? demandai-je.

— Non. J'aimerais pourtant bien. Voyez-vous, une épidémie de lettres anonymes, ça peut se ranger en deux catégories bien distinctes. Soit, il s'agit d'un problème *particulier* – seule une personne ou un groupe de personnes bien précises est visée et l'affaire est, pourrait-on dire, *motivée* : quelqu'un a une dent contre quelqu'un d'autre pour une raison bien définie, et il choisit cette façon répugnante et sournoise d'assouvir sa rancune. C'est bas, mesquin, mais pas forcément cinglé et, d'habitude, on en repère assez facilement l'auteur : un domestique renvoyé, une femme jalouse, que sais-je… Soit, il s'agit d'un problème *général*, et là c'est plus grave. Les lettres sont adressées à tout le monde et à n'importe qui et servent à satisfaire une frustration qui est dans la tête de celui qui écrit. Comme je vous le disais, c'est pathologique. Et la folie, ça se développe. Evidemment, on finit toujours par coincer le coupable… il s'agit le plus souvent de quelqu'un qu'on n'aurait jamais pensé à soupçonner une seconde. L'année dernière, il y a eu une sale histoire du même genre à l'autre bout du comté… et figurez-vous qu'on est tombé sur la responsable du rayon mode d'un grand magasin. Une femme tranquille, distinguée… elle travaillait là depuis des années. Et je me souviens que quand j'avais mon cabinet dans le Nord, nous avons eu droit à une épidémie similaire… une affaire d'amour-propre froissé. Enfin, comme je vous le disais, ce n'est pas la première fois que je suis confronté à ce genre d'histoire et, pour être franc, ça me flanque la frousse !

— Et ça dure depuis longtemps ? demandai-je.

— Je ne crois pas. Mais, naturellement, c'est difficile à dire. Les gens qui reçoivent ce type de lettres ne vont pas le crier sur les toits. Ils les fourrent au feu.

Il marqua un temps, puis :

— Moi-même, j'en ai reçu une. Symmington, le notaire, y a eu droit lui aussi. Et un ou deux de mes patients m'en ont signalé.

— Elles sont toutes du même acabit ?

— Oui. Elles dénotent chez le corbeau une véritable obsession des choses du sexe. C'est d'ailleurs caractéristique.

Il esquissa un sourire :

— Symmington était accusé d'entretenir des relations coupables avec sa secrétaire – cette pauvre miss Ginch, qui a quarante-cinq ans au bas mot, un pince-nez et des dents de lapin. Symmington a foncé tout droit à la police. Moi, on m'accusait, détails croustillants à l'appui, de bafouer l'éthique professionnelle avec mes patientes. Ces lettres sont toutes absurdes et infantiles, mais terriblement venimeuses.

Son visage devint grave :

— Quoi qu'il en soit, *j'ai peur*. Ce genre d'âneries, ça peut devenir dangereux, vous savez.

— Oui, c'est bien possible.

— Vous comprenez, aussi grossières et primaires soient-elles, une de ces lettres finira tôt ou tard par tomber juste. Et alors Dieu sait ce qui peut arriver ! J'ai peur aussi de l'effet qu'elles peuvent produire sur des esprits frustes et un tantinet crédules. Sous prétexte que c'est écrit, ils croiront que c'est vrai. Que de complications en perspective !

— C'était une lettre bourrée de fautes, dis-je, pensif. Sûrement écrite par un quasi illettré.

— Ah, vous croyez ça ? fit Owen.

Sur quoi il s'en fut.

A la réflexion, je trouvai ce « Ah, vous croyez ça ? » passablement troublant.

## 2

Je n'irai pas jusqu'à prétendre que la réception de la lettre anonyme ne nous laissa pas un arrière-goût amer. Au contraire. En même temps, l'histoire me sortit assez vite de la tête. A ce moment-là, voyez-vous, je ne prenais pas encore l'affaire au sérieux. Je me disais que ce genre de chose devait être fréquent dans les patelins loin de tout. C'était l'œuvre, estimais-je, d'une malheureuse hystérique à l'affût de sensations fortes. Et si toutes les lettres anonymes étaient aussi infantiles et stupides que la nôtre, ça ne ferait sûrement pas grand mal.

L'incident suivant, si je puis dire, se produisit environ une semaine plus tard, lorsque Partridge, la bouche pincée, m'annonça que Beatrice, la petite bonne, ne viendrait pas ce jour-là :

— J'ai cru comprendre que quelque chose l'avait *dérangée*, monsieur.

Je ne saisis pas très bien ce qu'insinuait Partridge et diagnostiquai – à tort – quelque trouble intestinal que, par délicatesse, la gouvernante n'avait pas précisé. Je répondis que j'étais désolé et que j'espérais la voir se rétablir rapidement.

— Oh, la petite se porte comme un charme ! répliqua Partridge. C'est dans ses Sentiments qu'elle a été Dérangée.

— Ah bon ? fis-je, plutôt incrédule.

— Oui, à cause d'une lettre qu'elle a reçue. Avec, si j'ai bien compris, des Insinuations…

Le coup d'œil sinistre qu'elle me lança, associé au I majuscule d'« Insinuations » me laissa à penser que les insinuations en question me concernaient de près. J'aurais à peine reconnu Béatrice si je l'avais croisée dans la rue tellement j'avais peu fait attention à elle, mais je n'en ressentis pas moins une irritation somme toute bien légitime. Un infirme qui vacille sur deux cannes dans le rôle du tombeur des filles du village, c'était un peu fort.

— Quelle idiotie ! protestai-je, agacé.

— Exactement ce que j'ai dit à la mère de la petite : « Il n'y a jamais eu de Manigances dans cette maison et il n'y en aura pas tant que j'y serai ! »

que je lui ai dit. « Quant à votre Béatrice, vu la manière dont se conduisent les filles d'aujourd'hui, je ne peux pas savoir si elle ne Manigance pas ailleurs. » La vérité, monsieur, c'est que le jeune commis du garage avec qui Béatrice sort, il a aussi reçu une de ces lettres et qu'il ne prend ça pas bien du tout.

— Jamais de ma vie je n'ai rien entendu de plus grotesque ! m'exclamai-je, furieux.

— Ma foi, croyez-moi, monsieur, on est bien débarrassés de cette fille ! Ce que je pense, c'est que si la petite a réagi comme ça, c'est qu'elle avait *quelque chose* à cacher. Il n'y a pas de fumée sans feu, voilà ce que je pense.

J'ignorais encore à quel point j'allais bientôt en avoir par-dessus les oreilles de cette maudite phrase.

*

Ce matin-là, saisi par le démon de l'aventure, je décidai de descendre à pied jusqu'au village. (Joanna et moi disions toujours village bien que le terme fût techniquement impropre et qu'il eût toutes les chances de déplaire aux naturels du cru.)

Le soleil resplendissait, l'air pur et vif sentait bon le printemps. J'attrapai mes cannes et me mis en route après avoir refusé avec fermeté que Joanna m'accompagne :

— Ah non ! Pas d'ange gardien à tournicoter autour de moi et à me piailler des encouragements ! Qui voyage seul voyage plus vite, tout le monde sait ça ! Et puis j'ai un tas de choses à faire. Il faut que je passe chez Galbraith, Galbraith & Symmington pour signer le transfert d'actions, ensuite chez le boulanger pour me plaindre de son pain, puis rendre le livre que nous avons emprunté. Il faut aussi que j'aille à la banque. Laisse-moi partir ; femme, la matinée sera déjà trop courte.

Nous convînmes que Joanna viendrait me chercher en voiture de façon que nous soyons remontés pour l'heure du déjeuner.

— Comme ça, tu auras le temps de papoter avec tout le monde à Lymstock.

— Oui, il ne fait pas de doute que j'aurai rencontré tout ce qui compte dans ce bled.

Car, le matin, High Street est une sorte de rendez-vous où l'on fait ses courses tout en échangeant les nouvelles.

En fin de compte, j'eus tout de même de la compagnie pour descendre. A peine avais-je parcouru deux cents mètres que j'entendis tinter derrière moi une sonnette de bicyclette. Puis il y eut un crissement de freins et Megan Hunter tomba quasiment de son engin à mes pieds.

— Bonjour ! haleta-t-elle en se ramassant et en s'époussetant.

J'aimais bien Megan. Et elle éveillait toujours chez moi un curieux sentiment de pitié.

Elle était la belle-fille de Mᵉ Symmington, le notaire, et la fille d'un premier mariage de Mrs Symmington. On parlait peu de Mr (ou du capitaine) Hunter et j'en concluais qu'on préférait l'oublier. On racontait qu'il avait affreusement maltraité Mrs Symmington. Cette dernière avait demandé le divorce au bout d'un an ou deux. Possédant quelques biens personnels, elle était venue avec sa fillette s'installer à Lymstock « pour oublier » et, au bout du compte, avait fini par épouser Richard Symmington, unique célibataire potable du coin. De ce second mariage étaient nés deux garçons auxquels leurs parents se consacraient entièrement. J'imaginais que Megan devait parfois se sentir comme un cheveu sur la soupe. Elle ne ressemblait pas du tout à sa mère, petite femme anémique à la beauté fanée qui, d'un filet de voix mélancolique, ne parlait que de ses problèmes domestiques et de sa santé.

Megan, elle, était grande et plutôt gauche. Et, bien qu'elle en eût presque vingt, on aurait dit une collégienne de seize ans. Elle avait une tignasse brune ébouriffée, des yeux noisette avec des reflets verts, et un visage mince et anguleux qu'éclairait un drôle de sourire en coin. Mal fagotée, elle portait la plupart du temps des gros bas de fil troués.

Ce matin-là, je lui trouvai plus de ressemblance avec un cheval qu'avec un être humain. Bien bouchonnée, elle aurait même pu faire un très joli cheval.

Elle parlait toujours vite, comme si elle allait perdre le souffle :

— Je suis montée à la ferme… chez les Lasher, vous connaissez ? Je voulais leur acheter des œufs de cane. Il y avait plein de petits cochons. Adorables ! Vous aimez les cochons ? Moi, j'aime même leur odeur !

— Les cochons bien soignés n'ont pas d'odeur.

— Ah, vraiment ? Par ici, ils en ont toujours. Vous

descendez à Lymstock ? J'ai vu que vous étiez seul, alors j'ai pensé faire un bout de chemin avec vous, seulement je me suis arrêtée un peu brusquement.

— Et vous avez déchiré votre bas.

L'air contrarié, Megan examina sa jambe droite :

— Ah, oui... Bah ! il y avait déjà deux trous, alors ce n'est pas bien grave !

— Vous ne reprisez jamais vos bas ?

— Ça arrive, quand ma mère m'enguirlande. Mais comme elle ne s'occupe pas beaucoup de moi... ce qui, dans un sens, est une chance, non ?

— Vous n'avez pas l'air de vous rendre compte que vous êtes une grande fille.

— Ce qui veut dire que je devrais être davantage comme votre sœur ? Toujours en grand tralala ?

Cette description de Joanna me déplut assez.

— Elle est lavée, soignée et agréable à regarder ! rétorquai-je.

— Elle est ravissante ! Mais elle ne vous ressemble pas pour deux sous, non ? Comment est-ce Dieu possible ?

— Les frères et sœurs ne se ressemblent pas toujours.

— Oui, vous avez raison. Je ne ressemble pas beaucoup à Brian ni à Colin. Brian et Colin ne se ressemblent pas entre eux non plus.

Elle se tut avant d'ajouter :

— C'est vraiment bizarre, non ?

— Quoi donc ?

— La famille.

— Oui, peut-être bien, fis-je, pensif.

Je me demandais ce qu'elle avait en tête. Nous

cheminâmes en silence pendant quelques instants, puis Megan me demanda d'un ton timide :

— Vous êtes aviateur, je crois ?

— Oui.

— C'est comme ça que vous avez été blessé ?

— Oui, mon avion s'est écrasé.

— Personne n'est aviateur, ici.

— Ça, je m'en doute ! Et vous, Megan, ça vous plairait de voler ?

— Moi ? s'étonna-t-elle. Oh, grands dieux, non ! Je serais malade comme une bête ! Je suis déjà malade en train.

Elle réfléchit puis me demanda, à la manière directe des enfants :

— Est-ce que vous allez récupérer assez pour revoler, ou bien est-ce que vous resterez toujours un peu déglingué ?

— Mon médecin m'a dit que j'allais récupérer complètement.

— Ah, bon. Mais il n'est pas du genre à mentir, au moins ?

— Non, je ne crois pas. J'en suis même sûr. J'ai confiance en lui.

— Alors tant mieux. Il y a tellement de gens qui vous mènent en bateau.

J'admis en silence cet état de fait incontestable.

— Je suis contente, déclara Megan d'un ton dénué d'émotion. J'avais peur que ce soit l'idée de rester bancal toute votre vie qui vous donne cet air désagréable. Mais si c'est naturel, alors ce n'est pas pareil !

— Je ne suis pas désagréable ! affirmai-je d'un ton plutôt frais.

— Bon, irascible, mettons.

— Je suis irascible parce que je suis pressé de retrouver ma forme… et que c'est le genre de chose qu'on ne peut pas brusquer.

— Pourquoi s'en faire, alors ?

Je me mis à rire :

— Mais, mon petit, il ne vous arrive jamais d'être impatiente ?

Megan réfléchit à ma question.

— Non, dit-elle enfin. Pourquoi le serais-je, d'ailleurs ? Je n'attends rien. Il ne se passe jamais rien.

La tristesse de sa réponse me frappa.

— Que faites-vous donc de votre temps ? lui demandai-je gentiment.

Elle haussa les épaules :

— Il n'y a pas grand-chose à faire, ici.

— Vous n'avez rien pour vous occuper ? Vous ne faites pas de sport ? Vous avez quand même bien des amis dans le coin ?

— Je suis nulle en sport, je n'aime pas ça. Et il n'y a pas beaucoup de filles dans les parages. Par-dessus le marché, le peu qu'il y a ne me plaisent pas. Elles me trouvent impossible.

— C'est stupide. Pourquoi ça ?

Megan secoua la tête.

— Vous n'avez pas fait d'études ?

— Si, je ne suis revenue à la maison que depuis un an.

— Ça vous plaisait ?

— Oui, assez. Mais les cours étaient fichus n'importe comment.

— C'est-à-dire ?

— Eh bien… ils étaient faits de bric et de broc. On sautait d'un sujet à l'autre. Vous comprenez, c'était une pension qui ne coûtait vraiment pas les yeux de la tête, alors les professeurs n'étaient pas formidables. Ils ne répondaient jamais à fond à nos questions.

— Peu de professeurs en sont capables.

— Pourquoi ? Ils devraient, pourtant.

J'acquiesçai.

— Je suis bouchée à l'émeri, reprit Megan. Et puis on essaie de vous fourrer dans le crâne tellement de trucs qui ne tiennent pas debout. Prenez l'histoire, par exemple, ça change complètement d'un livre à l'autre !

— C'est précisément là l'intérêt.

— Et la grammaire ! Et les dissertations sur des sujets idiots. Et toutes les âneries de Shelley qui ne peut pas s'empêcher de gazouiller à propos des alouettes, et Wordsworth qui sombre dans le gâtisme à cause de trois malheureuses jonquilles ! Et Shakespeare…

— Qu'est-ce que vous reprochez à Shakespeare ?

— Il se triture les méninges pour dire les choses d'une façon tellement compliquée qu'on n'y comprend plus rien. Il y a tout de même *certains* passages que j'aime.

— Il en serait flatté, j'en suis sûr.

Megan resta sourde à mon sarcasme. Son visage s'éclaira :

— J'aime bien Goneril et Regan, par exemple.

— Tiens ! Pourquoi ces deux-là ?

— Je ne sais pas trop. Elles trouvent moyen d'être *convaincantes*, dirais-je. A votre avis, pourquoi étaient-elles comme ça ?

— Comment, comme ça ?

— Eh bien, comme elles étaient. Je veux dire que *quelque chose* avait dû les rendre comme ça.

Je n'avais jamais réfléchi à la question. Pour moi, les deux filles aînées du roi Lear étaient deux fieffées garces et je n'avais pas cherché plus loin. Mais l'idée d'une cause initiale que proposait Megan m'intéressait.

— J'y songerai, déclarai-je.

— Oh, ce n'est pas très important. J'y pensais juste comme ça. Après tout, ce n'est que de la littérature, n'est-ce pas ?

— Certes, certes. Mais dites-moi, vous n'aimiez aucune matière ?

— Si, les maths.

— Les maths ? répétai-je, assez surpris.

Le visage de Megan s'était éclairé :

— Oui, j'adorais ça. Mais les cours n'étaient pas terribles. J'aurais aimé apprendre vraiment bien les maths. Je trouve ça divin. Oui, c'est ça. Il y a quelque chose de divin dans les nombres, non ?

— Je n'ai jamais eu cette impression, répondis-je du fond du cœur.

Nous arrivions dans High Street.

— Tiens ! s'exclama Megan, voilà l'abominable miss Griffith !

— Vous ne l'aimez pas ?

— Je la déteste ! Elle me tarabuste pour m'embrigader chez ses immondes Guides. Je hais les Guides ! Pourquoi faudrait-il se balader en troupeau avec un uniforme et se barder d'insignes pour se vanter de savoir ce qu'on n'a même pas appris correctement ? Quelle blague !

Dans l'ensemble, j'étais plutôt d'accord avec Megan, mais miss Griffith fondit sur nous avant que j'aie eu le temps de lui exprimer mon approbation.

La sœur du médecin, qui répondait au nom particulièrement inadéquat d'Aimée, affichait toute l'assurance dont son frère était si dépourvu. C'était une assez belle femme, un peu masculine, au teint hâlé par le grand air et à la voix chaude et grave.

— Bonjour, vous deux ! aboya-t-elle. Quelle matinée, splendide ! Ah ! Megan, c'est justement vous que je voulais voir. J'ai besoin qu'on m'aide à rédiger des enveloppes pour l'Association des Conservateurs.

Megan marmonna quelques mots vagues, cala sa bicyclette contre le rebord du trottoir et s'engouffra, l'air affairé, dans le libre-service.

— Une gosse à part, décréta miss Griffith qui l'avait suivie des yeux. Paresseuse comme une couleuvre. Elle passe son temps à traînasser à droite à gauche. Ça doit être un gros souci pour cette pauvre Mrs Symmington. Je sais qu'elle a essayé plus d'une fois de lui faire apprendre quelque chose… la sténo, par exemple, ou bien la cuisine, l'élevage des lapins angora, que sais-je ? Ce qu'il lui faudrait, dans la vie, c'est un centre d'*intérêt*.

C'était sans doute vrai, mais à la place de Megan

je me serais, comme elle, opposé de toutes mes forces à la moindre proposition d'Aimée Griffith. Son interventionnisme aurait suffi à me braquer.

— Je me méfie de l'oisiveté, continua miss Griffith. Surtout pour les jeunes. Au moins, Megan n'est ni jolie ni aguichante, ça limite les risques. Je me demande parfois si cette petite n'est pas un peu sotte. Une déception terrible pour sa mère… Vous savez, ajouta-t-elle un ton plus bas, son père était un moins que rien. Souhaitons qu'elle ne tienne pas de lui. Triste pour sa mère ! Enfin, comme je le dis toujours, il faut de tout pour faire un monde.

— Heureusement, remarquai-je.

Aimée Griffith eut un rire « enjoué » :

— C'est juste. Si nous étions tous taillés sur le même modèle, ça ne marcherait pas. Mais je ne supporte pas qu'on gâche sa vie. Moi, je l'aime tellement que je voudrais que tout le monde l'aime aussi. Les gens me disent : « Vous devez vous ennuyer à mourir, coincée toute l'année à la campagne. » Je leur réponds : « Pas du tout ! » Je n'ai pas une minute à moi, je nage dans le bonheur ! C'est qu'il s'en passe, des choses, à la campagne ! Entre mes Guides, mon Cercle, une ribambelle d'œuvres et de comités, mon temps est entièrement pris… et je ne parle pas du tracas que me donne Owen !

Miss Griffith aperçut quelqu'un de connaissance de l'autre côté de la rue. Elle le héla et fonça à travers la chaussée, me laissant libre de continuer mon chemin vers la banque.

Bien qu'elle soit trop envahissante à mon goût, j'admirais miss Griffith pour son énergie et sa vitalité. C'était un plaisir de voir cette femme illuminée par sa foi dans la vie – et quel agréable contraste avec toutes celles qui passent leur temps à se répandre en jérémiades !

Mes transactions bancaires dûment accomplies, je me rendis à l'étude de Messrs Galbraith, Galbraith & Symmington. J'ignore s'il existait encore des Galbraith, je n'en vis jamais un seul. On m'introduisit dans le bureau personnel de Richard Symmington où flottait l'agréable odeur d'atmosphère confinée particulière aux cabinets juridiques fondés depuis des lustres.

Des monceaux de gros classeurs étiquetés lady Hope, sir Everard Carr, William Yatesby-Hoares, Esq., décédé, etc., conféraient à ces lieux la dignité des vieilles familles et la légitimité requises par une étude de notaire établie de longue date.

J'observai M$^e$ Symmington penché sur les documents que je lui avais apportés, et je songeai que si le premier mariage de Mrs Symmington l'avait menée au désastre, elle n'avait pas pris de risques pour le second. Richard Symmington était l'image de la respectabilité tranquille, le type même de l'homme qui évite à sa femme tout motif d'inquiétude. Un long cou avec une pomme d'Adam proéminente, un teint cadavérique, un long nez mince. C'était sans nul doute un homme gentil, bon époux et bon père, mais sûrement pas un bourreau des cœurs.

Au bout d'un moment, M$^e$ Symmington se mit à parler. Il le fit lentement et avec infiniment de clarté. Il émanait de lui un grand bon sens et une perspicacité aiguë. Mon affaire réglée, je me levai pour partir et lui dis :

— A propos, j'ai fait le chemin pour descendre en ville en compagnie de votre belle-fille.

M^e Symmington me regarda un instant comme s'il se demandait qui pouvait bien être sa belle-fille, puis il sourit :

— Ah, oui ! Megan ! Bien sûr… euh… elle… elle a quitté le pensionnat depuis quelque temps. Nous aimerions lui trouver une occupation… Oui, c'est ça, une occupation. Mais elle est encore très jeune, évidemment. Et un peu en retard pour son âge, me suis-je laissé dire. Oui, C'est ce que je me suis laissé dire.

Je sortis. Au secrétariat, un vieillard juché sur un tabouret écrivait avec lenteur et application, un petit jeune homme joufflu rêvassait et une femme entre deux âges aux cheveux frisottés et portant bésicles tapait à la machine sur un rythme endiablé.

Si c'était là miss Ginch, j'accordai à Owen Griffith qu'il était hautement improbable que de tendres liens se fussent tissés entre elle et son employeur.

Je me rendis chez le boulanger et lui sortis mon couplet sur son pain, ce qu'il accueillit avec les protestations et l'incrédulité propres à ces circonstances. Il me fourra dans les bras un autre pain « qui sortait tout juste du four » et dont la chaleur, en me brûlant la poitrine, me prouva qu'il disait vrai.

Je quittai la boutique et scrutai la rue dans l'espoir d'apercevoir Joanna au volant de la voiture. La marche m'avait beaucoup fatigué et je me voyais mal reprendre la route avec mes cannes et le pain.

Aucune trace de Joanna.

Soudain, mes yeux s'écarquillèrent sous l'effet d'une surprise aussi merveilleuse qu'incroyable.

Sur le même trottoir que moi, une déesse voguait à ma rencontre. Il n'y a pas d'autres mots pour le dire.

Un visage aux traits parfaits, de fines boucles blondes, une longue silhouette aux formes exquises ! Elle se mouvait vers moi telle une déesse, sans effort apparent, comme portée par le zéphyr, plus près... de plus en plus près. Une fille magnifique, renversante, une fille époustouflante !

J'étais tellement ému qu'il fallait bien qu'une catastrophe se produisît. Ce fut le pain qui m'échappa. Je fis un plongeon pour le rattraper, ma canne tomba sur le trottoir avec un bruit sec, je perdis l'équilibre et faillis bien m'étaler de tout mon long.

Ce fut le bras vigoureux de la déesse qui me retint.

— Mm... merci, merci beaucoup, bredouillai-je. Je... je suis absolument désolé.

Elle avait récupéré le pain et ma canne qu'elle me tendit en me souriant gentiment :

— Oh, je vous en prie. C'est si peu de chose.

Et la magie s'évanouit d'un seul coup, tuée par cette voix aussi assurée qu'assurément banale.

Une belle fille, pleine de santé, vêtue avec goût, un point c'est tout.

Je me pris à songer à ce qui serait arrivé si les dieux avaient pourvu Hélène de Troie d'une voix pareille. C'était étrange qu'une femme puisse vous troubler jusqu'au tréfonds de l'âme tant qu'elle se taisait, et que la fascination disparaisse comme par enchantement aussitôt qu'elle se mettait à parler.

J'avais déjà vu le contraire. Une petite femme à visage de guenon triste sur laquelle aucun homme ne se serait retourné. Et qui les ensorcelait tous dès qu'ils entendaient sa voix. Un charme à la Cléopâtre, en somme.

Joanna avait garé la voiture à côté de moi sans que je m'en rende compte. Elle me demanda si j'avais un ennui.

— Non, non, répondis-je en rassemblant mes esprits. Je réfléchissais à Hélène de Troie et à ses consœurs.

— Drôle d'endroit pour penser à ça ! Tu avais l'air vraiment bizarre agrippé à ton pain et la bouche grande ouverte.

— J'avais reçu un choc. J'ai fait un saut dans l'*Iliade*, et me revoilà. Sais-tu qui est cette fille ? ajoutai-je en désignant la silhouette qui s'éloignait dans un exquis ondoiement.

Joanna jeta un coup d'œil vers la jeune femme et me répondit que c'était la gouvernante des enfants Symmington :

— C'est elle qui t'a mis dans cet état ? D'accord, elle vaut le coup d'œil, mais je te préviens, c'est un vrai bonnet de nuit.

— Je sais, déclarai-je. Ce n'est qu'une brave fille bien gentille. Mais je l'avais prise pour Aphrodite.

Joanna ouvrit la portière et je me glissai à l'intérieur de la voiture.

— C'est bizarre, non ? philosopha ma sœur. Il y a des gens qui sont d'une beauté à tomber à la renverse et qui n'ont aucun sex-appeal. Comme cette fille, par exemple. Quel gâchis !

Je lui fis observer que, pour une gouvernante d'enfants, ça valait probablement beaucoup mieux.

## 3

L'après-midi, nous allâmes prendre le thé chez Mr Pye.

C'était un petit homme grassouillet et incroyablement efféminé, qui consacrait son existence à ses fauteuils tapissés au petit point, à ses bergères en porcelaine de Dresde et à sa collection de bibelots. Il habitait Prior's Lodge, le pavillon de garde de l'ancien prieuré dont ne subsistaient que des ruines.

Prior's Lodge était sans conteste une demeure exquise, que les soins amoureux de Mr Pye avaient mise en valeur au maximum. Chaque meuble brillait de tous ses feux et était disposé à la place qui lui convenait le mieux. Rideaux et coussins avaient été choisis dans des tonalités enchanteresses, et probablement taillés dans les soies les plus coûteuses.

On avait du mal à imaginer qu'un homme pût vraiment habiter là. C'était un peu comme élire domicile dans un musée. Le plus grand bonheur de Mr Pye consistait à faire visiter sa maison. Même les plus indifférents n'y échappaient pas. Ni les plus endurcis pour qui l'essentiel dans l'existence se résumait à une radio, un bar à alcools, une baignoire et un lit entre quatre murs. Mr Pye conservait l'espoir de les ramener à de meilleurs sentiments.

Ses petites mains potelées tremblaient d'émotion pendant qu'il décrivait ses trésors et il se mit à glapir d'un ton de fausset quand il raconta dans quelles circonstances exaltantes il avait fait venir de Vérone son bois de lit italien.

Amateurs d'antiquités et de meubles anciens, Joanna et moi étions à même d'apprécier.

— Mon Dieu, quelle joie, mais quelle joie de vous compter dans notre petite communauté ! Nos chers voisins sont bien braves, mais ils sont affreusement « bucoliques »... pour ne pas dire pro-vin-ciaux. Ils ne connaissent rien à rien. Ce sont des Vandales... des Vandales, vous dis-je ! Et si vous voyiez leurs intérieurs... vous en pleureriez, chère madame, je vous jure, vous en pleu-re-riez. Mais peut-être est-ce déjà fait ?

Joanna répondit qu'elle n'avait pas été jusque-là.

— Mais vous saisissez ce que je veux dire, n'est-ce pas ? Ils font des mélanges invraisemblables ! J'ai vu, de mes yeux vu, un ravissant Sheraton... un fauteuil délicat, parfait, une véritable pièce de collection, à côté d'un guéridon victorien, et même, une bibliothèque tournante en chêne cérusé... oui, même ça, en chêne cé-ru-sé !

Il haussa les épaules en signe d'accablement et murmura d'un ton plaintif :

— Pourquoi les gens sont-ils aussi aveugles ? Vous conviendrez... oui, je suis sûr que vous conviendrez que la beauté est la seule chose pour laquelle il vaille la peine de vivre.

Subjuguée par sa ferveur, Joanna affirma que oui, oui, c'était vrai.

— Alors pourquoi, tonna Mr Pye, les gens s'entourent-ils de laideur ?

Joanna répondit que c'était en effet très étrange.

— Etrange ? C'est cri-mi-nel, oui ! Je ne trouve pas d'autre mot… criminel ! Et leurs justifications ! C'est *cosy*, osent-ils dire, ou alors ça-fait-an-cien. Ça fait ancien ! Quelle expression atroce !

» La maison que vous habitez, continua Mr Pye, celle de miss Emily Barton, j'admets qu'elle est charmante, et qu'il y a quelques jolis meubles. Très jolis, même. Il y en a un ou deux d'une très belle facture. Et elle a du goût… enfin, ça, j'en suis moins sûr que je ne l'ai été. Je crains que ce ne soit davantage une question de sentiment. Elle aime conserver les choses comme elles étaient… mais pas pour le *bon motif*… pas pour l'harmonie du résultat… non, c'est uniquement parce que sa mère avait arrangé la maison comme ça.

Il porta son attention sur moi et sa voix changea. Du ton de l'artiste enthousiaste il dérapa à celui de la commère intarissable :

— Vous n'avez pas connu la famille ? Non, naturellement, vous êtes passés par une agence. Oh, très chers, vous *auriez dû* connaître cette famille ! Quand je me suis installé ici, la vieille mère était encore vivante. Une personne inouïe… absolument inouïe ! *Un monstre*, si vous voyez ce que je veux dire… un monstre dans toute la splendeur du terme.

Un monstre à la mode victorienne, qui dévorait ses petits. Oui, c'était exactement ça. Elle était monumentale, elle devait peser au bas mot deux cents livres, et ses cinq filles dépendaient complètement d'elle. Les « fillettes » ! Voilà comment elle en parlait. Les fillettes ! Quand on pense que l'aînée avait dépassé la soixantaine. Ces « gamines stupides » ! disait-elle aussi. Elles étaient ses esclaves, son bois d'ébène, ni plus ni moins ; elles trimaient comme des bonnes, et ne récriminaient jamais. Au lit à 10 heures et pas le droit d'avoir du feu dans leur chambre, ni de recevoir leurs amis à la maison – ça, il n'en était même pas question. Elle les méprisait de rester vieilles filles, mais elle organisait leur vie de façon qu'il leur soit pratiquement impossible de rencontrer quelqu'un. Il me semble qu'Emily, ou Agnes peut-être, a eu une amourette avec un de nos ecclésiastiques. Mais il n'était pas d'assez bonne famille et la chère maman y a vite mis le holà !

— On dirait un roman, remarqua Joanna.

— Oh, ma chère, c'en était un. Enfin l'affreuse bonne femme est morte, mais *trop tard* évidemment. Ses filles ont continué à vivre dans la maison, et à discuter à voix basse de ce que leur pauvre maman aurait voulu. Même changer le papier de leurs chambres leur aurait paru sacrilège. Elles se sont contentées de mener une petite vie tranquille dans la paroisse... mais aucune n'avait beaucoup de santé et elles sont mortes à la queue leu leu. La grippe a emporté Edith, Minnie n'a pas supporté une opération et cette pauvre Mabel a été victime d'une attaque... Emily a pris soin d'elle avec un dévouement absolu. D'ailleurs la chère femme n'a fait que prendre soin des autres depuis dix ans. Une personne délicieuse, vous ne trouvez pas ? On jurerait une porcelaine de Dresde. C'est bien triste qu'elle ait tant de soucis matériels… mais quels que soient les placements, tous ont perdu de leur valeur, n'est-ce pas ?

— Nous nous sentons un peu gênés d'occuper sa maison, dit Joanna.

— Oh, non, chère petite madame ! Surtout pas. Sa bonne Florence lui est toute dévouée et elle m'a dit combien elle était enchantée d'avoir de si charmants locataires.

Mr Pye ponctua ses paroles d'une courbette :

— Elle m'a affirmé qu'elle avait eu beaucoup de chance.

— Sa maison possède une atmosphère très apaisante, remarquai-je.

Mr Pye me lança un coup d'œil rapide :

— Vraiment ? C'est votre impression ? Voilà qui est intéressant. Je me demandais… Oui, je me demandais…

— Que voulez-vous dire, Mr Pye ? s'enquit Joanna.

Mr Pye ouvrit devant lui ses mains potelées :

— Oh, rien, rien de particulier. Je me posais des questions, voilà tout. Je crois aux atmosphères, comprenez-vous. Les pensées des gens et leurs sentiments imprègnent les murs et les meubles.

Je restai silencieux. Je regardais autour de moi et m'interrogeais sur la façon dont j'aurais décrit l'atmosphère de Prior's Lodge. Eh bien, ce qui me semblait bizarre, c'était qu'il n'y avait pas d'atmosphère. C'était vraiment extraordinaire.

Absorbé dans mes réflexions, je ne suivis plus la conversation entre Joanna et notre hôte. Je redescendis sur terre quand j'entendis Joanna aborder les préliminaires du départ. Je sortis de ma rêverie et ajoutai mon grain de sel.

Nous gagnâmes tous trois le vestibule. Nous arrivions à la porte d'entrée lorsqu'une lettre glissa par la fente destinée au courrier et tomba sur le paillasson.

— Ah, voilà le courrier de l'après-midi, murmura Mr Pye en ramassant l'enveloppe. Eh bien, mes chers enfants, j'espère que vous reviendrez, n'est-ce pas ? C'est un tel plaisir de rencontrer des esprits ouverts, comprenez-vous. Des esprits qui savent apprécier l'Art. Si vous parlez de ballet aux braves gens d'ici, ils imaginent tout de suite entrechats, tutus et vieux messieurs l'œil vissé à leurs jumelles de théâtre comme à la Belle Epoque. Je n'exagère pas. Ils ont cinquante ans de retard… voilà ce que je pense d'eux. Ah, l'Angleterre est un pays merveilleux. Avec des *enclaves*. Lymstock en est une. C'est passionnant d'un point de vue de collectionneur. Ici, j'ai toujours l'impression d'avoir choisi de me mettre sous une cloche de verre. Un trou perdu où jamais rien ne se passe.

Après nous avoir serré la main à deux reprises, il m'aida à monter en voiture avec une prévenance excessive. Joanna prit le volant et s'engagea précautionneusement dans l'allée qui contournait un rond-point tapissé d'un gazon impeccable, puis, dans la ligne droite, elle passa la main par la portière pour saluer une dernière fois notre hôte qui était toujours planté sur les marches du perron. Je me penchai pour faire signe à mon tour.

Mais nos gestes d'adieu passèrent inaperçus. Pétrifié, Mr Pye regardait fixement la feuille de papier dépliée qu'il tenait à la main.

Joanna avait dit de prime abord qu'il ressemblait à un chérubin rose et dodu. Il était toujours dodu, mais il n'avait plus rien d'un chérubin. Quant à son visage, à présent violacé, il était déformé par la colère et la stupéfaction.

Je pris conscience à cet instant du fait que j'avais trouvé à cette enveloppe un aspect familier. Je ne m'en étais pas rendu compte sur le moment... mais c'est le genre de détail qu'on note inconsciemment.

— Seigneur ! s'exclama Joanna, que lui arrive-t-il à ce pauvre minet ?

— Je crois bien que la Main Invisible a encore frappé, répondis-je.

Joanna tourna vers moi un œil interrogateur, et la voiture fit une embardée.

— Prends garde, fille perdue ! la sermonnai-je.

Sourcils froncés, Joanna regarda de nouveau la route :

— Tu ne crois tout de même pas qu'il a reçu une lettre comme la tienne ?

— Si, ma toute belle, c'est précisément ce que je suis prêt à parier.

— Mais où sommes-nous tombés ? Ce trou perdu qui paraît si tranquille, si innocent...

— Et où, pour citer Mr Pye, rien ne se passe

jamais. Il a mal choisi son moment pour dire ça. Quelque chose s'est bel et bien passé, cette fois.

— Dis-moi, Jerry, qui peut écrire des trucs pareils ?

Je haussai les épaules :

— Comment le saurais-je ? Sans doute un imbécile du cru qui a perdu un boulon.

— Mais pourquoi faire ça ? Ça paraît tellement débile.

— Tu devrais lire Freud, Jung et compagnie pour comprendre. Ou bien demander au bon Dr Owen.

Joanna releva le menton :

— Le bon Dr Owen ne m'aime pas.

— Il t'a à peine vue.

— On dirait qu'il m'a vue suffisamment pour changer de trottoir quand il me rencontre dans High Street.

— Comportement très surprenant, dis-je avec sympathie, et auquel tu n'es guère habituée.

Joanna reprit son air soucieux :

— Non, sérieusement, Jerry, pourquoi les gens écrivent-ils des lettres anonymes ?

— Je te l'ai dit, ils ont perdu un boulon. C'est une façon de satisfaire leurs pulsions, j'imagine. Quand on se sent rejeté, ignoré ou frustré et qu'on a une vie morne et vide, frapper dans l'ombre ceux qui sont heureux et qui s'amusent doit sûrement vous faire éprouver un sentiment de pouvoir, de revanche.

Joanna frissonna :

— Ça n'est pas joli-joli.

— Non, pas joli du tout. J'imagine que, dans ce

genre de patelin, les gens ont des liens de consanguinité – ça doit donner une ribambelle de dégénérés.

— C'est sans doute quelqu'un qui n'a pas d'éducation et qui ne sait pas s'exprimer. Avec une meilleure
éducation...

Joanna laissa sa phrase en suspens et je ne fis
aucun commentaire. Je n'ai jamais pu accepter
l'idée simpliste que l'éducation est la panacée de
tous les maux.

Pendant que nous traversions la ville avant de
remonter la colline, j'observai avec intérêt les
quelques silhouettes qui déambulaient dans High
Street. Je vis entre autres une de ces robustes cam-
pagnardes dont le front placide cache une montagne
de rancune et de malveillance et qui projetait peut-
être à l'instant même d'assouvir une nouvelle fois
ses humeurs vindicatives.

Mais je ne prenais toujours pas cette affaire au
sérieux.

*

Deux jours plus tard, nous allâmes faire un
bridge, chez les Symmington.

C'était un samedi après-midi – les parties de
bridge chez les Symmington avaient toujours lieu
le samedi car l'étude était fermée ce jour-là.

Il y avait deux tables. Les joueurs étaient le couple
Symmington, nous-mêmes, miss Griffith, Mr Pye,
miss Barton et le colonel Appleton que nous n'avions
pas encore rencontré. Il habitait Combeacre, village
distant d'une dizaine de kilomètres. C'était un

spécimen parfait du modèle Scrogneugneu, il avait une soixantaine d'années, il aimait jouer « à l'estomac » comme il disait – ce qui lui faisait perdre des sommes beaucoup plus importantes que ses adversaires – et Joanna éveilla tellement son intérêt qu'il ne la quitta quasiment pas des yeux de tout l'après-midi.

Je dois bien admettre que ma sœur était sans doute l'être le plus séduisant qu'on ait vu à Lymstock depuis des lustres.

A notre arrivée, Elsie Holland, la gouvernante des enfants, cherchait dans un secrétaire surchargé d'ornements des marques de bridge supplémentaires. Elle nous les apporta en traversant la pièce de cette démarche céleste que j'avais déjà notée, mais le charme n'opéra pas une seconde fois. C'était exaspérant… un vrai gaspillage de beauté parfaite. Je ne remarquai plus que ses dents blanches et larges comme des pierres tombales et sa façon de découvrir ses gencives quand elle riait. Et, malheureusement, elle jacassait comme une pie :

— Est-ce bien celles-ci, Mrs Symmington ? C'est stupide de ma part de ne pas me rappeler où nous les avions rangées la dernière fois. D'autant que c'est de ma faute, je l'avoue. Je les avais dans la main, Brian m'a crié que sa locomotive était en panne alors j'ai couru le rejoindre et, de fil en aiguille, j'ai dû les fourrer dans un endroit impossible. Oh ! mais ce ne sont pas les bonnes, à ce que je vois, les bords sont un peu jaunis. Dois-je prévenir Agnes de préparer le thé pour 5 heures ? Je vais emmener les enfants à Long Barrow, comme ça vous n'aurez pas de bruit.

Une brave fille bien gentille, et pas plus bête qu'une autre, au fond. Je surpris le coup d'œil de Joanna. Elle allait pouffer de rire. Je la fixai d'un regard glacial. Joanna devine toujours ce qui me trotte dans la tête. Sacrée Joanna.

Nous commençâmes notre partie de bridge.

Je ne fus pas long à savoir exactement ce que valaient les bridgeurs de Lymstock. Mrs Symmington était excellente et le jeu la passionnait. Comme beaucoup de femmes qui ne sont pas des intellectuelles, elle était fine et possédait une grande perspicacité instinctive. Son mari était un joueur sûr ; un peu trop prudent. Ce qui définirait le mieux Mr Pye, c'est le mot étincelant. Il avait un flair inquiétant pour faire des enchères psychologiques. Comme la réunion était organisée en l'honneur de Joanna et moi, nous jouions à la table de Mrs Symmington et de Mr Pye. Symmington avait pour tâche d'arrondir les angles avec doigté à l'autre table. Le colonel Appleton, ainsi que je l'ai dit, jouait « à l'estomac ». La petite miss Barton, sans conteste la joueuse la plus exécrable que j'aie rencontrée de ma vie, s'amusait comme une folle. Elle s'efforçait de fournir à la couleur, mais elle avait les idées les plus saugrenues sur la valeur de son jeu, elle ne connaissait jamais la marque, se trompait constamment à l'entame, et se montrait absolument incapable de compter les atouts quand elle n'oubliait pas carrément à quel atout on jouait. Le jeu d'Aimée Griffith pourrait se résumer par ses propres mots : « J'aime le bridge classique, et je ne joue aucune de ces conventions ineptes. C'est comme ça. Et qu'on n'aille pas ergoter sur les résultats ! Ce n'est qu'un jeu, après tout ! » On comprendra que leur hôte avait du fil à retordre.

Toutefois – malgré quelques moments de distraction du colonel Appleton lorsqu'il dévorait Joanna des yeux –, le jeu se déroula en bonne harmonie.

Nous prîmes le thé dans la salle à manger, autour d'une grande table. Nous terminions quand deux bambins, rouges d'excitation, surgirent dans la pièce et nous furent présentés. Mrs Symmington rayonnait de fierté, leur père aussi d'ailleurs.

Nous allions quitter la table lorsqu'une ombre recouvrit mon assiette. Je tournai la tête et vis Megan debout dans l'encadrement de la porte-fenêtre.

— Tiens ! fit sa mère. Voilà Megan !

Sa voix contenait une nuance de surprise, comme si elle avait complètement oublié l'existence de sa fille.

Celle-ci vint serrer les mains maladroitement, sans aucune grâce.

— Je t'ai oubliée pour le thé, ma chérie, dit Mrs Symmington. Miss Holland est sortie pique-niquer avec les enfants, je n'ai plus pensé que vous n'étiez pas ensemble.

Megan secoua la tête :

— Bof ! ça ne fait rien. Je vais m'installer dans la cuisine.

Elle sortit en traînant les pieds. Comme toujours,

elle était mal fagotée, et ses bas avaient un trou gros comme un œuf à chaque talon.

Mrs Symmington eut un petit rire d'excuses :

— Ma pauvre Megan. Elle est en plein âge ingrat, voyez-vous. Les jeunes filles sont toujours timides et gauches quand elles sortent tout juste du pensionnat, elles ne sont pas encore adultes.

Je vis Joanna rejeter sa jolie tête en arrière ce qui annonçait, je le savais, quelle prenait le sentier de la guerre :

— Pourtant, Megan a déjà vingt ans, non ?

— Oh, oui, oui, bien sûr ! Mais elle est très jeune de mentalité pour son âge. C'est encore une enfant. Je trouve ça tellement charmant les filles qui ne grandissent pas trop vite.

Elle rit de nouveau :

— Je crois que toutes les mères voudraient que leurs enfants restent des bébés.

— Je ne vois pas pourquoi, riposta Joanna. Ça doit être plutôt embêtant d'avoir un enfant qui grandit et qui reste bloqué à un âge mental de six ans.

— Oh, ne prenez pas ce que je dis au pied de la lettre, miss Burton, protesta Mrs Symmington.

A ce moment précis, je pris conscience que Mrs Symmington me déplaisait. Sa joliesse fade et anémique dissimulait, pensai-je, un cœur sec et égoïste.

Elle me déplut davantage encore lorsqu'elle poursuivit :

— Pauvre Megan, ce n'est pas une enfant bien facile. J'ai essayé de l'occuper, pourtant... On enseigne pas mal de choses par correspondance.

Dessiner des patrons, coudre des robes… Elle pourrait aussi s'essayer à la sténographie, et apprendre à taper à la machine.

L'œil de Joanna brillait toujours d'une lueur inquiétante. Nous reprenions nos places aux tables de bridge quand elle demanda :

— Je suppose qu'elle va bientôt aller dans des soirées, qu'elle va faire ses débuts dans le monde, comme on dit ? Vous comptez donner un bal pour elle ?

— Un bal ? s'étonna Mrs Symmington, l'air amusé. Oh, non, ça ne se fait pas du tout dans nos régions.

— Je vois. On se contente de jouer au tennis, ou au croquet..

— Nous n'utilisons plus le court depuis des années. Richard ne joue pas, moi non plus. Plus tard, peut-être, quand les garçons auront grandi… Mais je suis sûre que Megan va trouver un tas de choses à faire. Pour l'instant, vous savez, elle est ravie de son petit traintrain. Voyons, c'est moi qui ai distribué ? Alors, deux sans atout.

Sur la route du retour, Joanna donna soudain un coup brutal d'accélérateur qui fit bondir la voiture en avant et déclara :

— Je suis très triste pour cette fille.

— Pour Megan ?

— Oui. Sa mère ne l'aime pas.

— Allons, Joanna, ne dramatise pas.

— Je ne dramatise pas. Il y a plein de mères qui n'aiment pas leurs enfants. Je pense que Megan dérange. Elle bouscule le scénario… le scénario

Symmington. Sans elle, ils forment un tout – une famille conventionnelle et unie. Se rendre compte d'une telle situation doit être une épreuve abominable pour un être sensible. Or, elle a la sensibilité à fleur de peau.

— Oui, je le crois volontiers.

Le silence retomba.

Puis Joanna eut soudain un rire espiègle :

— Tu n'as pas de veine, avec la gouvernante.

— Je ne comprends pas ce que tu veux dire, répliquai-je d'un ton guindé.

— Tu parles ! Le dépit du mâle fourvoyé s'inscrivait sur ta figure chaque fois que tu la regardais. Remarque, je suis d'accord avec toi. C'est du gâchis.

— Je ne vois pas de quoi tu parles.

— Mais ça me fait tout de même plaisir. C'est le premier signe de ta résurrection. Je m'inquiétais beaucoup pour toi quand tu étais à l'hôpital. Tu n'as pas regardé une seule fois ton infirmière qui était particulièrement mignonne. Et délurée avec ça... un vrai cadeau du Ciel pour un homme malade.

— Joanna, le niveau de ta conversation me consterne.

Sans prêter la moindre attention à mon commentaire, ma sœur continua :

— Alors je suis très soulagée que tu sois encore sensible à un jupon qui passe. C'est vraiment un joli brin de fille, mais manquer de sex-appeal à ce point-là, c'est un vrai tour de force. C'est quand même un monde, quand on y pense. Qu'est-ce que c'est que ce truc que certaines femmes ont et dont les autres sont totalement dépourvues ? Pourquoi y en a-t-il qui n'ont qu'à dire « Quel fichu temps ! » pour que tous les beaux garçons du secteur rappliquent et leur parlent météo ? Je crois que la Providence se trompe quelquefois dans sa distribution. A beauté d'Aphrodite, tempérament d'Aphrodite, ce serait normal. Eh bien, non. Quelque chose va de travers et le tempérament d'Aphrodite tombe sur une gre-luche tout ce qu'il y a de quelconque et ça rend les autres folles de rage : « Je ne comprends vraiment pas ce que les hommes lui trouvent. Elle n'est même pas regardable ! », voilà le refrain des mal loties.

— Tu as bientôt fini, Joanna ?

— Enfin, tu es d'accord avec moi, oui ou non ?

— Bon, j'avoue ma déception, dis-je en souriant de bon cœur.

— Et le chiendent, c'est que je ne vois pas d'autre femme pour toi dans le secteur. Il va falloir que tu te rabattes sur Aimée Griffith.

— Dieu m'en garde !

— Elle est plutôt belle plante, après tout.

— Je ne cours pas après les Amazones.

— Elle a en tout cas l'air satisfaite de son sort. Elle a une énergie vraiment écœurante, tu ne trouves pas ? Ça ne m'étonnerait pas qu'elle prenne un bain froid tous les matins.

— Et toi, demandai-je, quels sont tes projets ?

— Mes projets ?

— Oui, telle que je te connais, il va te falloir un peu de distraction.

— C'est à ton tour d'abaisser le niveau, dis-moi.

Et d'abord tu oublies Paul, déclara Joanna en poussant un soupir peu convaincant.

— Je ne l'oublierai sûrement pas aussi vite que toi. D'ici une dizaine de jours tu diras : « Paul ? Quel Paul ? Je n'ai jamais connu de Paul. »

— Tu me prends pour une fille volage.

— Quand il s'agit de types comme Paul, je serais plutôt content que ce soit vrai.

— Il ne t'a jamais plu. Mais il était génial, je t'assure.

— C'est possible, bien que j'en doute. De toute façon, d'après ce que j'ai entendu dire, tout génie se doit d'être maudit. En tout cas, tu ne trouveras pas le plus petit génie par ici.

La tête inclinée sur le côté, Joanna réfléchit un instant.

— Non, je le crains, dit-elle avec regret,

— Tu devras te contenter d'Owen Griffith... C'est le seul mâle disponible. A moins de compter le vieux colonel Appleton. Il t'a regardée comme un dogue affamé tout l'après-midi.

Joanna éclata de rire :

— Alors tu t'en es aperçu ? C'en était gênant, non ?

— Ne joue pas les ingénues. Rien ne te gêne jamais.

Joanna opta pour la conduite silencieuse. Elle franchit le portail et rentra la voiture au garage.

— Ton idée est peut-être intéressante, après tout, décréta-t-elle soudain.

— Quelle idée ?

— Je n'arrive pas à comprendre ce qui fait qu'un

homme puisse traverser la rue exprès pour m'éviter. D'abord, c'est impoli.

— Ah, je vois ! Tu vas t'en aller tirer froidement le mâle comme on tire le pigeon d'argile.

— Que veux-tu, je n'aime pas qu'on m'évite.

Avec lenteur et précaution je sortis de la voiture et m'équilibrai sur mes cannes. Puis j'offris un bon conseil à ma sœur :

— Ecoute-moi bien, ma petite fille. Owen Griffith n'a rien à voir avec tes jeunes artistes minables et pleurnichards. Si tu n'y prends pas garde, tu vas plonger la tête dans un nid de frelons. Cet homme pourrait être dangereux.

— Oooh…, tu crois ? demanda Joanna en montrant tous les symptômes d'un intérêt accru.

— Laisse ce pauvre diable tranquille, dis-je, sérieux.

— Mais comment ose-t-il changer de trottoir quand il me voit ?

— Vous, les femmes, vous êtes toutes les mêmes ! Quand vous avez une idée dans le crâne, bien malin qui réussirait à l'en faire sortir ! Mais j'aime autant te prévenir : sauf erreur de ma part, sa sœur Aimée va te tomber sur le paletot !

— Oh, elle me déteste déjà, déclara Joanna, l'air pensif et satisfait à la fois.

— Si nous sommes venus ici, c'est pour y chercher la paix et le calme, et j'ai bien l'intention de les obtenir, dis-je d'un ton sévère.

Mais la paix et le calme étaient bien les dernières choses que nous allions trouver.

# 4

Ce fut environ une semaine plus tard, me semble-t-il, que Partridge m'annonça que Mrs Baker souhaitait, sans vouloir abuser, m'entretenir un instant.

Ce nom ne me disait rien du tout.

— Qui est Mrs Baker ? m'enquis-je, agacé. Pourquoi ne s'adresse-t-elle pas à miss Joanna ?

Mais il paraissait que c'était à moi spécialement qu'elle désirait parler. J'appris plus loin que cette Mrs Baker était la mère de la jeune Beatrice.

J'avais oublié Beatrice. Je m'étais bien aperçu que, depuis une quinzaine de jours, il y avait dans la maison une femme d'âge mûr, aux mèches grisâtres, le plus souvent en train de frotter le sol à quatre pattes et qui battait en retraite un peu à la manière des crabes quand je surgissais dans la salle de bain, dans l'escalier ou dans un couloir. J'en avais déduit qu'elle était la nouvelle femme de ménage. Autrement, l'épisode Beatrice m'était sorti de l'esprit.

Il était difficile de refuser de recevoir la mère de Beatrice, surtout en l'absence de Joanna, mais j'avoue que cette perspective me rendait plutôt nerveux. J'espérais de tout mon cœur que ce n'était pas pour m'accuser d'avoir conté fleurette à la jeune fille. Maudissant intérieurement les agissements malveillants des auteurs de lettres anonymes, j'ordonnai à voix haute qu'on introduisît Mrs Baker.

C'était une grande femme corpulente, au teint hâlé et qui ne devait pas oublier souvent sa langue dans sa poche. Je fus soulagé de ne déceler en elle aucun signe de colère ni d'accusation.

— J'espère, monsieur, commença-t-elle dès que Partridge eut refermé la porte sur elle, que vous excuserez la liberté que j'ai prise de venir vous trouver. Mais j'ai comme qui dirait pensé que c'était à vous, monsieur, que je devais m'adresser et je vous serais très reconnaissante si vous trouviez le moyen de me dire ce que je dois faire, vu les circonstances, parce qu'à mon avis, monsieur, et je vous le dis comme je le pense, il faut faire quelque chose, j'ai jamais été du genre à rester les deux pieds dans le même sabot, voyez-vous, et je prétends que ça ne sert à rien de gémir et de se lamenter, et je serais même plutôt femme à crier « Lève-toi et marche ! » comme l'a dit notre pasteur dans son sermon pas plus tard que la semaine dernière.

Je me sentais un tantinet dépassé, et j'avais l'impression confuse d'avoir perdu en route quelque chose d'essentiel dans son discours.

— Naturellement, affirmai-je. Voulez-vous… euh… vous asseoir, Mrs Baker ? Je serais très heureux… euh… de vous aider, dans la mesure de mes moyens… bien sûr…

J'attendis la suite.

— Merci, monsieur.

Mrs Baker s'assit sur le bord d'un fauteuil :

— C'est très aimable à vous, pour sûr. Ah ! je suis bien contente d'être venue vous trouver, comme c'est que j'le disais à Beatrice pendant qu'elle pleurait sur son lit, Mr Burton saura bien quoi faire, lui, c'est un monsieur de Londres. Parce qu'il faut faire quelque chose, comme c'est qu'je viens de vous le dire. Les hommes, surtout quand ils sont jeunes, ils se montent tout de suite la tête, ils veulent rien entendre, c'est comme ça qu'ils sont, surtout si c'est une fille qui parle, en tout cas, si c'était *moi*, j'ai dit à Beatrice, j'me gênerais pas pour lui demander comme ça c'qu'il a bien pu traficoter avec la fille du moulin !

Je redoublais de perplexité.

— Excusez-moi, dis-je, mais j'ai du mal à vous suivre. De quoi parlez-vous ?

— C'est rapport aux lettres, monsieur. Des lettres malfaisantes… et malhonnêtes aussi, avec des mots que, rien que d'y penser, j'me sens rougir ! Des mots encore bien pires que ceux qu'on trouve écrits dans la Bible !

Désespérant d'y jamais rien comprendre, je négligeai de relever cet à-côté intéressant et posai la question qui me brûlait les lèvres :

— Votre fille a donc reçu d'autres lettres ?

— Non, pas elle, monsieur. Elle a reçu que celle que vous savez. Celle qui a fait qu'elle est partie de chez vous.

— Il n'y avait vraiment aucune raison, balbutiai-je.

Mrs Baker m'interrompit avec respect mais fermeté :

— Pas besoin de me l'dire, monsieur, y avait que des menteries dans c'te lettre, je l'sais. Miss Partridge m'a donné sa parole… j'aurais pu m'en passer, d'ailleurs. Vous n'êtes pas le genre d'homme à ça, monsieur, je l'sais bien, et puis en plus vous êtes invalide. Oui, que des sales mensonges, mais j'ai tout de même dit à Beatrice qu'elle ferait mieux d's'en aller, vous savez comme les gens aiment jaser, monsieur. Pas d'fumée sans feu, voilà c'qu'on dit. Et une jeune fille est jamais trop prudente. Et puis Beatrice se sentait toute honteuse à cause de c'qui était écrit, alors quand c'est qu'elle m'a dit comme ça qu'elle ne retournerait plus ici, j'ai répondu « D'accord », c'qui veut pas dire qu'on regrettait pas toutes les deux le dérangement que...

Incapable de se dépêtrer de sa phrase, Mrs Baker poussa un gros soupir avant de poursuivre :

— J'espérais qu'ça mettrait fin aux racontars. Et puis après c'est George, le commis du garage avec qui Beatrice sort, qui en a reçu une. Elle disait des choses abominables sur Beatrice, et qu'elle fricotait avec le Tom à Fred Ledbetter – mais j'vous assure, monsieur, que ma fille a seulement été polie avec lui, comme qui dirait, et que ça se passait bien avant la tombée de la nuit.

Avec cette nouvelle complication – le Tom à Fred Ledbetter –, je commençai à avoir le tournis.

— Permettez que je récapitule, dis-je. Le... petit ami de Beatrice a reçu une lettre qui accusait votre fille d'avoir des relations avec un autre jeune homme ?

— Comme c'est que je viens d'vous l'dire, monsieur, même que c'était tourné d'une façon... avec des mots... horribles ! Le petit George, ça l'a rendu complètement fou de rage, il est venu trouver Beatrice et il lui a crié qu'il supporterait pas ça, et qu'il lui interdisait de fricoter avec d'autres garçons derrière son dos. « C'est rien qu'des menteries », qu'elle lui dit… « Y'a pas d'fumée sans feu », qu'il lui répond, et là-dessus il s'en va à fond de train complètement tourneboulé, Beatrice s'en faisait drôlement, la pauvre petite, alors j'ai mis mon chapeau et j'suis venue tout droit ici, monsieur.

Mrs Baker se tut et me regarda d'un air plein d'espoir, comme un chien qui attend sa récompense après avoir accompli un tour particulièrement réussi.

— Mais pourquoi moi ? insistai-je.

— J'ai cru comprendre, monsieur, que vous aviez aussi reçu un d'ces torchons et j'ai pensé qu'un monsieur de Londres comme vous saurait quoi faire.

— Eh bien, à votre place, j'irais prévenir la police. Il faut que cette histoire cesse.

Mrs Baker parut profondément choquée

— Oh non, monsieur ! Aller à la police, j'pourrais pas.

— Et pourquoi ça ?

— Jamais d'ma vie j'ai eu affaire à la police, monsieur. Personne d'ici non plus.

— Je veux bien vous croire, mais il n'y a que la police pour résoudre ce genre de problème. C'est son travail.

— Que j'aille trouver Bert Rundle ?

Bert Rundle était notre sergent de ville.

— Il doit bien y avoir un inspecteur, au poste ? hasardai-je.

— Moi, entrer au poste de police ?

Le ton de Mrs Baker était chargé de reproche et d'incrédulité. Je commençais à me lasser :

— C'est le seul conseil que je puisse vous donner.

Manifestement dubitative, Mrs Baker gardait le silence. Et soudain, avec une gravité rêveuse, elle déclara :

— Il faut arrêter ces lettres, monsieur. Il faut les arrêter. Un d'ces quatre, ça va faire du vilain.

— J'ai l'impression que c'est déjà fait, remarquai-je.

— Je pensais à la *violence*, monsieur. Ces jeunes gens, ils deviennent facilement violents, vous savez... les vieux aussi, d'ailleurs.

— Est-ce qu'il y a beaucoup de lettres de ce genre en circulation ? demandai-je.

Mrs Baker hocha la tête :

— C'est même de pire en pire, monsieur. Mr et Mrs Beadle, du *Sanglier Bleu* – Dieu sait qu'ils étaient heureux –, eh bien, depuis ces lettres, lui, il s'est mis à penser des choses... des choses qui n'existent absolument pas, monsieur.

Je me penchai vers elle :

— Mrs Baker, avez-vous une idée – fût-ce une toute petite idée – sur l'auteur présumé de ces lettres abominables ?

A mon grand étonnement, elle acquiesça d'un signe de tête :

— Notre idée, nous l'avons, monsieur. Oui, nous avons tous une idée. Même qu'elle est précise, comme qui dirait.

— Alors, qui est-ce ?

J'avais imaginé qu'elle aurait quelque réticence à citer un nom, mais elle répondit sur-le-champ :

— C'est Mrs Cleat… voilà c'que tout l'monde pense. C'est Mrs Cleat, pour sûr.

J'avais entendu tellement de noms depuis le début de la matinée que je m'embrouillais un peu :

— Qui est Mrs Cleat ?

J'appris que Mrs Cleat était la femme d'un vieil ouvrier jardinier. Elle habitait une maisonnette sur la route qui menait au Moulin. Mes autres questions n'obtinrent que des réponses évasives. Lorsque je voulus savoir pourquoi Mrs Cleat aurait écrit ces lettres, Mrs Baker me dit seulement que « Ça lui ressemblerait bien ».

Je finis par la laisser partir, après avoir réitéré mon conseil d'aller se confier à la police, conseil que Mrs Baker ne suivrait pas, c'était évident. Je me retrouvai seul avec l'impression de l'avoir déçue.

Je me mis à réfléchir à ce qu'elle m'avait dit. Aussi imprécis que fût son témoignage, je conclus que si tout le village désignait Mrs Cleat comme coupable, c'est qu'il devait y avoir là un fond de vérité. Je décidai d'en parler avec Griffith. Il connaîtrait sûrement cette Mrs Cleat. S'il pensait que c'était sage, lui ou moi pourrions suggérer à la police qu'elle était à la racine du mal qui se propageait.

Je calculai mon temps de façon à arriver chez Griffith à la fin de sa consultation. Son dernier patient parti, j'entrai dans son bureau.

— Tiens, c'est vous, Burton !

Je lui relatai ma conversation avec Mrs Baker et

lui fis part des soupçons qui pesaient sur Mrs Cleat. A ma grande déconvenue, Griffith secoua la tête :

— Ce n'est pas aussi simple.

— Alors, vous ne croyez pas que cette Mrs Cleat soit en cause ?

— Peut-être l'est-elle. Mais c'est peu vraisemblable, à mon avis.

— Dans ce cas, pourquoi tout le monde pense-t-il à elle ?

Il sourit :

— Oh, vous ne savez pas ça ? Mrs Cleat est la sorcière du village.

— Bonté divine !

— Oui, ça peut paraître bizarre aujourd'hui, mais c'est pourtant comme ça. La croyance subsiste qu'il y a des gens, ou des familles, qu'il vaut mieux ne pas offenser. Mrs Cleat appartient justement à une famille où les femmes possèdent « la sagesse ». Et j'ai l'impression qu'elle se donne beaucoup de mal pour entretenir cette légende. C'est une femme bizarre, à l'humour sardonique. Quand un enfant se coupe au doigt, fait une mauvaise chute ou attrape les oreillons, elle a beau jeu de dire d'un air entendu : « C'est normal, il m'a chapardé des pommes la semaine dernière », ou bien « Il a tiré la queue de mon chat ». Ce qui fait que les mères tiennent leurs enfants à l'écart et que les autres bonnes femmes lui apportent du miel ou des gâteaux qu'elles ont fabriqués pour se mettre bien avec elle et éviter qu'elle leur jette des mauvais sorts. Superstition idiote, mais ça se passe comme ça. C'est pour cette raison que tout le monde la croit coupable, évidemment.

— Mais elle ne l'est pas ?

— Oh, non. Ça ne lui ressemble pas. C'est… ce n'est pas aussi simple.

— Et vous, avez-vous une idée ?

Il secoua la tête, mais il avait le regard étrangement absent :

— Non, je ne vois pas du tout. Mais je n'aime pas ça, Burton… Cette affaire va mal finir.

\*

De retour chez moi, je trouvai Megan assise sur les marches de la véranda, le menton appuyé sur ses genoux.

Elle m'accueillit avec son manque habituel de cérémonie :

— Bonjour ! Vous croyez que je peux m'inviter à déjeuner ?

— Naturellement, répondis-je.

— S'il n'y a pas le compte de côtelettes ou si ça doit vous compliquer la vie, dites-le-moi ! me cria-t-elle alors que j'entrais afin de prévenir Partridge que nous serions trois à table.

Elle se garda bien de formuler la moindre objection. Mais son reniflement méprisant suffit à me prouver dans quelle piètre estime elle tenait cette miss Megan

Je regagnai la véranda.

— Alors, c'est d'accord ? me demanda Megan avec anxiété.

— C'est d'accord. Vous aurez de l'*Irish Stew*.

— Tant pis. On jurerait de la pâtée pour les chiens, vous n'êtes pas de mon avis ? Après tout, ce sont des pommes de terre vaguement assaisonnées, non ?

— Si. Exactement.

Je pris mon étui à cigarettes et j'en offris une à Megan. Elle rougit :

— Oh, comme c'est gentil !

— Vous n'en prenez pas ?

— Non, je n'en ai pas la moindre envie, merci. Mais c'était très gentil de m'en offrir… comme si j'étais vraiment quelqu'un.

— Parce que vous n'êtes pas quelqu'un ? dis-je, amusé.

Megan secoua la tête et, pour changer de sujet, soumit à mon inspection une longue jambe couverte de poussière.

— J'ai reprisé mes bas ! m'annonça-t-elle fièrement.

Je ne suis pas une autorité dans l'art de la reprise, mais il me sembla que l'étrange bourrelet de laine qui formait un violent contraste de couleur avec le reste n'était pas une véritable réussite.

— C'est bien moins confortable que le trou, remarqua Megan.

— Je veux bien vous croire.

— Votre sœur, elle reprise bien ?

Je m'efforçai de retrouver un souvenir de Joanna occupée à des travaux d'aiguille.

— Je n'en sais rien, dus-je avouer.

— Eh bien, qu'est-ce qu'elle fait quand elle a un bas troué ?

— Je crois bien qu'elle le jette et qu'elle en achète une autre paire, répondis-je à contrecœur.

— Il suffisait d'y penser, fit Megan. Mais moi, je ne peux pas faire ça. J'ai une pension, maintenant – quarante livres par an –, et avec ça, on ne va pas loin.

Je l'admis volontiers.

— Si seulement je portais des bas noirs, continua Megan d'un ton désolé, je pourrais mettre de l'encre sur mes jambes. C'est ce que je faisais en pension. Miss Batworthy, la surveillante qui vérifiait nos raccommodages était myope comme une taupe. C'était rudement pratique.

— Je m'en doute.

Nous restâmes silencieux. Je fumais ma pipe. C'était un silence fait d'une sorte de bienheureuse complicité.

— Vous aussi, vous me trouvez impossible, n'est-ce pas ? demanda brusquement Megan.

Je sursautai si fort que ma pipe m'en tomba de la bouche. Une pipe en écume de mer, juste culottée comme il faut, et qui se brisa.

— Bon sang, regardez ce que vous avez fait m'exclamai-je, furieux.

Cette gosse imprévisible, au lieu de paraître contrite, m'adressa un grand sourire.

— Je vous aime vraiment beaucoup, dit-elle.

C'était le genre de déclaration qui vous remonte le moral. Un peu ce qu'on attendrait, à tort peut-être, de la part d'un chien s'il pouvait parler. Ainsi,

Megan cachait-elle un caractère canin sous son apparence chevaline. Ce qu'il y a de sûr, c'est qu'elle n'avait pas grand-chose d'un être humain.

— Que disiez-vous avant la catastrophe ? demandai-je en récoltant avec précaution les morceaux de ma pipe chérie.

— Je disais que vous deviez me trouver impossible, répéta Megan sur un ton un peu différent cependant.

— Et pourquoi le devrais-je ?

— Parce que je le suis, répondit-elle, sérieuse.

— Ne soyez pas stupide ! dis-je avec brusquerie.

— Justement. Je ne suis pas complètement stupide. Même si tout le monde en est persuadé. Les gens ne savent pas que j'ai deviné qui ils sont en réalité, et que je les hais.

— Vous les *haïssez* ?

— Oui.

Sans ciller, elle plongea dans le mien son regard mélancolique qui n'avait rien d'enfantin. Un long regard lugubre.

— Vous aussi, vous haïriez les gens si vous étiez comme moi, dit-elle. Si personne ne voulait de vous.

— Vous ne croyez pas que vous voyez un peu trop les choses en noir ?

— Ça, c'est ce qu'on vous répond toujours quand vous dites la vérité. Or, ce que je dis, c'est la vérité. Personne ne veut de moi et je sais parfaitement pourquoi. Maman ne m'aime pas du tout. Je dois lui rappeler mon père, qui a été épouvantable avec elle et qui, d'après ce que j'ai entendu dire, était un homme abominable. Seulement une mère ne peut pas déclarer qu'elle ne veut plus de ses enfants et les abandonner comme ça. Ou bien les dévorer. Comme font les chattes quand elles ont trop de petits. Notez que je trouve ça ingénieux. Ni vu ni connu. Mais une mère humaine est obligée de garder ses enfants, de les élever. Ça ne se passait pas si mal tant qu'on pouvait m'envoyer en pension... mais, vous voyez, ce que maman voudrait vraiment, c'est se retrouver seule avec mon beau-père et les garçons.

— Je continue à croire que vous broyez du noir, Megan, mais si ce que vous dites est vrai, même en partie seulement, pourquoi ne partez-vous pas vivre votre vie ailleurs ?

Elle eut un sourire désabusé :

— Vous vous demandez pourquoi je ne me mets pas à travailler ? A gagner ma croûte ?

— Eh bien, oui.

— A quoi faire ?

— Vous pourriez apprendre un métier. Le secrétariat, la comptabilité.

— Je ne m'en crois pas capable. Je suis nulle, je ne réussis rien. En plus...

— Oui ?

Elle avait détourné son visage, et maintenant elle le tournait lentement vers moi. Elle était toute rouge et ses yeux étaient gonflés de larmes. Elle parla, et elle avait repris sa voix de petite fille :

— Pourquoi est-ce je devrais partir ? Et accepter qu'on m'y force ? On ne veut pas de moi, mais je *resterai*. Je resterai et j'embêterai tout le monde. Je les embêterai tous. Ces porcs immondes ! Je déteste tous les gens de Lymstock ! Ils me trouvent laide et bête ? Eh bien, je vais leur montrer ! Oui, je vais leur montrer ! Je vais...

C'était une explosion de rage enfantine et pathétique.

J'entendis un pas crisser sur le gravier derrière la maison.

— Debout ! ordonnai-je brutalement. Entrez, traversez le salon. Grimpez à la salle de bains au premier étage. Au bout du couloir. Passez-vous de l'eau sur la figure. Vite !

Elle se leva d'un bond maladroit et franchit la porte-fenêtre juste au moment où Joanna apparaissait au coin de la maison.

— Bon sang que j'ai chaud ! s'exclama-t-elle.

Elle se laissa tomber à côté de moi et s'éventa avec, le foulard tyrolien qu'elle avait ôté de sa tête :

— Ouf ! Cette fois, j'ai fait vieillir de vingt ans ces satanées godasses comme tu me l'avais demandé. J'ai marché pendant des kilomètres ! Et puis j'ai appris une bonne chose : mieux vaut éviter les chaussures à trou-trous. Les ajoncs se piquent dedans. Dis donc, Jerry, j'ai pensé, pourquoi n'aurions-nous pas un chien ?

— Oui, j'y ai pensé aussi. Tiens, à propos, Megan déjeune avec nous.

— Oh, quelle bonne idée !

— Tu as de la sympathie pour elle ?

— Je suis sûre qu'elle a été échangée quand elle était bébé. Tu sais, une pauvre petite chose abandonnée sur un seuil pendant que les fées emportent au loin le vrai bébé. C'est la première fois que je vois ça, c'est très intéressant. Enfin, bref, je monte faire un brin de toilette.

— Attends un peu, Megan occupe déjà la salle de bains.

— Ah, bon ! Elle a fait de la marche forcée, elle aussi ?

Joanna sortit son miroir dans lequel elle étudia longuement son visage.

— Décidément, ce rouge à lèvres ne me plaît pas, décréta-t-elle au bout d'un moment.

Megan apparut sur le pas de la porte-fenêtre. Elle était calmée, à peu près propre et ne gardait nulle trace de la récente tempête. Elle regarda Joanna d'un air incertain.

— Bonjour, fit celle-ci encore toute à l'examen de son visage. Je suis ravie que vous veniez déjeuner avec nous. Mon Dieu, quelle horreur ! J'ai une tache de rousseur sur le nez ! Il faut que je fasse quelque chose ! Les taches de rousseur font tellement bouseux, tellement écossais.

Partridge vint annoncer avec froideur que le déjeuner était servi.

— Allons-y ! Je meurs de faim s'exclama Joanna en se levant.

Elle prit Megan par le bras et l'entraîna dans la maison.

# 5

Je m'aperçois que j'ai commis une omission. Jusqu'ici, je n'ai qu'à peine – sinon pas du tout – mentionné Mrs Dane Calthrop ou le révérend Caleb Dane Calthrop.

Le révérend et son épouse avaient pourtant des personnalités aussi marquées que totalement différentes. Dane Calthrop était sans doute l'homme le plus éloigné des réalités quotidiennes qu'il m'ait été donné de rencontrer. Il ne vivait que pour et par ses livres, ses recherches, et sa connaissance approfondie de l'Eglise des premiers âges. A l'inverse, Mrs Dane Calthrop avait le don terrifiant d'être immédiatement et immanquablement au fait de tout. Elle m'a toujours inspiré une sainte frousse, ce qui explique peut-être que je n'aie pas parlé d'elle plus tôt. C'était une femme de caractère, dotée de surcroît d'un savoir que je qualifierais de quasiment universel. Elle n'avait rien de la typique épouse de pasteur – encore que, tandis que j'écris ceci, je me demande ce que je peux bien savoir des épouses de pasteurs.

La seule dont je me souvienne quelque peu était une créature insignifiante et effacée, toute dévouée à son grand gaillard de mari dont les prêches magnétisaient les foules. Elle avait si peu de conversation que le moindre entretien avec elle était un véritable casse-tête.

Pour le reste, je me ralliais à l'idée qu'on se fait d'ordinaire des épouses de pasteurs, à savoir que ce sont des caricatures ambulantes qui fourrent leur nez partout et ne débitent que des platitudes. Caricature dont il n'existe pas d'exemplaire, sans aucun doute.

Mrs Dane Calthrop ne fourrait son nez nulle part, et malgré ça elle avait un talent inouï pour être au courant de tout, et je m'étais vite rendu compte que presque tout le monde au village la craignait un peu. Elle ne donnait pas de conseils, elle ne se mêlait jamais de vos affaires, et pourtant, pour les consciences troubles, elle incarnait Dieu Lui-Même.

Je n'ai jamais vu de femme plus indifférente à son environnement matériel. Elle était capable, en pleine canicule, de sortir en tailleur de gros tweed, et je l'avais vue traverser le village à toute allure d'un air absent, sous des averses de pluie et même de neige fondue, vêtue d'une simple robe de coton imprimé de coquelicots. Elle avait un long visage mince et distingué qui rappelait le lévrier, et une spontanéité de langage dévastatrice.

Le lendemain du déjeuner avec Megan, elle m'arrêta dans High Street. Je m'étonnai, comme toujours, car Mrs Dane Calthrop avait une façon de se déplacer qui ressemblait plus à la course qu'à la marche, le regard fixé sur la ligne d'horizon, si bien que vous étiez sûrs que son objectif était situé au moins deux kilomètres plus loin.

— Ah ! fit-elle. Mr Burton !

Elle avait le ton triomphant de qui vient de résoudre une énigme particulièrement astucieuse.

J'admis que j'étais bien Mr Burton et Mrs Dane

Calthrop, cessant de fixer l'horizon, s'efforça de focaliser sur moi.

— Attendez, dit-elle, pourquoi voulais-je donc vous voir ?

Je ne pouvais pas l'aider. Elle restait plantée là, le sourcil froncé, l'air perplexe :

— Voyons, c'était à propos de quelque chose de plutôt déplaisant…

— Voilà qui me désole, m'inquiétai-je.

— Ah, j'y suis ! Je brûle ce que j'ai adoré ! C'est ça ! Les lettres anonymes ! Qu'est-ce que c'est que cette histoire de lettres anonymes que vous avez amenée dans ce pays ?

— Je n'ai rien amené du tout, ça existait déjà avant que j'arrive.

— Allons, personne n'en avait reçu avant votre arrivée, riposta Mrs Dane Calthrop d'un ton accusateur.

— Mais si, chère Mrs Dane Calthrop. L'épidémie avait déjà commencé.

— Oh, mon Dieu ! gémit la digne personne. Je n'aime pas ça.

Elle resta immobile, le regard de nouveau perdu au loin.

— Je ne peux pas m'empêcher de penser que quelque chose cloche, reprit-elle. Ce n'est pas notre genre, ici. La jalousie, la méchanceté, tous les petits péchés commis par dépit, d'accord… mais je ne croyais pas qu'il y aurait une personne capable de faire ça. Non, je ne le croyais pas. Et ça me chagrine, voyez-vous, parce que si quelqu'un devrait le savoir c'est bien moi.

Son beau regard quitta l'horizon et convergea vers le mien. J'y lus de l'inquiétude et un étonnement sincère, enfantin.

— Et comment le sauriez-vous ? demandai-je.

— Parce que d'habitude, je sais tout. Je pense que c'est mon rôle. Caleb prêche la bonne parole et administre les sacrements. C'est le devoir d'un pasteur. Mais si on accepte le mariage des pasteurs, alors je pense que le devoir de leur femme est de connaître les pensées et les sentiments des paroissiens, même si elle ne peut pas intervenir. Or, j'ignore tout à fait dans quel esprit malade…

Elle s'interrompit, puis ajouta, l'air absent :

— Ces lettres sont tellement idiotes, après tout.

— Vous… euh… vous aussi en avez reçu ?

J'étais un peu gêné de poser cette question, mais Mrs Dane Calthrop y répondit avec un naturel parfait, ouvrant juste un peu plus grand les yeux.

— Oh, oui ! deux… non, trois. J'en ai oublié le contenu exact. Des inepties sur Caleb et l'institutrice, je crois. C'est absurde, Caleb n'a aucun penchant à la fornication. Il n'en a jamais eu. Remarquez, pour un homme d'église, c'est une bénédiction.

— Oh, bien sûr ! balbutiai-je. Bien sûr.

— Caleb aurait pu être un saint s'il n'avait pas été un petit peu trop intellectuel.

Je ne me trouvais pas qualifié pour répondre à cette critique, et de toute façon Mrs Dane Calthrop était déjà revenue aux lettres sans crier gare :

— Ces lettres auraient pu raconter tant de choses, pourtant. Mais non. Et c'est précisément ce qui m'étonne.

— J'ai du mal à croire qu'elles pèchent par excès de discrétion, maugréai-je, amer.

— On dirait que le corbeau ne *sait* rien. Rien de ce qui se passe vraiment.

— Comment ça ?

Elle plongea son beau regard vague dans le mien :

— Eh bien, voyez-vous, ce ne sont pas les adultères qui manquent, ici – ni le reste, d'ailleurs. Les secrets honteux pullulent. Pourquoi les lettres n'en parlent-elles pas ?

Elle se tut, puis me demanda brusquement :

— A propos, qu'y avait-il dans la vôtre ?

— On insinuait que ma sœur n'était pas ma sœur.

— Et elle est ?

Mrs Dane Calthrop m'avait posé cette question avec un sans-gêne amical.

— Naturellement, Joanna est ma sœur !

— Ça démontre justement ce que je voulais dire. Il y avait sûrement d'autres choses…

Songeuse, elle posa sur moi son regard clair, et je compris soudain pourquoi Lymstock avait peur de Mrs Dane Calthrop.

Tout le monde a dans sa vie des chapitres obscurs qu'il souhaite garder définitivement secrets. J'avais l'impression que Mrs Dane Calthrop les connaissait.

Pour une fois dans mon existence, je fus positivement ravi d'entendre retentir près de moi la voix Claironnante d'Aimée Griffith :

— Bonjour, Maud ! Ah, que je suis contente de

vous rencontrer. Je voudrais qu'on change la date de la vente de charité. Bonjour, Mr Burton.

Elle continua :

— Maud, je fais un saut chez l'épicier pour lui laisser ma commande et j'irai ensuite à la Maison des Femmes, ça vous va ?

— Oh, oui, oui, c'est parfait, répondit Mrs Dane Calthrop.

Aimée Griffith entra dans le libre-service.

— Pauvre femme, déclara Mrs Dane Calthrop.

Je sursautai. Elle ne s'apitoierait tout de même pas sur Aimée ?

Quoi qu'il en soit, elle poursuivit :

— Voyez-vous, j'ai peur, Mr Burton.

— A cause de ces lettres ?

— Oui. Comprenez-vous, elles signifient... elles doivent signifier...

Elle se tut, perdue dans ses pensées, le regard vague. Puis elle reprit lentement, comme quelqu'un qui cherche la solution d'un problème :

— Une haine aveugle... Oui, une haine aveugle. Mais même un aveugle peut viser juste par hasard et vous atteindre au cœur... Qu'adviendra-t-il alors Mr Burton ?

Nous allions le savoir avant qu'une autre journée se soit écoulée.

*

Ce fut Partridge qui nous annonça le drame. Partridge avait le goût des catastrophes. Son nez vibrionnait de ravissement chaque fois qu'elle apportait une mauvaise nouvelle.

La narine en émoi, l'œil brillant et le coin de la bouche tiré vers le bas en signe d'affliction, elle entra dans la chambre de Joanna.

— Mademoiselle, il y a une nouvelle terrible ce matin, préluda-t-elle tandis qu'elle relevait les stores.

Il fallut quelques minutes à Joanna, encore à ses habitudes londoniennes, pour prendre conscience qu'il faisait jour.

— Hmmmm…, gémit-elle avant de se retourner dans son lit, indifférente à tout.

Partridge déposa une tasse de thé à son chevet :

— C'est terrible ! C'est épouvantable ! ! C'est à peine si je pouvais en croire mes oreilles ! ! !

— Qu'est-ce qui est terrible ? demanda Joanna qui luttait pour ouvrir un œil.

— C'est cette pauvre Mrs Symmington.

Partridge s'offrit une pause théâtrale :

— Elle est morte.

— Morte ?

Joanna se dressa sur son lit, bien réveillée tout d'un coup.

— Oui, mademoiselle, pas plus tard qu'hier après-midi, et le pire, c'est qu'elle s'est suicidée.

— Oh, non ! Qu'est-ce que vous racontez, Partridge ?

Joanna en demeurait abasourdie. Mrs Symmington n'était pas le genre de femme qu'on imaginait mêlée, de près ou de loin, à une tragédie.

— C'est pourtant la vérité vraie, mademoiselle.

Elle s'est suicidée. Le moins qu'on puisse dire, c'est qu'on l'y a bien forcée, la pauvre.

— Forcée ?

Joanna commençait à entrevoir la vérité :

— Ce n'est pas… ?

A son regard interrogateur, Partridge répondit par un signe d'acquiescement :

— Voui, mademoiselle. C'est encore une de ces sales lettres !

— Et qu'est-ce quelle disait ?

A son infini regret, Partridge n'avait pas réussi à le savoir.

— Ces lettres sont infectes, continua Joanna, mais je ne comprends pas qu'on se suicide pour autant.

Partridge palpita de la narine.

— Sauf si ce qu'elles disent est *vrai*, déclara-t-elle d'un ton lourd de sous-entendus.

— Oh ! fit Joanna.

Partridge n'eut pas plus tôt tourné les talons qu'elle avala son thé, enfila un peignoir et accourut m'apprendre la nouvelle.

Je me rappelai aussitôt ce que m'avaient dit Owen Griffith et Mrs Dane Calthrop. A force de tirer à l'aveuglette, le corbeau finirait par mettre dans le mille. Et c'était arrivé avec Mrs Symmington. Dieu sait pourtant si cette femme n'avait pas l'air du genre à dissimuler un secret honteux… Il est vrai cependant qu'en dépit d'une certaine vivacité d'esprit, elle manquait de tonus. Elle était de ces tempéraments languides qui s'effondrent facilement.

Joanna me poussa du coude et me demanda à quoi je songeais.

Je lui répétai les propos d'Owen.

— Il avait deviné, évidemment ! proféra-t-elle d'un ton hargneux. Ce type croit tout savoir !

— Il est intelligent.

— Il est prétentieux, tu veux dire ! Epouvantablement prétentieux !

Après un silence, elle reprit :

— C'est horrible pour son mari. Et pour sa fille aussi. A ton avis, comment Megan va-t-elle réagir ?

Je répondis que je n'en avais pas la moindre idée. Curieusement, on ne pouvait jamais évaluer les pensées ni les sentiments de Megan.

Joanna hocha la tête d'un air entendu

— C'est toujours comme ça, avec les enfants échangés.

Après un silence, elle ajouta. :

— Est-ce que tu crois que… est-ce que ça te ferait plaisir de… Bref, je me demandais si Megan n'aurait pas envie de venir passer quelques jours chez nous. Elle vient d'avoir un drôle de choc pour une fille de son âge.

— Nous pourrions toujours aller le lui proposer, approuvai-je.

— Les garçons sont en bonnes mains avec la gouvernante. Mais je pense que c'est exactement le genre de femme à rendre hystérique quelqu'un comme Megan.

C'était bien mon avis. J'imaginais tout à fait Elsie Holland en train de déverser un flot de platitudes et de proposer d'innombrables tasses de thé. Une créature charmante, certes, mais pas de celles qu'il aurait fallu auprès d'une fille hypersensible.

J'avais déjà songé à inviter Megan à la maison, et j'étais content que Joanna y ait pensé de son côté.

Après le petit déjeuner, nous nous rendîmes chez les Symmington.

Nous étions tous deux un peu nerveux. On risquait d'attribuer notre visite à une curiosité macabre. Par bonheur, nous tombâmes sur Owen Griffith qui franchissait le portail. Il semblait préoccupé.

Il me salua cependant avec chaleur :

— Ah, bonjour, Burton ! Content de vous voir. Ce que je redoutais s'est finalement produit. Fichue histoire !

— Bonjour, Dr Griffith ! aboya Joanna comme si elle s'adressait à notre tante la plus sourde.

Griffith sursauta et rougit :

— Oh… oh, bonjour, miss Burton.

— Je croyais que vous ne m'aviez pas vue, grinça Joanna.

Griffith devint encore plus rouge. Sa timidité l'enveloppait comme une chape :

— Je suis… je suis désolé… la tête ailleurs… c'est vrai je ne vous avais pas vue.

— Je suis pourtant grandeur nature, insista Joanna, impitoyable.

— Tu te vantes lui assenai-je en aparté.

Puis je continuai :

— Dites donc, Griffith, nous nous demandions, ma sœur et moi, si ce ne serait pas une bonne chose que Megan vienne passer quelques jours chez nous. Qu'en pensez-vous ? Loin de moi l'envie de me mêler de ce qui ne me regarde pas, mais ça doit être sinistre pour cette pauvre gosse. Comment Symmington risque-t-il de le prendre, à votre avis ?

Griffith prit le temps de réfléchir à ma question.

— Je pense que c'est une excellente idée, dit-il enfin. Cette fille a les nerfs à fleur de peau, s'évader d'ici ne peut que lui faire du bien. Miss Holland accomplit des merveilles – c'est une créature qui a la tête sur les épaules –, mais elle a vraiment assez à faire avec les enfants, sans parler de Symmington. Il est complètement effondré... complètement sonné.

— Il s'agit bien de... hésitai-je. Il s'agit bien d'un suicide ?

Griffith hocha la tête :

— Ce qu'il y a de sûr, c'est que l'accident est exclu. Elle a écrit : « Ça n'est plus possible » sur un bout de papier. La lettre a dû arriver hier après-midi, au courrier. On a trouvé l'enveloppe par terre à côté de son fauteuil, et la lettre froissée en boule dans la cheminée.

— Et qu'est-ce...

Je me tus, horrifié par mon sans-gêne.

— Excusez-moi, dis-je.

Griffith eut un sourire désabusé.

— Ne soyez pas gêné, de toute façon la lettre sera lue à l'enquête. Pas moyen d'y échapper, hélas ! Elle est du même genre que les autres... et dans le même style ordurier. Cette fois, on prétend explicitement que Colin, le cadet, n'est pas le fils de Symmington.

— Et vous croyez que, c'est vrai ? m'exclamai-je, incrédule.

Griffith haussa les épaules :

— Je n'ai pas les moyens de me faire une opinion. Je ne suis installé ici que depuis cinq ans. Pour autant que je le sache, les Symmington formaient un couple tranquille et heureux, très attachés l'un à l'autre et tout dévoués à leurs enfants. C'est vrai que le garçon ne ressemble pas à ses parents – il est roux –, mais il n'est après tout pas rare qu'un enfant rappelle plutôt un de ses grands-parents.

— Et ce manque de ressemblance est sans doute à l'origine de l'accusation, dis-je. Un trait crapuleux et injustifié lancé au hasard.

— Ça se pourrait. C'est même probable. Ces lettres ignobles sont dépourvues d'informations précises, pour la plupart. Elles ne sont qu'un condensé de malveillance et de rancœur.

— Mais il arrive qu'elles fassent mouche, remarqua Joanna. Sans elles, Mrs Symmington ne se serait pas suicidée, non ?

— Je n'en jurerais pas, répondit Griffith. Elle avait une petite santé depuis quelque temps, de plus elle souffrait de tendances névrotiques. Je la soignais pour ça. Je crois plausible que le choc causé par une lettre de cette sorte, écrite dans les termes que nous savons, ait pu la mettre dans un tel état de panique et d'abattement qu'elle ait décidé d'en finir. Elle s'est peut-être convaincue que son mari ne la croirait pas si elle niait. Et, sous l'emprise de la honte et du dégoût, elle a perdu toute capacité de jugement objectif.

— Un suicide par perte momentanée des facultés mentales, en somme, dit Joanna.

— Exactement. J'aurai, je crois, de bonnes raisons d'exposer ce point de vue à l'enquête.

— Oh, je vois, dit Joanna.

Quelque chose dans son intonation fit réagir Owen.

— De très bonnes raisons ! insista-t-il avec hargne. Vous n'êtes pas d'accord, miss Burton ?

— Oh si, bien sûr ! acquiesça Joanna. A votre place, j'en ferais autant.

Owen lui octroya un regard dubitatif, puis s'éloigna dans la rue à pas lents. Joanna et moi entrâmes dans la maison.

La porte était grande ouverte et ça nous sembla plus facile que d'avoir à sonner, surtout qu'on entendait la voix d'Elsie Holland résonner à l'intérieur.

Elle s'adressait à M^e Symmington qui, tassé dans un fauteuil, paraissait complètement hébété :

— Vraiment, Mr Symmington, il faut que vous mangiez quelque chose. Vous n'avez pas pris de petit déjeuner – du moins ce que j'appelle un vrai petit déjeuner –, et vous n'avez rien mangé non plus hier soir, et avec le choc et tout ça, vous allez vous rendre malade. Vous allez avoir besoin de toutes vos forces. Le médecin l'a bien dit avant de partir.

— Vous êtes très gentille, miss Holland, répondit Symmington d'une voix sans timbre, mais...

— Voilà une bonne tasse de thé bien chaud, coupa Elsie Holland en lui fourrant d'autorité le breuvage dans les mains.

Pour ma part, j'aurais plutôt donné à ce pauvre bougre un whisky-soda bien tassé. Il avait l'air d'en avoir besoin. Il accepta tout de même le thé et leva les yeux vers Elsie Holland :

— Je ne pourrai jamais vous remercier assez pour tout ce que vous avez fait et faites encore pour nous miss Holland. Vous avez été absolument merveilleuse.

La demoiselle rougit, ravie :

— Oh, comme c'est gentil de me dire ça, Mr Symmington. Laissez-moi continuer à vous aider de mon mieux. Ne vous tracassez pas pour les enfants... je m'en occuperai, et j'ai réussi à calmer les domestiques, et s'il y a quoi que ce soit que je puisse faire, écrire le courrier, téléphoner, n'hésitez pas à me le demander.

— Vous êtes très gentille, répéta Me Symmington.

Elsie Holland se détourna et nous aperçut. Elle se hâta de nous rejoindre dans le vestibule.

— C'est affreux, n'est-ce pas ? fit-elle dans un chuchotement à peine audible.

Je me dis, en la regardant, que c'était une fille vraiment bien. Aimable, compétente, efficace dans les situations d'urgence. Ses magnifiques yeux bleus étaient quelque peu soulignés de rose, preuve qu'elle avait le cœur assez tendre pour verser des larmes sur sa maîtresse défunte.

— Pourrions-nous vous parler une minute ? demanda Joanna. Nous ne voulons pas déranger Mr Symmington.

Elsie Holland fit signe qu'elle comprenait et nous conduisit dans la salle à manger, de l'autre côté du vestibule.

— Ç'a été terrible pour lui, commença-t-elle. Un

tel choc. Qui aurait imaginé une chose pareille ? Bien sûr, je m'étais rendu compte qu'elle était un peu bizarre ces derniers temps. A bout de nerfs. La larme facile. Je croyais que c'était à cause de sa santé, bien que le Dr Griffith ait toujours dit qu'elle n'avait rien de grave. Mais elle était devenue cassante, irritable, il y avait des jours où on ne savait pas comment la prendre.

— Voilà, commença Joanna, si nous sommes ici, c'est pour proposer à Megan de venir passer quelques jours chez nous… si ça lui fait plaisir, naturellement.

Elsie Holland parut surprise.

— Megan ? fit-elle d'un ton dubitatif. Je n'en sais vraiment rien. Je veux dire, c'est extrêmement aimable de votre part, mais c'est une fille tellement bizarre. On ne sait jamais ce qu'elle va dire ou penser.

— Nous estimions que ça vous tirerait peut-être une épine du pied, hasarda Joanna.

— Ça, étant donné la situation, c'est certain. Il faut que je m'occupe des garçons – ils sont chez les Cook, en ce moment – et de ce pauvre Mr Symmington, qui a vraiment besoin qu'on prenne soin de lui… et en plus de ça j'ai tellement de choses à faire et à surveiller. Je n'ai pas le temps de m'occuper de Megan. Je crois qu'elle est en haut, dans l'ancienne chambre d'enfants, au dernier étage. Elle donne l'impression de vouloir fuir tout le monde. Je ne sais pas si…

Joanna esquissa un clin d'œil discret à mon intention. Je me glissai prestement hors de la pièce et montai l'escalier jusqu'au dernier étage. J'ouvris la porte et entrai. La pièce que je venais de quitter, au rez-de-chaussée, donnait sur le jardin derrière la maison, et les stores étaient restés ouverts. Mais dans celle-ci, qui donnait sur la rue, ils étaient baissés pour obéir aux convenances.

Je finis par discerner Megan dans la pénombre grisâtre. Elle était blottie sur un divan adossé au mur du fond, et elle me fit tout de suite penser à un animal qui se cachait, terrifié. Elle semblait pétrifiée par l'angoisse.

— Megan, appelai-je doucement.

Je m'approchai, et sans m'en rendre compte, j'adoptai le ton qu'on emploie pour rassurer un animal craintif. Je m'étonne encore de ne pas lui avoir tendu une carotte ou un morceau de sucre. J'aurais été prêt à le faire.

Elle me regarda fixement, sans bouger ni changer d'expression.

— Megan, répétai-je, je suis venu avec Joanna vous proposer de venir habiter quelque temps chez nous, si ça pouvait vous faire plaisir.

Sa voix sembla surgir des profondeurs obscures :

— Habiter chez vous ? Sous votre toit ?

— Oui.

— Vous m'emmèneriez loin d'ici ?

— Mais oui, mon petit.

Elle se mit soudain à trembler de tout son corps. C'était effrayant à voir et très émouvant :

— Oh, emmenez-moi ! Je vous en supplie ! C'est tellement horrible d'être ici, et je me sens tellement méchante !

Je m'approchai davantage et elle s'agrippa à la manche de mon veston :

— Je suis lâche. Je ne savais pas à quel point j'étais lâche.

— Allons, allons, drôle de frimousse. Ces événements vous ont tourneboulée. Venez.

— Est-ce qu'on peut partir tout de suite ? Sans attendre une minute ?

— Prenez tout de même le temps de rassembler quelques affaires.

— Quelles affaires ? Pour quoi faire ?

— Ma chère enfant, nous pouvons vous offrir un lit, un bain et pas mal d'autres choses, mais que je sois pendu si je vous prête ma brosse à dents.

Elle eut un petit rire misérable :

— Je comprends. Je suis idiote, aujourd'hui. Ne m'en veuillez pas. Je vais préparer mes affaires. Vous… vous n'allez pas partir sans moi ? Vous allez m'attendre ?

— Vous me trouverez sur le paillasson.

— Merci. Merci beaucoup. Excusez-moi d'être aussi bête. C'est assez affreux de perdre sa mère, vous savez.

— Je sais, dis-je.

Je lui administrai une tape amicale sur l'épaule et elle me regarda avec gratitude avant de disparaître dans une autre pièce. Je redescendis au rez-de-chaussée.

— J'ai trouvé Megan, annonçai-je. Elle vient avec nous.

— Oh, *ça*, pour une bonne chose ! s'exclama Elsie Holland. Ça va lui changer les idées. C'est une fille très nerveuse, voyez-vous. Et pas facile. Ça me soulagera beaucoup de ne pas avoir à m'occuper d'elle en plus des autres. C'est vraiment aimable de votre part, miss Burton. J'espère qu'elle ne vous dérangera pas. Oh, mon Dieu, le téléphone ! Excusez-moi, il faut que j'aille répondre. Mr Symmington n'est pas en état de le faire.

Elle sortit de la pièce en trombe.

— Un véritable ange gardien ! ironisa Joanna.

— Pourquoi dis-tu ça méchamment ? reprochai-je. C'est une fille gentille et serviable, et manifestement très efficace.

— Oh, très. Et elle le sait.

— C'est indigne de toi, Joanna.

— Elle ne fait que son travail, tu veux dire ?

— Exactement.

— Que veux-tu, les gens trop contents d'eux, ça réveille mes pires instincts. Comment as-tu trouvé Megan ?

— Recroquevillée dans le noir, comme une gazelle blessée.

— Pauvre gosse. Elle avait envie de venir ?

— Elle a sauté sur l'aubaine, oui.

Une suite de coups sourds dans l'escalier nous avertit que Megan descendait avec sa valise. Je la rejoignis pour l'en débarrasser.

Joanna arriva derrière moi.

— Partons vite, souffla-t-elle. J'ai déjà refusé deux fois une bonne tasse de thé bien chaud.

Nous nous dirigeâmes vers la voiture. Ça m'ennuyait de laisser Joanna charger la valise. Mais si je pouvais maintenant marcher avec une seule canne, j'étais encore incapable d'accomplir des performances athlétiques.

— Grimpez, dis-je à Megan.

Elle s'installa. Je montai à mon tour. Joanna mit le moteur en marche et nous partîmes.

Arrivés à *Little Furze*, nous allâmes tout droit au salon.

Megan s'affala dans un fauteuil et éclata en sanglots. Elle pleurait avec l'ardeur d'un nourrisson au sevrage – braillait, serait le mot juste. Je quittai la pièce à la recherche du remède adéquat. Restée près d'elle, Joanna devait se sentir plutôt désemparée.

J'entendis bientôt Megan hoqueter :

— Je suis désolée de réagir comme ça. C'est idiot.

— Mais pas du tout, la rassurait gentiment Joanna. Prenez donc un autre mouchoir.

J'en déduisis qu'elle fournissait le mouchoir en question. Je regagnai la pièce et tendis à Megan un verre plein à ras bord.

— Qu'est-ce que c'est ?

— Un cocktail.

— Oh ? C'est vrai ?

Les larmes de Megan tarirent immédiatement :

— Je n'ai jamais bu de cocktail.

— Il faut un début à tout, philosophai-je.

Megan sirota une première gorgée avec précaution, puis son visage s'éclaira, elle bascula la tête en arrière et but le reste cul sec.

— Hmmm ! c'est délicieux, déclara-t-elle. Je peux en avoir un autre ?

— Non, répondis-je.

— Pourquoi non ?

— Vous le saurez dans dix minutes.

— Oh !

Megan reporta son attention sur Joanna :

— Je suis vraiment désolée de vous avoir imposé des hurlements pareils. Je ne sais pas ce qui m'a prise. C'est bête, je suis pourtant tellement contente d'être ici.

— Ne vous tracassez pas, dit Joanna. Nous sommes ravis de vous avoir avec nous.

— Ça, ça m'étonnerait. Vous faites ça par gentillesse, c'est tout. Mais vous avez quand même toute ma gratitude.

— Pas de gratitude, je vous en prie, rétorqua Joanna. Ça me gênerait. C'est vrai, vous savez, nous sommes heureux de vous avoir ici. Jerry et moi, avons épuisé tous nos sujets de conversation. Nous ne trouvons plus rien à nous dire.

— Mais maintenant, enchaînai-je, nous allons avoir tout un tas de discussions passionnantes… sur Goneril, sur Regan, et sur bien d'autres encore.

Le visage de Megan se détendit :

— J'y ai réfléchi et Je crois que j'ai trouvé la réponse. Leur horrible vieux père les a toujours obligées à lui lécher les bottes. Et quand on vous a forcé à dire tout le temps merci, à être reconnaissant et ainsi de suite, ça vous rend mauvais et un peu bizarre. Vous n'avez plus qu'une envie, être capable de devenir méchant pour de vrai… et quand l'occasion se présente, ça vous monte à la tête et vous allez trop loin. Le vieux Lear était abominable, vous ne trouvez pas ? Il a bien mérité que Cordelia l'envoie paître, non ?

— Voilà qui promet des échanges passionnants sur Shakespeare, dis-je.

— Ça me promet surtout deux intellectuels rasoirs sur le dos, remarqua Joanna. Shakespeare m'a toujours assommée avec ces scènes interminables où tout le monde est fin soûl et qui sont censées être hilarantes.

— En parlant de soûlerie, dis-je en regardant Megan, comment vous sentez-vous ?

— Très bien, merci.

— La tête ne vous tourne pas ? Vous ne voyez pas Joanna en double exemplaire ?

— Non, j'ai seulement l'impression que je ne pourrai plus jamais m'arrêter de parler.

— Formidable ! Vous êtes douée pour boire, c'est évident. A condition que ç'ait vraiment été votre premier cocktail.

— C'était bien le premier.

— Une tête solide, c'est un atout essentiel pour un être humain, décrétai-je.

Joanna emmena Megan défaire sa valise au premier étage.

Partridge entra, l'air plus revêche encore qu'à l'accoutumée. Elle n'avait préparé que deux crèmes renversées pour le déjeuner. Comment allait-elle s'organiser ?

# 6

L'enquête eut lieu trois jours plus tard. Tout était organisé de manière à ménager les susceptibilités, mais l'assistance était nombreuse et, comme le nota Joanna, ça chuchotait ferme et il y avait comme un vent de fronde sous les coiffes.

La mort de Mrs Symmington fut située entre 3 et 4 heures de l'après-midi. Elle se trouvait seule chez elle, M<sup>e</sup> Symmington était à son étude, les domestiques avaient leur jour de congé, Elsie Holland était en promenade avec les garçons et Megan était partie faire un tour à bicyclette.

La lettre était sans nul doute arrivée par le courrier de l'après-midi. Mrs Symmington avait dû la ramasser dans la boîte, la lire, puis, dans un état d'agitation extrême, aller dans la remise du jardin où elle avait pris un peu du cyanure destiné à détruire les nids de guêpes, l'avait dissout dans de l'eau et l'avait bu après avoir écrit ces derniers mots de renoncement : « Ça n'est plus possible… »

Owen Griffith témoigna en tant que médecin, et insista sur le point de vue qu'il nous avait exposé, à savoir l'état nerveux de Mrs Symmington et son manque de tonus. Le coroner fut onctueux et discret. Il vilipenda les méprisables qui écrivent des lettres anonymes : quel que fût l'auteur de la lettre mensongère et malveillante adressée à Mrs Symmington, il était selon lui moralement responsable d'homicide. Il espérait que la police démasquerait le corbeau au plus vite et agirait à son encontre comme faire se devait. Un tel exemple de lâcheté pernicieuse méritait un châtiment aussi rigoureux que l'autorisait la loi. Il guida le jury vers le verdict prévisible : suicide au cours d'une perte temporaire des facultés mentales.

Tout comme Owen Griffith, le coroner avait fait de son mieux. Ensuite pourtant, mêlé au rassemblement des harpies du village, j'entendis courir un murmure haineux que je commençais à bien connaître « Il n'y a pas de fumée sans feu, c'est *moi* qui vous le dis ! Il doit bien y avoir du vrai làdessous. Sinon, elle n'aurait jamais fait ça… »

L'espace d'un instant, je détestai Lymstock, ses esprits étriqués et ses commères à la langue de vipère.

*

J'ai du mal à me rappeler la chronologie exacte des événements qui suivirent. Mon premier point de repère important est, bien sûr, la visite du superintendant Nash. Mais ce fut avant cela, me semble-t-il, que *Little Furze* vit défiler divers membres de la communauté. Chacun à sa manière avait des choses intéressantes à dire et versait quelque lumière sur le rôle et le caractère des personnes concernées.

Aimée Griffith vint nous voir le lendemain matin de l'enquête du coroner. Comme à l'accoutumée, elle débordait de vitalité et d'ardeur, et comme d'habitude également, elle réussit presque tout de suite à me hérisser le poil. Joanna et Megan étaient absentes, je lui fis donc les honneurs de la maison.

— Bonjour, fit-elle, on m'a dit que vous avez hérité de Megan ?

— Oui, en effet.

— C'est trop bon de votre part. Ça doit vous déranger beaucoup. Je suis venue vous proposer de la prendre chez moi, si vous voulez. Je n'aurai pas de mal à lui trouver de quoi se rendre utile dans la maison.

Je fixai sur Aimée Griffith un regard chargé de dégoût.

— C'est très aimable à vous, dis-je. Mais nous sommes ravis de l'avoir ici. Elle suit son petit train-train, bien tranquillement.

— Je le crois sans peine ! Cette gosse n'aime que ça. Enfin, j'imagine qu'avec sa pauvre tête elle ne peut guère faire autrement.

— Moi, je la trouve plutôt intelligente, rétorquai-je.

Aimée Griffith me décocha un regard appuyé :

— C'est bien la première fois que j'entends dire ça ! Quand on lui parle, elle a une façon de vous regarder au travers comme si elle ne comprenait rien !

— Ce qu'on lui dit ne l'intéresse pas, sans doute.

— Dans ce cas, c'est qu'elle est très impolie.

— Possible. Mais elle est loin d'être idiote.

— Mettons qu'elle est dans la lune, si vous préférez, répliqua miss Griffith d'un ton sec. Megan a besoin de trouver un bon travail bien dur qui donne un sens à son existence. Vous n'imaginez pas comme ça vous transforme une jeune fille. Et j'en sais long

435

sur les jeunes filles. Vous seriez surpris de ce que ça leur apporte déjà d'être Guide. Megan est trop âgée pour continuer à traînasser toute la journée.

— Elle n'a jamais eu l'occasion de faire autre chose jusqu'ici. Mrs Symmington ne s'était apparemment pas rendu compte que Megan n'avait plus douze ans.

— Je sais, grogna miss Griffith. Ça m'exaspérait assez ! Elle est morte maintenant, paix à son âme, mais elle était l'illustration parfaite de ce que j'appelle la stupidité de la bourgeoise au foyer. Le bridge, les bavardages et les enfants… et encore, il fallait que cette demoiselle Holland s'occupe d'eux à sa place. Je crains de n'avoir jamais tenu Mrs Symmington en grande estime – et Dieu sait encore pourtant que j'ignorais tout de la vérité.

— La vérité ? répétai-je.

Miss Griffith rougit :

— Tout ce déballage à l'enquête, ça m'a fait beaucoup de peine pour Dick Symmington. C'était affreux pour lui.

— Mais vous l'avez entendu déclarer qu'il n'y avait pas un mot de vrai dans cette lettre. Il était catégorique, non ?

— Qu'aurait-il bien pu dire d'autre ? Un mari se doit d'être solidaire de sa femme. C'est ce qu'a fait Dick. Vous savez, ajouta-t-elle après un silence, je connais Dick depuis longtemps.

J'étais un peu étonné :

— Ah bon ? Votre frère m'a pourtant dit qu'il avait racheté le cabinet il y a quelques années seulement.

— Bien sûr, mais Dick Symmington a séjourné

plusieurs fois dans le Nord, où nous habitions auparavant. Je le connais depuis des années.

Les femmes tirent des conclusions rapides, les hommes, non. Néanmoins, une douceur soudaine dans la voix d'Aimée Griffith me mit, comme l'aurait dit notre vieille nourrice, des idées dans la tête.

J'observai Aimée avec curiosité. Elle continua de parler sur le même ton radouci :

— Oh, oui, je connais bien Dick... C'est un homme fier et réservé. Mais c'est aussi le type d'homme capable d'être très jaloux.

— Ce qui expliquerait, dis-je à dessein, pourquoi Mrs Symmington avait peur de lui montrer la lettre, et même de lui en parler. Comme c'est un jaloux, elle craignait qu'il ne croie pas à ses dénégations.

Miss Griffith m'accabla d'un regard de mépris.

— Seigneur ! s'exclama-t-elle. Vous pensez donc qu'une femme avalerait du cyanure de potassium pour une simple accusation mensongère ?

— Le coroner l'a bien cru, lui. Et votre frère aussi...

— Les hommes sont tous pareils, m'interrompit Aimée. Sauver les apparences, c'est tout ce qui compte. Mais vous ne me ferez jamais croire ça à moi. Quand une femme innocente reçoit une lettre anonyme, elle éclate de rire et la fiche en l'air. Et c'est ce que j'ai... (elle s'arrêta brusquement) ce que j'aurais fait, conclut-elle.

J'avais noté son hésitation. J'aurais juré qu'elle avait failli dire : « C'est ce que j'ai fait. »

Je décidai d'attaquer l'ennemi sur son propre terrain :

— Alors, vous aussi, dis-je d'un ton aimable, vous y avez eu droit ?

Aimée Griffith était du style à détester mentir. Elle resta silencieuse un instant, rougit, puis avoua :

— Eh bien, oui ! Mais ça ne m'a pas troublée pour autant !

— Elle était méchante ? m'enquis-je avec sympathie, à la manière d'un compagnon de souffrance.

— Evidemment. Ces lettres le sont toujours. Les divagations d'un fou. J'en ai lu quelques mots j'ai tout de suite compris de quoi il s'agissait et je l'ai balancée directement dans la corbeille à papiers.

— Vous n'avez pas eu l'idée de la remettre à la police ?

— Pas sur le moment. Moins on en dit, plus vite on oublie… voilà ce que j'ai pensé.

J'eus toutes les peines du monde à me retenir de déclarer d'un ton sentencieux : « Il n'y a pas de fumée sans feu ! » Pour éloigner la tentation, j'en revins à Megan :

— Miss Griffith est-ce que vous connaissez la situation matérielle de Megan ? Oh, ne croyez pas à une curiosité oiseuse de ma part. Je me demandais seulement si elle avait vraiment besoin de gagner sa vie.

— Oh, *besoin* n'est pas le mot, je crois. Sa grand-mère paternelle lui a laissé une petite rente, me semble-t-il. Et de toute façon, même si sa mère ne lui a strictement rien légué, Dick Symmington lui fournira toujours le vivre et le couvert. Non, pour moi, c'est avant tout une question de *principe*.

— De principe ?

— Oui, Mr Burton. Le travail. Pour les hommes comme pour les femmes, rien ne vaut le travail. Le seul péché impardonnable, c'est l'oisiveté.

Je me rebiffai :

— Sir Edward Grey, avant de devenir ministre des Affaires étrangères, fut renvoyé d'Oxford pour oisiveté incorrigible. On dit que le duc de Wellington se fichait pas mal des livres qui, d'ailleurs, l'ennuyaient terriblement. Et avez-vous jamais songé, miss Griffith, que vous ne pourriez sans doute pas prendre l'express de Londres si le jeune Georgie Stephenson avait participé à un groupement de jeunesse au lieu de traîner son ennui dans la cuisine de sa mère, là, précisément, où le comportement étrange du couvercle de la bouilloire attira un jour l'attention de son esprit inoccupé ?

Aimée se contenta d'émettre un reniflement de dédain.

— Ma théorie, poursuivis-je enflammé par mon sujet, repose sur le postulat que nous devons la plupart des inventions et des réalisations de génie à l'oisiveté – qu'elle soit volontaire ou imposée. L'esprit humain préfère se gaver de la pensée d'autrui. Toutefois, privé de cette manne, il va se mettre malgré lui à penser par lui-même, et ce mode de réflexion original peut aboutir à des résultats appréciables.

» En outre, enchaînai-je sans laisser à Aimée le temps de renifler une nouvelle fois, considérons le versant artistique.

Je me levai pour prendre sur mon bureau la reproduction d'une peinture chinoise qui ne me quitte jamais. Elle représente un vieil homme, assis sous un arbre et qui joue à composer des figures à l'aide d'une ficelle tendue entre ses doigts et ses orteils.

— Je l'ai trouvée à l'exposition sur la Chine, dis-je. Elle m'a fasciné. Permettez-moi de vous présenter au « Vieillard savourant les Délices de l'Oisiveté », c'est son nom.

Le ravissant tableau laissa Aimée de marbre.

— Pff ! fit-elle, tout le monde sait à quoi s'en tenir avec les Chinois !

— Il ne vous plaît pas ? demandai-je.

— Franchement, non. L'art ne m'intéresse pas beaucoup, je vous avoue. Mr Burton, votre attitude. est typiquement masculine. Vous n'acceptez pas l'idée que les femmes travaillent... qu'elles rivalisent...

Interloqué, je compris que je m'étais attaqué à une Féministe avec un grand F. Le feu aux joues, Aimée Griffith était lancée :

— Que les femmes veuillent faire carrière, ça vous dépasse. Mes parents aussi, ça les dépassait. Moi, ce que je voulais par-dessus tout, c'était devenir médecin. Ils n'ont même pas voulu entendre parler de me payer des études. Mais, pour Owen, ils n'ont pas hésité. J'aurais pourtant fait un meilleur médecin que mon frère.

— Vous m'en voyez désolé, dis-je. Ça n'était vraiment pas gentil pour vous. Quand on a envie de faire quelque chose...

Elle enchaîna vivement :

— Oh, je m'en suis remise, allez ! J'ai une volonté

de fer. Ma vie est bien remplie. Je suis une des personnes les plus heureuses à Lymstock. J'ai un tas de choses à faire. Mais ce préjugé vieux jeu que la place de la femme est à la maison, ça me fait sortir de mes gonds.

— Je suis navré de vous avoir blessée, dis-je. Telle n'était pas mon intention. Mais, voyez-vous, je n'imagine pas du tout Megan en femme au foyer.

— Ça, non, la pauvre petite. Elle ne trouvera jamais sa place nulle part, je le crains.

Aimée s'était calmée. Elle avait repris un ton normal :

— Vous savez, son père...

Elle hésita, et j'en profitai pour dire carrément :

— Non, je ne sais *pas*. Tout le monde parle de « son père » en baissant la voix, ça je suis au courant. Mais qu'est-ce qu'il a donc *fait*, ce type ? Il est encore vivant ?

— A vrai dire, je l'ignore. D'ailleurs, je ne sais pas grand-chose. Mais c'était vraiment un sale bonhomme. Il a fait de la prison, je crois. Par certains côtés, il était complètement anormal. Voilà pourquoi ça ne m'étonnerait pas que Megan soit un peu « déficiente ».

— Megan est en pleine possession de ses facultés et, comme je vous l'ai déjà dit, je la considère comme une fille intelligente. C'est aussi l'opinion de ma sœur. Joanna aime beaucoup Megan.

— Puisqu'on parle de votre sœur, dit soudain Aimée, en voilà une qui doit trouver le temps long, ici.

441

A son ton, j'appris encore une chose : Aimée ne portait pas ma sœur dans son cœur.

— Nous nous demandons tous comment vous supportez, elle et vous, d'être enterrés dans ce trou perdu.

Ça avait tout d'une question, j'y répondis :

— Ordre de la Faculté. Repos dans un endroit tranquille où rien ne se passe... ce qui n'est plus vraiment le cas de Lymstock, maintenant.

— Non, en effet.

L'air soucieux, elle se leva pour partir :

— Il faut qu'on arrête ça, vous comprenez... toutes ces obscénités ! On ne peut plus tolérer ça !

— Mais la police s'en occupe, non ?

— Il paraît. Mais je crois pourtant que nous devrions prendre *nous-mêmes* l'affaire en main.

— La police est mieux équipée que nous.

— Sottise ! Nous avons sûrement davantage de jugeote et d'intelligence ! Nous manquons de détermination, c'est tout.

Brusquement, elle prit congé et s'en fut.

Lorsque Joanna et Megan rentrèrent de promenade, je montrai ma peinture chinoise à Megan. Son visage s'éclaira :

— C'est divin, non ?

— Oui, acquiesçai-je, c'est assez mon avis.

Elle plissa le front d'une façon que je commençais à bien connaître :

— Mais ça ne doit pas être commode.

— De rester oisif ?

— Non, non... d'y prendre plaisir. Il faudrait être très vieux...

Elle laissa sa phrase en suspens.

— C'est bel et bien un vieil homme, dis-je.

— Je ne pensais pas à vieux en âge, mais vieux… vieux…

— Vous voulez dire qu'il faudrait avoir atteint un haut niveau de civilisation pour la vivre de cette manière… avec un tel degré de raffinement ? Je compléterai votre éducation, Megan, je vous lirai des centaines de poèmes traduits du chinois.

*

Plus tard dans la journée, je descendis en ville et rencontrai Symmington.

— Est-ce que vous seriez d'accord pour que Megan reste encore un peu chez nous ? demandai-je. C'est une compagnie pour Joanna… ses amis lui manquent, elle se sent parfois un peu seule.

— Oh… euh… Megan ? « Oh, oui naturellement. C'est très aimable à vous.

Dès cet instant je ressentis envers Symmington une antipathie que je ne pus jamais tout à fait effacer. Il avait oublié Megan, c'était évident. Je ne lui en aurais pas voulu de la détester, il arrive qu'un homme soit jaloux des enfants d'un premier mari, mais il ne la détestait pas, il la remarquait à peine, c'est tout. Il se conduisait avec elle un peu comme un homme que les chiens n'intéressent pas et qui en a un chez lui. Vous ne le remarquez que si vous vous prenez les pieds dedans, vous pestez après lui, et vous lui donnez quelquefois une caresse distraite, à condition qu'il la réclame. L'indifférence absolue de Symmington pour sa belle-fille me chagrinait beaucoup.

— Vous avez des projets pour elle ? m'enquis-je.

— Pour Megan ? s'étonna-t-il. Eh bien, elle continuera à vivre à la maison. Elle y est chez elle, bien entendu.

Ma grand-mère, que j'adorais, chantait souvent de vieilles chansons en s'accompagnant à la guitare. L'une d'entre elles, je m'en souviens, se terminait ainsi :

« Oh ma belle, mon aimée, je ne suis nulle part,
Je n'ai pas de feu, pas de lieu,
Pas de toit, ni sur mer, ni sur terre,
Je n'existe que dans ton cœur. »

Je rentrai chez moi en la fredonnant.

*

Nous venions de terminer notre thé lorsqu'Emily Barton arriva.

Elle désirait me parler du jardin. Nous sortîmes donc parler jardinage pendant une bonne demi-heure. Puis nous nous rapprochâmes de la maison.

Alors seulement, elle demanda dans un murmure :

— J'espère de tout mon cœur que cette petite... qu'elle n'a pas été terriblement *attristée* par cet affreux événement ?

— La mort de sa mère, voulez-vous dire ?

— Oui, ça, bien sûr. Mais je pensais surtout à... à toutes ces vilaines choses qu'il y a *derrière*.

J'étais curieux. Je voulus connaître la réaction de miss Barton :

— Quel est votre avis sur la question ? Il y a du vrai là-dedans, d'après vous ?

— Oh, non, non, certainement pas. Je suis sûre que Mrs Symmington n'a jamais… qu'il n'était pas, balbutia la menue Emily Barton, rose de confusion. Je veux dire, c'est complètement faux… quoique, naturellement, c'était peut-être, une épreuve.

— Une épreuve ? m'étonnai-je.

Emily Barton rosit plus encore. Elle faisait de plus en plus bergère en porcelaine de Dresde.

— Je ne peux pas m'empêcher de penser que ces horribles lettres, avec tout le mal et tout le chagrin qu'elles ont causés, ont peut-être été envoyées dans un certain *but*.

— Elles avaient un but, c'est indéniable, approuvai-je en souriant.

— Non, non, Mr Burton, vous n'avez pas saisi. Je ne parle pas des intentions de la brebis égarée qui les a écrites… une pauvre créature abandonnée sans doute. Je veux dire que c'est un signe de… de la Providence ! Pour nous faire prendre conscience de nos défauts.

— Le Tout-Puissant aurait tout de même pu choisir une arme moins répugnante.

Miss Emily murmura que les voies du Seigneur étaient impénétrables.

— Non, répliquai-je. On a trop tendance à rendre Dieu responsable des maux que l'homme accomplit en toute connaissance de cause. Je vous concède le Diable. Mais nous n'avons pas besoin que Dieu nous punisse, miss Barton, nous sommes très occupés à nous punir nous-mêmes.

— Ce que je n'arrive pas à comprendre c'est *pourquoi* on en arrive à faire une chose pareille.

Je haussai les épaules :

— Les corbeaux ont l'esprit tordu, sûrement.

— C'est bien triste.

— Moi, je ne trouve pas ça triste, je trouve ça ignoble, foutredieu ! Et je ne m'excuserai pas de l'expression, c'est la seule qui traduise ma pensée !

Le rose avait quitté les joues de miss Barton. Elle était devenue toute blanche :

— Mais pourquoi, Mr Barton, *pourquoi* ? Quel plaisir peut-on en tirer ?

— Rien que vous ou moi puissions comprendre, Dieu merci.

Emily Barton baissa la voix d'un ton :

— On raconte que c'est *Mrs Cleat*... mais je n'arrive pas à le croire.

J'approuvai d'un signe de tête.

— Rien de tel ne s'était jamais produit jusqu'ici, reprit-elle avec agitation. Pas que je m'en souvienne. Notre petite communauté était heureuse... Qu'aurait dit ma chère maman ? Enfin, remercions le Ciel que ce malheur lui ait été épargné.

D'après ce que je savais de la vieille Mrs Barton, elle aurait été assez forte pour le supporter, et peut-être même y aurait-elle pris un certain plaisir.

— Tout ceci m'afflige beaucoup, continua Emily.

— Vous-même... euh... auriez-vous reçu quelque chose ?

Elle devint cramoisie :

— Oh, non ! Non... absolument, pas ! Oh ! Ce serait abominable !

Je m'empressai de la prier de m'excuser, mais elle partit plutôt fâchée.

J'entrai dans la maison et trouvai Joanna au salon, debout à côté de la cheminée où elle venait d'allumer un feu, car les soirées étaient encore fraîches.

Elle tenait une lettre ouverte.

Elle tourna vivement la tête lorsqu'elle m'entendit :

— Jerry ! Regarde ce que je viens de trouver dans la boîte à lettres... On l'a déposée directement. Ça commence par : « Espèce de putain peinturlurée... »

— Et la suite ?

— Toujours les mêmes saletés, me répondit Joanna avec une horrible grimace.

Elle jeta la lettre dans le feu. D'un geste vif qui me fit mal au dos, je l'en écartai juste avant qu'elle ne s'enflamme.

— Ne fais pas ça, dis-je, on pourrait en avoir besoin.

— Besoin ?

— Oui, pour la police.

*

Le superintendant Nash vint me voir le lendemain matin. Il me fut tout de suite très sympathique. Il représentait le type parfait du superintendant de district. Grand, l'allure militaire, il avait le regard posé et des manières directes, sans prétention.

447

— Bonjour, Mr Burton, préluda-t-il. Je pense que vous devinez l'objet de ma visite ?

— Il s'agit sans doute de cette affaire de lettres ? Il fit un signe d'acquiescement.

— Vous en avez reçu une, paraît-il ?

— Oui, peu après notre arrivée.

— Que disait-elle exactement ?

Je réfléchis un instant, puis lui livrai le plus fidèlement possible le contenu de la lettre.

Impassible, son visage ne trahissant aucun signe d'une quelconque émotion, le superintendant m'écouta.

– Je vois, déclara-t-il lorsque j'eus terminé. Avez-vous gardé cette lettre, Mr Burton ?

— Hélas, non. J'avais cru que ce n'était qu'une manifestation isolée de malveillance contre des nouveaux venus.

Le superintendant fit signe qu'il comprenait.

— Dommage, remarqua-t-il simplement.

— Mais ma sœur en a reçu une autre hier. Je l'ai empêchée juste à temps de la jeter au feu.

— Je vous en remercie, Mr Burton. Vous êtes très prévoyant.

J'allai à mon bureau et ouvris le tiroir fermé à double tour dans lequel je l'avais rangée pour qu'elle ne risque pas de tomber sous les yeux de notre vertueuse Partridge. Je la tendis à Nash.

— Est-ce qu'elle se présente comme la précédente ? grommela-t-il.

— Oui… pour autant que je m'en souvienne.

— Il y avait la même différence entre l'enveloppe et le texte ?

— Oui. L'adresse était tapée à la machine. La lettre, elle, était composée de mots imprimés collés sur une feuille de papier.

Nash hocha la tête et glissa la lettre dans sa poche.

— Mr Burton, demanda-t-il, verriez-vous un inconvénient à m'accompagner au poste de police ? Nous pourrions organiser une réunion qui nous permettrait d'épargner pas mal de temps et d'énergie.

— Naturellement. Voulez-vous que nous y allions tout de suite ?

— S'il vous plaît, oui.

Une voiture de police stationnait devant la porte. Nous descendîmes sur-le-champ à Lymstock.

— Croyez-vous que vous allez pouvoir éclaircir cette affaire ?

Nash hocha la tête d'un air assuré :

— Bien sûr que nous allons l'éclaircir. C'est une question de temps et de travail routinier. Ce genre d'enquête avance lentement, mais aboutit toujours. Il suffit de cerner les faits de plus en plus près.

— En procédant par élimination ?

— Oui, et surtout grâce à la routine habituelle.

— Surveiller les boîtes à lettres, vérifier les machines à écrire, contrôler les empreintes digitales, c'est ça ?

Il sourit :

— Je ne vous le fais pas dire.

Symmington et Griffith étaient déjà au poste de police. On me présenta un homme en civil, grand et le visage maigre, l'inspecteur Graves.

— L'inspecteur Graves est venu de Londres pour

nous aider, expliqua Nash. C'est un spécialiste des affaires de lettres anonymes.

L'inspecteur Graves eut un sourire triste qui me fit penser qu'une vie passée à traquer les auteurs de lettres anonymes devait être singulièrement déprimante. Toutefois, il affichait une sorte d'enthousiasme lugubre.

— Toutes ces affaires se ressemblent, déclara-t-il d'une voix caverneuse de limier neurasthénique. C'en est surprenant... aussi bien par la formulation des lettres que par les thèmes abordés.

— Nous avons déjà eu un cas semblable il y a deux ans, intervint Nash. L'inspecteur Graves nous avait prêté main-forte.

Je vis quelques-unes des lettres étalées sur le bureau devant Graves. Il les avait manifestement examinées.

— La difficulté, reprit Nash, c'est de les obtenir, ces lettres. Soit les gens les jettent au feu, soit ils prétendent qu'ils n'ont rien reçu de pareil. Ils sont idiots, vous savez, et ils ont peur de la police ! De véritables arriérés !

— Nous avons tout de même de quoi faire, remarqua Graves.

Nash tira de sa poche la lettre que je lui avais remise et la jeta devant Graves.

Celui-ci la parcourut et la posa parmi les autres.

— Très jolie... vraiment très jolie, commenta-t-il d'un ton approbateur.

Je n'aurais pas choisi de décrire cette missive en ces termes, mais les spécialistes ont sans doute leurs critères particuliers. J'étais heureux que ce déversement d'obscénités injurieuses pût au moins procurer du plaisir à *quelqu'un.*

— Je crois que nous en avons assez pour démarrer, déclara l'inspecteur Graves, et je vous demanderai, messieurs, si on vous en remet d'autres, de me les communiquer immédiatement. Et si jamais vous entendez dire que quelqu'un en a reçu une – je m'adresse surtout à vous, docteur, qui voyez de nombreux patients –, faites l'impossible pour qu'il l'apporte ici en personne. J'ai là (d'un doigt preste il isola une pièce de sa collection), une lettre que M^e Symmington a reçue il y a deux mois environ, une autre qui nous vient du Dr Griffith, une de miss Ginch, une de Mrs Mudge, la femme du boucher, une de Jennifer Clark, la serveuse des *Trois Couronnes*, celle qu'a reçue Mrs Symmington, et enfin celle que vient de recevoir miss Burton… ah, oui, j'oubliais la dernière, celle que nous a remise le directeur de la banque.

— Belle collection, notai-je.

— Et je peux toutes les associer avec celles d'autres affaires ! Celle-ci est semblable à un poil près aux lettres écrites par la fameuse responsable de grand magasin. Celle-là est la copie crachée des lettres qui ont fleuri dans le Northumberland où j'ai eu à intervenir… c'était une collégienne qui les écrivait. Je vous assure, messieurs, que j'aimerais une fois – rien qu'une fois – voir quelque chose de *neuf* au lieu de ces sempiternels rabâchages.

— Rien de nouveau sous le soleil, murmurai-je.

— Ça, c'est bien vrai, soupira Nash.

— Etes-vous parvenus à vous faire une opinion sur l'identité du coupable ? demanda Symmington.

Graves se racla la gorge avant d'entamer une petite conférence :

— On découvre dans ces lettres certaines similitudes. Je vais vous les énumérer, messieurs, dans l'espoir quelles vous suggèrent quelques idées. Le texte de ces lettres est composé de caractères découpés dans un livre. Un vieux livre, imprimé vers 1830 si je ne me trompe. On a employé cette méthode pour éviter le risque d'être identifié par l'écriture manuscrite, ce qui est très facile comme tout le monde le sait aujourd'hui... une écriture prétendument déguisée ne tient pas devant les tests d'expertise. Il n'y a pas d'empreintes significatives ni sur les lettres ni sur les enveloppes. Autrement dit, elles ont été manipulées par les employés de la poste, par les destinataires. Il y a toutes sortes de traces, mais aucune qui soient communes à toutes les lettres – ce qui démontre que la personne qui les a écrites a pris la précaution de porter des gants. Les enveloppes ont été tapées à la machine sur une vieille Windsor 7 où le *a* et le *t* ne sont pas à l'alignement. La plupart ont été postées ici, et les autres déposées directement dans la boîte à lettres du destinataire. Il est donc évident que leur auteur vit sur place, et je pense que c'est une femme, d'âge moyen ou plus, et probablement – mais ce n'est pas sûr – célibataire.

Nous observâmes quelques instants de silence respectueux. Puis je remarquai :

— La machine à écrire est votre meilleure piste,

n'est-ce pas ? Il ne devrait pas être difficile de la retrouver dans une petite ville comme Lymstock.

L'inspecteur Graves secoua la tête d'un air triste :

— C'est là que vous vous trompez.

— C'est une piste trop simple, malheureusement, renchérit le superintendant Nash. La machine à écrire provient de l'étude de M<sup>e</sup> Symmington. Il en a fait don à la Maison des Femmes, qui est d'accès facile. Toutes ces dames la fréquentent assidûment.

— Peut-on apprendre quelque chose d'après... euh... la frappe, c'est le terme, je crois ?

— C'est théoriquement possible, en effet, acquiesça Graves. Mais, en l'occurrence, les adresses ont toutes été tapées avec un seul doigt.

— Alors, c'est quelqu'un qui ne sait pas taper à la machine ?

— Non, je ne dirais pas ça. Ce serait plutôt quelqu'un qui sait taper et qui veut nous faire croire le contraire.

— C'est quelqu'un de très malin en tout cas, dis-je lentement.

— Oh, oui, monsieur, elle est très très maligne, renchérit Graves. Elle connaît toutes les ficelles du métier.

— Je n'aurais jamais imaginé qu'une de nos braves paysannes soit aussi futée, notai-je.

Graves toussota :

— Je crains de ne pas avoir été clair. Ces lettres sont l'œuvre d'une femme instruite.

— Quoi ? D'une dame ?

Le mot m'avait échappé. Je n'avais pas utilisé le terme « dame » depuis des années. Il m'était tout bonnement venu aux lèvres, résurgence du passé, comme l'écho de la voix inconsciemment arrogante de ma grand-mère : « Oh, bien sûr, ma chère, ce n'est pas une *dame*. »

Nash comprit tout de suite, le mot avait un sens pour lui aussi.

— Pas forcément une dame, dit-il, mais il est exclu que ce soit une paysanne. Elles sont presque toutes quasiment analphabètes, elles savent à peine lire et seraient bien incapables de s'exprimer avec aisance.

Sous l'effet du choc, je demeurai sans voix. Notre communauté était tellement réduite. Inconsciemment, je m'étais imaginé que l'auteur des lettres était Mrs Cleat ou une femme de son acabit, une espèce de folle méchante et rusée.

Symmington exprima ma pensée à voix haute :

— Cela ne nous laisse le choix qu'entre cinq à dix personnes, conclut-il avec brusquerie.

— C'est exact.

— Je ne peux pas le croire.

Avec un effort manifeste, et regardant droit devant lui comme si le son de sa propre voix le dégoûtait, il continua :

— Vous avez entendu mon témoignage à l'enquête. Si vous avez cru que mes déclarations visaient à protéger la mémoire de ma défunte épouse, j'aimerais répéter ici ma conviction que le contenu de la lettre qu'elle a reçue est absolument mensonger. *Je le sais.* Ma femme était très sensible et... euh... eh bien je dirais même *pudibonde* à certains égards. Une telle lettre ne pouvait que la bouleverser – or, elle était de santé fragile.

— Nous n'en doutons pas, maître, répliqua vivement Graves. Aucune de ces lettres ne témoigne d'une connaissance intime du detinaire. Ce ne sont que des accusations portées à l'aveuglette. Pas de tentative de chantage, et pas trace de préjugés religieux – comme ça arrive parfois. Non, sexe et malveillance, un point c'est tout. Et ça nous donne une indication précieuse sur la personnalité du corbeau.

Symmington se leva. Cet homme dur et froid avait les lèvres tremblantes :

— J'espère que vous retrouverez vite cette furie. Elle a tué ma femme aussi sûrement que si elle l'avait poignardée...

Il se tut un instant, puis murmura :

— Ce que je me demande, c'est ce qu'elle éprouve maintenant.

Il sortit sans attendre de réponse.

— A votre avis, Griffith, qu'éprouve-t-elle maintenant ? répétai-je.

Il me semblait en effet que la réponse était de sa compétence.

— Dieu seul le sait. Du remords, peut-être. Ou bien une sorte d'ivresse du pouvoir. La mort de Mrs Symmington a également pu attiser sa folie.

— J'espère bien que non, fis-je en frissonnant. Parce qu'alors elle va...

Comme j'hésitais, Nash termina la phrase à ma place :

— Elle va recommencer ? Eh bien, Mr Burton,

voilà ce qui pourrait nous arriver de mieux. Rappelez-vous, tant va la cruche à l'eau…

— Mais elle serait cinglée de continuer ! m'exclamai-je.

— Elle continuera, affirma Graves. Elles continuent toujours. C'est un vice, vous comprenez, elles ne peuvent pas s'en passer.

Je frémis. Je demandai si on avait encore besoin de moi, il fallait que j'aille prendre l'air. L'atmosphère de la pièce me paraissait malsaine.

— Vous pouvez partir, Mr Burton, me dit Nash. Mais je vous recommande d'ouvrir l'œil et de faire de la propagande. En d'autres termes, dites aux gens qu'il faut absolument nous apporter les lettres qu'ils reçoivent.

J'acquiesçai d'un signe de tête :

— J'inclinerais à croire que tout le monde y a eu droit.

— Je me le demande, fit Graves.

Il pencha de côté sa longue figure triste :

— Vous êtes sûr de ne connaître personne qui *n'ait pas* reçu de lettres ?

— Quelle drôle de question ! Croyez-vous que l'ensemble de la population me fasse ses confidences ?

— Non, non, Mr Burton, je me suis mal exprimé. Je me demandais seulement s'il y avait, à votre connaissance, quelqu'un dont vous soyez absolument sûr qu'il n'a pas reçu de lettres ?

— Ma foi… oui, peut-être bien.

Je lui relatai ma conversation avec Emily Barton et les propos quelle m'avait tenus.

Graves m'écouta avec un visage de marbre.

— Ceci nous sera peut-être utile, déclara-t-il enfin. J'en prends note.

Je sortis en compagnie d'Owen Griffith. Dehors, le soleil brillait. Une fois dans la rue, je jurai à haute voix :

— Mais qu'est-ce que c'est que ce patelin ? Et c'est là que je suis venu me rôtir au soleil et soigner mes plaies ? Sous ses faux airs de paradis terrestre le venin y suinte de partout !

— Là-bas aussi, il y avait un serpent, grinça Owen.

— Enfin, Griffith, est-ce qu'ils savent quelque chose ? Est-ce qu'ils ont une idée ?

— Je n'en sais rien. Mais ce qu'il y a de sûr, c'est qu'ils ont une technique très au point, dans la police ! Ils vous font le coup de la franchise, mais ils ne vous disent rien.

— C'est vrai. Quand même, ce Nash est un type sympathique, je trouve.

— Oui, et très compétent.

— S'il y a une toquée dans le coin, vous, au moins, vous devriez être au courant, grondai-je, accusateur.

Griffith secoua la tête. Il avait l'air découragé. Non, plus que ça... il avait l'air accablé. Je me demandai s'il avait un soupçon.

Nous avions remonté High Street. Je m'arrêtai devant la porte de l'agence immobilière :

— Je crois que je dois la seconde avance sur mon loyer. J'ai bien envie de payer et de déguerpir d'ici illico avec Joanna. Tant pis pour la mise de fonds !

— Ne partez pas.

— Pourquoi pas ?

Owen prit son temps avant de répondre :

— Au fond, vous avez peut-être raison. Lymstock est plutôt malsain, en ce moment. Vous pourriez y laisser des plumes, et votre sœur aussi.

— Oh, rien n'atteint jamais Joanna, ripostai-je. Elle est solide. C'est moi qui ne tiens pas debout. Dieu sait pourquoi, cette histoire me rend malade.

— Vous n'êtes pas le seul, déclara Owen.

J'entrouvris la porte de l'agence :

— Mais, après tout, je ne partirai pas. La curiosité est plus forte que la pusillanimité. Je veux connaître la solution de l'énigme.

J'entrai.

Une femme tapait à la machine. Elle se leva et vint à ma rencontre. Malgré ses cheveux frisottés et ses minauderies, je lui trouvai l'air plus intelligent que le jeune binoclard qui régnait auparavant sur le bureau de réception.

Au bout de deux secondes, je me rendis compte qu'elle ne m'était pas totalement inconnue. C'était miss Ginch, l'ancienne secrétaire de Symmington. Ça m'offrait une entrée en matière

— Vous n'étiez pas chez Galbraith & Symmington, la dernière fois que je vous ai vue ?

— Si. Si, c'est exact. Mais j'ai préféré m'en aller. La place était bonne, même si je n'étais pas si bien payée que ça. Mais il y a des choses qui valent plus que l'argent, vous ne trouvez pas ?

— Incontestablement.

— Ces horribles lettres, susurra miss Ginch

dans un souffle. J'en ai reçu une abominable. Sur M<sup>e</sup> Symmington et moi… oh, c'était terrible, elle disait des choses *effroyables* ! Mais je sais où est mon devoir, alors je l'ai portée à la police, bien que ce soit pas précisément *agréable* pour moi, je vous assure !

— Ça, non ! Très désagréable, même.

— Ils m'ont remerciée et m'ont dit que j'avais bien fait. Sur quoi je me suis dit que si on avait jasé – et on a bien évidemment dû jaser, sinon où le corbeau aurait-il pris cette idée ? – je devais à tout le moins éviter de donner prise aux cancans, même s'il ne s'est jamais rien passé d'*inconvenant* entre M<sup>e</sup> Symmington et moi.

Je me sentais plutôt gêné :

— Mais non, bien sûr que non !

— Les gens ont, hélas ! l'esprit tellement mal tourné. Tellement mal tourné !

Un peu nerveux, je m'efforçai d'éviter son regard. Nos yeux se croisèrent néanmoins. Et je fis une découverte fort déplaisante.

Miss Ginch se délectait de l'affaire.

Ce même jour, j'avais rencontré une autre personne à qui les lettres anonymes procuraient du plaisir. L'enthousiasme de l'inspecteur Graves était tout professionnel. La délectation de miss Ginch me parut parfaitement douteuse et répugnante.

Une question me traversa l'esprit :

Et si c'était miss Ginch, l'auteur des lettres ?

# 7

Quand je rentrai à la maison, j'y trouvai Mrs Dane
Calthrop en grande conversation avec Joanna. Elle
avait grise mine et ne semblait pas bien.

— Je ne m'en remets pas, Mr Burton ! trémola-
t-elle. Pauvre, pauvre créature !

— Oui, acquiesçai-je. C'est affreux de penser que
quelqu'un a pu l'acculer au suicide.

— Oh, vous parlez de Mrs Symmington ?

— Pas vous ?

— Tout le monde est navré pour elle, bien
entendu. Mais ça devait arriver un jour ou l'autre.

— Vraiment ? s'émut Joanna.

Mrs Dane Calthrop se tourna vers elle :

— J'en suis persuadée, ma chère petite. Si on envisage le suicide comme échappatoire à ses ennuis, peu
importe de quel ennui il s'agit. Au premier problème
sérieux, elle en aurait fait autant. On ne peut qu'en
conclure qu'elle avait le tempérament à ça. Pourtant,
personne ne l'aurait jamais deviné. Je l'ai toujours
considérée comme une femme égoïste et plutôt stupide, mais qui savait mener sa barque. Je ne l'aurais
jamais crue capable de perdre les pédales… mais je
commence à me rendre compte que je connais bien
mal les gens.

— Je serais quand même curieux de savoir à qui
vous pensiez quand vous disiez « pauvre créature »,
déclarai-je.

Elle me regarda fixement :

— Mais à la malheureuse qui a écrit les lettres, voyons !

— Je n'irai pas jusqu'à gaspiller ma sympathie pour cette malheureuse-là, répliquai-je avec un brin d'ironie.

Mrs Dane Calthrop se pencha vers moi et me posa une main sur le genou :

— Ne vous rendez-vous pas compte ?... Etes-vous incapable du moindre effort de compréhension ? Faites travailler votre imagination. Pensez au degré de désespoir qu'il faut atteindre pour écrire de pareilles horreurs. A la solitude, à l'exclusion, au venin qui vous empoisonne et dont on n'a trouvé que ce moyen de se soulager. Voilà ce que je me reproche tant : quelqu'un, dans cette ville, est en proie à une détresse absolue et je n'en ai rien su. J'aurais pourtant dû. Je ne prétends pas qu'il faille intervenir dans la vie d'autrui, je ne le fais jamais. Mais un tel désarroi intérieur... c'est comme un membre pourri par la gangrène. Ah, pouvoir le couper pour éliminer le poison et voguer vers une guérison certaine ! Oui, je le dis et je le répète : pauvre, pauvre créature.

Elle se leva pour prendre congé.

Je n'étais pas convaincu, je n'éprouvais toujours aucune compassion pour notre épistolière quelle qu'elle fût, mais j'étais curieux :

— Avez-vous une idée sur l'identité de cette femme, Mrs Calthrop ?

Elle posa sur moi son beau regard lointain :

— Oui, j'ai mon idée. Mais je peux me tromper, n'est-ce pas ?

Au moment de franchir le seuil, elle tourna la tête et m'apostropha :

— Dites-moi un peu, Mr Burton, pourquoi n'êtes-vous pas encore marié ?

De la part de quiconque, c'eût été une impertinence. Mais, émanant de Mrs Dane Calthrop, c'était tout bonnement une question qui venait de lui traverser l'esprit et à laquelle il lui fallait absolument une réponse.

— Admettons que je n'aie pas encore rencontré la femme qui me conviendrait, répondis-je, un peu moqueur.

— Admettons cela si ça vous chante, riposta Mrs Dane Calthrop, mais cela n'explique rien quand on songe au nombre d'hommes qui ont choisi une épouse qui ne leur convient pas.

Sur ce, elle s'en alla pour de bon.

— Tu sais, me dit Joanna, je la crois vraiment folle à lier. Mais je l'aime bien. Les gens du village en ont une frousse bleue.

— Moi aussi, si on va par là.

— Parce que tu ne sais jamais ce qu'elle va bien pouvoir te sortir, c'est ça ?

— Oui. Et aussi parce qu'elle vous perce à jour avec une aisance stupéfiante.

— Jerry à ton avis, la femme qui écrit ces lettres est vraiment très malheureuse ?

— Comment saurais-je ce qu'éprouve ou ce que pense cette salope ? D'ailleurs, je m'en fiche. Moi, ce sont ses victimes, que je plains !

Il me parut soudain étrange que, dans nos spéculations pour établir un portrait moral de la

« Plume empoisonnée », nous ayons laissé de côté l'aspect le plus évident. Griffith avait parlé d'exultation, moi de remords, d'effondrement au vu de son œuvre. Mrs Dane Calthrop croyait à sa souffrance.

Mais la réaction la plus naturelle, la plus inéluctable, aussi, nous ne l'avions pas envisagée – *je* ne l'avais pas envisagée, serait-il peut-être plus honnête de dire. Or, cette réaction, c'était la *peur*.

Avec la mort de Mrs Symmington, la gravité de ces lettres changeait de registre. J'ignorais ce qu'étaient les dispositions juridiques – Symmington devait le savoir, j'imagine –, mais il me semblait clair, qu'avec une mort à la clé, le corbeau se retrouvait dans une situation beaucoup plus sérieuse. Il devenait hors de question de prendre cette affaire comme une mauvaise plaisanterie. La police était sur les dents, on avait appelé à la rescousse un expert de Scotland Yard. L'auteur anonyme devait rester anonyme. C'était désormais pour lui une question de vie ou de mort.

Si l'on admettait que la réaction première du corbeau devait être la peur, nous n'étions pas au bout de nos peines. Mais cela je n'y avais pas pensé non plus. Dieu sait pourtant que cette réalité-là aurait dû nous sauter aux yeux.

*

Le lendemain, Joanna et moi descendîmes assez tard pour le petit déjeuner. Enfin, tard par rapport aux habitudes de Lymstock. Il était 9 heures et demie – heure à laquelle, à Londres, Joanna ouvrait tout juste un œil tandis que les miens étaient encore hermétiquement clos. Lorsque Partridge nous avait demandé : « Petit déjeuner à 8 heures et demie ou 9 heures ? », ni Joanna ni moi n'avions eu le cran de suggérer une heure plus tardive.

Je vis avec ennui Aimée Griffith en conversation avec Megan sur le pas de la porte.

— Ah, vous voilà, flemmards ! claironna-t-elle avec son énergie coutumière dès qu'elle nous aperçut. Telle que vous me voyez, je suis debout depuis des heures !

C'était son affaire. Après tout, un médecin est obligé de se lever tôt, et une sœur dévouée se doit d'être prête à lui servir son thé ou son café. Mais il n'y a pas d'excuse à venir enquiquiner les voisins au saut du lit. 9 heures et demie du matin, ce n'est pas une heure pour faire des visites !

Megan rentra et se faufila jusqu'à la salle à manger où je vis qu'elle avait laissé son petit déjeuner en plan.

— Je me suis promis de ne pas entrer…, minauda Aimée Griffith.

Je n'ai jamais compris en quoi il serait de meilleur ton de forcer les gens à venir palabrer sur le pas de la porte plutôt que de leur parler à l'intérieur.

— Je voulais juste demander à miss Burton si elle n'aurait pas quelques légumes à donner pour le stand de la Croix-Rouge que nous avons dressé sur la grand-route, poursuivit-elle. Owen viendrait les chercher en voiture.

— Vous êtes sur le pont rudement tôt, remarquai-je.

— Le monde appartient à ceux qui se lèvent tôt ! Et, à cette heure-ci, vous avez plus de chances de trouver les gens chez eux. Maintenant, il faut que je file chez Mr Pye. Et cet après-midi, j'irai jusqu'à Brenton. Avec mes Guides.

— Votre énergie m'épuise, dis-je.

A ce moment précis, le téléphone sonna et j'allai répondre dans le vestibule, laissant Joanna bredouiller Dieu sait quoi à propos de rhubarbe et de haricots verts, et démontrer l'étendue de son ignorance en matière de jardin potager.

— Allô, oui ? dis-je à l'appareil.

J'entendis le bruit confus d'une respiration forte, puis une voix féminine émit un « Oh ! » embarrassé.

— Oui ? insistai-je pour l'encourager.

— Oh ! répéta la voix. Je suis... je suis bien... à *Little Furze* ? nasilla-t-elle.

— Vous êtes à *Little Furze*, oui.

— Oh !

Décidément, c'était l'entrée en matière de toutes ses phrases.

— Oh ! est-ce que je pourrais parler à Mrs Partridge, s'il vous plaît ? reprit la voix amygdaleuse. Juste une minute !

— Naturellement. De la part de qui, je vous prie ?

— Oh ! dites que c'est Agnes, vous voulez bien ? précisa la candidate à l'adénoïdectomie. Agnes Waddle.

— Agnes Waddle ?

— Oui, c'est ça.

Je résistai à la tentation de lui répondre : « Et moi,

je suis Donald Duck », posai le combiné et appelai Partridge dans l'escalier car je l'entendais s'activer au premier étage.

— Partridge ! Partridge ! hélai-je.

Partridge apparut en haut des marches, un balai-brosse à la main et avec un air de dire « Qu'est-ce qu'il y a *encore* ? » aisément détectable sous son attitude respectueuse :

— Oui, monsieur ?

— Agnes Waddle vous demande au téléphone.

— Pardon, monsieur ?

Je haussai le ton :

— Agnes Waddle !

J'ai jusqu'ici transcrit le nom comme je l'avais entendu prononcer, mais je l'écrirai désormais avec l'orthographe correcte.

— Ah ! Agnes Woddell... Mais qu'est-ce qu'elle peut bien vouloir ?

Toute décontenancée, Partridge abandonna son balai et descendit dans un froissement de coton imprimé. Sa robe, si je puis me permettre cette for-mulation hardie, bruissait d'excitation.

Par discrétion, je battis en retraite dans la salle à manger où Megan dévorait des rognons au bacon. A l'inverse d'Aimée Griffith, Megan n'avait pas les matins triomphants. Elle répondit d'un ton bourru à mes salutations matinales et continua son repas en silence.

J'ouvris mon journal et, quelques minutes plus tard, Joanna nous rejoignit, l'air anéanti.

— Ouf ! s'exclama-t-elle. Je suis vannée ! Je crois que j'ai démontré mon ignorance crasse sur tout ce qui pousse et quand ça pousse. C'est bien la saison des haricots grimpants en ce moment, non ?

— Non, c'est en août, répondit Megan.

— A Londres, on en trouve toute l'année, se défendit Joanna.

— Ils sont en boîte, ma gourde bien-aimée, dis-je. Et on nous en envoie aussi par bateau, en chambres froides, des quatre coins de l'Empire.

— Comme l'ivoire, les singes et les paons ? s'enquit Joanna.

— Exactement.

— J'aimerais bien avoir un paon, dit-elle, songeuse.

— Et moi un singe apprivoisé, déclara Megan.

Joanna pelait une orange d'un air pensif :

— Je me demande quel effet ça fait, d'être Aimée Griffith. Toujours éclater de santé, de vitalité et de joie de vivre. Vous croyez qu'il lui arrive d'être fatiguée, ou déprimée, ou… ou triste ?

J'affirmai ma conviction qu'Aimée Griffith n'était jamais triste et suivis Megan sous la véranda.

J'étais en train de bourrer ma pipe lorsque j'entendis Partridge passer du vestibule à la salle à manger et s'adresser à Joanna d'un ton sinistre.

— Puis-je vous parler une minute, mademoiselle ?

« Sapristi, pensai-je, pourvu que Partridge ne nous rende pas son tablier. Emily Barton nous en voudrait beaucoup. »

— Je dois vous prier de m'excuser d'avoir été demandée au téléphone, mademoiselle, poursuivait Partridge. La péronnelle qui s'est permis ça aurait dû mieux me connaître. Il n'est pas dans mes habitudes de me servir du téléphone ou de permettre à mes amis de m'appeler, je suis vraiment désolée que ce soit arrivé et que Monsieur ait dû se déranger et tout.

— Allons, ne vous tracassez pas, Partridge, la rassura gentiment Joanna. Pourquoi vos amis n'utiliseraient-ils pas le téléphone s'ils ont besoin de vous parler ?

Je ne voyais pas le visage de Partridge, mais je devinai qu'il s'était fermé encore plus qu'à l'ordinaire quand je l'entendis répliquer fraîchement :

— Ça ne s'est jamais fait dans cette maison. Miss Emily ne l'aurait jamais permis. Comme je vous l'ai dit, je suis désolée que ce soit arrivé mais Agnes Woddell, la gamine qui a téléphoné, était toute tourneboulée, et puis il faut dire qu'elle est jeune, elle ne connaît pas les habitudes des maisons comme il faut.

« Et pan ! prends ça dans les gencives, Joanna ! » me dis-je avec jubilation.

— Cette Agnes qui m'a appelée, mademoiselle, elle a travaillé ici sous mes ordres. Elle avait seize ans, à l'époque, elle sortait tout droit de l'orphelinat. Elle n'a pas de foyer, ni une mère ou des parents pour la conseiller, vous comprenez, alors elle a pris l'habitude de venir me trouver, et moi je lui dis de faire comme ci ou comme ça, vous voyez ?

— Ah oui ? fit Joanna, attendant la suite qui s'annonçait déjà.

— Alors, mademoiselle, je prends la liberté de vous demander si vous permettez qu'Agnes vienne prendre le thé à la cuisine avec moi cet après-midi. C'est son jour de sortie, et elle veut avoir mon avis sur quelque chose. Jamais je n'oserais demander une faveur pareille en temps normal.

— Mais pourquoi n'auriez-vous pas le droit de recevoir vos amis pour le thé ? s'étonna Joanna.

Joanna me raconta plus tard qu'à ces mots, Partridge s'était redressée et avait répliqué avec une fierté admirable :

— Ça n'a jamais été la coutume dans Cette Maison, mademoiselle ! La vieille Mrs Barton n'admettait aucune visite à la cuisine, sauf les jours de congé où nous avions le droit d'y recevoir nos amis au lieu de sortir ; mais autrement, les jours normaux, jamais. Et miss Emily conserve les anciennes habitudes.

Joanna est très gentille avec les domestiques, et la plupart d'entre eux l'aiment beaucoup, mais à aucun moment elle n'est parvenue à briser la glace entre Partridge et elle.

— Tu t'y prends mal, mon chou, dis-je à Joanna lorsqu'elle vint me rejoindre dehors après que Partridge fut montée rejoindre son balai. On n'apprécie ni ta sympathie ni ton indulgence. La bonne vieille autorité, voilà ce qu'exige Partridge, et que les choses soient faites « comme dans les maisons comme il faut ».

— Mais empêcher les domestiques de recevoir des amis, c'est de la tyrannie ou je ne m'y connais pas ! Voyons, Jerry, ne me dis pas qu'ils *aiment* qu'on les traite comme des esclaves !

— Bien sûr que si ! Du moins, toutes les Partridge du monde n'attendent que ça !

— Je me demande pourquoi elle ne m'aime pas. Les gens m'aiment bien, d'habitude.

— Elle te méprise sans doute de ne pas être une bonne maîtresse de maison. Tu ne passes jamais ton doigt sur les étagères pour chercher les traces de poussière, tu ne regardes pas sous les tapis, tu ne demandes pas ce que sont devenus les restes du soufflé au chocolat et tu ne lui intimes jamais l'ordre de te mitonner un bon pudding avec le pain rassis.

— Pffft ! J'ai tout faux, aujourd'hui, constata tristement Joanna. Notre Aimée me méprise parce que j'ignore tout du règne végétal, Partridge me snobe parce que je suis un être humain. Bon, je n'ai plus qu'à aller au jardin me couvrir la tête de terre.

— Tu y trouveras Megan, dis-je.

Megan s'était éloignée quelques instants plus tôt. Elle s'était figée au milieu d'un carré de pelouse, un peu comme un oiseau méditatif attendant sa nourriture.

Mais elle revenait vers nous, maintenant.

— C'est décidé, nous annonça-t-elle brutalement, je rentre chez moi aujourd'hui.

— Quoi ? glapis-je, consterné.

Elle rougit mais poursuivit avec nervosité et sur un ton tranchant :

— Vous avez été incroyablement gentils de m'accueillir, et je me doute que je vous ai beaucoup dérangés mais moi je me plaisais énormément ici. Seulement maintenant, je dois rentrer à la maison, c'est chez moi, après tout, et… et on ne peut pas partir de chez soi comme ça, pour toujours, alors je m'en irai ce matin.

Nous nous efforçâmes de la faire changer d'avis mais elle resta inflexible. Joanna finit par sortir la voiture et Megan monta rassembler ses affaires. Elle reparut avec sa valise quelques minutes plus tard.

Seule Partridge paraissait satisfaite, elle en souriait presque. Megan ne lui avait jamais beaucoup plu.

Lorsque Joanna revint, elle me trouva planté au beau milieu de la pelouse.

Elle me demanda si je me prenais pour un cadran solaire.

— Pourquoi ?

— Parce que, fiché là comme ça, tu ressembles à un ornement de jardin. Mais on dirait un cadran solaire qui ne marquerait que les heures noires ! Si tu voyais la tête que tu fais !

— Ecoute, je ne suis pas d'humeur à plaisanter. D'abord Aimée Griffith… (« Seigneur, murmura Joanna par parenthèse, il faut que je m'occupe de ces fichus légumes ! »)… et puis Megan qui fiche le camp. Moi qui pensais l'emmener faire une balade jusqu'à Legge Tor…

— Avec une laisse et un collier, je présume ? demanda Joanna.

— Quoi ?

— J'ai dit : « Avec une laisse et un collier, je présume », répéta Joanna d'une voix claire avant de tourner le coin de la maison en direction du potager. Le maître a perdu son chien, voilà ce qui t'arrive !

*

471

La façon brutale dont Megan nous avait quittés me consternait, je l'avoue. Peut-être qu'elle s'était soudainement ennuyée avec nous.

Après tout, ce n'était pas une vie très amusante pour une jeune fille. Chez elle, il y avait les garçons, et Elsie Holland.

J'entendis Joanna revenir et je rentrai en hâte pour éviter toute nouvelle remarque désobligeante sur les cadrans solaires.

Owen Griffith arriva juste avant l'heure du déjeuner, le jardinier l'attendait avec les fameux produits du jardin.

Pendant que le vieil Adams chargeait le coffre de la voiture, je fis entrer Griffith pour lui offrir un verre. Il ne voulut pas rester déjeuner.

Lorsque je revins avec la bouteille de sherry, Joanna était là et son numéro avait déjà commencé.

L'animosité ne semblait plus de mise. Lovée dans le coin du canapé, elle ronronnait littéralement et posait à Owen toutes sortes de questions sur son travail : être généraliste lui plaisait-il tant que ça ? n'aurait-il pas préféré se spécialiser ? Soigner les gens était, d'après elle, un des apostolats les plus fascinants qui soient.

On dira d'elle tout ce qu'on voudra, mais Joanna sait d'instinct et divinement écouter. Et après avoir subi les élucubrations de son ex-cohorte de prétendus génies méconnus, prêter l'oreille à Owen Griffith était de la roupie de sansonnet. Nous n'en étions pas plus tôt au troisième verre de sherry que Griffith lui exposait déjà quelque obscure réaction chimique – à moins qu'il ne s'agît après tout d'une non moins rarissime tumeur maligne – en termes scientifiques que seul un confrère aurait compris.

Joanna conservait son air intelligent et follement passionné.

J'eus un moment de scrupule. Joanna se conduisait vraiment mal. Griffith était trop brave type pour qu'on le roule dans la farine comme ça. Les femmes sont des démons.

Puis j'observai Griffith de profil. Un menton volontaire, une bouche au dessin ferme – tout bien pesé, Joanna n'arriverait peut-être pas à ses fins. Et puis après tout, les hommes n'ont pas à se laisser mener en bateau. A eux de faire attention.

— Dr Griffith, roucoula Joanna, j'insiste pour que vous changiez d'avis. Restez déjeuner avec nous.

Griffith rougit un peu et répondit que s'il n'avait tenu qu'à lui, c'eût été bien volontiers, mais que sa sœur l'attendait et que…

— Eh bien, je vais lui téléphoner pour lui expliquer, répliqua Joanna, en se dirigeant vers le vestibule où se trouvait l'appareil.

Griffith n'avait pas l'air trop à son aise, ce qui me fit penser qu'il avait un peu peur de sa sœur.

Joanna revint en souriant, tout était arrangé.

Owen Griffith resta donc déjeuner et parut même y prendre beaucoup de plaisir. Nous parlâmes livres, théâtre, politique étrangère, musique, peinture, architecture moderne.

Mais pas un mot sur Lymstock, les lettres anonymes ou le suicide de Mrs Symmington.

Nous avions oublié tout cela et j'eus l'impression

qu'Owen Griffith était heureux. Son visage s'était détendu, et il se révéla un interlocuteur passionnant.

— C'est un type trop bien pour que tu le fasses marcher, déclarai-je à Joanna lorsqu'il fut parti.

— Que tu dis ! Tous les hommes se tiennent les coudes !

— Allons, Joanna, pourquoi cherches-tu à l'embobiner ? Par vanité blessée ?

— Peut-être, me répondit ma sœur.

*

Cet après-midi-là, nous devions prendre le thé au village, chez miss Emily Barton.

Nous descendîmes au pas de promenade, je me sentais maintenant assez solide pour remonter la colline à pied.

Nous avions calculé trop large et nous arrivâmes en avance. Une grande haridelle efflanquée, à l'air féroce, nous ouvrit la porte et nous annonça que miss Barton n'était pas encore rentrée :

— Mais elle m'a prévenue de votre visite, alors si vous voulez monter l'attendre chez elle, entrez je vous en prie.

C'était, à n'en pas douter, la « fidèle Florence ».

Elle nous précéda dans l'escalier et nous ouvrit la porte d'un salon confortable, quoiqu'un peu encombré peut-être. Certains meubles, estimai-je, devaient provenir de *Little Furze*.

Florence était manifestement fière de sa pièce.

— C'est coquet, n'est-ce pas ? demanda-t-elle d'un ton convaincu.

— Très coquet, confirma Joanna avec chaleur.

— Je l'ai installée aussi confortablement que possible, mais c'est loin d'être aussi bien que je le voudrais et qu'elle le mériterait. C'est dans sa maison qu'elle devrait être, pour sûr, et pas confinée dans un deux-pièces.

Véritable dragon s'il en fut jamais, Florence nous promena de l'un à l'autre un regard lourd de reproches. Ce n'était pas notre jour de chance, pensai-je. Aimée Griffith et Partridge avaient remis Joanna à sa place, et maintenant c'était Florence le dragon qui nous épinglait tous les deux.

— J'ai servi là-bas quinze ans comme femme de chambre, ajouta-t-elle.

Aiguillonnée par un sentiment d'injustice, Joanna tint tout de même à préciser :

— Miss Barton avait envie de la louer, sa maison. C'est elle qui a fait appel à une agence.

— Elle y a bien été forcée, bougonna Florence. Et ce n'est pourtant pas qu'elle soit dépensière, elle se contente de peu ! Eh bien, même comme ça le gouvernement ne lui fiche pas la paix ! Il lui suce le sang tout pareil !

Je manifestai ma compassion d'un signe de tête.

— Ah, du temps de la vieille Mrs Barton, il y en avait de l'argent, poursuivit Florence. Et puis elles sont mortes les unes après les autres, les pauvres, et c'est miss Emily qui faisait l'infirmière. Ereintée, qu'elle était, mais jamais elle n'a perdu patience, jamais elle ne s'est plainte ! Et c'est à ce moment-là qu'ils lui sont tombés dessus et qu'elle a dû se tracasser pour l'argent, c'est tout de même un comble !

« Les valeurs ne rapportent plus comme avant », qu'elle m'a dit, et pourquoi ça, je vous le demande ? Ils devraient avoir honte. Faire ça à une femme comme elle, qui n'a pas la tête aux chiffres et qui ignore tout de leurs entourloupettes !

— Tout le monde ou presque a subi le même sort, remarquai-je.

Mais ça n'adoucit pas Florence :

— Ma foi, il y a des gens qui savent se débrouiller, et c'est tant mieux pour eux, mais elle, elle ne sait pas. Elle a besoin d'être protégée, et, aussi longtemps qu'elle restera chez moi, celui qui abusera de sa gentillesse, ou qui lui fera des ennuis, il aura affaire à moi. Je serais capable de tout pour miss Emily.

L'indomptable Florence nous octroya un regard appuyé pour s'assurer que nous nous fourrions bien ça dans le crâne, puis elle sortit en refermant avec soin la porte derrière elle.

— Tu n'as pas l'impression d'être un vampire, Jerry ? me demanda Joanna. Parce que moi, oui. Bon sang, qu'est-ce qui nous arrive ?

— Nous n'avons pas l'heur de plaire, dirait-on. Megan se lasse de nous, Partridge te désapprouve, et la fidèle Florence nous désapprouve tous les deux !

— Je me demande pourquoi Megan a voulu s'en aller, murmura Joanna.

— Elle commençait sûrement à s'ennuyer.

— Oh, non, je ne crois pas. Je me demandais… Jerry, et si c'était à cause d'une chose que lui aurait dite Aimée Griffith ?

— Tu penses à ce matin, quand elles parlaient sur le pas de la porte ?

— Oui. Ça ne s'est pas éternisé, c'est vrai, mais…

— Mais cette femme a la délicatesse d'un éléphant dans un magasin de porcelaine ! conclus-je à sa place. Elle aurait pu…

La porte s'ouvrit sur miss Emily. Toute rose et quelque peu essoufflée, elle paraissait très excitée. Une lueur dansait dans son regard bleu.

Elle se mit à gazouiller à notre intention, mais elle était visiblement distraite :

— Oh, mes chers amis, je suis désolée d'être en retard. Je suis allée faire quelques courses en ville, et comme les gâteaux de chez Blue Rose m'ont semblé un peu rassis, j'ai poussé jusque chez Mrs Lygon. J'achète toujours mes gâteaux à la dernière minute pour qu'ils sortent tout juste du four, sinon on risque d'avoir ceux de la veille. Je suis tellement confuse de vous avoir fait attendre… absolument impardonnable…

— C'est notre faute, miss Barton, intervint Joanna. C'est nous qui étions en avance. Nous sommes descendus à pied, et Jerry marche si vite maintenant que nous arrivons trop tôt partout.

— Il n'est jamais trop tôt, ma chère, ne dites pas cela. On ne profite jamais assez des bonnes choses.

La vieille demoiselle tapota affectueusement l'épaule de Joanna.

Celle-ci s'illumina de plaisir. Enfin quelqu'un l'appréciait, du moins en apparence. Emily Barton me gratifia à mon tour d'un sourire, d'un air un peu effarouché toutefois, comme quelqu'un qui approche un tigre mangeur d'hommes dont on lui a garanti qu'il était provisoirement inoffensif :

— C'est très gentil à vous, Mr Burton, de vous joindre à nous pour quelque chose d'aussi féminin qu'une réunion autour d'une tasse de thé.

Emily Barton devait se représenter la gent masculine en train de boire des whisky-sodas et de fumer le cigare à longueur de journée, ne s'interrompant de temps à autre que pour courir le guilledou ou entretenir une liaison avec une femme mariée.

Lorsque, plus tard, je fis part de cette remarque à Joanna, elle me répondit que c'était sans doute le reflet d'un désir qu'avait eu Emily Barton de rencontrer un homme de cette trempe – désir qui, hélas ! ne s'était jamais matérialisé.

Cependant, miss Emily s'affairait dans la pièce pour nous préparer à chacun une petite table, sans oublier les cendriers. Puis la porte s'ouvrit et Florence parut avec, sur un plateau, le thé et de très jolies tasses en Crown Derby que miss Emily avait dû apporter avec elle. Le thé de Chine était délicieux, et il y avait aussi plusieurs assiettes de sandwiches, de fines tranches de pain, du beurre, et une montagne de petits gâteaux.

Florence était aux anges, elle couvait miss Emily d'un regard maternel, comme si elle s'attendrissait de voir sa fille préférée jouer à la dînette.

Pressés par notre hôtesse, Joanna et moi mangeâmes trois fois trop. Emily Barton était manifestement ravie de sa petite réception. Je me rendais compte qu'à travers Joanna et moi, c'était le monde mystérieux et raffiné de Londres qui faisait irruption dans sa vie. L'aventure, en somme.

Bien entendu, notre conversation se porta

rapidement sur les affaires locales. Miss Barton parla avec chaleur du Dr Griffith, de sa gentillesse et de ses qualités de médecin. De M^e Symmington, également, juriste de confiance, ô combien ! qui avait aidé miss Barton à récupérer un trop-perçu d'impôts et sans qui elle n'aurait jamais su qu'elle y avait droit. Et il était si gentil avec ses enfants, il leur était tellement dévoué ainsi qu'à sa femme...

Elle se reprit :

— Pauvre Mrs Symmington. C'est tellement triste pour ces enfants de ne plus avoir de mère. Ce n'était pas une femme très solide, je crois... et sa santé laissait à désirer ces derniers temps. Un moment d'aberration, voilà par où elle a dû passer. J'ai lu un article là-dessus dans le journal. On disait que, quand ils sont dans cet état, les gens ne savent plus vraiment ce qu'ils font. Et elle ne se rendait sûrement plus compte de ce qu'elle faisait, sinon elle aurait pensé à M^e Symmington et aux enfants.

— Cette lettre anonyme a dû lui porter un coup terrible, remarqua Joanna.

Miss Barton rosit.

— Ce ne sont pas des sujets de conversation très agréables, vous ne pensez pas, ma chère ? déclara-t-elle avec une nuance de reproche dans le ton. Je sais qu'il y a eu des... euh... des lettres, mais je préférerais que nous n'en parlions pas. Ce sont des choses trop laides, mieux vaut les ignorer.

Si miss Barton était capable de les ignorer, ce n'était pas le cas de tout le monde. Mais, bref, j'obtempérai et portai la discussion sur Aimée Griffith.

— C'est une femme admirable, absolument

admirable, déclara Emily Barton. Quelle énergie, et quel talent d'organisatrice ! Et avec nos jeunes filles, elle est merveilleuse ! Elle a du sens pratique, elle est moderne, au fond, la vie de notre petite ville repose sur elle. Et si vous saviez quel dévouement elle a pour son frère ! C'est beau, cet attachement entre un frère et une sœur.

— Il ne la trouve pas parfois un peu envahissante ? demanda Joanna.

Emily Barton fixa sur elle un regard surpris.

— Elle s'est beaucoup sacrifiée pour lui, répondit-elle sur un ton de dignité offensée.

Je vis écrit : « Sans blague ! » dans l'œil de Joanna et me hâtai de, détourner la conversation sur Mr Pye.

Emily Barton montra quelque réticence à l'égard dudit Mr Pye.

Tout ce qu'elle pouvait dire, sous toute réserve bien entendu, c'est que c'était un homme gentil… oui, très gentil. Très riche aussi, et très généreux. Certes, il recevait parfois d'étranges visiteurs, mais il avait tellement voyagé, n'est-ce pas…

Nous reconnûmes que les voyages n'ouvrent pas seulement l'esprit, mais qu'ils offrent aussi l'occasion de nouer des relations bizarres.

— J'ai moi-même souvent eu envie de faire une croisière, dit miss Barton avec nostalgie. Ce qu'ils racontent dans les journaux est tellement enchanteur.

— En ce cas, pourquoi ne partez-vous pas ? demanda Joanna.

— Oh, non ! C'est *tout à fait* impossible ! s'exclama

miss Emily, alarmée à l'idée que son rêve puisse devenir réalité.

— Mais pourquoi ? Ce n'est pas cher du tout.

— Oh, ce n'est pas qu'une question d'argent. Je n'aimerais pas voyager seule. Cela paraîtrait un peu excentrique, vous ne croyez pas ?

— Pas du tout, affirma Joanna.

Miss Emily la regarda d'un air dubitatif :

— Et puis, je me demande comment je me débrouillerais avec mes bagages... débarquer dans des ports étrangers... et toutes ces monnaies différentes...

D'innombrables obstacles semblaient surgir devant le regard affolé de la vieille demoiselle si bien que Joanna se hâta de l'apaiser en la questionnant sur la kermesse et la vente de charité dont la date approchait. Cela nous mena tout naturellement à parler de Mrs Dane Calthrop.

Le visage de miss Barton se crispa un bref instant :

— C'est une femme très *étrange*, voyez-vous, ma chère. Il lui arrive de dire de ces choses !

Je demandai lesquelles.

— Oh, je ne sais pas... des choses complètement *inattendues*. Et elle a une façon de vous regarder, comme si vous étiez quelqu'un d'autre... Je m'exprime mal, mais c'est une impression difficile à expliquer. Et puis elle... elle n'intervient jamais. Ce ne sont pourtant pas les occasions qui manquent où une femme de vicaire pourrait donner des conseils et.... et faire la morale, secouer les gens pour les remettre dans le droit chemin. Je suis sûre qu'on l'écouterait, tout le monde a peur d'elle. Mais elle tient absolument à rester à l'écart de tout, sans parler de cette curieuse habitude qu'elle a de plaindre ceux qui en sont le moins dignes.

— Très intéressant, dis-je en échangeant un coup d'œil avec Joanna.

— Pourtant, elle vient d'un excellent milieu. C'était une demoiselle Farroway, de Bellpath, une très bonne famille – mais il est vrai que, dans ces vieilles familles, on est quelquefois un peu excentrique. Quoi qu'il en soit, elle est très attachée à son mari, un homme d'une grande intelligence… gâchée, j'en ai peur dans une campagne comme la nôtre. C'est un brave homme, sincère comme tout, mais je trouve que sa manie de faire des citations latines à tout bout de champ le rend un petit peu difficile à suivre.

— Comme je vous comprends ! m'exclamai-je avec ferveur.

— Jerry a fait ses études dans une école privée hors de prix, expliqua Joanna, si bien qu'il ne sait même pas reconnaître le latin quand c'en est.

Cela mena miss Barton à un autre sujet :

— La maîtresse d'école est une jeune femme peu sympathique. Une *Rouge*, j'en ai peur.

Elle avait dit « Rouge » avec une majuscule, et en baissant la voix.

Plus tard, comme nous remontions la colline, Joanna me confia :

— Je la trouve adorable.

*

482

Ce soir-là, au dîner, Joanna dit à Partridge qu'elle espérait que son thé s'était bien passé.

Partridge devint toute rouge et se raidit davantage :

— Je remercie Mademoiselle, mais Agnes n'est finalement pas venue.

— Oh, je suis désolée.

— *Moi*, cela ne m'a fait ni chaud ni froid, affirma Partridge.

Elle était si gonflée d'indignation qu'elle consentit à nous la faire partager :

— Ce n'est pas moi qui étais allée la chercher ! C'est elle qui a téléphoné et qui m'a dit qu'elle voulait profiter de son jour de sortie pour venir me parler d'une idée qui la tracassait. Alors j'ai dit oui, à condition d'avoir votre permission, que j'ai obtenue. Et après ça, plus rien, aucun signe de vie ! Même pas un mot d'excuse, bien que j'espère au moins recevoir une carte demain matin. Ces filles d'aujourd'hui… ça ne sait plus se conduire… ça ne connaît plus les bonnes manières.

Joanna entreprit d'apaiser les souffrances morales de Partridge :

— Elle était peut-être malade ? Vous ne lui avez pas téléphoné pour savoir ce qui se passait ?

Partridge se redressa encore plus :

— Oh, Mademoiselle n'y pense pas ! Ah non, alors ! Si ça plaît à Agnes d'être impolie, ça la regarde, mais je ne me priverai pas de lui dire ma façon de penser la prochaine fois !

Sur ce elle sortit, drapée dans sa dignité, et nous éclatâmes de rire.

— Il doit s'agir d'un cas pour la rubrique des « Conseils de Tante Nancy », plaisantai-je. « *Mon fiancé me bat froid, que dois-je faire* ? » A défaut de Tante Nancy, Agnes s'est rabattue sur Partridge. Mais elle a dû se réconcilier entre-temps avec son petit ami et j'imagine qu'ils sont en ce moment dans les bras l'un de l'autre et forment un de ces couples silencieux sur lesquels on tombe au détour d'une haie bien touffue. On ne sait plus où se mettre, mais eux ne sont pas gênés pour deux sous !

Joanna rit, et dit que j'avais sans doute raison.

Nous nous mîmes à parler des lettres anonymes. Nous nous demandions où en étaient Nash et Graves, le mélancolique.

— Il y a une semaine jour pour jour que Mrs Symmington s'est suicidée, remarqua Joanna. Ils doivent bien avoir des indices, maintenant. Des empreintes, des échantillons d'écriture, *n'importe quoi* !

Je lui répondis distraitement. Au fond de moi, un malaise que je ne m'expliquais pas commençait à se développer. Il s'était déclenché au moment où Joanna avait dit : « une semaine jour pour jour ».

J'aurais pourtant dû faire le rapprochement plus tôt, mais mes soupçons, s'ils existaient déjà, étaient restés inconscients.

Le levain œuvrait désormais. Le malaise augmentait… prenait forme peu à peu.

Joanna s'aperçut soudain que je n'écoutais plus son récit plein d'esprit d'une rencontre qu'elle avait faite au village.

— Jerry, que se passe-t-il ?

L'esprit occupé à effectuer des rapprochements, je ne répondis pas.

Mrs Symmington se suicide... cet après-midi-là elle était seule dans la maison... seule parce que *les domestiques avaient leur jour de congé*... une semaine jour pour jour.

— Jerry, qu'est-ce que...

— Joanna, l'interrompis-je, les domestiques ont bien congé un jour par semaine ?

— Et un dimanche sur deux. Mais que...

— Laissons les dimanches de côté. Autrement, c'est toujours le même jour ?

— En principe, oui.

Joanna m'observait avec curiosité. Son cerveau ne travaillait pas dans la même direction que le mien.

Je traversai la pièce pour sonner Partridge.

— Dites-moi, Partridge, lui demandai-je lorsqu'elle entra, cette Agnes Woddell a bien une place de domestique, en ce moment ?

— Oui, monsieur. Chez Mrs Symmington. Enfin, chez Me Symmington, maintenant.

Je poussai un soupir et consultai la pendule. Il était 10 heures et demie.

— Croyez-vous qu'elle soit rentrée à cette heure-ci ?

Partridge prit un air pincé

— Naturellement, monsieur. Les domestiques n'ont que jusqu'à 10 heures du soir. Comme autrefois.

— Je vais téléphoner.

Je gagnai le vestibule, Joanna et Partridge sur

mes talons. Partridge était manifestement furieuse. Joanna, ébahie.

— Jerry, qu'est-ce que tu fais ? me demanda-t-elle tandis que je composais le numéro.

— Je voudrais m'assurer que cette fille est bien rentrée.

Partridge renifla, rien de plus. Mais je m'en fichais comme de l'an quarante.

Elsie Holland décrocha.

— Excusez-moi de vous déranger, dis-je. Jerry Burton à l'appareil. Est-ce qu'elle... est-ce qu'Agnes, votre bonne, est rentrée ?

A peine avais-je prononcé ces mots que je me sentis stupide. Si jamais la jeune fille était rentrée sans encombre, comment allais-je justifier mon coup de fil et ma question ? Même si ça nécessitait de lui fournir quelques explications, j'aurais mieux fait d'en charger Joanna. Je prévoyais qu'allait se répandre dans Lymstock une rumeur dont Agnes Woddell, que je ne connaissais pas, et moi-même, ferions les frais.

Elsie Holland parut très surprise, ce qui était normal :

— Agnes ? Oui, bien sûr, elle doit être là.

— Auriez-vous l'obligeance de le vérifier, miss Holland ? insistai-je malgré mon sentiment de stupidité.

Il y a une qualité à mettre à l'actif des nurses, elles font ce qu'on leur demande, sans chercher à savoir pourquoi. Elsie Holland posa l'écouteur pour aller docilement s'informer.

Au bout de quelques instants, j'entendis à nouveau sa voix :

— Vous êtes toujours là, Mr Burton ?

— Oui.

— Eh bien, non, Agnes n'est pas encore rentrée.

Je sus dès lors que mon pressentiment était juste.

J'entendis un bruit confus de voix à l'autre bout du fil, puis Symmington prit l'appareil :

— Voyons, Burton, que se passe-t-il ?

— Agnes, votre bonne, n'est pas encore rentrée ?

— Non. Miss Holland vient de s'en assurer. Mais qu'est-ce qui vous prend ? Il y a eu un accident, ou quoi ?

— Il n'a jamais été question d'accident.

— Auriez-vous des raisons de penser qu'il est arrivé quelque chose à cette fille ?

— Je n'en serais pas autrement surpris, répondis-je sombrement.

# 8

Je passai une mauvaise nuit. Sans doute l'assemblage du puzzle continuait-il à me tourmenter. Je crois que, si je m'y étais attelé, j'aurais pu dès cet instant en venir à bout. Sinon, pourquoi ces détails me poursuivaient-ils avec autant d'insistance ?

Que savions-nous à ce moment-là ? Bien davantage que nous ne le pensions, du moins est-ce mon avis. Mais c'était un savoir souterrain. Il était là, mais nous n'y avions pas accès.

Je me tournais et me retournais dans mon lit, en proie à la torture que m'infligeait mon impuissance à marier entre elles les pièces d'un puzzle aux contours mouvants.

Si seulement je pouvais en saisir le modèle, qui existait forcément ! Qui diable avait écrit ces satanées lettres ? Je devrais pourtant bien le savoir. Il y avait une piste quelque part, il fallait que je la découvre...

Tandis que je m'assoupissais enfin, les mots se mirent à danser une sarabande infernale dans mon esprit enfiévré.

« Pas de fumée sans feu. » Pas de feu sans fumée. Fumée... Fumée ? Ecran de fumée... Non, ça c'était la guerre... Un terme de guerre. La guerre. Bout de papier... rien qu'un bout de papier. Belgique... Allemagne.

Je m'endormis. Je fis un rêve où je promenais au bout d'une laisse Mrs Dane Calthrop transformée en lévrier.

*

Je fus réveillé par la sonnerie du téléphone. Une sonnerie insistante.

Je m'assis dans mon lit et consultai ma montre. Il était 7 heures et demie. On ne m'avait pas encore appelé. Le téléphone continuait à sonner en bas dans le vestibule.

Je me levai d'un bond, enfilai un peignoir et

dévalai l'escalier. Je battis d'une courte tête Partridge qui sortait de la cuisine. J'empoignai le combiné :

— Allô ?

— Oh ! (C'était un sanglot de soulagement.) C'est *vous* !

C'était la voix de Megan. La voix de Megan au désespoir et dans un état de panique indescriptible :

— Je vous en prie, venez ! *Venez !* Oh, je vous en supplie !

— J'arrive tout de suite. Vous m'entendez ? *Tout de suite !*

Je grimpai les marches quatre à quatre et entrai comme une bombe chez Joanna :

— Jo, écoute-moi, je file chez les Symmington.

Joanna souleva sa tête blonde de l'oreiller et se frotta les yeux comme une petite fille :

— Pourquoi… qu'est-ce qui se passe ?

— Je n'en sais rien. C'était la petite… c'était Megan. Elle avait la voix décomposée.

— De quoi crois-tu qu'il puisse s'agir ?

— Ou je me trompe fort, ou il s'agit d'Agnes.

— Attends ! me cria Joanna alors que je reprenais la porte. Je me lève et je t'accompagne en voiture.

— Inutile, je conduirai moi-même.

— Tu n'es pas en état de conduire !

— Mais si.

Je parvins en effet à m'en tirer. Non sans douleur, mais ce fut supportable. Il m'avait fallu moins d'une demi-heure pour me laver, me raser, m'habiller, sortir la voiture et arriver chez les Symmington. Une performance honorable.

Megan devait me guetter. Elle courut hors de la

maison et s'agrippa à moi. Son pauvre petit visage était blême et contracté :

— Oh, vous êtes venu… vous êtes *venu* !

— Allons, reprenez-vous, drôle de frimousse. Bien sûr, que je suis venu. Et maintenant, expliquez-moi ce qui se passe.

Elle se mit à trembler. Je la pris par l'épaule.

— Je… je l'ai trouvée.

— Vous avez trouvé Agnes ? Où ça ?

Le tremblement s'accentua :

— Sous l'escalier. Il y a un placard où on range les cannes à pêche, les clubs de golf et tout un tas de bazar. Vous voyez ?

Je fis signe que je voyais. Un placard ordinaire, en somme.

— Elle était là… toute recroquevillée… et… et *froide*, horriblement froide. Elle était… elle était *morte*, vous comprenez ?

— Qu'est-ce qui vous a fait regarder là-dedans ?

— Je… je ne sais pas. Vous avez téléphoné hier soir. Et nous avons tous commencé à nous demander où était Agnes. Nous l'avons attendue un moment, mais elle n'est pas rentrée et nous avons fini par aller nous coucher. J'ai mal dormi et je me suis levée de bonne heure. Rose, la cuisinière, était debout aussi. Elle était furieuse qu'Agnes ne soit pas rentrée. Elle m'a raconté qu'elle avait déjà travaillé dans une maison où une bonne avait fugué comme ça. Je me suis installée à la cuisine pour boire du lait avec des tartines, et Rose est entrée brusquement, elle avait un drôle d'air et elle m'a dit que la tenue de sortie d'Agnes était encore dans sa chambre. Ses meilleurs vêtements, qu'elle met les jours de congé. Alors j'ai commencé à penser… à penser qu'elle n'avait peut-être pas quitté la maison, et je me suis mise à chercher un peu partout. Et puis j'ai ouvert le placard sous l'escalier et… et elle était là.

— J'imagine qu'on a prévenu la police ?

— Oui, ils sont déjà là. Mon beau-père a téléphoné tout de suite. Et moi, j'ai… j'ai cru que je ne pourrais pas supporter tout ça, alors je vous ai appelé. Vous m'en voulez ?

— Je ne vous en veux pas.

Je la dévisageai :

— Est-ce que quelqu'un vous a fait boire un cognac, ou du café, ou une tasse de thé après que… après que vous l'avez trouvée ?

Megan secoua la tête.

Je maudis toute la maisonnée. Cet empoté de Symmington n'avait pensé qu'à la police. Quant à Elsie Holland et à la cuisinière, elles ne semblaient pas se douter de l'effet qu'une découverte aussi macabre pouvait produire sur une gosse sensible.

— Venez, museau mouillé, allons à la cuisine.

Nous contournâmes la maison et entrâmes dans la cuisine par la porte de service. Rose, créature d'une quarantaine d'années au visage rebondi, buvait un thé bien fort au coin du poêle. Elle nous accueillit par un flot de paroles, la main sur le cœur.

Elle se sentait toute drôle, m'expliqua-t-elle, et elle avait des palpitations que c'en était pas croyable. Pensez donc, ç'aurait pu être elle la victime, ou n'importe qui d'autre dans la maison. Assassinés dans leur lit, qu'on aurait pu les retrouver.

— Servez donc une tasse de thé bien fort à miss Megan, dis-je. Elle est sous le coup d'un choc. C'est elle qui a découvert le cadavre, après tout.

Le mot cadavre suffit à remettre en marche son moulin à paroles, mais je la foudroyai d'un regard sévère et elle remplit une tasse d'un liquide couleur d'encre.

— Buvez ça, jeune personne, dis-je à Megan. Et buvez-le jusqu'au fond. Rose, vous n'auriez pas un peu de cognac, par hasard ?

Rose répondit qu'il lui restait peut-être un fond du brandy de cuisine qui avait servi pour le Christmas pudding.

— Ça ira, dis-je. Versez-en une bonne rasade dans la tasse de Megan.

Je vis dans le regard de Rose qu'elle approuvait mon idée. J'ordonnai à Megan de rester avec elle.

— Rose, puis-je compter sur vous pour veiller sur Megan ?

— Oh oui, monsieur, me répondit-elle, flattée.

Je quittai la cuisine. Si j'avais bien jugé Rose, elle ne tarderait pas à ressentir le besoin de grignoter un petit quelque chose pour se retaper, et ça ne ferait pas de mal à Megan non plus. Qu'ils aillent tous au diable, ces gens qui négligeaient cette petite.

Fulminant intérieurement, je faillis tamponner Elsie Holland dans le vestibule. Elle n'eut pas l'air surprise de me voir là. Sans doute que l'horrible agitation causée par la découverte du corps reléguait à l'arrière-plan le souci de savoir qui allait et venait dans la maison. Notre sergent de ville, Bert Rundle, était en faction à la porte d'entrée.

— Oh, c'est *affreux*, n'est-ce pas, Mr Burton ?
haleta-t-elle. Qui a pu commettre une horreur
pareille ?

— Parce qu'il s'agit bien d'un meurtre ?

— Oh, que oui ! On l'a frappée derrière la tête,
les cheveux sont pleins de sang… oh ! c'est *affreux*…
elle est toute recroquevillée dans ce placard. Qui a
pu faire une chose aussi monstrueuse ? Et *pourquoi* ?
Pauvre Agnes, je suis sûre qu'elle n'avait jamais
fait de tort à personne.

— Non, et quelqu'un s'est chargé de l'en empêcher définitivement.

Elle me dévisagea. Pas très futée, pensai-je. Mais
des nerfs solides. L'agitation lui avait un peu
rehaussé le teint. J'en vins à me demander si, en
dépit du bon cœur dont je voulais bien la créditer,
elle ne trouvait pas dans ce drame matière à jouis-
sance macabre.

— Il faut que je monte m'occuper des garçons,
s'excusa-t-elle. Mr Symmington souhaite que je les
tienne à l'écart et qu'on leur épargne toute nouvelle
émotion.

— En fait d'émotion, c'est Megan qui a découvert
le corps, dis-je. J'espère qu'on prend soin d'elle aussi.

Pour la défense d'Elsie Holland, j'admets qu'elle
eut l'air d'éprouver un remords de conscience :

— Oh, mon Dieu ! Je l'avais complètement
oubliée. J'espère qu'elle ne se sent pas trop mal. J'ai
été tellement bousculée, vous comprenez, avec la
police, et tout le reste… mais ça n'en demeure pas
moins une négligence de ma part. La pauvre petite,

elle doit être sens dessus dessous. Je vais tout de suite auprès d'elle.

Je la retins :

— Inutile, Rose s'en occupe. Allez rejoindre les enfants.

Elle me remercia d'un sourire où ses grandes dents blanches luirent comme autant de pierres tombales, puis gravit prestement l'escalier. Après tout, son travail, c'était les garçons, pas Megan... Megan n'était le travail de personne. On payait Elsie pour qu'elle s'occupe des fichus moutards de Symmington. On ne pouvait quand même pas lui reprocher de le faire.

Lorsqu'elle tourna en haut des marches, je retins mon souffle. L'espace d'un instant, j'avais cru voir, au lieu d'une bonne d'enfants consciencieuse, une Victoire Ailée, beauté radieuse et immortelle.

Puis une porte s'ouvrit et le superintendant Nash pénétra dans le vestibule, suivi par Symmington.

— Tiens, Mr Burton ! s'exclama Nash. Je suis content que vous soyez là. J'allais justement vous téléphoner.

Sur le coup, il ne me demanda pas pourquoi j'étais venu.

Il se tourna vers Symmington :

— Me donnez-vous la permission d'utiliser cette pièce ?

C'était un petit salon dont la fenêtre donnait sur le devant de la maison.

— Bien sûr, bien sûr.

Symmington faisait bonne contenance, mais il paraissait très fatigué.

— A votre place, Mr Symmington, j'irais prendre un petit déjeuner, dit Nash avec sollicitude. Miss Holland, miss Megan et vous-même vous sentirez beaucoup mieux après un café et des œufs au bacon. Un meurtre n'est jamais bon sur un estomac vide.

Il employait le ton rassurant du médecin de famille.

Symmington eut un pauvre sourire :

— Je vous remercie, superintendant. Je vais suivre votre conseil.

J'accompagnai Nash dans le petit salon. Il referma la porte derrière nous.

— Eh bien, attaqua-t-il, vous êtes arrivé ici drôlement vite. Comment avez-vous su ?

Je lui répondis que Megan m'avait téléphoné. J'étais bien disposé envers le superintendant Nash. Lui, au moins, n'avait pas oublié que Megan aussi avait besoin d'un petit déjeuner.

— Mr Burton, il paraît que vous avez téléphoné ici hier soir pour prendre des nouvelles de cette fille ? Pourquoi ça ?

J'admets que ça pouvait sembler bizarre. Je lui relatai comment, après avoir téléphoné à Partridge, Agnes n'était pas venue au rendez-vous.

— Oui, je comprends…

Il avait dit ça lentement, en se frottant le menton d'un air absorbé.

— Eh bien, soupira-t-il, c'est un meurtre, effectivement. Un meurtre par coups et blessures. La question qui se pose, c'est : que savait la fille ? A-t-elle révélé quelque chose à cette Partridge ? Une information précise ?

— Pas que je sache. Mais vous pouvez l'interroger.

— Je n'y manquerai pas. Je monterai chez vous dès que j'en aurai fini ici.

— Que s'est-il passé au juste ? Mais vous ne le savez peut-être pas encore ?

— Si, à peu près. C'était le jour de sortie des domestiques…

— Des deux ?

— Oui. Il paraît que deux sœurs étaient employées ici autrefois. Elles avaient demandé à avoir le même jour de congé, ce qu'avait accepté Mrs Symmington. Et elle avait conservé cette organisation avec Rose et Agnes. Ce jour-là, elles préparent un dîner froid dans la salle à manger et miss Holland s'occupe du thé.

— Ah oui, je comprends.

— Jusqu'à un certain point, les faits sont plutôt clairs. Rose, la cuisinière, est de Nether Mickford. Quand elle va y passer son jour de sortie, elle doit attraper l'autocar de 14 h 30. Agnes se chargeait donc de faire la vaisselle du déjeuner. Le soir, Rose lavait celle du dîner, ça rétablissait l'équilibre.

» C'est comme ça que ça s'est passé hier. Rose est sortie à 2 h 25 pour attraper son car. Symmington est parti pour son bureau à 3 heures moins 25. Elsie et les enfants sont allés en promenade à 3 heures moins le quart. Megan Hunter est partie faire un tour en vélo environ cinq minutes après. Agnes serait donc restée seule dans la maison. Et si mes renseignements sont bons, elle s'en allait normalement à son tour entre 3 heures et 3 heures et demie.

— Et la maison restait vide ?

— Oh, personne ici ne se soucie de ce genre de chose. On ferme rarement les portes à clé. A 3 heures moins 10, donc, Agnes était seule dans la maison. Il est évident qu'elle n'a pas eu le temps de sortir, car son cadavre était encore affublé de sa coiffe et de son tablier.

— Vous avez sans doute situé l'heure approximative de sa mort ?

— Le Dr Griffith ne s'est pas mouillé outre mesure. D'après son verdict officiel, elle a eu lieu entre 14 heures et 16 h 30.

— Comment a-t-elle été tuée ?

— On l'a d'abord assommée d'un coup derrière la tête, et ensuite on lui a enfoncé une broche à rôtir bien effilée à la base du crâne. La mort a été instantanée.

J'allumai une cigarette. Plutôt moche, comme tableau.

— Il ne fallait pas manquer de sang-froid ! remarquai-je.

— Non, en effet, il ne valait mieux pas.

J'aspirai une longue bouffée de ma cigarette :

— Qui a fait ça ? Et pourquoi ?

— Je doute que nous le sachions vraiment un jour, répondit Nash avec lenteur. Mais nous pouvons le deviner.

— Elle savait quelque chose ?

— Oui.

— Et elle s'était confiée à quelqu'un de la maison ?

— Non, il ne semble pas. La cuisinière prétend que la mort de Mrs Symmington l'avait bouleversée, qu'elle paraissait de plus en plus préoccupée et qu'elle disait sans arrêt qu'elle ne savait pas ce qu'elle devait faire.

Nash émit un soupir d'exaspération :

— C'est toujours pareil. Les gens ne viennent pas nous trouver. Toujours ce préjugé bien ancré « qu'il vaut mieux ne pas avoir affaire avec la police ». Si elle avait osé nous raconter ce qui la tracassait, elle serait vivante à l'heure qu'il est.

— Elle n'a fait aucune allusion plus précise devant la cuisinière ?

— Non, c'est en tout cas ce qu'affirme Rose, et j'incline à la croire. Sinon elle nous l'aurait tout de suite rapporté en y ajoutant une kyrielle de fioritures de son cru.

— C'est à vous rendre dingue, de ne pas savoir.

— Rien ne nous empêche de faire des suppositions, Mr Burton. Avant tout, il ne s'agit sans doute pas d'un fait précis, mais d'un de ces trucs qu'on retourne dans sa tête et qui vous tracasse de plus en plus au fur et à mesure qu'on y pense, vous me suivez ?

— Oui.

— En fait, je crois tenir la réponse.

Je le regardai, plein de respect :

— Beau travail, superintendant.

— Voyez-vous, Mr Burton, je connais un détail que vous ignorez. Le jour où Mrs Symmington s'est suicidée, Rose et Agnes auraient dû être absentes. C'était leur jour de sortie. Or, en fait, Agnes était revenue dans la maison.

— Vous en êtes sûr ?

— Oui. Agnes avait un petit ami, le jeune Rendell, qui travaille à la poissonnerie. Le mercredi, la boutique ferme de bonne heure et il passe prendre Agnes pour une promenade ou pour aller au cinéma les jours où il pleut. Ce mercredi-là, ils se sont bagarrés presque tout de suite. Notre corbeau s'était encore distingué en écrivant qu'Agnes avait un cœur d'artichaut. Fred Rendell était furieux. Ils ont eu une violente dispute. Agnes s'est réfugiée à la maison et a déclaré qu'elle ne reverrait pas Fred tant qu'il ne lui aurait pas présenté des excuses.

— Et alors ?

— Alors, Mr Burton, la cuisine donne sur l'arrière de la maison, mais l'office donne du même côté que la pièce où nous sommes en ce moment. Or il n'y a qu'un portail pour accéder à l'entrée principale où à l'allée qui longe la maison jusqu'à la porte de service.

Il fit une pause.

— Et maintenant, reprit-il, je vais vous apprendre une chose. La lettre qu'a reçue Mrs Symmington cet après-midi-là *n'est pas arrivée par la poste*. On l'avait affranchie avec un timbre usagé et on avait assez bien imité le cachet de la poste pour faire croire que le facteur l'avait distribuée avec le courrier. Mais, en réalité, *elle n'avait pas transité par la poste*. Comprenez-vous ce que cela signifie ?

— Ça signifie, répondis-je lentement, qu'elle a été déposée dans la boîte à lettres un peu avant l'heure de distribution du courrier pour qu'elle se mêle aux autres lettres.

— Exactement. Le facteur passe ici vers 15 h 45. Et voici ma théorie. La jeune fille était à l'office et

499

elle guettait par la fenêtre, car la haie qui se dresse devant n'est pas très opaque. Elle attendait que Fred vienne s'excuser.

— *Et elle a vu qui déposait la lettre ?*

— C'est ce que je crois, Mr Burton. Mais, bien sûr, je peux me tromper.

— Non, je ne pense pas... C'est simple... convaincant... et ça signifie qu'Agnes *connaissait l'auteur des lettres anonymes.*

— Oui.

— Mais alors, pourquoi n'a-t-elle pas... ?

Je m'interrompis pour réfléchir.

— Telles que j'envisage les choses, déclara vivement Nash, la fille *n'a pas compris ce qu'elle avait vu.* Pas tout de suite. Quelqu'un avait déposé une lettre, certes... mais elle n'aurait jamais imaginé que cette personne et le corbeau ne faisaient qu'un. C'était, de ce point de vue, une personne au-dessus de tout soupçon.

» Mais plus elle y réfléchissait, plus son malaise grandissait. N'aurait-elle pas été bien inspirée d'en parler à quelqu'un ? Dans son désarroi, elle a pensé à Partridge qui, me semble-t-il, a une forte personnalité et dont Agnes aurait accepté les conseils sans hésitation. Elle a donc décidé de demander quoi faire à Partridge.

— Oui, fis-je, pensif. Ça colle assez bien. Et, d'une façon quelconque, la « Plume empoisonnée » découvre l'histoire. Mais, au fait, superintendant, comment la découvre-t-elle ?

— Vous ne connaissez pas la campagne, Mr Burton. La façon dont tout se sait tient du miracle. D'abord, il y a eu le coup de téléphone. Qui était au courant, chez vous ?

Je réfléchis :

— J'ai répondu moi-même, et puis j'ai appelé Partridge dans la cage de l'escalier.

— Avez-vous mentionné le nom de la jeune fille ?

— Oh oui… oui, absolument.

— Qui aurait pu vous entendre ?

— Ma sœur, ou miss Griffith.

— Ah, miss Griffith ! Qu'est-ce qu'elle fabriquait là ?

Je lui fournis l'explication.

— Et elle retournait au village, après ?

— Non, elle devait passer chez Mr Pye.

Le superintendant Nash poussa un soupir :

— Avec ces deux-là, c'était amplement suffisant pour que tout le village soit au courant.

— Vous voulez dire que miss Griffith ou Mr Pye perdraient leur temps à répandre des informations aussi insignifiantes ? m'étonnai-je.

— Tout est matière à sensation, dans un patelin comme celui-ci. Vous n'en reviendriez pas. Que la mère de la couturière ait un cor au pied et tout le monde le saura en moins de deux ! Voyons maintenant qui était présent à l'autre bout du fil. Miss Holland, et Rose – elles auraient pu entendre la conversation d'Agnes. Et n'oublions pas Fred Rendell. Il aurait pu raconter à tout un chacun qu'Agnes était retournée chez ses patrons cet après-midi-là.

J'eus un frisson. Par la fenêtre, je voyais un carré de pelouse bien tondue, une allée, et le coquet portail d'entrée.

Quelqu'un l'avait poussé, ce portail, quelqu'un qui avait tranquillement marché vers la maison et jeté une lettre dans la boîte. Une silhouette nébuleuse se dessinait dans ma tête. Une forme féminine. Un visage sans traits… un visage que je devais pourtant connaître…

— Tout de même, disait Nash, notre champ de recherche se rétrécit. C'est toujours comme ça que nous finissons par les avoir. Par une élimination patiente et rigoureuse. Il ne reste plus guère de suspects, maintenant.

— Vous voulez dire que… ?

— Sont hors de cause toutes les femmes qui étaient à leur travail hier après-midi. Ça élimine la maîtresse d'école. Elle était avec ses élèves. Et l'infirmière visiteuse. Je sais où elle était hier. Non pas que je les aie soupçonnées ni l'une ni l'autre, mais à présent, nous avons une *certitude*. Voyez-vous, Mr Burton, nous avons désormais deux moments bien précis sur lesquels concentrer nos recherches : hier après-midi et l'après-midi de mercredi dernier. Le jour de la mort de Mrs Symmington, mettons entre 3 heures et quart (Agnes ne pouvait pas arriver plus tôt après sa dispute) et 4 heures, heure de distribution du courrier (il faudra que je précise ce point avec le facteur). Et hier, entre 3 heures moins 10 (quand miss Megan Hunter quitte la maison) et 3 heures et demie, ou plus probablement 3 heures et quart, avant qu'Agnes monte se changer.

— Qu'est-ce qui s'est passé hier, à votre avis ?

Nash fit une grimace :

— A mon avis ? Je crois qu'une femme s'est

présentée à la porte d'entrée et qu'elle a sonné, calme et souriante. Une visite d'après-midi banale... Peut-être a-t-elle demandé miss Holland, ou miss Megan, ou peut-être apportait-elle un paquet. Quoi qu'il en soit, Agnes, sans méfiance, se détourne pour prendre un plateau où déposer la carte de visite ou pour mettre le paquet à l'intérieur, et notre inconnue en profite pour lui assener un coup derrière la tête.

— Avec quoi ?

— Les femmes d'ici transportent souvent de grands sacs. On n'imaginerait pas ce qu'elles fourrent dedans.

— Et après, elle lui enfonce la broche dans la nuque et elle colle le cadavre dans le placard ? Un boulot plutôt costaud pour une femme, non ?

Le superintendant Nash me regarda avec un drôle d'air :

— La femme que nous recherchons n'est pas normale, loin de là... et ce type de déséquilibrée a souvent une force physique stupéfiante. En outre, Agnes était assez menue...

Il fit une pause, puis demanda :

— Savez-vous pourquoi miss Hunter a pensé à regarder dans ce placard ?

— Par instinct.

J'interrogeai à mon tour :

— Mais pourquoi a-t-on traîné Agnes dans le placard ? Dans quel but ?

— Plus on mettrait de temps à découvrir le corps, plus il serait difficile de situer avec précision l'heure de la mort. Si, par exemple, miss Holland était tombée sur le corps en rentrant, un médecin aurait pu fixer l'heure du décès à dix minutes près… ce qui aurait été très fâcheux pour notre inconnue.

Je fronçai le sourcil :

— Mais si Agnes soupçonnait cette personne…

— Non, elle ne la soupçonnait pas, m'interrompit Nash. Pas d'une façon précise, en tout cas. Elle avait seulement une impression bizarre. Je crois qu'elle n'avait pas l'esprit très vif, elle pensait confusément que quelque chose ne tournait pas rond, voilà tout. Elle n'a sûrement pas imaginé qu'elle se trouvait face à une meurtrière.

— Vous attendiez-vous à ça ? demandai-je.

Nash secoua la tête.

— J'aurais dû y penser, se reprocha-t-il. Cette histoire de suicide a affolé la « Plume empoisonnée ». Elle lui a flanqué la frousse. Et la peur, Mr Burton, peut avoir des conséquences incalculables.

— Oui, la peur. Voilà ce que nous aurions dû prévoir. La peur… dans un esprit malade…

— Voyez-vous, Mr Burton, conclut le superintendant Nash – et ses mots conférèrent au drame une tonalité plus horrible encore –, nous recherchons quelqu'un que tout le monde respecte et dont on pense le plus grand bien… quelqu'un, en fait, qui appartient à l'élite de la bonne société.

\*

Nash m'annonça qu'il se proposait de réinterroger Rose. Un peu timidement, je lui demandai la permission de l'accompagner. A ma stupeur, il me l'accorda volontiers :

— J'ajouterai, si je puis me permettre, que je suis très heureux de votre coopération, Mr Burton.

— Voilà qui me paraît plutôt inquiétant, remarquai-je. Dans les romans, quand un détective se déniche un collaborateur sur le terrain, ledit collaborateur est les trois quarts du temps l'assassin.

Nash eut un petit rire :

— Vous n'avez pas vraiment le profil d'un auteur de lettres anonymes, Mr Burton. Non, pour être franc, vous pouvez nous être utile.

— Vous m'en voyez ravi, mais je ne vois pas comment.

— Vous êtes un étranger dans le village. Vous n'avez pas de préjugés sur les gens. Et, en même temps, vous avez eu l'occasion de recueillir des informations par le biais de ce qu'il est convenu d'appeler les mondanités.

— Or, la meurtrière a sa place dans la bonne société, murmurai-je.

— Tout juste.

— Je serai un espion infiltré, en quelque sorte…

— Y voyez-vous une objection ?

Je réfléchis à la question :

— Non, franchement non. Puisqu'une folle dangereuse pousse des femmes innocentes au suicide et fracasse le crâne des bonnes à tout faire, j'accepte de me salir les mains pour qu'on mette cette détraquée sous les verrous.

— Vous raisonnez en homme de bon sens, monsieur. J'ajoute que la personne que nous recherchons est au moins aussi dangereuse qu'un serpent à sonnettes doublé d'un cobra.

Je frémis :

— Il nous faut agir vite, j'imagine ?

— En effet. Ne croyez pas que la police soit passive. Au contraire. Nous suivons plusieurs pistes.

Il avait dit ça d'un air résolu.

J'eus la vision d'une toile d'araignée gigantesque…

Nash m'expliqua que, s'il souhaitait réentendre Rose, c'était parce qu'elle lui avait déjà donné des événements deux versions différentes et que, plus il l'interrogerait, plus grandes seraient ses chances de glaner au passage des parcelles de vérité.

Nous trouvâmes Rose occupée à laver la vaisselle du petit déjeuner. Dès qu'elle nous vit, elle s'arrêta, porta la main à sa poitrine en roulant des yeux blancs et nous répéta qu'elle s'était sentie patraque toute la matinée.

Nash se montra patient mais ferme. La première fois, m'avait-il dit, il avait usé de douceur, la seconde fois d'autorité, et maintenant il employait un mélange des deux.

Rose développa avec complaisance les détails de la semaine écoulée, s'émut au souvenir d'Agnes tournant en rond, morte de peur, et qui opposait en frissonnant un catégorique « Ne me posez pas de questions » chaque fois que Rose avait tenté de la faire se confier.

— « Je signerais mon arrêt de mort », voilà ce qu'elle m'a dit, conclut Rose, l'œil gourmand.

Agnes n'avait donc donné aucune indication sur le motif de son inquiétude ?

Rien de rien, sinon qu'elle avait peur pour sa vie.

Le superintendant Nash soupira et abandonna le sujet. Il se contenta d'extorquer à Rose le compte rendu exact de son emploi du temps de la veille après-midi.

En résumé, Rose avait pris le car de 14 h 30. Elle était restée en famille jusqu'en début de soirée et elle était rentrée de Nether Mickford par le car de 20 h 40. Pour le reste, elle raconta surtout l'affreux pressentiment qui l'avait saisie pendant l'après-midi et les discussions qu'elle avait eues avec sa sœur à ce sujet, et comment elle n'avait pu toucher qu'à peine au gâteau au carvi.

Nous quittâmes la cuisine pour partir à la recherche d'Elsie Holland, occupée à surveiller les devoirs des enfants. Comme à l'accoutumée, elle se montra efficace et obligeante. Elle se leva à notre arrivée.

— Pendant mon absence, dit-elle à Colin et Brian, vous ferez ces trois additions et je veux qu'elles soient terminées à mon retour.

Puis elle nous conduisit à la chambre d'enfants :

— Cet endroit vous convient-il ? J'ai pensé qu'il valait mieux ne pas parler devant les garçons.

— Merci, miss Holland. Je vous demanderai encore une fois de me dire si vous êtes bien sûre qu'Agnes ne vous a jamais confié un quelconque sujet de tracas... depuis la mort de Mrs Symmington, bien entendu.

— Non, elle ne m'a jamais rien dit. C'était une fille assez réservée, vous savez, elle ne parlait pas beaucoup.

— Ça changeait de l'autre, alors !

— Oui, Rose est beaucoup trop bavarde. Il faut même parfois que je lui demande de contrôler son impertinence.

— Maintenant, racontez-moi exactement comment s'est déroulée l'après-midi d'hier. Dites-moi tout ce que vous vous rappelez.

— Eh bien, nous avons déjeuné comme d'habitude. A 1 heure, et en nous dépêchant un peu. Je ne veux pas que les garçons lambinent. Voyons... Mr Symmington est retourné à son bureau, et j'ai aidé Agnes à préparer la table pour le dîner. Les garçons ont joué dans le jardin jusqu'à ce que je sois prête à les emmener.

— Où êtes-vous allés vous promener ?

— Du côté de Combeacre, en suivant le chemin à travers champs. Les garçons avaient envie de pêcher. J'avais oublié les appâts et j'ai dû revenir les chercher.

— Quelle heure était-il ?

— Que je réfléchisse... Nous sommes partis aux environs de 3 heures moins 20. Megan devait nous accompagner mais elle a changé d'avis. Elle a préféré sortir à bicyclette. C'est une vraie passion, chez elle.

— Non, je vous demande à quelle heure vous êtes revenue chercher les appâts ? Vous êtes entrée dans la maison ?

— Non, je les avais laissés derrière, dans la serre. Je ne sais pas au juste l'heure qu'il était... 3 heures moins 10, peut-être bien.

— Avez-vous vu Megan, ou Agnes ?

— Megan était partie, je crois. Et je n'ai pas vu Agnes. Je n'ai rencontré personne, en fait.

— Et ensuite, vous avez fait une partie de pêche.

— Oui, nous avons longé la rivière. Nous n'avons rien pris. D'ailleurs, nous revenons presque toujours bredouilles, mais les garçons adorent pêcher. Brian était trempé. Il a fallu que je le change au retour.

— C'est vous qui êtes chargée du thé le mercredi ?

— Oui. Tout est préparé dans le salon pour Mr Symmington. Je n'ai que l'eau à faire chauffer lorsqu'il rentre. Moi, je prends le mien avec les enfants dans la salle d'étude… et avec Megan naturellement. J'ai tout ce qu'il faut ici au premier étage, dans une armoire.

— A quelle heure êtes-vous revenus ?

— Il était 5 heures moins 10. J'ai fait monter les garçons et j'ai mis le thé en route. Quand Mr Symmington est rentré à 5 heures, je suis descendue pour lui préparer le sien mais il a préféré monter le prendre avec nous dans la salle d'étude. Les garçons étaient ravis. Ensuite, nous avons joué à pigeon vole. Quand je pense maintenant que pendant tout ce temps… cette pauvre fille dans le placard… c'est horrible !

— Ce placard, on l'ouvre souvent en temps normal ?

— Oh non, ce n'est qu'un débarras. On accroche les manteaux et les chapeaux dans le petit vestiaire, à droite de la porte d'entrée. On aurait pu ne pas l'ouvrir pendant des mois.

— Je vois… Et vous n'avez rien remarqué d'inhabituel, rien d'anormal, à votre retour ?

Les yeux bleus s'agrandirent :

— Oh non, monsieur, absolument rien. Tout était comme d'habitude. C'est bien ce qu'il y a de pire.

— Et la semaine précédente ?

— Vous parlez du jour où Mrs Symmington…

— Oui.

— Oh, c'était abominable… vraiment abominable !

— Oui, oui, je sais. Mais vous étiez aussi sortie tout l'après-midi ?

— En effet, j'emmène les enfants en promenade tous les jours… si le temps le permet. Je ne les fais travailler que le matin. Nous avions marché jusqu'à la lande, je m'en souviens, et c'est assez loin. Je craignais d'être en retard parce qu'en arrivant au portail j'ai aperçu au bout de la rue Mr Symmington qui rentrait de son bureau, et je n'avais même pas mis la bouilloire à chauffer. Mais en fait il n'était que 5 heures moins 10.

— Et vous n'êtes pas montée voir Mrs Symmington ?

— Oh non ! Je ne montais jamais. Elle avait l'habitude de se reposer après le déjeuner. Elle souffrait de migraines – souvent après les repas. Le Dr Griffith lui avait d'ailleurs prescrit des cachets. Elle allait s'étendre dans sa chambre pour essayer de dormir.

— Par conséquent, personne ne lui a monté le courrier ?

— Celui de l'après-midi ? Non, j'avais ramassé les lettres dans la boîte et je les avais déposées sur la table dans le vestibule. Mrs Symmington descendait souvent prendre son courrier elle-même. Elle ne dormait pas tout l'après-midi. Elle sortait de sa chambre vers 4 heures, en général.

— Et ça ne vous a pas inquiétée qu'elle ne soit pas levée ce jour-là ?

— Oh non, je n'ai pas un instant pensé à un drame. Mr Symmington suspendait son manteau dans l'entrée et je lui ai dit : « Le thé n'est pas prêt, mais la bouilloire est en route. » Il a fait un signe de tête et puis il a appelé : « Mona, Mona ! »... et comme Mrs Symmington ne répondait pas, il est monté la voir dans sa chambre où il a dû subir un choc épouvantable. Il m'a appelée et il m'a dit : « Eloignez les enfants », puis il a téléphoné au Dr Griffith et j'avais complètement oublié la bouilloire et tout le fond a brûlé ! Oh, mon Dieu, c'était vraiment affreux ! Dire qu'elle était si heureuse et si gaie pendant le déjeuner.

— Miss Holland, s'enquit Nash tout à trac, quelle est votre opinion personnelle sur la lettre qu'elle a reçue ?

Elsie Holland montra toute l'étendue de son indignation :

— Oh ! j'ai trouvé ça ignoble... ignoble !

— Oui, bien sûr, mais vous ne m'avez pas compris. Avez-vous pensé que c'était vrai ?

— Non, absolument pas, affirma Elsie Holland, catégorique. Mrs Symmington était une femme sensible – trop sensible, même. Elle était obligée de prendre toutes sortes de médicaments pour ses nerfs. Et puis elle était très... très *pudibonde*.

Elle rougit :

— N'importe quelle obscénité de ce genre – et

à plus forte raison si elle y était nommément impliquée – ne pouvait que la mettre dans tous ses états.

Nash médita un instant, puis il demanda :

— Miss Holland, avez-vous reçu une de ces lettres ?

— Non, non, jamais de la vie !

— Vous en êtes sûre ? Je vous en supplie, ne répondez pas trop vite. Les lettres de corbeau, c'est désagréable, je le sais. Et on a quelquefois du mal à avouer qu'on en a reçu. Mais dans la situation où nous sommes, il est primordial que j'en sois informé. Nous savons pertinemment que leur contenu n'est qu'un tissu de mensonges, alors ne vous sentez pas gênée.

— Mais non, superintendant. Je n'en ai vraiment reçu aucune. Rien qui ressemble à ça de près ou de loin.

Indignée, elle était au bord des larmes et ses dénégations paraissaient sincères.

Elle retourna auprès des enfants. Nash, immobile, regarda par la fenêtre.

— Eh bien, voilà ! déclara-t-il enfin. Elle affirme qu'elle n'a pas reçu de lettre. Et elle donne l'impression de dire la vérité.

— Oui, certainement. J'en suis sûr, même !

— Hmmm, grogna Nash. Puisque c'est comme ça, ce que je voudrais tout de même bien savoir, c'est pourquoi diable elle n'y a pas eu droit.

Je le regardai sans comprendre.

— C'est une jolie fille, non ? continua-t-il d'un ton impatient.

— Mieux que jolie, même.

— Exactement. Disons carrément qu'elle est d'une beauté peu commune. Et elle est jeune. Une proie rêvée pour un auteur de lettres anonymes, en somme. Alors, pourquoi a-t-elle été épargnée ?

Je secouai la tête en signe d'ignorance.

— C'est intéressant, poursuivit Nash. Il faudra que je signale ça à Graves. Il nous a demandé si nous savions qui n'avait pas eu de lettre.

— C'est la seconde personne. Il y a aussi Emily Barton, rappelez-vous.

Nash émit un petit gloussement :

— Vous ne devriez pas croire tout ce qu'on vous raconte, Mr Burton. Miss Barton a bel et bien reçu une lettre… et même davantage.

— Comment le savez-vous ?

— Grâce au dragon dévoué chez qui elle loge… son ancienne femme de chambre, ou cuisinière, je ne sais plus : Florence Elford. Elle était indignée, elle voulait tordre le cou de celui qui les avait écrites.

— Mais alors, pourquoi miss Emily m'a-t-elle soutenu qu'elle n'en avait pas reçu ?

— Par pudeur. Leur contenu n'est pas précisément du meilleur goût. Et notre petite miss Barton a passé sa vie à fuir la grossièreté et la vulgarité.

— Et que disaient ses lettres à elle ?

— Toujours la même chose. Dans son cas, c'est plutôt risible. Et puis elles insinuaient aussi qu'elle avait empoisonné sa mère et la plupart de ses sœurs.

— Dire que cette dangereuse cinglée se promène dans le coin et que nous ne sommes même pas fichus de lui mettre le grappin dessus ! m'exclamai-je, partagé entre l'indignation et l'incrédulité.

— Nous le lui mettrons, répondit Nash avec détermination. Elle écrira une lettre de trop.

— Bon sang, mon vieux, elle ne recommencera plus... plus maintenant.

Il me regarda dans les yeux :

— Oh, que si ! elle recommencera. *Elle ne peut plus s'arrêter, maintenant.* C'est devenu un besoin morbide. Il y aura d'autres lettres, aucun doute là-dessus.

# 9

Je voulais voir Megan avant de partir. Je la trouvai dans le jardin. Elle semblait presque redevenue elle-même. Elle m'accueillit plutôt gaiement.

Je lui proposai de revenir quelques jours à la maison. Mais, après une hésitation, elle refusa :

— Vous êtes très gentil... mais je préfère rester ici. C'est... eh bien, c'est chez moi, après tout. Et puis je pourrai sans doute me rendre utile auprès des garçons.

— C'est bon, comme vous voudrez.

— Oui, il vaut mieux que je reste. Est-ce que je pourrais... est-ce que je pourrais quand même...

— Oui ? fis-je pour l'encourager.

— Si... s'il survenait une autre tragédie, je

pourrais vous téléphoner, n'est-ce pas ? Vous viendriez ?

— Bien sûr, affirmai-je, ému. Mais à quelle sorte de tragédie pensez-vous ?

— Oh, je ne sais pas, répondit-elle d'un air lointain. Par les temps qui courent, n'importe quoi peut arriver.

— Par pitié ! Arrêtez de dénicher des cadavres ! Ça ne vous réussit pas vraiment.

Elle eut un petit sourire :

— Non, pas vraiment du tout. Ça m'a même rendue malade comme un cochon.

Ça ne m'enchantait guère de la laisser là. Mais, comme elle l'avait dit, c'était après tout chez elle. J'espérais qu'Elsie Holland avait enfin pris conscience de ses responsabilités à son égard.

Nash m'accompagna jusqu'à *Little Furze*. Pendant que je donnais à Joanna un compte rendu de la matinée, Nash partit cuisiner Partridge. Il nous rejoignit au bout d'un moment, passablement découragé :

— Je n'en ai pas tiré grand-chose. Elle prétend que la fille s'est contentée de lui dire qu'une idée la tracassait, qu'elle ne savait pas quoi faire, et qu'elle voudrait bien que miss Partridge la conseille.

— Est-ce que Partridge a parlé de cette histoire à quelqu'un ? demanda Joanna.

Nash acquiesça, la mine sévère :

— Oui. En substance et pour autant que je le sache, elle a raconté à Mrs Emory – votre femme de journée – qu'il y avait *encore* des jeunes filles qui ne croyaient pas avoir la science infuse et qui savaient demander conseil aux anciens. Qu'Agnes n'était sûrement pas très maligne, mais que c'était une fille gentille, respectueuse et qui savait se tenir.

— Partridge se fait mousser, on dirait, murmura Joanna. Mrs Emory aurait donc pu répandre ça dans toute la ville ?

— En effet, miss Burton.

— Quand même, intervins-je. Une chose m'étonne. Pourquoi nous a-t-on envoyé des lettres anonymes à ma sœur et moi ? Nous sommes des étrangers, ici… personne ne peut avoir de grief contre nous.

— Vous ne tenez pas compte de la mentalité de ceux qui écrivent ce genre de lettres. Ils font flèche de tout bois. Ils en veulent à l'humanité tout entière.

— C'est sans doute ce que voulait dire Mrs Dane Calthrop, remarqua Joanna songeuse.

Nash l'interrogea du regard, mais elle ne lui donna pas d'explication.

— Miss Burton, reprit le superintendant, j'ignore si vous avez examiné de près l'enveloppe qui contenait votre lettre, mais si c'est le cas, vous avez peut-être noté qu'elle a d'abord été adressée à miss Barton, et qu'on a transformé ensuite le *a* en *u*.

Si nous avions correctement interprété ce fait, nous aurions alors possédé la clé de toute l'affaire. Mais aucun de nous, à ce moment-là, ne lui a trouvé d'importance particulière.

Nash s'en fut et je me retrouvai seul avec Joanna.

— Tu ne crois pas un instant que cette lettre ait vraiment été destinée à miss Emily, n'est-ce pas ? releva-t-elle.

— Elle aurait difficilement pu commencer par

« Espèce de putain peinturlurée », lui fis-je remarquer.

Ma chère sœur admit bien volontiers que cette définition ne pouvait s'appliquer qu'à elle-même.

Sur ce, elle me suggéra de descendre en ville :

— Il faut que tu écoutes ce que les gens racontent. Ça va jacasser ferme, ce matin.

Je lui proposai de m'accompagner, ce qu'à ma grande surprise elle refusa. Elle devait bricoler dans le jardin, me dit-elle.

Je m'arrêtai sur le pas de la porte et lui demandai à voix basse :

— Tu ne crois pas que Partridge soit dans le coup ?

— Partridge !

La stupéfaction de Joanna me fit honte d'avoir eu cette idée. Je continuai sur un ton penaud :

— Oh, je demandais ça comme ça. Elle a des côtés un peu bizarres... c'est une vieille fille aigrie... je la verrais bien faire un délire religieux.

— En l'occurrence, il ne s'agit pas de délire religieux... enfin, Graves ne le pense pas, d'après ce que tu m'as dit.

— Non, pour lui c'est un délire sexuel. Mais les deux sont liés, si j'ai bien compris. Or, Partridge est le type même de la créature comme il faut, aux instincts refoulés, et elle est restée bouclée ici pendant des années avec un tas de vieilles filles.

— Et comment t'est venue cette brillante idée ?

— Eh bien, pour savoir ce que lui a dit Agnes, nous n'avons que sa parole, n'est-ce pas ? Suppose qu'Agnes ait demandé à Partridge pourquoi elle était venue déposer une lettre ce jour-là… et que Partridge lui ait répondu qu'elle passerait la voir dans l'après-midi pour le lui expliquer.

— Et qu'elle soit venue demander l'autorisation de recevoir une visite pour camoufler la manœuvre ?

— Oui.

— Mais Partridge ne s'est pas absentée ce jour-là.

— Nous n'en savons rien, nous-mêmes étions sortis, souviens-toi.

— Ah oui, c'est vrai. Ce n'est pas impossible, au fond.

Joanna réfléchit :

— Mais, tout de même, je n'y crois pas. Effacer ses empreintes sur les lettres, ça ne ressemble pas à Partridge, par exemple. Ce n'est pas une question d'astuce, mais tout bonnement d'ignorance. Je ne pense pas qu'elle sache ça. Dis-moi… ils sont vraiment sûrs que c'est une femme ?

— Parce que toi, tu crois que c'est un homme ? m'exclamai-je, ahuri.

— Pas un homme… ordinaire, non, mais un homme un peu spécial. Bon, je pense à Mr Pye, voilà.

— Alors, c'est Pye ton favori ?

— Avoue que toi aussi tu y as pensé. Est-ce que ce n'est pas le type même de l'individu qui a des raisons de se sentir seul – et malheureux – et amer ? Tout le monde lui rit au nez. Est-ce que tu n'imagines pas qu'il puisse haïr en secret tous ces imbéciles heureux de gens normaux, et prendre un plaisir d'artiste à leur empoisonner l'existence ?

— Graves a parlé d'une vieille fille d'âge mûr.

— Eh bien, est-ce que Mr Pye n'est pas une vieille fille d'âge mûr ?

— Un inadapté, dis-je doucement.

— Plutôt, oui. Il est riche, mais l'argent ne change rien à l'affaire. Et j'ai l'impression qu'il n'est pas très équilibré. Je dirais même que ce petit bonhomme est assez *effrayant*.

— Mais, lui aussi, il a reçu une lettre, rappelle-toi.

— Ça, nous n'en savons rien, remarqua Joanna. C'est ce que nous avons cru. Mais qui dit que ce n'était pas une mise en scène ?

— A notre intention ?

— Oui. Il est assez malin pour avoir monté ça... sans forcer le rôle.

— Quel acteur, alors !

— Ecoute, Jerry, quel que soit le coupable, il faut que ce soit un excellent acteur. Ça fait partie du plaisir.

— Seigneur Dieu, cesse de parler avec autant de conviction ! Tu me donnes l'impression de... de comprendre sa mentalité.

— C'est vrai, je crois que je la comprends. Je peux... je peux me mettre dans sa peau. Admettons que je ne sois pas Joanna Burton, que je ne sois ni jeune, ni relativement séduisante, ni en mesure de m'amuser mais qu'au contraire je me sente... voyons, comment dirais-je ?... derrière des barreaux, et que je voie les autres jouir de l'existence... une haine sournoise m'envahirait, enflerait, me donnerait envie de faire du mal, de torturer... de détruire, pourquoi pas ?

— Joanna !

J'attrapai ma sœur, par les épaules et la secouai avec énergie. Elle poussa un soupir, s'ébroua et me sourit :

— Avoue que je t'ai fait peur, hein, Jerry ? Mais je suis persuadée que c'est de cette façon que nous résoudrons le problème. Il faut te mettre dans la peau des gens, éprouver ce qu'ils éprouvent et qui les fait agir, et alors… alors peut-être seras-tu enfin capable de prévoir où ils ont l'intention de frapper leur prochain coup.

— Nom d'une pipe ! Dire que je suis venu m'enterrer ici pour vivre comme un légume, pour me distraire avec les gentils petits scandales locaux. Tu parles ! Calomnie, diffamation, obscénité et meurtre, les voilà les gentils petits scandales locaux !

*

Joanna avait vu juste. High Street fourmillait de groupes en grande discussion. J'étais décidé à faire le tour complet des réactions.

Je rencontrai d'abord Griffith. Il avait très mauvaise mine et paraissait épuisé, au point que cela excita ma curiosité. Les médecins n'ont pas tous les jours un meurtre sur les bras, certes, mais leur métier les arme pour affronter la souffrance, l'ignominie de la condition humaine et la mort.

— Vous n'avez pas l'air dans votre assiette, lui dis-je.

— Oh, vraiment ? fit-il, évasif. Oui, j'ai quelques cas difficiles en ce moment.

— Y compris notre folle qui se promène en liberté ?

— Oui, naturellement.

Il regardait de l'autre côté de la rue. Un petit nerf palpitait à une de ses paupières.

— Et vous n'avez aucun soupçon ?... sur *personne* ?

— Non, aucun. Dieu sait que j'aimerais pourtant.

Il me demanda soudain des nouvelles de Joanna et me dit, en hésitant, qu'il avait les photos qu'elle voulait voir.

Je proposai de les lui porter.

— Oh, ce n'est pas la peine. Je dois passer près de chez vous en fin de matinée.

Je commençai, à craindre que Griffith ne soit sérieusement mordu. Sacrée Joanna ! Griffith était un trop chic type pour qu'on l'accroche comme un scalp à sa ceinture.

Je le laissai partir car je venais d'apercevoir sa sœur à qui, pour une fois, je désirais parler.

Aimée Griffith ne s'embarrassa pas de préliminaires.

— C'est atroce ! tonna-t-elle. Il paraît que vous étiez sur place – très tôt ce matin ?

Il y avait une autre question derrière ces mots, et ses yeux avaient lancé une étincelle quand elle avait prononcé « très tôt ». Je n'allais pas lui raconter que Megan m'avait téléphoné.

— Oui, j'étais un peu inquiet hier soir. Cette fille était attendue à la maison pour le thé et elle n'est pas venue.

— Et vous avez reniflé le pire ? Vous êtes sacrément fort !

— Oui, je suis un vrai chien de chasse.

— C'est notre premier assassinat à Lymstock. Tout le monde est en effervescence. J'espère que la police va s'en sortir.

— Oh, je ne me fais pas de bile. Ils ont des hommes très efficaces.

— Dire que je ne me souviens même pas à quoi ressemblait cette fille. Elle a dû m'ouvrir la porte des douzaines de fois, pourtant. Une petite créature pâlichonne et insignifiante. Un coup derrière la tête, et poignardée à la base du crâne, m'a dit Owen. Moi, je parie que c'est son petit ami. Pas vous ?

— C'est votre version ?

— Ça me paraît la plus vraisemblable. Une dispute, certainement. Que voulez-vous, beaucoup de gens ici ont des liens de consanguinité… lourde hérédité pour pas mal d'entre eux. C'est Megan qui a trouvé le corps, paraît-il ? Elle a dû avoir un sacré choc.

— En effet, dis-je sans m'étendre.

— Ça n'a pas dû l'arranger, j'imagine. Elle qui n'a déjà pas la tête bien solide… un choc pareil risque de la faire dérailler complètement.

Je pris une brusque décision. Il fallait que je sache :

— Dites-moi, miss Griffith, c'est vous qui avez persuadé Megan de retourner chez elle hier ?

— Bof ! persuader n'est pas le mot exact.

Je tins bon :

— Mais vous lui avez bien dit quelque chose ?

Aimée Griffith se campa fermement sur ses jambes et me regarda droit dans les yeux. Je la sentais sur la défensive :

— Esquiver ses responsabilités est néfaste. Elle est jeune, elle ne sait pas ce qui fait jaser les gens, j'ai donc estimé qu'il était de mon devoir de l'avertir.

— Jaser les gens ?

Je laissai tomber. J'étais trop en colère pour aller plus loin.

Avec cette exaspérante confiance en elle qui la caractérisait, Aimée Griffith poursuivit :

— Oh, vous, vous ne savez sans doute pas que les bavardages vont bon train. Mais moi, si ! Je sais bien ce que les gens disent. Remarquez que je ne crois pas une seconde ce qu'ils racontent... pas une seconde, je vous assure ! Mais vous les connaissez... s'ils peuvent lâcher leur fiel, ils ne s'en privent pas ! Et ça peut devenir un gros handicap pour une fille qui doit gagner sa vie.

— Gagner sa vie ? m'étonnai-je.

— Elle n'est pas dans une situation facile, évidemment. Et je crois qu'elle a agi comme il fallait. Elle ne pouvait pas partir dans un moment pareil et laisser les enfants livrés à eux-mêmes. Elle a été admirable... tout bonnement admirable. C'est ce que j'ai clamé à tous les échos Il n'empêche que la situation reste ambiguë et que les gens vont jaser.

— Mais enfin, de qui parlez-vous ?

— Mais de Elsie Holland, voyons ! s'impatienta Aimée Griffith. A mon avis, c'est une fille absolument charmante et qui n'a fait que son devoir.

— Et que disent les gens ?

Aimée Griffith se mit à rire d'une manière que je trouvai déplaisante :

— Ils disent qu'elle envisage déjà de devenir la deuxième Mrs Symmington... et qu'elle emploie toute son énergie à consoler le pauvre veuf et à se rendre indispensable.

— Seigneur ! Mais Mrs Symmington n'est morte que depuis une semaine, dis-je, scandalisé.

Aimée Griffith haussa les épaules :

— Tout ça est absurde, bien entendu ! Mais vous connaissez les gens ! Miss Holland est jeune et belle, ça leur suffit. Remarquez, une nurse n'a jamais un bien grand avenir devant elle. Je comprendrais qu'elle ait envie d'avoir un foyer, un mari et qu'elle se serve de ses atouts pour parvenir à ses fins.

» Evidemment, ce pauvre Dick Symmington n'a aucune idée de tout ça ! Il est encore sonné par la mort de Mona. Mais vous savez comment sont les hommes ! Si cette fille s'incruste, est aux petits soins pour lui, le chouchoute comme il faut et fait preuve de zèle auprès des enfants... croyez-moi, il finira bien par lui manger dans la main.

— Vous considérez donc Elsie Holland comme une allumeuse et une intrigante ? dis-je posément.

Aimée Griffith rougit :

— Oh non, pas du tout ! Je suis navrée pour elle... navrée que les gens soient si malveillants ! C'est plus ou moins pour cette raison que j'ai conseillé à Megan de retourner chez elle. Il vaut mieux que Dick Symmington et cette fille ne soient pas seuls dans la maison.

La plume empoisonnée

Je commençais a comprendre.

Aimée Griffith fit entendre son rire « enjoué » :

— Vous êtes choqué, Mr Burton. Choqué d'entendre ce que pense notre petite ville et de ses cancans. Alors écoutez bien ce que je vais vous dire : les gens imaginent toujours le pire !

Elle rit, hocha la tête, et s'éloigna à grands pas.

*

Je rencontrai Mr Pye devant l'église. Il parlait avec Emily Barton, toute rose d'excitation.

Mr Pye m'accueillit avec une joie évidente :

— Tiens, bonjour, Mr Burton ! Bonjour ! Comment se porte votre charmante sœur ?

Je lui répondis qu'elle se portait bien.

— Ne se joindra-t-elle pas à notre petite assemblée de village ? Toutes ces nouvelles nous mettent en émoi. Un meurtre ! Vous vous rendez compte ! Un meurtre digne de la presse du dimanche, ici, chez nous ! Un meurtre sans grand intérêt, je le crains. Quelque peu sordide. L'assassinat brutal d'une malheureuse petite bonne. Rien de très raffiné en somme, mais enfin, c'est tout de même une nouvelle, ça, on ne peut pas le nier.

— C'est atroce – absolument atroce ! déclara miss Barton d'une voix frémissante.

Mr Pye se tourna vers elle :

— Mais cela vous enchante, chère mademoiselle, avouez-le, cela vous enchante. Vous êtes indignée, vous êtes consternée, certes, mais vous avez le grand frisson. J'insiste, vous avez le grand frisson !

— C'était une fille si gentille. Elle était arrivée chez moi, tout droit de l'orphelinat de Sainte-Clotilde. Un peu fruste au début, peut-être. Mais elle apprenait vite. Nous en avions fait une petite soubrette parfaite. Partridge était très contente d'elle.

— Elle devait justement venir hier après-midi prendre le thé avec Partridge, réussis-je à placer dans la conversation.

Je me tournai vers Mr Pye :

— J'imagine qu'Aimée Griffith vous l'avait dit.

J'avais parlé d'un ton neutre. Mr Pye répondit sans suspicion apparente :

— Elle m'en a touché un mot, oui. Et elle a ajouté, si je me souviens bien, qu'il était nouveau que les domestiques eussent le droit d'utiliser le téléphone de leurs patrons.

— Jamais Partridge ne se serait permis une chose pareille, s'offusqua miss Emily, et cela me surprend beaucoup de la part d'Agnes.

— Vous êtes d'une autre époque, chère mademoiselle, remarqua Mr Pye. Mes deux terreurs utilisent mon téléphone à tout bout de champ, et ils fumaient partout dans la maison avant que je le leur interdise. Je n'ose pas me montrer trop exigeant, Prescott a un caractère impossible mais il cuisine divinement, quant à Mrs Prescott, c'est une gouvernante admirable.

— Oui, tout le monde vous envie.

Mon intervention visait à éviter que la conversation ne se borne aux soucis domestiques.

— La nouvelle du meurtre s'est répandue comme une traînée de poudre, relançai-je du même coup.

— Bien sûr, bien sûr, acquiesça Mr Pye. Le boucher, le boulanger, le marchand de couleurs ! Enfle, rumeur, parée de médisance ! Lymstock chavire, hélas ! Lettres anonymes, meurtres, place au crime !

— Mais personne... intervint miss Barton avec nervosité. Personne ne pense que... que les deux choses soient liées ?

Mr Pye sauta sur l'idée

— Ah ! que voilà un point de vue intéressant. La fille savait quelque chose, et c'est pourquoi on l'a tuée. Oui, oui, c'est là une hypothèse fort prometteuse. Quelle intelligence d'avoir pensé à ça, miss Barton !

— Moi... elle me fait frémir.

Emily Barton avait parlé d'un ton brusque. Elle nous tourna le dos et s'éloigna à pas pressés.

Pye la suivit des yeux. Sur son visage poupin se dessinait une moue narquoise.

Il se tourna vers moi et secoua doucement la tête :

— Une âme sensible... une créature délicieuse, vous ne trouvez pas ? Une véritable pièce de musée. Elle n'appartient même pas à sa génération, mais à la génération précédente. Sa mère devait être une maîtresse femme. Pour elle, le temps s'était arrêté en 1870 ou à peu près. Toute la famille a été mise sous une cloche de verre. Au fait, j'adore dénicher ce genre d'objet !

Je n'avais aucune envie de parler antiquités.

— Mais vous, demandai-je, qu'est-ce que vous pensez de cette affaire ?

— De quoi parlez-vous ?

— Les lettres anonymes, le meurtre…

— Notre vague de criminalité locale, voulez-vous dire ? Et vous, qu'en pensez-vous ?

— J'ai posé la question le premier.

— J'étudie, vous l'avouerai-je, les singularités, les anomalies, me répondit-il d'un ton plein de douceur. Cela me passionne ! Des gens qui n'ont l'air de rien font parfois des choses invraisemblables. Prenez le cas de Lizzie Borden, par exemple. Quelle explication rationnelle a-t-on trouvée ? Aucune. Si, aujourd'hui, je devais donner un conseil à la police, ce serait : étudiez la *personnalité* de vos suspects. Laissez tomber vos empreintes, vos expertises d'écritures et vos microscopes. Notez plutôt les gestes que font les gens avec leurs mains, leurs petites manies, la façon dont ils mangent, s'il leur arrive de rire sans raison.

Je haussai le sourcil :

— Une folle ?

— A lier, folle à lier, répondit Mr Pye, qui ajouta : Mais personne ne s'en douterait.

— Qui est-ce ?

Son regard croisa le mien.

— Ah non, Burton, dit-il en souriant, ce serait de la diffamation. N'ajoutons pas cela au reste.

Sur ce, il s'éloigna d'un pas sautillant.

*

Je l'observais encore, l'œil écarquillé, lorsque la porte de l'église s'ouvrit, livrant passage au révérend Caleb Dane Calthrop.

Il m'adressa un sourire incertain :

— Tiens ! Bonjour, Mr... euh... euh...

Je vins à son aide :

— Burton.

— Ah oui, bien sûr ! Je me souviens très bien de vous, croyez-le. Mais sur le moment, votre nom m'échappait. Quelle belle journée, n'est-ce pas ?

— Oui, fis-je brièvement.

Il me regarda avec plus d'attention :

— Mais il y a eu quelque chose... voyons... ah oui ! Cette malheureuse enfant qui travaillait chez les Symmington. J'avoue que j'ai peine à admettre que nous ayons un meurtrier parmi nous, Mr... euh... Burton.

— Ça paraît invraisemblable, en effet.

— Un autre bruit m'est également parvenu aux oreilles.

Il se pencha vers moi :

— On m'a dit que des lettres anonymes avaient circulé. Avez-vous eu vent d'une pareille rumeur ?

— Oui, je suis au courant.

— Quelle lâcheté, et quelle ignominie !

Il fit une pause, puis déversa un flot de mots latins.

— ... Cette phrase d'Horace s'applique tout à fait aux circonstances, ne trouvez-vous pas ? me demanda-t-il en guise de conclusion.

— Bien sûr que si, répondis-je.

*

Comme je ne voyais plus personne avec qui parler d'une manière profitable, je décidai de rentrer chez moi. En route, je m'arrêtai pour acheter du tabac et une bouteille de sherry dans le but de glaner quelques opinions plus plébéiennes sur le meurtre.

— Encore un coup d'ces vauriens d'rôdeurs ! s'accordait-on à dire.

— Ah, ça ! Y viennent pleurnicher à vot'porte, que j'vous dis, y vous d'mandent des sous, et pis quand c'est qu'y tombent sur une fille qu'est seule dans la baraque, y d'viennent mauvais. Ma sœur Dora, là-bas, à Combeacre, elle a eu une sale histoire un jour. Saoul qu'il était, le type, et y vendait ces p'tits poèmes imprimés, vous savez…

L'histoire continua, et se termina par une scène où l'intrépide Dora claquait courageusement la porte au nez de l'intrus et allait se barricader dans un refuge mal précisé. La discrétion du narrateur sur ce point me fit penser qu'il s'agissait des toilettes.

— Et vous m'croirez si vous voudrez mais elle est restée enfermée là-d'dans jusqu'au r'tour de sa patronne !

J'arrivai à *Little Furze* avant l'heure du déjeuner. Joanna était debout devant la fenêtre du salon, immobile, perdue dans ses pensées.

— Alors, qu'as-tu fait de ta matinée ? lui demandai-je.

— Oh, je ne sais plus. Rien de spécial.

Je me rendis dans la véranda. Deux chaises étaient disposées près d'une petite table de fer où trônaient deux verres vides. Posé sur une autre chaise, un objet stupéfiant attira mon attention.

— Qu'est-ce que c'est que ce truc-là ?

— Oh, ça ? Je crois que c'est la photographie d'une rate malade. Le Dr Griffith a pensé qu'elle m'intéresserait.

J'examinai la photographie avec curiosité. Chaque homme a sa propre façon de courtiser le sexe faible. Pour ma part, je n'aurais pas choisi de montrer des photos de rates, malades ou pas. Mais, après tout, c'était à n'en pas douter Joanna qui avait demandé à la voir, cette photo !

— C'est répugnant, observai-je.

Joanna me dit qu'elle était assez d'accord sur ce point.

— Et comment va Griffith ?

— Il avait l'air fatigué et très malheureux. Je crois qu'il a des soucis.

— Une rate qui résiste à son traitement ?

— Ne sois pas idiot ! Je parle de vrais soucis.

— Moi, je crois que c'est toi qui les lui donnes, ses soucis ! Joanna, je voudrais que tu fiches la paix à ce garçon.

— Oh, tais-toi, tu veux ? Je ne lui ai rien fait !

— Vous dites toutes ça.

Furieuse, Joanna sortit comme une tornade.

La rate malade commençait à se gondoler au soleil. Je la pris par un coin et la portai dans le salon. Non que j'eusse pour elle une tendresse particulière, mais j'imaginais que c'était un des trésors de Griffith.

Je me baissai pour sortir un gros livre du bas de la bibliothèque. Je pensais glisser la photo entre ses pages afin qu'elle s'aplatisse. C'était un volumineux recueil des sermons d'un illustre inconnu.

Le livre s'ouvrit tout seul dans mes mains. J'eus à peine le temps de revenir de ma surprise que je compris pourquoi. *On avait soigneusement découpé plusieurs pages au milieu.*

\*

J'écarquillai les yeux, puis j'examinai la page de garde. L'édition datait de 1840.

Aucun doute possible. J'avais entre les mains le livre d'où on avait tiré le matériel pour composer les lettres anonymes. Mais qui avait découpé ces pages ?

D'abord, ce pouvait être Emily Barton elle-même. Comment ne pas y penser ? Ou bien Partridge.

Mais il y avait d'autres possibilités. Les pages avaient pu être découpées par n'importe quelle personne restée seule dans la pièce, par exemple un visiteur qu'on avait fait asseoir ici pour attendre miss Emily. Ou quelqu'un venu traiter une affaire.

Non, cette dernière idée n'était pas plausible. J'avais remarqué que le jour où l'employé de la banque était venu me voir, Partridge l'avait introduit dans le bureau au fond du rez-de-chaussée. Manifestement, c'était l'habitude de la maison.

Un visiteur, alors ? Quelqu'un qui appartenait à « l'élite de la bonne société » ? Mr Pye ? Aimée Griffith ? Mrs Dane Calthrop ?

\*

Le gong retentit et j'allai déjeuner. Dans le salon, après le repas, je montrai ma découverte à Joanna.

Nous fîmes le tour des questions que cela soulevait. Puis je descendis porter le livre au poste de police.

Ma trouvaille les transporta d'allégresse. On me gratifia d'un tas de tapes dans le dos pour ce qui n'était, après tout, qu'un énorme coup de chance.

Graves n'était pas là, mais Nash lui téléphona. Bien que Nash doutât qu'on y découvrit quelque chose d'intéressant, on allait rechercher des empreintes sur le livre. Il avait vu juste. On y releva mes empreintes et celles de Partridge, un point c'est tout. Preuve, surtout, que Partridge époussetait à fond.

Je demandai à Nash où en était l'enquête.

— L'étau se resserre, Mr Burton. Nous avons éliminé tous ceux qui ne peuvent pas être coupables.

— Ah bon ? Et qui reste en lice ?

— Miss Ginch. Elle avait rendez-vous hier après-midi avec un client pour lui faire visiter une maison pas très loin de celle des Symmington sur la route de Combeacre. Elle était donc obligée de passer devant chez eux à l'aller et au retour… Or, la semaine précédente, le jour où Mrs Symmington a reçu la lettre et s'est suicidée correspond à son dernier jour de travail chez M<sup>e</sup> Symmington. Il a d'abord cru qu'elle n'avait pas quitté le bureau parce qu'il était en entretien avec sir Henry Lushington pendant tout l'après-midi et qu'il a eu besoin de miss Ginch à plusieurs reprises. J'ai découvert néanmoins qu'elle s'était absentée entre 3 et 4. Ils étaient à court de timbres et elle est sortie en acheter. Le commis aurait pu y aller, mais miss Ginch a dit qu'elle avait mal à la tête et que cela lui ferait du bien de prendre l'air. Elle ne s'est pas absentée longtemps.

— Mais assez longtemps pour… ?

— Oui, assez longtemps pour aller jusqu'à l'autre bout du village, jeter la lettre dans la boîte et revenir, à condition de marcher vite. Je dois cependant confesser que je n'ai trouvé, jusqu'à présent, aucun témoin qui l'ait vue ce jour-là dans les parages de la maison Symmington.

— Est-ce qu'il y avait dans le secteur, des gens qui auraient pu la remarquer ?

— Peut-être bien que oui, peut-être bien que non.

— Et qui d'autre avez-vous dans votre sac à malices ?

Nash regarda droit devant lui :

— Vous êtes bien conscient du fait que nous ne pouvons exclure personne… rigoureusement personne.

— Evidemment, acquiesçai-je.

Il continua, l'air grave :

— Miss Griffith s'est rendue à un rassemblement de Guides hier à Brenton. Elle y est arrivée très en retard.

— Vous ne pensez tout de même pas…

— Non, je ne pense pas. Mais je ne *sais* pas non plus. Miss Griffith a l'air d'une femme saine et équilibrée… mais, je vous l'ai dit, je ne *sais* pas.

— Mais la semaine dernière ? Elle aurait pu glisser la lettre dans la boîte ?

— Possible, oui. Elle a fait des courses en ville dans l'après-midi.

Il marqua un temps, puis :

— Tout comme Emily Barton, d'ailleurs. Hier après-midi, elle est sortie de bonne heure faire des courses et, la semaine dernière, elle est allée à pied chez des amis par la route qui passe devant chez les Symmington.

Je n'en croyais pas mes oreilles. Je savais que la découverte du livre à *Little Furze* allait braquer l'attention sur la propriétaire des lieux, mais quand je revoyais miss Emily entrer, hier, toute charmante, toute gaie, toute excitée…

Bon sang !… excitée… Oui, c'est ça, excitée… joues roses… yeux brillants… oh non !… tout de même pas à cause de…

— Décidément, cette histoire ne vaut rien ! dis-je accablé. J'en arrive à voir des choses… à en imaginer d'autres…

— Oui, c'est assez pénible de se mettre à soupçonner n'importe qui d'être un fou dangereux.

Nash resta silencieux un moment.

— Et puis, reprit-il, il y a Mr Pye…

— Alors, vous aussi, vous avez pensé à lui ?

Nash sourit :

— Mais oui, nous avons pensé à lui. Curieux personnage… pas très sympathique, d'ailleurs. Il n'a pas d'alibi. Il était seul dans son jardin, les deux fois.

— Si je comprends bien, vous ne soupçonnez pas que des femmes ?

— Je ne crois pas que les lettres soient écrites par

un homme… j'en suis même sûr, et Graves également… sauf peut-être en ce qui concerne Mr Pye, dont la personnalité comporte – comment dire ? – une importante composante féminine. Quoi qu'il en soit, nous avons reconstitué *tous* les emplois du temps d'hier après-midi. Il s'agit d'un meurtre, n'est-ce pas. Pour *vous*, pas de problème, dit-il en souriant, pour votre sœur non plus. Mr Symmington était à son bureau et ne l'a pas quitté, le Dr Griffith faisait ses visites à l'autre bout de la ville et j'ai vérifié tous ses rendez-vous.

— Vous n'envisagez donc plus que quatre suspects, dis-je lentement : miss Ginch, Mr Pye, miss Griffith et miss Barton, la trotte-menue ?

— Oh, mais non ! Il nous en reste encore deux autres… sans compter la femme du pasteur.

— Vous n'avez pas écarté la *femme du pasteur* ?

— Nous n'avons écarté *personne*, mais la dinguerie de Mrs Dane Calthrop est un peu trop évidente, si vous voyez ce que je veux dire. Néanmoins, elle *pourrait* être coupable. Hier après-midi, elle se promenait dans les bois pour observer les oiseaux… mais les oiseaux ne témoigneront pas pour elle.

Nash se retourna soudain. Owen Griffith venait d'entrer :

— Bonjour, Nash, on m'a dit ce matin que vous me cherchiez. Il y a du nouveau ?

— L'instruction aura lieu vendredi, si ça vous convient, docteur Griffith.

— Parfait. J'ai prévu de faire l'autopsie ce soir, avec Moresby.

— Une chose encore, docteur Griffith, ajouta

Nash. Mrs Symmington prenait des cachets, une poudre ou je ne sais quoi que vous lui prescriviez.

Il se tut.

— Oui, eh bien ? questionna Owen Griffith.

— L'absorption d'une grande quantité de ces cachets aurait-elle pu être fatale ?

— Absolument pas ! affirma Griffith d'un ton sec. Il aurait fallu qu'elle en ingurgite au moins vingt-cinq !

— Miss Holland m'a cependant rapporté que vous aviez averti Mrs Symmington de ne pas dépasser la dose prescrite.

— Ça, oui, bien sûr. Mrs Symmington était de ces femmes qui doublent systématiquement les prescriptions : si on en prend deux fois plus, on se porte deux fois mieux, vous voyez le raisonnement ! Or, moi, je ne tolère même pas qu'on prenne trop d'aspirine – c'est mauvais pour le cœur. Enfin, quoi qu'il en soit, il n'y a rigoureusement aucun doute sur la cause de son décès. C'était du cyanure.

— Oui, ça, je sais – mais vous ne m'avez pas compris. Il me semble que lorsqu'on veut se suicider, on choisit plutôt des barbituriques que du cyanure de potassium.

— C'est vrai. D'un autre côté, le cyanure est plus théâtral et vous ne pouvez pas vous rater. Avec les barbituriques, tant que le coma n'est pas trop profond, il subsiste une chance de ranimer la victime.

— Bien, je vois. Je vous remercie, Dr Griffith.

Griffith s'en fût. Je pris congé de Nash et remontai la colline à pas lents.

Joanna était sortie – ou du moins, il n'y avait pas

signe de sa présence. Elle avait griffonné un message énigmatique sur le bloc à côté du téléphone, à l'intention de Partridge ou de moi-même :

« *Si le Dr Griffith téléphone, lui dire que ça n'est plus possible mardi mais que je me débrouillerai pour mercredi ou jeudi.* »

Je haussai le sourcil et me rendis au salon. Je m'installai dans le fauteuil le plus confortable – aucun ne l'était vraiment avec ces dossiers droits, souvenir de feu Mrs Barton –, étendis mes jambes et me mis à réfléchir.

Je m'aperçus avec contrariété que l'arrivée d'Owen avait interrompu ma conversation avec l'inspecteur au moment précis où il mentionnait l'existence de deux autres suspects.

De qui pouvait-il bien s'agir ?

En, premier lieu, pourquoi pas de Partridge ? Après tout, le livre venait d'ici, et la confiante Agnes aurait pu être estourbie par son mentor. Non, on ne pouvait pas éliminer Partridge.

Mais qui était l'autre ?

Peut-être quelqu'un que je ne connaissais pas ? Mrs Cleat, à qui tout le village avait pensé de prime abord ?

Je fermai les yeux. Je passai en revue les quatre coupables en puissance connus, tous les quatre invraisemblables.

La douce, la frêle Emily Barton ? Que pouvait-on vraiment retenir contre elle ? Une vie gâchée, étouffée depuis la petite enfance ? Trop de sacrifices imposés ? Et cette curieuse aversion qu'elle avait pour tout ce qui n'était pas de bon ton ? Ne serait-ce pas justement le signe d'une obsession ? Oui, mais ne devenais-je pas épouvantablement freudien ? Je me souvins d'un médecin qui racontait que les marmonnements des aimables vieilles demoiselles sous anesthésie étaient une véritable révélation : « Jamais on ne croirait qu'elles connaissent des obscénités pareilles ! »

Aimée Griffith ?

Ce n'était sûrement pas une femme inhibée, aux pulsions refoulées. Enjouée, aussi vigoureuse qu'un homme, des succès à la pelle. Une vie pleine. Et pourtant, Mrs Dane Calthrop avait dit « Pauvre femme ! » en parlant d'elle.

Et puis, voyons… mais qu'était-ce donc… ? Ah, voilà ! Owen Griffith avait dit quelque chose comme : « Quand j'exerçais dans le Nord, nous avons eu droit à une épidémie similaire. »

Etait-ce déjà l'œuvre d'Aimée Griffith ? Non, sûrement une coïncidence. Deux épidémies de même type, voilà tout.

Oui, mais attends une minute, on a arrêté la coupable. C'est ce qu'a dit Griffith. Une collégienne.

D'un coup j'eus froid – sans doute un courant d'air venu de la fenêtre. Je ne trouvais plus de position confortable dans mon fauteuil. Pourquoi étais-je soudain tellement mal à l'aise ?

Continuons… Aimée Griffith ? Après tout peut-être était-ce Aimée Griffith la coupable, et *pas* cette gamine ? Et quand Aimée était venue habiter ici, elle avait recommencé. Ce qui expliquerait l'air malheureux et tourmenté d'Owen Griffith. Il la soupçonne. Oui, c'est ça, il la soupçonne…

Mr Pye ? Pas si sympathique que ça, ce petit bon-homme. Je l'imagine bien en train de monter une mise en scène pareille... rire...

Ce message près du téléphone dans le vestibule... pourquoi me poursuit-il ? Griffith et Joanna... il en pince pour elle... bon, mais ce n'est pas ça qui me tracasse. Il y a autre chose...

Mes sens se relâchaient, le sommeil me guettait. Je me répétais comme un imbécile : « Pas de fumée sans feu... Pas de fumée sans feu... Oui, c'est ça... tout se tient... »

Je descendais la rue en compagnie de Megan. Nous croisions Elsie Holland. Elle était habillée en mariée et les gens chuchotaient :

— Elle va enfin épouser le Dr Griffith. Evidem-ment, ils sont fiancés en secret depuis des années...

Puis nous étions à l'église et Dane Calthrop servait l'office en latin.

Et soudain, Mrs Dane Calthrop surgissait et clamait avec force :

– Il faut arrêter ça ! Il faut arrêter ça, vous dis-je !

Je ne savais plus si je dormais ou non. Puis les brumes de mon cerveau s'estompèrent. Je pris conscience que j'étais dans le salon de *Little Furze* et que Mrs Dane Calthrop, plantée devant moi, décrétait avec une violence contenue :

— Il faut *arrêter* ça, vous dis-je !

Je me levai d'un bond :

— Je vous demande pardon. Je crois que je m'étais assoupi. Que disiez-vous ?

Mrs Dane Calthrop tapa son poing fermé dans la paume de sa main gauche.

— Il faut arrêter ça ! Les lettres ! Le meurtre ! On ne peut pas tolérer que des gamines innocentes comme Agnes Woddell soient *assassinées* !

— Vous avez mille fois raison, mais quel dispositif préconisez-vous ?

— Nous devons agir !

Je dus avoir un sourire quelque peu supérieur :

— J'écoute vos suggestions.

— Tirons cette affaire au clair ! J'ai toujours soutenu que Lymstock n'était pas une ville pourrie. Eh bien, je me trompais ! Nous sombrons dans la fange.

Elle commençait à m'ennuyer.

— Fort bien, chère madame, répliquai-je à peine poli, alors, qu'allez-vous *faire* ?

— Mettre un point final à tout ça, naturellement.

— La police s'y consacre déjà au maximum.

— Si Agnes a pu être assassinée hier, c'est que leur maximum n'est pas suffisant !

— Vous vous estimez plus douée qu'eux ?

— Pas du tout. Moi, je n'y connais rien, rien du tout. C'est pourquoi je vais faire appel à un expert.

Je secouai la tête :

— Impossible. Scotland Yard ne répondra qu'à une demande formulée par le chef de la police du district. Et par-dessus le marché, ils ont déjà dépêché Graves en mission sur les lieux.

— Je ne songe pas un instant à ce genre d'expert. Je ne pense pas à quelqu'un qui s'y connaît en lettres anonymes, ni même en meurtres. Je pense à quelqu'un qui connaît bien *la nature humaine*, vous me suivez ? Quelqu'un qui en sait long sur la *méchanceté*.

Ce point de vue me parut assez bizarre. Mais plutôt stimulant, allez savoir pourquoi.

Avant que je n'aie pu prononcer un mot, Mrs Dane Calthrop hocha la tête et me chuchota sur le ton du secret :

— Je vais m'en occuper de ce pas.

Sur quoi elle disparut comme elle était venue, par la porte-fenêtre.

# 10

Là semaine suivante fut, je crois, une des périodes les plus étranges de ma vie. Une sorte de rêve bizarre. Rien ne me paraissait vrai.

Les curieux de Lymstock assistèrent *en masse* à l'enquête du coroner sur le meurtre d'Agnes Woddell. En l'absence de faits nouveaux, le verdict attendu fut rendu : « Homicide perpétré par un ou plusieurs inconnus. »

Après avoir eu son heure de gloire, la pauvre gosse fut enterrée dans le vieux cimetière paisible et la vie à Lymstock reprit son cours comme avant.

Non, cette dernière remarque est fausse. La vie ne reprit pas comme avant.

Une lueur mi-effrayée mi-gourmande brillait dans la plupart des regards. Le voisin surveillait son voisin. L'enquête avait au moins eu pour conséquence d'établir un fait : selon toute vraisemblance, l'assassin d'Agnes Woddell habitait le village. On n'avait repéré ni vagabond ni étranger dans les environs. Par conséquent, dans Lymstock, se promenait, faisait ses emplettes, bavardait, un individu qui avait fracassé le crâne d'une pauvre fille sans défense avant de lui enfoncer une broche à rôtir dans la nuque.

Et personne ne savait qui c'était.

Je l'ai déjà dit, mes journées défilaient dans une sorte de rêve. Tous les gens que je rencontrais, je les voyais d'un autre œil. Tous devenaient des assassins plausibles. Expérience déplaisante, ô combien !

Rideaux tirés, nous passions nos soirées, Joanna et moi, à parler, à argumenter, à examiner et réexaminer chaque hypothèse sous tous ses angles, sans pour autant les trouver moins extravagantes.

Joanna tenait bon pour Mr Pye. Quant à moi, après un flottement, j'étais revenu à ma première suspecte, miss Ginch. Ce qui ne nous empêchait pas de reprendre sans cesse notre liste.

Mr Pye ?

Miss Ginch ?

Mrs Dane Calthrop ?

Aimée Griffith ?

Emily Barton ?

Partridge ?

Et, pendant tout ce temps, nous attendions avec angoisse que se produise quelque chose.

Mais rien ne se produisit. Personne, pour autant que nous le sachions, n'avait reçu d'autres lettres. Nash faisait des apparitions régulières en ville, mais je ne savais fichtre pas ce qu'il fabriquait ni quels pièges la police tendait. Graves avait regagné Londres.

Nous invitâmes Emily Barton à prendre le thé. Megan à déjeuner. Owen Griffith continua à faire ses visites. Nous allâmes boire du sherry chez Mr Pye. Et prendre le thé au presbytère.

A mon grand soulagement, Mrs Dane Calthrop ne déploya pas le même activisme virulent qu'à notre dernière rencontre. Je crois qu'elle avait oublié ses projets.

Elle ne semblait plus préoccupée que de la destruction des piérides qui menaçaient choux et choux-fleurs.

Notre après-midi au presbytère fut un des plus paisibles que nous ayons passés. La demeure, vénérable et belle, comportait un grand salon au confort vieillot, tapissé de cretonne d'un rose fané. Les Dane Calthrop avaient une autre invitée, une adorable vieille personne qui tricotait je ne sais quoi dans une laine blanche mousseuse. Le thé était accompagné de scones délicieux et bien chauds. Le révérend nous rejoignit et, avec un sourire placide, nous berça de son habituelle érudition. C'était charmant.

Je n'irai pas jusqu'à prétendre que nous ne parlâmes pas du meurtre. Nous le fîmes.

Miss Marple, l'autre invitée, était bien sûr tout émoustillée par le sujet.

— Que voulez-vous, il y a si peu matière à conversation, à la campagne, minauda-t-elle, comme pour s'excuser.

La jeune morte lui rappelait son Edith :

— Une très gentille petite bonne, pleine de bonne volonté, parfois un peu lente de la comprenette, peut-être.

Un cousin de miss Marple avait une belle-sœur qui elle même avait une nièce qui avait eu énormément de soucis et de désagréments à cause de lettres anonymes ; c'était pourquoi, n'est-ce pas, les lettres aussi intéressaient beaucoup la charmante vieille demoiselle.

— Mais dites-moi, ma chère, demanda-t-elle à Mrs Dane Calthrop, que racontent les gens du village ? — oh, pardon, de la ville, veux-je dire. A quel coupable songent-ils ?

— A Mrs Cleat, je crois, répondit Joanna.

— Oh non ! intervint Mrs Dane Calthrop, plus *maintenant* !

Miss Marple voulut savoir qui était Mrs Cleat.

Joanna lui répondit qu'il s'agissait de la sorcière du village :

— C'est bien ça, n'est-ce pas, Mrs Dane Calthrop ?

Le révérend en profita pour placer une citation latine relative, j'imagine, aux pouvoirs maléfiques des sorcières, et que nous écoutâmes tous sans comprendre dans un silence respectueux.

— C'est une femme assez stupide, reprit son épouse. Elle adore faire parler d'elle. Elle va cueillir des simples à la pleine lune en prenant bien soin que tout le monde le sache.

— Et les jeunes bécasses vont sans doute la consulter ? diagnostiqua miss Marple.

Voyant que le révérend se préparait à déverser de nouveaux torrents latins, je me hâtai de demander :

— Pourquoi les gens ne devraient-ils plus la soupçonner maintenant ? Ils croyaient pourtant bien que les lettres étaient de son fait !

— Oui, mais la petite a été tuée avec une *broche à rôtir*, fit remarquer miss Marple. (Quelle horreur, entre nous !) Si vous y réfléchissez, ce seul fait lave Mrs Cleat de tout soupçon. Voyez- vous, il lui aurait tout bonnement suffi de jeter un mauvais sort, la fille aurait dépéri et fini par mourir de mort naturelle.

— Ah ! la persistance de ces vieilles croyances, comme c'est étrange, s'émut le révérend. Dans leur grande sagesse, les premiers chrétiens intégraient les superstitions locales à leur doctrine, quitte à en éliminer peu à peu par la suite les aspects les plus fâcheux.

— Il ne s'agit pas de superstition, cette fois, fit observer Mrs Dane Calthrop, il s'agit de *faits*.

— Et de faits très déplaisants, renchéris-je.

— Vous avez raison, Mr Burton, approuva miss Marple. Mais enfin *vous* – pardonnez-moi de me montrer si directe – qui êtes ici un étranger, vous connaissez la vie et savez tout du monde. A mon sens, cela devrait vous permettre plus qu'à quiconque de trouver la solution de cette triste énigme.

Je souris :

— Ma meilleure solution, c'est un rêve qui me l'a fournie. Dans ce rêve, tout collait, tout marchait comme sur des roulettes ! Hélas, au réveil, ça m'a paru un tissu d'inepties.

— Comme c'est intéressant, tout de même. Racontez-les-moi donc, ces inepties !

— Eh bien, ça commençait par cette phrase idiote : « Pas de fumée sans feu », que les gens n'arrêtent pas de seriner en ce moment. Ensuite, des termes de guerre s'y sont mêlés. Ecran de fumée, bout de papier, messages téléphoniques… ah non, ça, c'était un autre rêve.

— Ah bon ? Quel autre rêve ?

La curiosité avide de la vieille demoiselle me fit penser qu'elle devait dévorer en secret *La Clef des songes*, livre de chevet de ma vieille nounou.

— Eh bien, voilà. Elsie Holland – vous savez, la gouvernante des enfants Symmington, se mariait avec le Dr Griffith, et le révérend, ici présent, servait l'office en latin… (« Très circonstancié, mon cher », murmura Mrs Dane Calthrop à son époux) et tout à coup, Mrs Dane Calthrop surgissait pour contester les bans et criait qu'il fallait arrêter tout ça.

» Mais ce dernier point était réel, conclus-je en lui souriant. C'étaient vos paroles quand je me suis réveillé et que je vous ai vue devant moi.

— Et j'avais raison, déclara Mrs Dane Calthrop d'un ton égal que je notai avec satisfaction.

— Mais où est-il question de message téléphonique ? s'étonna miss Marple, le sourcil froncé.

— Suis-je bête ! Ce n'était pas dans mon rêve, mais un peu avant que je m'endorme. En traversant le vestibule, j'ai remarqué un message que Joanna avait laissé près du téléphone au cas où une certaine personne appellerait.

Miss Marple se pencha vers moi. Deux taches roses lui coloraient les joues :

— Me trouverez-vous *très* inquisitrice et *très* impolie si je vous demande quel était le contenu de ce message ?

Elle lança un coup d'œil à Joanna :

— Je vous conjure de me pardonner, ma chère.

En fait, Joanna s'amusait beaucoup.

— Oh, ça n'a aucune importance, rassura-t-elle la vieille demoiselle. J'ai complètement oublié ce dont il s'agissait, mais peut-être Jerry s'en souviendra-t-il. C'était sûrement sans importance.

D'un ton solennel, je récitai le message du mieux que je pus. L'attention intense de la vieille demoiselle me titillait au plus haut point.

J'avais craint que la banalité du message ne la déçoive, mais sans doute avait-elle le cœur romanesque car elle opina avec un sourire apparemment satisfait.

— Je vois, dit-elle. C'est bien ce que je pensais.

— Et que pensiez-vous, Jane ? jeta Mrs Dane Calthrop.

— Eh bien, qu'il s'agissait d'une banalité.

Miss Marple posa sur moi un regard songeur.

— Vous êtes un jeune homme intelligent, me dit-elle à brûle-pourpoint. Mais… vous manquez de confiance en vous. Vous avez tort !

— Bonté divine ! rugit Joanna, ne l'encouragez pas dans cette voie ! Il est bien assez content de lui comme ça !

— Allons, du calme, Joanna. Miss Marple me comprend, elle.

Celle-ci avait repris son tricot floconneux.

— Voyez-vous, dit-elle, pensive, réussir un meurtre, c'est un peu comme réaliser un tour de passe-passe.

— Il faut des mains agiles pour tromper les regards.

— Pas seulement. Il faut aussi obliger les gens à

regarder un leurre, et au mauvais endroit. Les désorienter, en quelque sorte.

— C'est vrai, fis-je, que tout le monde semble avoir jusqu'ici cherché notre cinglée dans la mauvaise direction.

— Moi, répliqua miss Marple, j'inclinerais plutôt pour une personne tout à fait équilibrée.

— Vous avez la même idée que Nash, dis-je. Et il insiste en plus sur la respectabilité.

— En effet, approuva miss Marple. C'est très important.

Visiblement, nous étions tous d'accord là-dessus.

Je m'adressai à Mrs Dane Calthrop :

— Nash croit qu'il faut s'attendre à d'autres lettres anonymes. Qu'en pensez-vous ?

— C'est plausible, répondit-elle lentement.

— Si la police le pense, il y en aura, c'est certain, affirma miss Marple.

Obstiné, je revins à Mrs Dane Calthrop.

— Vous éprouvez toujours de la compassion pour le corbeau ?

Elle rougit :

— Et pourquoi pas ?

— Eh bien, ma chère, je ne vous approuve pas, déclara miss Marple. Pas dans ce cas précis.

— Evidemment ! m'exclamai-je avec feu. Ces lettres ont poussé une femme au suicide, elles ont provoqué des souffrances inouïes, des rancœurs !

— Miss Burton, s'enquit miss Marple, en avez-vous reçu une vous aussi ?

— Et comment ! gloussa Joanna. Si vous saviez les horreurs qu'elle racontait !

— Ah ! les jeunes et jolies personnes sont des cibles de choix pour notre corbeau, j'en ai peur.

— C'est précisément pourquoi je m'étonne qu'Elsie Holland n'en ait pas reçu, remarquai-je.

— Voyons, c'est bien la nurse des enfants Symmington… celle dont vous avez rêvé, Mr Burton ?

— Oui.

— Je suis sûre qu'elle en a reçu une et qu'elle ne veut pas l'avouer, persifla Joanna.

— Pas du tout ! m'indignai-je, Moi, je la crois, et Nash aussi, d'ailleurs !

— Seigneur Jésus ! fit miss Marple. Ça, c'est *très* intéressant. C'est même ce que j'ai entendu de plus intéressant jusqu'à présent.

*

Sur la route du retour, Joanna me reprocha d'avoir répété que Nash prévoyait d'autres lettres.

— Mais pourquoi ?

— Parce que c'est peut-être Mrs Dane Calthrop la coupable !

— Tu ne parles pas sérieusement !

— Je ne sais pas… c'est une drôle de bonne femme.

Et nous reprîmes notre discussion sur les coupables éventuels.

Deux jours plus tard, je revins en voiture d'Exhampton où j'avais dîné. J'atteignis Lymstock à la nuit tombée

Mes phares fonctionnaient mal. Après avoir ralenti et les avoir allumés et éteints à plusieurs reprises, je m'arrêtai pour étudier le problème de plus près. Titiller fils et connexions me prit un petit moment, mais je réussis finalement à les réparer.

La route était déserte. Dès qu'il fait sombre, plus personne ne traîne dehors à Lymstock. Je discernais les premières maisons du village et l'affreux bâtiment à pignons de la Maison des Femmes. J'eus envie d'aller y jeter un coup d'œil. J'ignore si j'avais aperçu une ombre furtive franchir le portail – si c'est le cas, ce fut si vague que ma conscience n'eut pas le temps de l'enregistrer, mais j'éprouvais tout d'un coup une curiosité irrésistible.

Je poussai le portail entrouvert. Une courte allée puis quatre marches me menèrent devant la porte d'entrée.

J'hésitai un instant. Qu'est-ce que je fichais là ? Bien malin qui aurait pu me le dire. Soudain, à deux pas de moi, je perçus un froissement d'étoffe. On aurait juré le crissement soyeux d'un vêtement féminin. Je fis volte-face et tournai le coin du bâtiment d'où le bruit était venu.

Personne. Je poussai jusqu'à l'autre angle. Je me trouvais maintenant derrière la maison. A deux pas, je vis une fenêtre ouverte.

Je m'en approchai à pas de loup et tendis l'oreille. Rien. Pas un souffle. J'aurais pourtant juré qu'il y avait quelqu'un à l'intérieur.

Mon dos ne me permettait pas encore des acrobaties, mais je parvins néanmoins à me hisser sur le rebord de la fenêtre d'où je me laissai glisser à l'intérieur, avec pas mal de vacarme, malheureusement.

Je m'immobilisai, l'oreille aux aguets. Puis

j'avançai, mains tendues devant moi. Un son à peine audible me parvint d'un peu plus loin, à droite.

Je tirai ma lampe électrique de ma poche et l'allumai.

— Eteignez ça ! chuchota une voix impérieuse.

J'obéis sur-le-champ. J'avais reconnu le superintendant Nash.

Il me saisit le bras et m'entraîna dans un couloir dépourvu de fenêtres. De l'extérieur, on ne devinerait pas notre présence. Il alluma et me considéra avec plus de dépit que de colère :

— Il *fallait* que vous choisissiez ce moment précis pour venir fourrer votre nez ici, Mr Burton !

— Je suis navré… J'ai suivi une intuition.

— Et elle ne vous avait sans doute pas trompé. Vous avez aperçu quelqu'un ?

— Je n'en suis pas sûr, répondis-je avec une hésitation. J'ai eu la vague impression d'une ombre qui se faufilait par le portail de l'entrée mais je ne peux pas certifier que j'ai *vu* quelqu'un. Puis j'ai entendu un froissement d'étoffe vers le coin du bâtiment.

Nash hocha la tête :

— C'est exact. Avant votre arrivée, quelqu'un rôdait autour de la maison. On s'est arrêté près de la fenêtre, et on a hésité, avant de s'enfuir précipitamment… je suppose qu'on vous a entendu.

Je renouvelai mes plus plates excuses.

— Et quel est votre plan ? demandai-je

— Je mise sur le fait que notre « Plume empoisonnée » ne peut pas s'empêcher d'écrire d'autres lettres. Elle sait que c'est risqué, mais c'est plus fort qu'elle. Elle va bientôt être en manque, comme un alcoolique ou un drogué.

J'acquiesçai sans mot dire.

— Voyez-vous, Mr Burton, j'imagine que notre épistolière anonyme voudra que ses lettres conservent autant que possible la même présentation. Elle possède encore des pages du livre qui est maintenant entre nos mains, et elle est donc en mesure d'en utiliser les caractères. Mais les enveloppes présentent un problème. Elle voudra taper les adresses sur la même machine à écrire. Elle ne peut pas prendre le risque d'en utiliser une autre, ni d'écrire à la main.

— Vous êtes vraiment certain qu'elle va continuer son petit jeu ? demandai je, dubitatif.

— Oh, oui ! Et je tiens le pari qu'elle est absolument sûre d'elle. Ces gens-là sont d'une vanité effarante ! Bref, j'avais prévu que cette personne viendrait une nuit se servir de la machine à écrire de la Maison des Femmes.

— Miss Ginch ?

— Peut-être.

— Vous ne savez toujours pas ?

— Non, je ne sais pas.

— Mais vous avez des soupçons ?

— Oui. Mais c'est une personne très habile, Mr Burton. Et qui connaît toutes les ficelles du jeu.

J'eus une vision du filet que Nash avait jeté sur le village. Nul doute que chaque lettre écrite par l'une des suspectes et postée ou déposée directement dans une boîte à lettres fût vérifiée de près.

Tôt ou tard, la criminelle ferait un faux pas, relâcherait sa vigilance.

Pour la troisième fois je m'excusai de mon zèle et de ma présence inopportune.

— Bah, tant pis, c'est comme ça, fit Nash avec philosophie. Nous aurons plus de chance la prochaine fois.

Je sortis. A côté de ma voiture, une silhouette se dessinait dans l'obscurité. Surpris, je reconnus Megan.

— Salut ! fit-elle. Il me semblait bien que c'était votre bagnole. Quest-ce que vous fabriquiez ?

— Ce ne serait pas plutôt à moi de vous demander ça ?

— Je me promène. J'aime bien marcher la nuit. Personne ne vous arrête pour vous débiter des âneries, et puis j'aime les étoiles, tout sent bon, les choses les plus banales deviennent mystérieuses.

— Je vous accorde volontiers tout ça. Mais il n'y a que les chats et les sorcières qui se baladent la nuit. Tout le monde doit s'inquiéter, chez vous.

— Pensez-vous ! Personne ne s'inquiète jamais de savoir où j'ai bien pu aller me fourrer.

— Et comment vous sentez-vous maintenant ?

— Très bien, merci.

— Miss Holland s'occupe de vous comme il faut ?

— Elsie est parfaite. Gourde comme pas deux, mais ce n'est pas sa faute.

— Ce n'est pas très gentil… mais je crois que vous êtes dans le vrai. Allons, grimpez, je vous reconduis.

Il n'était pas vrai que personne ne s'inquiétait jamais du sort de Megan.

Symmington l'attendait sur le pas de la porte.

Il plissa les paupières pour regarder à travers ma vitre :

— Bonsoir ! Megan est avec vous ?

— Oui, je vous la ramène.

— Megan ! la tança sèchement Symmington. Tu ne dois pas t'absenter comme ça sans nous prévenir. Miss Holland se faisait un sang d'encre.

Megan marmonna quelques mots et passa devant lui pour rentrer.

— Ah ! soupira Symmington. Une fille de cet âge-là, quelle responsabilité ! Surtout quand elle n'a plus sa mère pour la surveiller. Dommage qu'elle soit trop âgée pour retourner en pension.

Il me lança un regard lourd de suspicion :

— Vous l'aviez emmenée faire un tour en voiture ?

Je jugeai préférable de lui laisser croire ça.

# 11

Le jour suivant, je devins fou. En y réfléchissant, je ne vois pas d'autre explication.

Je devais me rendre chez Marcus Kent pour ma visite mensuelle… J'y allai par le train. A ma stupeur, Joanna avait préféré rester à *Little Furze*. D'habitude, elle n'attendait que cette occasion d'aller à Londres où nous passions deux jours.

J'avais beau lui avoir proposé de rentrer cette fois par le train du soir, elle avait encore trouvé le moyen de m'étonner en me rétorquant sur un ton énigmatique qu'elle avait un tas de choses à faire. Et pourquoi diable aller s'enfermer dans un train pendant des heures alors qu'il faisait si beau à la campagne ?

C'était indéniable, je n'en disconviens pas, mais une telle déclaration avait de quoi surprendre dans la bouche de Joanna.

Elle n'aurait, pas besoin de la voiture, avait-elle ajouté, je pouvais la laisser à la gare jusqu'à mon retour.

Pour quelque raison obscure connue de la seule compagnie des chemins de fer, la gare de Lymstock est située à presque un kilomètre du bourg. A mi-chemin, j'aperçus Megan qui flânait sur la route d'un pas nonchalant. J'arrêtai la voiture à sa hauteur :

— Bonjour, qu'est-ce que vous fabriquez là ?

— Je me promène…

— Pas très sportif comme promenade, dites donc. Vous vous traînez comme un crabe déprimé.

— Parce que je ne vais nulle part…

— En ce cas, accompagnez-moi à la gare.

J'ouvris la portière et Megan sauta dans la voiture.

— Où allez-vous ? me demanda-t-elle.

— A Londres, voir mon médecin.

— Votre dos ne va pas plus mal, j'espère ?

— Oh non, je suis presque guéri ! Je pense que mon médecin sera très content de moi.

Megan manifesta sa satisfaction d'un signe de tête.

Nous arrivâmes à la gare. Je parquai ma voiture et entrai acheter mon billet au guichet. Le quai était à peu près désert, je ne vis personne de connaissance.

— Ça ne vous ennuierait pas de me prêter trois sous ? Je voudrais m'acheter une barre de chocolat au distributeur.

Voilà, fillette, dis-je en lui tendant de la monnaie. Vous êtes sûre que vous ne préférez pas des boules de gomme ou des pastilles pour la gorge ?

— Non, je préfère le chocolat, répondit Megan, imperméable à mon ironie.

Je la regardai se diriger vers la machine et sentis l'agacement naître en moi.

Elle portait des chaussures avachies, de gros bas affreux, un chandail et une jupe informes.

Cela me rendit furieux, allez savoir pourquoi.

— Où avez-vous été dénicher des bas aussi moches ? lui demandai-je avec hargne à son retour.

L'air surpris, Megan se pencha pour les examiner :

— Qu'est-ce qui cloche avec mes bas ?

— Tout ! Ils sont innommables ! Et ce chandail, on dirait une serpillière !

— Il est très bien, ça fait des années que je le porte.

— Ça, je veux bien le croire ! Et pourquoi portez-vous…

A cet instant le train entra en gare, ce qui m'obligea à interrompre ma diatribe.

Je montai dans un compartiment de première classe désert et baissai la vitre pour continuer la conversation.

Plantée sur le quai, Megan avait levé son visage vers moi. Elle me demanda pourquoi j'étais de si mauvaise humeur.

— Je ne suis pas de mauvaise humeur, mentis-je. Je suis simplement furieux de vous voir troussée comme l'as de pique. Et vous vous en fichez, par-dessus le marché !

— Je ne serai jamais jolie, alors, à quoi bon ?

— Seigneur ! Je voudrais vous voir au moins une fois bien arrangée. Je voudrais pouvoir vous emmener à Londres pour vous métamorphoser de la tête aux pieds !

— J'aimerais bien…

Le train s'ébranla. Je vis le visage triste de Megan…

Et c'est alors, comme je le disais, que la folie s'empara de moi.

J'ouvris la portière, agrippai Megan par le bras et la hissai en moins de deux dans le compartiment.

Un porteur poussa un cri scandalisé, mais ne put que rabattre la portière avec dextérité. Je relevai Megan que mon geste impérieux avait jetée sur le sol.

— Mais qu'est-ce qui vous a pris ? s'exclama-t-elle en se frottant le genou.

— Taisez-vous. Vous venez à Londres avec moi, et quand je me serais occupé de vous, vous ne vous reconnaîtrez pas. Je veux vous prouver qu'avec un peu de bonne volonté, vous pourriez avoir une autre allure. J'en ai assez de vous voir traînasser habillée de cette façon minable.

— Oh ! fit Megan dans un soupir d'extase.

Le contrôleur entra dans le compartiment et

j'achetai un billet pour Megan. Assise dans son coin, elle me contemplait avec une sorte de respect effarouché.

— Dites donc, vous êtes plutôt brusque dans vos décisions, remarqua-t-elle lorsque nous fûmes de nouveau seuls.

— Exact, répliquai-je. C'est de famille.

Comment lui expliquer l'impulsion qui m'avait saisi ? Elle avait tellement eu l'air d'un chien abandonné. Et maintenant, elle arborait cette expression de plaisir incrédule du même chien que, de guerre lasse, on décide d'emmener avec soi en promenade.

— J'imagine que vous ne connaissez pas très bien Londres ? lui demandai-je.

— Oh, si, bien sûr ! J'y passais toujours pour aller au pensionnat. J'y ai été chez le dentiste, aussi, et une fois à la pantomime de Noël.

— Cette fois, c'est un autre Londres que vous allez voir, dis-je, l'air sombre.

Nous arrivâmes avec une demi-heure de battement avant mon rendez-vous à Harley Street.

Un taxi nous conduisit chez Mirotin, le salon de couture que fréquentait Joanna. Sous ce nom se cachait en réalité Mary Grey. Quarante-cinq ans, d'une beauté fraîche et piquante, une femme intelligente et chaleureuse. J'ai toujours eu de la sympathie pour elle.

Je prévins Megan :

— Vous êtes ma cousine.

— Pourquoi ?

— Ne discutez pas

Pour l'heure, Mary Grey s'opposait avec fermeté

au choix d'une Juive rebondie qui avait jeté son dévolu sur une robe du soir moulante bleu pastel. Je m'approchai d'elle et l'entraînai à l'écart.

— Voilà, lui dis-je. Je vous ai amené une petite cousine à moi. Joanna n'a pas pu l'accompagner, elle a eu un empêchement. Mais elle m'a demandé de vous la confier. Regardez-la, vous voyez cette dégaine ?

— Seigneur, oui ! s'émut Mary Grey.

— Eh bien changez-moi tout ça, de la tête aux pieds. Je vous donne carte blanche. Bas, chaussures, sous-vêtements, tout ! A propos, le coiffeur de Joanna niche dans le secteur, non ?

— Antoine ? Son salon est au coin de la rue. Je m'en charge.

— Ah ! vous êtes une femme incomparable !

— Mais non, je suis ravie – sans même évoquer le côté financier – bien que je ne crache pas sur l'argent en ce moment ! Si je vous disais que la moitié de mes clientes ne paient pas leurs factures ! Non, non, ça m'amusera, je vous assure.

Elle décocha un bref regard professionnel à Megan qui était restée à l'écart.

— Hmmm, ravissant visage, observa-t-elle.

— Vous devez avoir des rayons X à la place des yeux, moi je trouve qu'elle ne ressemble à rien.

— Les pensionnats en fabriquent des quantités comme elle, dit Mary Grey en riant. On dirait qu'ils mettent un point d'honneur à transformer les jeunes filles coquettes en épouvantails. Et ils appellent ça candeur et simplicité. Il faut quelquefois une saison entière pour redonner figure humaine à ces malheureuses. Mais ne vous inquiétez pas, je m'occupe d'elle.

— C'est parfait. Je repasserai la prendre vers 6 heures.

*

Marcus Kent se montra content de moi. Mon état dépassait ses prévisions les plus audacieuses :

— Vous devez avoir une constitution d'éléphant pour vous remettre en selle aussi vite. Mais je vous l'avais bien dit, l'air de la campagne, se coucher avec les poules, l'absence d'émotions fortes, c'est formidable quand on est capable de tenir le coup sans déprimer.

— D'accord pour les deux premiers points, mais pour ce qui est des émotions fortes, nous sommes servis dans notre trou perdu.

— Quel genre d'émotions fortes ?

— Un meurtre.

Marcus Kent allongea les lèvres et émit un sifflement de stupeur :

— Un drame bucolique de la passion ? Un vacher qui a trucidé sa vachère ?

— Vous n'y êtes pas du tout. Un tueur fou qui a plus d'un tour dans son sac.

— Je n'ai rien vu là-dessus dans la presse. Quand l'ont-ils harponné ?

— Il court toujours, et puis c'est une femme !

— Bigre ! Je ne suis pas sûr que Lymstock soit l'endroit idéal pour vous, mon vieux.

— Mais si, et vous n'êtes pas près de m'en faire partir, dis-je avec fermeté.

Marcus Kent a l'esprit mal tourné.

— J'y suis ! s'exclama-t-il. C'est une blonde ?

— Pas du tout, ripostai-je avec une pensée coupable pour Elsie Holland. C'est purement l'intérêt pour la psychologie du crime qui me retient.

— Oh, très bien. Ça ne vous a manifestement fait aucun mal jusqu'à présent, mais débrouillez-vous quand même pour que votre cinglée ne vous descende pas vous aussi.

— Je n'ai pas peur.

— Que diriez-vous de dîner avec moi ce soir ? Vous pourriez me raconter votre crime en détail !

— Désolé, je suis déjà pris.

— Un rendez-vous avec une dame, hein ? Pas de doute, vous êtes en voie de guérison !

— On peut appeler ça comme ça, dis-je, plutôt amusé d'imaginer Megan dans le rôle de la dame.

A 6 heures, j'étais chez Mirotin. Officiellement, le salon était fermé. Un doigt sur les lèvres, Mary Grey m'accueillit en haut de l'escalier qui menait au salon d'essayage.

— Vous allez avoir un choc ! Sans vouloir me vanter, j'ai fait du bon travail.

J'entrai dans un grand salon. Megan se regardait dans un miroir en pied. Je la reconnus à peine, je vous en donne ma parole ! J'en perdis le souffle. Longue et déliée comme une liane, des chevilles fines mises en valeur par des bas de soie, des pieds menus joliment chaussés. Oh, oui ! Des pieds et des mains adorables, une ossature délicate... tout en elle était classe et distinction. Ses cheveux bien coupés encadraient son visage et brillaient comme une noisette vernissée. On avait eu le bon goût de ne pas la maquiller, ou si peu qu'on ne le voyait pas. Ses lèvres n'avaient pas besoin de rouge.

Mais surtout, elle avait un je ne sais quoi dans son port de tête, une fierté innocente, que je ne lui avais jamais vue. Elle posa sur moi un regard grave et me sourit timidement :

— Je... je ne suis pas si mal, n'est-ce pas ?

— Pas si mal ? Vous plaisantez ! Venez, je vous emmène dîner, et que je sois pendu si tous les hommes ne se retournent pas sur votre passage. Toutes les autres filles vont rester sur le carreau.

Megan n'était pas d'une beauté classique, mais elle avait une personnalité hors du commun et un visage dont on ne pouvait détacher les yeux. Elle entra la première dans le restaurant et, lorsque le maître d'hôtel vint nous recevoir avec empressement, j'eus ce frisson d'orgueil imbécile que les hommes éprouvent à l'idée de posséder quelque chose que les autres n'ont pas.

Nous. commençâmes par un cocktail que nous prîmes le temps de savourer. Puis nous dînâmes et dansâmes ensuite. Megan avait très envie de danser et je ne voulais pas la décevoir, mais, sans m'en expliquer la raison, je pensais qu'elle ne savait pas. Or, elle savait. Dans mes bras elle était légère comme une plume ; son corps et ses pas suivaient le rythme à la perfection.

— Tudieu ! Vous dansez à la perfection !

— Bien sûr, qu'est-ce que vous croyez ? s'étonna-t-elle. Nous avions cours de danse une fois par semaine, au pensionnat.

— Ça ne suffit pas à faire une bonne danseuse. Nous retournâmes à notre table.

— Le repas est délicieux, n'est-ce pas ? D'ailleurs tout est délicieux, aujourd'hui, soupira Megan ravie.

— C'est exactement ce que je pense, dis-je.

Ce fut une soirée de délire. J'avais complètement perdu la tête. Ce fut Megan qui me ramena sur terre quand elle demanda d'un ton incertain :

— Est-ce qu'il ne serait pas l'heure de rentrer ?

J'en restai bouche bée. Oui, j'étais devenu complètement fou. J'avais tout oublié ! J'évoluai dans un monde coupé de la réalité où seule existait la créature que j'avais façonnée.

— Bonté divine !

Je me rendis compte que le dernier train était parti.

— Ne bougez pas, je vais téléphoner.

J'appelai l'agence Llewellin et leur demandai de m'envoyer un chauffeur au volant de leur voiture la plus grosse et la plus puissante.

Puis je retournai auprès de Megan.

— Il n'y a plus de train, lui dis-je. Alors nous allons rentrer en voiture.

— C'est vrai ? Oh, c'est formidable !

Comme cette petite était charmante. Tout l'amusait, elle acceptait de confiance toutes mes suggestions, sans faire d'histoires et sans poser de questions.

La voiture arriva, elle était grosse et puissante, certes, mais nous arrivâmes tout de même très tard à Lymstock.

– On a dû organiser une battue pour vous chercher, m'inquiétai-je soudain, en proie au remords.

Megan, cependant, ne semblait pas partager mes états d'âme.

— Oh non, je ne crois pas, éluda-t-elle. Il m'arrive souvent de ne pas rentrer déjeuner.

— Certes, ma chère petite, mais je vous signale que vous n'êtes pas rentrée non plus pour le thé, ni pour le dîner.

Toutefois, Megan pouvait remercier sa bonne étoile. Tout dans la maison était sombre et silencieux. Megan proposa de la contourner et de jeter des graviers dans la fenêtre de Rose.

Comme espéré, Rose vint à sa fenêtre et nous rejoignit à grand renfort d'exclamations étouffées et de mains crispées sur un cœur prétendument en déroute :

— Ben vrai, miss ! Et moi qui ai dit que vous étiez au fond de votre lit. Miss Holland – (un reniflement après miss Holland) – et Monsieur ont dîné de bonne heure et ils sont sortis faire un tour en voiture. J'ai dit que je garderais un œil sur les garçons. J'ai bien cru vous entendre rentrer pendant que j'essayais de calmer Colin, là-haut, dans la chambre, qui ne voulait pas s'arrêter de jouer, mais quand je suis redescendue, je vous ai pas vue. Alors j'ai pensé que vous étiez montée vous coucher et c'est ce que j'ai dit à Monsieur quand ils sont rentrés et qu'il vous a cherchée.

Je coupai court en faisant observer que Megan ferait justement mieux d'y aller, au lit, et en vitesse.

— Bonne nuit, me dit Megan, et merci *infiniment*. Ç'a été la plus belle journée de ma vie.

La tête me tournait encore un peu tandis que le chauffeur me conduisait chez moi. Je lui remis un pourboire royal et lui offris de rester coucher à la maison. Mais il préférait regagner Londres dans la nuit.

La porte, qui s'était entrouverte pendant que nous parlementions, s'ouvrit d'un coup sec lorsqu'il eut démarré et Joanna parut sur le seuil.

— Ah, tout de même ! dit-elle. Te voilà enfin !

— Tu t'inquiétais sur mon sort ? lui demandai-je en refermant la porte derrière moi.

Je suivis Joanna dans le salon. La cafetière était sur un plateau. Joanna se servit un café et moi un whisky-soda.

— M'inquiéter pour toi ? Mais non, bien sûr que non. J'ai pensé que tu avais décidé de rester à Londres pour faire la bringue.

— Eh bien, oui, j'ai fait la bringue... si l'on peut dire.

Je souris, puis me mis à rire.

Joanna voulut savoir pourquoi, et je lui racontai ma soirée.

— Mais, Jerry, tu es devenu fou ! Fou à lier !

— Je crois que tu as raison.

— Ecoute, mon petit vieux, ce ne sont pas des choses à faire dans un endroit comme ici. Demain, tout Lymstock va être au courant.

— Sans doute. Mais enfin, Megan n'est encore qu'une gamine.

— Erreur ! Elle a vingt ans. Tu ne peux pas

emmener à Londres une fille de vingt ans et l'habiller de pied en cap sans déclencher un scandale épouvantable. Réfléchis deux secondes, Jerry, il va sûrement falloir que tu l'épouses !

Joanna était mi-sérieuse, mi-hilare.

Ce fut à cet instant précis que je fis une découverte d'une importance capitale :

— Bon sang de bon sang ! Tu sais que ça ne me déplairait pas vraiment. Et je crois même que... que ça me plairait assez !

Joanna eut une drôle d'expression. Elle se leva et se dirigea vers la porte.

— Ça, mon bonhomme, je le sais depuis un bout de temps déjà, ironisa-t-elle.

Sur quoi elle m'abandonna, debout, mon verre à la main, pétrifié par ma découverte.

# 12

J'ignore quelles sont les réactions habituelles d'un homme qui va faire une demande en mariage.

Dans les romans, il a la gorge sèche, son col lui paraît trop serré et il est dans un état de nerfs pitoyable.

Ce n'était pas du tout mon cas. J'avais eu une bonne idée et je voulais la concrétiser aussitôt que possible. Pourquoi me serais-je tracassé ?

Je me rendis chez les Symmington vers 11 heures. Je sonnai à la porte, Rose vint m'ouvrir et je demandai à voir miss Megan. Rose m'adressa alors un regard entendu qui provoqua mon premier accès de timidité.

Elle me fit attendre dans le petit salon. Mal à l'aise, j'espérai que Megan n'avait pas subi de trop sévères remontrances.

La porte s'ouvrit. Je me retournai et fus tout de suite soulagé. Megan n'avait pas l'air intimidée ou abattue. De la veille, elle avait gardé sa chevelure lustrée et ce port de tête altier dû à l'estime qu'elle osait enfin s'accorder. Elle avait remis ses vieux vêtements mais elle les portait autrement. C'est extraordinaire comme la certitude d'être séduisante métamorphose une jeune fille. Je pris soudain conscience qu'elle était devenue adulte.

Sans doute étais-je tout de même tendu, sinon je n'aurais pas entamé le dialogue par un « Salut, petit crapaud ! » affectueux, certes, mais assez peu de circonstance dans la bouche d'un amoureux.

Cela parut néanmoins lui plaire.

— Salut ! me répondit-elle en souriant.

— Dites-moi, j'espère qu'on ne vous a pas passé un savon, hier soir ?

— Oh *non* ! affirma Megan.

Elle battit des paupières et ajouta :

— Enfin, si, je crois. J'ai eu droit à une kyrielle de commentaires variés, on trouvait tout ça bizarre… mais vous savez comment sont les gens, ils font un drame pour trois fois rien.

J'étais rassuré que les reproches indignés aient glissé sur Megan comme l'eau sur les plumes d'un canard.

— Je suis venu ce matin, dis-je, parce que j'ai une

proposition à vous faire. Je vous aime beaucoup, vous savez, et je crois que vous me le rendez bien…

— Oh, énormément ! fit Megan avec un enthousiasme qui m'inquiéta un peu.

— Et nous nous entendons comme larrons en foire, alors je pense que ce serait une bonne idée de nous marier.

— Oh !

Elle semblait surprise, sans plus. Pas stupéfaite, pas choquée, non. Tout juste un peu surprise.

— Vous voulez vraiment m'épouser ? demanda-t-elle du ton de quelqu'un qui cherche à s'assurer qu'il a bien compris.

— Oui, c'est ce que je désire le plus au monde, répondis-je – et ça venait du fond du cœur.

– Voulez-vous dire que vous êtes amoureux de moi ?

— Oui, je vous aime.

Son regard était calme et grave :

— Vous êtes l'homme le plus gentil que je connaisse… mais je ne vous aime pas.

— Je vous apprendrai à m'aimer.

— Non, ça ne marcherait pas, je ne veux pas qu'on me force. Je ne suis pas le genre de femme qu'il vous faut, reprit-elle après un silence. Je sais mieux haïr qu'aimer.

Ses paroles étaient chargées d'une intensité étrange.

— La haine ne dure pas, remarquai-je. L'amour, oui.

— C'est vrai, ça ?

— C'est ce que je crois.

Il y eut un nouveau silence.

— Alors, c'est non ? demandai-je.

— C'est non.

— Vous ne me laissez aucun espoir ?

— A quoi bon ?

— En effet, mais ma question était superflue…
Quoi que vous disiez, je continuerai d'espérer.

*

Eh bien, c'était comme ça. Je quittai la maison des
Symmington plutôt groggy et irrité de sentir le
regard de Rose me suivre avec une curiosité avide.

Elle avait eu un tas de choses à me confier avant
que je n'arrive à lui fausser compagnie.

Que jamais plus elle ne se sentirait la même,
après ce jour terrible ! Que s'il n'y avait pas eu les
enfants et ce pauvre Mr Symmington qui lui faisait
pitié, jamais elle ne serait restée. Que de toute façon
elle ne resterait pas à moins qu'on engage vite une
nouvelle bonne… ce qui n'allait pas être facile dans
une maison où il y avait eu un meurtre ! Que c'était
bien beau que miss Holland dise qu'elle allait faire
le ménage en attendant. C'était bien gentil et bien
serviable de sa part, ça oui ! Mais c'était maîtresse
de maison quelle se verrait bien devenir, un de ces
quatre ! Mr Symmington, le pauvre, ne voyait rien
à rien… mais on savait bien comment étaient les
veufs, des malheureux sans défense, des proies
rêvées pour les intrigantes. Et que ce ne serait pas
faute d'avoir essayé si miss Holland ne chaussait
pas les escarpins de feu la patronne.

N'aspirant qu'à m'enfuir et dans l'impossibilité de le faire car elle déversait son amertume sans lâcher mon chapeau, j'avais acquiescé comme un automate à tout ce que disait Rose.

Après coup, je me demandai s'il y avait du vrai dans ses dires. Elsie Holland envisageait-elle de devenir la seconde Mrs Symmington ? Ou n'était-elle qu'une jeune femme au cœur généreux qui prenait soin de son mieux d'une famille endeuillée ?

Dans l'un ou l'autre cas, le résultat serait en gros le même. Et pourquoi pas, après tout ? Les fils Symmington avaient besoin d'une mère, Elsie avait bon cœur, elle était belle – ce qu'un homme apprécie toujours, même quand il s'agit d'un type aussi constipé que Symmington !

Ces réflexions, je le sais, m'empêchaient de penser à Megan.

Vous me direz que j'étais dans un tel état de fatuité lorsque j'avais demandé sa main à Megan que je n'avais eu que ce que je méritais... mais ce n'était pas tout à fait ça. En fait, j'étais tellement certain que Megan était à moi... qu'elle était mon affaire, que prendre soin d'elle, la rendre heureuse, la protéger de la souffrance était pour moi la seule manière de vivre... De tout cela, disais-je, j'étais si profondément convaincu que je m'étais attendu à ce qu'elle aussi sente bien que nous appartenions l'un à l'autre.

Mais je ne renoncerais pas. Oh non ! Megan était la femme de ma vie, et elle serait à moi.

Après réflexion, je me rendis au bureau de Symmington. Si Megan faisait fi des réserves sur sa conduite, je voulais tout de même mettre les choses au clair.

On m'annonça que M<sup>e</sup> Symmington pouvait me recevoir et on m'introduisit dans son bureau. S'il fallait en croire ses lèvres pincées et ses manières encore plus raides que d'habitude, je n'étais pas, pour l'heure, en odeur de sainteté.

— Bonjour, lançai-je. Je dois vous avertir que ma visite aujourd'hui n'est pas d'ordre professionnel, mais bien au contraire privé. J'irai droit au but. Vous vous êtes rendu compte, je pense, que j'aime Megan. Je lui ai demandé de m'épouser et elle a refusé. Mais je reviendrai à la charge.

Je vis Symmington changer d'expression, et je lus dans ses pensées avec une facilité dérisoire. Megan était un élément dérangeant dans sa maison. J'étais sûr que Symmington était un homme juste et bon, et qu'il n'aurait jamais songé à déposséder d'un toit la fille de sa défunte épouse. Mais qu'elle se marie le soulagerait certainement. Le bloc de glace commença de se dégeler et me fit un sourire prudent :

— Eh bien, Burton, franchement, je ne me doutais de rien. Je sais que vous vous êtes beaucoup occupé d'elle, mais pour nous, Megan est encore une enfant.

— Ce n'est plus une enfant ! m'énervai-je.

— Si vous parlez d'âge, non, c'est vrai.

— Elle assumera son âge quand on le lui permettra, répliquai-je avec une pointe de colère. Elle n'est pas majeure, je le sais, mais c'est une question d'un mois ou deux. Je vous transmettrai toutes les informations que vous désirerez sur mon compte. J'ai une fortune personnelle, j'ai mené une vie décente.

Je prendrai soin d'elle et je ferai tout ce qui est en mon pouvoir pour la rendre heureuse.

— Fort bien, fort bien…. Quoi qu'il en soit, c'est à Megan de décider.

— Elle finira par changer d'avis, dis-je. Mais je tenais à ce que tout soit clair entre nous.

Il déclara qu'il appréciait mon attitude et nous nous séparâmes bons amis.

*

Dehors, je butai sur miss Emily Barton. Elle portait au bras un panier à provisions.

— Bonjour, Mr Burton ! J'ai entendu dire que vous vous étiez rendu à Londres hier !

Et ça n'était pas tombé dans l'oreille d'un sourd ! Elle m'observait d'un regard aimable, certes, mais où prédominait une intense curiosité.

— C'est exact, je suis allé voir mon médecin.

Miss Emily sourit.

Je doutais que ce fût à cause de Marcus Kent.

— Il paraît que Megan a failli manquer le train, susurra-t-elle. Et qu'elle a sauté en marche !

— Aidée par moi, me fis-je une joie de préciser. Je l'ai hissée à bord.

— Heureusement que vous étiez là ! Sans quoi, elle aurait pu avoir un accident.

C'est étonnant comme une charmante vieille personne un peu curieuse peut donner à un homme le sentiment d'être un parfait imbécile.

L'irruption de Mrs Dane Calthrop, qui remorquait

sa propre vieille fille apprivoisée, abrégea mes souf-frances. Elle au moins ne tournait pas autour du pot.

— Bonjour ! clama-t-elle. Alors, il paraît que vous avez offert des vêtements convenables à Megan ? Excellente idée, que vous avez eue là. Il n'y a que les hommes pour faire preuve d'un tant soit peu de sens pratique. Cette petite m'inquiète depuis un bon bout de temps. Les filles qui ont de la cervelle risquent tellement de devenir idiotes.

Sur cette déclaration frappée au coin du bon sens, elle s'engouffra chez le poissonnier.

Miss Marple l'attendit à côté de moi.

— Mrs Dane Calthrop est une femme remar-quable, observa-t-elle, l'œil pétillant. Elle a presque toujours raison.

— Elle en est même inquiétante.

— C'est l'effet que produit la sincérité, me répon-dit miss Marple.

Mrs Dane Calthrop sortit en trombe de la poisson-nerie et nous rejoignit. Elle nous brandit sous le nez un énorme homard du plus beau rouge :

— Avez-vous déjà vu quelque chose qui ressemble aussi peu à Mr Pye ? Quelle mâle beauté, vous ne trouvez pas ?

*

J'appréhendais de rencontrer Joanna en retournant à la maison, mais je m'étais fait de la bile pour rien. Elle était sortie et ne rentra pas déjeuner. Partridge, qui avait prévu deux côtelettes pour le repas, s'en montra très contrariée :

— Miss Burton avait pourtant bien dit qu'elle *rentrait*.

Je mangeai les deux côtelettes dans l'espoir de réparer l'inconduite de ma sœur. Je me demandais tout de même où elle était passée. Depuis quelque temps, elle se montrait mystérieuse sur son emploi du temps.

Il était 3 heures et demi quand elle surgit en trombe dans le salon. J'avais entendu une voiture s'arrêter et je m'attendais à voir apparaître Griffith, mais la voiture redémarra et Joanna entra seule.

Elle avait le visage apoplectique et semblait aux quatre cents coups. Je vis tout de suite qu'il s'était passé quelque chose.

— Quest-ce qui t'arrive ? demandai-je.

Joanna ouvrit la bouche, la referma, poussa un soupir d'agonie, puis s'affala dans un fauteuil, le regard fixe.

— J'ai eu une journée épouvantable, dit-elle enfin.

— Qu'est-ce qui s'est passé ?

— Tu ne le croiras jamais. Ç'a été atroce…

— Mais qu'est-ce…

— J'étais sortie me promener, rien qu'une balade tout ce qu'il y a de banal jusqu'à la lande en passant par la colline. En fait, j'ai marché pendant des kilomètres… c'est en tout cas l'impression que j'ai eue. Et puis je suis descendue dans un vallon. Et là, je suis tombée sur une ferme complètement isolée… on se serait cru au bout du monde. J'avais soif, j'ai pensé qu'ils auraient peut-être du lait, ou n'importe quoi. Et au moment où je déboulais dans la cour, la porte de la maison s'ouvre et qui vois-je ? Owen Griffith !

— Allons bon !

— Il croyait que j'étais l'infirmière visiteuse. Une femme était en train d'accoucher et il attendait l'infirmière. Il lui avait fait dire d'amener un second médecin parce que… ça se passait mal.

— Allons bon !

— Alors il m'a dit… *à moi* : « Bon, venez me donner un coup de main, ça sera toujours mieux que rien. » J'ai répondu que je ne pourrais jamais, et il m'a demandé pourquoi. J'ai dit que je n'avais jamais fait ça, que je n'y connaissais rien…

» Sur quoi il m'a demandé ce que ça pouvait bien *foutre*. Et à partir de là il a été *odieux*. Il m'a insultée : « Vous êtes une bonne femme, non ? Et ça vous embêterait de vous manier le popotin pour venir en aide à une autre bonne femme ? » Et puis il m'a reproché d'avoir voulu lui faire croire que je m'intéressais à la médecine et d'avoir prétendu que j'aurais aimé être infirmière. « Tout ça, c'était du baratin, alors ? Ça n'avait aucun rapport avec la réalité ? Eh bien, maintenant, vous y êtes, dans la réalité, et vous allez vous comporter comme un être humain digne de ce nom, et plus comme une potiche décorative ! »

» Et alors, Jerry, j'ai fait des choses pas croyables. J'ai empoigné des instruments, je les ai fait bouillir, je les lui ai passés. Je ne tiens plus debout tellement je suis rétamée. Ç'a été effroyable. Mais il a sauvé la mère… et le bébé. Pendant un moment il avait pourtant bien cru qu'il n'y arriverait pas. Oh, mon Dieu !

Elle se cacha le visage dans les mains.

Je l'observai non sans une certaine satisfaction et tirai mentalement mon chapeau à Owen Griffith. Il avait forcé Joanna à se colleter pour une fois avec la réalité.

— Il y a une lettre pour toi dans le vestibule, dis-je. De Paul, je crois.

— Hein ?

Elle resta un moment silencieuse, puis articula :

— Je n'avais aucune idée de ce par quoi il arrive aux médecins de passer. Le cran qu'il faut qu'ils aient !

J'allai prendre la lettre de Joanna dans l'entrée et la lui rapportai. Elle l'ouvrit, en parcourut le contenu d'un regard distrait et la laissa tomber par terre.

— Il a été… il a été vraiment merveilleux. Cette façon de se battre… ce refus d'être vaincu ! Avec *moi*, il a été grossier et odieux… mais il *était* merveilleux.

Je regardai avec satisfaction la lettre dédaignée. Manifestement, Joanna était guérie de Paul.

# 13

Rien n'arrive jamais quand on l'attend.

Tout à mes problèmes personnels et à ceux de Joanna, je fus stupéfait le matin suivant d'entendre au téléphone la voix de Nash m'annoncer :

— Ça y est, Mr Burton, *nous la tenons* !

Je faillis en laisser choir l'écouteur :

— Vous parlez de…

Il m'interrompit :

— Quelqu'un peut-il vous entendre ?

— Non, je ne crois pas… enfin, peut-être…

Il me semblait que la porte de la cuisine s'était entrebâillée.

— Ça ne vous ennuierait pas de faire un saut au poste de police ?

— Au contraire. J'arrive tout de suite.

En moins de temps qu'il ne faut pour le dire, je rejoignis Nash et le sergent Parkins. Nash était aux anges.

— La poursuite a été longue, exultait-il, mais nous en voyons enfin le bout.

Il fit glisser vers moi une lettre posée sur la table. Elle était entièrement tapée à la machine cette fois. Et plutôt modérée dans son contenu :

*Inutile d'espérer chausser les patins d'une morte. Toute la ville se moque de toi. Fiche le camp tout de suite. Bientôt il sera trop tard. Ceci est un avertissement. Rappelle-toi ce qui est arrivé à l'autre fille. Fiche le camp et ne remets plus jamais les pieds ici.*

La lettre s'achevait sur une formule passablement obscène.

— Miss Holland l'a reçue ce matin, dit Nash.

— Je trouvais bizarre qu'elle n'y ait pas encore eu droit, commenta le sergent Parkins.

— Qui l'a écrite ? demandai-je.

L'expression ravie de Nash s'estompa. Il parut soudain las et triste :

— Je suis désolé. Ça va porter un rude coup à un chic type. Mais peut-être avait-il déjà des soupçons.

— Qui l'a écrite ? répétai-je.

— Miss Aimée Griffith.

\*

Nash et Parkins se rendirent l'après-midi même chez les Griffith avec un mandat d'arrêt.

Nash m'avait suggéré de les accompagner :

— Le Dr Griffith vous aime bien et il a peu d'amis ici. Si ça ne vous est pas trop pénible, Mr Burton, vous pourriez l'aider à encaisser le coup.

J'avais répondu que j'irais. La perspective ne m'enchantait guère, mais je pouvais effectivement le soutenir dans ces moments difficiles.

Nous sonnâmes à la porte et demandâmes à voir miss Griffith. On nous fit entrer au salon. Elsie Holland, Megan et Symmington étaient venus prendre le thé.

Nash agit avec beaucoup de doigté.

Il demanda à Aimée Griffith un entretien en particulier.

Elle se leva et vint vers nous. Je crus voir une lueur de crainte dans ses yeux. Une lueur fugitive, car elle se reprit et se montra parfaitement à l'aise et cordiale :

— Vous voulez me parler ? Encore un problème avec les phares de ma voiture ?

Elle nous conduisit à un petit bureau de l'autre côté de l'entrée.

En refermant derrière nous la porte du salon, j'avais eu le temps de voir Symmington relever le menton d'un mouvement sec. Sans doute très au fait, de par son métier, des méthodes policières, il devait avoir compris de quoi il retournait. Il s'était levé à demi de son siège.

Ce fut tout ce que je vis avant de rejoindre les autres.

Nash prononça les formules consacrées avec calme et courtoisie. Il informa Aimée Griffith de ses droits et lui demanda de le suivre. Il avait un mandat d'arrêt à son nom et il lui lut les charges retenues contre elle...

J'en ai oublié lés termes exacts. Il n'était question que des lettres, pas encore du meurtre.

Aimée Griffith renversa la tête en arrière et éclata d'un rire sonore.

— Quelle ânerie! rugit-elle. Comme si j'avais été capable de pondre ce ramassis d'obscénités ! Vous êtes malade ou quoi ? Je n'ai jamais rien écrit de pareil !

Nash sortit la lettre adressée à Elsie Holland :

— Miss Griffith, niez-vous avoir écrit ça ?

Si elle hésita, ce ne fut qu'une fraction de seconde :

— Naturellement je le nie ! Je vois cette lettre pour la première fois.

Miss Griffith, fit Nash, imperturbable, je dois vous avertir qu'on vous a vue taper cette lettre sur la machine à écrire de la Maison des Femmes entre 23 heures et 23 h 30 dans la nuit d'avant-hier. Hier, vous êtes entrée à la poste un paquet de lettres à la main...

— Je n'ai jamais posté celle-là.

— Non, *vous* ne l'avez pas postée. Pendant que vous faisiez la queue pour acheter des timbres, vous l'avez subrepticement laissée tomber, et quelqu'un, n'y voyant que du feu, l'a ramassée et postée à votre place.

— Jamais je…

La porte s'ouvrit et Symmington entra.

— Que se passe-t-il ? s'enquit-il d'un ton sec. Aimée, au cas où vous auriez des ennuis, vous avez droit à l'assistance d'un représentant de la loi. Si vous le voulez, je peux…

Ce fut alors qu'elle s'effondra. Le visage caché dans les mains, elle chancela jusqu'à un fauteuil :

— Partez, Dick, partez ! Non, surtout pas vous ! Pas *vous* !

— Il vous faut un avocat, voyons !

— Pas vous, je vous en prie. Je… je ne le supporterais pas. Je ne veux pas que vous sachiez… tout ça.

Symmington dut comprendre :

— Bon, en ce cas je vais en charger Midmay, d'Exhampton. Vous êtes d'accord ?

Elle acquiesça d'un signe de tête puis éclata en sanglots.

Sur le seuil, Symmington se heurta à Owen Griffith.

— Qu'est-ce que c'est que cette histoire ? s'emporta-t-il. Ma sœur…

— Je suis navré, docteur Griffith intervint Nash. Navré, croyez-moi, mais nous n'avons pas le choix.

— Vous croyez qu'elle… qu'elle est l'auteur de ces lettres ?

— Le doute n'est pas permis, monsieur. Miss Griffith, vous devez nous suivre maintenant… vous aurez toute facilité pour faire appel à un avocat.

— Aimée ! cria Owen.

Elle passa tout près de lui sans le regarder :

— Ne me parle pas. Ne dis rien. Et je t'en supplie, ne me *regarde* pas !

Ils sortirent. Owen resta pétrifié.

J'attendis un instant, puis je m'approchai de lui :

— Mon vieux, si je peux faire quoi que ce soit, dites-le-moi.

— Aimée ? fit-il comme dans un rêve. Je ne peux pas y croire.

— C'est peut-être une erreur, suggérai-je faiblement.

— Si c'était une erreur, murmura-t-il, elle ne réagirait pas de cette façon-là. Mais je n'aurais jamais cru qu'elle puisse être coupable. D'ailleurs, *je ne le crois pas.*

Il se laissa tomber dans un fauteuil. Je tâchai de me rendre utile et lui dénichai un remontant qu'il avala cul sec. Cela lui fit du bien, me sembla-t-il.

— J'ai accusé le coup. Mais ça va, maintenant. Je vous remercie, Burton, mais il n'y a rien que vous puissiez faire. *Personne* ne peut rien faire.

La porte s'ouvrit et Joanna entra. Elle était très pâle.

Elle se dirigea vers Owen et me regarda :

— Va-t'en, Jerry. C'est mon affaire, pas la tienne.

En refermant la porte, je vis Joanna s'agenouiller à côté du fauteuil d'Owen.

*

Je ne saurais vous donner une version cohérente du déroulement des vingt-quatre heures suivantes. Divers événements se produisirent, sans liens apparents.

Je me souviens du retour de Joanna à la maison, très pâle et les traits tirés.

— Alors, à ton tour de jouer les anges gardiens ? la taquinai-je dans l'espoir de la détendre.

Et je revois son pauvre sourire chiffonné :

— Il dit qu'il ne veut pas de moi, Jerry. Il est tellement fier, et tellement tête de mule !

— Bah ! Celle que j'aime ne veut pas de moi non plus...

Un long moment nous restâmes en silence.

— La famille Burton n'est pas très demandée, ces temps-ci ! finit par déclarer Joanna.

— Aucune importance, ma douce, lui dis-je. Après tout, tu m'as, et je t'ai.

— Je ne sais pas pourquoi, Jerry, me répondit-elle, mais pour l'instant ça ne me console pas vraiment...

*

Le lendemain, Owen, au comble de l'exaltation, vint me chanter les louanges de Joanna. Elle était admirable, prodigieuse ! La façon dont elle était venue vers lui et lui avait offert de devenir sa femme... tout de suite, s'il le désirait ! Mais jamais il n'accepterait ça. Oh, non ! Elle était trop noble, trop bien pour se trouver mêlée à la boue qui ne manquerait pas de se répandre dès que la presse s'emparerait de la nouvelle.

J'aimais bien Joanna et je savais qu'on pouvait compter sur elle dans les passes difficiles, mais ce débordement de sentiments généreux commençait à me taper sur le système. Exaspéré, je demandai à Owen de modérer ses transports chevaleresques.

Je descendis jusqu'à High Street, où les langues allaient bon train. Emily Barton disait à qui voulait l'entendre qu'elle n'avait jamais eu vraiment confiance en Aimée Griffith. L'épicière dissertait avec délices sur l'étrange lueur qu'elle avait remarquée depuis longtemps dans l'œil de miss Griffith...

Nash m'apprit que l'instruction de l'affaire Aimée Griffith était terminée. En perquisitionnant chez elle, on avait retrouvé les pages découpées du livre d'Emily Barton. Elles étaient enveloppées dans un vieux rouleau de papier mural, lui-même entreposé dans un placard sous l'escalier.

— Une sacrément bonne cachette, apprécia Nash. Il y a toujours un risque qu'un domestique aille fureter dans un bureau, ou crochète un tiroir fermé à clé, mais on n'ouvre jamais un débarras bourré de vieilles balles de tennis ou de restants de papier à tapisser, sauf pour y fourrer encore autre chose.

— On dirait que notre corbeau assassin a un penchant pour ce type de cachette, observai-je.

— Oui, en effet. Les criminels sont rarement inventifs. Tiens, à propos de la morte, précisément, il y a du nouveau. Le Dr Griffith s'est aperçu qu'il manquait un gros pilon à son cabinet. Je vous parie ma chemise que c'est avec ça qu'on l'a estourbie.

— C'est plutôt encombrant à transporter, objectai-je.

— Pas pour miss Griffith ! Elle devait rejoindre ses Guides dans l'après-midi, et déposer en chemin des fleurs et des légumes au stand de la Croix-Rouge, elle transportait donc un panier énorme.

— Et la broche ? vous l'avez retrouvée ?

— Non, impossible de mettre la main dessus. La pauvre est peut-être cinglée, mais pas au point de garder une broche à rôtir pleine de sang pour nous faciliter la tâche alors qu'il est si simple de la nettoyer et de la ranger dans un tiroir de cuisine.

— On ne peut pas tout avoir, regrettai-je.

Le presbytère avait été une des dernières maisons à apprendre la nouvelle. Et celle-ci affligea beaucoup la vieille miss Marple.

— Ce n'est pas *vrai*, Mr Burton, me dit-elle en pesant ses mots. Je suis sûre que ce n'est pas vrai.

— J'ai bien peur que si. La police guettait, vous savez. Ils l'ont *vue* taper la lettre.

— Oui, oui… c'est possible. *Cela*, je peux le comprendre.

— Et les pages du livre qui ont servi pour fabriquer les lettres étaient cachées chez elle.

Miss Marple me regarda d'un œil fixe.

— Mais c'est abominable, dit-elle d'une voix sourde. C'est vraiment *ignoble*.

Mrs Dane Calthrop surgit telle un tourbillon, se joignit à nous et s'enquit :

— Que se passe-t-il, Jane ?

— Mon Dieu, mon Dieu, était en train de psalmodier miss Marple, désemparée, que pouvons nous bien *faire* ?

— Enfin, Jane, dites-moi ce qui vous arrive !

585

— Il doit pourtant y avoir un *moyen*, marmotta miss Marple sur sa lancée. Mais je suis si vieille, si ignorante… et si stupide, hélas !

Plutôt gêné, je fus soulagé que Mrs Dane Calthrop éloigne son amie d'une main ferme.

Je devais revoir miss Marple dans l'après-midi. Beaucoup plus tard, tandis que je rentrais chez moi.

Plantée près du petit pont, au bout du village – et à deux pas de chez Mrs Cleat –, elle discutait, je vous le donne en mille, avec Megan.

Je mourais d'envie de voir Megan. J'avais attendu ça toute la journée. Je pressai le pas. Mais lorsque je les rejoignis, Megan tourna les talons et partit dans la direction opposée.

Furieux, je l'aurais suivie si miss Marple ne m'avait retenu.

— J'ai à vous parler, me dit-elle. Non, ne rattrapez pas Megan maintenant. C'est plus sage.

J'allais répliquer vertement lorsqu'elle me désarma.

— Cette jeune fille a beaucoup de courage, déclara-t-elle. Un courage hors du commun.

Mais je n'avais pas encore renoncé à courir derrière Megan.

— N'essayez pas de la voir pour le moment, insista miss Marple. Je sais ce que je dis. Elle a besoin de garder son courage intact.

Le ton de la vieille demoiselle me donna le frisson. On eût dit qu'elle savait quelque chose que j'ignorais.

J'avais peur, et je ne savais pas pourquoi.

Au lieu de rentrer chez moi, je fis demi-tour vers High Street où j'errai, comme une âme en peine.

Qu'attendais-je ? A quoi pensais-je ? Je n'en sais rien...

Je fus harponné par ce vieux raseur de colonel Appleton qui me demanda comme d'habitude des nouvelles de ma ravissante sœur avant de poursuivre :

— Qu'est-ce que c'est que cette histoire de la sœur de Griffith qui serait devenue folle à lier ? C'est elle qui aurait écrit ces lettres anonymes qui ont fichu la pagaille partout ? J'ai commencé par ne pas y croire, mais tout le monde affirme que c'est vrai.

Ce que je confirmai.

— Sapristi ! Eh bien... je dois admettre que notre police ne se débrouille pas si mal. Ce qu'il y a, avec eux, c'est qu'il ne faut pas être pressé. Drôle de truc, les lettres anonymes : c'est la spécialité des vieilles filles décaties pourtant, même si ce n'était plus la fleur des pois, elle n'était encore pas trop mal, cette Griffith. Remarquez, pour dénicher un joli brin de fille, ça n'est pas dans le secteur qu'il faut chercher... il n'y a guère que la gouvernante des gamins Symmington. Mais alors, elle vaut le coup d'œil, celle-là ! Et pas bêcheuse, avec ça ! C'est un plaisir de lui rendre service. Tenez, l'autre jour, je suis tombé sur elle, elle pique-niquait ou faisait je ne sais trop quoi avec les gosses. Ils chahutaient dans les bruyères et elle, elle tricotait – à ceci près qu'elle n'avait pas assez de laine. « Voulez-vous que je vous conduise à Lymstock ? lui ai-je proposé. Il faut justement que j'y retourne chercher une canne à pêche. J'en ai pour dix minutes et ensuite je vous ramène ici. » Ça l'ennuyait de laisser les garçons tout seuls, alors j'ai dit : « Ne vous bilez pas pour eux. Qui diable irait leur faire du mal ? » Je n'allais pas trimballer les gosses, pas de danger ! Je l'ai donc emmenée en ville, déposée à la mercerie, reprise plus tard en passant, et le tour était joué. Elle m'a remercié avec effusion. Reconnaissante et tout. Une gentille fille.

Je réussis à me débarrasser de lui.

C'est après ça que je vis miss Marple pour la troisième fois. Elle sortait du poste de police.

*

D'où viennent nos peurs ? Où se forment-elles ? Où se dissimulent-elles avant d'apparaître au grand jour ?

Une petite phrase de rien du tout. Une petite phrase que j'avais relevée et qui me trottait toujours dans la tête :

« Emmenez-moi... c'est tellement horrible d'être ici... et je me sens tellement méchante... »

Pourquoi Megan avait-elle dit ça ? Pour quel motif se jugeait-elle si méchante ?

Rien dans la mort de Mrs Symmington ne pouvait inciter Megan à se juger méchante.

Pourquoi cette gosse s'estimait-elle méchante ? Pourquoi ? Pourquoi ?

Et si, d'une manière quelconque, elle se croyait responsable ?

*Megan,* responsable ? Impossible ! Megan n'avait rien à voir avec ces lettres... avec ce tissu d'obscénités répugnantes.

*Owen Griffith avait connu une affaire similaire dans le Nord… une collégienne…*

Qu'avait donc dit l'inspecteur Graves ?

Il avait parlé d'une *mentalité d'adolescente…*

Des prudes créatures qui, sur la table d'opération, balbutiaient des mots dont on avait peine à imaginer qu'elles connaissaient le sens. Des gamins qui gribouillaient à la craie des obscénités sur les murs…

Oh non ! non ! pas *Megan* !

Lourde hérédité ? Tare génétique ? Ç'aurait fait d'elle une victime, pas une responsable. Comment serait-on responsable d'une malédiction léguée par un lointain ancêtre ?

« Je ne suis pas une femme pour vous. Je sais mieux haïr qu'aimer. »

Oh, Megan, ma Megan, ma petite fille. Pas *ça* ! Tout mais pas ça ! Et cette vieille chouette qui te poursuit, qui te soupçonne. Elle dit que ta as du courage. Mais il te faut du courage pour faire *quoi* ?

J'avais le cerveau en ébullition. Cela passa. Mais je tenais à voir Megan… j'y tenais absolument.

A 9 heures et demie ce soir-là, je quittai la maison et descendis en ville, pour me rendre chez les Symmington.

Ce fut alors que me vint une idée tout à fait nouvelle. Il y avait une femme à qui personne n'avait encore pensé.

(A moins que Nash ne l'ait fait ?)

C'était hautement invraisemblable, hautement improbable, et, jusqu'à ce jour, j'aurais même dit carrément impossible. Mais en fin de compte, non. Ce n'était pas *impossible* du tout.

J'accélérai l'allure. Il devenait encore plus impératif que je voie Megan dans les plus brefs délais.

Je franchis le portail des Symmington et me dirigeai vers la maison. Il faisait nuit noire. Une petite pluie fine commençait à tomber. On y voyait mal.

Un rai de lumière filtrait d'une fenêtre. Celle du petit salon ?

J'hésitai un instant, puis, au lieu de gravir les marches du perron, je bifurquai et me faufilai sans bruit vers la fenêtre. Là, je contournai un gros buisson et me baissai.

La lumière venait d'une fente entre les rideaux mal tirés. Aucun problème pour regarder à l'intérieur.

La scène était curieusement calme et familiale. Symmington dans un gros fauteuil, et Elsie Holland, la tête penchée, occupée à raccommoder la chemise déchirée d'un des garçons.

La fenêtre à guillotine était baissée, j'entendais aussi bien que je voyais.

Elsie Holland parlait :

— Mais, Mr Symmington, je pense vraiment que vos fils sont assez grands pour aller en pension. Et je ne vous dis pas ça de gaieté de cœur, je les aime tellement tous les deux.

— Oui, vous avez sans doute raison pour Brian, miss Holland, répondit Symmington. Dès le trimestre prochain, je l'enverrai à Winhays – c'est mon ancien collège. Mais Colin n'est pas assez mûr. Je préférerais attendre un an de plus.

— Je comprends votre point de vue, c'est vrai que Colin est peut-être un peu jeune pour son âge...

Une conversation tranquille... une scène banale...

une femme aux cheveux d'or penchée sur son ouvrage.

Soudain, la porte s'ouvrit, livrant passage à Megan.

Très raide, elle s'immobilisa sur le seuil. Il y avait en elle une tension que je perçus tout de suite. Le visage crispé, les yeux brillants, l'air résolu, elle n'avait plus rien de timide ni d'enfantin.

Elle s'adressa à Symmington sans l'appeler père, ni Dick, ni quoi que ce soit – je m'avisai, du coup, que je ne l'avais jamais entendue employer aucun de ces termes avec lui.

— Je voudrais vous parler, déclara-t-elle. Seule à seul.

Symmington parut surpris, et assez mécontent, me sembla-t-il. Il fronça le sourcil, mais Megan montra une détermination inhabituelle de sa part.

Elle se tourna vers Elsie Holland :

— Y voyez-vous un inconvénient, Elsie ?

— Oh non, bien sûr que non !

La gouvernante se leva prestement. Elle paraissait étonnée, et un peu affolée.

Elle se dirigea vers la porte. Megan pénétra plus avant dans la pièce pour la laisser passer.

Sur le pas de la porte, Elsie s'immobilisa un instant et jeta un regard par-dessus son épaule.

Les lèvres closes, une main sur la poignée et de l'autre serrant son ouvrage contre elle, elle ne bougea plus.

Je retins mon souffle, ébloui par sa beauté.

Chaque fois que je repense à elle maintenant, c'est ainsi que je la vois – dans ce mouvement suspendu d'une perfection éternelle qu'on ne retrouve que dans l'art de la Grèce antique.

Puis elle sortit et referma la porte derrière elle.

— Eh bien, Megan, qu'y a-t-il ? fit Symmington, plutôt nerveux. Qu'est-ce que tu veux ?

Megan s'était approchée de la table. Elle toisait Symmington de haut. Je fus de nouveau frappé par son expression résolue et par autre chose encore... une dureté que je ne lui connaissais pas.

Elle ouvrit la bouche, et ce fut pour prononcer des mots qui me glacèrent.

— Je veux de l'argent, dit-elle.

Cette requête n'améliora pas l'humeur de Symmington.

— Ça ne pouvait pas attendre demain matin ? répliqua-t-il sèchement. Que se passe-t-il, tu estimes ta pension insuffisante ?

Un homme bien, pensai-je encore à ce moment-là. Plutôt froid, certes, mais prêt au dialogue.

— Je veux beaucoup d'argent.

Symmington se redressa dans son fauteuil.

— Dans quelques mois tu seras majeure, répliqua-t-il fraîchement. Tu pourras disposer de l'argent que ta grand-mère a confié pour toi au curateur.

— Vous n'avez pas compris, répondit Megan. Ce que je veux, c'est que *vous* me donniez de l'argent.

» Personne ne m'a jamais dit grand-chose sur mon père, poursuivit-elle, et son débit s'accéléra. On ne voulait pas que je sache la vérité sur son compte. Seulement je sais, figurez-vous, je sais qu'il a fait de la prison et je sais pourquoi. C'était pour chantage et extorsion de fonds !

Elle se tut un instant, puis reprit :

— Eh bien, voyez-vous, je suis sa fille, et je lui ressemble sans doute. Quoi qu'il en soit, donnez-moi cet argent, sinon…

Elle s'interrompit une fois encore et articula avec lenteur :

— Sinon… *je raconterai ce que je vous ai vu faire avec les cachets dans la chambre de ma mère ce jour-là.*

Le silence tomba, puis Symmington déclara d'une voix dépourvue d'émotion :

— Je ne sais pas de quoi tu parles.

— Mais si, vous le savez, répondit Megan.

Elle grimaçait un sourire. Un sourire déplaisant.

Symmington se leva. Il alla jusqu'au bureau. Il sortit un carnet de chèques de sa poche. Il rédigea un chèque sur lequel il appliqua soigneusement un buvard et vint le tendre à Megan.

— Tu es grande maintenant, lui dit-il. Je comprends très bien que tu aies envie de t'acheter des vêtements et tout ce qui peut te passer par la tête. Mais je ne comprends pas de quoi tu parles. Peu importe… Tiens, voilà un chèque.

Megan y jeta un coup d'œil.

— Merci, dit-elle, ça ira pour l'instant.

Elle fit demi-tour et sortit. Symmington la suivit des yeux, continua à fixer la porte close, puis se retourna. Et, lorsque je vis l'expression de son visage, je ne pus réprimer un mouvement bref en avant.

Mon élan fut arrêté par un prodige. Le gros buisson cessa d'être un buisson. Les bras du superintendant Nash me ceinturèrent et sa voix me glissa à l'oreille :

La plume empoisonnée

— Bon Dieu ! Du calme, Burton !
Puis il battit en retraite avec d'infinies précautions et me fit signe de le suivre.
Une fois dépassé l'angle de la maison, il se redressa et s'épongea le front.
— Evidemment, chuchota-t-il, il a fallu que vous veniez vous mêler de ça !
— Cette fille est en danger ! fis-je, affolé. Vous avez vu la tête de Symmington ? Il faut qu'on la tire de là !
Nash m'empoigna le bras avec fermeté :
— Assez joué, Mr Burton. Maintenant, vous allez *m'écouter*.

\*

Alors, j'écoutai.
Ce qu'il me dit me déplut... mais je fus bien forcé de l'accepter.
Seulement, j'insistai pour être dans le coup et jurai d'obéir aux ordres sans discussion.
Ce fut ainsi que, avec Nash et Parkins, je pénétrai dans la maison par la porte de service qu'on avait déverrouillée.
Et que j'attendis avec Nash en haut de l'escalier derrière, un rideau de velours qui masquait le renfoncement d'une fenêtre. Dans la maison, une horloge sonna 2 heures. Symmington ouvrit la porte de sa chambre, traversa le palier et entra chez Megan.
Je ne bougeai pas, ne fis pas un geste car je savais que le sergent Parkins était à l'intérieur, caché par le battant de la porte, je savais que Parkins était un

type bien et qu'il connaissait son travail, et je savais aussi que rien ne prouvait que j'aurais pu garder mon calme et me retenir d'intervenir.

Le cœur battant, je vis reparaître Symmington portant Megan dans ses bras. Il descendit l'escalier, suivi discrètement par Nash et par moi-même, à distance respectueuse.

Il était entré dans la cuisine et venait d'installer confortablement Megan la tête dans le four et d'ouvrir le robinet à gaz lorsque Nash et moi surgîmes. Nash alluma la lumière.

Et ce fut la fin de Richard Symmington. Il perdit connaissance. Je m'employai à tirer Megan de cette fâcheuse posture tout en fermant le robinet, mais je le vis pourtant tomber. Il n'avait même pas essayé de se battre. Il avait joué, il avait perdu et il le savait.

*

J'étais au chevet de Megan. J'attendais qu'elle se réveille et maudissais Nash à intervalles réguliers :

— Comment savez-vous qu'elle va bien ? C'était trop risqué !

Nash se voulait apaisant :

— Mais non, ce n'est qu'un soporifique dissous dans le lait qu'elle pose toujours près de son lit, c'est tout. Réfléchissez, il n'aurait pas pris le risque de l'empoisonner, ça tombe sous le sens. Depuis l'arrestation de miss Griffith, il était tiré d'affaire, il ne pouvait pas se permettre d'avoir un autre décès suspect chez lui. Alors ni violence ni poison. Mais qu'une gamine malheureuse ressasse la mort de sa

mère et finisse par se coller la tête dans le four à gaz
– eh bien, les gens diront tout bonnement qu'elle
n'était pas tout à fait normale et que le chagrin causé
par la perte de sa mère a fini de la détraquer.

Je regardai Megan.

— Elle en met du temps à se réveiller.

— Vous avez entendu le Dr Griffith ? Le cœur est
régulier, le pouls bat normalement – elle dort et elle
se réveillera toute seule. Il a dit qu'elle avait absorbé
un truc qu'il donne souvent à ses patients.

Megan remua. Elle murmura quelque chose.

Discret, le superintendant Nash quitta la chambre.

Megan ouvrit les yeux :

— Jerry.

— Salut, mon cœur.

— Je m'en suis bien sortie ?

— Je vous soupçonne de faire chanter les gens
depuis le jour de votre naissance !

Megan referma les yeux. Puis elle murmura :

— Cette nuit… je vous ai écrit un mot… au cas
où… où ça tournerait mal. Mais j'avais trop sommeil
pour le terminer. Vous le trouverez là-bas.

J'allai vers le secrétaire et, dans un petit sous-main
usé, je découvris la lettre inachevée de Megan.

*Mon cher Jerry,* commençait-elle, un brin compas-
sée.

*Je lisais dans mon Shakespeare d'écolière le sonnet qui
commence par :*

Vous êtes à mon cœur ce que le pain est à la vie,
Ce que l'averse de printemps est à la terre.

*et je m'aperçois que je vous aime, car c'est bel et bien
de l'amour que j'éprouve pour vous…*

# 14

— Vous voyez bien, s'exclama Mrs Dane Calthrop, que j'avais raison de faire appel à un expert !

J'ouvris des yeux ronds. Nous étions tous réunis au presbytère. Dehors, il pleuvait à verse et un bon feu brûlait dans la cheminée. Mrs Dane Calthrop venait de s'activer dans son salon. Pour marquer la fin de ses allées et venues, elle avait pris un coussin sur le sofa, l'avait tapoté et, pour une raison connue d'elle seule, l'avait déposé sur le piano à queue.

— Un expert ? m'étonnai-je. Mais, qui était-ce ? Qu'est-ce qu'il a fait ?

— Ce n'était pas un expert *mâle*, répondit Mrs Dane Calthrop.

D'un geste ample, elle désigna miss Marple. Laquelle avait achevé son tricot mousseux et attaquait maintenant un ouvrage au crochet, en fil de coton.

— Le voilà, mon expert, déclara Mrs Dane Calthrop. C'est Jane Marple. Regardez-la bien. Croyez-moi, cette femme en connaît plus long que n'importe qui sur la méchanceté humaine.

— Oh, ma chère, je crains que vous n'exagériez, marmotta miss Marple.

— Ce n'est que la pure vérité.

— A couler ses jours dans un village, on en apprend beaucoup sur la nature humaine, c'est un fait, reconnut miss Marple d'un ton paisible.

Puis, comme si elle devinait ce que nous attendions, la vieille demoiselle posa son ouvrage et nous fit un petit exposé sur le meurtre :

— Le plus important, dans ce genre d'affaires, est d'examiner les faits sans idée préconçue. Voyez-vous, la plupart des crimes sont d'une simplicité enfantine. Celui-ci ne dérogeait pas à la règle. Il était d'une absolue banalité, froidement prémédité, et limpide jusqu'au moindre détail – dans le genre déplaisant, je vous l'accorde.

— Déplaisant est le moins qu'on puisse dire !

— La vérité sautait aux yeux. *Vous* l'aviez d'ailleurs entrevue, Mr Burton.

— Alors, là, absolument pas !

— Mais si ! C'est vous qui m'avez fourni tous les détails. Vous aviez très bien perçu les relations de cause à effet, mais vous n'avez pas eu assez confiance en vous pour aller au bout de votre idée. D'abord, il y avait cette phrase insupportable : « Pas de fumée sans feu. » Elle vous agaçait, mais vous l'aviez bien cataloguée : c'était un écran de fumée. Une tentative, réussie, de diversion. Tout le monde était obnubilé par un leurre – les lettres anonymes –, mais la beauté de la chose, c'est qu'*il n'y avait pas* de lettres anonymes !

— Enfin, chère miss Marple, je vous assure bien que si ! J'en ai reçu une.

— Oh, oui, bien sûr, mais ce n'était pas des vraies ! Notre chère Maud, ici présente, avait vu juste. Même dans le paisible Lymstock, ce ne sont pas les scandales qui manquent, et je vous assure que n'importe quelle femme d'ici les connaît et s'en serait servi. Mais, voyez-vous, les hommes s'intéressent moins aux cancans – surtout quand ils sont froids et méthodiques comme M$^e$ Symmington.

Une femme aurait écrit des lettres beaucoup plus pertinentes.

» Si donc vous ne regardez plus la fumée, vous voyez le feu, et vous savez où vous en êtes. Vous avez alors une vue précise des faits réels. Mettons les lettres de côté, que reste-t-il ? La mort de Mrs Symmington.

» Tout naturellement, vous êtes dès lors amené à vous demander qui a pu souhaiter la mort de Mrs Symmington, et, dans ce cas de figure, la première personne à qui vous pensez, c'est forcément le *mari*. Et vous vous posez la question : avait-il une raison ? un *mobile* ? n'y aurait-il pas une *autre* femme, par exemple ?

» Or, la toute première chose qu'on m'ait dite, c'est qu'une gouvernante aussi jeune que séduisante était employée chez lui. Tout devenait limpide, n'est-ce pas ? M^e Symmington, individu aux passions refoulées, ligoté à une femme plaintive et névrosée, voit soudain surgir dans sa vie une créature éblouissante.

» Je crains, voyez-vous, que lorsque les messieurs d'âge mûr s'amourachent, l'affaire ne soit grave. Ils perdent en quelque sorte la raison. Pour autant que je le sache, M^e Symmington n'avait jamais été ce qu'il est convenu d'appeler *un type bien*. Il n'était ni très bon, ni très affectueux, ni très sympathique. Ses qualités n'étaient que négatives – et il n'a pas eu assez de force pour combattre sa folie. Il voulait épouser la jeune fille, comprenez-vous. Mais elle avait le sens des convenances, et lui aussi. De plus, il tenait à ses enfants et ne voulait pas les abandonner. Etant donné la situation, seule la mort de sa femme résoudrait son problème. Il lui fallait tout, la maison, les enfants, la respectabilité – et Elsie. Le prix à payer, c'était le meurtre.

» Il a choisi, à mon humble avis, une voie très astucieuse. Grâce à son expérience professionnelle, il savait très bien que lorsqu'une femme mariée meurt soudainement, on soupçonne d'abord le mari – et que dans toute affaire d'empoisonnement, il y a risque d'exhumation du corps. Il a donc imaginé une mort qui paraîtrait n'être que la résultante annexe d'une autre affaire. Il a créé un auteur de lettres anonymes fictif. Sa grande habileté a été d'orienter la police vers une *femme* – et d'une certaine façon, la police ne se trompait pas. Toutes ces lettres *étaient* bien celles d'une femme ; très intelligemment, M^e Symmington a copié celles qui ont circulé l'année dernière dans le comté voisin, et celles de l'affaire qu'a mentionnée le Dr Griffith. Pas une grossière copie mot à mot, oh, non ! Il a choisi des lambeaux de phrases, des expressions toutes faites et les a mélangés : conclusion, on a cru que c'était l'œuvre d'une femme frustrée et à moitié folle.

» Il connaissait tous les trucs de la police, expertises d'écriture, de machines à écrire, etc. Il a longuement préparé son crime. Il a tapé les adresses sur les enveloppes avant de faire don de la machine à écrire à la Maison des Femmes, et il a sans doute découpé les pages du livre à l'occasion d'une visite à *Little Furze* où il avait attendu seul dans le petit salon. Ce n'est pas tous les jours qu'on ouvre un livre de sermons !

» Enfin, lorsqu'il eut établi l'existence de son corbeau fictif, il passa à l'action. Par un bel après-midi, il profita de l'absence de la gouvernante, des garçons, de sa belle-fille et du congé hebdomadaire des domestiques. Il ne pouvait pas deviner que la petite bonne se querellerait avec son soupirant et qu'elle rentrerait à la maison.

Mais qu'est-ce qu'a vu Agnes, en fin de compte ? l'interrompit Joanna. Vous le savez ?

— Non, je ne le *sais* pas. Je ne peux que le supposer. Et ce que je suppose, c'est qu'elle n'a rien vu.

— Que tout ça n'était que du vent ?

— Non, pas du tout, ma chère. Je vais vous expliquer. Agnes guettait par la fenêtre, attendant que son bon ami vienne lui présenter des excuses, et elle n'a – littéralement – *rien* vu. En d'autres termes, *personne* n'est venu à la maison, ni le facteur, ni personne d'autre.

» Comme elle n'était pas très futée, il lui a fallu du temps pour se rendre compte que c'était bizarre – parce que, apparemment, Mrs Symmington avait reçu une lettre l'après-midi même.

— Elle n'en a donc pas reçu ? fis-je, éberlué.

— Bien sûr que non ! Je vous l'ai dit, ce crime est d'une extrême simplicité. Son mari avait tout bonnement mis du cyanure dans un des cachets qu'elle prenait après le repas, quand sa sciatique se manifestait. Tout ce que Symmington a eu à faire, c'est de rentrer chez lui juste avant Elsie, ou en même temps qu'elle, d'appeler sa femme, qui ne répondrait pas, de monter dans sa chambre verser du cyanure dans le verre d'eau qu'elle utilise pour avaler ses cachets, de jeter la lettre anonyme froissée dans la cheminée, et de glisser dans la main de sa femme le bout de papier sur lequel était écrit « *Ça n'est plus possible* ».

Miss Marple se tourna vers moi :

— Là encore, vous aviez raison, Mr Burton. Ce bout de papier, ça n'allait pas. Les gens qui se suicident n'écrivent pas leurs derniers mots sur des bouts de papier déchirés. Ils prennent une feuille entière, qu'ils glissent souvent dans une enveloppe. Oui, ce bout de papier était gênant, et vous le saviez.

— Oh, vous me flattez, je ne savais rien du tout.

— Mais si, Mr Burton, vous *saviez*. Sinon, pourquoi auriez-vous été tellement frappé par le message que votre sœur avait griffonné près du téléphone ?

— « Lui dire que *ça n'est plus possible* mardi », récitai-je lentement. « *Ça n'est plus possible !* » Ça y est, je comprends !

Miss Marple s'épanouit :

— Exactement. En tombant sur un message de ce type, M$^e$ Symmington a tout de suite compris le parti qu'il pourrait en tirer. Il a déchiré le billet écrit de la main de sa femme pour ne garder que ce qui lui serait utile le moment venu.

— J'ai eu d'autres éclairs de génie ?

Miss Marple me fit un clin d'œil :

— Vous m'avez mise sur la voie. J'ai profité de ce que vous aviez assemblé les faits dans leur ordre logique. Et surtout, vous m'avez appris le plus important : qu'Elsie Holland n'avait jamais reçu de lettre anonyme.

— Figurez-vous qu'hier soir, dis-je, j'ai pensé que c'était *elle* qui écrivait les lettres, et que c'était précisément pour ça qu'elle n'en recevait pas.

— Oh, mon Dieu, non. Les auteurs de lettres anonymes s'en envoient presque toujours également à eux-mêmes. Cela doit faire partie du plaisir, j'imagine. Non, non, ce fait a retenu mon attention pour une *tout autre* raison. Voyez-vous, c'était là le point faible de M$^e$ Symmington. Il n'a pas pu se résoudre à en envoyer une à la femme qu'il aimait. Cela met en lumière un aspect très intéressant de la nature humaine... portons-le au crédit de cet homme, mais c'est ce qui l'a perdu.

— Mais pourquoi a-t-il tué Agnes ? intervint Joanna. C'était inutile, non ?

— Sans aucun doute. Mais ce que vous ne semblez pas mesurer, ma chère – vous qui n'avez jamais tué personne –, c'est à quel point un premier meurtre vous pervertit le jugement, vous fait donner à tout une importance excessive. Nul doute qu'il ait entendu cette fille téléphoner à Partridge et lui dire que depuis la mort de sa maîtresse, elle était préoccupée par un détail qu'elle ne comprenait pas. Il ne pouvait pas se permettre de courir un risque : cette gourde, cette idiote avait vu *quelque chose*, elle *savait* donc quelque chose.

— Apparemment, il n'avait pourtant pas quitté son étude cet après-midi-là ?

— Je pense qu'il l'a tuée avant de s'y rendre. Miss Holland s'affairait dans la salle à manger ou dans la cuisine. Il a traversé le vestibule, puis il a ouvert et refermé la porte d'entrée comme s'il sortait, et il s'est glissé dans le vestiaire. Quand Agnes a été seule dans la maison, il a sans doute sonné à la porte d'entrée avant de retourner dans sa cachette. Agnes est venue ouvrir, il est arrivé dans son dos et l'a frappée derrière la tête. Il a caché le corps dans le débarras et s'est ensuite hâté vers son étude, où il n'est arrivé qu'avec un minimum de retard, ce qui fait que ses employés ne l'ont pas remarqué. D'ailleurs, personne ne soupçonnait un *homme*, après tout.

— Quel monstre ignoble ! s'exclama Mrs Dane Calthrop.

— Comment, Mrs Dane Calthrop, vous ne le plaignez pas ? demandai-je.

— Pas une seconde. Pourquoi ?

— Oh, comme ça ! Je suis heureux de vous l'entendre dire, c'est tout.

— Mais qu'est-ce qu'Aimée Griffith vient faire là-dedans ? demanda Joanna. Je sais que la police a retrouvé le pilon qui manquait dans le cabinet d'Owen – et la broche à rôtir, aussi. Ce n'est pas évident pour un homme de remettre des objets dans un tiroir de cuisine, j'imagine. Alors, devinez où il les avait cachés ? J'ai croisé le superintendant Nash en venant ici et il m'a fait part de sa découverte. Ils étaient dans son bureau, dans un de ces vieux cartonniers qui sentent le moisi. Et plus précisément dans le dossier de feu sir Jasper Harrington-West.

— Pauvre Jasper, s'émut Mrs Dane Calthrop. C'était un cousin à moi, un vieux garçon si convenable. Il l'aurait très mal pris.

— Il fallait être timbré pour les garder, non ? fis-je remarquer.

— Bien plus timbré encore pour s'en débarrasser, répliqua Mrs Dane Calthrop. Qui aurait soupçonné Symmington ?

— Ce n'est d'ailleurs pas avec le pilon qu'il a frappé, déclara Joanna. On a trouvé au même endroit un poids d'horloge maculé de sang et hérissé de cheveux. La police pense qu'il a subtilisé le pilon le jour où on a arrêté Aimée Griffith et qu'il a en même temps caché chez elle les pages du livre. Et ça me ramène à ma première question. Qu'est-ce qu'Aimée Griffith vient faire dans l'histoire ? Parce qu'après tout, la police l'a bel et bien *vue* écrire cette lettre.

— Oui, bien sûr, dit miss Marple. Celle-là, c'est elle qui l'a écrite.

— Mais pourquoi ?

— Oh, ma chère, vous avez sûrement compris que miss Griffith était amoureuse de M$^e$ Symmington ?

— Pauvre femme, soupira machinalement Mrs Dane Calthrop.

— Ils étaient intimes depuis longtemps, et je crois pouvoir dire qu'après la mort de Mrs Symmington, elle espérait qu'un jour, peut-être… eh bien…

Miss Marple toussota avec un air d'infinie discrétion.

— Et puis, reprit-elle, les bavardages à propos d'Elsie Holland ont commencé et j'imagine quelle en a beaucoup souffert. Elle estimait que la jeune femme était une intrigante qui manœuvrait pour subjuguer Symmington, dont elle n'était pas digne. Et c'est ainsi, à mon avis, qu'elle a succombé à la tentation. Pourquoi pas une lettre supplémentaire pour effrayer la jeune femme au point qu'elle lève le siège ? Elle a dû croire qu'elle prenait toutes les précautions et que ce serait sans risque.

— Et la fin de l'histoire ? demanda Joanna.

— Je pense que lorsque miss Holland a montré cette lettre à Symmington, il a tout de suite compris qui l'avait écrite et que c'était l'occasion de conclure, une bonne fois pour toutes, l'affaire à son avantage. Ce n'est pas joli-joli, mais, voyez-vous, il avait peur. Il a donc porté la lettre à la police, où il a découvert qu'on avait vu Aimée l'écrire. Et là, il a été sûr de tenir sa chance.

» L'après-midi, il a emmené toute la famille prendre le thé chez Aimée. Il était rentré de son étude avec son attaché-case dans lequel il transportait les pages coupées qu'il a cachées dans le placard sous l'escalier. L'affaire était réglée. L'idée du placard était judicieuse, elle rappelait celui où on avait découvert le corps d'Agnes et, du point de vue pratique, c'était facile à réaliser. Il lui suffisait de deux secondes dans le vestibule, quand il a suivi Aimée au poste de police.

— Tout de même, miss Marple, intervins-je, il y a une chose que je ne vous pardonne pas, c'est d'avoir embringué Megan là-dedans.

Miss Marple posa l'ouvrage de crochet sur lequel elle n'avait cessé de s'escrimer et, par-dessus ses lunettes, m'adressa un regard sévère :

— Jeune homme, il fallait *agir*. Il n'existait aucune preuve contre cet homme intelligent et sans scrupules. J'avais besoin de l'aide d'une personne équilibrée et courageuse. Et cette personne, je l'ai trouvée.

— C'était très dangereux pour elle.

— Oui, Mr Burton, c'était dangereux. Mais nous ne sommes pas sur cette terre pour esquiver le danger quand la vie d'un innocent est en jeu. Vous me comprenez ?

Je comprenais.

# 15

Un matin dans High Street.

Les joues roses et l'œil vif, miss Emily Barton sortait de chez l'épicier, son panier a provisions au bras :

— Oh, mon Dieu, Mr Burton, je ne tiens plus en place ! Dire que je vais enfin partir en croisière !

— J'espère que ça vous plaira !

— Oh, j'en suis sûre ! Je n'aurais jamais osé partir toute seule. Mais les choses se sont arrangées de façon pro-vi-den-tielle ! Voilà longtemps que je songeais à me défaire de *Little Furze*, mes moyens ont vraiment, vraiment beaucoup trop diminué. Mais l'idée d'y voir des é-tran-gers m'était insupportable. Maintenant que vous l'avez acheté ct que vous allez y vivre avec Megan – cela change tout. D'un autre côté, après cette terrible épreuve, notre chère Aimée ne savait plus à quel saint se vouer, son frère se mariait – comme c'est charmant que vous ayez décidé *tous les deux* de rester parmi nous ! – alors elle a accepté de m'accompagner. Nous pensons rester absentes assez longtemps. Il se pourrait même... (miss Emily baissa la voix) *que nous fassions le tour du monde !* Aimée est admirable, elle a un sens pratique inouï. Ah, on peut dire que tout est bien qui finit bien, vous ne trouvez pas ?

La pensée de Mrs Symmington et d'Agnes Woddell dans leur tombe au cimetière me traversa un bref instant l'esprit. Je me demandai si elles partageraient un tel optimisme. Et puis je me souvins que le petit ami d'Agnes ne l'aimait pas tant que ça, que Mrs Symmington n'était pas très gentille avec Megan. Bah ! tout le monde doit bien mourir un jour ! Je répondis donc à l'heureuse miss Emily que tout était pour le mieux dans le meilleur des mondes.

Je continuai mon chemin dans High Street, puis jusqu'au portail des Symmington. Megan sortit pour venir me rejoindre.

La rencontre n'eut rien de romantique. Un énorme chien de berger qui suivait Megan sauta sur moi et faillit me renverser par son exubérance intempestive.

— Il est adorable, non ? s'attendrit Megan.

— Un peu envahissant ! Il est à nous ?

— Oui, c'est le cadeau de mariage de Joanna. Nous avons été gâtés, n'est-ce pas ? Le splendide tricot mousseux de forme et d'usage indéfinissables nous a été offert par miss Marple, l'adorable service à thé en Crown Derby par Mr Pye, et Elsie m'a envoyé un porte-toasts...

— Ça lui ressemble bien !

— Elle a trouvé une place chez un dentiste, et

elle est très heureuse. Et... voyons, qu'est-ce que je disais ?

— Tu énumérais nos cadeaux de mariage, mon amour. N'oublie pas que si tu changes d'avis, il faudra tous les rendre.

— Je ne changerai pas d'avis. Qu'avons-nous reçu encore ? Ah oui, Mrs Dane Calthrop nous a offert un scarabée égyptien.

— Drôle de bonne femme.

— Oh ! mais tu ne sais pas encore le plus beau ! *Partridge* en personne m'a envoyé un cadeau. C'est le napperon à thé le plus hideux que j'aie jamais vu. Mais je crois qu'en fin de compte elle m'aime bien, parce qu'elle m'a dit qu'elle l'avait entièrement brodé de ses mains.

— Un motif de raisins verts et de chardons, j'imagine ?

— Pas du tout, ce sont des cupidons.

— Seigneur ! Notre Partridge s'apprivoise, on dirait.

Megan m'avait entraîné dans la maison :

— Il y a pourtant un truc que je ne comprends pas. Le chien avait déjà son collier et sa laisse, mais Joanna a envoyé un autre collier et une autre laisse. Pourquoi, à ton avis ?

— Ça, dis-je, c'est de l'humour à la Joanna.

Achevé d'imprimer par GGP Media GmbH, Pößneck
en Janvier 2008
pour le compte de France Loisirs,
Paris

N° d'éditeur : 50716
Dépôt légal : Février 2008
Imprimé en Allemagne

Composition et mise en pages réalisées
par IND - 39100 Brevans